彭城集

〔宋〕劉攽 撰

逯銘昕 點校

下

齊魯書社

【校】

〔一〕内制誥，文津閣本、文淵閣本作『内外制』，周校本、沈校本作『制誥三』。

〔二〕勅，據文津閣本、周校本、沈校本補。

〔三〕可，據文津閣本、周校本、沈校本補。

中散大夫天章閣待制知鄧州陳安石可龍圖閣直學士差遣如故制

勅〔一〕：朝廷嚴侍從之聯，待通博之士，惟其器足以大受，知可以重任，望所歸者，而後畀之。延閣相望，左職維叙，眷兹遴柬，義靡虚受。具官某材實周用，名允副實，迨迫耆齒，克成壯猷。内參藻鑑之司，外總藩宣之寄，率有可紀，不替崇譽。宜示甄擢，以疇義最。惟河圖之所藏，居石渠之右地，學士之選，儒者爲榮。寵數亟加，懋恩思報。勉力無怠，對揚休命。可〔二〕。

【校】

〔一〕勅，據文津閣本、周校本、沈校本補。

彭城集卷二十一

内制誥[一]

御史中丞孫覺可龍圖閣直學士提舉醴泉觀依舊兼侍讀制

勑[二]：吾以風憲齊邦法，而用經藝求多聞，儒臣之任是者，異事而同功，此皆有益於朝者也。具官某資性樸茂，學問該達，有子政之博識，兼叔向之遺直。近者擢置中司，以從民望，未得聞生之奇論，乃固以疾而求解。知其不欺，在所從欲。擢龍馬之峻秩，仍虎門之詔徵，兼總殊庭之事，增重講闈之寵。祇服休命，毋怠初心。可[三]。

〔二〕可，據文津閣本、周校本、沈校本補。

故鎮江軍節度使檢校太尉守司空開府儀同三司致仕康國公韓絳可特贈太傅餘如故制

勅〔一〕：股肱之臣，社稷是衛。生則體貌盡禮，以示老成之貴；没則哀榮稱情，以著云亡之歎。非其盛德，曷膺異數？具官某大器有容，直道自任，舉厝見乎事業，忠厚發於性情。再登上宰，稱爲賢相。周公師保萬民，惠澤浸廣；召伯弼亮四世，嘉績維多。告老里居，乃心王室，風猷所竪〔二〕，毗益仍遠。天不憖遺，奄至淪喪，朕用傷悼，莫可逭贖。宜加愍策，進崇贈典。躋帝傅之寵名，賁哀章之襚服，泥書蜜印，以光泉壤。靈其有知，膺是休命。可〔三〕。

【校】

〔一〕勅，據文津閣本、周校本、沈校本補。

〔二〕竪，周校本、沈校本作『置』。

〔三〕可，據文津閣本、周校本、沈校本補。

皇城使昭州刺史郭忠紹可差知岷州制

勑具官某〔一〕：先帝斥廣邊圉，控制西戎，惟三軍之帥與連城之守，訓兵治民，文武並用。非有兼智，曷嘗輕付？以爾效力洮隴，克有善譽，屬他部引嫌，以汝易地。勉勤職業，用副光寵。可〔二〕。

【校】

〔一〕勑具官某，據文津閣本、周校本、沈校本補。

〔二〕可，據文津閣本、周校本、沈校本補。

朝請大夫新差知邠州蹇周輔可差知廬州朝散大夫知廬州史宗範可差知邠州制

勑具官某等〔一〕：朝廷建官分職，無有遠邇，皆務以利民者也。度材而任之，以示大公。至於從人之欲，小濟其私，是以天道無害於治。以周輔耆艾久吏，使莅豳土，而以情自上，求所便安。惟宗範合肥之政，課最可稱，命總邊瑣，益用觀能。易地而處，俱謂宜允。思所報效，毋孤任遇。可〔二〕。

【校】

〔一〕勑具官某等，據文津閣本、周校本、沈校本補。
〔二〕可，據文津閣本、周校本、沈校本補。

知滑州劉珵可知湖州知唐州王得臣可知郊州制

勑具官某等〔一〕：壤地不齊，南北殊俗，吏治何先，法令惟一。智者足以興事，敏者莫不有功。顧惟大邦，每擇良守。以某悉爲久吏，亟更符守。吴興，南方之都會；新平，西道之要衝，分以付之，思所報効。可〔二〕。

【校】

〔一〕勑具官某等，據文津閣本、周校本、沈校本補。

〔二〕可，據文津閣本、周校本、沈校本補。

朝請郎試大理卿杜紘可直秘閣知齊州制

勑具官某〔一〕：漢制，列卿郡守，通爲二千石，其在朝會中都，則見惟月之重矣。夫其屏翰千里，乃知連城之寵，内外之别，夫奚足云？以某器術通博，法律精明，執事輦轂，歲月逾久，致位廷尉，任遇亦重。而勤勚已糺，黽勉弗任，思從息肩，願得補外。朝廷俯從人欲，付之郡章。昔人以卿秩出守，用爲寵榮，今汝貼職中秘，臨治稷下，恩數兼渥，思所報効。可〔二〕。

【校】

〔一〕勑具官某，據文津閣本、周校本、沈校本補。

〔二〕可，據文津閣本、周校本、沈校本補。

寶文閣直學士正議大夫謝景温可知鄆州制

勑〔一〕：機衡之任，内則八座爲重；方嶽之寄，外則十連稱貴。愼選攸屬，周材是膺。將明所資，出處奚異？具官某立性挺特，遭事開敏，白黑明辨，予奪時當。擢領秋官之長，實處文昌之要。朕惟鄒魯舊壤，皡濟奥區，賦政之優，變道惟允。輟聽履之妙選，付連城之重寄。敬服崇寵，益其善最。可〔二〕。

【校】

〔一〕勑，據文津閣本、周校本、沈校本補。

〔二〕可，據文津閣本、周校本、沈校本補。

朝散郎孫賁可知邵州制

勑具官某〔一〕：湖湘之南，蠻獠雜居，乃或不虔邊圉，肆爲侵暴。夫豈足勞吾剪薙也，莫若擇良守就而撫之。震讋其姦猾，存育其柔服，斯無事矣。以某健於爲吏，幹譽頗著，付之連城。其思遠略，不孤寵命。可〔二〕。

【校】

〔一〕勑具官某，據文津閣本、周校本、沈校本補。

〔二〕可，據文津閣本、周校本、沈校本補。

新知河中府葉康直可知秦州制

勑具官某〔一〕：先帝攘却胡狄，斥大邊圉，秦亭之地，僅若内郡。然其襟帶隴阺，門户巴蜀，小戎車甲之盛，夷漢走集之要，方之前世，固自若也。擇帥之重，尤所慎焉。以某前奉使指，臨安陜服，智之所及，事乃無曠。至其攝莅漢陽，頗歷時序，士服熟其訓練，民便安其簡易。審羌虜之情僞，解山川之要害。因而任之，成效宜速。俾易蒲中之寄，以究隴上之治。貼職龍馬，寵命在先。勉服恩榮，益思盡瘁。可〔二〕。

【校】

〔一〕勑具官某，據文津閣本、周校本、沈校本補。
〔二〕可，據文津閣本、周校本、沈校本補。

侍御史杜純可知相州制

勑具官某〔一〕：向繇卿寺，擢貳臺憲。以某讞獄先帝，常有確論，乃兹登用，實冀毗益。而議者言其處事堅完，持心近薄。又臺中故事，非繇科第，不登是選，重爲不宜。解白筆之重權，付赤帷之優寄。三臺舊壤，千騎殊寵。公朝未嘗棄材，能吏思所報國。可〔二〕。

【校】

〔一〕敕具官某，據文津閣本、周校本、沈校本補。

〔二〕可，據文津閣本、周校本、沈校本補。

西京作坊使知岢嵐軍王景仁可知原州制

敕具官某〔一〕：西方諸郡，與羌戎接者，皆爲要衝，五原其一也。爲其守者，愛養士卒，宜得其死力；遠置斥候，使前知虜情。將畧之最，莫先於此。以某久習邊瑣，因付重寄。益務自勵，不孤恩寵。可〔二〕。

【校】

〔一〕敕具官某，據文津閣本、周校本、沈校本補。

〔二〕可，據文津閣本、周校本、沈校本補。

温州刺史提舉萬壽觀公事向崇回可知蔡州制

勑具官某〔一〕：吾求循良之吏，以付郡州之治。才無所遺，則不限文武之異；功有所勸，亦初無戚賢之别。以爾謹身奉法，强力從事，其以爲政，宜無曠職。汝南大郡，生齒繁夥，聽訟察獄，慎而毋怠。服我休寵，毋致民謗。可〔二〕。

【校】

〔一〕勑具官某，據文津閣本、周校本、沈校本補。

〔二〕可，據文津閣本、周校本、沈校本補。

龍圖閣待制知河中府王震可知鄭州制

勑具官某〔一〕：介二都之浩穰，承千里之風化，陪京之重，是惟鄭邦，擇守之慎，非材莫處。具官某寬裕容物，豈弟信己，治民之效，所至見稱。付東里之奥區，按緇衣之舊俗。務崇民譽，以稱上恩。可〔二〕。

【校】

〔一〕勅具官某，據文津閣本、周校本、沈校本補。

〔二〕可，據文津閣本、周校本、沈校本補。

中散大夫燕介可知棣州制

勅具官某〔一〕：齊之北境，是曰無棣，魚鹽之饒，俗以富庶，其於爲治，易使安輯。以某更練民事，通達人情，付之專城，益觀成效。可〔二〕。

【校】

〔一〕勅具官某，據文津閣本、周校本、沈校本補。

〔二〕可，據文津閣本、周校本、沈校本補。

知宿州吕温卿可知湖州承議郎王鞏可權知宿州制

勑具官某〔一〕：有地千里，而長百吏，發政施令，良民足以訓養，猾民足使畏服。有志之士，知其可以有爲，莫不願之矣。以某等通敏用務，付之專城之寄，符離、吴興，又東南之奥壤也。思所建置，以副休命。可〔二〕。

【校】

〔一〕勑具官某，據文津閣本、周校本、沈校本補。

〔二〕可，據文津閣本、周校本、沈校本補。

知汝州邢恕可知襄州制

勑具官某〔一〕：江漢之域，襄陽爲大，鳳林以爲阻，鹿門以爲望，呰窳之甿，獄訟亦寡。然隄防弗固，則有昏墊之憂；竹屋相比，或致延燒之患。往之良材，以兹爲先。爾以敏材慎慮，試於爲郡，既歷一邦，頗有能效。付漢陽之奥壤，增符竹之寵榮。祇服茂恩，益期善政。可〔二〕。

【校】

〔一〕勑具官某，據文津閣本、周校本、沈校本補。

〔二〕可，據文津閣本、周校本、沈校本補。

西上閤門使重〔一〕种古可知鄜州制

勑具官某〔二〕：治民訓兵，文武異道，惟其兼才，乃能適用。西方諸郡，疆圉羌狄，鄜爲次邊，實當走集。軍旅士馬之訓，金穀獄訟之劇，爲守爲將，是以重矣。以某久更吏職，益閑戎署，付之左符，屏兹要郡。竭力盡慮，副吾選擢。可〔三〕。

【校】

〔一〕重，疑衍。

〔二〕勑具官某，據文津閣本、周校本、沈校本補。

〔三〕可，據文津閣本、周校本、沈校本補。

朝議大夫馬淵可知沂州制

勑具官某〔一〕：束髮從仕，至于耇老，近臣之稱薦者，章數十上，是其有以過人者。海沂大邦，民物繁富，庸付章紱，以期善最。夫治人之術，譬猶養身，毋暴其氣，正心以存之，則有康寧之報。汝慎之哉。可〔二〕。

【校】

〔一〕勑具官某，據文津閣本、周校本、沈校本補。

〔二〕可，據文津閣本、周校本、沈校本補。

朝奉郎守鴻臚少卿黄隱可權知泗州朝奉大夫宋彭年可權知邢州制

勑具官某等〔一〕：九寺之貳，是爲要官，前以鴻臚、大農，用隱、彭年，而議者謂處非其位，不可虚授。朝廷重於失士，乃復試之民政。右河左淮，二郡爲大，邢兼趙衛之俗，泗當舟楫之會，有所施爲，易致功譽。益務勤恪，以稱付委。可〔二〕。

【校】

〔一〕勑具官某等，據文津閣本、周校本、沈校本補。

〔二〕可，據文津閣本、周校本、沈校本補。

朝請大夫韓晉卿可光禄少卿朝奉郎知相州杜純可知徐州制

勑具官某等〔一〕：卿寺總集邦事，州郡布宣王化，二者之重，非有左右，豈其以內外而爲輕重乎？以晉卿、純敏識强力，通習律令，試郡未幾，民譽有在，擢貳光禄，徙治西楚。度材而處，來效是期，勉力慎修，毋敢豫怠。可〔二〕。

【校】

〔一〕勑具官某等，據文津閣本、周校本、沈校本補。

〔二〕可，據文津閣本、周校本、沈校本補。

知潤州朱服可知福州制

勅具官某〔一〕：閩嶺以南，長樂爲大。生齒繁夥，其養不足，則獄訟易興；風俗刓弊，其教不篤，則禮樂〔二〕罕聞。爲之治者，抑亦難矣。以某既更吏事，因付邦寄，思所以裕民生，敦禮與義，庶無負委任矣。其勉之哉！可〔三〕。

【校】

〔一〕勅具官某，據文津閣本、周校本、沈校本補。

〔二〕樂，周校本、沈校本作『義』。

〔三〕可，據文津閣本、周校本、沈校本補。

朝奉郎邢平可知衡州制

勅具官某〔一〕：郡縣之遠於京師者，其能使上恩宣布，賦役均平，民無愁歎之音，惟守長之材爾。衡山之陽，湘水之左，厥民呰窳，爲生甚薄，生齒繁夥，占數至廣。命汝莅而撫之，勉力思効，上謹詔條，下盡民情，夙夜匪懈，斯得之矣。可〔二〕。

【校】

〔一〕勅具官某，據文津閣本、周校本、沈校本補。

〔二〕可，據文津閣本、周校本、沈校本補。

右騏驥副使王良可權知黔州制

勅具官某〔一〕：西南諸蠻，馴服聲教，而黔中之地，當其衝要。内則嚴徼塞之走集，外則總羈縻之琛賫，郡守之寄，朝選爲重。以某知慮有取，武畧已效，宜試連城剖符之任，以觀治戎訓民之術。可〔二〕。

【校】

〔一〕勅具官某，據文津閣本、周校本、沈校本補。

〔二〕可，據文津閣本、周校本、沈校本補。

皇城副使王鑒知莫州制

勅具官某〔一〕：邊郡鎮守，兼有民事，以威武震懾戎落，以律令聽察獄訟，其亦難矣，可無選者？某累更任使，常著能效，帥臣稱其材敏，薦之於朝，因而用之，吾無推擇之煩。其勉勵幹力，勿負恩渥。可〔二〕。

【校】

〔一〕勅具官某，據文津閣本、周校本、沈校本補。

〔二〕可，據文津閣本、周校本、沈校本補。

中散大夫裴士林可知同州制

勅具官某〔一〕：法令所以平民也，得其情則文無害；賦役所以用衆也，處其中則下無怨。是二者州郡之先務，非良吏不能及之。以某智慮詳敏，達於從政，薦歷繁劇，常有稱述。惟左馮之奥區，自二漢而稱重。付兹連城之寄，用觀下車之效。平民用衆，汝宜慎之。可〔二〕。

【校】

〔一〕勑具官某，據文津閣本、周校本、沈校本補。

〔二〕可，據文津閣本、周校本、沈校本補。

權發遣廣德軍邵才可權知滁州制

勑具官某〔一〕：凡工人之事，習慣則其巧倍。初學爲政者，亦若是矣。爾前守軍壘，卒戍無曠，今復用汝爲郡，屬城生齒，其數愈廣。汝以習慣莅之，事將無難。勉之慎之，以集民譽。可〔二〕。

【校】

〔一〕勑具官某，據文津閣本、周校本、沈校本補。

〔二〕可，據文津閣本、周校本、沈校本補。

朝散郎熊臯可知泰州制

勑具官某〔一〕：海陵，故江都之屬邑也。地居江海之會，民占魚稻之饒，雖曰小邦，實爲沃壤。以某前守辰陽，克有善譽，兹故付以虎符之重，粤當麇嶿之墟。察訟督賦，期以裕民，無怠爾心，以集來效。可〔二〕。

【校】

〔一〕勑具官某，據文津閣本、周校本、沈校本補。

〔二〕可，據文津閣本、周校本、沈校本補。

朝奉郎賈種民可知濮州制

勑具官某〔一〕：冉求，政事之材也，而曰『如五六十，求也爲之』，此邑宰之任也。賢者之於民事，豈易之哉！今州郡之寄，總列城之富，長郡吏之治，利澤足以及物，雖曰小邦，爲榮遇矣。濮實古郡，邇於王畿，汝自請而得，其有以幹固稱職乎。可〔二〕。

【校】

〔一〕勑具官某，據文津閣本、周校本、沈校本補。

〔二〕可，據文津閣本、周校本、沈校本補。

供備庫使侍其瓘可知祁州制

勑具官某〔一〕：邊徼之郡，戎馬所集，將守之任，文武兼用。内輯民務，外察虜情，求其宜稱，其亦難矣。以某屢更繁使，頗著能名，付虎符之權，當鳶鞮之境。益勤遠畧，以就來效。可〔二〕。

【校】

〔一〕勑具官某，據文津閣本、周校本、沈校本補。

〔二〕可，據文津閣本、周校本、沈校本補。

朝奉郎張徹可知沂州制

勅具官某〔一〕：山東諸郡，臨沂爲大。其民雜有桑麻之業，其田兼備魚稻之饒。爲守之貴，仕宦之美，推擇付汝，寵光斯在。聽獄察訟，勤民急吏，毋有怠惰，以就功緒。可〔二〕。

【校】

〔一〕勅具官某，據文津閣本、周校本、沈校本補。

〔二〕可，據文津閣本、周校本、沈校本補。

殿中侍御史孫升可權知濟州制

勅具官某〔一〕：爲耳目之官，當風憲之任，惟其直亮，乃所稱職。曾不是思，輒敢誣上。置廷臣鄙倍之愆，既莫繩正；肆己志朋比之素，仍事詆欺。義所弗容，法其安舍？宜奪蘭臺之職，俾分竹使之符。尚體寬恩，無重前悔。可〔二〕。

【校】

〔一〕敕具官某，據文津閣本、周校本、沈校本補。

〔二〕可，據文津閣本、周校本、沈校本補。

知京師張祐可知隴州制

敕具官某〔一〕：隴阪之西，爲國門户，羌戎向化而服内，漢兵屯戍而禦侮，宜得良材，任爲守帥。以某練集軍事，懷韫智畧，俾付左府之寄，以總連城之固。其克勤蓋，用副推擇。可〔二〕。

【校】

〔一〕敕具官某，據文津閣本、周校本、沈校本補。

〔二〕可，據文津閣本、周校本、沈校本補。

皇城使郭祥可知龍州制

勑具官某〔一〕：邊徼之地，夷漢雜處，訓兵以律，治民以政，文武兼備，乃爲宜稱。朝所慎選，異於内郡。今江油闕守〔二〕，推擇用爾，勉務勤恪，以就功緒。可〔三〕。

【校】

〔一〕勑具官某，據文津閣本、周校本、沈校本補。

〔二〕沈校本眉批：『江油縣名屬龍州。』

〔三〕可，據文津閣本、周校本、沈校本補。

司農少卿韓正彦可知滄州制

勑具官某〔一〕：卿秩出而爲郡，古之寵數也。矧南皮奥壤，渤海巨鎮。魚鹽之饒，則知編户之富；邊圉所寄，復見專城之重。惟爾久從吏職，嘗宣使指，悉著能績，迄無官謗。是用付之左符虎竹之榮，當此一道兵民之務。實因往效，以蒙新寵。勉思職業，用永休譽。可〔二〕。

【校】

〔一〕敕具官某，據文津閣本、周校本、沈校本補。

〔二〕可，據文津閣本、周校本、沈校本補。

知濟州王廷禧可知登州制

敕具官某〔一〕：負海之邦，文登爲大，肅慎是鄰，遼碣在望。烽火之警，太平弗忘，擇守之難，其亦奚易。以爾名臣之裔，素風自脩，比守列邦，皆有善最。付爾之罘之城，恪守嵎夷之奥。勉循詔條，以致民譽。可〔二〕。

【校】

〔一〕敕具官某，據文津閣本、周校本、沈校本補。

〔二〕可，據文津閣本、周校本、沈校本補。

商州盧某可知台州制

勅具官某〔一〕：有地千里，列城三四，社稷人民之奉，仕宦之達者也。商於天台，皆古名郡，易地迭處，汝榮多矣。布宣上澤，勤卹民隱，毋違詔條，毋爽夙譽。汝其慎哉！可〔二〕。

【校】

〔一〕勅具官某，據文津閣本、周校本、沈校本補。

〔二〕可，據文津閣本、周校本、沈校本補。

朝散大夫天章閣待制楊繪可知杭州制

勅具官某〔一〕：訓農養民之務，聽訟察獄之要，在於得情而居厚，不可便文而趣辦。茲所以儒生貴於俗吏，法律輔以《詩》《書》。我擇良守，以是爲準。具官某心慮端直，學術純固，接物而爲簡易，從政而號豈弟。前守南邦，亟聞治最。輕揚善鬬之民，機巧趨利之俗，懷惠不舍，去思迄今。是宜復假左符，以當一道。其亦力崇來效，嗣續前美。夫飾厨傳以稱使客，志逍遥而忘政治，前史以爲譏，風詩以示刺。汝慎之哉，無孤寵命。可〔二〕。

【校】

〔一〕勑具官某，據文津閣本、周校本、沈校本補。

〔二〕可，據文津閣本、周校本、沈校本補。

供備庫副使魏公旦可知嵐州制

勑具官某〔一〕：樓煩要地，戎馬走集，震憺邊陲，宣明漢德，守將之任，其亦重矣。爾以武人之俊，久經驅策，付之連城，實固吾圉。思盡權署，以酬恩遇。可〔二〕。

【校】

〔一〕勑具官某，據文津閣本、周校本、沈校本補。

〔二〕可，據文津閣本、周校本、沈校本補。

新差知單州鄭佾可知懷州朝散郎安宗奭可知單州制

勑具官某等〔一〕：昔子賤、巫馬之爲單父，勞逸不同，而皆稱治。能者之於民事，固常有爲而非一道也。然此衰周列侯之國，小邑寡民之政，何足爲盛世言乎？今列郡田閭富庶，法令完備，太守官儀之寵，巍然千騎之長，於以施教布政，則加易而不難矣。河内漢爲大邦，單武今則名郡，以付爾等。其亦有子賤、巫馬之志，副吾委寄乎？勉之慎之，勞逸無怠。可〔二〕。

【校】

〔一〕勑具官某等，據文津閣本、周校本、沈校本補。

〔二〕可，據文津閣本、周校本、沈校本補。

權兩浙轉運副使韓晉卿可知徐州制

勑具官某〔一〕：漢制，刺史居部，九歲乃爲守相。夫惟專城之重，豈減傳車之寵。爾奉使二浙，即更歲月，爰付左符，俾臨西楚。豈弟以裕民俗，精察以平獄訟，農畝無擾，盜賊知畏。勉而行之，勿孤寵命。可〔二〕。

【校】

〔一〕敕具官某，據文津閣本、周校本、沈校本補。

〔二〕可，據文津閣本、周校本、沈校本補。

通判滄州趙澤可權知商州制

敕具官某〔一〕：昔虞詡之治朝歌也，方其盜賊之盛，以盤根錯節，而喻己爲利刃者也。後卒成功，如其志焉，有爲者當若是矣。今吾以商於大邦，寇攘充斥，思其弭安，在於能吏。汝以幹略素譽，可當推擇。拔於郡貳，付之專城，分虎憑熊，其寵多矣。宜有顯效，以堅補報。可〔二〕。

【校】

〔一〕敕具官某，據文津閣本、周校本、沈校本補。

〔二〕可，據文津閣本、周校本、沈校本補。

朝散郎李閌可知華州制

敕具官某〔一〕：關西之郡，華陰爲大，居二周之衝道，兼三輔之浩穰。風俗豪盛，獄訟繁多，擇人付之，乃得稱治。以爾幹力可述，付兹重委，勉思自効，用答休命。可〔二〕。

【校】

〔一〕敕具官某，據文津閣本、周校本、沈校本補。

〔二〕可，據文津閣本、周校本、沈校本補。

新差知越州熊本可知杭州制

敕具官某〔一〕：良二千石，朝所甚貴也。夫其總千里之寄，當一道之重，平賦察訟，行善備政，使下不畏吏，閭里無愁歎之聲，可以言股肱之美，宣力四方者矣。具官某早以儁材，躋於法從，愷悌而濟之屢斷，悃愊而至於無華，薦假左符，率致善譽。今賦税出東南，二浙爲盛；舟車之所走集，餘杭居要。推擇付汝，往哉惟諧。夫事無劇易之辨，民靡南北之異，惟既乃心，斯有成勣。夙夜恪居，以副休寵。可〔二〕。

【校】

〔一〕勅具官某，據文津閣本、周校本、沈校本補。

〔二〕可，據文津閣本、周校本、沈校本補。

新除吏部郎中章楶可知越州制

勅具官某〔一〕：出宣使指，入居郎臺，朝廷之選，二者偕重。而東南之邦，會稽爲大，督輸財賦，平治獄訟，使閭里無歎聲，農桑得其職，長民之所寄，又宜擇焉。吾不以重外爲嫌，而忽共治之意，以是命汝，往惟欽哉。可〔二〕。

【校】

〔一〕勅具官某，據文津閣本、周校本、沈校本補。

〔二〕可，據文津閣本、周校本、沈校本補。

知亳州李閌可知明州中散大夫吕希道可知亳州制

敕具官某等〔一〕：朝廷治民之具，備於法令，守帥以情視民，而用法令輔之，則獄訟可使無撓，賦税可使樂輸。不然徒文具，無惻隱之實，無益也。惟亳暨明，皆爲重鎮，所置守臣，未嘗輕授。以某與某悉更久吏，咸有能稱，是用付兹二郡，以期善效。勉力就緒，無忝成命。可〔二〕。

【校】

〔一〕敕具官某等，據文津閣本、周校本、沈校本補。

〔二〕可，據文津閣本、周校本、沈校本補。

朝奉大夫曹振可權知恩州制

敕具官某〔一〕：世稱龔遂之爲良吏，以其乘饑饉之餘，安輯齊地也。今夫河決水溢，汎濫滔陸，瀕河之蕩析離居，具丘爲當其衝。擇守付治，汝丁是選。其亦以古人爲法，帥而行之，冀佇成效。可〔二〕。

【校】

〔一〕勑具官某，據文津閣本、周校本、沈校本補。

〔二〕可，據文津閣本、周校本、沈校本補。

朝奉郎李察可知濟州制

勑具官某〔一〕：朝廷之用材，未嘗有遺，收其來效，不追既往。期於便安元元，崇茂風化而已。以某向承使指，兼預戎事，雖成勣無聞，而宣力爲劇。既畢親勤，肇還籍版，是用付委連城之寄，亟居千騎之長。東州列壤，濟陽爲富，《禹貢》鉅野之名浸，《漢志》昌邑之建國。勉崇政術，用副寵任。可〔二〕。

【校】

〔一〕勑具官某，據文津閣本、周校本、沈校本補。

〔二〕可，據文津閣本、周校本、沈校本補。

觀文殿學士知河南府孫固可知鄭州制

勑〔一〕：老成之臣，體貌所重。殿邦作屏，雖曰共治；優賢尚德，抑維乃眷。具官孫某器度深博，謀謨醇厚。事上以道，正心不回；治民以信，善化維敏。自均逸於宥密，亟報政於蕃宣。惟東里之舊邦，實名都之比壤。輟司管籥，更付郡符。間于二京，相望千里，河潤之喻，冀皆蒙福矣。可〔二〕。

【校】

〔一〕勑，據文津閣本、周校本、沈校本補。

〔二〕可，據文津閣本、周校本、沈校本補。

光禄少卿杜常可集賢校理知梓州制

勑具官某〔一〕：朝廷之化，所以周浹里閭，而民情不隔者，惟郡將之材良，詔令之宣布也。而遐陬之地，遠於京師，雜有夷貉，其任尤重。矧巴蜀之左，梓潼爲大，擇守付委，何宜弗慎？以常器局夷曠，材術寬裕，於以靖安遠俗，鎮服荒人，其不爲難，處之宜矣。既更郎曹之峻，屬貳卿寺之聯，疇其久次，貼以要職。麗正之選，儒者所榮，勉思自効，用副精選。可〔二〕。

【校】

〔一〕敕具官某，據文津閣本、周校本、沈校本補。

〔二〕可，據文津閣本、周校本、沈校本補。

皇城使孫昭諫可差知隴州制

敕具官某〔一〕：總金革之事，專民社之寄，非有兼材，不可兩任。以某武足以守固疆圉〔二〕，文可以聽察獄訟，是用付之郡符，西當隴阪。專城之寵，實爲美遷，思勤績效，以稱推擇。可〔三〕。

【校】

〔一〕敕具官某，據文津閣本、周校本、沈校本補。

〔二〕圉，周校本、沈校本作『禦』。

〔三〕可，據文津閣本、周校本、沈校本補。

龍圖閣直學士王克臣可知鄭州制

敕具官某〔一〕：二都相望，千里而近，介茲舊鄭，實曰大邦。馮翊王畿，屏翰甸服，宜得良守，用壯右輔。具官某俊德耆明，通材强濟，歷試文昌之重，雍容龍馬之嚴。咨其老成，足宣風化，爰付左符之寄，俾當東里之奥。惟汲黯之卧治，洎方叔之壯猷，思與厥齊，勉從休譽。可〔二〕。

【校】

〔一〕敕具官某，據文津閣本、周校本、沈校本補。

〔二〕可，據文津閣本、周校本、沈校本補。

朝奉郎韓宗古可知曹州制

勅具官某〔一〕：入爲臺郎，出分郡寄，受朝廷之精選，爲儒者之榮遇。爾歷職華省，久次自言，眷爲東藩，曹實左輔，分以符竹，試其治民。蓋二漢之制〔二〕，丞郎滿秩，自占大縣，以示優異。今爾爲二千石，其寵多矣。勉其民務，求稱詔恩。可〔三〕。

【校】

〔一〕勅具官某，據文津閣本、周校本、沈校本補。

〔二〕制，文淵閣本作『典』。

〔三〕可，據文津閣本、周校本、沈校本補。

泰寧軍節度使觀察留後李珣可知相州制

勅具官某〔一〕：朝廷愛民求治之意，付之牧守，高爵重禄，國所尊禮。委之爲政，上之可以專達，下之可以有爲，於以崇豈弟之美，乃無難矣。具官某敏智通徹，强力幹濟，踐歷周行，率致民譽。惟鄴城之故壤，當朔塞之要衝，民務兵權，且將且守，選擇而用，元寵貴隆。思所副稱，以報恩遇。可〔二〕。

【校】

〔一〕勅具官某，據文津閣本、周校本、沈校本補。

〔二〕可，據文津閣本、周校本、沈校本補。

左藏庫副使紀昱可權知廉州制

勅具官某〔一〕：合浦之地，古爲珠官，琦珍所聚，掌握致富，宜得廉吏，爲之守長。且蠻蜑荒遠，難馴易擾，非夫武壯知〔二〕略，不能鎮服。以是數者，推擇用汝。祗莅恩寵，益思善效。可〔三〕。（又見《皇朝文鑑》卷三十九、《古今圖書集成·官常典》卷六百二十、家集本卷五）

【校】

〔一〕勅具官某，據文津閣本、周校本、沈校本補。

〔二〕知，《皇朝文鑑》、《古今圖書集成》、家集本作『智』。

〔三〕可，據文津閣本、周校本、沈校本補。

提舉西京嵩山崇福宮范子奇可知晉州知婺州王彭可知濟州制

勅具官某等〔一〕：昔賢守之爲郡，或以臥治報政者，爲其清淨爲理，責大指於丞史，是以事無不辦。此其爲苛察繳繞，塵身苦志僅能自既者，相千萬矣。子奇嚮者屢宣使指，陳力甚久，疾病言上，求得自便。既已數月，惜其退處，今以臥治之事，付爾大邦。晉陽會繁，思所報稱。惟彭臨莅婺女，民務自如，稍令内徙，實爲寵命。可〔二〕。

【校】

〔一〕勅具官某等，據文津閣本、周校本、沈校本補。

〔二〕可，據文津閣本、周校本、沈校本補。

知晉州郭茂恂可知密州制

勅具官某〔一〕：長民之官，不宜驟易，送故迎新之勞，簿書變易之弊，前世良史，固嘗記之矣。茂恂治晉，纔數月爾，當使之久任，遂其成績者也。會商利者言高密海陼，宜置市舶，以來賈人，收其贏餘。惟茂恂精力勤恪，可應器使，是用易地付之，以觀智略。勉崇善術，副吾推擇。可〔二〕。

【校】

〔一〕勅具官某，據文津閣本補。

〔二〕可，據文津閣本、周校本、沈校本補。

朝奉大夫通判定州胡及可權知吉州制

勅具官某〔一〕：南州之民，顥慧輕〔二〕急，習於文墨，易於興訟。爲之長者，明以周知其情，重以鎮抑其浮。如是則豈弟之政，無愧於古矣。某智慮詳敏，更歷數事，是用擢自倅貳，付之郡符。江介都會，廬陵爲右，爾其謹心詔條，强力民務，思有可紀，以副遷寵。可〔三〕。

【校】

〔一〕勅具官某，據文津閣本、周校本、沈校本補。

〔二〕輕，周校本、沈校本原作『輊』，下有雙行小注云：『一作輕。』

〔三〕可，據文津閣本、周校本、沈校本補。

朝議大夫充集賢殿修撰提舉崇福宫范子奇可知鄭州制

勅具官某〔一〕：陪京之右，圃田爲大，當二都之衝道，爲三輔之繁會。加以郡治初復，民務至衆，宜得良守，以興善治。惟某精于吏術，屢宣使指，向以辭疾，退就散地。蓋昔之能者，或卧而爲治，是用付之左符，俾居東里。勿以淮陽爲薄，所期東海政清也。可〔二〕。

【校】

〔一〕勅具官某，據文津閣本、周校本、沈校本補。

〔二〕可，據文津閣本、周校本、沈校本補。

兩浙提刑張詢可知越州知濠州林顔可知虔州唐坰可知舒州制

勅具官某等〔一〕：列郡之治，皆以承流宣化爲事。雖分地有大小，處民有南北，朝廷以爲共治，其重均焉。以詢嘗爲省郎，出分使指，以疾自上，求得所便。察其餘力，固足臥治，是以付之會稽，當一都會。以顔與坰率更劇任，可以繁使。惟虔暨舒，皆今名郡，好訟之稱，被於俗諺，列仙之遊，或在名嶽。各務悉心，以集民譽。可〔二〕。

【校】

〔一〕勅具官某等，據文津閣本、周校本、沈校本補。

〔二〕可，據文津閣本、周校本、沈校本補。

少府少監鍾離景伯可知壽州中散大夫李棻可知耀州制

勅具官某等〔一〕：昔叔敖之興芍陂，鄭國之溉關中，民獲其利，用無饑歲。今壽春、華原，其遺蹟具存，何古人用知之廣，而流澤無窮也。後之人見賢思齊，不然，守其舊規，亦足以稱善矣。某久更吏職，禄秩崇重，今付以二邦之事。汝其盡心，以就課最。可〔二〕。

【校】

〔一〕勑具官某等，據文津閣本、周校本、沈校本補。

〔二〕可，據文津閣本、周校本、沈校本補。

龍圖閣直學士知鄆州滕元發可知瀛州制

勑〔一〕：敦詩説〔二〕禮，趙孟之言帥；足食與兵，宣父之言政。朕惟河朔列鎮，將閫攸寄，所以外宣國威，内輯民務，折衝樽俎，收功干城，非得材良，曷稱付委？具官某學古輔志，汎愛容衆，臨義而知勇爲，遭事而能不惑。迴翔中外，所至可紀。兼資文武，每著成效。是用移此中都之政，付爾河間之治。夫訓士以威，則其愛允濟；養民以惠，則犯難無怨。是乃詩禮之要道，兵食之本原。爾其勉之，毋孤寵命。可〔三〕。

【校】

〔一〕勅，據文津閣本、周校本、沈校本補。

〔二〕説，周校本、沈校本作『閲』。

〔三〕可，據文津閣本、周校本、沈校本補。

資政殿學士知杭州蒲宗孟可知鄆州制

勅〔一〕：海岱舊邦，皞濟崇祀，承伯禽之善俗，有中都之餘化。臨按百城，控制一道，是用舊德，以副民望。具官某智慮深廣，樞機周密，達於從政之方，實備老成之美。自輟綱轄之任，屢更股肱之郡，善最可紀，餘力深壯。輟此全吴之治，付之東平之重。夫江湖魚鹽之地，其民呰窳而輕鬬，爾能馴服之。齊魯桑麻之墟，其民樸重而好學，事將無難矣。勉崇終譽，以副休命。可〔二〕。

【校】

〔一〕勅，據文津閣本、周校本、沈校本補。

〔二〕可，據文津閣本、周校本、沈校本補。

新差權發遣泉州朱服可知婺州朝散郎胡宗師可權發遣泉州制

勑具官某等〔一〕：南方之劇郡，泉山、婺女並爲稱首，其民機巧趨利，故多富室，而訟牒亦繁。其爲守者，常擇健敏而付之。服前以便親爲請，今以泉易婺。而宗師久吏習事，真可以治泉矣。祗服休命，思所以稱。可〔二〕。

【校】

〔一〕勑具官某等，據文津閣本、周校本、沈校本補。

〔二〕可，據文津閣本、周校本、沈校本補。

河東運副井亮采可知滑州朝奉大夫張璹可知唐州制

勑具官某等〔一〕：外計之任，表率一道，邦用莫重於金穀，民務莫先於調度，智弗及之，曠職甚矣。爾等前假使傳，往莅東土，不知輕重之要，曾無取予之術，以致民饑而無以賙賑，糧絶而勞於發輸〔二〕。責其無狀，宜有罰懲，黜守一邦，是惟寬典。可〔三〕。

【校】

〔一〕勅具官某等，據文津閣本、周校本、沈校本補。

〔二〕輸，周校本、沈校本作『軵』。

〔三〕可，據文津閣本、周校本、沈校本補。

右諫議大夫梁燾可集賢殿修撰知潞州制

勅〔一〕：《詩》云：『敬慎威儀，維民之則。』蓋庭有變色，則下多悖詞。道民之慎，何可忽也。自古戒之，義所不取。具官某職在諫列，地參法從，不思朝著誾侃之美，而忘公門鞠躬之慎。敢肆倍言，侵訕同列，驚駭物聽，虧損國體。宜寘深罰，以儆在位。稍奪諫垣之秩，出守上黨之地。尚從貼職，以示厚恩。勉自省循，毋〔二〕重衍適。可〔三〕。

【校】

〔一〕勑，據文津閣本、周校本、沈校本補。

〔二〕毋，原作『母』，據文津閣本、周校本、沈校本改。

〔三〕可，據文津閣本、周校本、沈校本補。

承議郎侍御史王巖叟可直集賢院知齊州制

勑具官某〔一〕：朝廷樂聞讜議，登進端士。其言可用，行之無疑，如有弗及，亦當忍貰。吾之樂善盡美，其亦信於中外。以某自參邦憲，頗著風論，方將稍遷，以示褒漸。而某猶自以不得其言，引喻請去。進取不爲，元聖所與，不及中行，未倍直道。吾既不汝責備，完乃素守，付民社之重寄，分虎竹之左符，貼職麗正，專城歷下。汝榮多矣，思所爲報。可〔二〕。

【校】

〔一〕勑具官某，據文津閣本、周校本、沈校本補。

〔二〕可，據文津閣本、周校本、沈校本補。

新差知濟州王彭可改差知撫州制

勅具官某〔一〕：前守東陽，孽火爲沴，使災青應政，汝宜民媚神者淺矣。虐焰流及，廬舍延燒，救護之術，亦無聞焉。有司議法，適會恩降，俾從薄懲，以儆有土。不失專城之任，當思省己之效。可〔二〕。

【校】

〔一〕勅具官某，據文津閣本、周校本、沈校本補。
〔二〕可，據文津閣本、周校本、沈校本補。

知明州李萃可江東運副制

勅具官某〔一〕：財賦之入，所以豐國用；郡縣之治，在乎甄人材。監司之任，柄是二者。民樂輸而無憾，吏服職而畏罪，而後稱按察之最，具將明之美矣。以某通材濟務，強力任術，既崇豈弟之稱，加以老成之風，是用付之漕臺，總兹江介。其使民無浚恒之歎，吏去刻覈之怨，而邦用流衍，士心知勸，是爲稱職，汝其慎之。可〔二〕。

【校】

〔一〕勑具官某，據文津閣本、周校本、沈校本補。

〔二〕可，據文津閣本、周校本、沈校本補。

彭城集卷二十二

制誥〔一〕

賜翰林學士蘇軾詔

勑蘇軾〔二〕：省所上劄子，奏乞外郡事具悉。昔之賢臣嘗曰雅意本朝，而以出入禁闥爲榮。故雖多病，亦不願其得郡也。卿以詞學論議，朕所虚佇，遽請補外，將異于古乎？約己就退，自爲謀者可矣，而朝有輕内之嫌，重非所宜。勉恭職業，毋違朕意，所請宜不允，故兹詔示，想宜知悉。

【校】

〔一〕制誥，文津閣本、文淵閣本作『内外制』，周校本、沈校本作『制誥四』。

〔二〕勅蘇軾，據文津閣本、周校本、沈校本補。

朝散郎太常博士丁隲可右正言制

勅具官某〔一〕：法語之言，抗直之論，士友相與，或莫能受。況夫自下劘上，以義弼主，言之非難也。惟其信而可復，則無訕上之譏，而獲將順之美。諫臣之任，授受之際，其不易矣，吾所慎也。某資性温粹，學問疏達，知前言之與往行，有直質而無流心。使之正色當朝，危言抗議，宜無詭隨以違道，亦不訐激以取譽。是用擢于曲臺，躋之右省。伏蒲牽裾，以竚來效。可〔二〕。

【校】

〔一〕勅具官某，據文津閣本、周校本、沈校本補。

〔二〕可，據文津閣本、周校本、沈校本補。

朝散郎右正言丁隲可左正言宣德郎秘書省正字劉安世可右正言制

勑具官某〔一〕：侍從之臣，朝之精選；諫争之職，士所深願。爲其班著在日月之際，論議有耳目之助。上之用人，既其甚難；下之自達，固亦匪易。惟忠信篤厚，乃能當其任矣。隲庀職右垣，綽形善譽；安世讎書中秘，素著高節。足以膺此慎柬，並處言路。爾其迪上以誠明之德，修己以純白之操，進不爲名，退不畏勢，使人曰邦之司直，不亦善乎！可〔二〕。

【校】

〔一〕勑具官某，據文津閣本、周校本、沈校本補。

〔二〕可，據文津閣本、周校本、沈校本補。

承議郎盧訥可通判德順軍制

勑具官某〔一〕：州郡被邊，皆于襟喉之地，故雖褊狹，而澤〔二〕人甚艱。倅貳者，佐守之職，政無不關，其在邊之選又加重矣。爾以才畫可稱，宜膺繁使，付爾軍壘，勉思勤藎。可〔三〕。

【校】

〔一〕勅具官某，據文津閣本、周校本、沈校本補。

〔二〕澤，沈校本作『擇』。

〔三〕可，據文津閣本、周校本、沈校本補。

承議郎通判鎮戎軍韓宗哲可通判大名府制

勅具官某〔一〕：朕以北都圻甸，居宇之重，而河防之役，方復繁夥，故以旄鉞付樞機舊臣，使司管〔二〕鑰，又惟其佐貳，宜所慎選。某幹略堅挺，見於職任，是其遭事當不避難，奉長當不苟合，善治之效，可跂俟也。以是命汝，敬慎毋怠。可〔三〕。

【校】

〔一〕勅具官某，據文津閣本、周校本、沈校本補。

〔二〕管，周校本、沈校本作『宫』。

〔三〕可，據文津閣本、周校本、沈校本補。

奉議郎楊紹可通判蘭州制

勑具官某〔一〕：邊塞之斥，西路逾廣，金城之地，襟喉夷漢，選將遣戍，常籍勇士。今使者以爾闗決郡務，會計金穀，必得文墨論議，以爲倅貳，故常使監司，薦其宜者。上聞，其所譽者，必其已試。往莅所職，毋敢廢怠。可〔二〕。

【校】

〔一〕勑具官某，據文津閣本、周校本、沈校本補。

〔二〕可，據文津閣本、周校本、沈校本補。

朝散郎勾當左厢店宅務李敦頤可權通判瀛州制

勑具官某〔一〕：倅貳之職，佽助其長，事無不關，謀無不預。惟協恭而謹信，深思而强敏，奉上則順，帥下則服。河間大郡，帥府所在，用爾爲倅，推擇而進。勉慎職業，期可稱述。可〔二〕。

【校】

〔一〕勑具官某，據文津閣本、周校本、沈校本補。

〔二〕可，據文津閣本、周校本、沈校本補。

朝奉郎孫載可通判陝州制

勑具官某〔一〕：自關以東，分陝爲重，水陸交湊，民俗繁多，郡治之佐，其亦難矣。以爾從仕滋久，効力可見，推擇付之，實爲妙選。《甘棠》之詩，美在聽訟，景行賢傑，尚克有立。可〔二〕。

【校】

〔一〕勑具官某，據文津閣本、周校本、沈校本補。

〔二〕可，據文津閣本、周校本、沈校本補。

奉議郎余景可通判莫州制

勑具官某〔一〕：郡邑被邊，兵民雜處，應接聽斷，其任維重，守將之下，宜得陪貳。以景練歷事務，未嘗曠失，足以綏輯夷漢，寧固疆圉。徙置文安，勉就成效。可〔二〕。

【校】

〔一〕勑具官某，據文津閣本、周校本、沈校本補。

〔二〕可，據文津閣本、周校本、沈校本補。

通判隴州曾阜可通判邠州潘行可通判隴州制

勑具官某等〔一〕：朝廷之用人，常使其優裕樂職，無内顧之患，則能盡其智力。故有嫌者，許其自列，從其所便，則上無掣肘之慮，而下獲伸眉之幸矣。爾等並倅藩州，克勤民務，惟阜避兹芥蔕，與行易地而處。宜體茂恩，勉圖報效。可〔二〕。

【校】

〔一〕勅具官某等，據文津閣本、周校本、沈校本補。

〔二〕可，據文津閣本、周校本、沈校本補。

廣東轉運判官張升卿降一官小郡通判制

勅具官某〔一〕：蠻越遐阻，聲教闊遠，所以使王澤達下，人情徹上。民無邪慝之咎，吏絶苛嬈之敝，在于監司廣吾視聽。智不及是，責奚可逃？汝出分使指，綿極海嶠，而潢池之民，恣肆狂狡；烏合之衆，圍冒城壘。不能覺其萌芽，至于繁熾。及至興兵討捕，又乏謀策。將官使臣，恣爲威虐；良民編户，多所殘戮。論汝不職，奚逭嚴罰，貶秩一等，以儆庶官。俾倅小邦，佇觀來效。勉務循省，毋負寬宥。可〔二〕。

【校】

〔一〕勅具官某，據文津閣本、周校本、沈校本補。

〔二〕可，據文津閣本、周校本、沈校本補。

前知華州王子文可差通判大名府制

勑具官某〔一〕：向分左符，出臨劇郡，弗良政術，頗致人言。朝廷未嘗棄材，有以代匱，俾爲倅職，用閲來效。夫魏大之區，千里畿甸，軍府之盛，一時稱雄，汝之蒙榮，亦爲幸矣。毋敢以有命爲説，怠墮人事，仍取咎戾也。可〔二〕。

【校】

〔一〕勑具官某，據文津閣本、周校本、沈校本補。
〔二〕可，據文津閣本、周校本、沈校本補。

宣德郎知京兆府長安縣王鑒可權通判岷州制

勑具官某〔一〕：西方諸郡，外禦羌戎，兵事民務，應接非一。惟守將之重，宜得佽助，故敕漕臺，舉能者而補之。今使者以爾來上，譽必有試，來效可期。錫爾新命，勉崇善最。可〔二〕。

【校】

〔一〕敕具官某，據文津閣本、周校本、沈校本補。

〔二〕可，據文津閣本、周校本、沈校本補。

奉議郎監粳米第八界黄思可通判大名府制

敕具官某〔一〕：魏大之爲都會，而管鑰在焉。尹正之重，佽助惟艱。爾以材選，粤當時任。宣布詔條，盡力民務，有以自表，用副朝寄。可〔二〕。

【校】

〔一〕敕具官某，據文津閣本、周校本、沈校本補。

〔二〕可，據文津閣本、周校本、沈校本補。

宣義郎向宗傑可權通判安肅軍制

敕具官某〔一〕：西北州郡，被邊者非一，倅貳之官，不調于吏部，而中詔親授之，所以爲慎選也。今以安肅付汝，無以私壘爲小，怠於戒儆；無以蕞邑爲易，慢于刑政。戒之慎之，實副寵命。可〔二〕。

【校】

〔一〕敕具官某，據文津閣本、周校本、沈校本補。

〔二〕可，據文津閣本、周校本、沈校本補。

新差通判滄州劉撝可通判定州制

敕具官某〔一〕：河朔重鎮，威總兵要，而稱帥府。定爲極邊，益加重焉。倅貳之職，厥惟艱矣。爾前以掄選，倅于渤海，今徙之中山，地雄望崇，宜有以稱之。毋致弛懈，以孤休命。可〔二〕。

【校】

〔一〕勑具官某，據文津閣本、周校本、沈校本補。

〔二〕可，據文津閣本、周校本、沈校本補。

朝奉大夫保信軍簽判蹇序辰可差權通判滁州制

【案】蹇序辰父周輔曾知廣州，故制中有『壤地相接，雞犬相聞』之語。

勑具官某〔一〕：前爲諫臣，黜而仕郡，思愆補咎，爲日已久。朝廷未嘗棄材，必有稍遷，俾更倅守，仍付便郡。而父爲一道之帥，壤地相接，雞犬相聞，爾知其爲榮乎？勉務恪居，毋孤寵命。可〔二〕。

【校】

〔一〕勑具官某，據文津閣本、周校本、沈校本補。

〔二〕可，據文津閣本、周校本、沈校本補。

承議郎充秘閣校理梅灝可通判杭州制

勅具官某〔一〕：朝廷以學術選士，政事課吏，其能兼備者，可謂才良矣。爾讎書東觀，始以文進，今復命爾倅貳劇郡，試其爲政。東南都會，惟杭爲大。謹奉詔條，深察人情，事將無難，民譽可致也。可〔二〕。

【校】

〔一〕勅具官某，據文津閣本、周校本、沈校本補。

〔二〕可，據文津閣本、周校本、沈校本補。

承議郎余景可通判信安軍制

勅具官某〔一〕：仕宦者以資級爲階，州城軍壘，夫何間焉？然爲副貳者，奉上使下，皆宜有度。疆場外禦，兵戎雜處，汝既更之矣，益思勉懋。可〔二〕。

【校】

〔一〕勑具官某，據文津閣本、周校本、沈校本補。

〔二〕可，據文津閣本、周校本、沈校本補。

趙濟可降一官差唐州酒税制

勑具官某〔一〕：因緣材選，得任邊寄，力不能强毅威敵，廉不能清白率下，而耽恣博戲，牽强僚佐。自處必勝，衆莫敢校。責其償進，過於奪取。無恥至此，爲辱已甚。宜從貶秩之罰，以肅慢官之咎；酒榷市征之繁，足以效力。克己悔過，尚能自返。可〔二〕。

【校】

〔一〕勑具官某，據文津閣本、周校本、沈校本補。

〔二〕可，據文津閣本、周校本、沈校本補。

龍圖閣直學士朝奉大夫提舉南京鴻慶宮盧秉可落龍圖閣直學士依前朝奉大夫充寶文閣待制差遣依舊制

勑[一]：王者視民如傷，故常有不忍之政；爲仁不富，故常推陳錫之惠。豈其作法于凉，歛怨爲德，使淪胥之酷，被無知之甿哉！具官某往以淺謀，建爲邦計，紛更約束，峻列科指。見小利而欲速，推忍心於必獲，密網布設，購賞積重。牢盆之饒，其登籍者無幾；纍絏之害，或連坐者半道。東南之民，父子不保。事雖已往，謗者未息。宜示深懲，以戒惡吏。奪龍馬之峻秩，仍琳宮之舊守，尚爲寬恩，宜自循省。可[二]。

【校】

〔一〕勑，據文津閣本、周校本、沈校本補。

〔二〕可，據文津閣本、周校本、沈校本補。

知制誥吴某可加勳封食邑制

勅[一]：《詩》云：『濟濟辟王，左右趣之。』蓋上帝之祀，以顯相爲美；在廷之臣，以與祭爲慶。禮成于上，澤施及下，古之道也，朕無間然。具官某直諒多聞，靖恭守位，論議合五諫之旨，訓詞得三代之風。兹朕寅修禋祀，封越穹昊，惟爾鳴玉以相，奉璋攸宜。方熙事之備成，既大賚而錫祉，亟頒寵數，以復厥勞。開國書勳，實有常典，膺受恩遇，毋怠欽承。可[二]。

【校】

[一] 勅，據文津閣本、周校本、沈校本補。

[二] 可，據文津閣本、周校本、沈校本補。

知制誥石某可加階封食邑制

勅[一]：古人有言，天了之尊，惟其以公卿爲正長，子男爲師旅也。國家賔禮近臣，隆厚寵數，開國錫命，備存彝典。具官石某向以美材，進昇右掖，服勞侍從之事，贊襄禮命之書。朕以寅祀昊天，大賚四海，凡列位著，畢與慶賞。惟爾聞望，簡在朕志〔二〕，庸舉舊章，亟疏新命。兼官崇峻，封邑陪敦，班寵有加，名數偕異。祇服優渥，無怠厥心。可〔三〕。

【校】

〔一〕勑，據文津閣本、周校本、沈校本補。

〔二〕志，周校本後改作『心』。

〔三〕可，據文津閣本、周校本、沈校本補。

四蕃大首領鬼章可陪戎校尉制

勑〔一〕：嚮以强梁，寇犯邊圉，稔惡盈貫，繫縶來獻。朝廷隆好生之德，廣柔遠之略，被以厚恩，貸其萬死，分其種姓之息嗣、部族之黨類。既知服罪，咸願乞恩，宜崇盛典，以收來效。俾脱槀街之戮，仍賜漢官之命。膺霑殊渥，毋貳乃心。可〔二〕。

【校】

〔一〕敕，據文津閣本、周校本、沈校本補。

〔二〕可，據文津閣本、周校本、沈校本補。

右屯衛大將軍知潞州郭達可觀察使知河中府制

敕〔一〕：禦侮之臣，嘗以一眚致咎。矜其舊力，收功末路，爰疏茂恩，以示殊渥。具官某武節自効，智謀有取，嘗位樞府，亦分將閫。留落不偶，蹉跎暮年，不能復鴈門之寄，亦足深東武之歎。宜復廉車之秩，仍分符竹之榮。勉爾激昂，報我光寵。可〔二〕。

【校】

〔一〕敕，據文津閣本、周校本、沈校本補。

〔二〕可，據文津閣本、周校本、沈校本補。

皇伯均州防禦使世雄可觀察使制

敕〔一〕：九族惇叙，所以隆公族之恩；三考陟明，所以謹外朝之治。非夫飭躬自喜，辟咎無疵，亦何以克播休聲，膺受崇錫？皇伯具官某地居近屬，身載美材。闕廷覲見之恭，未嘗曠失；宗室信厚之譽，足爲表儀。舉其年勞，詳案令緒，宜示展親之典，用伸加秩之榮。進假廉車，茂宣使指。寵光之盛，負荷實艱，惟匪懈可以終譽，惟謹度可以持滿。勉焉慎思，毋墜休命。可〔二〕。

【校】

〔一〕敕，據文津閣本、周校本、沈校本補。

〔二〕可，據文津閣本、周校本、沈校本補。

朝散大夫致仕趙宗誨故父任給事中贈司空賀可贈司徒制

敕〔一〕：宗祀覃慶，無間幽顯。矧爲著名前朝，詒法後裔，宜加異數，以慰幽壤。具官某父某德操修立，著聞搢〔二〕紳，官閥顯榮，驟躋青瑣。既緣子貴，追賁公袞，進陟教官之長，用爲泉室之榮。魂而有知，歆此殊寵。可〔三〕。

【校】

〔一〕勅，據文津閣本、周校本、沈校本補。

〔二〕搢，文淵閣本作『縉』。

〔三〕可，據文津閣本、周校本、沈校本補。

故母〔一〕永嘉縣君姚氏可贈榮國太夫人制

勅〔二〕：宗祀均澤，無間幽顯。矧其德著閨門，慶垂後裔，宜加異數，以慰下泉。具官某母某氏慈淑自修，窈窕著稱，既緣子貴，肇啓郡封。進錫褕翟之華，益爲壤户之寵。尚惟陰魄，歆此恩榮。可〔三〕。

【校】

〔一〕母，據文津閣本、周校本、沈校本補。

〔二〕勅，據文津閣本、周校本、沈校本補。
〔三〕可，據文津閣本、周校本、沈校本補。

禮部員外郎郎〔一〕安詩弟司農少卿安持故父任觀文殿大學士吏部尚書贈太師開府儀同三司追封舒國公充可追封魯國公餘如故制

勅〔二〕：股肱之臣，社稷之鎮，累功積行，克永終譽，生榮没哀，兼極休命。粵因大賚，申隆贈典。具官某父某事君以道，謀國以忠，經緯王度，調飪鼎實。利澤施于海内，標矩存于士林。臧孫宜其有後，二惠迺其競爽。蓼莪之報，明發載懷。屬此合宫之祀，覃彼漏泉之澤。追崇麟野之封，增賁龍章之服。尚惟幽壤，備歆光寵。可〔三〕。

【校】

〔一〕郎，應作『吴』。吴安詩，元祐三年任禮部員外郎。
〔二〕勅，據文津閣本、周校本、沈校本補。
〔三〕可，據文津閣本、周校本、沈校本補。

通議大夫致仕李及之故父贈特進邁可特贈開府儀同三司故母華原郡太君張氏可特贈榮國太夫人大中大夫致仕程珦故父贈吏部尚書遹可特贈特進故母孝感縣太君張氏可特贈廣平郡太夫人制

敕[一]：宗祀均福，普及幽顯，所以昭孝德之光于四海，亦不遺小國之義也。夫爲善在躬，鍾慶于後，閨閫之休，後昆貽慶，源流深永，本盛枝茂。慰其蓼莪之心，申以漏泉之澤。李及之父開府之貴，禮視上公；程珦父特進之貴，位次上公。錫兹蜜[二]章，增顯幽壤。李母某氏襲[三]封大國，兼采美郡；程母某氏湯沐之邑，疏以郡封。雖不及魚軒之華，姑畀以蜜章之寵。可[四]。

【校】

〔一〕敕，據文津閣本、周校本、沈校本補。

〔二〕蜜，文淵閣本、周校本作『密』。

〔三〕襲，文淵閣本作『親』。

〔四〕可，據文津閣本、周校本、沈校本補。

母[一]燕國太夫人李[二]氏可特封周國太夫人制

敕[三]：愛敬盡于事親，孝弟在乎錫類。是以明堂之祀，大賚溥天之澤，凡預周行，咸此報德。具官某母某氏令儀懿行，是爲女師。象服魚軒，既從夫貴，曁以君羹之遺，益爲子舍之榮。爰因受[四]釐之成，俾申來諗之志。啓封大國，書社成周，崇是寵章，用疇慈訓。可[五]。

【校】

〔一〕母，據文津閣本、周校本、沈校本補。
〔二〕李，文淵閣本作『某』。
〔三〕敕，據文津閣本、周校本、沈校本補。
〔四〕爰因受，原作『受因爰』，據文津閣本、周校本、沈校本改。
〔五〕可，據文津閣本、周校本、沈校本補。

左藏庫副使致仕王慈龍圖閣直學士朝議大夫工部侍郎克臣父可贈左金吾衛上將軍母可贈普寧郡太夫人制

勑[一]：合宫毖祀，大賚予衷，照天漏泉，靡不周普。以某等故父某、故母某氏天裔之出，邦族之彦，鍾慶後昆，克生良子。尊列朝著，應受顯服，慰其明發之思，申于幽穸之寵。執金近衛，普寧大郡，視亡若存，哀榮備矣。可[二]。

【校】

〔一〕勑，據文津閣本、周校本、沈校本補。

〔二〕可，據文津閣本、周校本、沈校本補。

國子祭酒集賢校理鄭穆可直集賢院充諸王府侍講制

勑具官某[一]：昔東平王有言，『爲善最樂』，時主稱其言之甚大，史臣載爲美談。夫以經術爲意，聖師之教，日陳於前，左右勸誦，温故知新，此其爲善之樂，其益茂矣。

今吾賢王蹈之，求其端士舊僚，以望其府。惟某端懿淳諒，博通藝文，其在秘府，綽有令譽，還之講席，以輔美志。增麗正之峻職，爲儒者之榮觀。宜思恪居，用疇休命。可〔二〕。

【校】

〔一〕勑具官某，據文津閣本、周校本、沈校本補。

〔二〕可，據文津閣本、周校本、沈校本補。

職方員外郎黄景可楊王府侍講制

勑具官某〔一〕：經術造士，所以貴於儒林之官，又況其勸講賢王，曳裾大府，其爲慎揀，良可知矣。某幼壯好學，耆艾稱道，輟自臺郎之選，俾從楚醴之游。正心博古，務崇職業。可〔二〕。

【校】

〔一〕勑具官某，據文津閣本、周校本、沈校本補。

〔二〕可，據文津閣本、周校本、沈校本補。

承議郎張獻可太學博士制

勑具官某〔一〕：博士之選，爲人師者也。身帥以善，豈特經藝廣習而已乎？以某前歷郡宰，頗崇善譽，使居太學，誨誘貴游，孰曰不宜？其勉之哉！可〔二〕。

【校】

〔一〕勑具官某，據文津閣本、周校本、沈校本補。

〔二〕可，據文津閣本、周校本、沈校本補。

試太學正吴師仁可試太學博士制

勑具官某〔一〕：講誦師言，訓道國子，太學之官，未有位著於朝，而以道藝爲勝，實儒者之美仕榮遇也。不以貧賤爲恥，不以留滯爲歎，惟有志者充之。然國家選第，吏課選叙有等，由學正而進博士，是亦疇庸尚德之謂。汝膺是選，勉服休寵。可〔二〕。

【校】

〔一〕勑具官某，據文津閣本、周校本、沈校本補。

〔二〕可，據文津閣本、周校本、沈校本補。

監察御史楊康國可開封府推官制

勑具官某〔一〕：京邑浩穰，獄市攸繁。爲之長者，挈提綱領於上；宜得佽助，張羅衆目於下。以爾材具修整，應物知務，肇爲御史，休有佳稱。使之貳官京兆，宣布詔令，宜其裨益，足副遴選。可〔二〕。

【校】

〔一〕勑具官某，據文津閣本、周校本、沈校本補。

〔二〕可，據文津閣本、周校本、沈校本補。

朝請郎工部員外郎石麟之可開封府推官制

敕具官某〔一〕：邦畿千里，人以億計。使萬室焉，有一氓之訟，不爲多矣，而不可勝聽也。京兆之屬，吾甚重之。以某久吏老成，居有善譽，從置幕府，宣布詔令。晝婉決繁，足以期待。可〔二〕。

【校】

〔一〕敕具官某，據文津閣本、周校本、沈校本補。

〔二〕可，據文津閣本、周校本、沈校本補。

開封府推官制

敕具官某〔一〕：王都千里之畿，輦轂五方之地，民庶雜處，情僞萬端。聽訟察詞，發奸擿伏，尹正之重，其貳唯艱。以爾學通古今，材任繁劇，藝而達則從政乎何有，强而毅則臨事而屢斷，是以擢於三館，付之會府。爾其虚心以輔畿右，由衷以審羣情，粤其慎守，以永終譽。可〔二〕。

【校】

〔一〕勅具官某，據文津閣本、周校本、沈校本補。

〔二〕可，據文津閣本、周校本、沈校本補。

才人馮氏父贈駕部郎中紹可特贈朝議大夫母崇德縣君李氏可特贈仙居縣太君制

勅〔一〕：積善在躬，鍾慶覃後，克生邦媛，列職婦官。屬宗祀之受釐，追溥天而均福，漏泉之澤，及幽莫遺。宜峻寵章，以從贈典。母宜易名城，以隆贈典。可〔二〕。

【校】

〔一〕勅，據文津閣本、周校本、沈校本補。

〔二〕可，據文津閣本、周校本、沈校本補。

蕃官内藏庫使騎都尉李阿埋可特授皇城使封清河縣開國男食邑三百户制

勑具官某〔一〕：朝用覃慶，溥及微細。爾預列官次，例宜進秩。東班之首，使聯爲重，開國賦邑，併增異數。祇莊戒懼，以答休命。可〔二〕。

【校】

〔一〕勑具官某，據文津閣本、周校本、沈校本補。

〔二〕可，據文津閣本、周校本、沈校本補。

觀文殿學士知鄭州孫固可兼侍讀提舉中太一宫制

勑具官某〔一〕：朕博覽前載，以求多聞。惟古今治忽之原，賢淑經綸之要，粲然方册，可從稽考，思得龐碩，備于顧問。具官某氣質渾厚，心慮開敏，挺然素絲之節，至于黄髮之年。既嘗歷位樞機，陳謀幃幄，忠言盈耳，讜議協心，是謂老成，宜在法從。俾造虎門之詔，以緒金華之業。庀職殊庭，增嚴整事，勉服休寵，副予簡求。可〔二〕。

【校】

〔一〕勑具官某，據文津閣本、周校本、沈校本補。

〔二〕可，據文津閣本、周校本、沈校本補。

知慶州范純粹可寶文閣待制再任制

勑〔一〕：封疆之臣，是付方面之寄；詩禮謀帥，實得中權之要。折衝禦侮，不違尊俎之間；知名勇功，乃居繩墨之外。朝有懋賞，吾不汝私。具官某智慮開爽，量力宏厚，正固以嚴戎律，忠肅而得士心，好謀而成，從善無厭。自〔二〕分兵〔三〕閫，綽著威名，隱若千里之城，晏然三歲之戍，敵情屢效，邊烽〔四〕無警〔五〕。宣疇異庸，進擢優秩。登延閣之妙選，仍青油之重任。軍中立號，以勵虎臣；省户峨冠，無負儒服。恩榮並進，汝其念哉。可〔六〕。

【校】

〔一〕勑，據文津閣本、周校本、沈校本補。

〔二〕自，文淵閣本後有『昔』字。

〔三〕兵，文淵閣本無此字。

〔四〕烽，周校本改作『燧』。

〔五〕警，周校本改作『驚』。

〔六〕可，據文津閣本、周校本、沈校本補。

太皇太后殿楊氏等大人進職制

勅某氏〔一〕：聯籍東朝，承恩内闕，備兹斗秩，無違宮事。屬中宸之奉册，方庶類之蒙慶，宜覃恩渥，用賁光華。可〔二〕。

【校】

〔一〕勅某氏，據文津閣本、周校本、沈校本補。

〔二〕可，據文津閣本、周校本、沈校本補。

太皇太后殿張氏等四人進職制

勅某氏〔一〕：上册長樂，是爲大慶；加惠小星，抑亦前烈。惟宫事之嚴密，矧司存之等差。祗服恩榮，毋怠勤恪。可〔二〕。

【校】

〔一〕勅某氏，據文津閣本、周校本、沈校本補。

〔二〕可，據文津閣本、周校本、沈校本補。

龍左氏等十一人進職制

勅某氏〔一〕：某氏等咸以貫魚之序，親際從龍之會，依日月之融光，宜雨露之溥及。稍躋女御，悉有司存。祗服恩華，益思勤恪。可〔二〕。

【校】

〔一〕勅某氏，據文津閣本、周校本、沈校本補。

〔二〕可，據文津閣本、周校本、沈校本補。

大理正燕若古可國子監丞大理寺丞李舉之可都水監主簿制

勑具官某等〔一〕：九寺之職事，治獄爲劇。爾等皆莅官大理，是已試於其難者。屬此官罷，徙爾他局。夫猶斧斤之於攻木，根節可解，若其餘則易而無滯。國庠總胄子之版，都水主溝洫之事，以其明辨，何有弗治？毋曰弗類，勉力自効。可〔二〕。

【校】

〔一〕勑具官某等，據文津閣本、周校本、沈校本補。

〔二〕可，據文津閣本、周校本、沈校本補。

宗正寺主簿王柄可太僕寺丞朝散郎張向可光禄寺主簿制

勑具官某等〔一〕：九寺之屬，位下而秩〔二〕薄，然皆朝廷慎選，可以漸於榮途矣。以某等爲吏有嘉聞，叙而用之。宜自竭力，以副寵命。可〔三〕。

【校】

〔一〕勑具官某等，據文津閣本、周校本、沈校本補。

〔二〕秩，周校本、沈校本原作『秋』，周校本改作『禄』，沈校本改作『秩』。

〔三〕可，據文津閣本、周校本、沈校本補。

朝散大夫衛尉少卿韓宗師可直祕閣提舉鳳翔府太平宫制

勑具官某〔一〕：公卿之世，能以修行自立，朝廷之所尚也。爲其承紹世美而可惇勸，顯官豐秩，夫何吝焉。爾儒學吏能，皆有可紀，至其色養不違，仍信於人。嚮嘗擢登書館，退避不就。屬乃父告老得謝，朝有著例，復申前命，以旌才良。輟卿列之副貳，總殊庭之釐事。祇服休寵，益思勉勵。可〔二〕。

【校】

〔一〕勑具官某，據文津閣本、周校本、沈校本補。

〔二〕可，據文津閣本、周校本、沈校本補。

朝議大夫知密州王説可知涇州朝奉郎集賢校理鮮于師中可知鳳翔府制

勑具官某等〔一〕：邠、岐二邦，皆國重鎮。内修民政，則良守之事；外憺威聲，則名將之略。朝所付予，是焉慎重。以某出於卿族，屢膺藩寄；以某向更戎瑣，嘗著能效，並付連城之寄，列居千騎之長。夫中和豈弟，所以愛養南畝；嚴重明果，所以董正師壘。勉力勤恪，以副推擇。可〔二〕。

【校】

〔一〕勑具官某等，據文津閣本、周校本、沈校本補。

〔二〕可，據文津閣本、周校本、沈校本補。

西京左藏庫使高道禮可知安肅軍莊宅使文州刺史朱衍可知全州制

勑具官某等〔一〕：朝廷聲教，化及朔南，屬在邊隅〔二〕，奉琛面内。而邊圉之任，仍所戒儆，常擇良守，以屏要郡。爾等咸以知略，夙備推擇，宜付左符之寄，益示專城之寵。北抗河塞，南極湖湘，治民訓戎，事惟一揆。勤力匪懈，以就來效。可〔三〕。

【校】

〔一〕勑具官某等，據文津閣本、周校本、沈校本補。
〔二〕屬在邊隅，周校本、沈校本原作『夷狄左衽』。
〔三〕可，據文津閣本、周校本、沈校本補。

知南京王震可知荆南知湖州林希可知南京制

勑〔一〕：方面之寄，所以屏翰百城；郊圻之重，所以保釐千里。朝所付委，二者惟均，材之所宜，試可乃已。震學以知務，智足應物；希心慮通達，文采彬蔚。而皆詳究吏術，輝赫民譽，在此無斁，去常見思。夫荆州，全楚之舊也。震往莅之，以宣布于蕃之治。睢陽，王業所興也。希就尹之，以陪輔維則之化。並膺休命，益思要術，毋有怠忘，用副銓擇。可〔二〕。

【校】

〔一〕勑，據文津閣本、周校本、沈校本補。

〔二〕可，據文津閣本、周校本、沈校本補。

知趙州杜紳可知濱州太僕寺丞朱勃可權發遣虢州知濱州張奕可知趙州知虢州張仲容可知建昌軍制

勑具官某等〔一〕：吏治弗修，民用離散，輕去田畝，起爲刦奪，此豈元元之素心哉！吾甚閔之。虢略，關西之巖邑；渤海，東齊之奥區。二邦之人，今或失職。汝紳汝勃，以幹敏著稱，是以選擇，往莅撫之。昔太叔誅萑苻之盜，以安鄭國，以猛治者也，勝之而已。而龔遂謹農桑之課，以厚齊俗，則允安之，是爲美焉。景行前人，庶必有立。夫事上者不一，其宜亦有工于此而短于彼，度材而處，孰不致治？惟奕與仲容，試吏之久，俾其易地，勉思竭力。可〔二〕。

【校】

〔一〕勅具官某等，據文津閣本、周校本、沈校本補。

〔二〕可，據文津閣本、周校本、沈校本補。

向萬聽男思遷承襲制

勅具官某男某萬聽〔一〕：歸義向化，歲月綿久，年齒耋老，求自便安，願以州額，付其長息。宜聽承襲，以光種落。可〔二〕。

【校】

〔一〕勅具官某男某萬聽，據文津閣本、周校本、沈校本補。

〔二〕可，據文津閣本、周校本、沈校本補。

向思越姪載舞承襲制

勅具官某房姪載舞〔一〕：思越之亡，子當承襲，以病自上，求與從弟。不失種族，而付印章，有義存焉，宜從聽許。汝以非次，驟膺厚福，祇服恩寵，毋敢曠怠。可〔二〕。

【校】

〔一〕勅具官某房姪載舞，據文津閣本、周校本、沈校本補。
〔二〕可，據文津閣本、周校本、沈校本補。

故嵠峒都巡檢向思景男載舜承襲代父名目制

勅〔一〕：向載舜父爲漢官，忠順自効，今也則亡，義當置後。爾以適嗣，法當承襲。撫綏部族，庇育族屬。體兹恩寵，當盡報効。可〔二〕。

【校】

〔一〕勅，據文津閣本、周校本、沈校本補。
〔二〕可，據文津閣本、周校本、沈校本補。

銀青光禄大夫檢校國子祭酒充溪洞恭順知州兼監察御史武騎尉田洪獎長男思世承襲制

勑具官某男某〔一〕：徼外向化，膺受天爵，父殁子繼，厥爲著令。肆爾承襲，不待功效，惟盡忠孝，無忝崇寵。可〔二〕。

【校】

〔一〕勑具官某男某，據文津閣本、周校本、沈校本補。

〔二〕可，據文津閣本、周校本、沈校本補。

宣德郎太常博士楊國寶可成都路轉運判官制

勑具官某〔一〕：博士，儒者之選也，國寶居之，衆以爲宜。而大臣薦其博學，可使在讎書之列。國寶辭不肯當，而薦者益稱其能。夫士之好古屬文，信爲美矣。豈若施之政事，有以澤民之爲懿也。今以國寶爲刺舉之官，付之百城之任。凡其財用之所興出，官吏之所分部，舒慘澄汰，其務非一。蜀端遠於京師，朝廷之所眷顧，慎爾智術，副吾遷擢。可〔二〕。

【校】

〔一〕勅具官某，據文津閣本、周校本、沈校本補。

〔二〕可，據文津閣本、周校本、沈校本補。

奉議郎安惇可夔州路轉運判官制

勅具官某〔一〕：前奉使指，徃莅左蜀，未及報政，以憂解去。既畢祥琴，復還仕版，粵假傳車之任，佇俟將明之最。古賢叱馭，求爲忠臣，爾勉之矣。可〔二〕。

【校】

〔一〕勅具官某，據文津閣本、周校本、沈校本補。

〔二〕可，據文津閣本、周校本、沈校本補。

朝散郎虞策可荆湖西路轉運判官制

勑具官某〔一〕：荆及衡陽，洞庭之阻，漕事之輸京師，其行永久。列郡之富，百吏之治，遐遠幽隔，又當周察，使者之任，其重矣哉。以某幹力著聞，前在蜀道，職業未究，今復付以八州之寄。宣布恩令，思稱任遇。可〔二〕。

【校】

〔一〕勑具官某，據文津閣本、周校本、沈校本補。

〔二〕可，據文津閣本、周校本、沈校本補。

朝奉郎江東運判劉極可淮南轉運判官制

勑具官某〔一〕：將漕之重，號爲外計。澄察百吏，則上之耳目；均節九賦，則國之淵藪。然用吏之術，久次則其效乃顯。爾前在江介，即有成績，今復付之淮甸，益觀遠略。祗服休寵，毋怠初〔二〕志。可〔三〕。

【校】

〔一〕勑具官某，據文津閣本、周校本、沈校本補。

〔二〕初，周校本、沈校本作『祖』。

〔三〕可，據文津閣本、周校本、沈校本補。

新利州路運判温益可湖南轉運判官制

勑具官某〔一〕：湖湘之阻，遠於京師，所以惻恤民隱，宣布上恩，惟使者爲能副本朝之意。前以某爲巴蜀，今徙之南州。體予推擇之慎，宜有恪居之效。可〔二〕。

【校】

〔一〕勑具官某，據文津閣本、周校本、沈校本補。

〔二〕可，據文津閣本、周校本、沈校本補。

朝奉大夫新權知撫州鄒軻可江南東路轉運判官制

勑具官某〔一〕：將王命之出内，明邦國之若否，使者之寄，爲朝耳目。誠得其人，列城受賜。以某歷試民事，舉集時譽。今賦税之出，江南爲重，所以使百吏畏法，四民就業，將漕有序，歲計充牣。選擇用汝，宜勉之哉。毋隳職業，以孤任遇。可〔二〕。

【校】

〔一〕勑具官某，據文津閣本、周校本、沈校本補。

〔二〕可，據文津閣本、周校本、沈校本補。

彭城集卷二十三

制誥〔一〕

朝散郎大理卿杜紘可朝請郎奉議郎試侍御史王覿可承議郎餘並如故制

勑〔二〕：刑罰所以輔治，法令在于便民。惟將明之材，知所筆削；而哀矜之澤，由是布宣。嘉其成畫，用推懋賞。具官杜紘通知法意，詳練時務；具官王覿天質精敏，儒業該茂。而皆持心居厚，觀物能察，討論五刑之中，究極三典之要，輕重適宜，簡易難犯。新令肇布，大綱粲明，疇其恪居，錫之異數。加秩進等，是爲寵光，益圖報稱。可〔三〕。

【校】

〔一〕制誥，周校本、沈校本作『制誥五』。

〔二〕勑，據文津閣本、周校本、沈校本補。

〔三〕可，據文津閣本、周校本、沈校本補。

奉議郎陳向能可承議郎制

勑具官某〔一〕：郡邑被邊，中外雜處，加之遠人新附，應接多務，爲吏者比及三年，事整而無曠，可謂能矣，是以賞典及之。爾參釐幕畫，其效中率，進秩一等，以疇勤勩。可〔二〕。

【校】

〔一〕勑具官某，據文津閣本、周校本、沈校本補。

〔二〕可，據文津閣本、周校本、沈校本補。

宣德郎曹昈可通直郎制

勑具官某〔一〕：朝有大慶，賚于四海，百官進秩，雨露之澤也。爾預于甄叙，通籍朝闈，榮親顯家，其賜盛矣。服此休渥，毋怠祇肅。可〔二〕。

【校】

〔一〕勑具官某，據文津閣本、周校本、沈校本補。

〔二〕可，據文津閣本、周校本、沈校本補。

潁州萬壽縣令充後省删定官葉唐稽可宣德郎差遣如故制

勑具官某〔一〕：修令二省，雖未成書，而其年勞，自當進秩，俾其稍遷，以循往例。脱銓管之籍，爲朝闈之漸。欽承光寵，益自勤飭。可〔二〕。

【校】

〔一〕勑具官某，據文津閣本、周校本、沈校本補。

〔二〕可，據文津閣本、周校本、沈校本補。

尚書右丞劉摯可尚書左丞進封開國伯加食邑實封制

勑〔一〕：四輔之地，二公覃化，王政用爲粹美，民人以之帖泰。具瞻所寄，慎選維重。其有德業素著，績用已效，任賢勿疑，吾以爲準。具官某全材博厚，是爲大器，純德淵懿，至于積載，經濟是任，鉅細必宜。惟深以通天下之情，惟幾以成天下之務。粤繇風憲，入丞文昌，六曹率職以無曠，四海承風而知服。今左轄虚位，臣鄰莫先，宜推已試之功，更示峻遷之寵。賜國加賦，以符休命。噫，股肱惟人，喉舌賦政。任重道遠，匪賢曷充？惟爾夙夜浚明，以副羣望。可〔二〕。

【校】

〔一〕勑，據文津閣本、周校本、沈校本補。

〔二〕可，據文津閣本、周校本、沈校本補。

同知樞密院事安燾守本官知樞密院事加食邑實封制

勑〔一〕：參帷幄之謀，據機衡之任。折衝未兆，眇微必察；儈威無外，遠邇咸服。是所謂股肱之良，社稷之鎮，非我舊德，曷膺重寄？具官某器大有容，材茂兼濟，資忠厚以爲質，兼惇閎而輔志。仁爲己任，毅而不回，惟幾成務，其施逾博。粤自先帝，擢躋右府。智名勇功，足究子房之事；忠言嘉謨，罙著君陳之美。宜正斗樞之拜，以副薦紳之望。書社真食，併增異數。將使蠻夷率服，金革不試，在夫謀之臧而下丕應，氣之和而衆知悦，此吾制治之本，任賢之心。勉而行之，以副虚佇。可〔二〕。

【校】

〔一〕勑，據文津閣本、周校本、沈校本補。

〔二〕可，據文津閣本、周校本、沈校本補。

通直郎太僕寺丞高士英可工部員外郎制

敕具官某〔一〕：百工之事，萃于冬官，屬郎之選，是宜遴簡。以某効職輦轂，克修馬政，風績壯敏，宜所進升。俾陟文昌之府，以觀驥力之效。可〔二〕。

【校】

〔一〕敕具官某，據文津閣本、周校本、沈校本補。

〔二〕可，據文津閣本、周校本、沈校本補。

朝散郎陳知新可知華州承議郎張景温可通判荆南府制

敕具官某等〔一〕：守倅之任，有地千里，承流宣化，推廣上恩，興利除害，究度民事，有志之士所願爲也。馮翊右輔，江陵故楚，生齒之盛，厥爲名藩。擇材而處，以命爾等，或守或貳，思所爲報。可〔二〕。

【校】

〔一〕勑具官某等，據文津閣本、周校本、沈校本補。

〔二〕可，據文津閣本、周校本、沈校本補。

開封府推官羅適可府界提刑前河東提刑范子諒可開封府推官制

勑具官某等〔一〕：邦畿千里，王化所先。内有幕府，參預謨畫；外則節傳，督視縣邑。皆爲劇任，宜付能者。以適强力民事，知其要務，方疏治畎澮，僅其就緒。以子諒前奉使指，按刑無頗。是用並從推擇，付兹浩穰。詳獄岸之巨細，察民情之真僞。其亦無怠初心，是則動罔不獲。可〔二〕。

【校】

〔一〕勑具官某等，據文津閣本、周校本、沈校本補。

〔二〕可，據文津閣本、周校本、沈校本補。

宣義郎徐壽可宣德郎添差福建路轉運使勾當公事制

勑具官某〔一〕：縣令之職，愛民者也。賦取有不便，能以固争于上；使者非其人，能以拒而不顧。守正不奪，見黜無悔，如此乃爲稱其職，夫汝允蹈之。去思在民，歷久不忘，淹滯歲時，百爾稱頌。重因薦書之上，將勵素飡之輩。增秩一等，隸屬外臺。興利除害，隱卹民病，悉爾初心，其必有補矣。可〔二〕。

【校】

〔一〕勑具官某，據文津閣本、周校本、沈校本補。

〔二〕可，據文津閣本、周校本、沈校本補。

故捧日左廂都指揮使張元孫彦訪可二班奉職制

勑具官某孫某〔一〕：卹孤延賞，朝有著令。乃祖爲國爪士，殁身旅帥，資其餘寵，及爾童孫。敬服休命，思所自立。可〔二〕。

【校】

〔一〕敕具官某孫某，據文津閣本、周校本、沈校本補。

〔二〕可，據文津閣本、周校本、沈校本補。

借職秦威弟戍可三班借職制

敕某官弟戍〔一〕：哀死卹孤，朝有常令。兄亡弟及，抑爲殊寵。今以俾汝，敬服休命。可〔二〕。

【校】

〔一〕敕某官弟戍，據文津閣本、周校本、沈校本補。

〔二〕可，據文津閣本、周校本、沈校本補。

趙子諒等三人可右班殿直王楹等十四人可三班奉職制

敕某等〔一〕：朝廷設科，以求材武，弓馬程其藝能，策畧觀其趣向，二者俱茂，可以當勇爵而承器使矣。爾等咸繇舉薦，得備廷試，實副其名，朕甚嘉之。品差授官，用示旌勸，祇服光寵，益思奮勵。可〔二〕。

【校】

〔一〕勑某等，據文津閣本、周校本、沈校本補。

〔二〕可，據文津閣本、周校本、沈校本補。

皇叔故皇城使榮州團練使仲鞸可贈密州觀察使追封高密侯制

勑〔一〕：公族之愛，戚疎有倫，存垂惇叙之休，没著哀榮之典，情禮所極，爵秩何遴？具官某地居近屬，仕齒外朝，修身有聞，從政無曠。奄至不淑，爲之傷懷，宜推加贈之章，亦示爲善之報。廉車侯爵，併疏茂恩，魂而有知，歆此殊獎。可〔二〕。

【校】

〔一〕勑，據文津閣本、周校本、沈校本補。

〔二〕可，據文津閣本、周校本、沈校本補。

皇叔故右武衛大將軍惠州團練使叔鮑可贈鄆州觀察使追封東平侯制

勑具官某〔一〕：繇《葛藟》之庇，襲《麟趾》之慶，進緫環衛，分領使符，修身有聞，得譽甚美。降年不融，大命遽及，傷悼之懷，宜有以稱。廉車爲專城之重，侯印亦分茅之貴，大邦須句，併玆衈典。尚其有知，歆此殊寵。可〔二〕。

【校】

〔一〕勑具官某，據文津閣本、周校本、沈校本補。
〔二〕可，據文津閣本、周校本、沈校本補。

皇伯濮州防禦使叔果所生母仙源縣太君張氏可贈永嘉郡太君皇城副使孫懷用母仙居縣太君王氏可贈崇國太夫人制

勑〔一〕：合宫毖祀，率土蒙慶，幽及泉壤，崇其爵號，所以慰天下爲人子者之心，而昭國家孝治之至也。具官叔果所生母張氏，實生令子，齒于公族，由其鍾福垂裕，克家顯服。既疏湯沐之封，以厚蓼莪之報，俾更大郡，仍協令名。魂宜有知，承此休命。具官孫懷用母王氏，實生令子，陟于朝著，由其鍾福垂裕，克家顯服。既疏邑封，以爲湯沐，而夫貴已隆，贈典宜進，特從賜國，增視魚軒。魂宜有知，承此休命。可〔二〕。

【校】

〔一〕勑，據文津閣本、周校本、沈校本補。

〔二〕可，據文津閣本、周校本、沈校本補。

承奉郎趙令誹可南京簽判制

勑具官某〔一〕：詞學登第，既躋膴仕，又將試之民務，究其心術。別都居留，幕府甚重，以爾從事，兹謂美遷。宜當悉心簿領之最，豈特曳裾樽俎之間而已。可〔二〕。

【校】

〔一〕勑具官某，據文津閣本、周校本、沈校本補。

〔二〕可，據文津閣本、周校本、沈校本補。

通直郎新差通判興國軍沈季長可差充揚州簽判制

勅〔一〕：朕矜爾棄咎，既示甄收，更擇名都，改佐幕府。稍遷安便，其益懋哉。可〔二〕。

【校】

〔一〕勅，據文津閣本、周校本、沈校本補。
〔二〕可，據文津閣本、周校本、沈校本補。

神宗皇帝御侍五人等守永裕陵迴内王氏與掌闈夫人劉氏與掌賓夫人李氏與掌飾夫人制

勅〔一〕：朕惟先帝，衣冠既藏，弓劍逾遠，凡此女御，經侍寢園，送往若存，慎終加敬。逮隙駒之遄邁，瞻望田而若疑，俾疏渥恩，悉進品秩。祗服光寵，宜謹欽承。可〔二〕。

【校】

〔一〕敕，據文津閣本、周校本、沈校本補。

〔二〕可，據文津閣本、周校本、沈校本補。

故尚宫吴氏可贈安定郡夫人制

敕吴氏〔一〕：早服貫魚之序，端習彤管之訓，生著柔範，没存懿稱。特推愍策，以示恩典。擇名城于大郡，加寵服于褕翟。尚惟有知，膺此休命。可〔二〕。

【校】

〔一〕敕吴氏，據文津閣本、周校本、沈校本補。

〔二〕可，據文津閣本、周校本、沈校本補。

入内東頭供奉官梁和米遘可並供備庫副使轉出制

敕具官某〔一〕：効職中侍，功次當遷，雖寓官資，固爲明陟，今而補外，併疏恩渥。

使聯之重，介貳惟寵。祇服休命，益思勤恪。可〔二〕。

【校】

〔一〕勑具官某，據文津閣本、周校本、沈校本補。

〔二〕可，據文津閣本、周校本、沈校本補。

通直郎孫進可國子監主簿制

勑具官某〔一〕：國家開廣庠序，學者其至雲委。故學省備官，而主簿之職清且要矣。爾家世儒學，既習爲吏，使膺是選，良謂稱焉。益務勤修，以副銓擇。可〔二〕。（又見《永樂大典》卷一四六〇八）

【校】

〔一〕勑具官某，據《永樂大典》、文津閣本、周校本、沈校本補。

〔二〕可，據文津閣本、周校本、沈校本補。

皇城使漢州刺史廣南西路兵馬鈐轄同提舉本路巡檢溪洞公事張整降三官添差充江州監税内殿承制閤門祇應知融州温嵩降三官添差充欽州監茶鹽酒税左侍禁管勾融州臨溪堡事兼地方同巡檢杜震右侍禁權邵州臨口寨鍾仲仁各降兩官制

勅具官某等〔一〕：中國之所以臨撫戎蠻，常以威信結服其心。豈其夸于殺人，見小利而起後害乎？爾等咸以選擢，見任邊徼，貪于首功，輕肆剪戮，無辜横死，近二十人。文書自營，謾不以實，覆案究極，惻然傷嗟。宜正典刑，以慰遐僻；差奪官秩，用懲無狀。尚體寬恩，思自悔咎。可〔二〕。（又見家集本卷五）

【校】

〔一〕勅具官某，據文津閣本、周校本、沈校本補。

〔二〕可，據文津閣本、周校本、沈校本補。

太府寺主簿韓宗本可大理寺主簿馬傳慶可太府寺主簿制

敕〔一〕：太府謹出納之總，廷尉主決讞之事，爲職不同，程材亦異。然精心恪居者，亦何處而不宜。惟宗本以親嫌引避，與傳慶易地而處，其各勤慎職業，以就功緒。可〔二〕。

（又見《永樂大典》卷一四六〇八）

【校】

〔一〕敕，據文津閣本、周校本、沈校本補。

〔二〕可，據文津閣本、周校本、沈校本補。

殿中侍御史韓琦可左司諫制

敕〔一〕：獻可替否，陳善閉邪，一者所當納君于道，致國于治。能至是者，其惟良謀者乎！具官某資質端茂，論議開爽，簪筆殿中，執憲法司，久有諒直之譽。是用擢躋左省，參聯七列。尊其所聞，則義無不貫；恕以及物，則厚不可勝。正色立朝，勉之慎之，毋替朕命。可〔二〕。

【校】

〔一〕勑，據文津閣本、周校本、沈校本補。

〔二〕可，據文津閣本、周校本、沈校本補。

殿中侍御史豐稷可右司諫制

勑具官某〔一〕：在廷之臣，位下而望重者，唯諫官而已。爲其得劘切人主，紀綱國體也。然非其學足以達道，其智足以周務，見微而知著，擇善而有容，亦安能稱其事而宜其官哉？以某〔二〕自居憲府，綽有士譽，名不虛得〔三〕，材實充〔四〕副，移珥筆之權，當伏蒲之選。讜言正色，廼其素守，吐剛茹柔，毋愧前哲，則我爲知人，爾號稱職矣。可〔五〕。

（又見《皇朝文鑑》卷三十九、家集本卷五）

【校】

〔一〕勑具官某，據文津閣本、周校本、沈校本補。

〔二〕某，《皇朝文鑑》、家集本作『稷』。
〔三〕得，沈校本改作『傳』。
〔四〕充，沈校本改作『允』。
〔五〕可，據文津閣本、周校本、沈校本補。

殿中侍御史呂陶可左司諫兵部員外郎賈易可右司諫制

勅具官某〔一〕：官以諫爲職者，所謂以義致身，以道事上者也。將順其美，補助其闕，耳目之寄，孰重于此乎？以陶風力幹濟，守正不回，率職中臺，屢形讜議；以易學術精敏，好古自喜，效官南宮，綽有令譽。是用躋之二省之聯，付以五諫之任。爾其慎慮竭己，正學劘上，副吾簡求，無奪素守。可〔二〕。

【校】

〔一〕勅具官某，據文津閣本、周校本、沈校本補。
〔二〕可，據文津閣本、周校本、沈校本補。

宣德郎濠州簽判包綬可少府監丞制

勑具官某〔一〕：昔臧僖伯諫君，君子謂其有後。忠讜之士，所崇尚善，善及子孫，理亦宜之。爾父陳力前朝，扶義倜儻，搢紳之論，于今弗忘。而某亦能修身自立，素風不墜。元宰大臣，爲之建言，吾所樂聞，亟使進秩。丞佽列卿，効智都輦，用觀爾能，期自恪慎。可〔二〕。

【校】

〔一〕勑具官某，據文津閣本、周校本、沈校本補。

〔二〕可，據文津閣本、周校本、沈校本補。

朝奉郎行都水監主簿陳安民可都水監丞制

勑具官某〔一〕：吏習于事者，可以勸功。爾効職都水，其已久矣，因而遷之，乃宿其業，與夫初試未習者，固有間焉。勉崇著效，毋孤寵任。可〔二〕。

【校】

〔一〕勑具官某，據文津閣本、周校本、沈校本補。

〔二〕可，據文津閣本、周校本、沈校本補。

刑部侍郎龍圖閣直學士呂公孺可權知開封府制

勑〔一〕：五民雜有，是爲浩穰之區；四方維則，實曰風化之本。尹正之任，推擇攸艱。具官某志剛而氣果，材博而智敏，効力周行，莫非重寄。剖符大邦，分閫邊圉，率有治最，稱爲吏師。是宜付之衆大之居，究其豈弟之化。昔廣漢鉤距察人情，延壽恩信周屬縣，能者之事，何遠之有？可〔二〕。

【校】

〔一〕勑，據文津閣本、周校本、沈校本補。

〔二〕可，據文津閣本、周校本、沈校本補。

寶文閣直學士知蔡州謝景温可知潁昌府制

勑[一]：陪京之南，許昌爲重。昆吾舊宅之地，是曰大邦；先朝啟封之始，因建赤府。連七城之會繁，當一道之綏輯，其所擇守，未嘗輕付。具官某老成之德，中外洊更；治民之材，所至可紀。宜换符竹之寄，俾分璧田之奥。忠臣之義，乃心固在于王室；良守之事，可以蒙福于京師。可[二]。

【校】

〔一〕勑，據文津閣本、周校本、沈校本補。

〔二〕可，據文津閣本、周校本、沈校本補。

陜西轉運副使葉康直可直龍圖閣知河中府制

勑具官某[一]：朝廷之用人，勤者有以報之，勞者有以休之，要區劇任，常使迭處。爾將漕陜服，歷年于兹，金穀之用無乏，羌戎之警鮮上，結課之最，朕用嘉之。惟蒲中之要藩，居三河之勝地，擇守之慎，得人攸艱。付虎符之優寄，增龍馬之峻秩，寵勸休逸，併以賚汝。勉服休命，益圖來效。可〔二〕。

【校】

〔一〕敕具官某，據文津閣本、周校本、沈校本補。

〔二〕可，據文津閣本、周校本、沈校本補。

新知秦州孫覽可知河中府制

敕具官某〔一〕：龍門河山之固，見于前載，今爲大府，實一都會。賦入之繁夥，軍旅之走集，其地已重，擇守奚易？爾資性平曠，遇事通敏，外宣使指，内佐省轄，洊著能名，允膺繁使。易地隴上，徙治蒲中，漢之三河，此爲大郡。循良之稱，屈數爲多，勉務風績，以追前烈。可〔二〕。

【校】

〔一〕敕具官某，據文津閣本、周校本、沈校本補。

〔二〕可，據文津閣本、周校本、沈校本補。

資政殿學士知鄆州蒲宗孟可知河中府制

敕〔一〕：嶽牧之任，是謂維藩；股肱之郡，尤所精選。具官某早以周材，進歷近輔，均逸居外，偃藩斯久，政術優裕，民俗畏服。顧以墳墓爲念，桑梓是恭，求易便郡，頗慰明發。朕惟體貌之重，從欲是宜，付蒲阪之奥區，當三河之都會。敬服休命，益思遠績。可〔二〕。

【校】

〔一〕敕，據文津閣本、周校本、沈校本補。

〔二〕可，據文津閣本、周校本、沈校本補。

資政殿學士知鄭州張璪可知河南府制

敕〔一〕：三川之地，二代餘俗，内守宫鑰，外奉園寢，居留之寄，慎選所先。具官某智實周務，器維華國，謀謨著于廊廟，功業見乎舉措，柱石之資，民望惟允。繇均逸而居外，既報政而上聞。爰付玉麟之符，以總日圻之重。宜其惇懋風化，用拯陵遲。可〔二〕。

【校】

〔一〕勑，據文津閣本、周校本、沈校本補。

〔二〕可，據文津閣本、周校本、沈校本補。

龍圖閣直學士朝奉大夫盧秉可知荆南府制

勑〔一〕：君子不奪人之親，使之遂服。先王之制，既不可過；門外之治，有以揜恩。具官某早以才華，參于法從，聯龍馬之秘邃，總戎閫之會繁。吏最亟聞，親喪致事，不呼其門，于今三年。祥琴始終，仕版宜復。眷南荆之奥壤，居全楚之上游。剖符列城，表率一道，祇服光寵，益思恪居。可〔二〕。

【校】

〔一〕勑，據文津閣本、周校本、沈校本補。

〔二〕可，據文津閣本、周校本、沈校本補。

寶文閣直學士知揚州謝景温可權刑部尚書制

勑〔一〕：百官之本，係于尚書；六曹之長，稱爲八座。朕慎選其人，每加遴柬，益嚴試可，亦無虚授。具官某稟性剛特，爲學堅正，綿歷中外，浹洽聞譽。察民情之真僞，練國體之詳要。是宜付之秋官之任，執此邦典之中。噫，論法之失，或以便文而忘惻隱之實；好生之德，乃在盡心而得哀矜之旨。慎爾官守，副吾休命。可〔二〕。

【校】

〔一〕勑，據文津閣本、周校本、沈校本補。

〔二〕可，據文津閣本、周校本、沈校本補。

朝請郎王子琦可衛尉丞制

勑具官某〔一〕：中外之任，非有重輕，惟才所宜，而後付與。爾更歷州郡，既有善績，觀光于朝，貴于爾近。是以擢丞衛尉効力轂下。欽承休寵，勉就職業。可〔二〕。

【校】

〔一〕勅具官某，據文津閣本、周校本、沈校本補。
〔二〕可，據文津閣本、周校本、沈校本補。

朝請郎温俊乂可大理寺丞制

勅具官某〔一〕：決平獄事，下無寃人，作士之重，所以使不犯于攸司。佽助之官，丞居其一。以爾材力通敏，大臣所稱，擢而用之，其必有效。宜自奪勵，以光任遇。可〔二〕。

【校】

〔一〕勅具官某，據文津閣本、周校本、沈校本補。
〔二〕可，據文津閣本、周校本、沈校本補。

張番龍番進奉使將軍制

敕具官某等〔一〕：慕義向化，獻琛修贄，誠款可取，甄賞宜及。並從懋賞，以榮種落。或繇卑秩，稍遷品列；或起徒步，而加爵服。咸思忠孝，以酬光寵。可〔二〕。

【校】

〔一〕敕具官某等，據文津閣本、周校本、沈校本補。

〔二〕可，據文津閣本、周校本、沈校本補。

左司諫韓川可太常少卿制

敕〔一〕：諫諍之臣，以讜言悟主；禮樂之司，以制度輔化。皆當精識好學，乃能勝任。故宜于此者，可以進于彼矣。具官某智慮通敏，文采淳正。自歷風憲之司，以及諫垣之列，忼慨大體，激昂壯志，資其餘論，可謂盡心，移其直清，足以典禮。宜付秩宗之貳，用觀儒術之效。可〔二〕。

【校】

〔一〕勑，據文津閣本、周校本、沈校本補。

〔二〕可，據文津閣本、周校本、沈校本補。

朝散大夫左司郎中范純禮可太常少卿制

勑具官某〔一〕：晉侯霸者，首正執秩之典；漢祖馬上，亦先叔孫之儀。禮樂之治，古今要務，于其司存，必付能者。某生于名族，幼有令聞，忠信可以學禮，文雅用之飭吏，屢從器使，皆得士譽。宜寘奉常之貳，俾主曲臺之論。至于通古今之變，使無膠柱；究情文之説，不爲聚訟。是勤職業，用副獎擢。可〔二〕。

【校】

〔一〕勑具官某，據文津閣本、周校本、沈校本補。

〔二〕可，據文津閣本、周校本、沈校本補。

太僕寺丞高士英可府界提點制

敕具官某〔一〕：都畿之廣，縣邑棊布，在周則規方千里，于漢則開置三輔。至其聽察獄岸，調度官用，何嘗不選擇使者，宣布上恩？以某敏惠於事，久結吏課，宜付傳車之任，以觀美俗之效。可〔二〕。

【校】

〔一〕敕具官某，據文津閣本、周校本、沈校本補。

〔二〕可，據文津閣本、周校本、沈校本補。

天武右第一軍都指揮使通判刺史聶達可左屯衛將軍致仕制

敕具官某〔一〕：朝廷之于羣臣，壯則取用，老則安存休息之，所以全其恩厚也。汝以武力爲職，至其耋老，不可復任以事。仍錫餘寵，用光暮齡。環尹之崇，實爲異數。可〔二〕。

【校】

〔一〕勑具官某，據文津閣本、周校本、沈校本補。

〔二〕可，據文津閣本、周校本、沈校本補。

虎翼軍都指揮使寧州刺史張明右領軍衛將軍致仕制

勑具官某〔一〕：効力虎旅，恪恭師律，今其年至，宜使休佚。擢環尹之寵號，爲掛車之餘榮。蒙被豐恩，知其優渥。可〔二〕。

【校】

〔一〕勑具官某，據文津閣本、周校本、沈校本補。

〔二〕可，據文津閣本、周校本、沈校本補。

新授常州司理參軍孟三英父真可承務郎致仕制

勑某人〔一〕：夫〔二〕貴老尚齒，所以勸天下之爲人子者也。是以赦令之下，常及高年；粟帛之賜，既有秩次。九十者復命以官，此朝廷恩禮，逾於前世矣。爾以暮齡，膺兹寵數，内爲子孫之榮，外爲鄉里之觀，逢辰之幸，其亦至矣。可〔三〕。

【校】

〔一〕敕某人，據文津閣本、周校本、沈校本補。
〔二〕夫，周校本、沈校本無此字。
〔三〕可，據文津閣本、周校本、沈校本補。

承務郎致仕張𣪊可承奉郎致仕制

敕具官某〔一〕：引年致仕，弗及以政，而慶賞之典，與在朝者均。國家養老之禮，所以隆於三代也。爾以暮齒，膺此光寵，既爲幸遇，亦酧素守。可〔二〕。

【校】

〔一〕敕具官某，據文津閣本、周校本、沈校本補。

〔二〕可，據文津閣本、周校本、沈校本補。

承務郎致仕魏中庸可承奉郎致仕制

敕具官某〔一〕：告老謝事，退居里宅，勤勞之役，既不汝及；朝有慶澤，顧不汝遺。貴老尚齒，惇篤至矣。蒙是休顯，汝知幸焉。可〔二〕。

【校】

〔一〕敕具官某，據文津閣本、周校本、沈校本補。
〔二〕可，據文津閣本、周校本、沈校本補。

通直郎李周可奉議郎致仕制

敕具官某〔一〕：告老之臣，弗及以政，慶賞之事，遐邇不遺，以是朝恩，迨於耆耋〔二〕。惟汝黄髮，膺我殊寵，是誠幸遇，毋忘欽承。可〔三〕。

【校】

〔一〕勑具官某，據文津閣本、周校本、沈校本補。

〔二〕耈耋，周校本、沈校本作『老者』。

〔三〕可，據文津閣本、周校本、沈校本補。

宣德郎致仕吕昌符可通直郎致仕制

勑具官某〔一〕：以年致政，閔勞以官職之事，而慶賞之典，亦不汝遺，朝廷貴齒敬老之風厚矣。升秩閨籍，有列位者得以追贈其先，不其貴歟？然亦爲吏廉勤無咎之報也，汝知之乎？可〔二〕。

【校】

〔一〕勑具官某，據文津閣本、周校本、沈校本補。

〔二〕可，據文津閣本、周校本、沈校本補。

儂應卿可三班借職充歸州巡檢制

敕具官某男某〔一〕：乃父爲國守邊，外禦夷獠，而以疾病不任。需章來上，仍述知子之内舉，庶幾幹蠱而克荷。宜從錫命，以靖遠甿。可〔二〕。

【校】

〔一〕敕具官某男某，據文津閣本、周校本、沈校本補。

〔二〕可，據文津閣本、周校本、沈校本補。

承議郎翟思可祠部員外郎制

敕具官某〔一〕：尚書屬郎，皆擇端士，其進既難，而其用有漸。以思敏識深慮，見稱于時，宜備建禮之朝，仍付冰廳之選。勉勤職業，以稱推擇。可〔二〕。

【校】

〔一〕敕具官某，據文津閣本、周校本、沈校本補。

〔二〕可，據文津閣本、周校本、沈校本補。

行門崔琪等七名授官制

勅某人等〔一〕：國之爪士，居守王閑，拱衛軒陛之嚴，耆竭股肱之力。積勞可叙，甄賞宜加。因其執射之後先，以爲賦禄之等秩。膺我光寵，勉爾恪修。可〔二〕。

【校】

〔一〕勅某人等，據文津閣本、周校本、沈校本補。

〔二〕可，據文津閣本、周校本、沈校本補。

又

勅具官某〔一〕：七萃之士，爲千夫之長，治衆以整，訓勇知義。隊師之選，材武是艱。爾陳力軍和，蔑聞粃政，叙遷園校，用錫茂恩。加團結之雄名，壯貔貅之重望。益崇來效，毋棄往勞。可〔二〕。

【校】

〔一〕勑具官某，據文津閣本、周校本、沈校本補。

〔二〕可，據文津閣本、周校本、沈校本補。

又

勑具官某〔一〕：國家開設勇爵，養育戎昭，壁壘星陳，偏兩鱗次，戰多則懋功疏賞，平居則用勞次遷。所以一内外之志，齊上下之分。爾陳力維舊，叙進是宜。齊衡五符，踵武官帥，壯貔貅之重望，假符竹之雄名。恩渥之隆，敬慎勿替。可〔二〕。

【校】

〔一〕勑具官某，據文津閣本、周校本、沈校本補。

〔二〕可，據文津閣本、周校本、沈校本補。

朝請郎解補之故父任尚書刑部侍郎致仕贈金紫光禄大夫賔王可贈特進奉議郎王詔弟奉議郎護故父任給事中天章閣待制贈銀青光禄大夫舉元可贈特進制

敕〔一〕：能仕教忠，良父之事；立身顯親，孝子之美。朕嘉義方之成訓，矜欲養而不待，弗恡高爵，以隆贈典。具官某父某生膺顯秩，殁有餘烈，肆其後嗣，服此朝寀。因釐事之告休，沛豐澤而追遠。特進之貴，位次上公，宜加蜜章，用賁幽壤。可〔二〕。

【校】

〔一〕敕，據文津閣本、周校本、沈校本補。

〔二〕可，據文津閣本、周校本、沈校本補。

朝散大夫宋惠國弟朝奉郎輔國弟朝奉郎奉國弟朝奉郎服國故母豫章郡太君劉氏可贈榮國太夫人制

勅〔一〕：合宫毖祀，溥率蒙慶，惠澤所加，無間幽顯。然非積善之門，世有令人，亦何能霑此優渥，無愧泉壤也？具官某等故母某氏，婦順著聞，母儀修整。諸子伯仲，同列簪裳，褒贈之典，實慰孝思。緣其父之崇貴，宜厥配之休顯。粤疏名邦，申錫象服。尚惟冥漠，潛喻光寵。可〔二〕。

【校】

〔一〕勅，據文津閣本、周校本、沈校本補。

〔二〕可，據文津閣本、周校本、沈校本補。

大中大夫致仕程珦妻壽安縣君侯氏可特贈上谷郡君通直郎呂元淳弟奉議郎元忠父吏部郎中充天章閣待制景初可特贈通議大夫元淳母仙源縣君陳氏可特贈潁川郡太君元忠母永康縣君魏氏可封安福縣太君制

勑〔一〕：宗祀均福，普及幽顯，所以昭孝德之光于四海，亦不遺小國之義也。具官程珦妻侯氏，粤以令德，嬪于茂族，輔佐君子，稱爲女師。餘芳不泯，既没如在，特疏郡封，以爲湯沐。從夫之貴，當榮于室，泉壤有知，歆此光寵。具官呂元淳、弟元忠父某，直清勵志，端直立朝，脩途騁而未窮，高風没而猶振。肆其後裔，並列朝闈，慰其蓼莪之心，申以漏泉之澤。進加寵秩，增賁幽穸，其亦有知，膺我休命。元淳母陳氏，粤以令德，嬪于茂族，輔佐君子，稱爲女師。餘芳不泯，鍾慶仍厚，爰因子貴，追預夫榮。特疏郡封，以爲湯沐，尚期幽壤，歆此寵章。元忠母魏氏，韞德幽閒，作嬪良奥，母道既茂，子貴方顯。屬此合宫之祀，方賚溥天之慶，宜疏封邑，仍畀名城。既崇湯沐之榮，亦慰烏鳥之報。可〔二〕。

【校】

〔一〕勑，據文津閣本、周校本、沈校本補。

〔二〕可，據文津閣本、周校本、沈校本補。

朝散大夫司農少卿同宗旦故伯父任尚書虞部郎中繹可贈朝請大夫故伯母長安縣君杜氏可贈昭德縣君制

勑某官某伯某母某〔一〕：禮之所起，由義與恩，尊尊親親，率自是出。惟宗旦懷世父世母鞠育之愛，思有以報，有請于朝。不徒爾也，用己考課陟明之賞，推而移之，可謂能不忘恩者矣。雖法所未有，可以義起也。無害于尊尊親親，吾亦安得恡而弗從？加秩一等，增邑湯沐，用告其第，足爲光寵。可〔二〕。

【校】

〔一〕勑某官某伯某母某，據文津閣本、周校本、沈校本補。

〔二〕可，據文津閣本、周校本、沈校本補。

彭城集卷二十四

奏疏[一]

貢舉議[二]

臣准御史臺告報進詔書，天下學校貢舉之法，博訪臣等，今得詳議者。臣愚以謂人主之舉事，與人臣之獻議不同。人臣之議者，盛言古事以爲高，侈言己忠以爲博，迂遠而不切事情，漫汗而不濟世務。雖已自知其無益于治矣，而猶爲之，何也？其言之有理，其持之有故，其名之所存，足以夸衆眩俗，故敢爲而不疑耳。人主之舉事則不然，度時之所宜，因俗之所安，不爲[三]虚名而棄實效，不慕遠業而捐近功，使令出而言[四]必信，事舉而俗必定。故與其出令不當而亟改之，不若謀事於始而慎慮也。今陛下患選舉之法不明，教育之方未善，此必有以前古久遠之事，感動上聽者，不可不察也。

本朝承百王之末，創起律令，雖未及三代，其隨時因俗，從宜應變，增損不常，亦成〔五〕一朝之制。而選舉之法，行之百有餘歲，累朝將相名卿，及今之所謂賢材與共天下之論議者，皆非以他塗進者也，而誣以未嘗得人，臣竊以爲過矣。且臣論之，今時選舉之患，不在創法之未善，而在有司之弗良；不患試言之非要，而患聽者之不察。何以言之？今國家求賢良異材之人，則使公卿薦舉；求文學經術之士，則使郡縣推擇。此雖三代取士，何以過此？帝典之言曰：『敷納以言。』孔子曰：『不知言，無以知人也。』然則未知人莫如聽言，故國家試士以文詞，亦二帝敷納之比也。誠使有司兼仲山將明之才，懷孟子知言之術，精聽慎擇，則賢不肖豈不較然？由今〔六〕觀之，取士之法，本未嘗失，而有司之聽，或不能盡。今以有司之不能盡而變法，法雖亟變而不擇人付之，雖法如三代，猶將終無益也。

議者或謂，文詞之爲藝薄陋，不足以待天下之士。臣愚以謂今進士之初仕者，不過得爲吏部選人；國家待門廕恩澤者，亦爲選人；流外小吏，亦爲選人。選人如此之卑也，而天下之士以文詞應此選，豈不固有餘裕哉？朝廷設置何等爵禄，而更艱難其選乎？且進士成名者，國家亦何嘗便以爲才傑而任用之。或以文章顯，或以法律用，或以善政事稱，或以治財賦進，皆待其來日成效而後有取。則夫取士之始，亦何用靳靳吝[七]惜，若不得已哉？且朝廷欲[八]更選舉之法，將以想望高材豪傑之士也。今天下之士至於禮部者，歲不下二千人，朝廷豈能以玉帛之聘、弓旌之招而遍得此乎？必亦使之投牒自進耳。士之投牒自進，必非豪傑之士。伊尹、管仲之儔，雖更其科試而取之，徒小異其名目，然其得士，未有以異于前也。更恐好利衒鬻之人，崇虛名以亂真，則取士之失，又甚於往日矣。

議者又謂，不如一用鄉舉里選者，此又知其一，未知其二也。夫二漢之用鄉舉里選，所以得人者，其時郡縣之吏，自廷掾、諸曹、卒史、馭吏、亭長、游徼，皆賢士爲之。故其臨財不苟，則知其廉；值事能斷，則知其智。文武材畧，莫不畢效。故其譽之有實，舉之不難。自流品分別，郡縣吏卒，棄絶爲賤，不齒于搢紳。賢士不復從此役，士之居鄉里者，何由察知？苟憑虛名以進人，後有不稱，將復相與蔽護其短而謂之材，終亦不得真賢實廉矣。是鄉舉里選，又不可盡用也。

凡此數端，皆臣所以深疑者也。不知臣之愚陋至此耶，抑亦千慮將有一得也？然愚者之志，專則難移，故臣願朝廷且毋庸輕變選舉之法，不如因舊法而慎選有司之爲愈也。雖然，尚有一説。今有人于此，明辯足以判獄訟，智略足以治財賦，而文詞不足以自發，經藝不至於浹洽，則將捐棄終身，無仕進之望，其才豈不可惜哉？臣願陛下爲設從政科，使公卿及監司舉所知以允選，必有舉者三人，乃召而用之，且毋以爲真。試之三年，才任其事，然後命之以官。即不可使，復還爲民，而坐其舉者。如此，則天下之材士，殆無遺逸矣。

臣聞教育之法，所以治性也。性修則智明，智明則應物不惑，不惑則盛德之士也。自兩漢以來，學者未嘗不以利禄爲心。夫可誘以利禄，而勉强爲善，則德性離矣。是故造士不及三代者，由此也。今陛下建學校，爲置明師而誨導〔九〕之，毋問其所學，毋限其所能，則賢材莫不養育矣。若惡文章之敝，而以經藝勸之，學者之志不出于爲利禄也，則文章之士變而爲經藝，雖曰不同，其離於德性也均矣。天之生材，有昏有明。智明材大者，非小智小識之所能掩也。及其淺晦下材，雖日撻之，亦終不能以致高大。士修之于家，足以成材，亦何待學官程課督趣之哉？臣愚不足以知遠略，惟陛下裁幸〔十〕。（又見《歷代名臣奏議》卷一百六十六）

【校】

〔一〕沈校本眉批：『埏案：水西家集奏疏内有《論封太祖子孫行尊者一人奉太祖祀》一篇，應抄列卷内《論封太祖後狀》之後。』

〔二〕沈校本下有小字注文：『埏案：水西家集尚有《論更學校貢舉法》一篇，應抄附此篇之後。』

〔三〕爲，《歷代名臣奏議》作『以』。

〔四〕言，《歷代名臣奏議》、周校本、沈校本作『下』。

〔五〕成，文津閣本作『自成』，周校本、沈校本作『自』。

〔六〕今，《歷代名臣奏議》作『是』。

〔七〕吝，《歷代名臣奏議》、周校本、沈校本作『遴』。

〔八〕欲，《歷代名臣奏議》、文津閣本、周校本、沈校本無此字。

〔九〕導，《歷代名臣奏議》、周校本、沈校本作『道』。

〔十〕臣愚不足以知遠略，惟陛下裁幸，據《歷代名臣奏議》、文津閣本、周校本、沈校本補。

覆宗室遂寧郡王承範謚信温議

王以同姓支屬，髫髪仕宦，耆艾没齒，更歷顯榮，五十餘歲。若其闕廷〔一〕之禮，束帶垂纓，而齒内朝者久矣；郊廟之事，執膰賜爵，而均福慶者多矣。無錯立族談之謫，有夙興夜寐之勤，纖介之失，未嘗上聞，其小心恭慎之謂乎？夫膏粱之性難正，世禄之家鮮禮，矯情抑心，不可常也。而王修身訓族，歲久彌固，其德性温和之謂乎？《麟趾》之詩，公族信厚，以爲《關雎》之化；東京諸王，不失法度，以爲永平之美。王之樂善，朝廷之教也。易名僖温，謂王宜之。

【校】

〔一〕廷，周校本、沈校本作『庭』。

攷功覆吴尚書謚文肅議

尚書力學强記，有志于從政，非若世儒徒以經術通明、文章奇偉，爲顯名垂譽而已也。是故始立朝則以直言讜議，開悟上聽，然後舉賢良方正，守稱其選。凡爲諫官近臣，而上謂其言盡。遭事不惑，知無不爲，沮止佞邪，發舉善政，以至更歷二府，始終一節。太史公所謂『扶義俶儻，不使己失時，立功名于天下』，尚書有焉。其謂之忠信接物，執心決斷，非虛美也。

太常寺論封爵狀

臣等伏見《周禮》封爵諸侯，皆有命書典策，又有約劑，書於宗彝。及漢封功臣，亦有丹書鐵契，藏之宗廟。誠以封爵之事，傳世無窮，不可不慎重其禮，且以防後世之争辨也。本朝慶歷中，始爲諸王置後傳襲。其時上恩雖厚，而有司典策不備，約束不明。昨因邢國公世永亡殁，冀王、越王，兩宫争訟，尋求故事，以斷是非。自中書、宗正寺、禮院、史院，皆無文書可以討論。然亦非有司有所墜失也。臣等以爲〔一〕諸宫傳襲封國者甚多，今不爲造作約束，恐後日常有紛競不已。宗室争辨，薄義傷化，甚非美事。本朝制度，雖不盡用三代，自當因宜立憲，著爲律令，使可遵守。藏之大宗，副在中書，太史禮官貳之，合于《周禮》之宗彝約劑，漢氏之丹書鐵契，傳示無窮，于禮甚便。欲望朝廷特賜詳酌，下禮官等參議施行。（又見《歷代名臣奏議》卷一百零四）

【校】

〔一〕爲，《歷代名臣奏議》作『謂』。

舍人院奏乞再建紫微閣狀

臣等伏見舊中書舍人院有紫微閣真宗皇帝御篆題榜副本刻石。自重修三省，紫微閣隳折，御篆無所張掛。伏以本朝建築省閣，上法天垣。前聖有作，自難減損。至於宸章天翰，宜永垂後，萬億千歲，瞻仰寅奉。在周之時，天球河圖，兑戈和弓，異代之物，尚皆傳保，伐圖庸器，每祭陳之。何况巍巍聖作，其可庋置不顯？有司惜土木之小費，靳〔一〕人力之微勞，甚無謂也。或謂神宗皇帝已不建閣。臣等以謂先帝釐改制度，次序行學，實有未暇。至于崇奉祖宗，必有深旨，安知其構築不在方將也？伏乞聖慈，特賜詳酌，復于中書後省建置紫微閣，標掛御篆，於以完本朝之舊制，副前聖之垂憲。事體甚大，實班列之所深願。臣等不勝惓惓之至。

【校】

〔一〕靳，周校本、沈校本作『勤』。

辭免中書舍人狀

臣准尚書省劄子告示，已降誥命，授臣中書舍人，令臣發來赴闕。承命震悚，不知所措。臣年齒衰暮，舊學荒廢，方將發揮乎號，潤色典訓，不當蕪漫失次，以速官謗。伏望聖慈，鑒其悃誠，罷寢恩命，以安賤分。臣緣已交割州事，不敢久留舊任，邐迤前去次云云〔一〕。

【校】

〔一〕自『臣緣』至『云云』，據文津閣作、周校本、沈校本補。

兩制議秦王襲封狀

臣等謹詳熙寧詔書，爲秦王置後。其時判太常寺陳薦等議請以秦王庶孫克繼爲後，知禮院韓忠彦等請以承亮爲後。先帝兼覽二議，詔依忠彦等所定。大宗正司言所立嫡庶不當，乞賜詳定，又詔兩制官改[一]議。王珪等議當以克繼爲秦王後，奉聖旨依已得指揮，承亮遂封秦王。臣等聞《易》曰：『大君有命，開國承家』，故《春秋》之義，唯天子得以專封。今承亮爲秦王後，詔旨丁寧如此，是大君命之開國，天子所得專封。承亮受國，傳其子克愉，已經兩世，無爲輒厝論議于其間。且上攷前世史傳及本朝故事，未有傳國兩世，復議移奪者。今克愉亡殁，自當依禮律置其後嗣。其他宗室，妄有訟訴，不在採聽之限。

【校】

〔一〕改，周校本、沈校本作『再』。

論汝州合建節狀

臣伏觀今月四日赦書節文，其京東、京西、曹、許州並升爲輔郡者。伏以萬乘之后，兆衆所集，内則提封千里，外則别置四輔，蓋欲以拱衛王圻，威重帝室。陛下稽古圖政，憲天垂法，以曹、許之地，嵩輦轂之側，雖壯鉞廉車，足治浩穰。而神州赤縣，近屬倚毗，殊其命稱，實備闕典。兹前代之弗及，亦萬世之不遷。然臣聞自昔二郡，皆爲甸服，廟社所寓，宫闕相望，憲章不殊，名實共貫。今二郡制度既已恢大，而西郊事體，獨似欠缺。敢陳狂瞽，少裨萬一。竊見汝州遠自唐室，久爲輔郡；爰及聖代，馮翊别都。距土中無數舍之遥，聚生齒有六縣之衆。襟帶河洛，藩屏楚鄧，而乃列在支郡，稱可防禦。於衆賢之封，最爲不稱；在陪京之域，莫有比倫。且金、隨僻陋之區，止利巴、僰之邑，非要害之重，無都會之稱，尚且立節建牙，兼官累印。何況周南近壤，洛宅上流，可以無千乘之車，備三軍之士？區區小邦，自守而已；翼翼商邑，不亦哭哉？臣愚以謂，汝州既與曹、許同是輔郡，自宜升爲節鎮。如此則東西兩京，左右二輔，形勢壯大，典法該備，足以昭寰内之巍巍，增天威之赫赫。且鄭州雖名右翊，本以小侯，近自景祐之初，始賜奉寧之號。故事未遠，有司具存。伏乞聖慈下兩府詳臣所奏，議定軍額，特降指揮。

論封太祖後狀

臣伏見手詔，推求太祖皇帝諸孫屬近行尊者，立以爲王，以光大成功偉業。此誠陛下追孝祖廟，聖恩無已，舉百王之所未嘗用而行之，則《傳》所謂『禮雖先王未之有，可以義起也』。然竊觀詔旨所處，猶有未喻。恭以太祖皇帝傳國太宗，雖以兄弟爲後〔一〕，譬猶商之諸王〔二〕，然〔三〕大統所在，繼體之君，皆太祖子孫也。盛德之祀，澤厚流光，舉在是矣，何待復求諸孫而王之？如是則祖廟有功不毁之稱，列聖繼統丕承之美，反不及置一國乎？古者惟列國之君無嗣，則有求其子孫而紹封之者。祖宗之重，不可與此同議。又諸侯不得祖天子，今封王當自爲其國之祖，終不敢上承太祖明矣。

臣以爲〔四〕陛下欲褒揚藝祖，豈無其説？按《春秋傳》曰：『管、蔡、郕、霍、魯、衛、毛、聃、郜、雍、曹、滕、畢、原、酆、郇，文之昭也。』文王造邦〔五〕爲周〔六〕，太祖子孫，封國最多，後世不敢與並。漢明帝亦曰：『我子豈可與先帝子等！』故世祖諸子，皆封大國，而明帝子才半之也。然則帝者之世〔七〕，崇厚始祖之子，當〔八〕必異于繼體矣。太祖皇帝之子，惟德昭、德芳二人，陛下何不崇此二國之後，世世不降其爵，與周、漢等盛，宗廟祭祀，使之在位，則藝祖巍巍之慶，陛下烝烝之孝，無不休顯著明矣。

臣以愚戇待罪禮官，知陛下推崇祖宗〔九〕。顧〔十〕聖慮超越，非羣臣所及，猶願攷合典禮，使其大義可以講説，爲萬世法。故敢冒進瞽言，伏望少加采擇。臣無任戰栗之至〔十一〕。（又見《國朝諸臣奏議》卷三十二、《歷代名臣奏議》卷七十七）

【校】

〔一〕雖以兄弟爲後，《國朝諸臣奏議》《歷代名臣奏議》作『雖爲兄弟相傳』，周校本、沈校本作『雖爲兄弟用後』。

〔二〕譬猶商之諸王，據《國朝諸臣奏議》《歷代名臣奏議》補，周校本、沈校本作『譬猶商及王』。

〔三〕然，《國朝諸臣奏議》、《歷代名臣奏議》、周校本、沈校本無此字。

〔四〕爲，《國朝諸臣奏議》、《歷代名臣奏議》、周校本、沈校本作『謂』。

〔五〕邦，《國朝諸臣奏議》《歷代名臣奏議》作『周』。

〔六〕周，《歷代名臣奏議》無此字。

〔七〕之世，《歷代名臣奏議》作『世也』。

〔八〕當，周校本、沈校本作『常』。

〔九〕祖宗，《國朝諸臣奏議》作『祖廟』，《歷代名臣奏議》作『藝祖』。

〔十〕顧，《國朝諸臣奏議》無此字。

〔十一〕《國朝諸臣奏議》文末有小字『熙寧元年八月上，時知太常禮院』。

太學申監狀

右檢會先降勑命，主判官與衆學官于學生中推文學年德可師一學者二人，以爲學正，學官〔一〕選公正廉直者二人爲學録。爰自建學以來，常奉詔從事，皆用生員學官，以蒙訪逮。祇從去年補孟醇爲學録，今次補劉濛爲學正，直講不得預聞，判監特然給帖。孟醇曾在太學，乍可甄收；劉濛來自他方，初不諳識。化筆默定，有若疾雷；博士備員，不翅虚器。某等自知愚戇無似，拙直可惡，倚席不講，尸禄素飡。識慮無知人之明，何足取信；官秩有隔品之賤，不當下問。豈可厚顔，更伸餘議。其如在學生員，數逾二百，郡無俊秀，未可厚誣。今來忽使不知何人，自外突然，遽相董正。耳聆未聞其稱譽，目擊無異于輩流，誰肯自謂不如，例使甘心爲下？又上庠教育之盛若此，祭酒樂善之廣如彼，纔選一士，便須外求，流聞四方，抑亦甚陋。伏念内舍限數，已依勑命施行，唯此學正差人，却與詔旨違戾，本末不稱，義理未安。欲乞少還尸祝之分，薄采芻蕘之議，上遵甲令，下慰諸生。若以謂已行之命，出于特達，横議雖多，不可中止，即乞明降約束，斷自將來，粗用詔條，未令廢格，少存寮屬，略賜誰何者。以前件如前，謹録狀上，伏聽裁旨〔二〕。

【校】

〔一〕學宮，周校本、沈校本原有此二字，周校本删。

〔二〕伏聽裁旨，據文津閣本、周校本、沈校本補。

侍講不合坐狀〔一〕

臣等議以謂，侍從之臣，見于天子，應對顧問，講論古事，不可安坐。自若避席立語，乃是常禮。今公著等自以傳先王之道，求異其禮，是大不然。何以明之？凡九經章句之説，出于近世諸儒，訓詁委瑣，未必皆合於聖〔二〕。侍讀之職，傳道章句之學耳。是故使與舊史諸子雜陳於前，而明主一採擇之。然朝廷班制，猶以侍講居侍讀之下，祖宗建官之本意，其可知也。今忘其章句之細，而自謂道德備己；不察侍從之實，而求以師賓[三]見異，不亦繆乎？議者又謂天禧之時，侍者、講者皆坐，天聖之後皆立，至今侍者坐而講者立，以謂有司之失。臣等以謂，侍從之臣，預於閒燕[四]，坐立不同，人主可以專之，不可計校前後，歸過有司。至於人臣求自殊異，取必於上，則爲不可。昔仲尼正假馬之名，而拜下違衆，曰：『事君盡禮，人以爲諂也。』今人主之待侍臣，自始見以及畢講，皆賜之坐而從容焉。上意優厚，亦已至矣，不可復以暫立爲難。如公著等議，臣等以爲不可許。（又見《歷代名臣奏議》卷二百八十六）

【校】

〔一〕周校本、沈校本作『不合坐狀』，沈校本眉批云：『埏案：此題不甚明了。考水西家集有《論經筵坐講》一首，應抄補此篇之前。』

〔二〕聖，《歷代名臣奏議》作『聖人』。

〔三〕師賓，沈校本改作『賓師』。

〔四〕閒燕，沈校本改作『燕閒』。

薦王覿狀

准敕應臺諫官、館職各舉才行堪任，升擢官一員，令中書審察，如所舉不謬，取旨隨材試用者。右謹具如前。臣伏見新授權潤州觀察推官王覿，學問通達，不惑異説。其在鄉里，以孝弟見稱；其于仕進，所謂『行己有恥』者。臣今保舉，克應前件詔書，如經試用，有不如舉狀，臣甘連坐。謹具狀奏聞。

辭直龍圖閣狀

臣准閤門告報，已降告命，除臣依前朝議大夫、直龍圖閣、知蔡州事者。聞命震驚，罔知所措。伏念臣本以羸病，乞從外補，聖恩開許，即爲厚幸。今乃貼以閣職，豈臣愚陋所可堪任？且臣非有德度標矩，素爲士林之望，又無治民之最，簡在王府，檮昧戇拙，無異於衆人。非次蒙被恩寵，是謂僥倖之人，足玷聖化。伏望朝廷察臣悃愊，採其寸誠，收還謬恩，以安愚分。臣以賤官，得分民社，自可竭力上報鴻造。臣不任懇切之至。所有告命，未敢祇受。

申中書坤成節合罷齋筵狀

伏見太常禮院。定到儀注，緣爲荆王薨，坤成節依内降指揮，更不上壽。其罷散道場及齋筵，並依舊。看詳坤成節上壽，禮院依據前例奉行中旨，即爲允當。其齋筵等事，別不聲述稽據，但云『並依舊』，實有可疑，何者？坤成讌設，本緣上壽，今既罷奉觴，又輟大讌，則齋筵何可依舊？罷散道場，對佛作樂，本緣佛事，可以如常。至于齋筵，廣陳聲伎，簪珥花卉，飲食醉飽，倡優諧笑，方兩宫惻怛之際，臣子亦何心安此歡娱也？若以爲齋筵主爲羣臣，與荆王不相干涉，是則然矣，其如兩宫惻怛，羣臣瞻奉，安得如秦人之視越人，都忘不相眷之義乎？伏見嘉祐年中，宰相富弼丁憂，仁宗皇帝正當春宴，特爲輟止。弼母于國不繫休戚，仁宗但以相臣新在慘恤，爲輟盛會。上恩之于大臣，如此其厚。今兩宫惻怛，而令羣臣怡然安坐醉飽，歌舞歡娱，雖聖慈聽許，臣子之心，其亦何安？臣愚以謂北客外臣，可使就驛賜宴，自餘羣臣，何須集會？

爲家兄謝除汝州狀〔一〕

臣准敕，改差臣知汝州事。續准中書劄子，伏蒙聖恩，以臣久病，艱于拜起，免臣朝參及放辭者。臣藴材無狀，移病歷時，曠彤廷之奉朝，廢金華之事業。按舉故事，皆合免歸；蒙賴睿私，再從賜告。間者辱珥貂之臨問，加苞實而是將，爰暨邇臣，每聆諄誨。以兹蕞陋之質，微〔二〕簡上心；在于魂夢之交，忍違帝所！而臣生計無力〔三〕，家居屢空，聚族云多，仰哺者衆，樵蘇不給，饘粥是虞。輒輸肝膽之誠，竊冀乾坤之造，得循近例，出補小邦。敢謂聖慈，俯從私欲。專城攸寄，已叨分竹之榮；及瓜告期，尚有繫匏之歎。洊蒙易地，仍委陪京。矜臣疲瘵之餘，恕臣筋力之弱，許臣拜命里宅，免臣謁辭上臺。雖復慈親鞠養之恩，不能如此周至；穹昊陶鈞之力，不能若是曲成。在臣何功，遘此多幸。支離〔四〕受粟，愧厚賜于千鍾；疲馬戀軒，荷深仁于短豆。危心易感，隕涕無從。臣無任〔五〕。

【校】

〔一〕沈校本下有小字注文：『埏案：此篇應入表類。』

〔二〕微，周校本校改作『致』。

〔三〕力，周校本、沈校本原作『勢』，周校本改作『聊』。

〔四〕支離，周校本改作『隻雞』。

〔五〕臣無任，據周校本、沈校本補。

亳州奏太清宫再生槐狀

伏以猶龍故里，隱士奥區，仙真之所顧懷，協氣于焉回復。率多靈物，以表珍符。庭檜再生，既發祥于章聖；古槐條肄，復效祉于昌辰。朽枿不記其歲年，秀稊頓新于雨露。神色還觀，華萼聯輝。昔唐叔嘉禾，異畝同穎而爲美；元狩奇木，衆枝内附而告休。于以比方，一何遼邈。葢天瑞者，依類託寓，以應至誠。雖塗人之寡見淺聞，必喻鴻造。臣等目覩盛事，内極歡心，無任忭悦激切之至，畫圖隨狀進呈。伏乞宣付史策。

爲馮翰林入院謝對衣鞍轡馬狀

服章稱德，故金紫〔一〕盛其光榮；賚予有功，則車馬示之蕃庶。臣叨職禁近，已愧顧菲〔二〕材；拜賜宸廷，何勝厚幸！矧其王閑駿足，内帑褚衣，環金在躬，鞶纓照乘，顧惟涼德，徒積靦顔。此蓋伏遇皇帝陛下，豐用財于養賢，加實幣於將厚。雖在笥之慎，而不吝于五章；非康侯之才，乃蒙休于三接。仰愧分衣之寵，俯迷執御之方。何以上報生成，無慙彼己！

【校】

〔一〕紫，周校本、沈校本作『朱』。
〔二〕菲，周校本作『非』。

彭城集卷二十五

表[一]

謝神宗御集表

臣某言[二]：伏惟宸章下賁，蔀室爲榮，祇荷寵靈，不任榮抃。臣某中謝[三]。伏以神宗皇帝聖繇天縱，道隆日新。受命穆清，饗國之歷繇永；儲思參兩，稽古之事著明。亦猶唐堯之焕乎文章，夏禹之躬于律度。睿藻奮發，聖謨精深。寫河漢之昭回，暴陽秋之和粹。此蓋伏遇皇帝陛下孝惟善繼，文極化成，明發徽猷，繼承祖武。不獨祕河圖于東序，嚴策府于春山，乃眷具賚，錫之副本。承宣室之顧問，嘗耳訓言；畏軒臺之威令，恪遵遺法。感慕往遇，炫燿新恩，企聳怔忪，罔知所措。臣無任[四]。

【校】

〔一〕表，周校本、沈校本作『表一』。沈校本眉批：『埏案：水西家集尚有《謝昭雪表》一首。』

〔二〕臣某言，據文津閣本、周校本、沈校本補。

〔三〕臣某中謝，據文津閣本、周校本、沈校本補。

〔四〕臣無任，據文津閣本、周校本、沈校本補。

兗州謝皇弟授泰州節度使表

臣某言〔一〕：伏奉詔書，以皇弟顥進封雍王，特授司空，仍舊充鎮海、泰寧軍節度使，告諭軍民，存問父老者，臣即時奉行宣布訖。天慈深厚，民望悦隨。臣某中謝〔二〕。伏惟皇帝陛下仁撫萬邦，愛先九族。並建明德，用啟金路之封；加等懿親，申錫袞章之賜。眷齊魯之奧壤，餘聖賢之舊風，俗本詩書，地崇藩屏。以元帥中權之任，兼上公賜履之榮，自我熙朝，備兹典策。臣猥以蕞質，叨持左符，寅奉德音，側深凫藻。臣無任〔三〕。

【校】

〔一〕臣某言，據文津閣本、周校本、沈校本補。

〔二〕臣某中謝，據文津閣本、周校本、沈校本補。

〔三〕臣無任，據文津閣本、周校本、沈校本補。

爲馮參政久旱待罪表

臣某言〔一〕：臣聞精祲交感，盛王之所以面稽；陰陽失和，代工者乃宜蒙責。惕思天職，博究輿情，其敢飾辭以祈免咎？臣某等中謝〔二〕。伏念臣等器識淺近，智術迂疎，濫叨調鼎之司，獲預貳公之寄。上之不能將順德美，睎萬一于清光；下之未嘗進顯材良，資參贊于善化。曠日逾久，竊位既彰，足以感動顥蒼，乖戾協氣。是以亢陽爲沴，閔雨歷時，宿麥秠穊而莫收，首種萌芽而復瘁。陛下憂勤民瘼，寅畏天明，避正寢而不居，貶常珍而弗御，簡賦已責，議獄緩刑，詢芻蕘之片言，走圭璧于羣祀。何聖心克己之至此，而善應旋至〔三〕之漠然？豈其有他，凡在臣等。乞從故事，以正刑書，策告咎殃，退還士位，益從夢卜之舉，庶格股肱之良。于以上當帝衷，下慰民望。臣無任〔四〕。

【校】

〔一〕臣某言，據文津閣本、周校本、沈校本補。
〔二〕臣某等中謝，據文津閣本、周校本、沈校本補。
〔三〕至，文津閣本、文淵閣本、周校本、沈校本作『日』。
〔四〕臣無任，據文津閣本、周校本、沈校本補。

又

臣某等言〔一〕：近以旱暵爲災，燮和無狀，需章自請，罪斥是甘。聖恩含容，尚加宿留，靦顔踧踖，彌用戰兢。臣某等中謝〔二〕。臣等聞應天之理，必先實而後文；行法之要，常始近而畧遠。以臣等厠迹公輔，預聞幄謀，不能廣宣上恩，導迎善氣。惟天人之際，悖理者既多；故風雨之節，咎徵其有在。致陛下躬雲漢之憂閔，甚桑林之禱祈。重禄所私，何心自處？然則推應天之實，責臣等之尸曠，實亦至矣；論行法之近，顧臣等之忝竊，近何加焉？伏冀淵衷，垂奮英斷，敕從罷黜，以戒負乘。闢賢路于方將，協天威于陟降。輿情既洽，吉祥遽臻。臣等雖復退迹于編氓，固亦蒙恩于鴻造。臣無任〔三〕。

【校】

〔一〕臣某言，據文津閣本、周校本、沈校本補。

〔二〕臣某等中謝，據文津閣本、周校本、沈校本補。

〔三〕臣無任，據文津閣本、周校本、沈校本補。

謝中書舍人表

臣某言〔一〕：處非所據，榮以爲憂。命屬已行，辭不獲免，祗膺寵渥，内集靦顔。臣某中謝〔二〕。臣聞憲度著明，帝虞則二典之制；號令温雅，炎漢有三代之風。是皆鼓舞羣黎，丹青醇化，覃涣汗而莫返，騰英聲以無窮。洎于本朝，尤當兹事。彛訓皇極，筆舌天常，爛乎河漢之章，擴若風霆之運。是以贊書之任，稱曰材難；代天之工，率由德與。豈容膚淺，得預柬求？伏念臣文謝天成，學非師授，竊陳編而竊取，迨暮齒而益衰。可以小知，詎爲達士？闔于大較，是謂鄙儒。方踐迹于鳳池，必貽譏于鵜翼。而況上恩深茂，睿旨稠重，置衡石之程書，異臺郎之近例，所以待老成碩學之士，欲全其難進特達之風。愚敢望回，事同始隗。此蓋伏遇皇帝陛下神謨妙萬，聖度惟幾。九德敷施，既能哲于多士；一善兼取，無求備于匹夫。致是惷愚，猥承甄擢。敢不洒濯狷志，磨厲下材？出身加民，必慎樞機之正；極天蟠地，用期輗軏之行。臣無任〔三〕。

【校】

〔一〕臣某言，據文津閣本、周校本、沈校本補。

〔二〕臣某中謝，據文津閣本、周校本、沈校本補。

〔三〕臣無任，據文津閣本、周校本、沈校本補。

謝太皇太后表

臣某言〔一〕：右垣司槖，内史贊書，世謂殊榮，士推慎柬，内惟虚薄，默懷戰兢。臣某中謝〔二〕。臣聞仲尼養徒，別言語文學之第；鄭國爲命，舉討論潤色之工。蓋人材各有所長，而邦事急於先務。言而文則行之遠，仁所厚則覆已周。何況帝統當天，海寓多士，風動而黎甿從欲，雷行而涣號必孚。所使演綸，每皆籲俊。賦政而四方爰發，馭臣而八枋贊襄。未嘗乏賢，豈資代匱！臣早以無庸之質，得陪中祕之聯。文不能出衆而効奇，志不過循常而執一。遂從吏役，浸易歲華，迷簿領期會之繁，廢經術翰墨之事。敢期選掄所及，么麽弗遺。召使耑歸，不待三年之計；免其課試，無拘一日之長。苶然蕞軀，倏躋華貫，駑蹇何補，衰憊愈羞。此蓋伏遇太皇太后陛下聖總幾深，治先本要。用心若鑑，效以形者莫或遁逃；與物爲春，因其生而曲加覆露。不忘承學，得預代言。謹當行其所聞，强所不迨。韋絃並用，慎何至于十思；寢寤周防，幸無違于四禁。臣無任〔三〕。

【校】

〔一〕臣某言，據文津閣本、周校本、沈校本補。

〔二〕臣某中謝，據文津閣本、周校本、沈校本補。

〔三〕臣無任，據文津閣本、周校本、沈校本補。

賀克復交趾表

臣某言〔一〕：伏聞安南將帥克復交趾，李乾德請降，以廣源州置順州者。廟勝萬全，方隅底定，闢地千里，申威四夷。臣某中賀〔二〕。伏惟皇帝陛下仁育羣生，化周無外。以乾坤之覆燾，在跂喙莫不涵容；而陰陽之慘舒，施雪霜致其肅殺。是以豫順之舉，爰整惟時。乃眷海蠻，敢侵徼堠。譬蟲蝨之螫，在所驅除；而介鱗〔三〕之微，何煩經畫！先聲臨境，醜類望風，破膽殞心，折馘係頸。尚游魂于頃刻，復徼幸于萬分。露布轅門，歸死軍政。帝虞之苗民逆命，志實昏迷；周宣之蠻方不回，蓋同常武。土田全歸于王府，縣邑樂輸于地征。無鬼方三年之淹，包越裳九譯之廣。論我功德，邁于古初。臣限守郡符，阻陪朝列，亟聆吉語，罙極歡心。臣無任〔四〕。

【校】

〔一〕臣某言，據文津閣本、周校本、沈校本補。

〔二〕臣某中賀，據文津閣本、周校本、沈校本補。

〔三〕介鱗，沈校本改作『鱗介』。

〔四〕臣無任，據文津閣本、周校本、沈校本補。

京東運使謝上表

臣稟生窳薄，爲器渫卑。志在詩書，本求名于稽古；耳剽律令，亦有意于治民。竊自深思，嘗試勉力。不知足而爲屨，是匪難能；懲于羹而吹虀，乃非適變。顧惟内恕，濟以敢爲，務合人情，儻究吏術。向者叨付連城之守，迨及三年之淹，資是愚忠，謹行壹意，得免下中之課，以逃負乘之羞。豈徼幸之可常，或不虞之致譽。今乃驟叨持節，仍寄典州，爰暨海隅，必宣使指。覈名實之臧否，則吏員至繁；商功利之重輕，而民賦逾廣。揆兹孱弱，何足堪任，猶用所聞，以希來效。伏惟皇帝陛下幾深成務，俊乂在官，股肱備于惟良，輪桷周于末用，兼聽疎遠，無棄妄庸。臣冰淵寘懷，犬馬圖報。勤將補拙，必無餘終食之間；力不辦心，但冀免素飧之愧。臣無任〔一〕。

【校】

〔一〕臣無任，據文津閣本、周校本、沈校本補。

爲馮内翰讓官表

臣某言〔一〕：伏奉敕命，授臣尚書禮部郎中、充羣牧使者。撥煩治劇，念非己長；陟明黜幽，迺維邦典。尚蒙增秩，仰愧鴻私。臣某中謝〔二〕。臣聞賞不當功，則重爵禄無以勸下；名不責實，則雖愚暗可以保身。是以聖王考覈至精，翕受有度，其所頒爵，未嘗假人。伏念臣智術冥煩〔三〕，機靈檮昧，懷愚忠而自喜，挾斷枝以無他，驟玷官聯，遂司京邑。惟輦轂之重，有獄市之繁。以今所聞，謂爲浩穰難治；雖昔良吏，或以毁傷失名。内愧妄庸，益虞尸曠。需章亟請，睿眷曲從。卹其累日之勞，申以自天之命，俾更廐尹，驟正臺郎。徒重高門，已極息肩之幸；上應列宿，敢蒙假器之羞。是用揣己若驚，白心自列。伏望皇帝陛下察其知量，憫以無華，特還繆恩，俾全小諒。使彼已不稱之刺，毋叢于藐軀；則有恥知格之風，益明于聖世。臣無任〔四〕。

【校】

〔一〕臣某言，據文津閣本、周校本、沈校本補。

〔二〕臣某中謝，據文津閣本、周校本、沈校本補。
〔三〕煩，周校本改作『頑』，文淵閣本作『頑』。
〔四〕臣無任，據文津閣本、周校本、沈校本補。

爲唐參政讓加恩表

臣某言〔一〕：陽郊受職，獲與祭以爲榮；綈檢推恩，顧空官而自愧。仰慙虛授，敢憚責言！臣某中謝〔二〕。伏以聖王謹用人之方，嚴馭貴之柄，爵不嫌于遴簡，賜不誤于無勞。未有駢繁寵光，赫奕休命，驟以一旦，併集非才。今臣備位宰司，無補國論，徒以從泰壇之毖祀，霑大賚之餘休，慶出不訾，動知非據。賁有功之名號，增陪敦于土田，階叙已崇，勳策兼茂。雖三錫之命，殆不過兹；而四海所觀，將致竊議。伏望皇帝陛下矜匹夫之小諒，開愚臣之自知，收涣汗于繆恩，息怔忪于悸愧。使負乘之刺，少弭于多言；則乾坤之私，更深于鴻造。臣無任〔三〕。

【校】

〔一〕臣某言，據文津閣本、周校本、沈校本補。

〔二〕臣某中謝，據文津閣本、周校本、沈校本補。

〔三〕臣無任，據文津閣本、沈校本補。

謝郊祀加恩表

臣某言〔一〕：危誠自竭，冀悃愊之聞天；聖造曲成，示艱難于反汗。進被休寵，俯慙厚顔。臣某中謝〔二〕。臣聞靈承帝事，哲后所以保鴻名；錫予善人，有國所以均大賚。蓋德所覆者大，則其仁廣；禮所用者重，則其度深。伏惟就陽上儀，本朝盛節，凝顥穹之駿命，揚列聖之丕圖。宜其霈澤九垓，進律在位。而臣猥以斗筲之器，屬當輔弼之聯，非籲俊之素材，無奉〔三〕璋之美譽。迨兹褒賞，顧所積重，承命若驚，措躬無所。此蓋伏遇皇帝陛下道隆覆載，禮備股肱，顧體貌之所存，推慶賜而加重。用是朽鈍，亦叨顯庸。敢不夙夜永圖，彌綸衮職，庶盡致君之願，以無假器之憂。臣無任〔四〕。

【校】

〔一〕臣某言，據文津閣本、周校本、沈校本補。

〔二〕臣某中謝，據文津閣本、周校本、沈校本補。
〔三〕奉，文淵閣本作『圭』。
〔四〕臣無任，據文津閣本、沈校本補。

爲韓侍郎讓加恩表

臣某言〔一〕：崇丘蕆事，均景貺于黎元；多士盈廷，濫徽章于蕞品。仰慙非據，輒控危誠。臣某言〔二〕：伏念臣志謝肅雍，器殊膚敏。巢穴寡見，非機衡之可居；樸樕短材，豈薪櫝之宜及？徒以厠幄畫之餘論，陪郊畤之上儀，進慙籲俊之求，退乏秉文之美。豈意叨蒙渥澤，超越等夷，疏功號而策勳，增階叙而進律。事盈三錫，寵集一時。不俟人言，知其虛授；雖徼天幸，敢或自安？伏望皇帝陛下矜悃愊之愚衷，察滿盈之至戒，許還休命，特寢豐恩。下以遂微臣揣己知分之誠，上以隆聖朝酌言聽卑之要，外息曹謗，内寧陋軀。戰兢之餘，跼蹐以冀。臣無任〔三〕。

【校】

〔一〕臣某言，據文津閣本、周校本、沈校本補。

〔二〕臣某言，據文津閣本、周校本、沈校本補。
〔三〕臣無任，據文津閣本、周校本、沈校本補。

謝封彭城縣開國男食邑表

臣某言〔一〕：威顏咫尺，惠澤自天；弱植負乘，措躬無地。臣某中謝〔二〕。伏以合宮毖祀，上帝眷懷，迺惟逆釐于三神，是用大賚于四海。宜得膚敏奉璋之髦士，肅雍在廟之藎臣，顯相有嚴，同福惟允。臣智術譾薄，宦閥闊踈，身綰符章，心馳象魏。曷嘗仰瞻度筵之邃宇，親覩燔燎之升煙。遽沐豐恩，猥加寵錫，命以開國，殆其曠職。此蓋伏遇皇帝陛下德施無頗，誠心兼覆。如春陽之播物，勾萌弗遺；譬大明之麗空，容光必及。以兹多幸，無棄瑣材。敢不勵心冰淵，謹身檢柙。或千慮而有得，亦十思而後行，庶竊微勞，仰酬鴻造。臣無任〔三〕。

【校】

〔一〕臣某言，據文津閣本、周校本、沈校本補。

〔二〕臣某中謝，據文津閣本、周校本、沈校本補。
〔三〕臣無任，據文津閣本、周校本、沈校本補。

封開國〔一〕男謝太皇太后表

臣某言〔二〕：禮成宗祀，慶及溥博，厚澤所霑，孤生蒙與。臣某中謝〔三〕。伏以爵列非一，皆號諸侯；臣職雖微，亦在五等。本朝崇馭貴之典，制開國之榮，雖曰虚爵，曷嘗輕授？臣學術無素，功緒罕聞，以積日之微勞，厠寘行之近列。詳其位著，稍異等倫。迨兹釐事之成，非有祼將之助。上惟畀胞翟之賤，不忍見遺；收薪櫍之微，足期廣照。率循舊典，爰假寵章。夫何錫命之榮，濫及妄庸之品。此蓋伏遇太皇太后陛下斡〔四〕維鴻造，綜輯化原，九德事而俊乂在官，五氏修而天地並位。況〔五〕所賚予，無間邇遐，乃眷惷愚，曲從甄録。竊聞羲《易》所戒，勿用小人；《商書》有言，罔及惡德。臣頗知自省，敢弗盡心，益修衰朽之資〔六〕，無負生成之賜。臣無任〔七〕。

【校】

〔一〕開國，周校本、沈校本原無此二字。

〔二〕臣某言，據文津閣本、周校本、沈校本補。
〔三〕臣某中謝，據文津閣本、周校本、沈校本補。
〔四〕斡，文淵閣本、周校本、沈校本作『幹』。
〔五〕況，周校本、沈校本後有『其』字，『況』字後校删。
〔六〕資，沈校本改作『姿』。
〔七〕臣無任，據文津閣本、周校本、沈校本補。

賀平西南夷表

臣某言〔一〕：得進奏院報，伏聞經制瀘州夷賊〔二〕公事林廣奏，已至羈縻歸徐州，破蕩蠻賊。班師奏凱，告語上功，威震鬼方，慶通寰宇。臣某中賀〔三〕。臣聞玁狁匪茹，周宣出征；昆明不通，漢武致討。先王之于四海，雖亭育焉不殊；中國之于百蠻，亦驅除之而已。是以荒服崎嶇之域，容致龔行豫順之師，暫費永寧，一月三捷。伏惟皇帝陛下道周無外，仁濟有生，德業著于日新，神武臻于妙算。自跂行喙息之類，皆得陽和，而雕題被髮之甿，率知面内。何乃僰僮甚蠢，瀘水不毛，鴟梟未知于革音，蜂蠆潛懷于肆螫〔四〕。實王愾之所不赦，宜天討之所必加。命將修戎，槎山除道，成算出于帷幄，選士奮于貔貅。穴處巢居，不悟震霆之至；草薙禽獮，如經燎火之餘。于小醜足以深懲，在憬夷莫不畏服。邊徼斥廣，戍堠晏安。廷議僉同，固無屈朔方之策；琛獻麇至，方誦上棨木之詩。臣官忝魚符，身遥象闕，預聞嘉慶，喜不自勝。臣無任〔五〕。

【校】

〔一〕臣某言，據文津閣本、周校本、沈校本補。

〔二〕賊，原作『賦』，據周校本、沈校本、李燾《續資治通鑑長編》卷三百二十四改。

〔三〕臣某中賀，據文津閣本、沈校本補。

〔四〕螫，周校本、沈校本原作『蠹』，周校本改作『毒』。

〔五〕臣無任，據文津閣本、沈校本補。

謝授官表

臣某言〔一〕：豐恩驟委，逐請弗從，祗服寵休，特深戰栗。臣某中謝〔二〕。伏以聖王與人不求備，故裕于任能；有功而見知，故樂于行賞。是以鉛刀一割之用，駑馬十駕之勤，以爲成功，悉均懋典。如臣者知乏觀物之節，材無出類之奇。臨衆治民，不暇乎繩墨之外；奉令承教，亦幸其塵霑之增。悉由洪恩，僅免官謗。乃復宥其不逮，藉以爲功，增秩中臺，參聯近禁。是實逾涯之寵，抑多彼己之羞。此蓋伏遇皇帝陛下化盛陶鈞，仁兼天造，循名責實以周務，記功忘過于用人。底是孱姿，過叨霈澤。謹當服勤無怠，浚明自修。羔羊素絲之風，所期于正直；深淵薄冰之戒，增重于戰兢。誓以愚忠，仰酬至德。臣無任〔三〕。

【校】

〔一〕臣某言，據文津閣本、周校本、沈校本補。

〔二〕臣某中謝，據文津閣本、周校本、沈校本補。

〔三〕臣無任，據文津閣本、周校本、沈校本補。

賀公主生日表

臣某言〔一〕：星婺儲精，椒風介祉〔二〕，誕彌伊始，溥率同歡。臣某中賀〔三〕。臣聞周宣中興，《詩》詠維蛇之夢；帝乙盛德，《易》贊歸妹之休。蓋王化大成，仍備肅雍之美；景命孚佑，必多蕃衍之祥。恭惟皇帝陛下仁育羣生，道濟無外，體淳素以正德，躬文思而保民。華夏蠻貊之區，罔有後服；風雨寒暑之節，未嘗不時。日監在兹，天休斯至。均序貫魚之寵，驟聞就館之期。然則千齡之符，屬當于盛際；百斯之羨，甫驟于將然。臣假守外藩，阻陪廷列，預聞休慶，喜不自勝。臣無任〔四〕。

【校】

〔一〕臣某言，據文津閣本、周校本、沈校本補。
〔二〕祉，原作『社』，據文津閣本、文淵閣本、周校本、沈校本改。
〔三〕臣某中賀，據文津閣本、沈校本補，周校本作『臣某中謝』。
〔四〕臣無任，據文津閣本、周校本、沈校本補。

賀破滅儂智高表

臣某言〔一〕：得進奏院報，蠻賊儂智高已行破滅者。蠻區荒忽，容有不庭；王師飛騰，古稱無戰。天威振而電掃，凶巢剷而霧除。臣某中賀〔二〕。臣聞帝虞至明，苗民後服；商宗盛德，鬼方弗賓。或三年而有成功，或七旬以之來格。蓋恃險與遠，敢干霆電之誅；而取亂侮亡，何損乾坤之化。伏惟皇帝陛下常德立武，至神燭幽，聲教暨乎朔南，德澤被于夷夏。唯是反復烏合之寇，其敢盜弄潢池之兵，下策墮鳶，微暉吹蠱，得以倔强漏刻，創病黔黎。陛下進厥虎臣，授之廟算，豫順而無遺策，節制以嚴靈威。醜惡殲夷，遐陬砥厲。反户之俗既安于震驚，重譯之甿無隔于琛賮。臣濫分符竹，祗畏簡書。懷請纓之心，不得顔行而自効；聞獲嘉之慶，無任鳧藻于私衷。臣無任〔三〕。

【校】

〔一〕臣某言，據文津閣本、周校本、沈校本補。

〔二〕臣某中賀，據文津閣本、周校本、沈校本補。

〔三〕臣無任，據文津閣本、周校本、沈校本補。

賀擒儂智高母表

臣某言〔一〕：寇魂假息，頃延漏刻之期；天威照臨，旋殄鯨鯢之類。臣某中賀〔二〕。

伏以智高介鱗同類，蛙黽與居，主一女子之狂謀，興數十百之羸衆。晏然自得，如側貳之復生；少焉稽誅，勢方虎之復出。而後鴟張歛迹，鼠竄祈生。陛下威信浹乎乾坤，刑賞揭于日月，士或請纓以思奮，人皆剸刃而争先。果聞覆妖鳥〔三〕之巢，窮狡鵵之穴，係頸來獻，漏罟蓋微。方將淑問辟雍之庭，釁鼓稾街之邸，大明中典，以示懔夷。臣濫守郡符，幸聞戎捷，欣愉之至，啓處不勝。臣無任〔四〕。

【校】

〔一〕臣某言，據文津閣本、周校本、沈校本補。

〔二〕臣某中賀，據文津閣本、周校本、沈校本補。

〔三〕鳥，文津閣本、文淵閣本、周校本、沈校本作『梟』。

〔四〕臣無任，據文津閣本、周校本、沈校本補。

爲宰相賀擒鬼章表

臣某等言〔一〕：伏見蘭會安撫司奏，今月某日，某人領兵至洮州，擊敗鬼章軍，活捉到鬼章者。天威照赫，師律訓齊，罙入妖巢，生致渠首。臣某等中賀〔二〕。伏以鬼章裔夷小醜，獷獸爲心，蒙被國恩，不知報荅〔三〕，侵犯邊圉，數有震驚。遂敢交通種羌，結爲黨與，解仇合意，伺隙成謀，賊傷屬國之人，竊據乘障之地。先朝所不忍貰，聖算嘗此留心。至于罪稔禍盈，天棄神怒，偏師纔出，元惡就擒。昔商宗鬼方，至于三歲；漢元郅支，遠在萬里。而皆斬馘血刃之功，率非係頸獻囚之事。矧其淹積歲月，勞勩師徒，豈如廟畧無遺，虎臣思奮，曾未信宿，已報翦夷。吉語亟聞，戎捷交上。雪邊人夙昔之憤，奪諸羌前却之心。追視古先，莫可倫比。伏惟皇帝陛下神武天縱，睿謀日新，任衆材而責成，因常德以立事。運陶鈞而獨化，其易轉圜；覃上仁于大同，既思率服。仰繄睿斷，迨此成功。臣等叨預弼諧，無裨鴻造，奉承嘉慶，徒切歡愉。臣等無任〔四〕。

【校】

〔一〕臣某等言，據文津閣本、周校本、沈校本補。

〔二〕臣某等中賀，據文津閣本、周校本、沈校本補。

〔三〕荅，周校本、沈校本、文淵閣本作『覆』，沈校本改作『補報』。

〔四〕臣等無任，據文津閣本、周校本、沈校本補。

知蔡州謝上表

臣某言〔一〕：伏奉誥命，授臣直龍圖閣、知蔡州軍州事，已于今月某〔二〕日到任訖。臣某中謝〔三〕。伏念臣賦性迂疎，稟生奇薄，偶不遺于昌世，幸得寘于周行。驅馳歲深，心慮日耗，脱身藩郡，貳職祕書。本以文章，蘄見收于鈞冶；至于遲暮，竟獲寵于蓬山。質之常情，實爲厚願。而臣結轖遘病，羸苶弗支。闕庭之儀，每不勝于蹇步；圖書之府，敢不安于素飡。歸誠所天，冀息餘喘。果蒙從欲，仍獲長民，擢陪東序之華，付委連城之寄。失馬致福，有如塞叟之言；受粟獨多，何減離疎之疾？此蓋伏遇皇帝陛下欽明天縱，聖敬日躋，留睿意于其難，必代工之無曠，中外一體，法廉並修，以兹孱愚，不獨捐棄。謹當精劭農務，隱賾詔條。推己病有瘳之心，用察民瘼；廣天眷在安之訓，庶格人和。臣無任〔四〕。

【校】

〔一〕臣某言，據文津閣本、周校本、沈校本補。

〔二〕某，周校本、沈校本原作『巳』，周校本校改作『幾』。

〔三〕臣某中謝，據文津閣本、周校本、沈校本補。

〔四〕臣無任，據文津閣本、周校本、沈校本補。

彭城集卷二十六

表[一]

知襄州謝上表

【案】郉以吴居厚之譖監衡州鹽倉。哲宗初，起知襄州，故篇首云『脱身謫籍』也。

臣某言[二]：脱身謫籍，緤組近藩，仰荷恩華，不任感懼。臣某中謝[三]。臣早者濫承人乏，出假使車，材非所長，力不自料，黽勉歲月，孤負選掄。是所謂斗筲之才，何暇論繩墨之外。然惟利術至廣，巧者有餘，果聞係踵之後人，略取析豪之上策[四]。涇以渭濁，故常畏于後生；李代桃僵，竊自悲于薄命。遽[五]辱黜幽之典，實由既往之愆。浮舟江湖，託身瘴癘，無復自新之望，長懷永棄之憂。不謂明詔發中，湛恩逮下，俾復乘軒之寵，仍加分虎之榮。情同更生，感惟出涕。此蓋伏遇皇帝陛下離明廣照，乾度并容。紹定〔六〕之初，方勤心于陟降；思量〔七〕之際，亦代匱于細微。以是孱愚，行〔八〕從甄叙，謹當勉求民瘼，恪佩官箴。犬馬之心，以勞力故能有養；桑榆之景，雖已老尚冀無渝。臣無任〔九〕。（又見《皇朝文鑑》卷六十八、家集本卷五）

【校】

〔一〕表，周校本、沈校本作『表二』。
〔二〕臣某言，據文津閣本、周校本、沈校本補。
〔三〕臣某中謝，據文津閣本、周校本、沈校本補。
〔四〕策，《皇朝文鑑》、家集本、周校本、沈校本作『第』。
〔五〕遽，《皇朝文鑑》作『遂』。
〔六〕定，《皇朝文鑑》、家集本作『庭』，周校本、沈校本校改作『庭』。
〔七〕量，《皇朝文鑑》、家集本作『皇』，周校本、沈校本校改作『皇』。
〔八〕行，《皇朝文鑑》、家集本、沈校本作『得』。

〔九〕臣無任，據文津閣本、周校本、沈校本補。

知亳州謝上表

臣某言〔一〕：齒髪衰暮，藩鎮會繁，據非所安，榮以爲懼。臣某中謝〔二〕。昔者聖門高弟，方六七十則所願爲；漢室〔三〕諸儒，至二千石謂之達宦〔四〕。蓋量力審己，雖小邦實曰才難；逢辰慕君，在有道不容徼倖。此所以前哲言志，區區其若彼；後賢受禄，振振焉在兹。況如愚臣，本緣末學，粤塵仕路，不棄昌時，暨忝左〔五〕符，遂更三郡。曹爲近輔，非復自檜〔六〕之譏；魯并泰山，仍有變齊之舊。至于渦譙名壤，淮楚近郊，猶龍之所誕生，真聖是焉臨幸。大朝景亳，兼湯武之上儀；迎年執期，格帝鴻之純貺。民俗既富，官守維嚴，豈伊戇愚，猥叨寄任。邈愈涯分，高視曩先，密焉自思，仍有餘寵。獸犂换舊，僅踰期月之淹；隼旆越疆，纔陪宿舂之費。此蓋伏遇皇帝陛下聖神妙萬〔七〕，睿智極深，廓久照于容光，溥太和于播物，流行彙品〔八〕，默化陶鈞。致是小材，預膺榮遇。謹當布宣詔旨，盡瘁官箴。爲身愚謀，雖冀不殆于知止；報國本願，尚當謝生〔九〕于自然。誓殞百身，勿渝一志。臣無任〔十〕。（又見《皇朝文鑑》卷六十八、家集本卷五）

【校】

〔一〕臣某言，據文津閣本、周校本、沈校本補。
〔二〕臣某中謝，據文津閣本、周校本、沈校本補。
〔三〕室，《皇朝文鑑》、家集本作『世』。
〔四〕宧，《皇朝文鑑》、家集本作『官』。
〔五〕左，家集本作『分』。
〔六〕檜，《皇朝文鑑》作『鄶』。
〔七〕萬，《皇朝文鑑》、家集本作『算』。
〔八〕彙品，《皇朝文鑑》、家集本作『品彙』。
〔九〕尚當謝生，《皇朝文鑑》、家集本作『尚謝餘生』。
〔十〕臣無任，據文津閣本、周校本、沈校本補。

知兗州謝上表

臣某言〔一〕：臣比〔二〕自權京東路轉運使，奉敕就差知兗州。上還節傳，退就藩垣，地惟督府之崇，任亦連城之寄。蒙被恩寵，增集戰兢。臣某中謝〔三〕。臣孤生蕞軀，樸學無術，際逢昌旦，聯寘周行，繆充詞館之華，濫竊使車之選。力小任〔四〕重，功最無聞，福過灾生，道家先誡。夙夜恐懼，心口思惟。豈曰偏州，實妨賢路，亦既逾歲，深曠天工。聖朝明于知人，義無棄物，及疵瑕之未露，加埏埴于至和，錫以左符，畀之便郡。極臣所願，望不及兹，使臣自謀，誠不出此。靦顔拜賜，撫己增榮。此蓋伏遇皇帝陛下鴻造無私，上仁兼愛，運陶鈞于獨化，正性命于有生。致是孱虚，得偕儕類。謹當宣布詔旨，詢察輿情，究心農畝之艱，盡力期會之事。畢犬馬之賤志，迨桑榆之末光。臣無任〔五〕。

【校】

〔一〕臣某言，據文津閣本、周校本、沈校本補。

〔二〕比，周校本作『昨日』，沈校本作『昨』，后改作『比』。

〔三〕臣某中謝，據文津閣本、周校本、沈校本補。

〔四〕任，文津閣本、文淵閣本、周校本、沈校本作『量』。

〔五〕臣無任，據文津閣本、周校本、沈校本補。

爲韓七南雄州謝上表

臣某言〔一〕：長人之選，明詔所先，雖曰小邦，實惟重寄。臣某中謝〔二〕。伏以聖朝聲教攸暨，書軌大同。爰自三代荒服之區，九譯象胥之域，琛賮充牣，不減諸華，冠蓋相望，譬若内郡。蓋太和所濟，天無風雨之憂；而鴻化誕敷，人習詩書之教。且郡縣之治，法令俱存，勤于奉宣，則當恥格。伏念臣早緣世禄，得預朝紳，顛瞑從政之方，竊竊已成之事，寖以累日，偶逃曠官。遽叨分足之榮，驟玷專城之任。雖復五嶺遐徼，百越雜居，如前所云，在臣幸甚。此蓋伏遇皇帝陛下上仁兼覆，鴻造曲成。試可臣工，不間毫毛之善；垂意民俗，用無内外之辭。夫何譾材，乃膺煩使。敢不夙夜無曠，悃愊自持。并容獄市之間，期于弗擾；儻使吏民之論，謂爲不煩。以是涓塵，上酬生育。臣無任〔三〕。

【校】

〔一〕臣某言，據文津閣本、周校本、沈校本補。

〔二〕臣某中謝，據文津閣本、周校本、沈校本補。

〔三〕臣無任，據文津閣本、周校本、沈校本補。

爲王駕部汝州謝上表

臣某言〔一〕：文昌承乏，久分于郎潛；右輔長人，濫叨于符竹。材謭任重，食浮寵優，抃懼交懷，怔營無措。臣某中謝〔二〕。臣聞刺史之任，稱曰貳天，漢帝有言，與吾共理。誠以提封千里之廣，牛齒萬族之繁，自非精敏足以察輿情，慎密足以奉明詔，莊以莅衆，惠而愛人，則將大虞負乘之羞，小有敗材之謗。伏念臣氣惟呰窳，智實迂疎，學不優于治身，資弗宜于逢世，襲箕裘之素業，承帶礪之餘勳。賴何參之功，慶流苗裔；媿成宣之後，老爲大夫。因累日之微勞，預立朝之下列，自揣涯分，常憂疾顛。何況畀之千騎之居，假以連城之寵。鵜翼貽刺，鉛刀弗任，臣猶自知，衆亦難掩。此蓋伏遇皇帝陛下至德天覆，神化時行，極帝堯知人之難，柄周氏馭臣之術。轅直輪曲，皆盡其所能；大法小廉，訖無逾于量。致兹孱弱，亦荷甄庸。敢不飲冰自修，佩韋申戒。勞徠不怠，將宜民之庶幾；悃愊無華，固誓心之有素。冀兹塵露，少答乾坤。臣無任〔三〕。

【校】

〔一〕臣某言，據文津閣本、周校本、沈校本補。

〔二〕臣某中謝，據文津閣本、周校本、沈校本補。

〔三〕臣無任，據文津閣本、周校本、沈校本補。

爲韓龍圖汝州謝上表

臣某言〔一〕：犬馬力微，非敢勞侍從之事；民社寄重，尚復預陶冶之私。秖服恩榮，不任畏懼。臣某中謝〔二〕。伏念臣才非出羣，學不盡性，本無心于通物，誤見器于晚成。越從書林，承乏宫邸，荷先聖之殊遇，如望府之具瞻。凡有選掄，輒逾等比。暨屬明兩正統，乘飛御天，仍以舊恩，荐加豐秩。臣聞匹士感發，尚報德于一飡。市道夸謾，或相期于刎頸。况臣夙昔蒙被，駢蕃寵光，惟極愚忠，庶裨萬一。勤未補拙，何心術之易殫；病不期衰，而耄及之已甚。退自循度，勢難激昂。與其非據而妨賢，豈若量力而就職。猶庶幾忠臣之分，誓不踐素飡之譏。需章聞天，睿睠從欲，委以連城之任，遂其易地之求。挾銀黄而過家，分虎竹而按俗，顧惟凉薄，何以克堪。此蓋伏遇皇帝陛下乾剛粹精，天施溥博。極輪轅之用，皆究所宜；收簪履之微，更隆求舊。惟是藁邑，號稱陪京，民樸訟稀，地薄賦簡。盡心從事，則詔條具存；竭力劭農，而天時可望。既庶而富，謂粗可以足民；蓋均無貧，儻不使之困役。于以報國，幸逃曠官。臣無任〔三〕。

【校】

〔一〕臣某言，據文津閣本、周校本、沈校本補。

〔二〕臣某中謝，據文津閣本、周校本、沈校本補。

〔三〕臣無任，據文津閣本、周校本、沈校本補。

爲大卿某廬州謝表

臣某言〔一〕：疲瘵無似，居懷犬馬之心；恩榮驟加，如叨民社之寄。臣某中謝〔二〕。伏念臣早繇世禄，獲寘周行，文無濟美之稱，才乏克家之譽，尚賴貽訓，粗知立身。驅馳歷年，髮有二色，因緣薄效，位至九卿，寵實逾涯，器成有極。乃者桂林闕守，明詔推恩。夫何懦姿，猥當遴選，進預七臣之列，出分千騎之居。負乘爲憂，但自虞于致寇；内熱生釁，殆弗堪乎飲冰。然惟義重于身，盡瘁無貳；命之所處，雖殞猶生。故乃瞻瘴癘而如歸，敢以蒙霧露而爲解。豈意天慈周物，皇明燭幽，矜支離之弗堪，全濩〔三〕落于無用，遷秩外監，還上左符。事不辭難，既未獲于愚志；爵或虚受，亦深畏于多言。輒復需章，期于從欲，睿旨俞可，舊物來還。幸歸臥于里閭，長無望于軒陛。然而太和所濟，勿藥有瘳，復勝帶裳，獲齒班列。秩禄甚厚，敢晏安以尸榮？筋力雖衰，猶庶幾乎執御。竊希小邑寡民之地，得施劭農聽訟之方，敢期求舊之恩，遂委連城之寵。矧復荆舒奥壤，江湖上游，比屋會繁，五民雜有，連歲豐稔，兩造用希，循詔條以布宣，可旦暮而無事。徼幸已甚，慙靦若何！此蓋伏遇皇帝陛下天德出寧，陶鈞獨化。隆翕受敷施之美，故俊乂盈廷；崇淵泉溥博之功，而跂喙咸若。顧兹蕞品，仰荷曲成。敢不愚忠是修，勤拙相補！豈弟宣民之效，雖曰未能；中和樂職之風，庶云有及。臣無任〔四〕。

【校】

〔一〕臣某言，據文津閣本、周校本、沈校本補。

〔二〕臣某中謝，據文津閣本、周校本、沈校本補。

〔三〕濩，文淵閣本作『獲』，周校本、沈校本作『穫』。

〔四〕臣無任，據文津閣本、周校本、沈校本補。

爲馮當世辭并州表

臣某言〔一〕：詩禮謀帥，曾不問于瑣材；文墨爲功，顧何堪于閫寄。尚懷淺志，仰訴所天。臣某中謝〔二〕。伏念臣智不出羣，材非經遠，乏文武兼資之術，無縱横應敵之方。使其侍橐禁林，効職都輦，應對顧問，補拾闕遺，尚慮空官，以速刑典。豈期假以中權之任，付之全晉之區，驟升書殿之榮，仍綴金華之業。連城十數，冒寵一時，據非所安，愧不可處。況臣以支離之質，出于凶閔之餘，悲憂甫除，心目多懼，思慮以之而眊亂，謀畫不及于深長，何以外振國威，内嚴師律？臣非所惜，人實謂何？伏望皇帝陛下俯鑒愚衷，曲回睿眷。察其知分，無濫以天秩之榮；許以量材，則免其邊圉之任。詢之輿議，誰曰不然？慺慺血誠，叩叩于是。臣無任〔三〕。

【校】

〔一〕臣某言，據文津閣本、周校本、沈校本補。

〔二〕臣某中謝，據文津閣本、周校本、沈校本補。

〔三〕臣無任，據文津閣本、周校本、沈校本補。

第二表

臣某言〔一〕：臣近以過竊光寵，亟上封章，乞還繆恩，用息衆論。蟭螟之響，誠不足以聞天；雨露之私，儻遂艱于反汗。復罄由衷之懇，以干留令之誅。臣某中謝〔二〕。臣聞力既極者，加重則貽顛覆之憂；心之危者，深慮則有眩眊之患。今臣無超特之智，叨侍從之榮，以其所材，適可近用；乃復分兵閫之重寄，疆戎索之大權，是使臣綿力無餘，重任不已也。今臣更創巨之戚，懷過用之悲，疲病僅除，神觀未復，而使深謀三軍之事，折衝千里之都，是使臣孤心愈危，積慮愈困也。如此則安得無顛覆之咎，安得脱眩眊之虞？職臣無堪，爲國生患，敢不自竭悃愊，冀蒙憫憐？伏望皇帝陛下垂大明以燭幽，恢鴻造而成物，不遠期以誅不至，不求備以彊不能。特寢需章，俯安悸魄。犬馬之報，猶足用于代勞；蒲柳之姿，終弗忘于盡瘁。臣無任〔三〕。

【校】

〔一〕臣某言，據文津閣本、周校本、沈校本補。

〔二〕臣某中謝，據文津閣本、周校本、沈校本補。

〔三〕臣無任，據文津閣本、周校本、沈校本補。

爲韓侍郎辭參知政事表

臣某言〔一〕：伏奉制命，授臣依前尚書吏部侍郎、參知政事者。試職無效，已曠責于幄謀；圖任方隆，復與聞丁國論。非惟震光華之寵，大懼弗勝；抑且〔二〕懷悃愊之誠，即當自列。敢罄狷志，冀回謬恩。臣某中謝〔三〕。伏念臣幼無遠韻，幸習素風，昔當能仕之年，親沐過庭之訓。教之忠者，其誨篤矣；守以約者，抑有説焉。嘗謂委質策名，雖以竭盡爲效，至其量力度德，亦將過溢是憂。豈其馳驅永塗，徘徊暮節？當以耳順之歲，決從父老之游。臣奉以周旋，不敢失墜。頃者屢遘清閒之宴，每陳耿介之心。以臣位列樞機，事存體貌，爲國全退人之禮，爲己成裕父之私，竊用深謀，仍効短見。雖其犬馬暮齒，桑榆末光，前至耆指之年，尚有期月之頃。誠願賜罷機近，備員冗官，稍就息肩之方，亦爲去事之漸。而後拜上章綬，歸守松楸。于時幸沐天慈，俯鑒丹懇。方且備形需奏，求獲初心；何圖明詔發中，豐恩逾望。驟陟貳公之列，猥參和鼎之司，聞命載驚，歷躬無所。且臣始以承先臣之教，睎長者之風，不敢倍死而忘先，不慕安禄而耽罷。何乃曩言未效，班寵復加。質之常情，實所甚愧；聽于輿論，其將謂何？伏望皇帝陛下昭監自天，從欲成物，矜其朴直，皆肝膈之盡言；閔以衰羸，極乾坤之厚賜。許還新命，俾踐曩懷。臣無任〔四〕。

【校】

〔一〕臣某言，據文津閣本、周校本、沈校本補。

〔二〕且，周校本、沈校本作『其』。

〔三〕臣某中謝，據文津閣本、周校本、沈校本補。

〔四〕臣無任，據文津閣本、周校本、沈校本補。

謝參知政事表

臣某言云云〔一〕：天光下濟，不求備于微軀；師尹具瞻，輒拜嘉于成命。遜避無所，戰兢叵量。臣某中謝〔二〕。伏以大公之朝，雖曲士得以自効；至治之世，在小官有與成功。蓋上之用人，必因其材；則下之陳力，不失其守。矧惟謀議巖廊之上，燮調鼎實之和，其可付之非賢，以累盛化？臣聞望輕鮮，智術闊疎，幸依日月之光，已玷機衡之任。贊襄無補，耄及自驚。居懷曠職之羞，敢冀陟明之典？豈圖涣汗猥及，仍賜甄升；班寵雖同，更深委遇。實周官貳公之比，有漢卿副相之崇，深推負乘，若臨冰谷。此蓋伏遇皇帝陛下凝神妙萬，體道觀元，司左契以爲先，運陶甄而獨化。顧諟在服，皆不足以仰望清光；俯徇輿情，凡漸進者其有所試。玆以衰苶，過忝徽章，敢不洒濯寸心，激昂壯節，思梁棟之任重，期置器之必安。庶極毫分，仰裨萬一。臣無任〔三〕。

【校】

〔一〕臣某言云云，據文津閣本、周校本、沈校本補。

〔二〕臣某中謝，據文津閣本、周校本、沈校本補。

〔三〕臣無任，據文津閣本、周校本、沈校本補。

謝許令羅適知濟陰縣表

臣某言〔一〕：准吏部流内銓牒，緣臣舉留前知濟陰縣事羅適，奉聖旨依奏，除天平軍節度推官、依舊知濟陰縣事，報州知委者。需章請命，豈無冀于萬分；宸監矜愚，遂不遺其一得。仰承嘉惠，俯激懦衷。臣某中謝〔二〕。臣叨居長人，粗學爲政，至于先務，竊所究心。知親民之官，不宜于數易；求勤事之吏，所見亦無多。蓋嘗物色廉良，假借禄位。伏以羅適自臨百里，將及一朞，敷詔條在于恪恭，聽獄訟號爲簡諒。有識詠頌，咸謂得古人之風；愿民服從，可以當屬城之最。惜其未盡施設，遽爾罷歸，輒徇輿情，亟陳囊奏，欲緒成其覆簣，俾仍歸于故職。言非所難，已自蒙于必聽；静或能動，將無隔于蓋高。伏蒙皇帝陛下廓大明以燭幽，運陶鈞于獨化〔三〕，求〔四〕善不捐于纖芥，從欲遂至于曲成。縻之賓筵，還畀銅墨，事非前例，恩出不訾。在微臣之言，乃芻蕘不以人廢；惟下邑之幸，彼桑榆將復晚榮。臣無任〔五〕。

【校】

〔一〕臣某言，據文津閣本、周校本、沈校本補。

〔二〕臣某中謝，據文津閣本、周校本、沈校本補。

〔三〕廓大明以燭幽，運陶鈞于獨化，文淵閣本作『大明燭幽，陶鈞獨化』。

〔四〕求，周校本、沈校本作『采』。

〔五〕臣無任，據文津閣本、周校本、沈校本補。

爲韓丞相謝生日禮物表

臣某言〔一〕：恩光下濟，無一物之見遺；體貌所隆，在孤生而逾幸。臣某中謝〔二〕。伏念臣智非經國，材謝出倫，厠近鼎司，率由帝力。重忠信之禄，常自愧于素飧；曁劬瘁之辰，乃復紆于聖眷。綸言喻旨，禮賜加優。此蓋伏遇皇帝陛下儲思明良，均仁覆燾。

矜犬馬之效，是用記其乃生；覃雨露之私，所以將其厚意。捫心思報，捐骨是期。臣無任〔三〕。

【校】

〔一〕臣某言，據文津閣本、周校本、沈校本補。
〔二〕臣某中謝，據文津閣本、周校本、沈校本補。
〔三〕臣無任，據文津閣本、周校本、沈校本補。

又

臣某言〔一〕：睠顧天至，記微生之厥初；餼賜朋來，增素飧之深愧。臣某中謝〔二〕。伏念臣備員近輔，無補聖時，緣位著之既崇，惟體貌之加重。及此劬勞之感，益懷遭遇之榮。伏蒙皇帝陛下義廣欽鄰，慈均覆下，錫底書于出紱，列多品而在庭。味惟屬饜，心實飽德。誓捐軀于糜殞，期報國于毫分。臣無任〔三〕。

【校】

〔一〕臣某言，據文津閣本、周校本、沈校本補。

〔二〕臣某中謝，據文津閣本、周校本、沈校本補。

〔三〕臣無任，據文津閣本、周校本、沈校本補。

爲趙參政謝生日禮物表

臣某言〔一〕：劬勞之辰，不忘于聖眷；便蕃之寵，濫及于菆軀。拜命若驚，泚顔增愧。臣某中謝〔二〕。伏念臣預聞國論，曠責臺司，冒竊位素飡之譏，有彼己不稱之累。禄賜逾量，涓埃莫酬，過蒙睿慈，每加隆遇。念昔門弧之慶，生適逢辰；畀兹鼎饌之珍，禮逾推食。餼牽有秩，罇豆兼豐，仰喻鴻私，曷勝厚幸？此蓋伏遇皇帝陛下至仁溥博，廣愛敷施，崇體貌于具僚，示率循于舊典。顧惟凉薄，奚所克堪？庶盡瘁于方將，期小酬于萬一。臣無任〔三〕。

【校】

〔一〕臣某言，據文津閣本、周校本、沈校本補。

〔二〕臣某中謝，據文津閣本、周校本、沈校本補。

〔三〕臣無任，據文津閣本、周校本、沈校本補。

爲韓端明河陽謝上表

臣某言云云〔一〕：違禁林之法從，預侯屏之守臣，戀結宸闈，榮兼章韍，汗顏加泚，循己著驚。臣某中謝〔二〕。伏念臣早以微材，驟躋清貫。語仁義者貴際，而尺寸見收；維故舊之不遺，而簪履蒙幸。在時等比，莫臣擬倫。向者幸假偏州，常得善地，率緣聖將，俯遂私懷。閔濩落之無庸，則深護其所短；矜支離之多病，而并容于養痾。今復付委名藩，密邇近輔，接二周之餘俗，據大河之要津。曾無臥治之資，曷副分憂之寄？内惟尸素，實愧遭逢。此蓋伏遇皇帝陛下大明燭幽，至德兼覆。付當羣有，則士無滯能；録善一毫，而世鮮棄物。以兹薄陋，深玷寵光，謹當推行上仁，求察民瘼，惟詔旨布宣而無壅，則德澤漸漬而太和，庶以涓微，少裨鎔造。臣無任〔三〕。

【校】

〔一〕臣某言云云，據文津閣本、周校本、沈校本補。

〔二〕臣某中謝，據文津閣本、周校本、沈校本補。

〔三〕臣無任，據文津閣本、周校本、沈校本補。

爲趙尚書謝官表

臣某言〔一〕：伏奉制命，授臣吏部尚書、觀文殿學士、知徐州者。避賢鼎輔，收餘責于瘝官；假節方州，蒙上仁于佚老。復加寵數，夐出等倫，承命若驚，措躬無所。臣某中謝〔二〕。伏念臣智非經國，材乏壯猷，幸膺圖任之求，久濫弼諧之寄。曾無涓埃之益，以申犬馬之誠，遽迫頹齡，實慚厚禄。亟上引年之請，庶遵知止之風，敢覬鴻私，密加陶冶？謂筋力弗逮，閔勞以幾務之繁；惟體貌所存，優假其藩宣之任。崇書殿之峻秩，長天官之近聯，計所冒蒙，轉逾涯分。此蓋伏遇皇帝陛下仁深求舊，道務曲成。推行葦之風，出于忠厚；矜黄髪之士，不廢咨詢。以是庸虚，過叨眷與；顧雖朽憊，尚知激昂。昔馬援有言，丈夫貴于益壯；而夷吾所戒，老者使之無偷。竊企二賢之規，庶報九天之賜。臣無任〔三〕。

【校】

〔一〕臣某言，據文津閣本、周校本、沈校本補。
〔二〕臣某中謝，據文津閣本、周校本、沈校本補。
〔三〕臣無任，據文津閣本、周校本、沈校本補。

謝官表

臣某言〔一〕：恩華驟委，班寵浸加。悃愊惟〔二〕誠，難遂聞天之素；戰兢無所，獨深致寇之羞。竊以天官介卿，小宰四命，席文昌之右地，當巖石之具瞻，歷選熙朝，皆倚端士，豈容昭世而寘匪材。臣某中謝〔三〕。伏念臣天賦朴忠，智慚涼薄，早以具臣之職，過膺上聖之知，回翔斗樞，參貳鼎實。汲深懷大，人皆謂其弗堪；履薄臨淵，日徒增于若厲。粤自大明出震，孚號格天，方四門之廣聰，預三卿之授策。内訟無補，自甘黜幽。敢圖睿眷彌深，濫恩荐及？昔子文逃禄，臣以爲非適禮之中；范宣讓能，臣以爲識從政之要。由是輒攄鄙素，仰瀆淵聰。鴻造曲成，牢讓弗獲，拜嘉〔四〕襲寵，泚汗愧顔。此蓋伏遇皇帝陛下陟降紹庭，遹駿下武。圖任其政，深惟先帝之知人；有言必酬，抑使忠臣之盡節。用是朽鈍，亦叨顯庸。敢不夙夜永圖，彌綸衮職！庶盡致君之願，以無假器之憂。臣無任〔五〕。

【校】

〔一〕臣某言，據文津閣本、沈校本補。

〔二〕惟，文津閣本、周校本、沈校本作『之』，沈校本後改作『微』。

〔三〕臣某中謝，據文津閣本、周校本、沈校本補。

〔四〕嘉，周校本、沈校本作『加』。

〔五〕臣無任，據文津閣本、周校本、沈校本補。

爲韓端明謝除河陽表

臣某言[一]：伏奉制命，授臣端明殿學士、兼翰林侍讀學士、龍圖閣學士、知河陽軍州事者。詞林慎選，驟蒙三錫之榮；侯服近封[二]，仍預一麾之寄。仰銜恩紀，俯激懦衷。臣某中謝[三]。臣早以顓蒙，最爲遭遇。昔蕭生疎外，猶曰雅意本朝；汲黯戇愚，亦冀拾遺禁闥。忠臣之義，私願悉然。豈當身遠宸廷，心馳魏闕？緣臣犬馬多病，蒲柳早衰，内苦疕瘍，居無聊賴。重以公鼎之任，近屬乃兄，私門之榮，敻絶當世。戒滿盈則有道家之前禁，避嫌疑則訪故事而具存。是以懇貢愚誠，乞從外補。皇慈開可，微志獲伸。尚沐深仁，曲加異數，兼殿閣之崇秩，假虎竹之分符。雖辭玉堂之游，仍緒金華之業。材非所稱，恩實不訾，愧洟溢中，啓居無措。謹當砥礪素守，夙夜自公。愛君之心，無終食而少懈；治民之效，庶期月而有成。以是毫分，上酬覆露。臣無任[四]。

【校】

〔一〕臣某言，據文津閣本、周校本、沈校本補。

〔二〕封，周校本、沈校本作『邦』。

〔三〕臣某中謝，據文津閣本、周校本、沈校本補。

〔四〕臣無任，據文津閣本、周校本、沈校本補。

爲韓持國謝知制誥表

臣某言〔一〕：潤色帝謨，已濫代言之選；備員諫列，重非補衮之資。驟玷豐恩，曷勝厚幸！臣某中謝〔二〕。臣聞論〔三〕德定位，故竊言不敢妄升；爲官擇人，則允釐可使無曠。是則名器之慎，小大悉同。矧惟樞機遠猷，鼓舞庶俗。涣汗大號，沛然流水之源；獨化陶鈞，速于風霆之運。贊畫之重，代工實難。内則謹四禁之嚴，上則詔八枋之貳。向非智略穎出，學殖耆明，言之無文，行而不遠。伏念臣早緣世禄，有志儒書，資既陋于逢時，器弗周于用大，顧無求而已矣，嘗自効者久之。聖朝義不棄人，裁賜冗職，踵英游于中祕，假別乘于小邦。旋復曳裾王門，執簡史氏。智不逮事，寵獨逾涯；拔擢汙泥，超躐倫輩。螭坳置墨，未終歲月之勤；鳳池演綸，俄契雲霄之望。内省無似，殆將疾顛。此蓋伏遇皇帝陛下垂意紹庭，永圖能哲，兼九德而咸事，務衆善而弗遺。顧左右前後之臣，必皆莊士；洎文墨議論之際，不遺片長。夫何蕞軀，適遘昌運！謹當浚明自勵，正學以言。思慮所存，不敢越繩墨之外；毫髮無隱，庶以增日月之光。臣無任〔四〕。

【校】

〔一〕臣某言，據文津閣本、周校本、沈校本補。
〔二〕臣某中謝，據文津閣本、周校本、沈校本補。
〔三〕論，周校本、沈校本作『讁』。
〔四〕臣無任，據文津閣本、周校本、沈校本補。

彭城集卷二十七

書

與王深甫論史書

某白[一]：古者爲史，皆據所聞見實録事迹，不少損益，有所避就也，謂之傳信。惟仲尼作《春秋》，乃諱國惡耳。夫《春秋》，聖人所特作，以見一王之法，不當引爲史例。然其諱國惡，猶但使顯者隱之，大者微之，率皆有文以起焉，不昧昧都爲藏匿，使不可知也。後之史官不達此意，猥自託于聖人，以是爲史，未嘗直書。上則顧時君忌諱，退又惡斥言當世權勢大人罪過，改之易之，以就美好。悦生者而背死人，不顧是非，故賢士大夫之事業有不記者焉。僕不自料，常欲矯正此弊，是以竊作《丞相萊公傳》，網羅舊聞，整緝異端，亦可以少見凡例矣。《傳》曰：『所見異詞〔二〕，所聞異詞〔三〕。』僕今去萊公數十年，非見而聞也。于其行事、官爵、進退，不得如目覩一二道之也。左丘明世爲魯史，又親見時事，其著賢大夫成敗，率不過以〔四〕再書。太史公作《張良傳》，稱非天下之所以存亡則不著。知古人爲史，不必瑣瑣毫舉鳌録也。萊公事蹟在人者多，僕特取其大節數事，左丘、司馬之志也。今枉〔五〕一通，足下以僕前意觀之，當還示其可否焉。太史公作《帝紀》，世或傳武帝怨其刺己而言景帝之短，遷以此坐死。班固私作《漢書》，幾不免誅。習鑿齒書枋頭之敗，垂爲桓温所殺。爲史之禍乃至此，所謂盡言以招人之過者歟！然僕非敢如此以自取直名，欲正史法，明《春秋》之指，以趣聖人耳。然此意未易爲俗人道也。足下爲吾蔽匿，使知之者知之，不知者不知，則吾幸矣。某頓首〔六〕。（又見《新刊國朝二百家名賢文粹》卷一百三）

【校】

〔一〕某白，據《名賢文粹》補。

〔二〕〔三〕詞，《名賢文粹》、文津閣本、周校本、沈校本作『辭』。

〔四〕以，《名賢文粹》、周校本、沈校本作『一』。

〔五〕枉，《名賢文粹》、周校本改作『往』。
〔六〕某頓首，據《名賢文粹》卷一百三補。

與韓持國論侍講不合稱師

前者所議侍講坐位，恐未適[一]暢，今再具説如[二]左。

一、所以言侍講未爲傳先王之道者。凡九經非皆出于孔子，師儒相傳，舛錯搶攘，齟齬不安者，不可勝數。雖前世通儒，未有能通一者也。然則九經可謂中有先王之道矣，謂[三]九經盡[四]皆先王之道者，非也。又況誦讀章句，不敢蹉跌，而可謂之傳乎？孔子曰：『苟非其人，道不虚行[一]。』然則必待其人聰明淵博，心通聖人，不滯于末學，不流于章句，而後可言傳矣。今之侍講説釋九經，彼善于此則有之矣，言傳先王之道，則可謂[五]誣衆人也，況可夸[六]于天子之前乎？傳道非爵位可及，豈可一預此職，而便據此名哉？

二、所以言侍講不得爲師者。所謂師者，師其道德者也。然道德非言不傳，故學于師者，有問道、有請益，未嘗聞不問不請而强聒者也。今侍講之于人主，執經在前，不待問而道之，不待請而益之。此則侍從之臣進説耳，尚何師禮之有？不惟若是，人便〔七〕有説，古今師資不同，然必待其人心服，然後師之。今天子聖明，于侍講未以爲可心服也，豈可强屈人主，以伸羣臣之志乎？《易》曰：『朋友講習』，所謂講習者，非以先王之道相磨切乎？在人臣則講習通于朋友，于人主一經講耳〔八〕，便望爲師，是豈爲〔九〕下之禮乎？

三、所以言非有司之失者。凡朝廷法度，著在典籍，有司不守，則爲有司過。假令朝廷向有令曰，侍講師臣必坐而後語，而今有司失之，則可正之矣。今則不然，天禧之時，侍臣皆坐，侍講亦坐。乾興之時，侍臣皆立，侍講亦立。其後有事者立，無事者坐。侍講亦立亦坐，皆出人主之旨，豈嘗爲侍講特定禮而謂有司之失？自數十年來，講官豈皆不辨禮義，而叨居其任乎？特恐今之講官，思慮不能無失，過而建言，希冀殊禮，望于太上，必欲得之，故推過有司耳。

四、今之議者將曰：人臣何嘗不坐于上前。今講論逾時，予〔十〕坐以示尊德樂道，何苦議論。愚特以爲不然，凡禮之所貴，貴在〔十一〕止邪于未行。朝廷之上，几席之間，逼近至尊，一坐一立，便是大事。人主有命許之，與人主不命請之，便分逆順，豈可苟相容悦而忘〔十二〕義以處之也？是故逆莫大于逾分，亂莫大于要君，惡莫甚于阿私，罪莫重于罔上。今非師而求以師禮見待，是逾分也。以尊德樂道之名脅持主上，求必異己，是要君也。此二者，講官之失。若有司知其非義，而以出于賢者，不敢違之，是阿私也。强爲之説而曲使相合，是罔上也。此二者，有司之失。董仲舒所謂『其實皆以善爲之而不知義，被之虚言而不敢辭』，此之謂矣，不可不察也。（又見《新刊國朝二百家名賢文粹》卷一百三）

【校】

〔一〕適，《名賢文粹》作『通』。
〔二〕如，《名賢文粹》作『于』。
〔三〕謂，周校本、沈校本作『言』。
〔四〕盡，據《名賢文粹》、周校本、沈校本補。
〔五〕可謂，《名賢文粹》作『不可』。
〔六〕夸，《名賢文粹》作『誇』。
〔七〕人便，《名賢文粹》作『又更』，周校本、沈校本作『人更』。

〔八〕耳，《名賢文粹》作『習』。
〔九〕爲，《名賢文粹》、周校本、沈校本作『上』。
〔十〕今講論逾時予，《名賢文粹》、周校本、沈校本作『今過而使講官』。
〔十一〕在，《名賢文粹》無此字。
〔十二〕忘，《名賢文粹》作『無』。

與王介甫書

見所與曾公亮書，論青苗錢大意，不覺悵惋。仲尼云：『聽訟，吾猶人也，必也使無訟乎！』聽訟而能判曲直，豈不爲美？然而聖人之意，以無訟爲先者，貴息争于未形也。今百姓所以取青苗錢于官者，豈其人富贍飽足，樂輸有餘于公，以爲名哉？公私債負逼迫，取于己無所有，故稱貸出息以濟其用〔一〕。介甫〔二〕爲政，不能使民家給人足，無稱貸之患，而特開設稱貸之法，以爲有益于民，不亦可羞哉？甚非聖人之意也。

自三代以來，更歷秦漢，治道駁雜，代〔三〕益澆薄，其取于民者，萬〔四〕頭千緒。周公之書有之而今無者，非實無之也。推類言之，名號不同而已矣。若又取周公所言以爲未行而行之，吾恐不但重複，將有四五倍蓰者矣。一部《周禮》，治財者過半，其非治財者，未聞建行一語。獨此一端，守之堅如金石，將非識其小者近者歟？今郡縣之吏，率〔五〕以青苗錢爲殿最。又青苗錢未足，未得催二税。郡縣吏懼其黜免，思自救解，其材者猶能小爲方略以强民，其下者直以威力刑罰督迫之。如此民安得不請？安得不納？而謂其願而不可止者，吾誰欺？欺天乎？

凡人臣之納説于時君，勸其恭儉小心，所謂道也，豈〔六〕不逆耳難從？及至勸其爲利，取財于民，廣肆志意，不待辭之畢而喜矣。故姦臣争以言財利求用，不復取往〔七〕古事言之。在唐之時，皇甫鎛、裴延齡用此術致位公相。雖然，二人者猶不敢〔八〕避其聚斂之名，不如介甫直以周公聖人爲證，上則使人主無疑，下則使廷臣莫敢非。若是乎，周公之爲桀、跖嚆矢，桁楊接槢也。商鞅爲秦變法，其後夷滅。張湯爲漢變法，後亦自殺。爲法逆于人心，未有保終吉者也。且朝廷青苗之息，專爲備百姓不足，至其盈溢，能以代〔九〕貧下賦役乎？府庫既滿，我且見其不復爲民矣。外之則尚武功，開斥境土；内之則廣游觀，崇益宫室。鄙語曰：『富不學奢而奢自至』，自然之勢也。介甫一舉事，其弊至此，可無念哉！可無念哉！（又見《皇朝文鑑》卷一百一十七、《新刊國朝二百家名賢文粹》卷一百三、家集本卷五）

【校】

〔一〕用，《皇朝文鑑》、《名賢文粹》、家集本作『急』，周校本、沈校本原作『用』，後校改作『急』。

〔二〕甫，原作『父』，據《名賢文粹》、家集本改。

〔三〕代，《皇朝文鑑》、家集本作『俗』。

〔四〕萬，《皇朝文鑑》、《名賢文粹》、家集本作『百』。

〔五〕率，《皇朝文鑑》、家集本作『方』，《名賢文粹》無此字。

〔六〕豈，《皇朝文鑑》、《名賢文粹》、家集本作『莫』，周校本、沈校本原作『豈』，後校改作『莫』。

〔七〕往，《名賢文粹》作『遠』。

〔八〕敢，《名賢文粹》作『免』。

〔九〕代，《名賢文粹》作『貸』。

與青州歐陽尚書別紙

某頓首：　近專人回上狀，計即通達遞中。蒙賜手誨，伏讀感慰。亡兄安葬，十月末已得襄事。家嫂諸孤，尋還南都，目今定居，伏恐要知。某愚戇孤蹇，前在試院，不幸與小人共事，論議之間，爲所詬辱。既素知其心病狂易，都與包含隱忍，未嘗酬對。遭横逆而自反，犯而不校，此實古人所貴。况在鄙淺，實亦不易堪任，以爲如此可以免咎。不意臺憲風聞，不辨曲直，大相排詆。朝廷知其無他，置而不問。然而章疏相繼，詞語百車。掎摭咎惡，甚于驩兜共鯀；處正罪罰，急于貪贓背叛。上恩寬博，裁令贖金。中憲吕公以爲朝廷綱紀，在此一奏；風俗惇厚，在此一舉。不放逐邪佞，不足以正邦，毅然奮筆，有仲山甫不吐之風。知雜陳御史，身在試院，目見始末，上牽下掣，不得自由，傳致文字，使之相稱。朝廷憐其無辜，又不欲小挫臺憲之氣，遂但奪差遣，使歸館供職。餘論洶洶，又復數章，然後得已。聖朝治道清明，是君子道長之時，誠不自甘棄爲小人，猥蒙羣賢見誚。然觀自古志士君子，與時乖迕，捩曲爲直，不能自白，歸之有命，無世無之。某固無似，敢不安之若命乎？柳下惠仕魯三黜，令尹子文仕楚三已。某到京七年，三蒙臺論。小人何幸，乃與下惠、子文等？但其無愠色，未能若古人，然亦敢不庶幾也。小人胸中感慨，無處告愬，受恩門下，積有歲年，故敢容易布聞。語言切怛，使側目者見之，又當重得罪。得伸于知己，萬無悔惜。伏惟亮悉。

爲伯父上集賢文相公書

月日，具官劉某謹再拜，上書集賢相公執事[一]。伏惟相公以將明之德，當弼諧之任，平殄寇亂，惟清緝熙，勳無與雙，詈不世出。所謂有非常之人，必有非常之功也。致爲上衮，海内大服。咸曰昔有周、邵，今惟相公，天下幸甚。受策之日，遜美讓善，以南陽范公爲材，舉而自代。故天下咸知相公不伐而無私，知賢而尚德。論思之重，小大必稱，故天下咸知相公任人必當其材，有功必報其勞。

夫宰相之任，論思之重，相公舉賢而讓。既得其人，則百執事之微，亦將選擇而無曠工矣。有勞者既旌，有功者既賞，則天下懷材而未試者，亦將繼嗣而進之矣。此泰山之符，千一之遇也。當是之時，束帶而搢紳者，皆不狂不愚，無罪戾于身，孰不願受賜于相府乎？某也不愚不狂，幸免罪戾，是以敢進其説于左右。雖然，百執事之進其説于相公者多矣，語不切則情不達，是以衒鬻之詞，必過其實。某也小人，不敢以厚誣君子。仲尼曰：『如有所譽，其有所試。』然則相公取人之方，不出于此矣。相公之治益州，某時承乏興元，愚戇不肖，無所建立，謹守詔條，平治獄訟，竊幸無敗闕。相公以其屬吏之故，廣聽兼採，謂其有勞，曲賜獎借，銜被恩遇，刻肌刻骨。然則某之獲幸于相公，相公之垂譽于不肖，皆在于已試矣。則某之進説于相公，不待詞之畢而喻也，豈相公能譽之而遺其身乎？

某今年逾六十，齒已衰邁，然其愚戇不肖之心，猶知感激。竊樂聖賢之相遇，太平之有期，使得磨厲鉛鈍，少立薄效，然後退老園畝，無所恨矣。力短謀拙，上無朝廷之援，旁寡朋友之助，是以蹉跎郎署，棲遲外補，某竊悲之。伏惟相公均進賢任能之道，少逭不肖；推賞功旌勞之典，俯憐未試。不替疇昔，特賜振拔，使得效其尺寸，必無隳敗，以玷厚知。某聞見于君子，言及而不言謂之隱。某其敢自囊括，以取大責于大君子乎？是以冒進其説，伏惟裁擇。干黷臺嚴，無任兢汗，惶悚待罪之至〔二〕。

【校】

〔一〕『月日』至『執事』，據文津閣本、周校本、沈校本補。

〔二〕『干黷』至『之至』，據文津閣本、周校本、沈校本補。

爲人上宰相書

謹再拜上書某官閣下[一]：某聞古今之論者曰：善爲國者無他，使賢者能者帥職就列而不敢伏，斯至治已；善爲仕者無他，使國家求與之共事而後出焉，斯善士已。《書》曰：『克明俊德』，道賢傑之在位也；《易·泰》之《象》曰：『上下交而其志通[二]也』，道上之所以接下也。然是二者有説焉。世固不疑賢能之可以興治，而謂士[三]者待上求與之共事而後出焉，不亦越乎？夫古今異宜，亦豈嘗謂若成湯之于伊尹、魯侯之于周豐，而後謂之求之哉？彼疎遠窮賤之士，介特自守，無望于朝廷，而爵命有以及之，斯豈非求之之效歟？夫識度有高卑，智略有廣狹，誠使以德舉者不奪其職，以材用者不逾其分，則山林枯槁之士，舉欣欣然係踵而至矣，又況其近者乎？

伏惟某公閣下，以全德倬度，寅亮王室，謨明輔和，惟清[四]緝熙，功業日新而無疵[五]，仁化風動而彌遠。賢者在位，能者在職，可謂至治之極矣。某也疎遠窮賤之士也，無左右之介，未嘗得至于門下。仲尼曰：『邦有道，貧且賤焉，恥也。』竊自念勤身苦志，從事于學，幸不後于衆人，不見棄于朋友，儻可與童昏庸昧之倫長甘貧賤之恥乎？

古人有言曰：『百發一不中，不可謂之善射。』射，末藝也，固以全之爲美。今雖賢傑羣萃，而疎遠窮賤有遺而不省者，將非百中之美乎？伏惟閣下念之。《傳》曰：『言以足志。不言，誰知其志？』《虞書》曰：『敷〔六〕納以言。』仲尼曰：『不知言，無以知人也。』誠謂閣下必一〔七〕言而知人，故敢冒進其説焉，伏惟閣下亮之。莊周之書曰：『遠使之而觀其忠，近使之而觀其恭，煩使之而觀其能，卒然問焉而觀其志〔八〕，急與之期而觀其信，委之以材〔九〕而觀其仁。』古之君子，其察人如此之詳也。某也不肖，惟閣下所以命之。干冒尊嚴云云〔十〕。（又見《新刊國朝二百家名賢文粹》卷八十一）

【校】

〔一〕謹再拜上書某官閣下，據《名賢文粹》、文津閣本、周校本、沈校本補。

〔二〕通，文淵閣本作『同』。

〔三〕士，《名賢文粹》、周校本、沈校本作『仕』。

〔四〕惟清，《名賢文粹》作『清静』。

〔五〕疵，《名賢文粹》作『比』。

〔六〕敷，《名賢文粹》作『賦』。

〔七〕一，《名賢文粹》、周校本作『以』。

〔八〕志，《名賢文粹》作『知』。

〔九〕材，《名賢文粹》、周校本、沈校本作『財』。

〔十〕干冒尊嚴云云，據《名賢文粹》、文津閣本、周校本、沈校本補。

爲王郎中論事於宰相書

月日，具官王某謹再拜，上書某官執事〔一〕：昔汲黯有言，願爲中郎，出入禁闥，補過拾遺。然則郎吏雖賤，亦預論議，時薦狂瞽，仰裨萬一，古之道也。况其忝千里之寄，膺牧民之任，有所懷藴，默不敢言，非忠藎之義也。某惶恐死罪。伏見赦書，升曹，許爲輔郡。恭以聖朝治具張設，製作明〔二〕備，地平天成，百度修正。自前世之闕典，百王之逸禮，刊而正之，振而行之。又况王圻千里，大衆所在，輔翊之郡，未合于古，宜乎明詔之發德音而著甲令也。昔炎漢隆盛累葉，至孝武之時，始廣三輔，蓋由此矣。然東西兩京，皆曰寰内，鑾輅臨幸，則爲行在，宫籥暫扃，爰號居留。制度事體，自昔一同，皆有輔郡，扶贊風化。今鄭、滑、曹、許，悉爲節鎮，唯汝州號稱防禦，似猶不稱。愚以爲汝爲輔郡，在曹、許之先，亦宜建節，以威重都邑，巍巍赫赫，盡善盡美矣。且鄭州本亦防禦，景祐之初，始賜奉寧之號。然則防禦小郡，不足以陪輔帝京，近事之明比已。國家節鎮數十，川峽廣越之郡，往往以僻陋賜額。汝州地盈六縣，生齒數萬，西瞻洛宅，陵寢兼在，北顧浚都，佳氣相接。楚、鄧南土，正居藩蔽，于以眘元戎之乘，假中軍之節，不亦宜乎？某愚戇不足以知治體，近者輒以芻蕘之言，上奏天聽，懼其拙訥，未能明白，敢復干聞執事。伏惟某官寅亮天工，董正國體，聚精會神，講畫如一，達聰明目，幽遠必届。幸論道之朝，訏謨之下，垂聽愚言，少賜詳擇。千慮一得，實所願焉。干冒臺嚴，伏地待罪〔三〕。

【校】

〔一〕『月日』至『執事』，據文津閣本、周校本、沈校本補。

〔二〕明，周校本、沈校本原作『説』，周校本改作『詳』，沈校本改作『明』。

〔三〕干冒臺嚴，伏地待罪，據文津閣本、周校本、沈校本補。

爲趙賓客上執政書

某結髮仕宦，至今五十餘年。方其少壯之時，不能出奇勵節。外之則竭股肱之力，以治戎服，敵于邊圉；內之則極文墨之用，以正議直，言于朝廷。今年逾耳順，筋力益衰，思慮益昏。而朝廷方興太平之基，廣教化之源，才臣志士，黑髮壯齒，駕肩接踵，奔走圖議，官無曠工，野無遺賢。顧某棄[二]人長物也，然而不自揆度，猶敢有言于相府，罪人也。願相公矜而察之，幸甚幸甚。某聞《大雅》之詩曰：『敦彼行葦，牛羊勿踐履。』夫行葦之微，牛羊避之，而後王道備焉。故周家忠厚，必至于養耇老，以成其福禄。非獨王化然也，田子方見公家之粥老馬者，贖而取之，爲其少盡其力而老棄之，爲不忍也。故恩足以存舊老，義足以感新壯，可謂賢士矣。某其亦可自比于此，而冀見憐于執事乎？某之族，內外待某而食者僅百口。男女之成立，待某而婚嫁者且十數。家無累世蓄積之富，身無四海田園之歸，飢寒凍餒，是憂是虞。某雖欲勿仕，不可得也。某豈願以桑榆之景，進而不知止乎？先王之制，七十而致仕。幸某今猶未及數年，雖黽勉班列，未爲大咎也。相公誠能加惠哀憐，使某復得補郡，以濟其飢寒之患，使宗族百口，靳靳然有所仰給，此其爲行葦勿踐而備王化也，老馬見贖而稱賢士也，其亦不遠矣。州郡之役，某雖朽鈍，固常熟之。耳目足以究簿書之繁，志慮足以察獄訟之情，日夜不怠，自謂無曠。豈敢使事有不職，民有失所，以孤相公任人之意乎？伏惟哀憐，幸甚幸甚。

【校】

〔一〕棄，文津閣本、文淵閣本作『其』。

爲人以文章與知己書

小人受顧盼于門下寖遠，以閣下藻鑑明徹，照灼忽眇，不疑于小人獨有所未盡也，小人猶願有陳于左右，何者？譬猶彈絲吹竹，擊劍射御，雖既知其工矣，未若時得試之于左右。見長競能，曲終技窮，憮然稱善，其爲快心滿意，稱曰知己者不愧矣。是所謂囿于物而相于技者也。雖然，是小人之所以事君子盡心之道也。

某七歲好詩，至今垂三十年，日夜之所積習，精力之所追及，旁貫經史，下協聲律，紙墨所存，不下千首。雖當世多賢，不敢仰希一二，而上追古人之作，竊以謂無甚大愧。

夫擊轅叩角之歌，詞甚俚質，而賢君採之，故下情達而幽滯得出也。又況感激時事，吟咏國政，獎善而刺惡，有敦厚之風耶？世無詩官，畏陷誹謗之罪，故不敢露己，時就閒僻，竊寄拊抃而已。伏以閣下之于小人，有照之之明，而加以久要之契，某其敢有隱而不盡心乎？謹録古律雜詩若干首，拜獻左右，伏惟少加材擇〔一〕。

【校】

〔一〕材擇，周校本、沈校本作『財幸』。

答西京解元李秀才書

某頓首。秀才足下，辱書稱道累幅，甚荷甚荷。夫洛陽天地之中，而帝王之所更都也。其居士鄉秀，稟受中氣，涵泳德化，宜乎其有以異于四方哉。某也異邑之人，未嘗從士大夫遊，過當賓興之任。蓋造形而度長短者，易以自必；循聲而察律吕者，鮮于不誣。況于蒙鄙，而可以小知君子哉？此其所以臨事而懼也。誠不自意魁偉俊傑之賢，幸皆不失，内自矜喜。穀梁子曰：『名譽已聞，而有司不舉者，有司之過也。』今某既免有司之過矣。古者貢士，數與于祭者有賞，得賢如此，其無慶賞之望乎？又以自賀也。因書還答，不悉。

衆學官移兩判監書

某等〔一〕謹再拜，上書判監舍人王公、判監傅公閣下：前日閣下以劉蒙爲學正，某等以爲不宜，屬草具書，將以薦聞于左右。當是時，有習于事者見教曰：『今近臣貴人，位崇志得，悦順之言，日聞于前。夫位崇則下之奔走者衆，志得則禮義法度可以闊略，悦順之言日聞，則忠諫必不入矣。如是而又重之以學問之博，詞說之辨，必且乘人而鬬其捷，吾見若之默而自屈也。』某等以爲不知言。凡太平之世，强者所以不敢暴弱，衆者所以不敢陵寡，材者所以不敢詐愚，由禮義法度存也。禮義者，先聖人之遺教是也；法度者，時君之詔令是也。大賢君子將治人興化，必且安守禮義以待士，固持法度以馭衆。今一舉事，遂兼犯此，猶足自立乎？蓋以爲有所不知而過舉也。誠使有所不知，則樂聞其告者矣。知其爲過舉，則毋憚于改更矣，又何謂不可以忠告法語哉？是以有望日之牒，辭達而已，不敢衆請也。跼蹐俟命，漠然累日，閣下既不見報，而劉蒙遂自入學矣。

于是前見教者雜然而笑，自以爲知言，而某等愚陋也。某等又以爲不然。凡賢人君子所爲，始末後先，固不必同要其歸于是而已矣。今所舉不義而固爲之者，非以恥過作非也。殆將以極衆人之論議，而視其强毅詭隨，則賢不肖自判矣。此古者觀人知人之術，意閣下亦必出于此。是以又屬草具書，以薦聞于左右。

又有見教者曰：『凡下之役上，職也；賤之聽貴，決也；愚之從賢，義也。今祭酒、司業，貴矣賢矣，爲人上矣。博士，愚者賤者，爲人下者，聽之役之從之而已，尚何多言乎？』某等又以爲不知言。何者？三公皆嘗爲天子御史諫官矣。方其禁切人主，雖置三公九卿焉，有不合己者，必力排而極陳之，常恨其不見用。夫人臣之于人主，有天地之隔，其敢抗言知義[二]者，非以其所守者法度，所循者禮義然耶？故犯上而不憚危焉，直己而不使屈焉。今祭酒、司業之于博士，比肩學官耳，非有君臣天地之隔，吾以禮義法度而告之，庸何歉[三]乎？在人主則必欲聽用，已而盡從其言。于己事則恥聽于人，遂非而不移，豈賢臣之用心乎？是非所望于祭酒、司業也。某等遂又有前日之狀，今又累日矣，不審閣下爲如何，見教者又且將大笑矣。某等無復以他義仰期閣下矣。古者有官守者，不得其守則去。今閣下廢詔文而侵博士之官，用非其人，某等真不得其守，可以去矣。閣下以昏姻之家，私情曲禱，用一庸士。而以大義正道，使五六學官引去。閣下上非所以爲國，下非所以爲身，想閣下通人，必不爾也。不然，則閣下叛戾詔書，蔑棄寮屬，貪用童騃，教率國子，亦將有宏議遠略，非某等所及。倘一告喻之，某等亦箝口受教矣。

【校】

〔一〕某等，文津閣本、周校本、沈校本作『月日某官劉某具官李寔具官商傅具官丘與權具官顧臨』。

〔二〕知義，周校本、沈校本作『直議』，沈校本後改作『置議』。

〔三〕歉，文津閣本、文淵閣本、周校本、沈校本作『慊』。

彭城集卷二十八

啟〔一〕

賀參政某〔二〕侍郎啟

伏審光膺詔策，進貳台司，伏惟慶慰。恭以某官率性純粹，踐行中庸，奧學究乎天人，令望允于文武。暴陽秋之和氣，諧金石之正聲。迺其毓粹元精，禀符人傑。周雅所詠，老成重于典刑；荀卿有言，大儒所以美俗。而自雍容法從，輝光本朝。雖北門靖深之謀，一歸于基命；而公鼎燮和之寄，仍觖于具瞻。函錫袞章，坐陪國論。主上勞乎求輔，安於仰成，且師錫所同，夢賚惟允。聖賢於此胥會，禮樂其有不興？休命甫行，輿情大洽。某早以孱瑣，幸蒙顧憐，跼迹小邦，睎風賔閣。無庭燎照客之望，徒愧其不材；懷巢燕賀厦之誠，尚矜其弱羽。

【校】

〔一〕啟，周校本、沈校本作『啟一』。

〔二〕某，周校本、沈校本原無此字。

賀資政吴侍郎啟

伏審光被詔函，出臨侯屏。本朝恭讓，方均逸而優賢；三輔浩繁，資陪京而作鎮。矧惟召南之所覃化，單父之存去思，蒼生具瞻，周邦咸喜。恭以某官比德伊管，致君勛華，謀大而志深，器遠而任重。輸元忠於廟禮，被成烈於鼎彝。蓋秦伯至仁，帝以之賜壽；博陽陰德，世知其必封。今搢紳仰畫一之規，黎俗期可久之業，豈其淹衮衣而信處，局霖雨于一方？必將卜玉堂之書，正金鉉之拜。某早以孱弱，獲際輝光，親聆咳唾之音，兼辱甸匐之賜。頂踵之報，私誓于所天；燕雀之誠，復歡于成厦。

又[一]

恭審光被綸言，還躋秘殿，峻金華之茂選，撫召南之舊封，伏惟慶慰。恭[二]以某官具體上仁，秉彝迪哲，主盛德而不牽于俗，守經事而皆得其宜。降半千之昌期，邁億萬之休運。佐王之略，先信於人心；格天之功，歷試於柄輔。其長波之所蕩，芳風之所懷，雖復偃息寰中，優游事外，足以師保兆衆，羽儀本朝。昔周公碩膚，由新迎而邁止；伊尹先覺，暨累聘而幡然。何則？太公之規，必圖任而求舊；尚德之度，亦屈己而濟時。今昔同符，聖賢胥契。介圭繡衮，想見于蕃之儀；羔羊素絲，矧按已成之俗。某久繫陶冶，素辱顧憐，聆休命之甫行，俯懦衷而增慶。瞻望門宇，無任喜躍舞抃之至。

【校】

〔一〕又，文津閣本、周校本、沈校本作『賀吴侍郎啟』。

〔二〕恭，周校本、沈校本作『竊』。

與揚州知府某〔一〕侍郎啟

某〔二〕早歲嘗叩賓閎，獲親諄誨。屬介〔三〕藩之均逸，阻巖石之具瞻，景行于懷，向風增聳。兹者叨膺詔檢，獲貳海邦。稽方伯賜履之尊，仰元侯撫封之重，惟我褊小，實所依歸。恭以某官清德鎮浮，壯猶〔四〕經遠。藩守之寄，慓夷憺乎威名；繩直之風，當朝聳乎正色。蓋《大雅》所頌，老成重于典刑；以《商書》之言，圖治貴于舊德。必且登進機密，旁副僉諧；敢冀上爲宗祧，精調寢餗。

【校】

〔一〕〔二〕某，周校本、沈校本原無此字。

〔三〕介，周校本、沈校本作『價』。

〔四〕猶，周校本改作『猷』。

回留臺吴侍郎啟

近者伏蒙垂顧具僚，寵頒温教，忘位貌之敻絶，辱咳唾之緒言。蓋簪履至微，大賢存心于軫舊；荆棘雖陋，卿雲均𦡆於不遺。藏弆爲榮，服之無斁。青陽播物，流籥過中。惟練氣而葆和，固若時而集福。今朝端夙夜之士，海隅誦詠之甿，揚榷英徽，惟第成烈，而皆悵衮衣之來暮，思霖雨之及遐。俯掇輿情，面稽天意，必正富民之拜，以速迓衡之期。敢冀上爲廟朝，精調寢餗。

謝留臺吴侍郎啟

伏蒙垂顧敝居，寵頒雅什。愧衡泌之甚陋，聆韶夏之至和，詎能審音，祇其忘味。恭以某官德著而言立，氣盛而化神，賡載《九歌》之餘，優游二南之域。吟咏乎情性，敦厚而温柔，皆可以播于管絃，著之廊廟。惟先公之舊事，有上仁之所廬。彝鼎猶存，松菊未廢，果貽鈞念，賁以縟辭。雖音韻趣高，靈均之所未覩；而文章公共，賜也可得與聞。蒙賚逾涯，俯己多幸。縻於印韍，阻叩軒墀〔一〕，瞻望台光，無任區區之至。

【校】

〔一〕墀，周校本、沈校本作『墉』。

賀知府某〔一〕給事啓

阻遠賔閎，浸更歲律。風波失所，邈在海隅，繩墨見羈，居抗俗狀。惟舊恩之未報，加景行之素深，馳精鎖闈，結戀心石。兹者伏審光膺詔旨，移領介邦。稽方伯賜履之尊，仰元侯撫封之重。繄我褊小，實所依歸，輒同謝人，均慶梟藻。竊惟跋履長道，綏固天倪。恭以某官，清德鎮浮，壯猶經遠，器深中而周用，刃無厚而有餘。宣風外臺，則賦輿辦于心計；授鉞方面，而戎索著于威名。雖偃藩以均勞，實注意而有漸。必且進登機密，旁副僉諧；敢冀上爲宗祧，精調寢餗。

【校】

〔一〕某，周校本、沈校本原無此字。

賀知府某〔一〕諫議啓

伏審光膺言綍，復秩諫垣。先守經邦，德何嫌於一眚；次公爲郡，善仍及于重臨。

舊物復還，豐恩惟允。恭以某官材任國器，智爲吏師，臺閣頌其風規，藩翰著於治最。惟洪河之奥壤，當北道之要衝。堤繇遂寧，緊王尊之壯節；父老爲請，宜寇恂之借留。將疇茂庸，豈徒中復？行被光華之選，以崇豈弟之風。更冀保頤，用符言願。

【校】

〔一〕某，周校本、沈校本原無此字。

賀知府某〔一〕侍讀啓

向者叨被詔除，出分郡組，治任戒道，懷謁詣辭。悵隴坂之遽遥，瞻階符而棲戀。旋聞峻〔二〕春官之茂秩，釐須句之奥區。皡濟遺風，一變可以至道；股肱重寄，四國是以于蕃。仰惟涓選休辰，條布寬教，神明所勞，啟處用康。恭以某官德貫道樞，學優聖閫，言必垂于士則，智必諧于帝謨。搢紳推乎儒宗，主上許其國器。《大雅》所謂老成重於典刑，《春秋》有云空言不若行事。故復輟侍從之邇列，極循良之遠圖。即觀報政之期，以趣登庸之命。

【校】

〔一〕某，周校本、沈校本原無此字。

〔二〕峻，周校本、沈校本作『悛』。

與杭州知府某〔一〕資政啓

伏審某官〔二〕，均逸鼎司，宣風南國。舳艫銜尾，牛斗爲之生輝；壺漿溢塗，江海知其增觀。豈獨周邦有良翰之喜，東人興信處之謡。仰惟條布政經，惇懋黎俗，神明來舍，啟處降祥。恭以某官，毓粹中和，存誠博厚，懷幾深之妙畧，極經緯之遠圖。致身熙朝，協德聖相，四方從欲以興治，九功惟叙而可歌。蓋堯以三公，出居方嶽；周以二伯，外倡甸畿。體貌所隆，股肱攸寄。實資天揖之重，以陪王室之尊；方下玉堂之書，即正衮衣之命。海隅所傒，霖雨是期。某樗散之姿，瓠落無用。方枘圓鑿，徒齬齟於迷津；深淵薄冰，每戰兢於投足。下流所處，屢憎維塵。荷鈞化之無垠，矜孤根於易拔。鎔造之賜，丘山敢忘？縻跡小邦，阻前賔席。有簡書之寅畏，乏羽翼之奮飛。瞻望軒墉，祇勞心石。敢冀上爲廟社，精調寢興。

【校】

〔一〕某，周校本、沈校本原無此字。

〔二〕某官，據文津閣本、周校本、沈校本補。

謝太師杜相公啟

近者調官還南，假道過府，竊緣世契，前造賔榮。維父師赤舄之崇，加丞相安車之貴，一見符照，如登龍門。矧復厚元禮之通家，矜女侯而撫舊。垂貺墨妙，分沾鼎珍。老成典刑，雖景行之莫及；飲食教誨，荷仁心之弗遺。藏弆爲榮，服之無斁。逼旅瑣之靡暇，悵門闌之遽違，阻侍話言，忽將旬日。仰惟練氣自若，嗇神致和。恭以某官翊亮本朝，緝熙帝載，出入四輔之要，贊襄萬務之微。地平天成，孚湛恩於無外；名遂身退，體至道而不居。陽報則多，福履寀邵。畢公茂德，在小物而克勤；衛武耆年，方懿戒而自儆。彼魯侯之頌壽富，《洪範》之叙康寧，舉集在兹，夫孰爲比？敢冀益務遵攝，下副觀瞻。

謝西京宋相公啓

恪守官箴，坐遥恩館。大以惟良共治之寄，付之瑣材；然其小邑寡民之間，幸焉自守。徒以簡書攸畏，繩墨所羈，趨槐府以無緣，瞻階符而載聳。恭惟尹政千里，居守二宫。自天降康，龐福善應；惟民所止，多士攸歸。昔平津厚東閣之賓，晉公有緑野之集，盛德相望，休風益隆。顧此孱姿，獨窘賤事，曾不獲預簪玳之下列，陪畫鹿之前行，苑結所深，啟處無已。敢祈上爲宗祏，精調寢興。

爲韓汝州謝諸執政啓

比者忝被詔除，榮分郡寄。獻納無補，愧徒重於高門；綜覈〔一〕非優，復叨榮於聖治。矧惟陪京近壤，遵汝舊封。三組夸鄉，兼備銀黄之寵；駟馬置傳，得陪玉輦之尊。内省庸虚，良深幸遇。伏以某官陶甄品彙，銓綜材良，程其器而任能，因所資而借寵。竊以惟民共治之任，付之不敏無似之人，習雖生常，事亦匪易。且當屬役治賦，必謹於期會之間；聽獄察辭，或論於繩墨之外。雖曰小補，倘或有成，庶無曠官，以累塵史。

【校】

〔一〕覈，文津閣本、文淵閣本、周校本、沈校本作『覆』。

爲司馬中丞謝翰林啓

叨膺詔檢，擢躋禁林。上德敷施，寬任能於求備；瑣材蒙幸，懷致寇以爲虞。視〔一〕草玉堂，簪筆省户。地嚴禁密，或號爲私臣；言聽計從，則稱之内相。常以德選，乃充詔求。夫何妄庸，輒當遴柬。伏念某賦性檮昧，爲術闊疎，無方朔之澹辭，守兒寬之樸學。據經入對，悉鄙心之所安；無言弗酬，濫豐恩之荐及。勸華光之講幄，忝延閣之貴游，寵實逾涯，望無他覬。豈謂發中之詔，驟疏躐等之榮。且乎號四方，垂鴻來世，爰訂代言之選，曷容彼己之羞？循墻自驚，甚履冰之增慄；涣汗莫及，終襲組而拜嘉。内省攀援，抑由推獎。伏遇某官至誠樂愷，高誼并容。嘘枯發生，密借寵於餘論；陶冶致用，不遺力於寸長。以是小材，堪叨異數？謹當秉心正學，刻意慎詞，竭其罷罷之愚，効此容容之計。

【校】

〔一〕視，周校本、沈校本作『侍』。

爲趙秘監謝官啟

大計吏治，非敢望於陟明；無曠天工，奚獨蒙於虚受。仰承恩渥，俯集戰兢。伏念某賦性顓愚，爲學疎略。進不能守據經義，引大體於廟朝；退弗能勸課農桑，樹風績於郡邑。年既運而逾邁，智加慒而無堪，屢更分土之權，久污居卿之秩。但虞官謗，以速刑書，敢緣年勞，復膺懋典？重以蘭臺秘奧，策府深嚴，圖書所藏，著述兼領，歷數近事，皆用名儒。其在私門，均實世守，晞先軌而無能爲役，踵前哲而胡可與同？恩深叵量，感極至泣。揆兹際會，抑自陶埏。伏遇某官秉國之鈞，致君以道，同一德而熙載，審八枋而贊襄。故疎遠於焉不遺，而纖介得以叙進。敢不繩墨自檢，夙夜惟寅？無負浚明之心，仰荅曲成之造。

爲某郡守謝罷任啓

某瓠落於時，沙汰爲郡，迂直自守，老而益疎。將迎之材，智所不迨。斷斷之技已竭，赫赫之譽無聞。爰及瓜期，得還魏闕，揣蕞軀之幸會，實大度之并容。何則？精鑒之前，毫髪無隱；下流所處，風波易生。至其脱致寇之災，獲伸眉之慶，非夫卿曆廣茂，瑜德深純，何以致兹，爲感曷已？方瞻雲而迅邁，阻踵門而侍言，益冀葆調，以候飛擢。

爲傅學士謝除直昭文館啓

湛恩驟委，蕞品無庸，據非所安，寵以爲懼。國家博極古志，購藏羣書，敞石渠、金馬之庭，法東壁、春山之府，其以待遠方之選，致席上之珍。仍踵舊規，别疏儒館。由是寵學士之職，常以加元宰之尊，至其屬僚，畧皆精選。向非文純貫道，學茂致知，智輻湊而軼羣，量深中而大受，何以驟充妙選，進預俊遊？伏念某生質甚愚，天機尤淺，無斷斷之薄技，懷罡罡之愚忠。早繇鄉書，亟躋仕版，會冠豸之承乏，得簪筆而備員。念無横草之勞，驟玷伏蒲之列，内思報効，姑自激昂。襲勝之議寢園，詎知時變；夏侯之止廟樂，竊異詔書。黜典方州，尚叨符竹。何不天之寡祐，遽陟屺而纏哀？駒隙浸遥，心灰已極，違負米之始願，餘絃琴之甚悲。趨修覲於天臺，復參華於郎省。幸簪履之未棄，愧蒲柳之已彫。敢期詔旨發中，班寵逾望。擢道山之秘奥，委銓管之會繁，光華一時，跼蹐萬狀。俛思際遇，抑有攀援。伏遇某官邁德兼容，至誠樂善。推陶冶之賜，密濟其剛柔；暴陽秋之和，曲成於品彙。致兹謭陋，驟爾甄收。謹當勉懋初心，堅持壹意，睎浚明於夙夜，慕竭節於風霜。上酬乾施，次答鈞造。

爲王郎中謝晏相公啟

某蟠木之姿，飛蓬所歎，早緣世舊，獲見師門。叔譽深仁，矜女侯而撫子；孔融幼齒，預元禮之通家。祗服誨言，激揚懦志，希先業而自勵，迨壯歲而逾勤。簣土終虧，敢期于與進？東隅既失，奚望于收功？荷中庸大雅之風，極汎爱矜賢之量，樂其樹立，振以聲容，使得預齒儒紳，盱衡朝列。竊自惟濩落之品，無以謝特達之知。然而小夫竿牘之間，稗官道塗之説，竊常從事，時以白心。筆墨所成，狂斐盈帙。蓋牛角陋曲，或可〔一〕感賢侯；軀手賤工，猶足〔二〕干霸主。竊自忘于器窳，思有効于己長，妄綴蕪音，冀塵當軸。過雷門以布鼓，眩魚目於驪珠，媿心靦顔，欲進不敢。輒因門下之客，憑寫胸中之誠。悚負已深，啓居交戰。伏蒙某官至誠教育，廣德并容，許其累己之心，錫以盈紙之誨。《春秋》之法，毫毛必收；官师所材，瞽矇不棄。賜出望外，光生目前，夸於稠人，甚乎至寶。孺子可教，昔蒙咳唾之音；五十無聞，今被衮褒之寵。感愧之極，肌骨爲銘。

【校】

〔一〕可，周校本、沈校本後有『以』字。

〔二〕足，周校本、沈校本後有『以』字。

賀鄆州某〔一〕安撫啟

伏審光膺詔檢，出總使符。蜱濟舊封，實自魯邦之重；圖書秘府，益推龍馬之嚴。爰屬僉求，抑爲德選。恭以某官天材長懋，國器宏深，刃無肯綮之勞，明照忽微之表。輝映中外，陟降便蕃。風采聳于諫垣，功利集于邦計。老成之望，眷與益隆。亟躋延閣行之華，暫委東藩之寄。歷選故事，仍察輿詞。報政之期，殆弗淹於五月；秉鈞之任，行峻陟於三階。某託乘傳車，幸依侯屏，聆休命之甫集，拊懦衷而載歡。

【校】

〔一〕某：周校本、沈校本無此字。

爲王郎中謝官啟

祇荷寵靈，不任榮懼。竊以郎官之選，上應列星，炎漢以還，皆用名士。國朝憲章前代之舊，允惟是職上臺之司，崇其班資，號爲通貴。非特入備九重之闥，出宰百里之邦，相是美遷，豈其輕授？伏念某機非穎悟，幹力支離，學無適道之方，治鮮宜民之效，濫預冥行之拔，振兹濡滯之嫌。惟考績三年，大比羣吏，方多匪稱之虞，更被逾涯之寵。靦然自幸，不能爲容。此蓋伏遇某官秉持國鈞，緝熙帝載。具毫毛之善，必使合于《春秋》，無寸用之材，皆不遺于匠石。致兹非據，得以叙遷。敢不夙夜惟寅，繩墨自檢？既以逃曠官之責，亦償其竭德之心。瞻望軒墉，不任區區之至。

回鄆州賈諫議啓

叨被詔除，出董漕事。無精明之敏智，加壅蔽而樸愚。方將刺舉屬城，宣布上指，商功利于毫末，貿有無之化居。是猶求鉛刀一割之能，致駑馬跬足之效。其爲弗稱，蓋不待言。伏惟某官德爲吏師，智出人表。嘗辱顧于菲薄，亦曾賜于吹噓。以是無庸，過當繁使。瞻言德宇，徒切銘衷。方便道而之官，阻踵門而上謁。春和伊始，福履惟休，更冀保頤，以符祝頌。

爲王駕部汝州謝二府啟

明詔屢下，深惟共治之難；蕞器無庸，繆辱維翰之寄。祇膺寵渥，罙極怔營。伏念某器宇至卑，天機甚淺，學雖勤而功半，智不足而道悠。徒以襲先世之遺榮，階昌辰之膴仕。奉令承教，竭其罜罜之愚；曠日逾時，止於斷斷之技。甘心自守，絶望見知。曩者方嶽之賢，繼有公車之奏，使得從尚方之給筆，紬石室之成書。譬出不虞，聲弗中實。鉛刀一割，何足收功？劒首吷然，於焉濫吹。内惟極陋，曷意逢亨？過沐鴻私，俾分侯社。待[一]詔云久，可嗤東郭之貧；懷章來歸，良甚會稽之寵。姑薄游以從告，驚傳舍之易人。幾成襆被之羞，竊有遺簪之歎。尚蒙記録，不汝遐遺，舊物復還，戍期加近。失馬爲福，益欽北叟之風；躍冶効祥，私有鏌邪之願。顧兹幸會，誠賴攀援。伏遇某官掌握國鈞，陶冶士類，矜一夫之弗獲，使寸善而必收。葑菲不遺，菅蒯代匱，致兹懦品，驟玷寵光。夫長人之官，專城爲重，提封至廣，生齒實繁。自非循良，鮮不曠乏。田室荒露，由勸農之靡親；刑政放紛，緊奉詔之或闕。敢不冰蘖勵操，夙夜自公！庶兹毫髪之能，仰荅丘山之賜。

【校】

〔一〕待，周校本、沈校本作『持』。

爲司馬中丞謝參知政事與二府啓

丹誠自竭，鴻造靡還，遂玷豐恩，濫塵近輔。竊以廟略所任，國威至嚴，非智敏不足以預機謀，非質厚不足以參聽斷。何其虛授，並集謭材？默究所緣，實緊幸會。伏遇某官弼諧熙載，贊襄遠猷，喜密借於餘光，仍垂譽於所試。致兹忝冒，夐越等夷。佩服之深，敷宣罔既。

爲韓相回前兩府啓

叨膺詔策，足踐鼎司，智不逮於亮工，材靡周於經國，夫何僉俞所及，光寵驟加？密計無庸，抑其有自。伏遇某官夙敦風義，嘗借提評，致寸進之弗遺，蒙上仁之求舊。方深懷德，遽沐寄聲，研味絢辭，祇增愧服。

爲韓端明知河陽謝二府啓

短材屢試，常無補於本朝；多病亟衰，尚見容於便郡。内惟僥倖，實用愧羞。竊以陪京近區，孟津重鎮。温麥之富，著在信書；河魴之珍，流於詩詠。且民樸訟簡，雖卧治而易爲；蓋地近望優，非均逸者莫處。豈兹無似，可玷分符。伏遇某官持平國鈞，樂育士類，曲借嘘枯之論，益敦求舊之仁。以是孱姿，得蒙寵寄。方且布宣明詔，惠養寡民，内推悃愊之心，庶竊循良之效。阻遥賓館，祇畏簡書，馳戀之誠，敷宣罔既。

彭城集卷二十九

啟[一]

賀省副某[二]郎中啟

竊審光被命書，贊司邦計，伏惟慶慰。國家備用厚生之德，大農爲之淵；商功興利之權，計會受其質。必有副貳，協成懋和；抑惟全材，乃膺遴選。恭以某官心術敏劭，智符廓明，資肅括以提身，惟幾深而成務。素所樹立，實爲萬夫之雄；疇其功庸，獨處大牧之冠。故兹明詔之下，僉曰休哉；而大賢在朝，所存遠矣。必且攄阜民之長策，集富國之成勳，而後超踐亨途，欣逢遠業。側聽輿頌，實同慶詞。

【校】

〔一〕啟，周校本、沈校本作『啟二』。

〔二〕某，周校本、沈校本原無此字。

回賀蘇學士詔啟

伏審光奉詔函，擢躋史觀〔一〕。本朝厚方〔二〕聞之選，儒士榮藏室之華。非夫擅三良之能，兼兩如之直，易膺遴柬，以副僉言。恭以某官積學淵微，軼材超特，以直諒多聞之益，被賢良高第之求。豈其拘累日之勞，是以不待次而進。側聆休命，方集懽悰，過沐華牋，亟聞讜論，佩銘之素，啟處不忘。

【校】

〔一〕觀，周校本改作『館』。

〔二〕方，文淵閣本作『多』。

賀判府宋相公啓

伏審涓選穀旦，和布政經。四國十蕃，實重股肱之寄；周邦咸喜，庸知豈弟之風。惟商序之過中，繄天休之純格。恭以某官比德伊管，致君勛華，材大而志深，器遠而任重。訏謨樞斗，既臻偃伯之期；專席鼎司，冞盛勑天之業。百度時序，九功可歌。方均逸而優賢，姑偃藩而賜履。蓋袞衣信處，周旦居東而見思；四牡遄歸，山甫徂齊而興詠。矧輿情之素屬，將天視之俯從。還復階符之尊，益隆風動之化。某猥惟陋質，獲預下陳。趨及瓜之期，詎遥于旦暮；積在鈞之願，實賴于陶埏。敢冀上爲宗祧，精調寢餗。

賀宋相公判許州啓

伏審光被僉俞，寵更出鎮，峻地官之茂秩，宅昆吾之舊邦。注意允隆，德賞斯在。恭以某官道崇聖相，澤浸生民，侔古人之致君，在本朝而美俗。上有日新之頌，下推風動之休。夫保釐東郊，重于大邦之攸寄；藩屏王室，孰若四輔之爲先。然而畫一之規素存，久大之業已著，主上所以推恩而均逸，易地而優賢。在于海隅之心，則藴霖雨之望。側聽優策，以副具瞻。某向以庸虚，獲覯符采，聆介圭之于邁，望鹿轓而載歡。區區之誠，一一奚盡。

與西京通判某〔一〕太博啟

拜遠風儀，驟移月律，由眄睞之過厚，使慕用之實深。寤寐音徽，摇蕩心旆。伏惟練氣自若，衛生有經，豈弟之符，神明來舍。恭以某官吏術通達，儒學精詳，敏於事而有功，譽所試而已效。矧王都千里之廣，河南二周之餘，固賴長材，以崇善教。叔度來暮，久播譽於輿詞；齊侯報功，豈俟時於朞月！益祈葆嗇，庸俟褒陞。

【校】

〔一〕某，周校本、沈校本原無此字。

回齊州通判某[一]啟

承命來東，問俗從事，側聆臺妙，出貳藩條。全齊奥區，首推歷下；連城要任，雅屬治中。頃熟稔於宏材，兹有望於善治。矧及瓜之甫邇，將投刃而有初。猥辱騰書，過形巽與，願言佩服，曷罄敷宣。

【校】

〔一〕某，周校本、沈校本原無此字。

回王尚書啟

伏審增秩天官，保釐宫鑰，伏惟慶慰。恭以某官智深迪哲，學茂鄰幾，臺閣粲乎休光，廊廟著其法語。治戎董武，外震蕩於天聲；利用厚生，内周洽於民譽。蓋尚書百官之本，而治象之法最嚴；邦畿千里之居，惟魏大之風尤盛。主上所以疇咨全德，併疏寵靈。敢謂謙冲，過形撝挹，騰示芳翰，載窺絢辭。佩服之誠，筆舌奚究。

賀致政某〔一〕宫師啟

伏審得謝上臺，歸休里宅，峻貳公之崇秩，參六傅之近聯。止足之風，獨齊蹤於老氏；體貌攸寄，是所望於父師。休命甫行，輿情胥仰。恭以某官純誠貫道，清節鎮浮，茂方叔之壯猷，兼博陽之陰德。社稷是衛，定帝業於無疆；功名不居，奉天道而時若。昔疏氏有海隅之樂，留侯慕松子之遊，高風如存，遺躅不嗣。適大賢之有作，雖異世而合符。逍遥道樞，塵垢蟬冕。是以湖海辯説之士，朝廷夙夜之賢，搤攬以爲美談，思齊若將不及。方將講臨雍乞言之制，修巡守就見之儀，範模老成，光華惇史。豈特掛車以示來世，揮金而樂當年。某縻縶小官，阻前賔謁。懷門闌之願，居常慨然；從几杖之謀，更深仰止。敢冀嗇神專氣，綏福考祥。

【校】

〔一〕某，周校本、沈校本原無此字。

賀三司某〔一〕待制啓

伏審光被策書，主司邦計，恭惟慶慰。竊以眩數經入之賦，厚生利用之權，唯敏智足以有功，唯幾深足以成務，訂兹慎簡，具曰才難。恭惟某官器度淵宏，謀猷膚敏，倜儻扶義以特立，珍睟入神而不窮。陟降便蕃，輝映中外。而自雍容表列，惇懋風聲。謀國以忠，搢紳推其軌範；作法於厚，遐邇賴其規模。故適道可以與權，對時所以育物。爰正大農之柄，一專司會之謀。地若流錢，劉晏之才素著；民不加賦，桑羊之畫𥧌深。既成阜俗之勳，必繼富民之拜。某辱知最厚，受賜亦深，側聆休命之行，逾積由衷之抃。

【校】

〔一〕某，周校本、沈校本原無此字。

賀制置發運某〔一〕待制啓

竊審光被詔函，擢躋延閣，伏惟慶慰。恭以某官英猷邁種，精義造微，由敏智而有功，資正固而幹事。蓋不牽於俗論，宜獨結於上知。迺其心計無垠，利百變法。管氏權術，曾何足云；桑羊析毫，殆不能過。固疇庸之所逍及，而奮飛自是逾量。不加賦而用饒，自從欲而致治。以是進參柄輔，誰曰不然？某早以弱材，幸蒙左顧，聆休命之亟下，撫懦衷而載歡。

【校】

〔一〕某，周校本、沈校本原無此字。

賀張丞相除帥啟

眷懷舊弼，誕播明綸，還秘殿之隆名，建上〔一〕流之巨屏。五侯九伯，暫尋鈇鉞之征；一日萬幾，即正鈞衡之任。慶關宗祏，喜溢神人。恭惟某官道冠古今，勳存社稷。扶世導民之術，本自得於詩書；憂國愛民之忠，宜獨貫於日月。當國家二百載中天之運，正君臣一千年際會之期。仗大義於版蕩之中，變危機於呼吸之頃。取虞淵之日，功孰大於昌唐；封函谷之泥，畧豈高於全蜀。既勒銘於鐘鼎，旋正位於巖廊。方布德以兆謀，爰整軍而經武。誓清沙漠，剋復神州。然而功成者天，道廢有命。在我何憂於用舍，於時實繫於重輕。身雖退而道愈光，望既隆而忌益衆。誰爲巧舌，敢肆流言！曾蚍蜉之不量，豈棟梁之可撼。九夷何陋，自安孔子之居；四國是遒，久起周人之詠。斯文未喪，羣枉幸消。宜以人主注想之深，慰八表具瞻之望。遄召還於南服，聊臥護於北門。何煩三日之報成，即聽十行之趣覲。多士聞風而喜，竚大老之來歸；四方扶杖而須，知太平之有日。某頃緣恩契，叅辱記憐，逮風波之横興，方羅織之肆起。念寒暄候問，無益於門下；而事機偵伺，或致於讒言。缺然門牘之陳，蓋亦三年于此；仰止受恩之地，未嘗一日輒移。雖形迹之若疎，尚衷誠之可鑒。倘蒙畢照，少宜譴訶，庶幾餘生，永有依怙。重念某稟資劇陋，賦命數奇，蠢愚涉世之甚疎，坎壈抱窮而未艾。緣姓字嘗汙於科籍，故蹤跡偶篋於閩臺。曾越日而幾何，亦罹讒而遽去。冒寵甘分于罷黜，嘖言更玷于恩私。俯仰懷慙，跼蹐無措。兹跧伏於里舍，獲傳誦於策書。自歎末路之零丁，將託洪鈞之块圠。收東隅之失，意敢忘於桑榆？賀大厦之成，情方深於燕雀。精誠並竭，悃愊奚殫。

【校】

〔一〕上，周校本、沈校本作『士』。

與轉運使某〔一〕啓

比者叨膺詔檢，出贊郡條。未閑從政之方，非有裕民之術，矧乃連城甚廣，生齒實繁，顧闒決以無堪，將尸曠而爲咎。伏惟某官精心格物，敏智通微，飾儒術而自將，搾吏師而獨步，勤宣使指，惇懋風聲。某得以庸虚之資，勉强自力。竊幸於奔走承命，或藉之使令於前。實冀餘庥，獲伸素願。方趣裝而便道，即拜謁而踵門。

【校】

〔一〕某，周校本、沈校本原無此字。

賀運使某啟

伏審光膺詔檢，出總計臺，朝僉刺舉之權，士聳澄清之志。傳車抗節，屬城望風，想聞英標，大慰輿頌。恭以某官高節邁世，醇文析微，歷試民事之難，緣飾儒術之美。倜儻中立，固自結於主知；造次義形，衆必推於國器。眷是典州之重，暫紆攬轡之威。顧惟重外之嫌，將有問釐之召。即觀翔奮，以極蘊藏；更冀保調，少副言願。

賀運使某〔二〕郎中啓

伏審光被詔函，寵分外計。陪京奧壤，地幾萬里之方；美俗要權，任則百城之重。遴柬攸集，長材莫先。想聞風聲，翕變輿俗。恭以某官心術該敏，智符廓明，紹扶陽之音徽，著伯起之清德。入專臺妙，出總使華。方面藹於去思，臺閣誦其故事。復頒節傳，益試將明。必無淹歲月之期，行且隆卿輔之拜。某幸分符竹，實廕輝光，阻前趨賀之儀，徒積焉依之素。

【校】

〔一〕某，周校本、沈校本原無此字。

賀運使某〔一〕郎中啟

伏審光膺詔檢，移總漕臺，伏惟慶慰。恭以某官敏智絶倫，精心格物，回翔中外之寄，著聞尤異之聲。而自欽卹祥刑，澄清南服，九牧稱最，三年有成。惟經賦之所充，眷漸河而居重。遴簡所付，擢材叵量。休命甫行，輿情胥洽。某竊居屬邑，方芘餘庥，雖欣涣渥之榮，仍結疲軒之戀。敢希上爲宗社，精調寢興。

【校】

〔一〕某，周校本、沈校本原無此字。

賀運使某〔一〕度支啟

伏審光膺詔檢，行趣上臺。使車表率之功，國賦課入之數，九牧居最，三年有成。士論翕然，帝心簡在。虛邇列而延佇，嚴召節以授于。天衢頗修，國用資始。伏惟治裝爲去，啬神益康。某久以瑣材，獲依大庇，免負乘之貽謗，實棲蔭以知榮。瞻言四牡之歸，徒積疲馬之戀。敢冀精調寢餗，以副禱祠。

【校】

〔一〕某，周校本、沈校本原無此字。

與運使某〔一〕度支啟

樗散之姿，瓠落無用，幸得從薦紳之後，竊嘗仰當世之賢。雖慕用之誠，在執鞭而欣願；而迂疎之效，獨踵門而後期。伏惟某官智略逢辰，德榮冠世，言行爲乎士範，政術存乎吏師。百城畏懷，名實胥用。各漕所入，歲時罔虛。方將極淵懿之深謀，酬尤異之凝績，翔奮邇列，光輝本朝。某庇身小官，跼迹下邑，繩墨所約，胸襟無奇。私景行於高山，既蒙廕於卿靄。敢冀上爲宗祏，精調寢興。

【校】

〔一〕某，周校本、沈校本原無此字。

賀鄆州安撫某〔一〕修撰啓

伏審光膺詔選，出領使符，躋殿撰之華資，按魯邦之舊土。眷兹德賞，允協僉俞。恭以某官國器宏深，天材長懋，明照忽微之表，文含經緯之風。居爲吏師，能簡睿聽。惟皞濟之奥壤，據海岱之上游，表率百城，經緯千里，實藉老成之智，用專綏撫之權。雖輟步大農，固不以重外爲慊；而擢材麗正，尚疑其遴柬弗〔二〕章。諒觀報政之期，即有具瞻之拜。某猥以衰朽，獲庇輝光，瞥聞新命之行，冞積由衷之慶。

【校】

〔一〕某，周校本、沈校本原無此字。

〔二〕弗，周校本、沈校本作『布』。

回濟州知州某〔一〕啟

叨膺詔檢，濫委郡符。川塗阻修，坐遥於化境；歌謡歡屬，默聽於休聲。幸餘潤之及兹，企高風而增聳。方修謝牘，遽辱滕緘，研味絢辭，著銘具臆。伏承節宣有術，啟居降康。恭以某官智爲吏師，材洽民譽。豈弟之政，固賴於惟良；金爵之褒，即期於不次。勉加保護，自副願言。

【校】

〔一〕某，周校本、沈校本原無此字。

賀孫杭州啟

伏審均逸斗樞，開府吴會。九命作牧，寵數愈光；四國于蕃，倚毗尤重。蓋曰股肱之寄，非有中外之殊。恭以某官文茂經天，器深華國，極皇王之遠略，輸社稷以元忠。

慷慨立朝，必欲聲教之及古；倜儻扶義，不使功名之後時。而自流沙際于玉關，服領極於南海。和戎之策，魏絳居多；柔遠之勳，伏波爲最。遂正機衡之拜，用嚴帷幄之謀。朞月有成，海隅胥慶。遽讓德而戒寵，暫偃藩而處休。竊惟當宁之睠懷，爰暨輿人之注意。必無信宿，將復奮庸。

回知府某〔一〕大卿啓

阻侍音徽，疊更歲籥。執鞭興慕，未盡其景行之心；重趼而趨，居常有見賢之願。仰惟偃息巨鎮，緝綏太和。恭以某官寬裕足以有容，豈弟敏於從政，宏然國器，聳乎士林。論盛德而必稽，舉良吏以爲首。以秩典郡，九卿之選莫高；賜爵疇庸，三事之拜非遠。仰希上爲宗祏，精調寢興。

【校】

〔一〕某，周校本、沈校本原無此字。

賀宰相某啓〔一〕

王春頒歷，象魏布和，風入律以應期，星回天而更朔。恭惟某官明誠格物，淵懿矢謨，咸一德以相時，欽四鄰而敷化。泰伯仁厚，宜畀壽於勾芒；周公勤勞，方錫命於赤舄。履茲令旦，倍納純熙。原注：一本云：『天以山甫，實保佑於周邦；帝使勾芒，方下賜於泰伯。』

【校】

〔一〕某啓，周校本、沈校本原無此二字。

回知郡某〔一〕都官啟

向者假守江介，日奉賓車，傾蓋之歡，屈指可記。惟高明之令德，常慕用而不忘。分手闕然，馳光迅若。猥沐左符之寄，求臨淝水之陽。側詢屬城，審休汝之車騎；遽因介使，獲烹魚之素書。厚意勤劬，絢辭款密，披閱于再，佩銘益深。恭惟某官儒術自將，政績兼茂，廣譽備於所試，遺愛存乎去思。方茲求治之辰，每下旌能之詔。即期飛擢，以懋循良。勉務節宣，庸副言願。

【校】

〔一〕某，周校本、沈校本原無此字。

回知郡某官啟

叨膺詔檢，出領郡符。雞犬相聞，幸接愛棠之境；簡書攸畏，生賒交臂之期。方企下風，遽承便置，載披麗藻，如挹緒言。聆贊治以多閒，矧陽和而增勝。佩銘慰懌，交集衷懷。伏惟某官幹力絶倫，風猷邁種，出總赤車之任，入嚴儒館之華。偃息价藩，雖重惟良之寄；雍容邇列，方推圖任之恩。勉冀葆頤，以須光寵。

賀知郡某〔二〕郎中啓

伏審寵被詔函，出分郡寄。朝家重惟良之選，廷臣先歷試之材，眷惟國恩，允屬民譽。恭以某官智推通敏，器處閎深，薦揚中外之聯，籍甚簪紳之論。是宜總專城之重任，付維屏之要權。士習先聲，咸想聞於豈弟；帝胥成效，將表用於深嚴。某猥以寡才，率叨聯事，將遂依仁之便，良多就義之歡。行俟〔二〕彼瞻，更蘄葆毓。

【校】

〔一〕某，周校本、沈校本原無此字。
〔二〕俟，周校本、沈校本作『候』。

回知郡某官啓

伏審某官涓休穀旦，和布郡條。郭伋治能，亟上冀州之最；會宗威信，猶爲鴈門之踦。夫惟達生徇天，知命齊物，道兩均於進退，樂無累於逍遥。福履所綏，啓居增劭。且陶鈞御世，嘗獨化於無垠；而倚伏在人，密施功於糾纆。復自道其何咎，於信處以奚繇？勉務節宣，即觀翔奮。區區之禱，叩叩于兹。

賀省主某〔一〕龍圖啓

伏審光膺命書，進躋延閣，惟河圖之秘寶，邃天禄之宸居。高門之選實嚴，儒者之榮尤重。訂兹慎簡，具曰才難。恭以某官德茂幾先，學躋聖奥，倜儻扶義以特立，珍晬入神而不窮。所謂元精之生，王者之佐。而自總司計，惇大風聲。謀國以忠，搢紳推其軌範；作法於厚，遐邇賴其規模。晐數經入之會繁，利用厚生之廣博，宜其疇厥成績，峻兹寵章。既全阜俗之勳，必繼富民之拜。某効智無似，蒙廕實深，側聆休命之行，逾積由衷之抃。（又見《永樂大典》卷一〇五四〇）

【校】

〔一〕某，周校本、沈校本原無此字。

謝除直講啟

仰承休命，俯積靦顏。竊以儒林之官，淵源所繫，太學之教，道藝攸司。上以聯師保之嚴，下則總俊造之任。非有專門名家之傑，博聞强記之資，清修雪白而無疵，黄髮魁壘而特秀，殆無以贊育材之化，建首善之謨。儻其倚席而無聞，必也瘝官而致寇。國家養徒至博，任能實艱，歷選代工，未嘗輕授。伏念某器惟苦窳，志已渫卑，竊陳編而幾何，迷大方而見笑。陋駢枝之無用，愧鞶帨之增華。法令爲師，有司空城旦之愧；廉能應詔，皆小官累日之勞。進陪東觀之游，出分百里之命，惟小邑寡民之寄，加銅章墨綬之榮。無汲直之才，敢恥於爲令？乏冉求之藝，安見其非邦？方期勵一割於鉛刀，睎十駕於驥足，盡力農桑之課，想見絃歌之風。敢謂詔除，忽膺朝選。脱迹下邑，彯纓上庠，負乘爲虞，冰淵自懼。伏遇某官經綸王度，柱石國基，程百吏之器能，矜一善之樹立。密借噓枯之賜，曲收吹呴之微。底是空踈，得階甄擢。謹當發憤忘老，浚明自强，窮經義於修行，誦師言於勿失，用竭鄙頑，仰酬厚知。

彭城集卷三十

啟〔一〕

回致政王侍郎啓

伏審霈章得謝，温詔榮歸，擢文昌之近聯，貳春官之峻秩。允兹寵數，緊屬老成。恭以某官政爲吏師，道兼士則，慎白圭而無玷，迨黄髪而好修。雍容龍馬之嚴，左右虎符之寄。遂從所好，高蹈乎止足之風；洪惟茂恩，閔勞以官職之事。安車之寵，賜几實榮。身沐謙光，首垂珍翰，銘佩于懐，敷述奚周。

【校】

〔一〕啟，周校本、沈校本作『啟三』。

與運使某〔一〕郎中啓

叨被詔函，濫分符竹，連城十數，書社萬餘。無尤異過人之稱，有蒙蔽寡聞之累，將何以布宣明詔，周察輿情？俯章綬而若驚，按吏民而自愧。伏惟某官清規格物，盛德鎮浮，利術析於秋毫，精鑒甚乎止水。洪河之潤，福并逮於京師；慶雲之輝，蔭不遺於叢棘。顧惟孱弱，方賴芘庥。謹當悉心刑政之間，竭力農桑之本，庶立涓微之效，不貽刺舉之憂。縻此簡書，逋遥軒弝。伏冀精調寢餗，以副禱祠。

【校】

〔一〕某，周校本、沈校本原無此字。

又

假守左符，浸更流籥。無昔人報政之敏，嘗以自慙；瞻使車攬轡之嚴，每懷多畏。然而卿雲之蔭有素，大海之蕩攸歸，知其不遺，賴以蒙免。伏惟宣布多豫，葆光益休。恭以某官令望映時，純文貫道，天材超乎不器，心計迨於舞垠，利術析毫，泉貨流地。聽聲察實，九牧無以居其先；宣化承流，千里莫不被其澤。即疇異最，行奉豐恩。敢冀順此長贏，益綏祉福。

謝中書舍人啟

選掄所及，無間孤生；綸綍惟行，抑爲重任。冒寵已甚，撫躬若驚。竊以發號施令之謂王猷，考禮正刑之謂典訓，鼓舞四方之悟〔一〕動，裁成百度之經綸。如春霆之有震驚，喻大辰之爲喉舌。上德司契，中心無爲，必付代言之人，以著揚廷之事。有子産之智，則潤色無疑；兼相如之材，而視草惟允。其體甚大，非賢莫居。伏念某稟生冥煩〔二〕，爲器瓶窳，寡聞無約以自守，曲學多辯而逾迷。經爲汎通，不如子雲之浹洽；文實骫骳，同在方朔之抵娸。耆指何言，心術彌落。悵燭武之内省，少不如人；愧袁脩之自强，老而好學。方其多士之鱗集，敢謂寸長之彙征？擢躋内史之聯，驟陟右垣之奥。漸階籲俊，效智贊書，歷數英游，中有近屬。家學見付，愧弗嗣於前兄；宅相猶存，敢自矜於似舅？揆量幸會，實繫扳援。恭以某官偉度兼容，英心樂育，善不啻於己出，士由是而朋來。巍乎熙載之功，赫矣備官之節。眷兹斷技，振以餘光。夫屈首受書，信於朋友者自喜；以文飾吏，用於州黨者已希。而此逢亨，奚以圖報？臨深履薄，誓堅夙夜之心；絜大度長，頗論繩墨之外。仰謝乾陽之造，次酬宰匠之私。原注：一本云：『嘘枯發生，嘗曲加於餘論；陳力就列，不見棄於昌時。造次頽齡，竟蒙殊遇。猶當潔修壹志，黽勉百爲。有益毫分，頗論繩墨之外；静思深薄，誓堅夙夜之心。上酬天造之恩，次荅己知之遇。』

【校】

〔一〕悟，周校本改作『風』。

〔二〕煩，文津閣本、文淵閣本作『頑』，周校本、沈校本原作『煩』，周校本改作『頑』。

賀某相公[一]冬啟

伏以伯趙司辰，天元正統，迎律風于廣漠，肇卦氣于崑崙。恭惟某官茂德格天，純仁濟物，惇大謨明之業，慎徽講畫之規。一日萬幾，贊贊而惟允；六府三事，巍巍乎可歌。履此令辰，倍迎丕祉。某濫叨符竹，側企台躔。頌山甫之清風，既深於心禱；瞻平津之材館，方阻於賓榮。

【校】

〔一〕某相公，周校本、沈校本作『宰相』。

又

伏以星象回天，歲朝更歷，和陽逮通而發滯，青煒登平而應期。恭惟某官配德元精，合符聖旦，規模著于廊廟，聲明照於海隅。傅説成功，非阿衡之專美；周公信處，將衮服以來歸。端序惟新，泰來協吉。迎長之慶，受禄寀昌。某縻此小邦，阻前材館。荷大鈞之賜，既被於陶埏；惟皃藻之誠，則深于豫附。

賀宋相公冬啓

伏以清臺測景，候南發于建星；神瞽攷聲，協黄宫于元律。乾陽伊始，君子其亨。恭惟某官懿德秉夷，潛神格物。慎徽訓民之典，寅亮代天之工。澤惠無疆，功伻不宰。蓋靖恭守位，猶足以格神；豈弟不回，亦稱乎求福。況師尹之寄，勳業共兹。方順履長之休，冞集降康之慶。某久依鈞鑄，適縻小邦，趨門棨而莫諧，仰符階而增禱。

賀賈侍中冬啓

伏以氣萌黄宫，律正天統，景迎長以建極，陽來復而遘亨。恭惟某官忠亮秉彝，肅恭宣哲，惟幾所以成務，謨明是以弼諧。藝之風聲，世幾久大之業；載其清静〔一〕，興講畫一之歌。履此令辰，倍迎丕祉。阻前修慶，冞劇馳誠。

【校】

〔一〕静，周校本、沈校本作『浄』。

慰李端明侍郎啓

伏念數舍非遥，一官攸繫。國風庶見，棘欒是先，繩墨所羈，倥偬無暇。瞻德閎而載聳，摇心旆而實勞。雨露益濡，松檟增遠，孝思不匱，福履無他。昔曾參過哀，子思謂其難繼；弁人孺泣，尼父稱其可傳。必惟扶世而道民，有以順變而就禮。仰蘄寬抑，庸副禱詞。

回省元劉槩啓

伏審光被恩詔，顯登上地，伏惟慶慰。恭以先輩天機粹茂，心術淵通。審問慎思，獨潛精於道奥；席珍待聘，屬嘉會於昌辰。壽王則海内少雙，陳遵爲後進之冠。率馬以驥，雖蹶塊其何傷；濟河焚舟，顧收功之未晚。利器動而不括，先聲勇以無前。多士並軀，咸嚮風而斂社〔一〕；有司妙選，若刈楚而合符。中以前期，復兹舊物。主上聆子虚之説，喜於同時；擢平津之义，亟躋異等。修塗自此，廣譽藹然。某早以宗盟，復聯世契。情同叔譽，每流連於女侯；事類陶丘，喜奮翔於正禮。敢期厚眷，垂貺長牋。研味絢辭，想見丰表，佩銘之至，敷述奚周。

【校】

〔一〕社，文津閣本、文淵閣本、周校本、沈校本作『衽』。

回劉齋郎啓

【原注】恕之子。

遠承芳訊，知拜新恩。追惟昔遊，怳若宵夢。嘉素風之克紹，喜少成之自然。周南滯留，尤積子長之歎；女侯盛德，徒深叔向之悲。未卜披瞻，但多馳仰。炎暘在序，福履增和，益務保調，佇觀翔奮。

回謝曹相公啓

恭審光被策書，進陞鼎輔，伏惟慶慰。恭以某官英猷濟美，偉量映時，知畧信乎士心，倜儻以爲己任。歷試繁會，擢寘深嚴。肺腑懿親，穰侯有旦暮偃伏之愛；股肱重寄，申伯成方國蕃宣之勞。上惟敦崇異姓之賢，褒優元舅之重，國典該備，廷論僉諧。亟疏茂恩，粤躋上衮；俯聆休命，方激鄙悰。何謙光之過中，示服寵之增戒。曲垂珍牘，冞挹高風，銘佩之深，敷宣曷究。

回宗相公啓

局跡小邦，棲蔭上府。德化所及，實被賜於下流；咳唾之音，屢承教於諄誨。近者仍蒙鈞念，寵賚醇醪。東閣優賢，雅資於燕喜；西曹容士，兼忍於鴻茵。自惟懸瓠之姿，非復曳裾之列，敢期不遺疎外，過沐涵濡？恩顧所深，麯蘖如厚，感銘之素，啓處不忘。印紱攸縻，門闌伊阻，仰祈上爲宗祏，精調寢興。

回新館職某〔一〕啟

伏審光被綸言，進躋書府，伏惟慶慰。恭以某官禀秀翹頴，立誠粹和，包衆美以禔身，緯醇文而輔德，學積微以至著，身藏器而待時。蓋人不易知，或大材莫之汲引；而士亦難進，雖聖朝有所滯淹。及其詔書籲俊而思皇，宰匠精心於推轂，拔十一於千萬，謂寡二而無雙。於是騰聲帝臺，取雋衡石。沛乎巨魚之縱壑，肅然振鷺之充庭。萬乘爲之虛懷，多士是焉屬目。聚觀李邕之顔采，紙貴左思之文華。奮飛叵量，修途自此。蓬山道室，未足喻其英游；金門玉堂，佇前觀於逸步。何謙光之過厚，亦氣類之不忘，垂示長牋，鋪宣麗藻。願言佩服，曷罄〔二〕敷陳！

【校】

〔一〕某，周校本、沈校本無此字。

〔二〕罄，周校本、沈校本原作『聲』，周校本改作『勝』。

回章某啓

伏審論士賓興，登名舉首，恭惟慶慰。解元著作學窺聖奥，文貫道真。蓋好古而敏求，則於政乎何有！士林華甚，官閥蕩然，興廉公車，著書東觀。昔馬周既貴，恨不接於俊科；陸遜已〔一〕封，尚復從於州舉。蓋鄉書之重，儒者爲榮，高材軼足，絶景横鶩。無出其右，益知田叔之賢；喜於同時，方就《上林》之賦。猥勤車騎，垂顧衡茅，仍墜珍函，獲窺絢藻。既瞻風表，我心則降，佩服徽音，永以爲好。

【校】

〔一〕已，周校本、沈校本原作『厄』。沈校本眉批云：『「厄封」當作「已封」，須考遜傳。』

回鄭先輩啓

伏審光膺遴柬，榮擢俊科，伏惟慶慰。恭以先輩懿實清修，贍辭敏給，升堂而覩奥，拔類而軼羣。本行著於州閭，英聲騰於庠序。蓋登高能賦，縻爵之端；敷納以言，取士之柄。詔書所以興賢而論秀，主上於是明試而程衡。果惟全材，實當茂選。方賀得人之盛，未遑削楮之儀。敢謂謙光，曲垂華簡，均與祭之深慶，敦汎愛之純誠。感佩之深，敷宣曷既。

回謝諸先輩啟

伏審光被詔俞，擢陞上第，伏惟慶慰。竊以服仁義者貴際，先名實者爲人。故懷寶迷邦，皆曰歲不我與；羸糧躍馬，懼乎時弗再來。矧惟右文遘辰，好德錫福。砥節厲行，孰不畢義而願知？並驅争先，亦獨得道者多助。迺其羣百郡而秀出，冠千英而奮飛，側跋〔一〕高風，實曰盛德。恭以先輩氣函經緯，學際淵源，本行配乎鄉評，令望藹於士論。衣錦尚褧，蓋君子闇然而愈章；超駕絶塵，則衆人瞠乎其若後。且中多可以與祭，而能賦謂之德音。有司由是以名聞，明主固許其試可。得人之慶，在廷所同。敢謂虚懷若冲，謙光自牧，迂軒騎而左顧，捐牋牘而見貽。佩服緒言，啓居無斁。

【校】

〔一〕跋，周校本改作『䟦』。

回趙通直啓

伏審程文華省，更秩外朝，伏惟慶慰。恭以某官器宇宏深，機符明粹，力學爲己，立操不羣。信厚之風，固有光於麟趾；詩禮之訓，蓋兼得於鳳毛。暨於發策決科，席珍待問，聲春容而愈遠，刃綮肯之未嘗。言必中倫，動而有獲。遂分休渥，粤賁周行。自昔宗英，率居郎選，子政參石渠之論，騊駼與東觀之書。以多士之歎譽，加本朝之惇叙，奮飛自此，修涂叵量。想見英徽，側深聳慕。敢期厚顧，垂貺華牋！雖傾蓋之未遑，而雜佩之爲好。感銘之素，敷述奚周。

回潁王啓

伏審光膺命書，進啓成國，伏惟慶慰。恭以某官純粹天挺，温文日躋。大雅不羣，上惟立愛始於自近，進律所以疇庸，咨詢在廷，若稽前訓。備物典策，益隆夾輔之尊；錫山土田，更重陪敦之數。誕告伊始，輿情翕然。豈期謙光若沖，遜美自牧，流示絢藻，曲形至言。申畢于三，銘衷無斁。

回東陽郡王啓

伏審受策大廷，分茅南服，兼鼎司於上衮，總兵要於中權。寵數優隆，輿情悦洽。恭惟某官經德淵懿，秉心粹和，要道適乎時中，力學見乎日益。是實麟趾之美，所謂磐石之宗。國朝隆親親之恩，益〔一〕胙土以蕃王室；惟善善之意，資論道以持國鈞。大公不私，敻古無愧。方修鉛槧，馳上慶詞；遽沐函封，曲垂芳翰。寵至而戒，仰欽能降之風；卑不可踰，冞挹謙光之素。佩銘之至，啓處弗忘。

【校】

〔一〕益，周校本、沈校本作『蓋』。

與宋相公啓

向審觀文相公改鎮許田，俶裝周道。路車乘馬，實元侯之舊儀；袞衣繡裳，幸屬城之覯止。輒復掃除郊次，瞻企鸞音，猶謝國之喜申侯，甚魯人之望高子。遽承改轅便道，抗旌届塗。雖階符之暉，不遥於霄漢；霖雨之賜，猶遺於陋邦。怊悵所深，啟處罔措。伏惟跋履永久，綏固和倪，逼章綬之攸拘，趨門墉而弗遂；跋數兹舍之近，邈有三歲之恩。惟祈上爲宗祧，精調寢餗。

與富蔡州啟

拜遠階符，驟更歲序。奔走道路，壅蔽朴愚。雖竿牘之儀，闕於自達；然門闌之願，未之敢忘。濫承乏於小邦，幸偃風於上府。涵泳洪河之潤，瞻仰巖石之崇。纍此郡符，阻前賓席。伏惟偃息惟屏，翕受龐禧。恭以某官體經緯之純文，極皇王之本務，輸忠廟社，協德股肱。蓋堯以四岳統諸侯，周以二伯倡九牧，今之開府而作鎮，亦曰陪京而右王。然而搢紳之心，則在霖雨之望。佇正台衮，以副輿情。

回吕内翰啟

伏審膺明詔之敷求，首禁林之遴柬。持槖簪筆，極侍從之深嚴；大策高文，兼號令之温雅。德選攸繫，僉謀允諧。恭惟某官操履端冲，文華珍粹，正容足以悟物，令福由乎殿邦。世稱高陽，實濟其美；士推李固，是復爲公。簡在淵衷，亟疏寵秩，豈特追長卿之視草，偕楊秉之授經。方將訏謨遠猷，攄發素藴，必復其始，永觀厥成。自聆休命之行，甫慶得賢之盛，敢期厚顧，垂賜華牋。佩服之誠，敷述奚究。

賀葉内翰啟

伏承光膺朝綍，入踐玉堂，蓋侍從之上游，實文章之劇選。伏以某官積學閫奥，沈機照微，經緯之氣甚高，謀謨之術維懿。久宜振纓内相，矯翼鑾坡。以富國之偉材，奪司會府；因飛蠅之餘謗，暫屈英藩。朝廷思賢，士類引領。果亟下於明詔，方入見於北扉。某辱知頗深，聞命增慶。念守挈缾之智，莫伸進面之儀。延睇軒旌，祇勞肺腑。伏冀上爲宗祏，精調寢興。

謝樞密某〔一〕諫議啓

向膺中詔，出預專城。剖符得人，深愧逾涯之寵；負乘致寇，匪惟不稱之羞。由蒙化於大鈞，幸不遺於蟠木。夫賜而不德，此誠真宰之風；貪於自私，兹乃小人之智。輒捐竿牘，毋溷高明。馳光寖移，恩閟坐阻。晞符階而載聳，摇心旆而靡寧。伏惟贊襄萬微，翕受多福。恭惟某官學躋聖奥，智爲帝謨，躬人傑之茂姿，韞王佐之妙略。運籌制勝，固千里而不違；舞干敷文，亦七旬而來格。行正鳳池之拜，以副海隅之心。

【校】

〔一〕某，周校本、沈校本無此字。

回孔朝議啓

叨膺中詔，濫預專城。奉使典州，既繆澄清之寄；剖符莅郡，未知豈弟之方。矧東魯之奥區，餘姬周之遺化，禮義好學，士風甚修，桑麻養生，民業既富，將以不擾，庶乎有成。言詢鄉校之賢，實得聖師之裔。峻秩惟月，高義薄天。夙叨傾蓋之游，兹有垂仁之便。遽承珍翰，垂喻深衷，佩服之誠，敷陳罔迨。

回參政某〔一〕謝議啓

伏審光被制函，進參機政。賢才之舉，不待次而後宣；聖賢之符，必非常而胥遇。夢卜以之先協，占象動而吉期。上心定于勿疑，僉論由是允若。伏惟某官全德具美，逢辰致君，雖巽避而弗居，如譽試之已效。側聆成命，方慶遠圖，過墜珍題，曲形謙德。

【校】

〔一〕某，沈校本無此字。

回留守某〔一〕謝議啓

兹者被命來東，承乏居守，會隼旟之税駕，奉麟玉以交符。京兆五日之期，此仍半古；詩人三秋之思，顧已積年。既挹高風，豈勝厚幸！爰及簡書之畏，敢踰信次之間！遽遠英標，益勞吝腑。方息床而就舍，謀裁楮而置郵，敢謂謙光，猥貽華翰，佩銘于素，啓處增榮。伏惟某官學茂幾先，智深物表，論議出于亮直，文彩著于彫彪。式嚴公輔之求，僉許争臣之選。即期登拜，以副輿詞。更冀寅爲宗祧，精調寢餗。

【校】

〔一〕某，沈校本無此字。

彭城集卷三十一

啟〔一〕

與王承旨啓

効智小邦，晞風右省。雖期會之事，幸免于沈迷；而繩墨之間，自慙于結約。思復侍倜儻之論，窺雍容之輝，眇如雲霄，倏更歲律。伏惟陟降帝側，綏養時中。恭以某官德量淵深，神鋒潁擢，知當世之要務，自一時之偉人。經義精通，文采英發，贊天常于筆舌，明帝制于典謨。海内服其詞宗，主上許其國器。必且擢躋柄輔，代熙化工，推其不世之資，用格非常之業。（又見《永樂大典》卷一萬一百十五）

【校】

〔一〕啟，周校本、沈校本作『啟四』。

又

僻守遠郡，有張敞繩墨之嗟；願爲中郎，無汲黯禁闥之望。瞻仰當世之傑，侍從鈞天之游。邈焉雲漢之高，益歎泥滓之陋。伏惟燕見多暇，啓處用康。恭以某官德貫道樞，學優聖奥，言必垂于士則，智悉諧于帝謨。于以經緯人文，贊襄治體，譬猶玉衡平物，無釐毫之差；元龜告猷，絶幽深之阻。輿論斯久，休命歸焉。（又見《永樂大典》卷一萬一百十五）

又

伏念託兹僻陋之邦，迷于期會之務，雖馳情而無極，曾奏記之非時。仰惟德宇之寬，深察小夫之智，幸未忘于曩顧，猶竊冀于兼容。隆暑在辰，燕見多暇，吉祥止止，啟處休休。恭以某官性茂天機，學優聖域，處全德以耀世，振遠猷以致君。所謂元精之生，王者之佐。且中外之任，試諸難而已周〔一〕；而文武之材，見于事而咸效。上方酌輿論之僉屬，峻寵章而奮庸。敢冀上爲宗祧，精調寢餗。（又見《永樂大典》卷一萬一百十五）

【校】

〔一〕周，原作『用』，據《永樂大典》、文津閣本、文淵閣本、周校本、沈校本改。

回知府侍讀某〔一〕給事啟

比者寵分左符，即藩巨鎮。昆吾舊許，是惟奥區；黄霸潁川，素推高第。良資卧治，以副輿言。恭以某官學茂臨幾，志深許國。調護之寄，嘗羽翼于東朝；丞弼之求，宜股肱于近輔。惟是陪京之重，實觀報政之休。茂風聲于一方，流河潤于千里。豈其謙光示好，珍牘惠音，詳味于三，佩銘兼極。

【校】

〔一〕某，沈校本原无此字。

爲韓相公回文侍中啟

比者叨膺詔策，登冠鼎司，愧非柱石之資，猥預股肱之選。遜避無所，黽勉効官。國家嗣五聖之丕圖，接千歲之絶統，禮樂制作而大備，憲度著明而日新。夫惟承弼之求，夢卜爲重。未有輕棟梁于構厦，簡舟楫于濟川，豈其寡材，可使非據？如某者學慙適道，智謝興幾，驟承乏于寘行，每願忠于就列。已試之效，曾未覩于毫分；求舊之仁，仍拔出于千萬。震踢殊寵，泚汗厚顔，默焉退思，抑其有自。恭以某官義敦舉類，明極知微。鈞冶之工，既裁成于庶品；吹噓之賜，早借譽于當年。以是蕞軀〔一〕，洊蒙休命。方仰遵于講畫，遽流示于誨言。過形溢美之辭，深喻逄〔二〕辰之幸。佩銘于素，啟處弗忘。

【校】

〔一〕軀，文淵閣本作『爾』。

〔二〕逄，文淵閣本、周校本作『逢』。

賀文侍中啟

伏審勉膺詔旨，進服寵章，讓德深高，民聽皆聳。懋功維典，聖睠靡移；大廷拜嘉，搢紳胥悦。恭惟某官爲國元老，致時太平，總金鼎玉鉉〔一〕之和，兼黄鉞豹韜之重。文綏武服，垂憲建休而粲然；風揮日舒，贊襄輔和而允若。主上以二伯分治，三公惟人，外資作牧之權，内倚納言之任。併疏寵數，粤疇顯庸。重〔二〕以中朝夙夜之賢，方内游談之士，聆其風者，咸曰休哉。敢圖遜與過隆，緘縢荐及。窺藻文之温密，俯蓬心而悚惶。

【校】

〔一〕鉉，原作『鉉』，據文津閣本、文淵閣本、周校本、沈校本改。

〔二〕重，周校本、沈校本作『是』。

回判府文侍中啟

伏審寵被制文，進躋左相，恭惟慶慰。伏以某官包人傑之偉量，躬聖相之茂資，總國鈞而迓衡，兼天爵以經世。正色率下，風動乎海隅之邦；無疆惟休，日新乎賢人之業。來全秦之舊壤，當西土之奥區，總制諸戎，折衝萬里。分閫注意，資元帥之中權；珥貂建旄，極上公之寵數。帝眷兹茂，民瞻所同。雖齊侯賜履之榮，吉甫爲憲之盛，銓德度義，異世同符。尚復懷謙若冲，遜美弗處，辱緒言之來暨，欽三讓之冞高。佩服之誠，啟居無斁。

賀太師司空文侍中啟

伏審受策中宸，躋榮右相，峻上公衮章之賜，兼師垣齋鉞之尊。令德維宜，輿情胥洽。恭以某官職用道本，智極時中，常自許以皐夔，期致君於堯舜。肇允初試，靡求近功。蓋夫元精所生，將保佑于明主；大儒之效，必光〔一〕榮于本朝。昔阿衡之相有商，畢公之輔周室，禮樂制作，適丁百年之期；老成典刑，歷贊三后之治。彼竹帛所記，用爲美談；而聖賢相逢，親際盛旦。海隅徯治乎風動，黎民丕變于時雍。而後推功名而不居，執謙退而自牧，主上以講畫可以勿失，偃息猶之作藩。重違至言，詳案故事，併疏優典，以侑朝僉。資姬旦之留周，命魯公之拜後，凡預觀聽，孰不欣愉。某蹋跡小邦，晞光榮座，徒有執鞭之慕，邈無齒録之期。瞻望台階，卑情不任，區區之至。

【校】

〔一〕光，周校本、沈校本作『先』。

謝留守文侍中啟

伏念某樗散之質，瓠落無庸，早繄陶冶之和，密預丹青之化。起于病廢，仍沐選掄。以斗筲致寇之材，濫虎竹專城之寄。賜而不德，固元宰之休風；眷言所歸，抑小人之素願。屬章綬之攸繫，趨門闌而靡諧。仰惟居守別都，惇樹寬教，吉祥止止，啟處休休。恭惟某官道茂天經，量兼人傑，純固所以幹國，淵濬足以禮神。思致君乎勛華，獨比德于伊管。伯始佐漢，天下美其中庸；吉甫在周，萬邦憲其文武。蓋唐堯咨四岳以共治，康王勑三后乎保釐。夫帝王之模，豈不同條而共貫；中外之任，固將均逸而優勞。方詠衮衣之詩，復下玉堂之策。

兖州賀雍王除本州節度使啟

伏審顯膺詔策，光被寵章，進位上公，啟封大國。本朝隆建親之典，東人榮賜履之儀。凡屬統臨，悉同歡抃。某方拘印韍，阻詣賔除，瞻望台庭，不任聳躍。

賀東陽郡王啟

伏承肅遵詔旨，恪膺命書。注意所存，允協士民之望；撫封攸寄，益知屏翰之尊。伏惟某官國器宏深，天機秀發，樂爲善而不厭，求多聞而益彰。金玉其相，社稷之鎮。分茅胙土，外則建乎懿親；登槐秉鈞，内則倚之元宰。寵數加等，盛德謂宜。側跂英標，俯深聳抃。阻修慶謁，徒極欣愉。筆舌所宣，萬一奚既。

賀潁王啟

伏審涓休穀旦，受册上臺，帝命往諧，廷論胥慶。恭惟某官藴中和之正氣，挺明允之篤誠，體喬梓而自修，如圭璋之特達。樂善忘勢，綽然時敏之休；處師弗煩，卓爾日新之美。是宜錫介圭而頒瑞，加金輅而撫封。啟公車千乘之尊，兼附庸四等之富。以今況古，曾何可倫；尚德展親，於是乎在。側聆嘉惠，俯集歡悰，阻叩賔榮，少伸梟藻。

回通判某〔一〕郎中啟

近者齋舲，粤趨便道，幸緣覿晤，良副傾依。遽遠風儀，寖更月律，承榜人之栝膠，緩葵戍之瓜時。既審涓辰，已新條教，辱飛文之見曁，戢厚意而叵量。長夏袢炎，啬神泰定。齊城既庶，歷下爲尤；邦政所先，治中居右。佇聽宜民之詠，即膺側席之求。勉務保和，以符言願。

【校】

〔一〕某，周校本、沈校本無此字。

回長官某〔一〕員外啟

從事侯藩，託居仁里，聆素譽于鄉彦，辱雅游于中華，欽仰風徽，内多景慕。何意隆謙光之厚德，垂芳〔二〕訊之縟辭，詳味于三，佩服無已。伏以某官天材超越，吏術該明。千室鳴絃，久蔚〔三〕武城之化；三年奉最，將紬東觀之書。更冀葆光，以符言願。

【校】

〔一〕某，沈校本原無此字。
〔二〕芳，沈校本原作『執』。
〔三〕蔚，沈校本原作『偃』。

謝宋相公送酒啟〔一〕

伏蒙垂顧具寮，寵頒名酎，揆嘉魚之燕衎，愧小人之屬饜，飲醇味和，既旨且有。伏惟某官位隆九牧，化覃二南，賜之所加，世以爲幸。夫何懦品，尚沐不忘。麴糵之精，固常厚於君子；缾罍之恥，仍不遺于小邦。拜命自慙，銘衷無斁。謹當推賢將篿醪之意，使其上下必均；法詩人瓠葉之章，不以菲薄廢禮。卑情無任，荷戴之極。

【校】

〔一〕啟，周校本、沈校本無此字。

回某〔一〕知縣啟

闊阻風徽，馳想談晤，側聆敏政，竊喜仰成。辱惠緘題，過形巽與，佩銘于素，啓處不忘。寒律向終，谷神增勝，更蕲善毓，以副願言。

【校】

〔一〕某，沈校本原無此字。

回臨濮某〔一〕知縣啓

瓜戍有期，芝書遄及，俾從久任，内愧無庸。荷天澤之逾涯，顧郡章而增惕。敢圖厚念，垂貺華牋，披繹以還，佩銘奚究！方隆冬之凝烈，惟福履之綏寧。益冀保頤，以俟鶚奮。

【校】

〔一〕某，沈校本原無此字。

回知郡某〔一〕太保啓

過叨朝寄，假分郡符。瞻賢王恭梓之區，每虔禮貌；聆磐石維翰之秀，載仰丰徽。豈謂謙光，忽垂華翰。研味勤勤之旨，徒深叩叩之誠。方此長贏，阻前談對，勉希葆攝，以俟寵光。

【校】

〔一〕某，沈校本原無此字。

又

闊奉音徽，倏更歲籥，疆埸洵阻，郵置差池，懷賢之心，向風增歎。何意愛之過厚，辱緘縢之見臨。披玩于三，佩銘無斁。欽承藩政多裕，天休降康。伏以某官，智畫沈深，機符敏鋭，威望久馳于敵國，誠心素信于士林。鎮静一方，既獨推于治最；折衝千里，曾何假于勇功？行疏茂恩，以酬美效。

與都巡某太保啓

比者叨膺詔除，獲貳郡治，顧以迂疎之質，猥當關決之權。言詢事聯，側聆民譽。恭惟某官智畧恢敏，威名著聞，佇奏課于中宸，即升榮于男爵。未親豐表，遽辱華緘。銘佩〔一〕之深，敷陳罔究。初寒届候，保攝是祈。

【校】

〔一〕銘佩，沈校本原作『威著』。

與蘇州知府某〔一〕太卿啓

拜遠門墉，倏移歲律。道塗敻邈，居絶馬牛之風；簿領沈迷，遂曠竿牘之禮。内訟疎慢，罙集悚惶。恭惟某官淵量雍容，純誠厚載，惟樂善而忘勢，遺達尊之在躬。寵薦孤生，親於〔二〕抗禮，錫以瑶華之問，穆如咳唾之音。佩服珍詞，銘藏丹腑。始秋沆碭，德履粹和，神明所扶，豈弟多福。三江震澤，擅富庶於全吴；西振左司，著名稱於前世。牧守之重，今昔攸同。然而本朝舊儀，上卿特揖，固將坐論道于兩社，豈宜專報政於連城。更冀精調寢興，寵綏戩穀。

【校】

〔一〕某，周校本、沈校本無此字。

〔二〕於，周校本改作『與』。

回致政成承奉啓

今者軒車來臨，談晤爲慰。疑年已逾于絳老，畢娶何類于尚平。載仰高風，足論傾蓋。睽别之後，渴詠良深。猥沐函書，但多銘佩。

謝制置發運某[一]待制啓

伏蒙誤意譾材，過形薦牘，奉令承教，曾未効於毫分；嘘枯發生，何遽承于咳唾。愧慚無似，起居不違。伏惟某官智略淵微，神機敏達，獨究阜民之術，内深當宁之知。半策所施，錢若流于地上；一言之助，士或起于塗中。以是輻凑通物之賢，雲集佐時之傑，或冀陳力而就列，畢義而願知。緜歷歲時，奔走道路，必著成效，乃沐先容，其有所譽，莫非已試。如某者天姿撙淺，儒術闊疎。講誦師言，無益商功之妙；顛瞑古學，殆非應變之方。跼蹐海邦，苟逃官謗。惟吹噓之所及，雖夢寐之未嘗。敢圖不汝遐遺，副之甄采，仰揆宏量，曷測深仁。蓋大賢以泛愛而爲懷，周材以信順而具美。俱收並用，乃全百藥之功；失少獲多，無害五兕之善。以兹孱弱，驟玷揄揚。謹當繩墨首公，冰淵勵己，冀收涓露之效，以苔丘山之恩。

【校】

〔一〕某，周校本、沈校本原無此字。

與張待制啟

近審剖符分陝，揭節經塗。韊弩前驅，預郊迎而自幸；樵蘇不爨，慙地主之無堪。何大賢泛愛之隆，存久要不忘之眷，位貌無隔，譙談若初。欽緒言之有餘，惜曜靈之俄頃。前旌既抗，清塵遂遥，寤寐音徽，勞企吝腑。恭惟和布善化，翕受純禧。矧以某官智度淵冲，懿文珍晬，自一時之領袖，爲本朝之羽儀。孟嘗有言，必將出相；李固盛德，是復爲公。方且試蕭芝于治民，廣召南之聽訟。乃睠攸重，奮庸匪賒。敢冀上爲宗祧，精調寢餗。

謝運使某〔一〕太丞啟

伏審膺方底之詔書，登奉常之峻秩。陟明懋賞，所以敦勸于有勞；增秩即留，蓋使久成于美俗。側承休命，良激懦衷。恭以某官稟氣粹真，毓材長懋，聲隆隆而浮實，刃恢恢乎有餘。百城畏懷，師保立則；九賦所入，歲時罔虚。果疇異庸，驟躋清貫。蓋以示奮飛之漸，亦將爲拜進之先。某方守屬城，阻修謁賀，區區之至，一一奚周。

【校】

〔一〕某，沈校本原無此字。

回單州蘇駕部啟

叨膺詔除，領持漕事。無將明之遠畧，有壅蔽之陋心，何以宣布上仁，商度利術？視事伊始，撫己惕然。伏以某官交分素隆，朋情深篤。何以見教，方有賴于高明；反同衆人，但曲貽于竿牘。愧佩之至，啟處不遑。匪遠披承，併當欵叙。

回泗州李駕部啟

猥承人乏，得攝郡符。惟舟車之要衝，且牒訴之叢委。稱過使客，苦于厨傳之勞；期會簿書，疲于簡對之事。以兹曠日，未嘗少閒。雖托寶鄰，實疎竿牘。仰惟布宣多裕，啓處集休。道路之謡，已熟聞于善最；河海之潤，亦并及于下流。行佇豐恩，以符輿頌。

謝王駕部啓

伏聞誤意譾材，過形薦牘。効智幕府，顧爲隸之尚新；騰章公車，荷特達之已甚。且今牧伯之任，蓋爲耳目之官。知人安民，前典之成訓；選士報國，明哲之用心。固當得魁礧不世之材，清修達識之善。結課居最，從事獨賢，而後稱副旁求，光輝藻鑒。拔茅連茹，以三陽之邁亨；將車維塵，祇百憂之自悔。伊昔攸重，豈今獨然！伏念某植性弗明，從學加陋，聞見不踰于區蓋，論議常遠于事情。幸中第于太常，蒙代耕于禄仕。賦命多舛，已懷曾氏之悲；久宦無成，私慕長公之志。復從銓調，仍預賓筵。文學備員，以不材而自幸；廉能應詔，豈衆賢之敢偕。且小官必藉累日而爲勞，本朝不以虛名而取士。而此愚戇無似，閥閱未聞，雖使有斷技之稱，亦宜居已試之後。敢期吹噓所及，庸暗獨先？加溝斷于青黄，資燕市于顧盼，撫躬自愧，量力奚堪！伏惟某官德度淵沖，精識周敏，樂善以爲己任，泛愛以厚人倫。謂容衆矜賢，以示育材之旨；且拔十失五，未隳得士之規，忘此疵瑕，樂其樹立。櫟社之夢，幸匠石而有成；蒼蠅之飛，賴騏驥而自致。敢不恪修士訓，祇服官箴？羔羊素絲，竊希于一節；塵埃涓露，或冀于寸長。

無負厚知，以羞善類。

回沂州知郡某〔一〕駕部啓

疆埸連屬，雞犬相聞，側承布政之初，已洽宜民之譽。方修竿牘，遽沐緘題。以謙光之過隆，知睦鄰之深幸。伏以某官材猷敏粹，知慮優長，至必有聲，事多歷試。暫此維藩之寄，即觀報政之休。良務葆調，以須超擢。

【校】

〔一〕某，沈校本原無此字。

回新知州王駕部啓

向被銓符，獲依郡幕。仰卿雲而知庇，懷爵刺而自通，邃乎三載之門，喜于一見之賀。遽違德表，寖易馳光。紫泥新書，竦聞于休命；青氈舊物，仍復于高閎。藹如〔二〕道路之謡，想見澄清之轡。敢謂不忘曩顧，曲垂緒言。側承咳唾之音，甚于丘山之賜。恭以某官盛德濟美，全材適時，學與仕以皆優，聲中實而並茂。譽于所試，去常見思。是宜付千里之權，當三輔之重。尤異之績可俟，奮飛之漸詎量。某効智甚微，承教有素，瞻前旌而載聳，依大厦而逾驩。伏冀益務葆頤，以符祝頌。

【校】

〔一〕如，周校本、沈校本原無此字，周校本補『聞』字，沈校本补『如』字。

賀某〔一〕省副啟

伏審光被檢俞，造登計府，伏惟慶慰。恭以某官天材長楙，國器宏深，刃無綮肯之勞，文含經緯之氣。出宣使指，居爲吏師。貿遷有無，民不加賦；商度功利，地若流錢。果疇美俗之勳，進貳大農之柄。孔桑心計，蓋擅譽于無垠；商管利權，方收功于既富。某早承推顧，側聽豐恩，由印轂之見拘，阻門闌之脩慶。

【校】

〔一〕某，周校本、沈校本原無此字。

回富相謝官啟

伏審還節將壇，升榮撥路，陪中宸之秘奥，總行臺之會衝。錫命深優，服寵惟允。恭以某官純誠體國，丕績在民，德愈盛而若沖，名既遂而弗處。屏翰列辟，偃息足以作藩；師長具僚，體貌繇茲比重。方深慶悦，遽辱緘縢，仰窺遜與之衷，俯積佩銘之素。

回教授某〔一〕主簿啟

伏審光膺詔選，來莅郡庠。鄒魯之風，去聖逾遠；師儒之教，得民匪輕。喜聆茂恩，實當遴柬。過承疏問，良極感深。即遂披瞻，更希善毓。

【校】

〔一〕某，周校本、沈校本原無此字。

彭城集卷三十二

記

直講題名記

自三代以上，教學之官爲重。其在周，師氏、保氏是也。漢世以四科辟士：一曰德行高妙，志節清白。此三公之任，師賓之材也。其二曰經明行修，能任博士。温故而知新，可以爲明；正己而物正，可以爲修，蓋所謂德選者。至于文能案章，勇足決斷，非不切且重[一]矣；任爲御史，三輔縣令，非不劇且要矣。然而三輔得[二]及之焉，其重輕先後，豈虚言而已哉？夫治起㣲就[三]，事以趣辦，由武夫崛[四]興，文吏一切莫不言材計功者。當是時也，人謂學校無所用。及夫治世隆平，既庶而富，武斷無所施其謀，强固無所售其力。在上者方使百姓興行，幼學〔五〕孝弟，耄期稱述〔六〕，修其胷中之誠，以應事物。俯不怍〔七〕于人，仰不愧于天，然後知教學之爲達材成德也。是故學官之重輕，繫世法之上下，非强有所左右也。賤生于無所用，貴由于不可得已爾。宋有天下，百有餘年，庠序之教，遍于四海。乃〔八〕京師太學之盛，近古未有。朝廷發號施令，名臣建議興事，未嘗不以爲先。由〔九〕是觀之，其爲太平至治，不其然乎？漢〔十〕制，博士三科：上爲尚書，其次出爲部刺史，其下不通政事者〔十一〕，悉以〔十二〕補諸侯王師太〔十三〕傅。是故公卿之選，由博士升者最多。自建隆末〔十四〕，學官之至相府〔十五〕侍從者，蓋嘗班班焉。惜其未嘗記録，無以詔後，問于耆舊老人，得某甲已下若干人〔十六〕，故爲〔十七〕作記刻石，具列〔十八〕名氏。遷徙歲月，不知者蓋闕，俾來者得嗣而志之焉。（又見《新刊國朝二百家名賢文粹》卷一百二十七）

【校】

〔一〕切且重，《名賢文粹》作『才且強』。

〔二〕輔得，《名賢文粹》作『而後』。

〔三〕就，《名賢文粹》、周校本、沈校本作『粗』。

〔四〕崛，《名賢文粹》作『倔』，周校本、沈校本作『掘』。

〔五〕幼學，《名賢文粹》作『壯幼』。

〔六〕述，《名賢文粹》作『道』。

〔七〕怍，《名賢文粹》作『媿』，周校本、沈校本作『愧』。

〔八〕乃，《名賢文粹》作『而』。

〔九〕由，《名賢文粹》作『用』。

〔十〕漢，原作『唐』，據《名賢文粹》改。

〔十一〕者，《名賢文粹》無此字。

〔十二〕悉以，《名賢文粹》作『以久次』。

〔十三〕太，據《名賢文粹》補。

〔十四〕末，《名賢文粹》作『至今』。

〔十五〕府，《名賢文粹》作『將』。

〔十六〕人，文淵閣本作『公』。

〔十七〕爲，文淵閣本作『必』。

〔十八〕列，周校本、沈校本作『刻』。

羣牧司題名記代韓龍圖作

國馬之政，周以校人中大夫、漢以太僕中二千石掌之，則國朝羣牧使之任也。《周禮》『天子十二閑，馬六種』，以給齋道田戎之役，周之制也約。漢京師有六廄五監，邊郡則三十六苑，以盛武事，漢之制也侈大。本朝監于前古，國馬之政由舊。至于熙寧，大新制度，綜覈名實。以監牧之在郡縣者，寒暑暴露，不能致息，而惜其土田之良，寧以與民。于是盡斥賣其地，聚其賦以市馬，而以芻秣度支移之三司，馬不復在牧。餼秣以時，蕃庶維嘉。益輸金帛以與西戎，市馬之來東者，躡迹銜尾，千萬不絕。費不出於大農，而國馬大備。于是内供郊廟之祀，外儲軍旅之用。義勇保甲之士當受馬于公者，及近臣之賜予，使車之驅馳，無不給足。昔者魯僖公有明德，詩人頌之。其序曰：『務農重穀，牧于坰野，國人宜之。』夫馬固武備，雖諸侯不可闕也，而牧馬者或以妨民。及魯侯之善，在不妨民。不妨民，是之謂務農重穀。而遂稱之曰儉以足用，寬以愛民，其不信乎？魯雖諸侯小邦，而頌詩所褒，尼父有取焉。尼父之所取，則我朝之所用。夫聖人之治，四方風動，何遠之有？故國馬之數，兼于周漢，而宜民之善存焉。《駉》之詩曰：『思無邪，思馬斯才。』夫以區區之魯，諸侯之事，必當思焉無邪而馬斯才。況以天下之大，法駕之奉，居其官者，豈易爲之哉？某年某以某官領羣牧使事，適當更制立法之始。思之無邪，豈敢自謂能庶幾于古人？惟前日之在官者，戰戰兢兢，猶吾志也。于是刻石作題名，而著其語于敘端。《漢書·公卿表》太僕名氏歷歷可攷。今之題名，猶班氏之志，于以備史官之採〔一〕，可以無遺。自某年始，從某人以下，凡得若干人，來者可繼而書也。

【校】

〔一〕採，周校本、沈校本作『求』。

開封府南司判官題名記

舊京府皆置少尹二員，及他官領尹事，則少尹更爲判官，與推官二員通掌府事。四員者，名品雖小，殊無分職也。國家太平日久，生齒增息，京師至三百萬家，盜賊獄訟，文移簿籍，十倍于初，故府官力有不暇給矣。治平三年，始詔增置判官一員，領使院事，民間謂之南司，自是府事始分。盜賊獄訟，北官主之，南司惟文移簿籍是察。于是事舉無留，而官得休息暇逸云。好事者或侈大文書之多，猥云日一更筆，其實不然。其最盛時，在朝晡以二辰決之無遺。然來事源源不絶，迨昏黑而後止。彊敏者有餘，不及者不足，理之常也。初置官，孫坦領之。至熙寧十年，凡若干員。某得承諸賢之後，因録以爲題名記，并叙其端，來者得嗣而書之。于是某視事歲，適朞月日無餘，實元豐元年九月四日也。

曹州修城記

曹與鄭、滑，故皆爲輔郡。今一州地入于王畿，維曹自若。夫曹，固古之成國也，故振鐸文王之昭。定陶、濟陰，二漢帝子之封。以至于今，董三軍之衆，建牙揭節，爲東藩首而親賢領之，其亦重矣哉。古之制禮者，貴其稱是，故諸侯臺門、門阿、城雉之數，皆有常制，所以爲威重不踰。

國家承平歲久，天下之民，日服禮義，白首之老，不見兵革。自邊圉城守之固，或外户而不爲修。曹之壁壘隳頓，不如古制，亦何怪焉？雖然，是亦長民者之過也。《易》不云乎：『王公設險，以守其國。』以爲可得，已而不爲者，不智者也；以爲不可得，已而直重勞惜費而不爲者，不仁者也。百姓之議如是，其可不畏哉！于是命工板築而更新之。營室之中立裁庀事，朞而告工休。凡周九里有畸，其高二十尺，其厚上殺下什七度以尋焉。益爲四門，門皆有亭。既成，擇令名名之。

夫古者作器能名，以爲德音之音，四方之賓至者將以觀政焉。宜乎其名之必可言也。可無慎哉！自曹西行二百里，則至上都，間無異州郡。上都東北門亦曰曹，故名西門曰『陪京』，亭曰『承流』，見風化之所先被也。《詩》曰：『薈兮蔚兮，南山朝隮。』今南山雖庳，實曹之舊，薈蔚雖微，足以澤物。故名南門曰『隮雲』。自南門行百里，則至商丘。《衛風》曰：『誰謂宋遠，跂予望之。』故名亭曰『跂望』。河水東過定陶而爲汎，謂之汎者，欲其汎愛之道不可不廣，故名東門曰『廣汎』。古稱陶爲天下之中，陶多富人，故名亭曰『既富』。自曹東北三百里，則至岱宗。高山仰止，景行行止，非泰山，吾誰仰止乎！故名北門曰『岱陽』。朝日之所自出，故名亭曰『賓日』。昔衛文公之城楚丘，豈得其時制，詩人歌之，《大雅》亦云：『溥彼韓城，燕師所完』『王命仲山甫，城彼東方』。春秋築城，皆書于經，重興事，先民務也。記新城之役，蓋《春秋》《風》《雅》之旨云。于是書之。

河南府密縣新作縣學記

密，古侯國也，在周天子時爲干圻。惟洛陽處四方之中，天地温仁之氣始乎東南，肅殺之氣肇于西北，氤氲磅礴，起而相接，至于地中而大和會。故四序節于是，風雨時于是，降而在人，其温仁肅栗蓋均有焉。以學則達，以從事則明，是其履中氣而不偏者也。先王之所以建都，豈特取其道里遠近均哉，亦因人之易化而政易行也。密于洛陽爲近，在周時賢君聞人固多，事久不傳。去周三百年，而卓公始治之。勞心愛人，教化興行，百姓至不忍欺焉。由卓公至今千餘歲矣，其上遂無善政可述，其鄉遂無聞人可稱，豈天地之中氣更于前乎，抑化之者失其術耶？

七年，友人楊君始爲此邑。楊君儒者，好古而甚詳。故其從政，知所先後。既至，則平辨〔一〕曲直，誅其無良而拯其無告。豪猾大姦，始畏威而知有刑罰焉。曰：『此足以制獷民矣，所以惠善民者未也。』革簿書，均貧富，籍丁口，田畝、桑柘、廬舍、馬牛、民人之數，一毫不以任吏。上有賦役，視其財力而等差之。百姓始得其職，兼并者不獨逸，鰥寡者有以自活。曰：『此足以惠善民矣，所以興秀民則未也。』于是始爲學，因仲尼之廟而權輿焉。財不出于府，而木石塼甓之費備；農不失其時，而樸斲塗塈之役饒。其顯敞足以行禮，其儉素足以爲法。益求經籍，增置廩米，迎明師而居之，身爲執經，以先諸生。于是里人舉欣欣然慕從。

夫縣令南面而治，有人君之道焉。其于化民風，下足以移易。又況因天地之中，先王之教素著乎？孔子曰：『三年學，不至于穀，不易得也。』縣令雖亟遷，固嘗三年淹此。楊君之去，吾見密人之學而成德者多矣。邑多賢者，則百姓興行，忠信相與，于以繼卓公不忍欺之政，不其然乎？故爲作記刻石，以示來者，以風鄰鄙，以識密政之可法，以知吾言之信也。年月日，劉某記〔二〕。（又見《新刊國朝二百家名賢文粹》卷一百十六）

【校】

〔一〕平辨，《名賢文粹》卷一百十六作『平獄訟辨』。

〔二〕年月日劉某記，據《名賢文粹》補。

汝州推官廳記

天下之命官，鮮有以賓稱者。凡賓者，主所與敵體而亢禮者也。是故酒醴幣帛之養，莫厚于賓；進退周旋升降之禮，莫隆于賓；諮諏聽受，議論可否，莫嚴于賓；道合則從，不合則去，莫逸于賓。天子無客禮，以先代二王之後爲賓；諸侯以其國相賓；卿大夫士以位相賓；至于鄉黨宴射，以其賢者、老者爲賓。賓之貴，通于天下。若夫百官，官府之治，有正、有貳、有參、有師、有旅，上之所以待下，下之所以奉上，督責行焉，攷察用焉，是無預于賓者。獨州郡從事，位下禄薄，無列于朝，顧其稱曰賓職，何哉？凡州郡之治，非兵戎則盡農事、獄訟、簡書也。縣治民于内，將治戎于外，獄訟、簡書，則諸曹分治之。而從事居于其間，出入風議，周爰咨諏，無所適主，無所不察，將順其美，拯救其惡，是誠有賓客之道焉，謂之賓職也固宜。雖然，朝廷之命稱甚詳，既予其名，則不可無其實。名實之間，士大夫之所當辨也。將由夫守道好禮之君子乎，則端直其身，深謀而遠慮，使其語言必見信，居處必見嚴，其主又能優游敦尚之，如是則兩得之矣。將由夫好利冒進之小人乎，則將倍力爲巧，侵取百吏之治，以爲己勞。其語言不信，其居處益溽，其主又且迫切督促之，如是則兩失之矣。是故爲賓職者，不可不察也。

皇祐四年，予爲汝州從事，始事衛尉卿林公。其後資政殿學士吴公，又尚書郎王公，又太常少卿張公。郡小無事，四公皆賢予，固優游竊幸于賔焉。自昔官府，皆有題名記，書其所嘗爲吏者，郡獨無有。求于簿書，歲久漫不可省。他日尚書屯田員外郎張君景伯過汝，君亦嘗爲州從事，爲予言之。自張至予，凡若干人，予取以爲記而載其說。張君恬厚信士也，其爲從事，蓋良賔客矣，故自張君始。

泰州玩芳亭記

《楚辭》曰：『惜吾不及古之人兮，吾誰與玩此芳草？』自詩人比興，皆以芳草嘉卉爲君子美德，無與玩者，猶《易》『井渫不食』云爾。海陵郡城西偏多喬木，大者六七尋，雜花、桃、李、山櫻、丁香、椒、棣數十種，萱、菊、薜荔、莎、蘆、芭蕉，叢植〔一〕穭生。負城地尤良，朱〔二〕氏居之，益種修竹、梅、杏、山茶、橙、梨，異方奇卉，往往而在。清池瀠洄〔三〕，多蔆蓮蘋藻。于是築室城隅，下臨衆卉，名曰『玩芳』。于是〔四〕乎喬木森聳，百歲之積也；衆卉行列，十歲〔五〕之〔六〕植也；雜英粉糅，終歲之力也。俄而索之，不易得也。天施地生，非爲己設〔七〕也，能者取翫焉，能主客也。惠而不費，莫相德也，非《易》所歎『渫而不食』，爲心惻也。于是刻石亭右，以記歲月云。

（又見《皇朝文鑑》卷八十一、《古今圖書集成·職方典》卷七百六十五、家集本卷五）

【校】

〔一〕植，家集本作『集』。
〔二〕朱，《古今圖書集成》、家集本作『宋』。
〔三〕泂，《皇朝文鑑》、周校本、沈校本作『回』，家集本作『迴』。
〔四〕是，《皇朝文鑑》、《古今圖書集成》、家集本、周校本、沈校本無此字。
〔五〕歲，《古今圖書集成》作『載』。
〔六〕之，《古今圖書集成》、家集本作『所』。
〔七〕設，《古今圖書集成》、家集本作『役』。

兗州美章園記

魯、泰山二郡國，四千石所治，今合爲兗州都督，東方大府也。自昔典城剖符，皆達官鉅人。吾問于耆舊老人，其遺風餘烈，蓋罕傳焉。獨府舍園池亭榭，得二三公之遺事。李丞相鑿池爲濟川擷芳亭，孔中丞名嶽雲亭，傅侍郎新柏悦堂，李右司作蒙、觀、綠野三亭。凡此遊觀，皆爽塏而高明邃深，至今以爲美。用是觀之，惟諸公曩昔之治，其亦若此，固多愜于人心者矣。夫教令，因民而設施者也，賓僚與時而聚集者也。方其時以爲善，既過則泯默寂寥。然古人有言，目前之事，或存或廢，千不識一，況此數十年之久，其能勿忘乎？自予從宦四方，閱州郡園圃，如此府者蓋鮮，而無令名以顯之，亦可惜也。座客聞吾言而請之，爲其多喬木焉，因目之曰美章。夫珍章嘉卉，所以逞顔色、娱心意者，可一日而具也。今此長林美蔭，高十尋，大連抱，非千百年之積不能至此，以謂有老成畜德君子之風，資以定名，不亦宜乎？乃命除道南出，闢大門，揭榜書之。既又刻石，廣其説以示後，曰：凡塗塈梁棟，梓匠之所可勉也，戒勿隳廢而已。良幹豐本，受命于天，非人力所能及，戒勿翦伐之爾。北望岱宗，南眺鄒嶧，巖崿蒼翠，洩雲興雨，天下之壯觀。能者面之，明耳目，就空曠，以達其胷中之氣；不能者面之，亦何隳廢翦伐之虞乎？

象山縣西谷記

在五季之世，州郡兵事爲重，吏以武猛威暴，能取民者處右。是故縣令養民之任益輕，所用多非其人。人之相嘲，每靳愧者，皆以縣令爲諺。及宋興，始以廷臣行縣事，於是大縣劇邑，稍得良吏矣。然僻陋窮遠之鄉，尚畧如舊。方此之時，象山絶處海上，官無令尉，獨主簿〔一〕爲治其重者。一切爲簡易，吏民酒食相通。繇是士大夫莫不以爲諺云。慶歷初，詔書益重縣邑之選，使州郡以令舉才而用之，象山亦增置令一員。自爾至今且三十歲，所更九人。象山令遂有善政見紀于民，遂有聞人見用于朝。夫民無近遠，莫不可以興治，而爲吏者，安可以不審擇？如此，吾又以見太平之世，其治詳而賢者衆多也。舊説徐福爲秦皇帝以千童子求神僊，道海過此，古事未必盡信。今其民魚鹽粳稻，歲時自足，不待求于外。外亦阻海水，雖求莫致也。爲之長者，能毋擾而安之，此豈老子所謂『至老死不相往來者』耶！縣令長樂林君旦次中，以文學爲政，邑民宜之。令嘗大病，民有割股肉以療者。令之所以重見愛于人，其亦不擾使之然乎！昔仲由居蒲，子賤治單父，夫子入其四境，見其成效，而後稱之。惜象山遐遠，士大夫莫之往，令之善不盡傳也。然吾聞令通西沙港以道利涉海者，板築縣城而正社稷夫子位，堂宇墁埒，皆應古典，既可謂之知所務矣。脩治西谷，益植花卉，因其老木脩竹築爲亭榭，以眺望滄海而相蓬萊，非其有餘力而暇及此哉！雖吾未嘗往，而令之善固已信矣，于是爲作記刻之。而谷中自林君以前，令有顧方者，始有治迹，踰年而死，民哭之，哀祠之。又任永德，治石碶以禦海潮。郎某濬河畜水，以待旱歲。民皆賴之。皆林君告我者，吾因以著之，且以見林君樂道人之善焉耳。

【校】

〔一〕簿，原作『薄』，據周校本、沈校本、文津閣本改。

寄老庵記

勞而求休，久客而願歸，人情所同也。惟賢者知所休，知所歸。嗟負擔之勤，肩頳足繭，其色焦然，有益以十鈞之重，貪受而不避，去家越鄉，漂摇異域，衰老疾病，將復夸爲胡粵之游，則人皆笑之。古今之士，縻于爵禄之重任，騁于功利之修途。力竭矣，愈多益而不辭；歲宴矣，方馳鶩而不已，則何以異于是？惟賢者不然，未嘗不量己而受任，未嘗不畏滿而知止。舊史遺文所稱道者，略可得而見矣。於陵仲子辭三公，爲人灌園；邴曼容仕不過六百石，輒自免去，蓋爲是爾。廣陵孫莘老以文章經術顯于朝廷，嘗爲諫官、右史，出領大州郡者七八年。甫五十，自以多病，遂有歸休之志。嗚呼，賢矣！平日士大夫歸，常患其無所寓止，其志落落難合，獨莘老有以素具，又可信其必往也。始時莘老嘗至烏江，浴于野之湯泉而樂之。泉出山中，其源大温、大凉、適平，凡三等，至平地爲池。青石八角，道人浮屠師主領辦治，浮屠精舍甚盛。莘老于其旁得勝地，羣峯四合，紫翠萬狀，洩雲鳴禽，娓娓昏旦。登高而望，大江洶涌，千里不極。長松二本，對峙崗上。下有奇石十數，石有窊樽，可以酌飲。莘老歎曰：『此地去人不遠，而眺聽曠闊，超脱凡濁，是其爲勝乎！』于是薙草築居，以二松爲門，命曰『寄老庵』。噫，山林泉石之勝，必待賢者而後出。或曰天爲賢者而設之，大不然。今夫《韶》《夏》《濩》《武》之作，衆人聽之，或以不知而不愛，或一心以爲有鴻鵠至，將繳而射之，雖近而不聞。故山林泉石之美，未始無有也，惟知者爲能得之好之，故獨見之樂之，故安居之。莘老名庵曰『寄老』，吾又有以知其志也矣。凡居地上者，莫非寄也。知此則吾〔一〕所攀戀，固無往而不逍遥。嗚呼，寄老于軒冕富貴之間者，危殆傾敓之患日至；寄老于山林泉石而人莫與之争，可謂知所寄矣，不亦仁且智哉！元豐五年八月彭城劉某記〔二〕。

【校】

〔一〕吾，周校本改作『無』。

〔二〕元豐五年八月彭城劉某記，據文津閣本、周校本、沈校本補。

太原府資聖禪院記

惟元聖以神武撥亂，出民塗炭之域，所乘者時也；惟大雄以慈悲衍法，濟民生死之海，所會者因也。夫治道陵遲，彝倫斁敗，方隅幅裂，聲教否隔，運極數還，迺復壹統。故西伯崇壘，再駕而後服；武王牧野，一戎而大定。聖人不能先時而亟其欲焉。四生異稟，五蘊殊感，空性迷没，邪法肆行，德非宿殖，莫聆真諦。故舍衛吃食，肇允一音；毗耶問疾，乃至不二。如來不能無因而唱其端焉。在昔僞漢竊號，盗有汾晉，資魏氏河山之寶，倚并州兵馬之盛，曰實夏隸，蕲亢劉宗。及衆正龔行，小腆負固，藝祖無剿民之念，神宗收卒伐之功。而後氛祲清蕩，書軌無外。遷商餘民，用誥多士；本堯舊俗，謂之唐風。自是里閭逸居，田畝昏作，中外一體，遐邇禔福。世歷三紀，重熙累洽。邑具五民，既富而教，明則禮樂，幽有鬼神。習豆籩而率職者，必惟新于後生；祗金革而强死者，或未悔于前日。益兹象教，用照大迷，上以儲二后之冥祐，下以副兆姓之洪願。蓋資聖禪院，是始權輿焉。然則元聖建功，循斯教于休命；大雄妙覺，繇信向于方來。乘時會因，不其然乎？故知弁冕端委，莫匪帝力；塔廟莊嚴，則爲佛土。于是中外虚心，甿庶就義，崇兹勝果，底于日新。詔發祕藏，申錫舍利。既而肇建兹廟，儀形天表。軒臺靈威，懍懍如在；帝梵極樂，亹亹現前。嘗試揚搉，以告比丘。惟此晉國，始封叔虞，疆以戎索，啓之夏政，孰若清浄寂滅，至于無争。闕鞏密鼓，分器之薄，孰若示現靈蹟，持以堅固。九宗五正，域民之陋，孰若四衆招提，十方無礙。而況有先王之別廟，實曰都城，稱使者而侍祠，付之官守，兼是數者，其亦盛哉！自禪院初建，勅選名行僧二十八，以充供養，歲度學者，并錫命服。暨舍利之降，始創鴈塔。劫火變壞，更置寶閣。及太宗神御落成，輪奂蜎蠖，金碧照爛，中人營辦，冠蓋相望。爰田上腴之賜，蠲其國征；邸舍廛紈之布，厚厥緡算。上恩賚予，至于再三；歲計會最，始盈千萬。其餘則元臣巨公，競加外護；里豪居士，樂輸檀施。于是高閎大厦，長廊邃宇。經行禪誦，香積宴座，各有攸處。矩模叜然，鱗次翼舒，星陳棊布。始由工度，儼若化城。自天聖初元至元豐紀號，垂六十載，能事斯畢。總若干間，以殿名者幾所。鐘樓、經閣、香壇、廳事，凡若干名。于以資薦純佑，弼成鴻化，豈特憂深思遠之俗，益知用禮；權變縱横之士，舍其業結。抑自實沈曠林，悔懺尋戈之咎；負貳盤石，解脱囚械之苦矣。丞相韓公某樞軸均逸，開封作牧，分閫秉鉞，威憺殊俗，惠孚小民。禮賢下士，常若不及；博古求舊，未之或遺。僧正檀江總持〔一〕淨衆，綿歷歲月，緣化積累之勤，經營卜築之盛，不愆于素，率與有勞。求刻珉石，以垂不朽。公嘉允其意，樂道人善，以愚有志鉛槧，見命刊述。某晚聞道要，無所折衷，能讀書史，豈曰多學！爲之歌唐，竊季子見微之妙；其若有佛，愧靈運先成之知。辭不獲免，因直書云爾。

【校】

〔一〕持，原作『特』，據周校本、沈校本、文津閣本改。

重修廬州蜀山廟記

昔先王命祀山川之神，神〔一〕能興出雲氣以致雨，則祀之。言泰山之尊，亦曰觸石而[二]起，膚寸而合，不崇朝而雨天下。是故神靈之動民者，莫如時雨；百姓之歸依于神者，莫如旱禱。夫惟民神之相與，非有真宰者主之，其孰能應而不貳？蜀山廟載于祀典，景德二年，太守相國陳公始新治之。去後五十三年，今太守趙公復修舊而侈大之。前太守所以新廟者，旱禱而應也；今太守所以新廟者，爲致雨而報也。用是推之，兹山之神靈動民，其前無始，其後無卒。其于廟祀，不亦宜乎！然兹山之高不逾里，大不盈百頃，四平無附，以蜀爲稱。而自舒肥之民，方數百里，咸奔走望祀之。固天地鍾粹，神靈之區，不在大而威靈著焉。百川之交也，而濟爲四瀆，列星之多也，而觜昴序于西陸，事猶此矣。趙公字某，以嘉祐元年至郡，明年某月去郡。治民事神，恭順不懈，前後凡三禱，歲以有年。新作廟若干楹，餘合舊修之。

【校】

〔一〕神，沈校本删去此字。

〔二〕而，周校本、沈校本作『可』。

彭城集卷三十三

論

重黎絶地天通論

形而上者謂之天，形而下者謂之地。天者，陽之積也；地者，陰之積也。陽用其精，陰用其形。鬼神者，視之不見，聽之不聞，精之至也，故屬天；人物者，言而爲聲，行而爲事，形之至也，故屬地。《周書》曰：『重黎絶地天通。』重者，治神之官也；黎者，治民之官也。民神易治，則幽明不相亂，清濁不相惑，是謂天地不相通矣。

然則神何以亂民？曰：鬼神之情微矣，茫洋乎其不可以智通也，恍惚乎其不可以類求也，故古者惟事神爲難。謂其必無邪，天之垂日星，地之列山川，宗廟之居祖考，皆物也。謂之必有邪，光景不見于民，嗜好不通于人，必〔一〕有責之，殆不信矣。故聖人之事神，處于有無之間。致其不可知也，然後民信之；示其不可黷也，然後民畏之。及世之亂〔二〕民于是，以有責于神，此神〔三〕所以亂民也。

然則民何以亂神？曰：民者，冥也。欲利而避害，情所同也。福者，利之大者也；禍者，害之極者也。禍福者，鬼神之所爲也。民棄常而好異，舍明而事幽，祀非祭之鬼，祈無妄之福，則民亂于神矣。

然則爲其治者奈何？曰：祭祀以其時，兆位以其常，尊卑以其等，如此則神治矣。業有常守，事有常法，教有常俗，如此則民治矣。春祠夏禴，秋嘗冬烝，三年而禘，五年而祫，冬至祀天，夏至祀地，山川日月，風雨江海，皆有其日，時〔四〕也。祭天圜丘，祭地方澤，兆五帝于四郊，山川丘陵，各因其方，建國之神位，左宗廟，右社稷，常也。德盛者祭廣，德薄者祭卑，天子祀天，諸侯祭土，大夫三廟，士二廟，無田者不祭，犧牲衣服，鼎俎籩豆，各從〔五〕其命數，等也。三者明則祀有常典而神不亂矣。士農工商，四者謂之業。士者爲學，農者爲耕，工者治〔六〕器，商通有無，此之謂事。父子有親，君臣有義，夫婦有别，長幼有序，朋友有禮，此之謂俗。三者明則人不妄求，而民不亂矣。

故重黎之絶地天通者，由此道也。（又見《新刊國朝二百家名賢文粹》卷一）

【校】

〔一〕必，《名賢文粹》作『以』。
〔二〕亂，《名賢文粹》作『治』。
〔三〕此神，據《名賢文粹》補。
〔四〕時，原作『祭』，據《名賢文粹》改。
〔五〕從，《名賢文粹》作『視』。
〔六〕治，《名賢文粹》作『爲』。

好善優於天下論

賢能技藝，人之美材也，足以出衆矣，未可以治衆也。夫賢而自矜，能而自用，技藝而自得，若是則雖有美材，足以自孤危而已矣。譬猶高山峭岸之無輔也，其頽必矣。是故莫若好善之美。夫好善者，賢雖不及人，能雖不及衆，然而見一善行則悦然服，聞一善言則怡然樂。有過焉，樂人之規己；有疑焉，不恥于問人。若是則賢者將告之以道，能者將告之以事。夫天下之道，天下之事，不可勝究也。計人之所知，不若以其所不知者衆，然而雖不能，必有告之者，是舉無失道廢事也。君以此待其臣，則百官之善莫有遺矣；臣以此待其下，則衆人之善莫有棄矣。是故閭里有善，可問而知也；匹夫有善，可官而使也，又況在左右親戚乎？天下雖大，不難治矣，又況有國家者乎？夫治天下者，不出于得人心。人之有善，莫不願人之己知。苟能好善，則有善者見知而悦矣，不肖者慕善而隨矣。天下之心，一旦歸之矣。故曰『好善優于天下』，此之謂也。雖然，好善也有道，見賢而悦之，聞善而樂之，此有好善之志矣。然而外無其信，則百姓不從；外有其信矣，而禮不備，則賢者不留。故苟好善耶，則必推爵禄以崇其人，厚禮貌以效其心，則百姓信之矣。以身先之，以貴下之，讒邪者不得居其間，則賢者留之矣。昔者虞舜起于畎畝，至有〔一〕天下，莫非取于人而爲善者，故至于今，言人君之聖〔二〕者，莫有先焉。周公之相成王也，身下白屋之士，故至于今，言人臣之聖者，莫有高焉。夫天下之士，豈能及二聖者乎？然而不自用焉者，知好善之廣也。

夫好善之美若是，其易見也。然而愚者莫之爲之，何也？是無他故，忌與驕云耳。忌者畏人勝己，故聞一善言，曰：『予所知也』；見一善行，曰：『予所能也』。若是，則賢者將深閉固拒，豈有自致者乎？驕者不能下人，君謂大夫曰：『是臣我，曷足嚴之乎？』大夫謂士曰：『是事我，曷足問之乎？』士謂衆人曰：『是居我下，曷足師之乎？』夫不肖者之見驕也，猶將諂諛以求進。若夫賢能之士，則必深引而遠去，焉肯留之乎？夫不肖者競進，賢能者引去，天下雖大，亡可立須也，又況有國家者乎？

【校】

〔一〕有，周校本、沈校本作『于』。

〔二〕聖，文淵閣本作『理』。

論出母繼母嫁服與王介甫

《儀禮》『齊衰』章：『出妻之子爲母。』又曰：『父卒，繼母嫁，從，爲之服，報。』據文，繼母不言出，因母亦言嫁。或曰：『上文繼母如母，則繼母之出，猶因母也；因母之嫁，猶繼母也。』或曰：『不然，古者婦人有子，則父卒不得更嫁，故「繼父」章：「妻穉子幼，子無大功之親，乃可與之適人。」使子能自立而有大功之親，則不得嫁矣。昔秦之爲俗薄矣，猶云有子而嫁，倍死不正，況三代之厚乎？故不言因母之嫁，非以其無服也，有子不復嫁也。繼母則不然，夫死妻穉而無子，則可以更嫁。雖更嫁而從爲之服以貴終，故著言之。然則繼母之出，殆將無服乎？夫母子，以天屬者也，故雖出無絶道。今繼母以義合者，非有天屬之愛，而又以罪見出，則恩也，義也，爲無所施，是以雖不服焉可也。故于上言出妻之子，謂所生也。而下特舉繼母之可嫁，則明其出與因母不同矣。故因母之適人爲不得已，則服可以繼母之嫁而見之。繼母之出爲義已離，則服不可以因母之出同之。禮固有文約而義不相害者，如此之類矣。』或曰：『出何以異于嫁？』曰：『出者，得罪于父者也；嫁者，不得罪于父。而又嘗服三年之喪，終始之義備矣，故子不可不終也。』此二〔一〕説者何如？幸一裁擇之。

【校】

〔一〕二，原作『三』，據周校本、沈校本、文津閣本改。

處士論上

漢世之譏處士，皆曰『處士無用』『處士純盜虚名』。爲處士者，莫不慍而不服也。雖然，使處士而有用于漢世，其無貴于處士矣。何以言之？夫所謂處士者，古之逸民也。夫所謂逸民者，王德之人。正己而物正，道德純備于己矣。而無明君與之興化，是以隱其身而不出也。《傳》曰：『舉逸民，天下歸心焉。』聖王莫不以逸民爲先。是故其舉之也，非盛禮貌不足以接之，非父師三公之位不足以處之。非强以厚其身也，非資以取其名也。以爲其道德足以懷來天下，故任而不試；其謀慮足以安定國家，故聽而不疑。是故非有王者之君，不能用逸民。逸民亦必待王者之君而後出也。今如漢氏之治天下，其建國非以道德基之也，其使民非以禮義率之也。權詐之與謀，苟且之與居。其爲公卿大夫，誦數守法，奔走聽受趣得失，而國家之事舉之于是焉。以王德之人語之，是猶與越人之章甫也，謂之無用焉，固其職矣，非處士之名也，尚何慍而不服哉？夫國家之治，嘗必積仁累義，兢兢業業，而後興者也。君人者不能躬行而身化之，徒使〔一〕匹夫冠冕壇場而跪拜之，天下之治，非可祝詛一朝變也。其用處士若是，是能舉逸民者乎？

若夫智不出于尋常之域，而自視缺然，因以挾持高論，誇言上古帝王之事，罔誣世主，矯厲爲名，以希來世之譽，而徼當時之福，謂之純盜虛名，不亦信乎！不亦信乎！

【校】

〔一〕使，文津閣本、周校本、沈校本作『取』。

處士論下

凡貴于處士者，爲其知道也。知道者，不以己徇物，不以外傷内，是故雖貧賤不改其樂，富貴不移其志。伯夷叔齊，餓于首陽；顔回居魯，簞食瓢飲；子路衣敝緼袍，與衣狐貉者立而不恥，如此故可以大有爲于世。世衰道敝，處士之風流而與游俠同。衣食必求其甘美，居處必求其佚樂，内有聲色之奉，外崇名譽以誇人。如此而曰我無求于世，而高尚不預事也，則孰不能爲處士哉？又曰我能爲人君興治立政，必三公卿相求我。爲人君者樂聞其夸嚴，而謂其良有益也，不知其與世俗無以異矣，猶且汲汲焉而求慕之，不亦大惑乎？齊人有爲窮里之社者，聞客有得周鼎而葆之，請以百錢賃而用焉。

客聞之，笑曰：『子來，夫周鼎者，非萬人不足舉之。陳之南郊，以饗上帝，是享百太牢，而九韶之舞，三公灑掃，諸侯執俎豆，乃其宜也。今子將何以求我乎？』齊人聞之罔然，顧其鄰有完瓦鬵者，而即用之，反燕賓客，醉飽而歸，乃以豚蹄謝之。夫窮里之社，而待周鼎用焉，雖有不稱，且不如瓦鬵之適于用也，而乃希周鼎之貴，不亦兩失之乎？夫古今王霸之異也，不若里社之與郊天乎？而處士之居其間，不若用周鼎之與瓦鬵乎？故不度其實而徇其名，雖得萬處士，安能有益于世哉？

桓公不用伊尹論

予向與友人王深甫論齊桓公不能用伊尹，著爲文詞，後失其書。今深甫既歿，追念前語，尚未忘也，因復叙而記之，以寄思深甫之悲云。

王深甫喟然歎曰：『世之無良臣也。夫以齊桓公之用管仲，豈非大有爲之君也哉？由管仲之器小，故桓公不至于王也。使齊桓公與伊尹並生，其有不能用之乎？』劉貢甫曰：『時無伊尹則已矣，幸而有之，桓公必不能用也。』深甫曰：『何以言之？』貢甫曰：『仲尼有言：「中人以下，不可以語上也。」徒語之云爾，聖人猶難之，況信其道而用其身乎？夫度量之不同，人之情也，或相倍蓰，或相什伯。聖人之所以爲聖，賢者不能喻焉；賢人之所以爲賢，不肖者不能知焉。譬夫醫巫百工之人，以智相師，以巧相視，雖錙銖不可及也，則以謂人人可齊一其要妙哉？學于仲尼者三千子也〔一〕，其得聖人之道，顔氏而已〔二〕。故曰：「終日不違如愚，于吾言無所不説。」其餘則嘗違而不説矣。彼學于聖人如是其難，而用聖人者獨以爲易乎？桓公無顔氏之明審矣，智足以用管氏而已矣。雖有伊尹，吾知桓公必不能舉國以聽〔三〕也。雖然，桓公比于他諸侯爲賢。他諸侯雖得管仲，亦不能用，猶桓公之于伊尹然。無可疑也。』深甫曰：『昔者衛靈公之無道也，仲尼賓之；齊宣王之不智也，孟子臣之。桓公之賢，猶足以高于二君，顧不足以用伊尹哉？』貢甫曰：『子所謂用之，畏聖人之名，暫而禮之之謂乎？將聽從其謀，以奉事而大有功乎？如畏其名而禮之也，則豈特桓公哉？雖甚不肖之君，亦將勉而一舉矣。如將奉事而大有功，則孔子行乎季氏矣，三月不違而已耳。彼聽其至言，不知此其美也，而以爲迂；循其至道，不知此其要也，而以爲誣。倀乎茫然，若蹈滄海而窺青天，雖强爲之容，而心已離矣。故仲尼亦未嘗三年淹，而歷聘者七十國也，獨如桓公也乎哉？』深甫曰：『桓公之才，子惡乎知之？』貢甫曰：『聖人吾不得而議之矣，有仁者之言焉。

仲尼曰：「仁者靜。」夫靜者，天地之大，死生之變，無足以動其心者。若是，故可以王也。夫桓公之事，殺兄篡國，姑姊妹之不嫁七人，其猶足以謂之靜哉？不至于靜而欲用聖人，此商君之干説孝公以帝王之道，甚矣其欺于時也！」深甫曰：『嘻，子之尚勝也！以世無伊尹與桓公並生，故慭焉畢子之説也。』貢甫曰：『予之所尊信者，孟子也。孟子嘗言曰：「伊尹、伯夷、柳下惠，得百里之地，皆可以王。」若是，則三人者之爲聖均矣。方桓公之時，柳下惠魯國之士師也。桓公審能用伊尹，則胡不求展禽而相之，而顧得管仲之説而止焉？夫可説以淺近，可謾以卑汙，則桓公之智亦可知矣。』深甫于是默而不言。

【校】

〔一〕學于仲尼者三千子也，文淵閣本作『故學于仲尼者甚衆』。

〔二〕其得聖人之道顔氏而已，文淵閣本作『其得道惟顔氏而已』。

〔三〕聽，文淵閣本作『從』。

明莊論

楚王聘莊子，莊子辭之；魯侯聘顔闔，顔闔逃之。夫賢士君子，固將以不仕爲貴，遠人爲名乎？論之曰：是大不然。子未聞聖王之治世也，上不重任于民，故易從；下不大望于君，故易事。三公九卿大夫士，而天子逸焉。君有常道，臣有常職，民有常業，各當其分而無私焉。故無非常之譽，則無非常之咎；無卓詭之賞，則無僭厲之罰。夫亦安其性命之情而已矣。是故賢士君子，從事于其間而無愧焉，故可仕也。逮德下衰，上之所以任于民者重矣，故常匱而不給；下之所以望于上者深矣，故常危而不安。君失其常道，臣去其常職，民奪其常業，皆私其實而利其名。故有非常之譽，則有非常之咎；有卓詭之賞，則有僭厲之罰，性命不安，而天下大駭。于是時也，賢人君子且羞其所爲，而其國可以從事乎？昔者晉主諸侯而衛人伐陳，及晉人討衛，孔達死之以辭于晉，而世謂之忠。中行之難，趙鞅出奔，董安于自縊以定趙氏，而世稱其材。晁錯爲漢畫策，謫削諸侯，七國發難而錯極刑，宗族灰滅。成帝之時，天文變異，丞相方進受策自殺，以當其咎。故世主待其臣若此也，高位重禄，厚利美貨，不近乎宗廟之犧乎？古之君子未嘗不欲仕也，察主量之奚若，究世治之何如，而後出耳。故從事于道者，道久而逾安；從事于利者，利重而逾憂，斯古今賢士之所以辯也。是莊生所以持竿不顧，顔氏所以遺使者而逃也。昔者大夫種爲越謀吴，既得吴而勾踐殺之；商鞅爲秦立法，既成霸業而惠王族之；韓信爲漢戰勝攻取，既一天下而高帝滅之。三子者，皆其盛者也，而俱若是，又况不及者乎？嗚呼，後之人惟毋從事于刻薄，私其利而求其名，則幾于免矣。

説

王天下説

王天下者，得天下之心者也。明其政刑，修其禮樂，能者任其事，智者任其謀。大國百里，小國五十里，百姓親而歸之矣。賢者在下位，修其德教，明其仁義，能者學其事，智者學其道。大師數千人，小師數十人，百姓尊而敬之矣。故王者之于百姓，非能家至而户曉也。然而賢君以其國歸之，賢師以其道歸之，天下亦可謂之治矣。當是時也，列國有不從則爲逆，中國有不從則爲亂，誅之可也，伐之可也，天下無異議矣。是故非賢者百姓不從，非聖人賢者不歸。故一鄉之善士，一鄉之望也；一國之善士，一國之望也；天下之善士，天下之望也。天下之望歸之，天下之民何往乎？故聖人之服天下，如斯而已矣，彼蚩蚩之甿不與焉。蚩蚩之甿，耕而食，織而衣，有餘而佚，不足而怨，利之斯善，勞之斯望，雖有聖人，彼安知之？故聖王之作，不待蚩蚩之甿知之。及其一天下也，蚩蚩之甿亦無由知之。《易》曰：『百姓日用而不知。』蚩蚩者不知也。昔者堯授舜，舜授禹，天下之歌謠〔一〕朝覲者，遷而從之。文王之時，太公伯夷或居東海，或居北海，相率而歸周。《詩》曰：『自西自東，自南自北，無思不服。』有道之賢者歸之也。武王之伐紂，旋孟津。孟津之師，諸侯會者八百。彼皆賢者也，是以一天下如反掌焉。及比干死，而是時比干者存，比干固天下之善士也。天下之善士存，天下之望未去也。殷亡矣。晉獻公將伐虢，憚宮之奇，奇固一國之望也。是衣食足，得百姓心，未可也。仁義修，得賢者心，大者王，小者伯。衣食不足，失百姓心，未害。仁義不修，賢者去之，天下雖大，亡矣。

問曰：『古之王者，率由此乎？』曰：『然。』『後之王者，亦由此乎？』曰：『後之王者，似而非者也。古之所謂賢者，非仁無爲，非義不動，可以禮致，不可以利求，百姓以爲望。後之所謂賢者，貪得不厭，詐虐不羞，可以利動，不可以德求，百姓雖欲不往，而能以智數驅之。故古之王者，以禮致賢，而賢者悦服；後之王者，以利致賢，而賢者爲用。故其得賢者之心而王則同，其所以得賢者與賢者之用心則不同。是故古之王者以禮致賢，賢者亦以禮報之。繼而王者，亦必有禮如先王，而後一天下。故不數千百歲，禮不大壞，則不能易姓。後之王者，以利致賢，賢者亦以利待之。繼而王者，亦必使利重如先王，而後一天下。故十歲亦失之，百歲亦失之，利重則易姓矣。』

【校】

〔一〕謡，文淵閣本作『謳』。

彭城集卷三十四

序

後漢書精要序

【案】攽本傳云：邃于史學，作《東漢刊誤精要》一書，則奉詔所修可以補本傳所未及也。

臣聞學古建事，王人貴乎多聞；論世誦書，前哲謂之尚友。然惟述作異體，簡編具文，華實參并，源派殊别。是以繙〔一〕十二經之説，有太縵之嫌；授三百篇之詩，或一言可蔽。宜其薈蕞樞要，搴擷菁英，張眾目于在綱，察專車于觀節。指掌可見，括囊無遺，而後博覽鮮寡要之虞，好古有知言之選矣。昔我仁祖皇帝聖由天縱，道隆日躋，惟睿以職教化之源，惟深以通億兆之志。參天兩地，既成獨化之功；聚精會神，而以衆善〔二〕爲道。聽覽餘暇，無事棄日，翺翔詩書之林，攷合天人之際。歷代善敗之效〔三〕，日陳于前；百子是非之論，壹概諸聖。乃詔臣等以常所進讀《漢書》〔四〕，刟其精義，與夫善謀，别爲短書，槩見大略。若夫政化之要，禮刑之殊，材良節義之風，智勇名實之效，間見層出，悉使粲明，介善毛惡，咸可記省。臣等無右尹之智，不足知《祈招》之詩；非班伯之才，曷能出金華之業！綿歷歲序，僅終筆削，流示方來，永勸大訓。有以見元聖之稽古，上德之知言，隆禮羣儒，折衷妙論。豈特當瞍矇之賦，充衡石之程而已哉？伏惟皇帝陛下體道合于自然，好善常若不及，自百王之垂憲，與多士之周爰，未始有遺，常以虚受。矧復念繩武之至〔五〕重，思詒謀之有開，固將續〔六〕盛節于丕承，加睿心于善述〔七〕。則新書之傳，其邁越于前世矣。臣等猥以末學，親遘盛際。藏書柱下，竊自比于史儋；注籍南宫，曾莫階〔八〕于楊賜。仰誦休烈，紬詞序端，聲〔九〕其荒蕪，愧于崖略云爾。（又見《新刊國朝二百家名賢文粹》卷一百四十七）

【校】

〔一〕繙，《名賢文粹》作『播』。

〔二〕衆善，《名賢文粹》作『奈何』。

〔三〕效，《名賢文粹》作『道』。

〔四〕漢書，《名賢文粹》作『後漢書』。

〔五〕至，《名賢文粹》作『志』。

〔六〕續，《名賢文粹》作『纘』。

〔七〕述，《名賢文粹》作『書』。

〔八〕階，《名賢文粹》作『偕』。

〔九〕聲，《名賢文粹》作『罄』。

公是先生集序〔一〕

公是先生總集七十五卷，叙文字爲五種。古詩集二十卷，律詩集十五卷，諸五言七言歌行篇曲皆歸之詩。内集二十卷，諸議論、辯説、傳記、書序、古賦、四言、文詞、箴贊、碑刻、銘〔二〕誌、行狀皆歸之内集。外集十五卷，諸制誥、章表、奏疏、駁議、齋文、覆謚皆歸之外集。小集五卷，諸律賦、書啓皆歸之小集。大凡若干篇。

古今之文人多矣，其能道胸中之蘊積，暢物理之有無，合衆美以爲己用，超倫類而獨得，使其語言如其心，其馳騁極所欲，瓌偉奇抃〔三〕，放肆自若，非夫豪傑之士，不能至是。故自申、韓、管、商、慎、墨、屈原之倫，其道未必皆是，而其書傳焉。雖然，猶之貴文也。若夫原性命之統，貫誠明之本，攷百子之雜博，判其真僞，雖至于六經，可折衷也；極帝王之治，奉事有功，雖在于今日，可按行也。是好古博物之士，所以貴乎學聖人而得道真者。嗚呼！先生之文，優出於前人者在是矣。《傳》曰：『情深而文明，氣盛而化神。』惟深故能通天下之志，以極萬物之理，則文有不明者乎？盛如四時，煦育賦予，雕刻衆形，萌芽夭條，無有不備，是之謂神。故古今之士，智有所不周〔四〕，文有所不明，由其情之蹇淺也。知其一不知其二，善于此不善于彼，由其氣竄而化狹也。嗚呼，先生可謂備矣！《傳》曰：『不知言，無以知人也。』先生之言，孰有知之者哉？言可知也，先生爲常存矣〔五〕。是故有志聖人者訊其通〔六〕，貫穿諸子者觀其辯，濟用當世者尚其辭，莫不有爲師之道焉。合而觀之，若韶濩武象之天覆地載也，離而聽之，若琴瑟磬管之迭奏。静深要妙，歸于平心，氣感神明而已矣〔七〕。先生論《春秋》《易象》《七經説》《弟子記》，不載集中，具别録云。（又見《新刊國朝二百家名賢文粹》卷一百五十四）

【校】

〔一〕公是先生集序，《名賢文粹》作『公是先生文集後序』。

〔二〕銘，據《名賢文粹》補。

〔三〕抃，《名賢文粹》作『異』。

〔四〕周，《名賢文粹》作『同』。

〔五〕矣，《名賢文粹》作『也』。

〔六〕通，《名賢文粹》作『道』。

〔七〕矣，《名賢文粹》、周校本、沈校本作『乎』。

贈醫潘況秀才序

始潘君以術游京師，疾病之至門者日數人。于是有知潘君者曰：『潘君相有病于未病，治已病于無病。潘君視隱如顯，視遠如邇，色喻于目，脉喻于指，聲喻于耳，三者參用，藥至病去，用力少而見功多，所謂國能也。』他日往，則疾病之至者益多，日數十百人。則又有知潘君者曰：『潘君守學固而處心平，不以人之向己而喜，不以人之去己而沮，汎然唯吾所以自任而已，所謂有道者也。』他日又往，則疾病至者無算，舉京師之人將遷焉。則又有知潘君者曰：『潘君不爲利疚，不爲勢回，治人以疾病輕重爲差。其視富貴如貧賤，視布衣如王公，得千金之謝，猶簞食之饋，所謂士君子也。』

嗚呼！天下之事，莫難于持久。持久則善惡自效，賢不肖襲情。若潘君者，自始及終，三譽益隆。人之從之者，百倍於初。期以國能，而卒至於有道士君子者，豈非真賢也哉？今夫世之爲醫者，誦數守法，嚌甘調辛，未有少得也，則嚚嚚然以謂已足。于是以人之生死徼倖，乘人之急，以濟其不仁之心。設危辭詭説，以恐喝富貴之人，捩其手而邀之財，得金玉錢帛，滿意盈欲，廼始從事。益投毒藥，與病相違，煩憒昏眩，使其不自聊賴，然後徐徐解治。幸而不死者有矣，則固以爲己功，而妄伋〔一〕其名，厚求拜謝，以復其勞。若其不活，則其所得金帛固多，恬然持去，不自愧耻。其視貧賤無勢者，則傲然不顧。世皆曰醫賤，與傭徒鬻賣者鈞，豈醫之實若是哉？昔岐伯和緩之能，乃通于治國修身之際。嗚呼君子，孰能矯正之者？若潘君者，其復何尤！嗚呼！世之事多此類者，獨醫乎哉？僕感潘君守道，出于流俗，故作叙醫以示知者。

【校】

〔一〕 仞，文淵閣本作『叨』。

送胡〔一〕因甫宰湘鄉序

昔胡君求字于某，某曰：『字子以因甫。吾聞凡名有待事者，叔孫豹是也；有因生者，趙岐是也。字之者，必稱其義。今子生于湘而名湘，是因生矣。字子曰因甫，庶幾如趙岐乎。』胡君以爲然。今胡君乃復以王命宰湘鄉，非擇而處之，適合耳。意者其山川之神，潛有以相夫子者，故其始名之，而今往治焉。《傳》曰：『人，神之主也。』夫子之得邦家者，民將被其澤，信夫其必有神相之也。昔陳蕃治魯，百姓愛之，不忍言其名，而魯邑有與蕃同者，更之曰皮，至今猶稱焉。胡君勉之哉！以子之學，施之于事，吾未始知夫湘鄉之不爲魯蕃也。且山川之神既相子焉，富貴不可辭，務自愛而已。

【校】

〔一〕胡，周校本、沈校本无此字。

送焦千之序[一]

某[二]嘗論鄉舉里選之法，難全行于今。自三代之盛，諸侯列國，與郡縣不同。及事久遠不傳，且置不言。夫東西漢之時，賢士長者未嘗不仕郡縣也。自曹掾、書史、馭吏、亭長、門幹、街卒、游徼、嗇夫，盡儒生學士爲之。才試于事，情見于物，則賢不肖較然。故遭事不惑，則知其智；犯難不避，則知其節；臨財不私，則知其廉；應對不疑，則知其辯。如此，故察舉易，而賢公卿大夫自此出矣。今時士與吏徒異物，吏徒治文書、給斷役，戇愚無智，貪[三]詬無節，乘間窺隙，詭法求貨，笞傌僇辱，安以爲己物，故無可以興善者。而儒生學士之居于鄉里，不過閉門養高，其外則游學四方，以崇名譽，然後可以出羣過人矣。而欲法前世，一使郡縣議其行實而察舉之，固難矣。前年天子祫祭宗廟，施慶天下，閔太平之時，賢士有遺逸而不仕者，因詔州郡推擇上名于朝。間一歲，處士之應詔而至者十三人，果多游學成名者。天子皆以禮接之，館于太學。而使有司策問以經術之要、當世之宜，而爵命之，皆得顯名美仕焉。凡十三人，吾所素識者焦君伯强。焦君伯强介直好學，數應進士舉，至禮部輒罷去。時人皆歎惜之，謂之遺逸，不亦宜乎？夫州郡推擇之公也，有司考試之明也，方將爲國得賢，必且精心慎〔四〕慮，拔士于千萬。豈其崇虚徇名，尚得舉逸民之稱而已？則夫十二人者，吾雖未盡識之，殆皆焦君之倫無疑。于是焉使之從政治民，譬猶發厫〔五〕倉以賙貧乏，決江河以灌下濕，沛然其有餘矣。然吾聞焦君之名在第三，而他郡有辭禮命而不至者。夫焦君之才既盡美矣，況復有過其一二者乎！彼辭禮命不至者，又其故何哉？彼以迎之致敬之禮，未盡其數歟？抑彼皆伊尹、太公之儔，至三聘而後幡然改，立爲太師然後載而與之歸乎？天下之大，未可誣也，吾甚慕之。故于焦君之行，樂道之焉。（又見《皇朝文鑑》卷九十、《古今圖書集成·選舉典》卷四十一、家集本卷五）

【校】

〔一〕沈校本下有小字注文云：『千之字伯強，即吕申公希哲之師所謂焦先生者也，歐、蘇集亦各有贈焦千之詩。』

〔二〕某，《皇朝文鑑》、《古今圖書集成》、家集本作『斿』。

〔三〕貪，沈校本眉批：『《古文瀾編》作「貪垢無節」，水西家集亦作「貪垢」。』

〔四〕慎，《皇朝文鑑》、《古今圖書集成》、家集本作『審』。

〔五〕厥，《皇朝文鑑》、《古今圖書集成》、家集本、周校本、沈校本作『敖』。

行狀[一]

爲楊殿丞作五世祖系事狀

楊氏本望號略，遠祖某，嘗仕爲湖州從事。去官，始家于宣州某縣。是時五代喪亂，壤地分裂，稱號而王者六七姓，南北斷絶，存亡不相往來。仕宦者局促方域，不見廣大，無所設施區畫。故有志之士不願得官，去而在田畝者多。遠祖既來宣城，則市田宅，築室種樹，春耕秋收，教養子弟，師帥鄉里，以俟天下之平。及終，遂葬某縣某鄉某里，子孫因爲宣城人。至璵，五代傳矣。高祖某、曾祖某、祖某、父某，墳墓皆在某縣。自曾祖以上，率皆隱德不耀，猶遠祖志也。從祖考以來，天下甫大一統，文教興行，故兩世俱以儒術從進士貢，然亦未有成也。施不于人于其家，有其志而無其功，豈所謂必將鍾慶于其後者哉！而璵孱弱，奉承先訓，不敢有墜。天聖八年，始以進士中第得官。積十八歲，遷至殿中丞，有位于朝。今年上郊，士大夫得推恩，以及其先。璵因是得贈其父某官，爲鄉里宗族子孫榮。而遠祖之墓在焉者，未有碑碣，士大夫之遊而過焉者，不知加禮于其所。祖考之志，不傳于後生；子孫之慶，不知所從來，璵尚恨之。昔子雲之先，始居巴蜀，亦五世而生雄。雄仕漢有名，能自記其祖系傳後。璵材短無文，不能有所稱道，願得當世賢者記之，以畢賤志，故敢以累執事。伏惟少加採擇，而垂纂録焉。

謹狀。慶歷七年十二月日具官楊璵狀〔二〕。

【校】

〔一〕行狀，周校本、沈校本作『行狀一』。

〔二〕慶歷七年十二月日具官楊璵狀，據文津閣本、周校本、沈校本補。

賈公行狀[一]

公諱黯，字直孺，少聰悟好學。九歲時作詩，有高遠語，人皆驚偉之。十五能從進士舉，慶歷六年中第，爲天下第一，時年二十五。釋褐授將作監丞、通判襄州。官滿還朝，召試學士院，拜著作郎，直集賢院。祀明堂，覃恩遷右正言。公性方嚴，直諒自任，好惡是非，明白較然，無所阿倚，用是爲諫官。其天資適宜[二]，慷慨引大體，重于朝廷。仁宗皇帝識公手書，閱公章疏，常嘉賞之。公前後所上數十事，掇其切至者著一二，以見公志。

尚書郎杜樞受臺檄，覆開封府獄事。獄情不完，樞將駁正之，事連權貴人。權貴人不便也，罷樞勿預。已而摭樞他過，斥逐樞。初，御史中丞舉正有所諫争於上，弗能得。因百官内朝留班，將帥以見上。樞時在廷中，獨出前行，問中丞所留班狀。既數月矣，因樞後事，乃發舉以爲愆尤，人皆知樞以獄事見譴也。公上疏極言救樞，其後諫官御史進對論事，諠譁上前。宰相因禁制臺諫，有請上殿者，皆因閤門以白中書，一候進止。公上疏以爲言路將自此大壅。古者諫争，有折殿檻、牽衣裾者，今雖諠譁，何傷于直？

固請如舊。樞密副使狄青由卒伍起，致位二府。公以爲自祖宗以武烈服天下，是材武勇力之士，其建勳勞者多矣，猶未嘗有得在幃幄謨議者。今天下方以文治，而青身無陷陣破敵之功，驟列樞近，使外國聞之，有輕中國之心。又宿衛諸軍皆小人，戇愚無知，見青尊寵，喜其黨類可以倚藉，摇動人心，不可之大者。且朝廷之臣，以禮義進者將恥與青偶，非所以得賢者之心。凡公論議，類皆若此。

歷遷三司判官、賜緋、同修起居注，假某官使契丹，遷右司諫。至和元年八月，以本官知制誥、賜金紫、權判流内銓。天下承平日久，百官職業皆有常憲，共樂于因循，而銓衡徒文書備具而已。公始欲以風義整救其弊。

益州推官桑澤在蜀三年，不知其父死，後代還，舉者甚多，應格當遷，故投牒自陳。人皆知其嘗喪父，莫肯爲作文書。澤知不可，乃去，發喪制服，以不得家問爲解。澤既除喪，求磨勘。公以爲澤三年不與其父通問，亦有人子之愛于其親乎？使澤雖非匿喪，猶爲不孝也。言之于朝，澤坐廢歸田里，不齒終身。

晉州推官李亢故嘗入錢得官，已而有私罪，默自引去，匿所得官，以白衣應舉及第。積十歲，當磨勘，乃自首，言其初事。公以律所謂罔冒也奏罷之，奪其勞考。

又龐丞相婿雍丘主簿陳琪，凡三調官，未嘗由銓筦。始因其父得官，復再任，皆因其妻父乞恩。琪比他人，未嘗遠宦，而舉者二十四人。公以謂此儌倖之尤者，而士大夫承望權勢，背公助私，其風不可長，又舉奏琪。琪後引對，才得循資云。

公前在修起居注。天子退朝，御邇英，召見侍臣，講説經書，讀史傳，而史官不預。公以謂天子于此咨訪政體，論議治道，德音聖問，而史不記録，嘗以爲闕。及將修起居注，因上奏言之。自後修起居注官，遂得預邇英，行之至今。

公以少府〔三〕老疾，求守便郡，出知陳州。未行，換許州。後一年，遷兵部員外郎，徙襄州。嘉祐元年十月祫祭畢，加朝散大夫，封長樂縣開國男，食邑三百户。少府還居鄧州，公聞其疾篤，將棄官去。念以符印屬他官，且將坐所不當受者，因自移疾，以府事付佐官，既而脱身去，即日上書自劾。臺諫官聞之，争舉奏詆毁公。然朝廷高公所爲，且以厭言事者意，徙公郢州。

公竟以憂去官。居憂以善喪聞。既除服，還爲兵部員外郎、知制誥。詔書稱之曰：『聞父之疾，委政歸養，孝也；上章自劾，不肯苟免，忠也。』公猶以前嘗謫官，不敢入朝。詔復趣召，差勾當三班院。明年，召爲翰林學士、判昭文館。五年，謫吏部郎中、翰林侍讀學士、知鄧州。未行，近臣臺諫多推言其忠孝，宜在内省，復留爲翰林學士、知審官院。

初，有司議京朝官每三歲即自言求磨勘轉官，使人人驟進，非所以崇退讓、養廉恥也。于是詔有司爲當遷者，舉行其文書，而人不自言矣。而朝士之喜名者，尚或辭讓，求不磨勘。有司移牒督之，至于十數。公以謂向者使人自言，而士之恬于榮利，恥不求進，則其嘉尚旌擢之可也。今有司舉行，無復自陳之嫌矣。且攷課之法，豈徒進陟之而已哉？亦擇其鮮功者而黜之。則士大夫尚何以辭不磨勘也？其容有矯妄之人，虚竊不就之高，徼取恬退之譽，陰冀進擢，無益風化，不可不爲之防。請使言未願及乞不磨勘者，皆自列其意，故有司因不復督索之，必待其復自陳及，更爲按行中書，異爲籍以記之。其有殊功異效，皆可勿遷。上從公議，于是士大夫之爲下情者皆息。

七年三月，遷左司郎中、知開封府。九月，上祀明堂，加輕車都尉，進封開國伯。公以方嚴著稱，所至人皆憚之。及領京畿，官吏謁見言事，皆得傾竭盡意。語有中理，未嘗不委曲聽受，皆過所望。府吏舊〔四〕七百員，而諸嘗以罪去。已而復叙者，皆員外置之，積數百人。公以謂此皆僥倖，且不足懲有罪。乃奏爲條約，其以罪去復叙者，須正員闕，乃稍補之。又府吏之給事他官者，更七次則遷一資。吏緣爲奸，他官之請從事者無窮，或以一事未竟遣歸，既又請之，則累記爲兩役矣。公始命科條目。某事以上若干種，吏之從事在此數中者，以爲次數，餘皆不聽。及一事而再往者，悉禁止之。自後皆遵用賈尹故事。府吏人人失望，更相搆會語言，取其斷獄行事者，稍緣飾之，以爲不直，冀以動摇公。諸御史聞之，果以爲言，攻之甚力，天子終保持之。執政見上問曰：『賈某所爲，誠公耶私耶？』對曰：『私則無之。』上曰：『何足以爲咎？』視職事有與開封府等者易之，以公同提舉在京諸司庫務。今天子即位，授中書舍人，進封開國侯。受詔修撰《仁宗實録》，領羣牧使。

治平二年，拜給事中、權御史中丞、充理檢使。上始親政事，樂聞讜言。公以直清見任，每進見，從容論天下事甚衆。上嘗諭公，朝廷少得可任用者。公對曰：『自前古治世，皆選當世之賢，以任當世之事，不借賢于異代。今天下豈嘗乏人耶？國家養育未至耳。』乃陳五事，以言任人之法。一曰知人之明，二曰養育以漸，三曰材不求備，四曰以類薦舉，五曰擇取自代。天子納之。

是時，詔爲德寧公主訪婚，公見上，言曰：『國朝公主出降，皆以祖爲父，以父爲兄，遂廢公主事舅姑之禮，臣常惜之。臣願陛下詔諸公主下降，其有舅姑者，皆令備禮。于以厚人倫，正風俗，無大于此矣。』禮官議濮王稱伯，上疑未決。奏議傳經意，勸上從禮官言，未報。

八月，京師大雨，水出壞民廬舍。公時已臥疾，皆再奏，勸上側身修己。以爲前代水災，皆陰勝陽，大臣專政震主之應，不可不察。又簡宗廟，逆天時，則水不潤下。濮王謚號，宜以時定，無使兩統貳父之説，駭動羣聽，以重取謫于宗廟。其言甚懇。

至月餘，公疾益甚，求出補外郡。除翰林侍讀學士、知陳州。未行，以十月十二日薨于京師，年四十四。士大夫聞之，皆相弔。詔書贈公禮部侍郎，録三弟，皆爲某官。公母陳氏，繼母史氏。公幼時，陳歸其宗，少府戒公，能取名第作官，則往視母。及公登第日，果得所願焉。公迎陳母歸，致其歡養。陳封仁壽郡太君，史封唐安郡太君。公四娶，馬氏、任氏、張氏皆早亡，末娶薛氏，故尚書郎、直龍圖閣紳之女，封延安郡君。子男二人，長元素，蚤夭。次士彦，太常寺太祝。五女，皆幼。公薨後若干日，得十二月某甲子，歸葬于鄧州某里，祔于先塋。謹具歷官行事如右，伏惟采擇而加纂述〔五〕焉。謹狀。

【校】

〔一〕沈校本眉批：『埏案：此篇應與《復劉公行狀》并編。又按，「賈公」上應補官銜。』

〔二〕適宜，沈校本改作『亮直』。

〔三〕沈校本眉批云：『埏案：此處「少府」乃言賈公之父，因篇首有數行敘次祖父，故止稱其官，今已闕佚，尚仍舊文。』

〔四〕舊，文淵閣本作『舊額』。

〔五〕述，周校本、沈校本作『録』。

彭城集卷三十五

行　狀[一]

故朝散大夫給事中集賢院學士權判南京留司御史臺劉公行狀[二]

曾祖贈大理評事。祖皇任尚書工部員外郎、判三司都磨勘司，累贈户部尚書。考皇任益州路轉運使、尚書主客郎中，累贈光禄大夫、工部尚書。公字某[三]，尚書中子，天性明徹淵粹，自爲童子，有老成人量。初學進士詞賦，已爲人傳誦稱道之。至年十五，乃更習爲古文。讀書心悟理解，志氣開發，日增月益，河江[四]委注，不可丈尺斗斛校也。其十七歲所著撰，至今存者尚多。

自兩漢之後，豪傑之士所爲文章，雖皆以理爲主，偏局所見，致遠則不通。又其論五經，皆欲明王道，而惑于曲説，駁雜瞀亂，不能自解，聖人之道不明。及公爲之，正德性，别仁智，舉中庸，明天命，條達理遂〔五〕，交貫旁暢，愈深愈遠，未嘗一躓焉。嘗論曰：『荀子不知性，揚子不知命，韓子不知道。荀子言人性惡，則善無所起。揚子畏死而投閣。韓子汲汲求用于時，以不得出王公大人之門爲己憂。是三子其盛者也，而其蔽至是，況其下者乎？』至説《春秋》，其所發明尤多。論宋襄公事，或以爲文王之戰不過，或以譏不能鼓儳殺敵。公以爲文王之事，亦當内治其國家，外信于諸侯，何嘗不治不信，而强争之。既争而輕棄己民，其猶足謂〔六〕之仁且智乎？凡公之言，大約反其本，正己而物正者也。書公子季友卒，三《傳》皆以爲賢。公以謂季友之賢，因其有事而著之。今卒而書季者，蓋自是世季氏也。公之論《春秋》如此。自前世鉅儒宿學，皆所不至。概舉二者，可以類知焉。爲《三傳權衡》，解駁三家微惡，毫髮無得以形遁者。

慶歷初，有司更正貢士，令士不從學官者，州郡勿舉。舅氏王源叔以書招公來太學，公答不可。曰：『焉有伯夷、孟軻、段干木之儔，而自致博士弟子乎？』其後此令亦廢閣不用。

公舉進士，慶歷六年三月御試，選爲第一。會内兄翰林學士承旨王公堯臣時爲編排官，以嫌自列，編排者用考試官所定等第，受成事而甲乙之耳，誠無預于與奪，可無嫌也。王公固辭之。上不得已，以爲第二，拜大理評事，通判蔡州事。吴正肅公育舊聞公之賢，傾遲之。及罷政事守蔡，得公歡甚，事無大小皆聽公，州以清静。與公日賦詩飲酒爲樂，蔡人傳以爲盛事。蔡州十縣，五居高仰地，轉運使符郡，變民諸穀，悉以粳糯充賦，皆市于旁縣以輸官，民益困急。會詔書問可以寬民力者，公上疏陳其弊，因言方今用不足，盡如古難，宜敕轉運使，必不得已折變，毋變其所無與不可得，則民雖病不困，事頗施行。

八年十一月，丁先公憂去官。皇祐三年二月服除，還爲大理評事。召試學士院，擢太子中允、直集賢院。是時方議定大樂，天子使中貴人參其事。公諫以謂：『王事莫重于樂，今材學滿朝，辯論有餘，足以增朝廷之光，而顧使若趙談者居間，臣恐爲袁盎笑也。』

明年，同判登聞鼓院，改判吏部南曹，南曹兼考功事。于是，夏丞相薨，將葬。故事，考功當請謚太常，集百官議之。上以舊恩，特賜諫謚曰文正，不復關有司。公上奏，請收還詔書，更屬有司，得以公議之。因陳：『竦備位將相，無正直聲，陛下不當侵臣等官，而假人以寵。』書三上，上嘉公守正，爲改謚曰文莊。八月，權判三司開拆司。後徙他部，亦未離南曹也。儂智高亂嶺南，樞密副使狄青宣撫四路，而朝議不爲置副。或曰：『使中官副之。』公聞，遽上奏曰：『狄青起于行伍而列樞近，權兵而出，宜得正固幹略之臣參共其事。今不置副，置副而用中人，皆不可。』秦州與羌人争古渭州，上以問左右，棄之存之孰利。公時從三司奏事，聞之，上奏獨請棄之。以謂：『假令新城足以蔽秦州，長無羌人〔七〕之虞，雖傾國守之可也。不然，地形便利，賊能乘之以擾邊圉，雖傾國争之可也。今何所重輕，而糜國財、困民力、捐士卒之命，以貪咫尺之地，而有棄明信、規小利之名，於夷狄〔八〕使其有以窺中國，非計也。』時議者不同，竟留之。秦州坐是應接多事，財用匱竭矣。

五年四月，遷權三司度支判官，始解南曹，賜緋衣銀魚。至和元年正月，張貴妃薨，追號温成皇后，有獻議求爲立忌日，禮官請對不許。公奏言：『太祖以來，后廟四室，猶不立忌，奈何以温成私昵之愛，而變古越禮。恐祖宗神靈，不樂于此。』上乃止。八月，同修起居注。居一月，召試超拜右正言、知制誥，賜紫金魚袋，權同判吏部流内銓。初，陳丞相以公不附己，論議不能右〔九〕公。唯天子察公忠直，數得公奏議，開納無疑，故亟用公知制誥。陳丞相以修注未一月爲言，上不聽，曰：『此豈計官資日月邪？』公謝曰，上又面諭曰：『外間事不便，有所聞，當一一語朕矣。』無幾何，朝廷從禮院有所詢問，禮生擅發印狀以報，禮官莫知。知禮院事吴充謫罰禮生，而坐以出官。公奏以爲〔十〕：『朝廷久安，吏習因循，百司庶府，苟且已甚。稍激厲振職，未知如何而使充以此得罪，豈不傷事害政也！請追止前命。』已而修起居注，馮京復以言事奪職。公因奏事，上謂公曰：『吴充乃是振職，馮京意亦無他，中書惡其太直，不與含容耳。』公奏言：『自古唯有人主不能容受直言，或致竄謫臣下。今則不然，上意慈仁好諫，而中書不務將順聖德之美，排逐言者，乃是蔽君之明，止君之善，必且感動陰陽，有風霧日食地震之異。』居五日，地果震，鎮戎軍，而都下雪，後累日昏霾，太陽色黄濁，詧皆如公言。公又密勸上收擥威權，無使聰明蔽塞，法令不行，以消伏災變。上深納之。時親睦宅方築神御殿，天寒休役。公建言：『禮，諸侯不得祖天子，公廟不可設于私家，所以明一統也。今神御若于禮爲可，則不宜以人勞輟作；若不中禮，則遂止之，何權罷也？』廟事遂寢。宦官石全彬緣葬温成皇后，賞勞除宫苑使、領利州觀察使。全彬不厭，後三日，復换正除利州觀察使。公封還詞頭，上言：『全彬閨闥之臣，如此姑息，有權勢重于全彬者，何以待之？』事竟得止。

二年，兩制諸公多求補郡者。公上疏論邪臣正臣進退之分：『正臣常難進而易退，邪臣常易進而難退，願陛下參伍觀之。呂溱、蔡襄、歐陽修、賈黯、韓絳，皆有直質，無流心，論議不阿執政，有益當世者，誠不宜許其外補，使四方有以窺朝廷，啓姦幸之心。』上悟，乃留歐陽修等不行。八月，假翰林學士、右諫議大夫、充北朝皇太后生辰國信使。契丹遣其臣馬祐來迓。行自幽州，東北入古北口，更長興、白陘山路，詰曲繚繞，或折而西南，行千餘里，乃出山，至柳河。公問祐曰：『自松亭直北趨柳河徑易，不數日至中京，何不行此？』敵人本欲以山路迂回，使中國信其阻遠，常祕諱之，不使漢使知。及得公問，驚謝曰：『實然。然自通好以來，置驛如此，不敢改也。』祐復問：『順州山中有異獸如馬，食虎豹，人以爲山神，此何名也？』公曰：『以某所聞，駮也。其狀如白馬，黑尾鋸牙，音如鼓，洵〔十二〕桓迎日而馳。』爲誦《山海經》《管子》書曉之。祐釋然相視，喜曰：『真是也。』前此者漢使往，或以輕肆，不爲敵人所重，又有畏懦，拘守約束，惴惴不敢蹉跌者。獨公坦懷，意氣自若，敵人畏服加禮焉。

二年三月，王文安公遷參知政事。公自列親嫌，求知揚州，詔許之。初，狄青自南伐歸，爲樞密使。京城小民聞青驟貴，相與推説，誦詠其材武。青每出入，輒聚觀之，至壅路不得行。上自正月不豫，青益爲都人所指目。公憂之。會將赴揚州，辭行見上，因言：『陛下愛青，不如出之，以全始終。今外説紛紛，雖不足信，要當使無後憂。寧負青，無使負國家。』上頷之，曰：『可語中書。』公過見三丞相，謂曰：『向者天下有可大憂者，又有可大疑者。今上體復平〔十二〕，大憂去矣，而大疑者尚存。』具以青事告之。丞相應對唯唯。公既至官拜表，又徧遺公卿書曰：『汲黯之忠，不難于淮陽，而眷眷于李息。』朝廷皆知爲青發也。至八月，京師大水，青避水徙家相國寺，坐殿上，都下喧然。執政聞之始懼，以熟狀出青，判陳州。先是，有彗星見，青去之夕而彗沒。自皇祐末有日食之變，公嘗獻《救日論》三篇，備言所以防姦禦變之術。青見而惡之，謂所親曰：『劉舍人以此洗滌青邪？』公之建言，或以爲過計，及後乃大服云。

揚州雷塘，即漢江都之雷陂也。舊屬民，自唐以來，耕種其中。往數十歲，官取蓄水，以備漕運，舊田主二十六家，皆奪業失職，官始議以他田償之，竟無與也。然塘亦破決不修，漕運未嘗賴此。發運使因以假揚州種稻，而舊田主二〔十三〕百餘口皆饑寒，縣官莫省。及公至，持太和午契書詣府自訟，公即判還之。發運使猶以漕運事動朝廷靳留之，公用種稻事證明其無用，朝廷乃聽公。杜公丞相衍致仕，居南都，聞之，喜曰：『真良太守矣。』

九月，恭謝天地，改元嘉祐，進公朝散大夫，封宣縣開國男。天長富人陳乙殺人，捕得，賕縣吏脱己，而以誣王甲。甲貧弱不能自明，遂受誣，囚至府。公察之，心知其冤，而囚畏吏不敢言。公以委户曹杜誘，使精意鞫之。誘不能有所反，而獄益傅致證左，牢不可破。將論囚，公親訊之。囚得公語言，知其能爲己直也，乃敢告冤，果陳氏殺人。遠近傳以爲神。

明年四月，遷起居舍人、知鄆州、兼京東西路安撫使。公初治揚，前守政苛，吏民不安。公以寬簡拊之，而民大和。及至鄆，鄆比易守，政事不治，市邑攘奪，公行不禁，訟或累月不決。公撥遺簿書，決平獄訟，不數日則已無事。乃更約束，明賞罰，下吏奔走承命。月餘，境内正清，盗賊屏息。使客行壽張道中，遺錢一囊，人不敢取，以告耆長，長爲守視。頃之客還，取得之。又有暮遺物市中者，旦往取，故在其所。先是，西路久旱，麥不登，鄆州尤多蝗蝨。公入境而雨至州，數日蝗自出境亡去，歲以有年。居鄆五月，召還朝，糾察在京刑獄，充宗正司修玉牒官。

四年正月，同權知貢舉。是歲始更貢士令，奏名者纔二百人。其罷黜者雖多，莫有不服者，至有爲賦以頌得人。上例賜近臣墨字，公得『稽古』二字，時論榮之。

楊佐判都水監，請鑿京北孟陽河。盛冬興役，死者數百人。又壞民廬舍，發掘丘墓百五十餘所，而河訖不成。百姓遮宰相自訴，執政乃收檢計工役官匠屬吏，因呼冤不承，獄久不決。公奏理之曰：『佐始相度此河，使生者勞敝，死者暴露，百姓怨痛，謗議沸騰，皆佐爲之。今置佐不問，而專罪餘人，不合人情。』求以佐爲首。會有詔疏獄，一槩解縱不問。

是時，士大夫稍矜虛名，每得官輒讓，衆亦予其恬退之稱。讓不失始利，而得名益高，讓端無窮，或四五讓，至七八讓，天子嘗優容之。下至布衣福州陳烈等，初除吏亦讓，賜之粟帛亦讓。公以爲此皆挾僞求名，要上迷衆，其漸不可長。乃建言，諸讓官或一讓，或再讓，或不得讓，宜一以故事舊典爲準，以防未亂。是歲，天子將親大祫于太廟，丞相欲加上尊號。公以禮部兼領名表，丞相請譔表辭。公止之曰：『陛下自寶元以來不受徽號，至今且二十年，天下之人咸〔十四〕知天子持盈好謙〔十五〕。今復加數字，既不足盡聖德，而前美並棄，誠亦可惜，願加深思。』富丞相不怡，曰：『適已奏聞，乃是上意欲爾，不可止也。』公曰諾，退謂子弟曰：『吾備位近臣，當獻可替否，寧得罪權門，豈可使主上受虚名而棄實美耶？』遂上疏曰：『陛下尊號，既已云「體天法道欽文聰武聖神孝德」，盡善極美矣，復加「大仁」，不足增光，而曰「至治」，有若自矜。今百姓多困，倉廩不實，風俗未清，賢不肖混淆，獄訟繁多，盗賊羣輩，水旱繼有，四夷雖粗定，然本以重賂厚利羈縻之，非畏威慕義也，未可謂「至治」。然則讓而不居，于聖德彌高矣。臣謂陛下永執至道，以當天心，必有一謙四益之報。增加數字，未必〔十六〕發揚光輝，而反累二十年昭升之美。又入今歲以來，頗有災異，日食地震，雨雷大雪，飛蝗涌水，傷害廣遠。以理〔十七〕論之，陛下寅畏天命，正當深自抑〔十八〕損，豈可于此時加上尊號？昔伊尹戒商王曰：「有言逆于汝心，必求諸道；有言遜于汝志，必求諸非道。」誠望陛下求諸道而已。』章凡四上。天子得公奏，顧侍臣曰：『我意本謂當如此。』遂斷章表不受。于是忤時相。

初，郭后既以廢薨，天子加恩，追復其號，而不許謚與祔廟，且二十餘年。至是禮官乃倡議，請依禮祔郭后于廟，朝議將許之。公疏争曰：『昔《春秋》之義，夫人不薨于寢，不赴于同盟，不反哭于廟，不言夫人，不稱小君。徒以禮不足，故名號闕然。郭后之廢，雖云無大罪，然亦既廢矣。及其追復也，許其號而不許其禮，且二十餘年。今一旦欲治以嫡后之儀，致之丁廟，恐其未安于《春秋》也。《春秋》之夫人，于彼三者一不備，則不正其稱。而郭后于三者無一焉，而欲正其禮，恐其未安于義也。且《傳》曰：「不有廢也，君何以興？」廢興之間，固必有正不正之禮存焉。今欲扶所廢以爲正，必將抑所興以爲不正。古者不二嫡，萬世之後，宗廟之禮，豈臣子所當擅輕重哉？謹案景祐詔書，本不許郭氏祔廟，議已決矣，無爲復紛紛以亂大禮，宜令諸儒極其論難。』有詔並張洞奏狀重議。洞論景祐詔書，以謂追復郭后，是人主意，停止廟謚，則執政所爲。公以議不同，不連章。已而丞相召太常趣定議，將以祫前升祔。公聞之，又上奏曰：『臣觀洞之言，乃是曼辭飾説，苟蔽前失。以追復郭后則出于天子，以停止廟謚則出于大臣。共一詔書也，而論之異同。若不幸而此言傳于後，且歸過君父，虧損聖德，此其一也。且臣前奏最要切者，以爲廢興不兩立，而人君無二嫡，備萬世之後，禮分不明也。洞既不以此爲辭，若不幸朝廷過聽之，是雖自以能訐上起廢爲功，而猶且陰逼母后，妄瀆正禮，此其二也。願并下臣章，令兩制詳議。』有詔是公，議者乃止。

于是祫祭有日，禮官建白，請以孝章皇后以下四主享于别廟，不升合食。上重其事，有詔兩制集議。公與胡宿等共上議曰：『案《春秋傳》曰：「大祫，未毁廟之主皆升，合食于太祖。」國朝事宗廟，且百有餘年，至祫之日，别廟后主，皆升合食，遵用以爲典制。此皆祖宗制節，垂法以貽子孫者也，未易輕改。且行之已久，祝嘏宗史既守以爲常，一旦輕議損益，恐神靈不安，亦未必當先帝意也。《傳》曰：「祭從先祖」，如其故便。』公以論列未盡，又特上奏曰：『九經所載祫祭制度，最明備者莫如《春秋公羊傳》。自漢以下，皆引爲証。所謂未毁廟者，豈有帝后之限哉？此乃國朝所以依緣循守，行之且百年者也。今羣臣不務推原《春秋》之法，而獨引後儒疑近之説；不務講求本朝之故，而專倡異代難通之制；不務將順主上廣孝之心，而輕議宗廟久行之儀。欲擯隔四后，使億萬斯年，永不得合食于先帝，臣竊恨之。昔貢禹議罷園廟，匡衡議遷郊兆，羣臣和之者非一，自以爲周公、孔子復生，不可得變。元帝、成帝信之，然而通人未以爲當。既而皆悔之，則無及矣。夫宗廟之禮，神靈〔十九〕之位，豈可使舉措數有後悔哉？此自陛下所當留聖思也。』

初，上春秋高，朝議或有恐上勞拜起者，而禮官承旨，遂造此議。上微聞之，又得公章，謂近臣曰：『朕初謂禮當然，苟以拜起爲煩，吾猶能之，何憚也？』遂手詔罷議。

蜀人龍昌期者，著書傳經，以詭僻炫衆，至詆毀周公，雜用佛説。擁弟子十數人至都，文丞相薦諸朝，以所著書示兩制。公與同列並奏昌期非聖不經，請下益州毀棄板本。事未行而昌期用薦賜五品服，帛百疋，中外疑駭。公拜疏曰：『臣按昌期之書，違古畔道，所謂言僞而辯，學非而博，是王制之不聽而誅者也。陛下哀其衰老，未使服少正卯之刑則幸矣，又何賞焉？昔孔子作《孝經》，曰〔二十〕『非聖人者無法』，而朝廷顧多昌期之毀周公，臣所不曉也。且陛下使臣等議之，臣等不敢不盡忠。今置臣等之言而不用，縱昌期之妄而不誅，乃反褒以命服，厚以重幣，是非貿亂，沮勸顛倒，使迷國之計行于側，而非聖人之俗倡于下，臣竊爲陛下不取也。伏乞追還詔書，毋使有識之士窺朝廷淺深。』詞極切直，昌期亦惶懼不敢受賜。

裝卸營卒桑達等數十人酗酒鬬呼，指斥乘輿，有司不之覺，皇城使以旨捕送開封府推鞫。案成，棄達市。公移府問所以不經審訊之由，府報曰：『近例，凡聖旨、中書門下、樞密院所鞫獄，皆不慮問。』公曰：『此豈可行耶！』遂奏請自今一准定格。樞密使以開封府有例，不復論可否進呈，報公不行。公争之曰：『先帝仁聖欽恤，以京師刑獄最煩，故建糾察一司，證審真僞。自邇以來，每有大辟，倍加精慎。此則先帝不敢兼于庶獄庶慎，惟有司之任。今乃曲忤聖旨，中書門下、樞密院所鞫公事，不復審察，未見所以尊朝廷、慎刑罰，而適足啟府縣弛慢獄卒、侵侮罪人、銜冤不得告訴之弊。又朝廷舊法，不許用例破條。今顧于刑獄極慎，人命至重之際，而廢條用例，此臣所不喻也。』天子乃以公章下開封府，著爲令。

翰林學士韓絳上言：『國朝官制未立，如中書門下爲宰相職號令，乃以近臣兼判兩省，例已重。諸如此類，宜加裁定，正其名體，他官典領，一用舊例。百司常務，多關二府，請擇重輕，移付于下。走吏章服與公卿不殊，宜著爲等級。臺閣省寺無所傳録，可依倣《周禮》《唐六典》，著爲一書。』天子以爲可行，召公與翰林胡宿受詔同詳定。公以謂：『此帝王能事，朝廷大務，必將損益沿革，成一朝之制，不獨空言而已。當得其人，乃能成事。前日朝廷欲正大樂，先定律吕，自景祐至今近三十年，而功不就。今之所爲，又重于樂，自非周召管蕭之才，恐雖三十年亦未可望也。』凡再辭，不許。既受命，公乃奏請，未置局，先條可改正裁損，申明數事，送中書門下參詳可否，然後删定。詔許焉。未及上，明年三月，韓再奏趣行之。公乃與胡公詣政事堂，略條一二事，諮丞相曰：『國家必欲興修官制，勒成一經，爲後世法，則宜先簡别條貫，澄清流品，使事事有法。不然者，虚列官府，徒作空文，無用也。今且以數事言之。如樞密院，五代以來，始與中書對掌機務。名體不正，無甚于此。尚書二十四司，今爲虚名，官冗員衆，蠹財害政。即欲改正官制，則當罷樞密院，廢三司省郎官不治事者，以前資散官處之，可乎？審刑院、審官院、羣牧司、提舉司、糾察司，駢衍于官，皆當省，還屬尚書九卿，此裁損者也，可乎？唐制：諫官、史官隨宰相入立仗下。唐制：中書出制勅，門下審之，而後尚書出告身。唐制：學士下領外職，舍人分判六曹，皆美政也。必欲申明官制，無先于此者，可乎？當開元時，官有定員，職有常守，故李林甫之爲《六典》也易，然猶僅成一書耳，卒之不能行也。本朝隨事建官，取便事而已，有司奉法守職可矣。苟不能爾，恐雖成書，猶且復廢。宇文之《周官》，唐之《六典》是也。』丞相久之度不能行，曰：『然。此誠難事，業已行，姑徐徐爲之。』

居月餘，韓以中丞言事，出知蔡州。又數月，公帥長安，然胡公猶在朝，而朝廷亦不復問官制云。十月，上親祫祭太廟，禮畢，公以加恩上騎都尉，進封開國子。

初，翰林侍讀學士吕溱自真定府召還，監司積與溱不平，捕溱親吏，按驗窮治，得溱嘗借官麴作酒，及以私貨往河東交易二罪。溱先謫知舒州，而後獄具。大理寺約法，溱乃未嘗受推，法不當蔽罪。自溱事起，外議紛紛，言溱有死罪十。獨天子素知溱薄過，不致于理，奪溱侍讀，分司南京而已。公行制書，具道上所以待溱意，許溱自新。上恩如此，詔詞理當爾，非有所左右也。而自中丞、知雜、諫官、御史，争上言溱罪大責輕，公制詞不直。天子察公無過，以其章示公。既而言溱者終不息，上厭甚，不得已爲不用赦，再削一官。他舍人命詞，與公無異，言者乃止。

御史吴中復嘗薦文學鄭叔熊于朝。故事，御史薦士，無特授官者。前數年，觀文殿學士王公舉正嘗薦叔熊，既不行矣。已而執政以中復故，乃更追用舉正前章，除叔熊以官。叔熊實以醫自名，爲中復治嬖妾有功，中復故稱之。公刺譏中復，中復聞之，恨甚，又憾前詆欺不遂。而公潔廉無私，無可加誣者。公前議郭后廟，有語云：『上之廢郭后，慮在宗廟社稷之際，不得不然耳。』中復即深文排詆，析言搆語，云此欲開導人主廢后，是許敬宗之倫。中復既唱其端，隨者翕然。執政諸公雖知其不直，然亦惡公數正言異己，欲因事擠之。以御史章上，將開陳其端緒，冀人主意動，則挺之矣。而上輒曰：『此豈可行？』勅封去之。每上輒然，至十餘章。後日有御史復上殿，上逆謂之曰：『是又將言劉某耶？』此御史實自欲言他事，皇懼甚，退更相告言。諫官、御史本亦承望上旨，雖數妄作，不能不反顧己患，既揣知上意，即噤齘不復言。當是時，非人主素知公，公幾不免。

公爲人亮直正固，其處己明甚，循理蹈義，志之所充，乃形于言，不以纖毫異内外也。又以爲德性苟充，則功名可遺；學問苟明，則文章不足事也。其以待人，亦推己意而同之。然世俗方以夸嚴無實爲成名，虛譽崇飾爲尚賢，内不能自知則高自期待，外以悦人則復以才能許人。士之浮薄慕名者喜樂之，與公異操，故與世多不合。其夫人嘗謂公曰：『人以君爲傲，宜有以接俗弭謗。』公曰：『吾何傲也哉？老者吾尊之，少者吾賓之，貴者吾嚴之，賤者吾安之，自謂宜矣。世俗之人，又欲其足之隨之，諂之狎之，然則是鄉原已，吾不爲也。』

是時，執政爲上興太平，復行王化，取其文致與周漢等隆而已。士大夫知旨者，趨讙附和，咸得顯仕。公乃介然獨立，上下交忤，謗言益多，執政滋不悦。公在西垣七年，詔誥典重，褒貶有體，不可增損一字。爲上尊號表，時凡五請一謝，不移時即具。又嘗一日有詔，追封皇子公主九人。宰相得旨，即日待進。公將上馬，遂不解帶，援筆書之，凡數千言，詞意皆不同，吏謄白不暇，往反才食頃。執政皆驚視，以爲所未嘗見。吏有竊言曰：『公乃以此見忌耳。』

故事，舍人遷翰林者，皆以久次。執政不欲公在内，每有闕，輒置不用。會永興軍闕守，公自請治之。執政喜公之去，疏奏，即除翰林侍讀學士、知永興軍府事。公謝曰：『臣本求永興，不望侍讀，不敢受。』詔不許。既行六日，學士闕，遂越用范鎮，衆人爲公惘然。公之辭行，面陳用將之術，且言：『頃來邊吏頗以飲食傭役得罪，即今武吏，多不願臨邊。如孫沔、吕溱，貴重有功名，猶以此見廢，設復有孟舒、魏尚之徒，臣固知議者之不能容。此乃馮唐所以疑漢文帝不能用頗、牧也。臣願陛下容邊臣，澗畧細過，無督以微法。』又言：『馬軍都指揮使張茂實本周王乳母子，嘗養宫中。往年市人以狂言動茂實，近者御史中丞韓絳又以傾宰相，重摇人心。臣謂要令兩善，莫若解茂實兵權，處以外郡，于茂實不失富貴，而朝廷得遠嫌疑。』上皆然之，是後邊將遂無以酒食坐者，茂實頃之亦出知曹州。

公以十二月至雍部。先是，關中比歲不登，百姓流移，長安尤甚。公開倉廩，賑乏絶，寬賦歛，止逋責，省徭役，緩期會，約束豪右，毋敢固糴。民苦大錢數變法疑惑，公使官吏俸錢，一皆中給，民因知官不復變法矣。事必當請者，請而行之，其餘則皆以便宜厝置。視事三日，大雪盈尺。雍人喜曰：『此公賜我。』數月，流民稍自歸。明年大豐熟。

是時，朝廷遣使均田，欲以等貧富，以致頌聲。上因公之西，勑至部徐訪利害以聞。于是孫琳主均河中府及耀州，召聚吏民，暴露田間。百姓相傳縣官且增賦稅，所在斫伐桑柘，關中嚣然。公遽上言：『方今災傷流移，恐未可以均田。願且召還孫琳，別俟豐歲，以安民心。』初，琳以方田法步地，千步爲方。以方度之，誠使其覈實無頗，然但爲能知田畝高下耳。至于均稅之法，以地肥瘠爲差。其勤力從事，田畝修治者，則賦重自若；其惰窳不事事，而田畝荒瘠者，因獲減賦。然此當以肥瘠言也。吏非廉明，用心不一，或不能盡知田事，或挾私與奪，上無由察也。故均田之害，人皆知之，獨言事者樂其名。公所以求待豐歲者，惡斥言之耳。琳之度田，起自萬泉、龍門，此兩邑皆山田，崎嶇二三百里間。人以謂審如琳法，非旬歲不可周徧也。琳皆不出一月而奏畢功，論者驚笑其謾。會公奏至，中書猶信琳言，以公爲不曉，用琳章報公，勑牓告民，毋得殘桑柘而已。頃之，河中民果訴增減田稅不平，凡數百户。

七年四月，遷禮部郎中。九月，大饗明堂，進封彭城郡開國侯。公與歐陽公永叔相厚，及歐陽參知政事，嘗爲丞相韓公言，公所爲不如謗者之言也。久之，韓公謝曰：『雖失之東隅，可以收之桑榆乎？』歐陽曰：『公能如是，大善。』將還公爲翰林學士，會上不豫，事且寢。

八年四月，英宗皇帝即位，進吏部郎中。公治長安，豪猾斂手，良民得職。大姓范偉積産數巨萬，冒武功縣令范祚爲其祖。偉所取信者，持祚爲令時黄勅耳。偉家不徭役者五十年，更西事調發，下户困敝，而偉自若。盜相祚墓，以己祖母合葬之，謾云祚繼室也。雷簡夫以處士登用，能爲文辭〔二二〕，偉賂簡夫，使爲墓碑，以信其僞。偉因此出入公卿間，持府縣短長。數犯法，至徒流，輒以贖去。長安人皆知偉罔冒，畏偉不敢言。吏受賕者，輒爲偉蔽匿。公因事發之，窮治，偉伏罪，長安中讙呼稱神明。會大赦，未斷而公去雍，偉因謀反變前狀，自〔二三〕後連五獄，證逮四五百人，展轉二年，朝廷以委御史，乃不得變，而偉亦以更大赦，杖之而已，長安人恨之。公在雍三年，治聲四出，巴蜀人皆願得公爲守，引領冀望，或相與至界上，問使客劉公何時來。

是年，公以疾自請。八月，召赴闕，勾當三班院，徙判太常寺、兼禮儀事。上初即位，有疾，皇太后嘗臨朝。上疾愈，乃歸政。適有小人言二宫不歡，諫者或訐而過直。

公以謂當以義理從容感諷，不可以口舌争也。是時方進讀《史記》，至堯授舜以天下，公因陳前説，曰：『舜至側微也，堯越四岳，禪之以位，天地享之，百姓戴之，非有他〔一三〕道，惟其孝友之德，光于上下。何謂孝友？善父母爲孝，善兄弟爲友。』辭氣明暢，上竦體改容，知其以諷諫也。左右屬聽者，無不嗟喜動色，即日傳其語于外。既退，王翰林謂公曰：『公直言至此乎？』慈壽聞之，亦大喜。

治平元年四月，公得驚眩疾，數月不朝告，且滿百日，公求便郡養疾。上謂執政曰：『劉某器識才學，朝廷未見其比者，雖病，固當留。』乃復賜告。嘗一日講畢，上謂學士諸公曰：『曾見劉某否，病今何如？可往省之。』于是王、范兩學士來見公，道上語。會内苑橙實初熟，上使中貴人以五十枚賜公，面問公起居，所以慰撫甚厚。公拜表謝，而病亦少間，因自陳家貧，復求補外，上愴然許之。

九月，除知衛州，换汝州。郡久廢不治，公召曹吏謂曰：『吾以病來此，汝無以吾病故，習前態。謾欺分毫，黥罰汝。』吏人素聞威名，戰栗不敢犯。已而更以吏事委僚屬，時時更改判畫，舉大綱而已。其所以賑饑窮，省徭役，誅鋤黠惡，方略如舊。吏皆竊言：『公病猶爾，況不病耶！』

二年十一月上郊，進封開國公。三年四月，遷右諫議大夫。公謝曰：『臣久病苟禄，已無愧恥，誠不敢復望遷秩，重招譏議。』詔不許。公前後拜官，未嘗輒讓，唯初拜侍讀及除諫議辭之。其誠心以謂所不宜處，則不欲苟受之，非以邀名也。居無何，召還闕。公自陳病篤不能朝，願罷學士，治南臺。許焉。十一月，改集賢院學士、權判南京留司御史臺。四年正月，今上嗣位，改給事中。明年四月八日，薨于位，享年五十。

所著《春秋傳》十五卷、《春秋權衡》十七卷、《春秋説例》二卷、《春秋文權》二卷、《春秋意林》五卷、《弟子記》五卷、《七經小傳》五卷，皆成書〔一二四〕。《易外傳》二十卷、《元滋》九篇、《通古》五卷、《古風》五卷，皆未就。文集若干卷。

公學問廣博，無書不通，自浮屠、老子，以及山經、地志、陰陽、卜筮、醫藥、天文，略皆究知大略，求其意義合于聖人者。而世人所謂善者，亦不廢也。嘗與吕溱濟叔同在禮部，夜視填星，指曰：『此于法當得土，不然乃得女。』居數日，使者來，因言宫中兩夫人皆當就館，吕相視笑。數月，果生兩公主。又嘗齋太乙〔一二五〕宫，與内弟王欽臣夜語曰：『歲星往來虚危間，色甚明盛，以吾觀之，當有興于齊者。』歲餘，英宗以齊州防禦使入繼大統，遂登大位云。在長安時，得三代時鍾鼎器皿數十，皆有篆刻銘識，文字奇古。公按〔二六〕讀之，因以考知前代制度，用匜敦簠簋，與前世學者所說不同。其所言齊黃同冕，亦書傳所不載也。公珍惜之，嘗曰：『我死，子孫以此烝嘗我。』及病累年，嘗使子弟誦書其側，時閱古器以自適。嘗歎曰：『我所著書，皆聖人微旨，而不及盡有成，豈非天哉！』

公與人交，不求其備，得一善則稱道之。其推進者甚衆，而與江休復鄰幾最善。嘗曰：『鄰幾和而不流，柔而不犯，當求之古人，阮籍、陶潛之倫也。』薦之于朝。鄰幾所以驟用修起居注，公有力焉。又嘗稱賈直孺，人或譏賈者，公曰：『賈何必全美，居今之世，而勁直有守，不阿貴位，此其足以過人遠矣。』凡公論交如此。及鄰幾死，哭之慟曰：『唯君知我。』時歐陽永叔爲誌墓石，公爲書之，以致意焉。梅堯臣聖俞與公親且舊，既卒，其家不能自存。公哀之，未有以助也。聖俞嘗欲書程丞相神道碑，病不果，公爲成之。程氏喜，餉白金五百兩，公不發封，盡以賻梅氏。公平生未嘗輕爲人書銘，特此二事，以經營二友云。

公兩娶武威倫氏，皆侍御史贈某官程之女。前夫人先公十七年卒。繼以女妹累封河南郡君。子男四人。長定國，郊社掌座，早死。次奉世，進士及第，大理寺丞。次當時，大理評事。少子安上，太常寺太祝。女子三人，長嫁大理評事韓宗直，二尚幼。公于宗族，賙給甚厚，家事未嘗問有無。歲時朝廷行禮，得以推恩，輒以旁逮疎族。先人有田在蘇州，公未嘗取一粒，皆以畀内外親屬。及其終，家無餘財。公既殁，朝廷推恩，以兩子孫望、旦皆爲將作監主簿，又除族子安世試將作監主簿。安世父敦，坐法墮官，公常憐之，雅意欲官其子。故諸孤以安世名聞，所以成公意也。

某年少公四歲，及某能讀書，則公學問成立矣。故某所學所聞，資取于公，而公志之所存，某竊預焉。公于某友愛天至，嘗曰：『唯得兄弟，可以忘我病。』公不幸至于大故，哀痛感慕，無心以處，豈復能詳記其徽美耶！日月有期，將以來歲某月，從祔于先公。誠冀自託于大賢君子，垂名無疆，而懼他人聞見之不詳，且世俗之多諱惡，不敢盡也。故自抑推〔二七〕割，而纂述其大槩，唯執事憫憐而賜纂述焉。謹狀。（又見《三朝名臣言行録》卷四）

【校】

〔一〕行狀，周校本、沈校本作『行狀二』。

〔二〕沈校本眉批：『埏案：此篇應與前卷中《賈公行狀》并編，先《賈》後《劉》。』

〔三〕某，沈校本改作『原甫』。

〔四〕河江，沈校本改作『江河』。

〔五〕理遂，沈校本眉批：『埏案：「理遂」恐是「理邃」之譌。』

〔六〕謂，文淵閣本作『稱』。

〔七〕人，《名臣言行録》、周校本、沈校本作『胡』。

〔八〕於夷狄，據《名臣言行録》補。

〔九〕右，《名臣言行録》、周校本、沈校本作『佑』。

〔十〕爲，《名臣言行録》、周校本、沈校本作『謂』。

〔十一〕沈校本眉批：『埏案：洀同盤，「洀桓迎日而馳」出《管子》。』

〔十二〕復平，沈校本校改作『平復』。

〔十三〕二，《名臣言行録》作『三』。

〔十四〕咸，《名臣言行録》、文津閣本、周校本、沈校本作『莫不』。

〔十五〕持盈好謙，原作『特盈好謙』，據周校本、沈校本、文津閣本改。文淵閣本作『持盈好讓』。

〔十六〕必，《名臣言行録》、周校本、沈校本作『足』。

〔十七〕理，《名臣言行録》、周校本、沈校本作『禮』。

〔十八〕抑，《名臣言行録》、文津閣本、周校本、沈校本作『挹』。

〔十九〕靈，文淵閣本作『明』。

〔二十〕曰，據《名臣言行録》補。

〔二一〕辭，《名臣言行録》作『詞』。

〔二二〕自，《名臣言行録》、周校本、沈校本作『是』。

〔二三〕他，《名臣言行録》作『它』。

〔二四〕沈校本眉批：『埏案：《通志堂經解》内有敞《春秋傳》十五卷、《權衡》十七卷、《意林》二卷，而《狀》作五卷。』

〔二五〕乙，《名臣言行録》、文津閣本、周校本、沈校本作『一』。

〔二六〕按，《名臣言行録》、周校本、沈校本作『案』。

〔二七〕推，沈校本作『摧』。

彭城集卷三十六

神道碑

宋故中大夫守光禄卿分司西京上柱國河東郡開國侯食邑一千三百户賜紫金魚袋薛公神道碑

公諱顔，字彦回，姓薛氏，河東萬泉人。曾祖憲，唐昭應縣令。祖筠，裕州别駕。别駕初以明經舉，于時劉繼元盜有河東，太宗親征，圍太原，别駕君踰城歸國，天子嘉之，置之丹州。後以公貴，贈吏部侍郎。案：文詮次不及其父，疑有闕。公初學《禮》，以明三〔一〕《禮》，從鄉貢一舉中第，爲試祕書省校書郎、嘉州司户參軍。官滿入見，太宗有所詔問，應對稱旨，擢拜將作監丞、監華州酒税。籍田覃恩，遷著作佐郎、知河南府伊闕縣。府薦，以爲知録參軍事。受詔案視夔峽二十五州刑獄，疏滌沈繫，讞理撓屈，遠人悦之。還朝，遷太子左贊善大夫，出知雲安軍。

章聖皇帝即位，遷殿中丞，徙渝州、閬州，轉國子博士。政事寬簡，吏民便安，詔書褒美之。王均盜亂益州，其黨奄至閬中，州久不爲攻戰備，士卒皆不知兵。公乃遣吏，以禍福諭賊，賊爲引去，天子以璽書獎勞。

會丁内憂，既除服，授三司鹽鐵判官。河北屯軍日久，軍食馬芻，費用益廣，三司求自用所知材幹人經畫督趣，有詔許之。公行，頃之，邊備贍足。

遷爲尚書虞部員外郎、夔峽路轉運使。開倉賑廪饑人，間出己錢爲粥飯以繼之。人得以接新，無餓者。復夔州于舊城，民皆去險阨，就平地居，連受詔書嘉獎。陳進寇暴廣南，命公同勾當東西兩路轉運司事。賊平，遷金部員外郎、充河東路轉運使，賜紫衣金魚。官市糴糧草，取鹽礬，高其估以强民，民益厭苦之。公始奏平其直，人至于今賴焉。

天子祀后土汾陰，徙公爲陝西轉運使，遷司封員外郎。大駕所次，六師百官浩穰成都，公供給如法而辦。祀事畢，超遷度支郎中。河中府駕河爲浮橋，每歲大水，輒爲橋患，没中潬，則連舟爲絶。公受詔計議，缺西北岸爲支渠，以泄怒水，因以溉旁舃鹵地，皆爲良田，橋用無患者久之。其後議者謂河决溢，自此渠始，遂窒塞渠。前此二年，水盛至中潬，橋無遺餘，人皆思公不已。公興利除害，所以施當時而濟後世。平居或莫見其迹，及有所改移，隳廢失舊，然後知公初議爲是，類如此橋云。

公自陝西徙河北，遷司封郎中，徙知河陽，更揚州。杭州將築捍江堤，以禦濤水，遷公太僕少卿、知杭州。商工屬役，詔與轉運副使王贄同之。堤既完立，而州治亦無事，民訟益稀少，數以獄空聞上。

遷光禄少卿、知徐州，改少府監、知江寧府，拜右諫議大夫、知河南府、兼西京留守司事。仁宗即位，遷給事中，徙南京。未幾，自請治偏郡，遂徙耀州。縣人李氏豪富無賴，爲盜賊囊橐。聚集惡少年數十百人，相與爲社，號曰没命。民有吉凶聚會，即羣往責其飲食。倨坐席端，意氣自若，醉飽乃去。得會人語言與己忤，則乘氣呼讙忿争，推次一人，裝如死囚就刑狀，極力死鬬，殺傷人。捕得，獨以一身兼軔衆人罪。邑里患而畏之，無如之何，則相與迎客善視之，前後且十年，人無敢言者。公知之，遣吏捕李氏窮治。會大赦，公不肯釋，以事上聞。詔減死一等，流海島。其支黨皆黥爲兵，郡人以寧。

二年，公以老自請，授光祿卿，分司西京。天聖三年七月十五日終于家，年七十三。夫人張氏、安氏皆早死。再娶安氏封武威郡君。生男一人曰寅，終衛尉寺丞。女子四人，長嫁殿中丞許怡，次嫁大理寺丞陳藴古，最幼嫁司勳郎中陳棨古，其一早死。孫三人，同爲華州渭南縣主簿，其次曰周、曰向。

公以天聖七年十月二十四日，葬京兆府萬年縣龍首鄉靖恭里，子孫因家于京兆。後三十七歲，周爲駕部員外郎致仕，向爲主客郎中、陝西轉運副使。兄弟皆材敏，有聲當世。駕部君夷曠恬謐，遂以中歲謝事不仕。而主客君尤達于吏道，精心慎事，繼以不懈。其在陝西，創法興利，通鹽之饒，益市蕃馬。馬之來者，充足國用，皆予善價，而省費以千萬數，朝廷倚用。士大夫皆稱之曰：『光禄卿之風節，信可謂有後矣。』他日，兩君以書告曰：『王父事迹，著于三朝，天子未嘗不褒顯而稱道之。歲久，墓碑不立，惟不肖不能明白，有善而不知，懼爲祖考羞。謹使郡人河東路提點刑獄、都官郎中母沆，狀其官閥事業，願有録也，以期不朽。』予既次叙其語，乃爲銘曰：

薛受始封，奚仲車正。湯歸大坰，左相作命。歷夏逮商，爰洎有周。長滕齒任，見於《春秋》。我稱其人，亦口有以。惟世有賢，樂道其始。光禄之初，禮樂實明。資以爲政，赫其有聲。天子汝嘉，賜之璽書。匪徒有言，亟拜亟除。其進靡退，其施靡悔。惟其全能，適與世會。乃躋諫臣，遂給事中。歸老以卿，分司洛宫。公子不遂，其久而振。慶善攸鍾，乃付厥孫。公葬萬年，三十七歲。宰木森然，肇新隆碣。祖善弗忘，惟孫子賢。作銘維何，以著紹先。

【校】

〔一〕三，文淵閣本、文津閣本、周校本、沈校本作『二』。

墓表

尚書駕部員外郎曹君墓表

君姓曹氏，名憲，字正叔，其先趙人。君少通三《禮》，未冠，學者從之常數十。性温厚，疎財尚氣節。材武善射，嘗行道遇盜，却，張弓誓之，植梃路旁，叱盜視我，一發仆梃，羣盜驚走。

契丹犯邊，至趙郡。君自田間載穀粟，入保郡城。虜衆攻之，君轉戰行間〔一〕，丁壯多傷。君棄穀粟，載傷者，遂皆免。

咸平三年，以三《禮》舉中第，調大名府宗安縣主簿。父憂，去。終喪，調正定府司法，更德州安德主簿，開州開江令。蜀人疾病，不知醫藥療治，祠鬼神求佑助而已。君爲出私錢市藥劑，有病者輒遣吏烹煎，臨飲之。民初强從，既稍有瘳，全活者十七八，于是開人始知信醫藥云。

真宗皇帝擇選人可爲職事官者，君應選，擇爲澶州觀察推官。其治以廉幹聞，監司交薦之。拜大理寺丞、監冀州清酒。課最，遷太子中舍、知祁州鼓城縣事、改殿中丞。母憂，去，廬于墓側，負土爲墳，手植松梓。服闋，知正定府真定縣事。君從弟利用，爲樞密使、兼侍中，持權當朝。將行，君爲侍中言思止足，計不能用君。至真定二年，侍中竟以罪貶，君亦坐左遷，監黄州團風鎮税。侍中思君言，未嘗不泣下。先侍中貴盛時，親故多藉其勢以得寵榮，及其竄逐，衆知其冤，莫有言者。君獨數上書爲之辨雪，人以是稱之。

明道初，君復官知筠州新昌縣事，遷國子博士。汎恩，改尚書虞部員外郎、通判陳州事，轉比部、徙鄂州。遂以駕部員外郎致仕，居于宛丘。凡九年，以壽終，享年八十六。先一歲，自卜墓地于宛丘縣友于鄉潘仁里葬焉。君兩娶，皆孫氏。後夫人封壽光縣君，進封樂安。四男子。長曰沖，舉進士，早卒。次曰振，今爲比部員外郎、通判亳州。次曰抗，亦舉進士。次曰擢。以子貴，累贈刑部侍郎，夫人封萬年縣太君。祖諱貴，左侍禁。父諱珣，太子中允，贈職方郎中。始君之貳陳州，政事見紀于民，至今稱之。而子孫遂爲陳人。比部君欲振揭遺美，表而銘之，使鄉人過而知加禮，至于後世不忘也。亟使來請，乃爲詩[二]曰：

曹君官陳，民頌其美。君亦愛之，去其鄉里。告老來歸，遂爲陳人。實有田廬，處其子孫。眉壽永年，致政逮久。爰歸其藏，曰君所有。惟君可紀，民所能識。勒銘表功，載之來裔。

【校】

〔一〕間，周校本、沈校本作『前』。

〔二〕詩，文淵閣本作『銘』。

林氏母黄氏夫人墓表

林氏有賢母曰黄夫人，涇縣主簿、編校集賢院書籍希之祖母也，太常博士、集賢校理槩之母也，屯田郎諱某之妻也。夫人家世福清人，與林氏同縣。夫人之歸，舅姑皆亡恙。又逮事祖姑夫人，致養三人者。勤身從事，柔順聽服，生竭其力，没盡其哀。訓諸娣，朝夕無怠，宗族稱之曰孝婦。夫人從夫仕宦登朝，累封嘉興、天長二縣君。其子以文學成名，復顯于朝。既子夭死，夫人無他男。未幾，夫復病終。諸孫藐然，林氏殆將絶。夫人悲哀戚憂，以禮自衛，綱紀其門户，屹然不替，州閭號之曰烈妻。夫人葬兩世于吴郡，携諸孫客居于吴，旁無支親援助。粗衣惡食，豪捃毫蓄，以至于有田畝屋廬。耕穫休息，以供祭祀，而待寒暑備飢乏者，胥如志也。訓誨諸孫，以嚴濟慈，不十年間，爲進士而成名，以禄爲養者四人。士大夫于是傳爲賢母云。自夫人以十八嫁，歸若干年，林氏盛衰三變，緊夫人是賴。其所成就，詩史所稱，不能過也。治平四年，夫人年七十七，正月癸丑，没于京師。涇縣持其喪還吴，祔葬祖墓，立石以爲表，請銘于彭城劉某。

于是叙所聞而記之。

涇縣執書泣曰：『昔希高祖妣〔二〕夫人所逮事祖姑也，年九十三。將終，以鬄與夫人曰：「此吾髮所爲也，憐爾勤孝，以是畀汝，且無忘我。」夫人服之五十餘年。及曾祖、祖妣年皆八十餘，樂其鄉里，不願離也。故祖父三爲南州從事，且二十年。夫人助其孝養，一飧未嘗不躬饎爨。先人始能學，夜誦書不休，夫人自起滅燈。既而曰：「吾憐之，乃當成其志。」自是夜輒治絲枲其旁。其始居吴，門庭謹甚，里巷外事，邈然若無聞。歲久，吴人服而化之。希始爲福州懷安縣主簿，迎太夫人南歸。夫人召内外宗族，盡散其裝齎，周賜予之，曰：「吾老矣，以是爲決。」爲衣兩襲，曰：「吾死以是殮，過是不復侈長一物。」夫人始終林氏，上下六世，見曾孫焉。其所以維持左右，莫不有常法度。夫子之言之也，希心戚戚焉，意之至者，語必重複，故希願有所益也。』予曰諾。著以爲後説，則前語因明白矣。

夫人考諱某，王氏據閩時，以爲著作佐郎，不從。及吴越以福州歸，天子詔遣使者，發閩士人歸京。緬皇考與林氏曾祖，俱逃山谷間。天下既平，兩家始還歸而通婚姻。夫人之孫，某爲某官，某爲某官，某爲某官，某舉進士，并涇縣爲六人。某曾孫若干人。

其葬實某月日甲子。銘曰：

夫人稱孝，子于姑氏。後其所慈，維曾孫子。有棘有否，復振復起。六世一身，身終有喜。喜也無憾，黄髮兒〔二〕齒。孝孫孔多，宜爾世祀。林氏葬吴，從黿從筮。夫人命之，合祔于此。

【校】

〔一〕妣，周校本、沈校本作『姚』。

〔二〕兒，周校本、沈校本作『鯢』。

彭城集卷三十七

墓誌銘[一]

吴公墓誌銘

公諱奎，字長文，姓吴氏，居齊州之禹城。五代之亂，徙濰州北海。自徙至公，不知其幾世，而公曾祖考皆未嘗仕。至公生而聰敏好學，始授經藝，祖母李氏因其篤志而强教之。年十六，業成，州郡舉以充貢，明年遂中第，與傅卞、于大問同時。三人者皆以年少，既命以官，而許其歸養親。公時授施州清江縣主簿，不赴。後數年，年二十，始調福州古田縣主簿，歷開封府長垣縣主簿，權廣信判官。宦官楊懷敏興河北屯田。懷敏矜功專事，盛氣自用，無敢與之抗者。公獨上書，論其不便。時知保州事王果亦與懷敏迮，屢争不從。懷敏使人訟果它姦利事，詔置獄推劾。公又爲果辨其事曲直，果竟得免，而公始以强直著稱矣。

河北轉運使以令舉監便糴。故事，糴中率者得改京官，倍之則爲朝官。公糴倍常數，纔爲大理寺丞，朝論以爲未售，乃除簽書武寧軍節度判官事。前後守將，事無大小，皆以委公。監司有疑獄，求清强官治之者，又多付公。其爲公所決平者，無不愜服。始，公爲小吏，晝則治公事，夜輒讀書，自六籍諸子史，無有正僞，無不觀覽，嘗不寐者積二十餘年。性既開敏，彊記不忘，作爲文章，覈實有法度。由是中外大臣交口稱薦，求得校書三館中，或侍講經筵。其他稱其才能，可任以事者，章疏相繼也。

公遷太子中舍、殿中丞，自以朝臣得以抗言，明白是非，于是上疏論取士貢舉之法，及時政得失九事，又欲召見口論事，仁宗深器之。會舉賢良方正，翰林學士葉公清臣等四人以公應詔。對策高第，拜太常博士、通判陳州、遷尚書祠部員外郎。入爲右司諫、直集賢院。明堂覃恩，以起居舍人同知諫院事。公始對策，極論内降恩澤之爲蠹政也。及在諫官，遂專以禁切左右。于是近臣有承用中旨而不言者，坐而下遷。及羣臣有因事僥倖，雖已得官，皆褫奪之，朝廷爲肅然。御史有言事非其實者，詔訐[二]問從誰受。公奏言：『御史擇于風聞以言事，朝廷用之，以救過失。使其擇之不詳，朝廷能容之，不能罪之可也。若求主名，則後莫有以事告御史者矣，是自蔽塞其耳目也。』上立罷不問。

是時，郭承祐有以舊恩爲宣徽使，知應天府事，數妄作，不中法度。又張堯佐以後宫戚屬，自三司使爲宣徽使。公連上疏極諫，終之承祐奪宣徽使，堯佐雖不去位，出知河陽，是後遂不復遷官。上又著令，后妃之家，不得爲執政官云。其他排擊非義，救解過失，條舉善政，顯用才士，巨細疏密，苟爲有知，必言，言之不從，未嘗但已也。時因天變，爲上推致休咎，而舉人事消復之應，上嘗聽受之，賜緋衣銀魚。頃之，出知密州，徙兩浙路轉運使。未幾召還，判登聞檢院，糾察在京刑獄，同修起居注，遷兵部員外郎、知制誥，賜紫衣金魚。

奉使契丹，契丹羣臣爲其主加稱號，相與行禮，喝公使入賀。公自以使事有職，賀無預也，不爲往。契丹主畏其守義，甚重之。及還，中路與敵使遇。敵人衣服以金冠爲重，而紗冠次之，其與漢使接，衣服重輕皆有以相當。至是敵人紗冠，邀漢使盛服，公不許，亦殺其禮。坐是二事，出知壽州。

召還，同判吏部流内銓、知審官院、同知通進銀臺司、兼門下封駁事。吏部審官銓能否，銀臺主司出納，公所至綱目修舉。其所建言改更糾正，雖至于佛上意，不憚爲之。兼判集賢院，尋爲翰林學士、權發遣開封府事。公明于從政，前後歷兩郡，皆著治稱，人知未盡其能也。及領京師，獄市浩穰，公應事敏速，吏不敢欺。富人孫氏，京師大豪，專權〔三〕財利，負其息者，至評取物産及其婦女。公發其宿罪，奏徙逐其兄弟于淮南、福建而羈管之。豪猾畏威斂手。居三月，聲聞赫然。

遷端明殿學士、兼翰林侍讀學士，知成都府。公以父老苦辭，改知鄆州。凡四月，復召爲翰林學士、充羣牧使、兼史館修撰。遷左司郎中，復權知開封府、兼畿内勸農使。嘉祐七年三月，拜左諫議大夫、樞密副使。

初，仁宗皇帝春秋高，而皇嗣未立。公自爲諫官，即爲上言天下大計，願早有所係。其後因大水日月蝕之變，又以爲言，天子察其至誠。及爲學士，因奏事，上留語曰：『將有所置，以維大本。』公再拜賀，因復進勸，已而皇子遂定。英宗即位，公遷給事中，再遷禮部侍郎。公辭不拜，詔報不許，曰：『卿在西掖，有儲貳之言。』人乃知公嘗密謀定計也。

時樞密使富公、張公舊皆嘗薦舉公，而與同列，時人榮之。會丁父憂，去。既卒哭，天子必欲起之，再使内臣往。又召公子男璟上殿諭旨，故事所未嘗有也。公固請終喪，上不得已許之。召給半俸，用璟爲鄆州判官。公又辭俸，許之。

公性至孝，居喪毁瘠甚，廬于墓側，終喪不飲酒食肉，不至城邑。既服除，先帝升遐。即吉，然後赴國哀，召臨梓宫。今上見其羸瘠，驚閔之甚，諭使自頤養，時方藉卿。復以爲樞密副使，時四年二月也。月餘，除參知政事。又月餘，改資政殿大學士、知青州事、兼京東東路安撫使。居二日，上復留之。九月，以公疾，遂復行前命。公至青十日疾病，上疏求徙兖州，不許。七月二十七日，薨于位，年五十八。

初，公爲學慕韓退之，及有疾，謂子璟曰：『吾年既過退之矣。』已而竟不起，若知命然。上爲輟視朝一日，贈某官，謚曰某。積階至金紫光禄大夫，勳至上護軍，爵開國公，食邑二千户，實封四百户，賜號推誠保德翊戴功臣。

考諱某，以公貴，初爲將作監丞，致仕，稍遷。及公拜樞密，至太子賓客，耆耋壽終。後公歷二府，累贈金紫光禄大夫、太師。祖諱某，贈金紫光禄大夫、太師、中書令。曾祖諱某，贈金紫光禄大夫、太師。曾祖母王，封某國。祖母李，封譚國。前母王，封莒國。繼母王，封安國。皆號太夫人。

初，公遷三世葬于鄆州東阿縣孟栅里，公從祔焉，時熙寧元年某甲子也。公初娶趙氏，父名立，爲遂州遂平令。再娶張氏，父名輿，爲郊社齋郎，張封延安郡夫人。仁宗明堂，公求爲趙氏追封，亦得贈信都郡夫人。

公五子：長則璟，爲大理評事；環，祕書省校書郎；瓊、瑄皆未仕；幼未名。女五人：長適都官員外郎胡稷臣，早卒；次適大理寺丞王孝寬；次適太常寺奉禮郎吕元淳；三尚幼。公初與鄉人王彭年善，稱道其能，爲致名宦。彭年客死于京師，公使長子主喪事，周恤其家，嫁其二女焉。及他姻族，有不能自存者，爲畢嫁娶數人。以錢二千萬買田北海，號曰義莊，以賙親戚朋友之貧乏者。公自謂學韓退之，此又其次者也，故其終家無餘財，諸子無宅以居。嗚呼！可謂篤義君子矣，可無表哉！銘曰：

矯矯吴公，矢言正色。是曰諫臣，國之司直。提綱挈維，補家苴隙。或謀于幾，密焉無迹。禄不獨豐，推以施遠。位不獨享，俯以進善。公晞古人，心慕身踐。言長課多，彼古亦鮮。其志獲伸，而年則那。其壽不遐，而名不磨。即宫于泉，公乎奈何。勒銘不忘，如山如河。

【校】

〔一〕墓誌銘，周校本、沈校本作『墓誌銘一』。

〔二〕許，文淵閣本作『許』，周校本、沈校本原作『訏』，周校本改作『詰』。

〔三〕專權，周校本、沈校本作『幸權』。

贈兵部侍郎王公墓誌銘

公諱嘉言，字仲謨，翰林尚書元之之次子。翰林以文章正直，著名兩朝。而公幼好學，未嘗嬉戲，翰林最愛之，人亦以爲宜其家兒也。生十三歲而丁翰林喪，哀毀過甚，有成人之風。事母福昌太君，以孝聞。翰林之亡，遺言不爲子孫乞官，真宗聞而嗟悼，賜公同學究出身。後數歲，公益成人，貧無以養，調官于吏部，而年未及格。判銓事周起以聞于朝，特授鄂州司户參軍。祥符五年，舉進士第，改揚州江都尉。七年，上閱書龍圖閣，得翰林奏疏，愛其切直，因訪後嗣孰賢。近臣以公名聞，而曰能世其家，遂遷大理評事、監海州税。天禧元年，用薦者言，徙知廬州舒城縣，兼權茶税。丁福昌憂，服除，知蘇州長洲縣。縣既翰林舊治，而公年與官又皆同，士大夫賦詩榮美之。遷大理寺丞。仁宗即位，遷殿中丞、徙知南雄州。代還，遷太常博士、通判齊州。工部侍郎李及薦御史，以公洎張錫二人應詔。故事當擇用其一，而上謂執政曰：『及清慎，少許可，此皆時俊也。』遂並用之。召爲監察御史，遷殿中侍御史、判三司開拆司。奉詔案信州獄，還賜牙緋。明年，出爲福建轉運使，賜金紫。明道元年，恭謝禮畢，遷侍御史，入爲兵部員外郎、三司鹽鐵判官。景祐二年，出爲京東轉運使。夏四月，感疾，卒于廣濟軍之官舍，享年四十七。

公性厚重宏深，不妄喜怒，外嚴内恕，善于爲治。守南雄時，開大庾嶺故道，往來便之。郡當二廣之衝，行者交錯，去水即陸，易輿以舟，有至者輒滯留旬浹。公一皆善視之，以己俸給費，未嘗毫髮擾人。通判齊州時，郡守性剛烈，視僚佐蔑如也。公正色持法，不爲少屈，郡事賴以平允。守後徙治他郡，坐事下獄，每嘆曰：『同僚得如王御史，無此咎矣。』其爲御史，所論列必時政大體，未嘗掇拾小過，抉發陰事。天聖中，洞真宫壽寧觀災，兩宫有意修復，公力諫止之。信州鉛山富民程氏獻石緑數萬斤，詔蠲本户徭役。公争以謂所獻有限，而所蠲無窮，天下豪族皆以貨得蠲，則貧民將獨受其弊。

上用公言，復程氏三歲而已。爲轉運使，部吏有過失，屏人面數之，皆慙服悔謝，得自改，郡縣大治。其薦舉士，凢推精鑒。故參知政事吴公奎初調福州古田主簿，天章杜公杞以廷尉評監建州茶，公皆薦之，其後顯達，人謂公知人。

平居閲書史，爲辭章，以嗣續前烈爲志。手寫翰林《小畜集》三十卷，藏于家。獻《翊政論》十篇，究切世事。仁宗嘗錫宴苑中，時得唐明皇刻石山水字，使羣臣賦之，皆不能下筆，奏篇纔十數。上令宰臣銓次之，公第爲優。初，丁晉公舉進士，時翰林爲推挽延譽，卒使成名。及其當國，嘗語公曰：『先正引薦之德，未有以報。』公曰：『相公逢時得位，當以直道報國，無恤私恩也。』晉公不悦，公亦不復至其門。逮朱崖之貶，捕治黨人，公獨不預焉。豈所謂上交不諂，其知幾者邪！惜其藴蓄未及大施，中年而隕，其命矣夫！

朝廷聞其喪，賜一子官，又命其長子自大名尉易右班殿直，監曹州税，使不以喪去，有禄以濟其貧云。公娶周氏，先公亡。公卒後三十餘年，以子貴，累贈兵部侍郎，周夫人追封僊居縣太君。以熙寧二年七月二十一日，葬于開封府開封縣宰輔鄉鳳池里先塋之次。公四子：長曰延度，前潭州觀察使；次曰延禧，庫部員外郎、通判荆南府；次庚、庾，未仕。二女：長適故壽州録事參軍杜襄，次適進士張誘。孫七人：鴻、浩、淮、汴、漸、淑、沆。浩爲廣州東莞尉，餘未仕。公之葬，公從孫度支員外郎、集賢校理、同知太常禮院汾實與襄事，集賢君以某同官，使來請銘。某叔父祕書監往爲建州從事，公薦之升朝，是某世有舊，乃爲銘曰：

翰林之生，正直自信。驟進無愧，屢黜不慍。宜有後人，嗣守其訓。譬彼川流，其源已濬。公幼而學，守其家法。天子矜之，始優以禄。文施于謀，智効于職。果其世賢，罔有不克。遂司風憲，奉使察舉。施未及光，業其有緒。天奪其年，有藴有貯。四方馳驅，躓于中路。公歿餘慶，覃後昆矣。贈官貳卿，由子恩矣。祔于先塋，屹其墳矣。請銘惟誰，公從孫矣。

故將仕郎郡守太子中允致仕賜緋魚袋蔡君墓誌銘

熙寧四年秋，錢塘蔡子難〔一〕將葬其親中允君，請銘于彭城劉某。某與子難爲同年進士，又同省郎官，又同守海陵，其于子難哀喪恤憂，所宜述也。孝子之事，莫重于葬，葬而垂名後世者，莫重于誌銘。是其深長思，勿之有悔焉爾，某其何辭？雖然，中允君潛德遯時，不顯其光，功不十人，于其家，吾將何言以表之？尚書屯田郎吳君君平以狀告曰：『君孝友惠和人也，曠遠有識慮。幼而好學，家貧無以自給，乃始勤力治生。十餘年間，家事給足，贍及鄉里，施予不倦。族人與君別籍，既復求分財，君亦推與。族人後貧不能自存，又收養之。君之家疎遠而聚居者百餘人，存撫教導，凡五十餘年，始卒如一，鄉里宗族于君無怨尤，而更稱譽君。』殿中丞盧君中甫曰：『凡富而多怨者，專利而不顧也。愈富則愈纖嗇，剥刻徼射，人與爲仇。蔡君則不然，其于鄉里，視貧下者愈矜之，厚施而薄責，故遠近歸心。』秉常爲錢塘官，終三年，中允君未嘗以毫髮見求，可謂善人矣。秉常爲君拜，鄉里之仕宦者莫不屈下之。

君凡二子，長則子難。君教子難讀書，恣其與賢士遊，費用不計。子難成名，才學幹力見稱于時，有位于朝，出爲郡守，及君存見之，善人報施之效歟！』某曰：『二賢士之言，可以信後世，吾其何辭？』蔡氏本望陳留，自司徒謨過江，子孫散居吳。錢塘之蔡，未有顯者，蓋自君父子始。君諱某，字某。子難初登朝，英宗即位推恩，君始命爲大理評事。其後郊祀，及今天子即位郊祀，三遷至太子中允。子難當賜五品服，又推以授。君享年七十二，以葬前一年十一月某甲子卒。子難時爲職方員外郎、知泰州事。

次子曰誂，亦舉進士。君四女子，皆嫁名家，京兆宋績、潁川陳惟億、太常博士葉昌言、餘姚縣主簿錢堯卿，其壻也。君娶余氏，追封錢塘縣君，先三十歲卒。君卜葬于吴山鄉吴山里，斥廣其地，衆爲兆域，曰：『兄弟子孫，葬而相從，死生之義備矣。』有告曰：『是于陰陽之説爲不利，請徙之。』君不許，刻石墓門，戒子孫毋以妄求福。及君之葬祔之，某日某甲子也。銘曰：

蔡君不仕，而家事治。宗族歸之，疎遠不棄。鄉里親之，愈下愈施。克生賢子，以振其世。郎官郡守，實顯實遂。天祐君年，宿留待遲。命官四遷，于朝有位。朱衣魚符，帝以更賜。古云五福，獲以備四。黄髮歸全，靡悔靡愧。卜葬吴山，君往戒誓。宜于後人，是固是利。

【校】

〔一〕沈校本眉批：『子難名誂，觀後次子曰誂可知。』

右侍禁江君墓誌銘

君諱某，字某，姓江氏。祖某，父某，贈某官。季父某，爲度支郎中。君少讀書，善寫古篆字，用筆精健有法，士大夫家多葆玩之。用季父蔭，爲三班借職，五遷至右侍禁。歷州郡官亦五任。一監漳州龍巖銀銅，又監荆南白沙鹽酒。其後三任，皆在廣南，爲兵馬監押。始居容州，遷化州，末在雷州，遂終于官，年六十九。

異時仕宦嶺南者，常患其地荒雜，惡草毒蛇，海祲山霧，鬱蒸蓄積，中人爲病，或以爲死不得盡其天年。而君居之且二十歲，壽幾七十，與齊州中氣無以異。然天命固有所制也，而君亦可謂果于從事，而知命矣。

君凡三娶，夫人魏氏、林氏、陳氏，皆先君死。男子二人，曰沛，魏出也；曰潛，林出也。女子三人，其二人與潛同母，一人魏夫人所生。沛早死，潛舉進士，女皆嫁士人。江氏自君祖以上，占數南劒州，度支始葬江州德安。度支之孫懿叔，于君爲從父兄弟之子。君殁後，諸孤幼，懿叔皆養視之。迨其長大，爲畢婚嫁。又迎君喪祔葬德安，去度支墓若干里，以林氏夫人從。君殁于慶歷某年月日，後若干年，得嘉祐某年某月日襄事，懿叔時爲衛尉寺丞。銘曰：

江本小侯，見于《春秋》。其後以國爲氏，名數遷徙。或以官爲家，乃不可紀。延平之江，遷于德安，自君季父始。季父之孫，再世而相卹，厚生周死。稚婷有立，宅兆用完，不知其遠矣。納銘墓中，萬有千年，毋有壞毁。

内殿崇班康君墓誌銘

内殿崇班康君諱某，字某。生二歲失父，三歲失母，育于大父。及長大，孝謹詳慎，事大父竭力，盡子職。念慮之所及，筋力之所能，無不備具。器皿衣服，飲食藥餌，必躬進之。如是者二十七年，未嘗一日離也。大父官職難劇，亦未嘗不隨及。大父將求致仕，君預爲營居處，計生事，什物纖微必具，如大郡大府，始至官矣。大父終，君哀毁逾禮，卜葬陳州宛丘縣，松柏皆手植，刻石誡子孫，無毁伐者。

初，大父愛君，育爲己子，十一歲蔭爲官。君讀書好學，善爲詩，人多傳誦之者。賈丞相文元公見而悦之，謂曰：『我薦士，可得進士出身。』君謝不願，曰：『兄弟皆已出仕，吾親以我獨留爲恨。吾懼其戚戚也，方衣道士服，而講養生事，以示無仕宦意，而吾親安之，其可以從公辟乎？』文元公嘆息稱善。既終喪，乃出仕。

初監亳州衛真縣鹽酒稅，會縣令闕，州使君攝之。田訟有十餘年不決者，君爲辯明之。歲凶，賑恤其餓者。疾病，予之醫藥。民以不流殍，咸願得爲真。都水使者辟君巡惠民河，河水貫京師，秋夏漲溢則爲虞。前此者都水爲木閘，尉氏西爲水暴至，則將閉隔之。既又懼其衝激敗壞，遂不敢閉。君使治水澾以殺水勢，是歲水漲數丈，閉閘以禦之，閘安固自如，而京城無水患云。官滿留再任，有欲薦君治大河者，君辭曰：『官卑，利害不專在己，大河事非小川比也。』

陝西都轉運使奏舉君爲鳳翔府監押，兼買馬。未行，定州路安撫使辟勾當廣信軍榷場。榷場在軍城外，有障壘而無防兵，不置兵器。會北寇十餘夜襲軍城，箭射榷場如雨。時君宿場中，安存北客之在者，率直兵與守門卒，自壘堞上投磚石擊賊，賊遂散去。官滿，辟管勾順安軍、順安寨，此兩薦皆安撫使樞密直學士薛向力也。

其後西方用兵，樞院選軍赴涇原路，準備可爲邊守，初權原州，後威勝軍。其在原州，計漕給軍，內嚴守備，存撫老弱，招集流散，事皆濟辦。後以國有營造，程督技藝使者，按視旁午，急甚。君戒主者，不得過爲鞭朴，百姓安之。有嘉禾隔五壟合穗者，民以爲善政之祥。既二年有餘，君自以老厭事，願退而就閒，求管勾中嶽廟，詔許之。時君甫年六十二云。未除，以疾終。君自爲借職，凡八遷官，三以覃恩，一以大父遺表，餘皆磨勘年勞，勳騎都尉。

初，大父既以君爲子，君念父甚至，爲傷大父意，未嘗敢言。及身登朝，可以追榮先世，君益自悼恨，遂言于朝，求改正昭穆，未報。詩集十卷，藏于家。君父某，大父某，某官。曾祖某，某官。君娶閻氏，封長安縣君。生三子：長曰倚，某官；次曰位，進士及第，某官；少子佾，亦舉進士。君以某年某月日葬宛丘縣受節鄉東原，袝果州之塋。康氏世河南洛陽人，自果州葬陳，遂占籍宛丘。銘曰：

孝友篤行，是施有政。顯允康君，爲孫之令。生集休譽，没將餘慶。東原砥平，卜亡其應。表泉作塗，種柏爲廷。宜爾後人，媍媍其盛。

故宣德郎守大理寺丞知隴州汧陽縣事王府君墓誌銘

君諱伯先，字孝公。其先系出于琅邪，五代之亂，自太山徙江東。至君曾祖德輝，仕李氏爲羽林參軍。江南平，徙居六合。君祖諱可則，以孝謹聞州里，兩世皆隱不仕。

至君父綸，以進士舉中第，官至太常博士。告老致仕，以令得一子官。君補太廟齋郎，初調通州司户參軍。始至官，有告婦罵姑折其齒者，獄既具，君獨能察之，以直其冤。郡守悦服，因使攝海門縣事，校户籍，第其高下。君以術參伍知之，貧富無差，由是益有聲。以父憂，去。服除，爲錢塘縣主簿。用使者薦，再遷潤州金壇縣令。縣多陂澤，民以漁釣爲生，而豪富人規占陂湖，各有分地，自擅入其中者，則執以爲盗。君悉使表識，顯其疆畔，于是豪富人名占有限，而細民漁釣有所。後莫相犯，而獄訟衰息矣。會郡守有求于君，不能得，恨甚。時獄有囚病死者，即奏抵君，坐去官，吏民人人冤惜之。初，君伯兄名某不喜爲吏，故以官與君，而閒居海陵。及君免歸，亦自以剛特寡合，遂將退伏不出。宗族故舊，人人敦勸，久之，乃復爲商州録事參軍。諸公交薦其才，三年代還，猶以金壇事纔得應天府推官。然上旨許其遷矣。自應天府還，遂除大理寺丞、知隴州汧陽縣事。君性端厚亮直，爲文敏速，遭事明辨，名公鉅人多知之者。勢可顯仕于朝，而中以文法，齟齬躓踣，似有命者然。君奮迅自振，而名公鉅人終相之，以出于厄窮滯淹，與夫遭命而顯仕者不辨也。君年若干，伯氏年若干。其將往汧陽縣歸省其兄，至家之五日，無疾而終，熙寧三年十二月十一日也。

君娶江氏，故某官某之妹。生子彭，拜爲密州觀察推官。女嫁某官。江夫人前君若干年終，葬于六合，王丞相誌之。君合祔焉，以君卒之明年二月某甲子。鄉曰永福，里曰梅原，王氏祖墓也。銘曰：

君敏從政，事稱其賢。惡吏困之，乃仆而顛。善人佑君，咸竭其力。如滌垢取白，如伸鉤取直。其卒有成，而緜以歲月。迨君之遷，年則耆耋。于生無厭，于殁無悔。誌銘泉宫，萬世勿壞。

彭城集卷三十八

墓誌銘[一]

翰林侍讀學士給事中唐公墓誌銘

公諱某，字彦猷。幼清警介特，其守氣精壹，而内志端直，故其于爲學深而簡，文章高聳。其以應物不煩，而達規矩繩墨，粲然有常，而枉直判于彼矣。始皇考待制，公以清修著稱，而公能世之。士大夫論賢父子，多舉唐氏云。公初以[二]廕爲將作監主簿。天聖間，獻所爲文章，召試學士院，賜進士及第，除知湖州長興縣。以憂去，其後四遷至太常博士，歷知華亭、諸暨縣、梧州、歸州。用近臣薦，拜監察御史。未至都，丁太夫人憂。既除服，而薦公者適當執政，以故事避嫌，出知廬州。御史中丞張公方平言于朝，上因爲留公。

公既在朝，言事舉大體，其所刺譏，不避權貴。初，詔書設六科以求士，謂之賢良方正茂材異等，而許人自薦。又三歲輒一舉，士大夫徒以文詞進，無益于治也。公始建議，請使公卿薦賢良，又欲如漢故事，須天子特詔乃舉之，不以歲年限也。天子使兩制近臣議，參知政事吴公育以爲不可許，論難上前，遂寢。公自以所言直，獨不可大臣意，故見沮格耳，即大臣有過，孰當言者？章疏凡七上，不能得。徙爲工部員外郎、直史館、知湖州。吴公爲御史者也，公持正不阿如此。其後制舉亦竟使近臣薦之，用公初議也。遷江南西路轉運使，總六路漕運事〔三〕。有建議欲自重其權者，請使六路轉運使事皆稟己，其于文移，當如郡縣上臺省。不如是，漕事不集。朝廷從之，諸路皆承命，不敢有異。公獨以謂賦入有經，轉運使不待督責而足。即凶年饑歲，雖盛督責猶無益也。今事皆稟己，是將以勢臨之，有求將必取盈，非祖宗之舊，上疏争之。朝廷猶欲伸前議，乃徙公福建路。居頃之，發運使亦復自請罷其議云。明堂覃恩，遷刑部員外郎，入爲三司户部判官、改判磨勘司。

張堯佐由女寵驟用，公數刺譏堯佐。陳丞相執中故嘗請建上爲儲貳，天子以爲其功，厚報之。公復爲上言：『執中何得爲功？』上不以爲忤，待公甚厚。出爲江南東路轉運使，入辭，上謂曰：『吾今召卿。』未至江東，修起居注闕，上遂用公補之。頃之，召試知制誥，賜金紫，判流内銓，遷禮部郎中，奉使契丹。還，曾丞相在政府，與公親嫌，出知蘇州，徙杭州。數歲，徙青州，遷吏部郎中，道拜翰林侍讀學士。今天子即位，遷諫議大夫。召還，勾當三班院、判太常寺、兼禮儀事，遷給事中。治平元年十月九日，薨于京師，年六十。詔贈禮部侍郎，予四子官，賻贈加等。

公善與人交，意所許與，堅不可問。其所不可，不假借矯强以爲歡。性嗜書畫研墨，尺牘與人，多珍藏之。未嘗問家有無，田園皆推以予他昆弟。始娶蕭氏，再娶陳氏，皆先公卒。子四人某。三女子。唐氏本魯北海人，自公五世祖徙家杭州。曾祖諱某，仕錢氏，爲鹽鐵巡官，累贈諫議大夫。祖某，衢州龍游縣令，累贈工部侍郎。考諱某，天章閣待制，贈尚書左僕射。數世皆葬其鄉里。公之爲杭州，歲時盛車騎，賓從上塚，鄉里榮之。及公之薨後一年某日月，從葬于先兆，以夫人陳氏祔。銘曰：

唐氏居吴，逌公五世。由祖及孫，浸以顯貴。其貴維何？侍從帝側。褒章賁䆳，輝光幽穸。維其令德，有繼有承。其德維何？直哉惟清。公葬舊墓，有祔有從。永世不忘，寘銘公宫。

【校】

〔一〕墓誌銘，周校本、沈校本作『墓誌銘二』。

〔二〕以，文津閣本、周校本、沈校本原作『父』，周校本後改作『由父』。

〔三〕事，文淵閣本無此字。

故朝散大夫尚書虞部郎中致仕上騎都尉皇甫君墓誌銘

君諱鑑，字唐弼，曹州乘氏人。曾祖鄴，虢州閿鄉令。祖明，綿州彰明縣令，贈尚書兵部郎中。父載，尚書屯田郎中，贈禮部尚書。君少學問，以馴行稱于鄉里。由父廕得官，初調台州司法參軍，斷獄詳平，郡人皆愛之，請于轉運使，求以爲州幕職官。轉運使段少連謂人曰：『掾曹勢不能動人，此其真善也。』爲請于朝，不從。再調單州單父縣主簿。會陝西用兵，詔籍山東民爲鄉兵。轉運使張公奎以濟、單二州諉君，法雖以三丁取一，而一家兄弟子姪未有約束，莫適取也，百姓訟訴紛紛。君乃曰：『曷均兄弟之子，先取其多寡等，擇其壯者。』民乃悦服。張公稱善，教諸郡以單父爲則，薦君爲東阿令。勅既下，君以親在南方，辭不受，調通判録事參軍。三司舉君知光州光山縣，兼買茶場事。吏市茶，求以多羸爲最，常數倍取之，下户益困。至君不以一毫過數，民皆樂輸，無逋負者。百姓販私茶犯法，君曰：『貧民以茶養生，亦何異于爲農？』不忍繩以重法。郡守以問，君對：『貧民不得販茶，且爲他盜，罪辟益重，不如容之，使有以自存。』縣吏張盛猾惡，爲上下患，君收治寘法，餘吏戰栗，終君之任，無敢犯令者。

官滿，以考課轉大理寺丞、知并州録事參軍。曲陽縣民兄弟訟者，兄告其弟非同父，不分與田産，弟不能自明，縣邑久不決，府使君治之。君使人按視其父母葬，告曰：『彼雖無石銘，棺槨外當有題志者。』于是驗之，果悉書其子孫名字，而其弟在焉，訟者于是首服。河東用錢，銅鐵二品均等，鐵錢輕，又盜鑄者多，詔變其法，以鐵錢三當銅錢一。百姓奪貨失業，市井讙噪。經略使鄭公集衆官謀之，君曰：『小民失職無聊，宜使人往慰之耳。』鄭公使兵馬都監謝雲行出諭之，民因求見太尉。既入，鄭公捕其唱率者，將刑戮之，百姓皆哭。君曰：『民以無聊，故願見公。公重困苦之，衆怨且怒，將不可解。』鄭公乃止。君又曰：『兼并之家典質錢，舊出十，乃今償三十，何厚幸也？

而貧民失業，又兩倍輸此，其所以患新法之變耳。今使以舊數償，雖不利兼并之家，可以悦衆。』從之。而軍中猶疑縣官出錢，方猶〔一〕用舊法，相與竊議謀變，鄭公憂之。君曰：『兵今當給料錢，比文書具，更歷勾院，猶二三日久。可不俟文書具給之，後徐入勾，無害也。』于是人情始安。鄭君以是甚重君。

年勞，改太子中舍。明堂汎恩，遷殿中丞，徙綿州什方縣。君以母老請得之，監徐州利國監。以母夫人憂，去。服除，遷國子博士、簽書淮陽軍判官，賜緋衣銀魚。駐泊兵韓遂殺都監，率衆叛去，知軍事韓儼恐駭不知所爲。君曰：『此疲卒，主將遇之酷虐，忿而報怨快意，非有他謀，不足畏。』儼晝閉城門，君使開之，以安人心。叛卒稍稍散亡，君曰：『可因而招來也。』自持錦袍，往當要路呼諭之。至暮，亡者皆集。部吏分索其餘，旬日皆盡。

改尚書虞部員外郎，歷比部、通判德順軍事。以所生母憂，去。除喪，通判瀛州事。今上登極，遷駕部，又遷虞部郎中。是時霖雨，大河漲溢，又深、冀二州流潦猥集，河堤内外浸灌，危急甚。君晝夜行視，培裨窒塞，堤得以不敗。已而河北地大震，瀛州最甚，壞城壁，舍屋無完者。天雨不止，軍糧皆暴露，君爲作苫囤，稍稍覆蓋。創築城壘，力自督視，凡百餘日乃復堅峻。而後疏畝，積水乾，下濕地，出田數萬頃。朝廷遣安撫使二人巡視河北。先是，侍御史張紀按獄永康軍，獄具，請君録問。君視獄情有不盡者，隨事駮正，張御史不悦。以酒食饋，君不受，張重以爲恨。去，與安撫使遇于國門外，毁君不職。二使者不察。既至瀛州，則奏罷君。君安然受之無憾。知瀛州高陽關安撫使待制李公肅之與君同救菑患、慮土〔二〕役者，上書爲君訟不直。舉所完軍儲爲證，凡一百二十餘萬石。朝廷乃下轉運使提點刑獄覆實，果皆以優最聞，君由是復舊。二使者坐奏舉不實，以赦免罪去。後日李公還朝，方奏事，上自首言曰：『皇甫鑑已還其舊差遣。』李公因道君勤力事。上曰：『是乃辛苦人也。』

君除通判廬州事，緣瀛州修城，得勑書獎諭，加賜銀絹。無幾，君求以本官致仕，詔許之。除一子官，爲試校書郎。君持身清苦，雖爲郎官五品，猶若微時。故其謝事就閒，果決無攀戀心。養視兄孤子，不異己出。亦不爲子孫多營業，曰：『不如教使治心田也。』君年七十五，終于乘氏縣里舍。皇甫氏本望安定，君五世祖純，始居開封府考城縣，葬桃花崗。高祖勤，避後唐兵亂，走蔡州西平，爲西平人。及君祖嘗爲乘氏縣尉，因留居乘氏，其後墳墓皆在乘氏某鄉某里。君嫡母劉氏，贈壽光縣太君。母李氏，贈長安縣太君。君娶李氏，故翰林侍讀學士仲容之女，封崇德縣君。子四人：長已同，蚤亡；次琮，某官；次琪，某官；次環，某官。女七人，皆嫁士族。君以熙寧七年三月終，葬以元豐四年七月某日某〔三〕，祧祔尚書公之域西偏少南。君將没，教子弟竄于是，惟庚〔四〕穴云。銘曰：

皇甫之先，自宋子姓。在漢中葉，著籍安定。凉州三明，度遼爲盛。曰太尉嵩，武烈忠勁。迨至士安，以文雄鳴。後其苗裔，綽綽此令。惟君潔修，敏于從政。其所更歷，實與名並。誰毁誰譽，患于難明。彼宜有功，顧詒譏評。是故君子，安之若命。君允蹈之，不侮不競。覆審而明，不失其正。君持止足，以往自鏡。告老辭歸，匪耄匪病。拜家爲郎，是謂延慶。生有成績，殁有遺稱。刻銘幽墟，以讚以詠。

【校】

〔一〕猶，周校本、沈校本作『獨』。

〔二〕土，周校本、沈校本原作『士』，周校本改作『工』，沈校本改作『土』。

〔三〕某，周校本、沈校本原作『某』，周校本改作『其』。

〔四〕庚，周校本、沈校本原作『庚』，周校本改作『壽』，沈校本改作『庚』。

著作佐郎周君墓誌銘

君諱喻，字彦博，姓周氏。其先潁人，唐之末世，有謫官道州者，更五代之亂，因家焉。君父諱堯卿，仕至太常博士，以善居喪聞。廬陵歐陽公稱之曰：『其情與禮稱，古君子之孝也。』爲之墓刻。博士娶黄氏，金華縣君。生七子，君其最長。君幼而敏慧，讀書作文章，浸浸有立。既冠，則能從進士舉，有司以冠諸生。會以博士憂去，執喪哀戚甚。家至貧，奉母夫人養諸弟謹備，而葬禮無違，鄉里稱之。既免喪，益務廣學，刻苦自彊。其于五經，《春秋》爲最深，著而爲説。其接交朋，儀貌嚴整，就之則温然有容。講論誨切，條理次叙，人皆畏而愛之，稱爲先生長者。

皇祐五年，以進士登科，調鼎州司理參軍。聽獄察詞，明敏過人，州郡恃賴之。薦其可以長民，遷荆南監利縣令。瀕江漢築堤數百里，民恃堤以爲業。歲調夫工數十萬，縣不足，取之旁縣。然歲常決壞，則廬舍田畝皆爲魚鱉居。及君爲之，身自行視，得當水衝者十餘處，益工高厚築之。是歲遂不復決，役民大省。其後二十餘年，民猶能指其處曰：『是周令之力也。』每縣邑有致民事，君爲書，揭之通衢。百姓見之，奔走相告，無一後期者，曰：『令所以不使吏居間，以不擾我，我其可以違之？』有後至者，輒相咎責。

又以薦者言，改著作佐郎、知臨江軍新淦縣事。江南劇縣，新淦又其難治，吏與民交通綴結爲姦，獄訟有累年不決者。君至，以方畧束吏，不得轉側，立百姓庭下，爲之剖判，無不愜服。南方人性皆慧黠，既知其不可欺僞，訴訟則大衰息。數月，縣無逋事。未朞年，君以疾終。吏民懷其惠，悲傷之；寮友愛其材，痛惜之。年四十。

夫人江西黃氏，大理寺丞灝之女。灝喜爲文章，以豪氣自負，一見君，以爲奇，以女歸之。生三子，紳、綷、緄。君與諸弟居，友愛教飭備至。至其子就學，則未嘗有所問。夫人問之，曰：『視吾所以爲諸弟，則所教者多矣。』識者以君爲善教。君既歿，夫人誨勵諸子，甚有法度。後若干年，紳遂以進士成名，以禄爲養，今爲瀛州推官、知衡陽縣事。綷、緄亦業進士，皆可冀其有成。女子二人，長嫁宣德郎李如壎，次嫁推官范汝中。君有文集四十卷，藏于家。

其卒以治平三年三月二十一日，即其年殯于荆南石首縣。後若干年，卜得吉兆于某所，用某年月日襄事。君之祖諱仁遂，贈刑部侍郎。祖母唐氏，贈仁壽縣太君，與君考妣皆葬道州云。銘曰：

蓋求良臣，必于孝子。萬石家行，不言而治。豈其一身，子孫娓娓。非若跅弛之士，叨竊一時，後不足齒。周君之先，篤孝以禮。其所繼承，奕世一體。何以效之？文采操履。禄不及豐，令名昭矣。刻銘其藏，以告萬祀。

處士龍泉何君墓誌銘

處士諱君平，字少嚴，世爲處州龍泉人，三世未嘗仕。處士初以進士舉，久之無成，乃歎曰：『夫有命者，信不可以力求也，我其已矣。』退而郊居，蓋年始三十云。以讀書爲娱，自經史諸子傳説，以及佛氏外典，多手自寫録，或能闇記。爲人簡易温厚，中心不隱，以故人益親而樂之。其出在道塗，逢之者必爲引避，而士大夫之至門者，係踵不絶。處士尤喜賓客，具酒食相與勸讌，未嘗厭倦。事有不得已，則來至城郭，久或十年七八年，乃一到。家貲斬斬粗給，付畀妻子，未嘗以爲問。有勸益殖生業者，輒曰：『幸吾兒宦學有立，吾業廣矣。』已而果然處士長子執中以文學應進士選，名在第五。鄉里翕然，皆曰爲善之報。執中調爲台州推官，而國子監欲留以爲教授官。執中不肯，曰：『台州邇吾鄉里，又有天台雁蕩山水之秀，吾親所安也。』迎處士之官，人益以爲榮。處士年六十七，以元豐五年五月十九日終于龍泉豫章里第。其年十月甲子葬于某所。處士娶李氏，生兩男子，執中之弟名執德。一女子，嫁吴時中。處士之没，執中時爲亳州觀察判官，吾僚也。使州學教授劉跂以行狀告而請銘，跂曰：『吾多識君鄉人，道君事爲詳。』乃爲銘曰：

士之生世，有志有願。或游説萬乘，以取貴顯。若歸守墳墓，鄉里稱善。文淵、少游，孰隱孰見？惟何君之久幽，亦曰適己自便。克有令子，爲邦之彦。故吾銘其藏，辭不愧懊。

季弟青溪縣丞墓誌銘

季弟青溪縣丞甫〔一〕，字儀某〔二〕。七歲，以先公殁，遺表恩補太廟齋郎。年二十二，調河陰縣主簿，再選爲滑州司法參軍。會州廢爲白馬縣，罷歸，而青溪初增置丞，君以選授。君幼敏鋭有性格，讀書學文及爲政效官，皆有思致。親舊譽之，上官倚任之，咸期以遠到。娶清河張氏，尚書郎中誼女，生一子方進。在青溪歲餘，以習法律，求試有司。至京師，以後期不及試。歸未至家，張氏卒。後五十日，君亦終，時某年月日也。家在蘇州，即殯蘇州某佛舍。後六年歲在辛酉，祔葬于東都祥符縣魏陵鄉祖考塋，以張氏祔。致君之喪來北者，從兄父伯裕、叔懋。方進時年十歲，吾時爲兗州，皆不得親君葬。襄事惟諸從子弟，實某月某日云。銘曰：

先公嘗爲青溪佐，後六十餘年，而汝復官于此。父老有記先公善政，喜汝似也。宗族亦期汝遠大，而短命不幸，可悲矣乎！銘以誌悲，已而已而，嗚呼噫嘻！

【校】

〔一〕甫，文津閣本、文淵閣本、周校本、沈校本作『某』。

〔二〕某，文津閣本、周校本、沈校本作『甫』，是。《彭城集》卷十一有詩題『送儀父清溪縣丞』，『甫』『父』通。

兄子定國墓誌銘

仲兄長子定國，字伯于。幼能誦書，敏于記覽，才十餘歲，五經略皆上口，旁及諸子史書，往往成誦。仲兄平生好經書，爲《春秋》學尤深邃，嘗曰：『是兒當盡傳吾學。』定國習爲進士，詩賦詞章，捷速精緻，見者皆驚賞，以爲老成。善隸書，字如刻劃可愛。性專一端静，未嘗有子弟過，而勤學刻苦，不舍晝夜，外無嗜好。不幸短命，十八歲而卒。嗚呼！揚子雲稱童烏九齡而與《玄》文，人皆疑子雲之言，以《玄》非童子所能與也。如仲兄之知定國，謂其可以傳學，孰曰不可與哉？子雲知童烏審矣，非欺人者也。定國以祖廕爲郊社齋郎，後補掌坐。其卒，仲兄時爲知制誥、知揚州事。後十二年，仲兄棄世。明年，葬祥符縣魏陵鄉祖考墓次，定國祔于兆域之南少西，叔父暨其弟奉世襄事，熙寧二年十月二十八日也。銘曰：

孰禀以爲爾生？孰賦以爲爾命？其有相之邪，胡志氣之盛？其有奪之邪，而夭閼不競？其皆偶然者邪？嗚乎，志悲于斯銘！

彭城集卷三十九

墓誌銘〔一〕

金華縣君范氏墓誌銘

夫人姓范氏，尚書職方員外郎韓公繹之妻。父諱雍，某官，謚忠憲公。府君之考，某官，謚忠憲公。惟韓氏、范氏，在春秋皆爲卿族，大家子孫承〔二〕承，世多顯仕，婚姻敵耦，必將有聞。惟夫人幼鞠于母仁壽郡夫人臧氏，教婉誨善，令德有成。及歸于府君，恭肅修整，嗣繼宗事，無不時當。性不喜華侈，雖生富貴而嬪于大族，有以自持，不從時好也。府君晚而爲浮屠老子之學，精志勤力，將以悟道，而致永年。夫人聞而悦之，相與一意，戒警不怠，薄滋味，絶游燕。亦其天質近之，而所聞所習者專，故善易入云爾。夫人以府君貴，封金華縣君。治平二年，府君卒，夫人持喪哭泣，哀思如禮。四年正月，以疾終，年三十二。子男四人：長宗哲，大理評事；次宗弼，太常寺太祝；次宗敏；皆前夫人所生。獨幼子宗謹，夫人所出而早死，不育。熙寧二年七月某甲子，諸子葬夫人祔于府君之墓，使來請銘。乃爲銘曰：

淑慎自修，用宜其家。謂之賢乎，而不壽邪。以歲之令，以禮之盛，葬從其先姑，尚利于其姓。

【校】

〔一〕墓誌銘，周校本、沈校本作『墓誌銘三』。

〔二〕承，文淵閣本作『相』。

樂安郡君范氏墓誌銘

夫人姓范氏，相國、司徒、魯公諱質之曾孫，相國、太尉、謚文正王公諱旦外孫，今樞密副使、吏部侍郎韓公之夫人。初，文正公嫁二女，適范氏諱令孫；適韓氏，是爲忠憲公。范君以辭學登進士科，年三十餘爲朝官，雅意高邁，薄厭仕宦，求還田里。朝廷嘉之，以爲左正言致仕。而忠憲公出入內外，惇懋功業，綱紀國體，歷踐二府，謀微贊元，官至某官，以某官告老歸第。二家相與，恩好甚篤，約世爲婚姻，故夫人歸于樞密公。

夫人端直淑茂，天資挺立，柔順足以成德，正固足以幹事。忠憲公治家嚴謹，夫人承意從教，備盡婦道。及忠憲公薨，冢婦早世，宗〔二〕事一主于夫人。族人百餘口，夫人存撫教育之，同其有無，未嘗少自異，人人歸心。其外則收恤姻婭，贈遺慶弔，親疎皆有禮意，如是者三十年。家始貧乏，其後禄賜益增，而姻族益廣，施予益博。人皆曰其寡約得致其意而無遺，其富有得盡其禮而無偏，是難能也。忠憲公薨，二息女尚幼。及公兄舍人棄世，其孤未婚嫁者又七人。夫人視之如己出，十餘年間，娶婦適人，裝奩聘幣，纖悉備具。待遇妾媵，樂易有恩。至有所整肅，亦莫敢犯者。歲時祭祀，潔齊盛服，以身帥先之。樞密公每出使在外，夫人則亦深居不出，不過諸親家。雖朝廷盛禮可觀，未嘗一往也。世傳韓氏家法，莫不師仰之，皆自以爲不及。樞密公始升朝，夫人封壽光縣君。及爲翰林學士，擬封高平郡君。南郊推恩，進封樂安郡君。

夫人一子曰宗師，甚愛之，而誨勵備至。自爲童孺，不假借以顔色。嘗曰：『汝毋以門户光顯、身有官秩而自怠也。讀書爲學，繼而父兄，且吾獨有汝，用汝爲慰。』宗師亦敏鋭夙成，遂以進士登科。及夫人存，爲祕書丞。夫人又嘗曰：『而雖能成名，吾猶當觀而從仕，與而御家。』及樞密公鎮成都，留家不以自隨，宗師侍夫人。爲鳳州判官，凡再歲，郡人稱其材。

夫人一女子嫁外家進士范紳，實正言之孫。是時正言妻猶存，夫人不以適他族，曰：『以吾女養吾母足矣。』與紳皆早夭。夫人從樞密公治蔡州，得疾。既有瘳，乃著道士服，讀釋老書，盡以服玩施浮圖氏，家事總綱領而已。後八年，年五十三，終于京師某里第，治平四年五月六日也。于時樞密公爲三司使，天子使中貴人歸賻，禮甚厚。内外族人之至者，皆號啼盡哀，其恩有以固結之矣。後數月，樞密公進登西府。明年同天節，求追錫冠帔，天子許之。熙寧二年七月某甲子，歸葬于許州某縣某里，祔于忠憲公之墓次。惟夫人懿德淑行，内外之盛，詩史所稱，不能過也。垂示來裔，不在斯銘乎？乃爲銘曰：

詩稱韓姞，爰始蹶父。東宫邢侯，乃詠齊女。孰與夫人，戚族之華。兩相四公，内宗外家。性淑德修，孔惠孔時。可以化邦，不寧母師。沐浴之封，以啟名城。屈狄魚軒，乃後其榮。兆宅陰泉，萬世是期。勒銘篆詩，孝子之思。

【校】

〔一〕宗，周校本改作『家』。

德清縣君周夫人墓誌銘

夫人姓周氏，考諱某，爲樞密直學士、户部侍郎、贈刑部尚書，以剛直爲朝名臣。妣劉氏，彭城縣君。夫人天性柔静，莊重不妄笑語。爲女工，纖密巧緻，點蘇爲花卉蟲魚，若生就然。又通曉音律。年十七，嫁爲北平滎弋妻。逮事舅姑，恭順得上下歡。舅姑繼殁，服喪六年，以孝稱。從其夫仕宦，夫登朝，封德清縣君。夫官至尚書屯田員外郎，以病求分司南京。夫人董正家事，内外稟受，而營視醫藥。及兒女婚嫁，皆得其儀。夫人本大家名族，滎氏亦素顯盛。及夫病，夫人雖力家事有序，不能無鬱抑失志，浸以成疾。某年月日，終于鄆州私第，年四十六。子男二人：長曰撝，太廟齋郎；次曰某，尚幼。夫人之終，攜時舉進士京師，奔歸在大殮後。女子五人：長嫁某州録事參軍錢豐，次嫁太廟齋郎王磻，餘皆幼。某年某月日，祔葬其縣鄉先姑墓次。銘曰：

婦恃于夫，乃病自退。子可以立，又年不待。柔順静專，非所獲戾。其命也邪，于是乎在。

孫氏母莊夫人墓碣并銘

熙寧元年八月，秘書省集賢校理孫洙巨源將葬其先人，以書告曰：『不肖不幸，至于大故，惟是棺槨封丘之在于禮者，不敢不深長思，以無憾于心。昔我皇妣之祔于先姑，于兹二十有五年，宰木成林。今而與先公別藏異竁，懼無以爲表識，誠得揭辭墓左，以詔來世，不肖之願也。』後數日，復使夫人之壻都官員外郎丁諲以狀告。某于巨源爲同僚，且世有舊，于是次叙其語而刻之。

夫人姓莊氏，廣陵人。幼則柔順，孝于其父母。年十九，嫁爲同郡司封郎中孫公諱錫之妻。端操淑行，不妄戲笑，動皆中禮。服用潔清給足，而儉約不華。事舅姑飲食衣服，必手調飪縫紉之，未嘗以委他人。孫氏累世富厚，内外宗族衆多，婦女所以和順好禮，門内無争鬩事，由夫人身化之也。是後有來婦孫氏者，舅姑必曰：『汝學莊氏婦。』女子適人者，其父母亦曰視莊氏婦云。

府君諸父五人，二人先死，其妻求異居。府君之父悉推田宅予四人者，獨携府君徙揚子，曰：『吾賴吾子仕宦興吾家。』而諸母之愛夫人者，私以白金數百兩予之。夫人曰：『舅姑推財而已，受之是欺也。』固辭不取。已而府君登進士第，歷官州郡，至國子監直講、蘇王宫伴讀。夫人佐助其夫，有常法度。其從在官，約制兒子童僕謹慎，非飲食所須，不妄市一物。性好佛書，讀之能通其義。生七男子：湜、澄、泳、淵、濟、淑、洙。女子三人。泳嘗病暗不能言，醫治萬方不愈，夫人爲齋祓心禱，仰天祝而呼之，應聲能言。夫人年五十，寶元二年六月五日終于京師。終後四年，以慶歷四年十一月十五日，歸葬揚子縣懷義鄉。及府君之喪，湜、泳、淵、濟、淑皆早卒。長女子嫁内殿承制傅夢臣，次適大理評事楊閎，少則丁諲妻。傅氏、丁氏婦亦先死，楊氏婦嫠居，集賢君與其兄前楚州寶應縣主簿澄襄事。夫人之生，雖不及府君之顯，而以良子孝思，烝烝不忘，猶夫人存也。道揚徽美，慰凱風之思。乃爲銘曰：

孫氏大家，我聞其初。以義帥恩，妻承其夫。惟時夫人，端静恪勤。興于其躬，施及族親。孰將來婦，彼亦有歸。一視于莊，爲汝得師。夫榮于朝，壽考其艾。夫人閔焉，曾莫之待。孝子追遠，思深以長。續美緒休，焕其有光。墓木峩峩，厝之豐石。纔詞繫詩，以繼在昔。

舅氏華夫人墓誌銘

舅氏凡七族，某爲兒童時皆嘗及見焉。是時外門名官皆未大立，而諸舅以才學幹力進取，聲聞藹然。其門内之治婦事，謹嚴惇篤，娣姒相親睦無間，世以爲美談。是後仕宦者益顯榮于朝，妻皆有封邑，蓋爲善之報，積厚使然乎！治平初，唯華夫人存。三年，夫人復以壽終。自其始見，至此四十餘年，盛衰變易，雖固人理之常，然亦可爲大哀矣。内兄汲令漢臣，孝弟篤厚君子也，居喪如禮。舉夫人之柩，祔于先府君之塋，請銘于我。某以凱風渭陽之思，常戚于心，冀有以申之，故其爲銘無辭。

夫人姓華氏，平原人，魏太尉歆之後。晉未渡江，居晉陵，又徙餘杭。曾祖先業，祖興嗣，皆仕錢氏。後興嗣入朝，爲金州石泉令。父輯，衛尉寺丞。夫人年二十一，歸于郎中府君諱沖，以府君封平原、永壽、馮翊三縣君。夫人自幼至老，婦道母儀稱于其族人。其族人固當世之所稱美，而夫人有加焉，則其賢可計校等級而知也。夫人爲王氏婦四十七年而府君卒，夫人從其子仕郡縣。又五年，七十七歲而終。其没也，以治平三年十月丙辰。其祔也，以熙寧元年八月庚申。汲縣之弟曰直臣，楚丘縣尉；彦臣，未仕。皆夫人出也。女子三人，長嫁大理寺丞尚穎，次屯田郎中孫珪，皆先殁；次嫁進士馬臨。諸孫八人。其葬宋城縣仁孝鄉某里。銘曰：

舅氏之盛，爰始七族。其能其才，其祉其禄。外治有嚴，内教亦修。人格于善，年長則尤。夫人壽考，乃獨後終。是爲女師，令聞顯融。歲協于姓，日維其祥。祔于公墳，萬世永臧。

韓刑部妻程氏墓誌銘

尚書刑部郎中韓君玉汝，娶于程氏，僅三十年。君爲陝西轉運使，夫人以疾留京師。方是時，西戎有疆事，虜主新立，君經度約束，持節界上，不得顧家。夫人之卒既三月，乃得還。明年，將葬于許昌，君復涖秦州，獨諸子襄事。以書告曰：『夫人之終，不得歸視，葬不臨穴，其悲無以寓。願以累子銘之，使其懿美垂後不忘，可以少自慰云。』于是敘其語刻之。

按程氏，其先中山博野人，夫人之考曰琳，鎮安軍節度使、檢校太師、同中書門下平章事、贈太師、中書令、兼尚書令、魏國公，謚文簡。母陳氏，號魏國夫人。夫人天性静專，自幼少不妄笑言，不起游觀。及嫁，逮事舅忠憲公，婦道修備，宗族懷而愛之。從刑部君仕宦整肅門户，非内事不及口。有賓至，身自主饋視爨燎，雖盛暑不憚。又喜誦佛書，一志不怠，凡有血氣之類，未嘗身踐也。教誨諸子，皆有法度。始，夫人嘗從母入謁禁中，仁宗皇帝以大臣女錫之冠帔。及刑部君登朝，封萬年縣君。夫人之終，以熙寧元年八月九日，年四十九，葬以明年七月二十七日。長子宗恕，前蔡州汝陽縣主簿；宗武，前滑州司法參軍。二人同年登進士第。少子宗魯，太常寺太祝。一女子，許嫁郊社齋郎滕公立。二人皆先夫人卒。其餘男不及名，女未笄者又數人云。夫人之葬，實祔于忠憲公之兆祖姑氏鄉曰某里曰某。銘曰：

婦志于順惟悌孝，妻從于義實求好，子材可稱繄母道。具是三美壽不報，讚銘埋幽寓悲悼。

永安縣君張氏墓誌銘

永安縣君張氏者，相國晏元獻公之冢婦，祠部郎中成裕之嫡妻也。夫人家世河南人。曾祖誼，爲中書舍人，贈工部尚書。祖去華，工部侍郎，贈司徒。父師皐，駕部員外郎。初，元獻公自樞府罷，以某官知陳州事，駕部君才爲州節度推官。元獻爲子擇婦，獨以張氏爲宜。而駕部君亦自以家世華顯，思女之才，不以大小敵否爲間也。及歸，果稱良婦，事舅姑以孝聞。元獻薨，有三男子，四女子，幼稚。夫人養毓調護，皆至成立，娶婦嫁夫，蓋其勤瘁寘力，凡三十餘歲云。夫人生六子：清，太子右贊善大夫；章、陭、紬、宜，皆大理評事；齊，太廟齋郎。女子一人。夫人年五十七，熙寧二年九月十一日，以疾終于京師。某月日，歸葬于許州陽翟縣元獻公墓次。蓋夫人晚而喜佛書，不飲酒食肉，衣不文繡。其處富貴大家，而刻意誠心，爲所難能者，其又可尚也已。銘曰：

爲息擇偶，爲女求士，二父之志，皆以知子。故歸而宜其家人，長而宜其子孫。壽不至于耆耋，有命也存。嗚呼，于千萬年，尚無壞兹墳！

聶夫人墓誌銘

潁川韓宗道持正將葬其妻，請銘于予，以狀告曰：『夫人固知命者。往數歲，夫人嘗病甚急，醫者以爲憂。夫人神色安然，不知死之爲可惡也。或勸使呼兒女來前，夫人止之曰：「彼且啼泣亂人意，無益病。」後愈，夫人盡去金珠服玩，斥不復用。更爲道士服，而誦浮屠書。後二年，告宗道曰：「得不祥夢，自以爲當死，死不朞歲矣。」自是，數與姻族語，語若訣別，而曰不可易者，命也，未嘗以爲戚。歲餘，果病，自爲送終服。比其化也，不少恐懼變易焉。夫人歸韓氏若干歲矣，其在父母家，幼則明悟，不爲嬉戲。七歲讀書史，能爲詩，曉音律，聰警過人。性和柔謐静，未嘗有懈惰色。父母尤賢之，故詳擇所宜而歸之。其嫁也，不及其姑叔妹之未婚嫁且十人。先公既見夫人所爲，喜曰：「此賢婦也，吾不復念家事矣。」及先公棄世，自後十餘歲，所以撫鞠幼稚，皆盡其恩意，始終如一。凡夫人之爲婦，又若此云。』蓋持正之學，喜論無生而貴知命者，故知其妻之賢有以也。夫齊死生者，不以大變感己，其以人之所無憾爲夸詡乎？吾又以知持正之言信也。夫人姓聶氏，父爲某官。其卒也年若干。有子三人，曰某、某、某。一女子，皆幼。其死以某年某月某日[一]，葬以某年十一月某甲子，持正時爲太常博士云。銘曰：

生所慕也，死所惡也，世俗以爲憂，而夫人不懼也。夫也知之，乃道其賢。銘以寘幽，于千萬年。

【校】

〔一〕某日，沈校本原作『其』。

彭城集卷四十

雜著

設常侍郎對

漢景帝用鼂錯爲御史大夫，帝過郎署，見常侍郎，問曰：『吾以錯爲三公，人以謂何如？』常侍郎曰：『幸甚。陛下之知錯也，以錯爲大忠焉爾。陛下之用錯也，以錯爲大材焉爾。』帝曰：『固然。』常侍郎曰：『錯不變更高皇帝約束，陛下不以爲材。錯不別疏人骨肉，侵刻宗室，陛下不以爲忠。然則高皇帝約束雖仍舊，不可得矣；諸侯雖欲無罪，不可得矣。』帝曰：『何哉？』常侍郎曰：『錯，潁川男子也。文學不能以出衆，容貌不足以動人，使居鄉里，勢不過得爲掾功曹，錯不願也。錯峭刻爲忠，而陛下信之；錯非苦爲材，而陛下用之。錯今爲三公，富貴榮顯，然則極錯所欲，盈錯所願，漢安得無事，諸侯安得無罪乎？』帝曰：『吳王詐疾不朝久矣，其罪大，今削之亦反，不削亦反。』常侍郎曰：『先賜吳王几杖，不朝數十年矣。吳王漸漬恩德，雖圖不善，不忍爲也。陛下今使錯發之，吳由錯反，而謂不削無錯，吳何爲有謀乎？』帝默然。常侍郎曰：『語有之曰：「變古亂常，不死則亡。」是天道也。陛下雖固愛錯，不能違天。錯將有大怨，侍郎謝死罪。』居三月，七國起兵，帝憂懼，要斬錯以謝七國，然後知常侍郎爲賢者也。

書李廣傳後

李將軍英毅果鷙，謙讓不入〔一〕，可謂名將矣。然而功不至封侯者，非其人之智失也，又非時人之勝己也。幸不幸，有命也已矣。世〔二〕之君子，全道極美，而功名不顯者，亦何可勝紀哉？然君子之道，得于人必反諸其身，違于天必復諸其心。故禍福之至，曰己有以致之，是以上無怨而下無尤也。李將軍追咎殺降者，以使己不封，能自訟矣。嗚呼，可謂非篤厚君子哉？（又見《國朝二百家名賢文粹》卷一百九十四）

【校】

〔一〕入，《名賢文粹》作『下人』，周校本改作『苛』。

〔二〕世，《名賢文粹》作『古』。

連珠一首

蓋聞詭道取勝，得以暫用；懷惡致討，未有能克。是故以桀詐桀，可容于儌幸；用燕伐燕，不足以相服。

進士策問

問：古者藏冰以禦雹災，禁原蠶以蕃馬，四時改火以救民疾，出土牛以送寒氣。夫天人相感，皆以其類。凡此數者，其說謂何？且其說皆《春秋》《周禮》《月令》，聖賢之記，非鄙近淺陋所傳述者。諸生毋以不通，而輕沮毀之也。

問：古有宗子者，以管領族人。今不知其說如何？爲之者何人？分大小者何故？

領族人之狀何若？累世之後有所斷絶否？今世亦可行之乎？當爲明説焉。

問：古者議事以制，不爲刑辟。今國家憲章完具，毫髮以上，皆存約束，而言治者嘗曰不盡人情。其爲吏者，皆便文自營，無惻隱之實，以故政事多不及古。或以爲宜簡節而疏目，求忠信之士、敦龐[一]之人以付之。夫人不易知，恐未獲議事以制之美，而矯虔吏舞文以害民矣。二者宜何從，願與諸生議之。（又見《皇朝文鑑》卷第一百二十四）

【校】

〔一〕龐，《皇朝文鑑》作『庬』。

旱禱文

伏以賞功罰否，率由陰隲之權；旋時過期，實繫至誠之感。臣自惟淺器，濫預長人，政術弗修，德馨蓋闕。間者旱氣爲沴，穡夫鮮功，閔焉雲漢之憂，遂及肅霜之序，農畝弗墾，宿麥過期。懼粢盛之不供，而鰥寡之重困，是用反身思咎，潔誠謝愆。闢靈場之謹嚴，誦仙章之秘奥，庶兹悃愊，仰達高明。伏冀降鑒自民，上德生物，拯此焦勞之患，畀其膏潤之恩。霖雨以時，豈特雲霓之望；黎庶無憾，更知芻狗之仁。

太清宫旱禱文

伏以洗心首過，情衷可以必聞；旋時過期，昭鑒未嘗無報。臣濫膺朝寄，忝職郡符，刑政弗修，疵癘爲閔。粤從春序，時雨愆期；顧彼農民，衆心失望。密雲屢布而復褫，疾風亟發而若驚。宿麥就實而弗登，嘉穀當種而弗入。民罹饑饉之苦，于此累年；家乏儋石之儲，鮮不菜色。大懼流移道路，荒棄田萊，是用躬造殊庭，歸依鴻造。守土無狀，或許其悔過而自新；比屋可哀，必冀于加惠而孚佑。霖霪滂浹，萌實茂堅。幸昊天之弗渝，亦神祀之無乏。

中嶽禱雪文

今兹冬多愆陽，雨雪不時，雲氣數布，風飈暴起，宿麥枯瘁，人且疵疫。守土無似，刑政失中，不能自媚于神，實致此咎。洗心自新，是用乞靈于百祀神祇。惟天子之所命，潄邑之表望，莫如在廟之神。矜其淺智不逮之罪，軫百姓將絶之憂。惠澤以時，嘉穀無隕。蒙賴靈貺，其何有極！敢告。

謝雪文

蒙神之賜，致此甘澤。疵癘不興，濡土潤麥。匪我精誠，所能昭格。在神聰明，庇民大德。潔粢豐盛，陳列籩豆。左右僚屬，載拜稽首。是用爲報，率我常職。神其格之，以饋黍稷。尚饗。

吴山禱晴文

吴嶽在隴州，去鳳翔僅百里。其山秀特磅礴，與五嶽相類，不與凡山等。其神甚靈，其禍福于民如答。于是秋苦雨，故予爲文禱之。

判渾茫以融結兮，肇川嶽于坤輿。五山峙而相望兮，兹綱紀乎中區。慶西荒之遼敻兮，邈萬里而有餘。伊帝命以主民兮，曰喬嶽而惟吴。峻千尋而直上兮，亘西方而不極。叢巖嵬嵬而干霄兮，白日過而如匿。睨玄雲之漫漫兮，夫豈知乎懸崖之孤石。氣清淑而淳粹兮，嫗陽春之膏澤。忽變色而震怒兮，何風霜之慘戚？諒好善而懲惡兮，茲天威之咫尺。彼下民之喜仁而畏欺兮，夫孰非神之幽隲！歲困敦而陰霖兮，秋既成而弗穫。氣昏昧而弗離兮，雨淫泆而互作。川谷浩乎爲淵兮，高原墟而爲壑。彼下民之無辜兮，曾弗究而弗度。雲闐闐而不收兮，鬼嘻嘻而爲虐。疑聰明之惑蔽兮，何帝令之沮格？不然蹋炳靈于百里兮，又明神之所作。叩帝閽而且遠兮，不若吾神之可以獻忠。縛箸屏翳兮，放誅豐隆。揚百川使清露兮，詔蜚廉使來風。掃除昏翳兮，天地清通。白日揚光兮，悠悠太空。田有嘉穀兮，穡人成功。我民欣欣兮，報祀其豐。神之德兮，長無終窮。

禱晴〔一〕文

霖雨爲沴，越月歷日。麥既秀矣，陰不得育。前歲饑阻，民或菜色。奈何復之，鰥寡愈蹙！百姓非神主邪？水旱非神職邪？神將弗聞，我是用告。翕息雲陰，日光照赫。尚庇黎甿，以敷大德。敢告。

【校】

〔一〕晴，周校本、沈校本作『雨』。

王深甫哀辭

嗚呼！深甫嘗自以爲不壽，亦亟爲予道之。揆六物與五辰，迺言命而稱詩。神峻清而骨單，吾固亦以君焉爲疑。何兹言之竟果，其夭閼而止斯！吾固知夫天命之默定，非賢哲之可移。强學問而力仁義，彼蒼蒼焉冥默而莫知。夫神之不可滅，精之不可虧。莽太空之浩蕩，君孰往而疇依？審與夫顛顛兮異矣，復何怨而何悲？夫死生其猶夜旦之常邪，顧有合而必離。彼修短胡足言乎，計彭祖之與嬰兒。念至理之昧晦，知之者不如信之以誠之爲愈也。然固望之而未至，聞之而弗窺。此顔生之不幸，猶壹慟于宣尼。矧吾徒之缺然，宜爲君而涕洟。

祭陳相公母某[一]夫人文

嗚呼！五福之先，莫重于壽。壽者雖多，鮮克貴富。或身顯榮，親不待留。夫人之福，四世之祐。以賢爲子，名譽長懋。國相之養，萬石其厚。黄髪兒齒，踰八贏九。《詩》頌魯侯，慶云壽母。馮勤、胡廣，在漢稱首。夫人況之，彼焉何有？命乎考終，靡憾靡疚。某等備位小邦，皆有官守。喪車來東，不敢奔走。恭陳薄奠，藉詞爲侑。伏惟尚饗[二]。

【校】

〔一〕某，周校本、沈校本無此字。

〔二〕伏惟尚饗，據文津閣本、周校本、沈校本補。

祭亡弟縣丞文

前年四月，汝來見我。念汝當官，才高志果。于以求名，往無不可。故我别汝，思而不傷。汝行無幾，報汝婦喪。十旬未半，汝繼以亡。何辜如此，不淑不臧？豈我不德，底此咎殃？我心猶疑，謂汝在官。後來不歸，一别終天。我年向衰，六十有幾。前喪汝嫂，兒女失恃，我矜汝孤，誰與撫視？我重傷悼，髪白目翳。日月流速，爰及祥祭。几筵將徹，在禮有制。招延浄寺〔一〕，廣作佛事。益乎無益，自盡人意。奠汝以詞，靈其髣髴。嗚呼哀哉！尚饗〔二〕。（又見《永樂大典》卷一萬四千五十二）

【校】

〔一〕寺，《永樂大典》作『似』。

〔二〕嗚呼哀哉尚饗，據《永樂大典》、文津閣本、周校本、沈校本補。

祭亡妻潁陽縣君韓氏文

嗚呼！日月不居，節序代逝。傷悼如昨，忽焉周歲。追惟話言，衎衎令德。帷袥未更，宛然餘澤。情懷摧割，有涕漣洏。泉壤冥漠，詎復我知。素心依佛，覺悟至理。超生浄土，想必去此。禮制有經，明當變服。奠觴陳詞，祔筵〔一〕以哭。嗚呼哀哉！尚

饗〔二〕。（又見《永樂大典》卷一萬四千五十三）

【校】

〔一〕祔筵，《永樂大典》作『拊足』。

〔二〕嗚呼哀哉尚饗，據《永樂大典》、文津閣本、周校本、沈校本補。

祭王景彝文

惟公忠以衛上，簡以正己，節惠之光，兼此二美。生榮没哀，前聖攸臧。僉論所同，公也不亡。歲月之吉，歸葬舊封。宰木有嚴，天子之公。某朋舊之好，執紼是宜。守官鄰邦，遠莫致之。恭陳薄奠，告公以心。靈實有知，庶亦來臨。尚饗〔一〕。（又見《永樂大典》卷一萬四千五十四）

【校】

〔一〕尚饗，據《永樂大典》、文津閣本、周校本、沈校本補。

爲人祭唐給事文

惟公之生，志氣潔修。清不可渝，如川之流。博學贍辭，既以周用。尺牘之珍，又衆所共。金華深嚴，多聞是資。出入兩朝，天子器之。胡天降年，福不售德？修途方騁，脱軸煩軛。嗚呼哀哉！某夙以姻婭，得從儁游。哲人之委，使我心憂。觴豆雖陳，公豈來臨。文以叙悲，公知此心。尚饗〔一〕。（又見《永樂大典》卷一萬四千四十六）

【校】

〔一〕尚饗，據《永樂大典》、周校本、沈校本補。

祭張龍圖文

惟公亮直自躬，儒術映時。緣飾彬彬，動爲吏師。大邦維屏，天子是毗。所居赫赫，去而見思。金陵都會，朱邸始封。大新城宇，百堵穹窿〔一〕。洛〔二〕師汶陽，周魯遺風。二邦美化，于古比崇。龍馬近臣，柄輔儲侍。將哉相哉，故事多矣。天不憖遺，公胡不俟！殲我良碩，奪兹重器。嗚呼哀哉！某昔以庸虚，預居下僚。從事别都，匪夕匪朝。親際軌範，躬服教條。薰而炙之，德音孔昭。奄承訃聞，震悼曷已！守官小邦，去公千里。欲奔不能，疚心如燬。酒肴匪馨，恭致常禮。嗚呼哀哉！尚饗〔三〕。（又見《永樂大典》卷一萬四千四十六）

【校】

〔一〕 窿，《永樂大典》、文津閣本、周校本、沈校本作『隆』。

〔二〕 洛，《永樂大典》作『落』。

〔三〕 嗚呼哀哉尚饗，據《永樂大典》、文津閣本、周校本、沈校本補。

爲衆人祭王十八學士文

嗚呼〔一〕！君以文章，奮志發身。施于爲政，寬而利人。凡出從事，傅古則迂。便文自勞，又非遠圖。君〔二〕實精心，處躬不疑。所居可紀，去而見思。南亳之都，全吴之疆。饑饉薦臻，民卒流亡。田萊既闢，百堵還定。問誰之勞，復此完盛。上嘉成功，亟降命書。東暨海邦，北[二]維參墟。膂力方剛，經營是宜。金印紫服，爛其有暉。傳車在門，揭節諏日。旦不能朝，君忽臥疾。賓來問君，笑言自怡。揆此吉人，何慮何疑。沴疹發中，變若翻水。晨夕俛仰，君遂已矣。福善之説，古或不信。導引而壽，君復自慎。莽然臻此，不可推測。豈天有命，雖聖不釋！君賫所懷，不得盡施。以生者懷，重君之悲。某等辱從君游，交契攸久。豈伊異人，兄弟甥舅。哭君之傷，情鈞意同。丹旐有翩，君喪遂東。怳然語言，皙然眉宇。不見不聞，邈然[四]夐古。潔饌豐盛，清酒在罇。一别長絶，寫心此文。嗚呼哀哉！尚饗[五]。（又見《永樂大典》卷一萬四千四十六）

【校】

〔一〕嗚呼，《永樂大典》無此二字。

〔二〕君，《永樂大典》作『居』。

〔三〕北，《永樂大典》、文淵閣本作『比』。

〔四〕然，《永樂大典》、周校本、沈校本作『若』。

〔五〕嗚呼哀哉尚饗，據《永樂大典》、文津閣本、周校本、沈校本補。

祭邵龍圖文

嗚呼！昔公之西，擁節部符。千騎上頭，蘭弩前驅。邛郲之險，其足言歟！賢賓去門，弔者在廬。禍福倚伏，一盈一虚。今公來還，丹旐首途。素幕蕭然，歛衣塗車。天理何常，不亦悲乎？嗚呼哀哉！惟公志節清修，早自挺立。儒官詞林，栗階躋級。司言右垣，袞職補緝。遂主邦計，晐賦經入。蜀城會繁，民俗輕急。清德鎮浮，有命既集。百里之塗，半于九十。公實中絶，車摧馬蟄。凡我僚舊，皆昔朋執。堨來存公，易笑以泣。陳觴叙誠，惻愴於邑。公實臨之，誰謂弗及。嗚呼哀哉！尚饗〔一〕。

【校】

〔一〕嗚呼哀哉尚饗，據文津閣本、周校本、沈校本補。

祭賈中丞文

嗚呼！《詩》《書》所稱，君子正直。廉端隅方，以近有德。古今材良，勉懋自力。孰與天資，不爲外飾。維昔宣尼，隕涕叔向。史魚兩如，潔修莫尚。矧惟公賢，時所仰望。殄瘁之悲，爲國悽愴。嗚呼哀哉！公在中司，懍其毅氣。如玉之瑩，廉而不劌。表正衆物，彼曲吾避。陳善責難，致君無貳。神之聽之，景福謂何。曰仁者壽，公在則那。淮陽卧治，汲直病多。公復不能，獨寐無吪。嗚呼哀哉！昔公之門，居無雜賓。貧賤之交，在我數人。情以義鍾，哀以志申。有涕沱若，沾袍隕紳。喪車于南，邈焉千里。有泗有淮，壽母稚子。奠公國門，公歸已矣。公不我忘，顧此肴醴。嗚呼哀哉！尚饗〔一〕。

【校】

〔一〕嗚呼哀哉尚饗，據文津閣本、周校本、沈校本補。

祭吴中散辯叔同年兄文

慶歷之六，同荷名第。四十年間，怳如暫寐。逝者所餘，一才三四。見公荆州，以是爲嘻。爲百老圖，如公存意，別公無幾，公復不諱。天命有定，固不可避。惟公壽算，官爵名位。雖不大達，方古無愧。克有令子，門户不墜。交朋之情，既老必異。追公昔遊，忼慷隕涕。喪車北還，丹旐曳曳。撫棺一呼，引紳抆淚。奠酒伸詞，公乎來既。嗚呼哀哉！尚饗〔一〕。

【校】

〔一〕嗚呼哀哉尚饗，據文津閣本、周校本、沈校本補。

爲三省密院祭中書相公長男新婦文

惟靈作嬪清門，慎德習訓。積善在躬，罔不信順。日及隕芳，弱草棲塵。如何不淑，失此令人！殽饌佳好，清酒嘉旨。靈乎不遐，歆此涼菲。尚饗〔一〕。

【校】

〔一〕尚饗，據文津閣本、周校本、沈校本補。

汝州判司等攷詞

襄城縣主簿張堯卿第一攷

前件官久更事任，頗積史材。迨此朞年，亦無官謗。其攷可書中中。

襄城縣尉寇仲閔第二攷

前件官勤于追捕，濟以公廉，卒徒服從，器甲犀利。其攷可書中中。

葉縣尉常琮第三攷

前件官追胥竭力，教習有方。惟其鮮萑苻之姦，是以寡鷹隼之效。其攷可書中中。

司法參軍王辟疆第二攷

前件官明辯足以亭法，詳慎不以便文。既久于官，益勝其任。其攷可書中中。

司理參軍王整第三攷

前件官操心近厚，鞫獄正清。其攷可書中中。

梁縣尉兼主簿高璉第二攷

前件官莅事再稔，取盜四人。窮淵藪之姦，可謂能矣；貳子男之課，不亦多乎。其考可書中中。

國子監補監生牒詞

國家以詩書禮樂教育，諸生以德行道藝應選，上下相待，如此其重。雖未列于爵禄，而士子已貴矣。然國家與人不求備，故占小善者皆不遺之焉。而諸生有志于古人，則其自任者宜勉之耳。

曉示州學榜

據州學教授狀，諸生不遵規矩，及侮玩師長，毀壞曉示者。

蓋聞入孝出弟，鄉黨之常節；恭業樂羣，庠序之要道。諸生秀才，結髮從學，屈首受書，大則希揚名而顯親，次亦將干禄而筮仕。何乃甘心佻達，極意慢游，以侮玩老成爲高，以抹撥箴規爲達？負固不服，過涉至凶，不足成名，秖其敗德。古者大學之教，嚴師爲先，或收檟楚之威，或重寄棘〔一〕之讁。非不能道德而齊禮，蓋將以〔二〕糾繆而繩愆。興言及兹，良弗獲已。爲學至此，不亦恧哉！然而朝過夕改，君子所予；先迷後得，大《易》攸尚。畏罪可以强仁，克己而後復禮。特願勉親弦誦，恪居朝夕，勿重前咎，以貽後悔。告示各令知悉者。

【校】

〔一〕棘，文淵閣本、文津閣本、周校本、沈校本作『僰』。

〔二〕以，文淵閣本無此字。

濟寧總管府敦請武子先生主善本路學校疏

竊以化民成俗，舍學校以奚先？以善及人，惟賢哲之自任。某等叨寄兹土，俯愧菲才，顧惟郡邑之氓，素乏絃歌之教，雖泮宫之攸宇，虚絳帳而無人。幸遇良師，克堪主善。武子先生德望足以服鄉里，文藝足以爲模範，雅重足以鎮輕浮，安恬足以化僥倖。有叩即應，無問不知。超然大爵之尊，允矣國人之式。某等敢攄悃愊，仰瀆高明。珠在淵而淵光，玉處石而石潤。物且乃爾，人益能然。與其獨樂乎一身，曷若兼善于萬衆？謹同願學之諸子，不勝延竚乎清光。願薰陶禮義之鄉，謹佩服文明之訓。異日而爲天下之名士，不言而知先生之門人。爲國儲材，有教無類。贊襄唐虞得賢之盛，再清洙泗絶學之源。千載流芳，一時稱慶。在後學多感多幸，于先生不爲不光。罔敢多言，敬備奔迓。謹疏。

修暨陽學宫疏

本學正殿雖新，戟門未備，樓危欲壓，堂圮弗崇。欲議增修，何從取費？非助我者，孰能爲之？伏以天地之覆載，皆知有帝王之師；風雨所漂摇，遂不見宗廟之美。睠我暨陽之學，創于慶歷之朝，來者皆視如傳舍之人，去者無必葺墻屋之計。車不容而門壞，廉太近則堂卑，畫戟弗修，丹楹未備，舍路寢孔碩之外，皆朽木不彫之餘。固知子騫之言，舊貫何必改作；恐如安石所論，後人將謂無能。今欲經之、營之、成之，庶幾合矣、完矣、美矣。然明欲毁鄉校，豈不爲鄭國之羞；僖公能修泮宫，未必非魯人之助。用勸爾士，各肩乃心。原注：謝安石欲修宫室，王彪之曰：『豈可大興工役，勞擾百姓耶？』安石曰：『宫室敝陋，後人將謂無能。』

彭城集補編

詩

南湖詩

湖波微漲日初長，水面花香柳緑黄。沙鳥喧嘲隨笑語，儵魚驚躍近舟航。春心處處迷芳草，醉眼依依亂夕陽。信似習池風物好，偷閒賸醉兩三場。

一罇芳酒數篇詩，坐待南湖夕景低。日照杏花堆火齊，水涵天色湛玻瓈。静中魚鳥渾相忘，醉裏風光時易迷。還有漁舟澹客興，誰言不似武陵溪。（《永樂大典》卷二千二百六十五）

潁水作寄陳州諸故人

不知潁水清如此，欲比蓬萊似是非。察見淵魚寧有意，往來鷗鳥已忘機。濟川便樂風波息，洗耳都疑世事違。甚悔衡門臨沁水，還思冠者試春衣。（《永樂大典》卷三千五）

佚老堂爲馬給事題

膂力期方壯，功名付衆才。朝廷不能出，軒冕儻時來。賢者皆知此，勞生亦念哉。暮年均暇逸，末路忍低回。延閣通雲漢，東垣接上台。老成宜鶴髮，絶足信龍媒。脱落經綸際，從容里地開。圖書收舊素，池籞就穿栽。松菊依陶令，兒童戲老萊。尚知南郡富，肯使少遊哀。詎有東家問，端思齒杖陪。會爲三徑客，幽屏謝塵埃。（《永樂大典》卷七千二百三十八）

詠列子

禦寇卧鄭都，子陽歸之粟。固辭得無受，妻子怨窘束。君非自知我，人事故反覆。俛仰

未及終，類傌[一]首邦族。始知至人心，避榮乃避辱。如何當路子，擾擾事干禄。（《永樂大典》卷一萬二百八十六）

【校】

〔一〕傌，按應作『禡』。《詩·大雅·皇矣》：『是類是禡。』《傳》：『於内曰類，於野曰禡。』

大安病酒留半日王守復來招不往送酒解醒因小飲江月館

江驛春酲半日留，更煩送酒爲扶頭。柳花漠漠嘉陵岸，别是天涯一段愁。（《永樂大典》卷一萬一千三百十三）

還館詩

步向端門足力遲，仰瞻雙闕隔褵褷。三年江海都如夢，老態今朝始自知。

下馬呼人問直廬，歸牆因讀舊時書。黄花緑葉庭槐影，噪雀鳴蟬宛自初。（《永樂大典》卷一萬一千三百十三）

次韻和王四館宿

雪殘梧竹夜猶寒，春入林花露已團。絶境自宜仁者静，痞歌非爲碩人寬。不眠紅燭停俄頃，刻意新書計若干。等是前賢遊集地，似君尤更覺才難。

蓬萊宫闕冠雲霓，月出丹淵日墮西。和暖時花元有信，黄昏歸翼自無迷。讀書難字存雌蜺，落筆雄辭在碧鷄。五十衰年融過二，强顔何計可思齊。

天星出屈勢闌干，五夜傳呼禁漏殘。虎豹深沉九關遠，鵷鶵栖息一枝安。病親黄卷憐燈闇，老厭青綾怯歲寒。長有江湖未歸夢，更將衰白鏡中看。

月白天虚星斗横，夜深高閣勢峥嶸。怪來耳冷人聲絶，會是齋居近太清。（《永樂大典》卷一萬一千三百十二）

初秋館中呈諸公

掖垣星宿上清居，金馬文章次石渠。雨定楓槐含秀爽，秋還樓閣長空虚。上知景伯無人事，恩許黄香未見書。不奈客嘲聊自解，下流仍復愧應璩。（《永樂大典》卷一萬一千三百十三）

題平山馬鋪

長亭前望勢崔嵬，地拆[一]東南宇宙開。韋杜去天真五尺，行人新自日邊來。（《永樂大典》卷一萬四千五百七十六）

【校】

〔一〕拆，按應作『坼』。

燈夕

燒燈陶永夜，擊鼓勸沽酒。清月不作霜，微風乍摇柳。忽忽車轉轂，戢戢人舉首。歡樂

聊及時，與誰論薄厚。（《永樂大典》卷二萬三百五十四）

次韻和王舍人燈夕見寄

南陌東城樂賞同，翠華雕輦度香風。春催火樹無窮外，天壓歌聲不盡中。侍宴君歸青瑣閣，倦遊身作白髯翁。憑將酒客鴟夷頌，並謝張松與孟公。（《永樂大典》卷二萬三百五十四）

燈夕陳大夫來會張承議以病不出有詩贈陳次韻和之

千燈光影徹春宵，紅日明霞晃綺寮。上客歡娛得驚坐，佳人歌笑敵藍橋。雪花帶雨塵都埽，寒色兼風酒易消。一去章街盡眉嫵，臂圍猶怯月邊朝。（《永樂大典》卷二萬三百五十四）

燈夕寄呈張學士

東風一雨解萌芽，暖景重城有萬家。霽後燈光猶妬月，春遲火樹却催花。數聲水調矜遺俗，十里珠簾勝館娃。璧府謫仙歸未得，會將騎鶴向人誇。（《永樂大典》卷二萬三百五十四）

次韻錢待制

吟蟬咽風思，潛蛩訴宵怨。清雨灑重城，碧瓦浩千萬。訟庭一何清，枝本不圖蔓。至有田相移，頗自焚其券。嘉禾毓隴畝，惡獸伏欄圈。塗有相從歌，吏或不敢飵。美君鋭天機，心得非事勸。奏刀無綮肯，蓄德由止健。九韻始登歌，五鼎方薦獻。秋悲亦何爲，烈士有志願。（周校本《彭城集》卷四）

次韻子瞻兄弟送王待制

鷺斯但頻頻，夢蜂亦羣屯。自非青雲士，安得長者言。杜陵兩詩伯，辯如九河翻。多聞直諒間，足繼御與奔。爲誰睦者歌，王子守南藩。隱然金石聲，大笑秦人盆。我來坐東軒，對境羅芳樽。懷人閲瑑刻，意往心宜煩。題詩強爲繼，搦久筆爲温。不及蔡中郎，倒屣王公孫。（周校本《彭城集》卷四）

寄獻淮西大哥給事〔一〕

千里提封盛府開，照淮紅旆晚徘徊。地靈固有壺公舊，時泰不同唐相來。韋斷陳編占藥喜，珠揮新什詠蘭陔。阿連今羨南飛翼，酒影猶能入壽盃。（文淵閣《四庫全書》本劉敞《公是集》卷二十三）

【校】

〔一〕按，《四庫全書》本詩題下有小注云：『淮西給事即敞也，此詩當係其弟攽作。』又，盧文弨《抱經堂文集》卷十三《劉公是集跋》云：『《公是集》尚有古法，而鈔集者不察，或誤以他人之作爲原父作，而和詩反低一格，從附見之例。余與歷城周太史書昌言之，當改正也。』即謂此也。

題古畫山水障子時年六歲〔一〕

應是塵外境，不隨陵谷遷。江山猶舊日，松栢又千年。（清揚州詩局刻本宋孫紹遠《聲畫集》卷四）

【校】

〔一〕按，宋孫紹遠《聲畫集》中有題劉叔贛詩數首。清厲鶚《宋詩紀事》卷二十六亦收録劉叔贛詩五首。厲鶚按云：『贛，《廣韻》貢同。劉敞有仲遼父之稱，疑此即劉攽貢父，不敢臆斷，姑附于此。』厲鶚存疑之論，後人皆斷爲定論。全祖望《鮚埼亭集外編》卷四十七《答厲樊榭宋詩人問目》云：『問：「劉叔贛者何名？有與坡谷倡和詩。」「仲原父者，公是也。叔贛父者，公非也。二公皆以三言爲字，晚年人止呼原父、贛父。叔贛即贛父耳。」』翁方綱《石洲詩話》卷三：『厲樊榭疑《聲畫集》劉叔贛即貢父。今觀所載題畫諸作，氣格亦不凡，當是貢父詩也。』陸心源《宋詩紀事小傳補正》卷二『劉叔贛』條謂：『案，劉攽字叔贛誤分爲二。』檢《聲畫集》中題作劉叔贛詩者，部分見于今本《彭城集》。如卷一《華山隱者圖》見今本《彭城集》卷四，卷二《過栢林院贈吉長老有古殿吴道子畫維摩居士又有斷碑是寶歷中記義岑禪住佛院事》見《彭城集》卷十三等等，故《聲畫集》中劉叔贛詩皆可作爲劉攽佚詩輯録。

山水屏

吾家古屏來江南，白晝水墨漬煙嵐。我行北方未嘗見，衆道巫峽仍湘潭。山頭老樹長參天，水上衰公撐釣船。青蓑擁身稚子眠，得魚不賣心悠然。久嫌時世趣向狹，頗思種藥

依林泉。桃源仙家不可到，但願屏上山水置眼前。（清揚州詩局刻本宋孫紹遠《聲畫集》卷四）

于秘校示郊園棠木連理圖偶題長句

昨得伻圖與賦詩，野棠井榦上交枝。始疑和氣偏回復，可是常情悦附離。愛樹去思吾豈敢，高門陰德子應知。濟南固有終軍辨，傳布仍煩老畫師。（清揚州詩局刻本宋孫紹遠《聲畫集》卷五）

壁畫古槎歌

南山大樹楓與樗，百年不到生理枯。老枝錯落麋奮角，病根蟉結龍垂髯。風霜不知春不改，古苔懸蔓相縈帶。豈知高堂素壁上，畫圖能令觀者愛。野夫晨興坐樹邊，偶説此槎來上天。暫乘西風犯牛斗，却看東海成桑田。（清揚州詩局刻本宋孫紹遠《聲畫集》卷五）

和江鄰幾梅聖俞同蔡學士觀宋家書畫

中郎石經天下傳，江翁説詩當世賢。南昌子真亦禄仕，讀書養性希神僊。雄豪相遇古莫及，所至衣冠争願焉。貴公子孫誰是勝，廣平家書盈萬千。當時交友皆父行，賈生論議欺老先。開門迎客車結轍，而此三士相周旋。牙籤插架塵土絶，寶軸出囊瑶玉聯。前秦篆籀頗磨滅，中世粉墨仍新鮮。咨嗟古人不可見，但覺能者心意專。知音自昔貴一遇，千歲相望猶比肩。況有清詩紀實事，豪壯入耳如哀弦。鄙夫觀書識難字，古文愈野心謂然。要當乘興過君所，刮膜一使頭風痊。（清揚州詩局刻本宋孫紹遠《聲畫集》卷八）

楊寺丞書畫

楊侯古書數十軸，草隸缺殘猶可讀。古書流傳動千歲，書可倣摹古容僞。愛君苦心能辨之，等捐千金不爲費。世嘗售名不售真，物可見形難見神。重令志士一惆悵，念有遺寶隨埃塵。東牆西牆畫滿屋，琵琶小兒理新曲。鄙夫長安交遊少，騎馬能來與君熟。萬事好惡我自知，不作浮沈爲人更耳目。（清揚州詩局刻本宋孫紹遠《聲畫集》卷八）

禁煙遊園

寒食風光雨斂塵，病餘寒極强頒春。傳呼廣陌雙摇旆，乘興名園一柅輪。列座賔寮皆俊

雅，遶池花木盡奇珍。長吟淺醉歸時晚，蠟炬熒煌改火新。（文淵閣《四庫全書》本宋蒲積中《古今歲時雜咏》卷十三）

許州寒食

灌嬰臺畔路憧憧，寒食追遊喜退公。堤柳媚煙行細緑，野橋横水陣殘紅。鞦韆冷颭梨花雨。蹴踘高騰燕子風。幾處笙歌幾家哭，却愁迴馬夕陽中。（文淵閣《四庫全書》本宋蒲積中《古今歲時雜咏》卷十三）

白雪樓

漢江東流不復回，郢人唱和安在哉。巴詞下曲滿天下，刻商流徵成塵埃。但見蒼山插霄漢，石城古木高崔嵬。城頭層樓又清絶，尚有遺音名白雪。三楚矜誇傳至今，忍令棟梁有摧折。使君好古情不薄，五馬雍容照城郭。指揮能事出餘力，整頓景象疑初鑿。千歲一倏固有期，耆舊幾人能賦詩。曲高和寡又何信，瑰意琦行令人悲。（明嘉靖刻本薛剛、吴廷舉《湖廣圖經志書》卷十）

望湖亭

湖勢西來迥，川形百道開。中流環島嶼，傍市有樓臺。入望蒼煙合，凌虛白浪𢎥，興來思擊楫，慚愧濟川才。（清李恩綬《巢湖志》卷二、《古今圖書集成·山川典》卷二百八十）

闕　題[一]

九醖宜城酒，人傳峴首碑。古今情不別，更問習家池。（清道光惧盈斋刻本宋王象之《輿地紀勝》卷八十三《京西南路·襄陽府》）

【校】

〔一〕按，《輿地紀勝》收入『宜城酒詩』條下。

闕　題

但見蒼山插霄漢，石城古木高崔嵬。城頭層樓又清絶，尚有遺音名白雪。（清道光惧盈斋刻本宋王象之《輿地紀勝》卷八十四《京西南路·郢州》）

闕　題〔一〕

微言動相國，大笑絶冠纓。流轉有餘智，滑稽全姓名。師儒空稷下，衡蓋盡南荊。贅婿不爲辱，旅墳知客卿。（《百川學海》本宋葉夢得《石林詩話》卷上）

【校】

〔一〕《宋詩紀事》卷十六題作『襄州淳于髡墓』。

荔　枝

南州積炎德，嘉樹凌冬緑。薰風海上来，丹荔逾夏熟。煌煌錦繡林，亭亭翡翠屋。鵠頭爛晨霞，天酒瑩寒玉。流聲感華夏，採綴如不足。開元百馬死，漢堠五里促。君王玉食間，此薦知不辱。迨今糟粕餘，猶足驚凡目。憶初成上林，四方會奇木。使臣得安榴，天馬来苜蓿。擢身自幽遐，托地幸滲漉。我欲咎真宰，嗗兹限荒服。將非名實雄，百果爲羞縮。區區化工意，聊爾存衆族。（元刻本宋祝穆《事文類聚》後集卷二十五菓實部、《古今圖書集成·

草木典》卷二百七十六）

戲答惠荔子

錦筵火齊堆金盤，五月甘漿破齒寒。南國已隨朱夏熟，北人猶指畫圖看。烟嵐不續丹櫻獻，玉座空悲羯鼓殘。相見任誇雙蒂美，多情莫唱水晶丸。（元刻本宋祝穆《事文類聚》後集卷二十五菓實部）

題招提院静照堂

千金買境欲辭喧，長日觀心復照昏。多少勝緣從静起，爲師無意入都門。（元《（至元）嘉禾志》卷二十七）

橄欖

南珍富奇異，疇昔頗窮覽。夷荒不〔一〕書傳，從古陋鉛槧。苞〔二〕封走中土，天序異離坎。有香已變衰，有色多黯黯〔三〕。今君此堂上，真〔四〕物惟橄欖。青膚鏤瓊瑩，翠顆森菡萏。

苦爲幽人貞，久見君子淡。甘懷彼包羞，日新此剛敢。清泉薦芳茗，臭味獨潛感。澡雪漬煩酲，滌除瑩玄覽。靈均採時菊，西伯嗜昌歜。廟鼎實調梅，壯士乃嘗膽。由来超俗好，諸絶不言慘。殷勤謝凡口，薤白空三噉。（元刻本宋祝穆《事文類聚》後集卷二十七菓實部、《古今圖書集成·草木典》卷二百八十一）

【校】

〔一〕不，《古今圖書集成》作『無』。

〔二〕苞，《古今圖書集成》作『包』。

〔三〕黯，《古今圖書集成》作『譾』。

〔四〕真，《古今圖書集成》作『珍』。

三峽橋

三峽橋西路不通，水深石怪自蟠龍。一聞馬足皆驚起，倏忽雲遮五老峰。（明正德刻本《（正德）南康府志》卷十）

詠長蘆寺

越船吴商倚萬橈，紺園金刹起中霄。魚龍聽法因多雨，江海歸心每上潮。林黑夜深燈影白，川平天濶梵聲遥。心知水陸俱調伏，惜取靈犀不用燒。（宋刻本佚名《錦繡萬花谷》續集卷九）

闕　題

野館攀春柳，江村泊早花。離賜過百結，短鬢欲双華。楚水連雲直，吴山向少斜。今朝送歸恨，更覺在天涯。（宋刻本《錦繡萬花谷》别集卷二十）

舟中夜飲憶和弟聯句

人生如浮雲，聚散苦不定原。向來詩酒歡，雖唱誰與應貢。蟋蟀鳴在户，玉衡逼冬孟。悠悠千里思，寂寂中夜静。豈曰無他人，不如我同姓原。吁嗟繫名利，有若置機穽。窘然塵埃中，恥無六翮勁。訪戴舟已慙，攀嵇駕難命貢。臨觴置不飲，引領起獨詠。莽莽天地昏，誰知我心怲原。（文淵閣《四庫全書》本劉敞《公是集》卷七）

送潤守

山形雄北固，江勢逼東漸。（清道光惧盈斋刻本宋王象之《輿地紀勝》卷七《兩漸西路·鎮江府》）

句

峴首習池屢能到，大堤花艷一番新。（清道光惧盈斋刻本宋王象之《輿地紀勝》卷八十三《京西南路·襄陽府》）

句

瀉湯舊得茶三昧，覓句還窺詩一斑。（武英殿聚珍本宋吴曾《能改齋漫録》卷八）

錢塘南屏謙師妙於茶事，東坡贈之詩云：『道人曉出南屏山，來試點茶三昧手。』劉貢父亦贈詩云云。

句

不負輿公遂初賦，更傳中散絶交書。（明稗海本陸遊《老學庵筆記》卷七）

孫少述一字正之，與王荊公交最厚。故荊公別少述詩云：『應須一曲千回首，西去論心有幾人。』又云：『子今此去來何時，後有不可誰予規。』其相與如此。及荊公當國數年，不復相聞，人謂二公之交遂睽。故東坡詩云：『蔣濟謂能來阮籍，薛宣真欲吏朱雲。』劉舍人貢父詩云云。

句

水犀十萬士，自羽橫彤戈。（宋李壁《王荊文公詩注》卷十九《次韻唐彥猷華亭十詠·吴王獵場》注）

句

君爲逍遥遊。（清嘉慶刻本《（寳慶）會稽續志》卷三）

曾子固倅越，劉貢父以詩送之云云。

句

炎日似流金，火雲如匹絳。

解愠薰南風，截雨橫東虹。（函海本明楊慎《哲匠金桴》卷四）

賦

冠有記過之史賦

禮崇上嗣，冠責成人。受記過而置史，期寡尤於治身。元服既加，思主器之增重；官箴御側，俾載筆以維寅。自昔明王，建茲元子。謂夫豫儲貳，所以恢壯於基構；早教諭，所以輔成其德美。故迺生則使吉士負之，曁少長而與正人處矣。迨春秋之甫盛，弁兮有容；免保傅之至嚴，史焉居此。將使夫言也無違，行也無疵。漸仁義以中立，繹温文而允宜。毓德少陽，由三加而諭志；紬書莊士，參衆臣而盡歸。非天子不得備夫官聯，惟聖人是以尚乎冠事。著代於阼，重名而字。著代所以壹繫於大本，重名所以使棄其幼志。惟命兮靡常，修身兮匪易。是宜繩愆糾繆，無隱惡以成章；廣記備言，職思憂而相示。且夫事莫大於無悔，過莫先於改爲。故不恥於有咎，而甚病於弗知。不有史也，其誰詔之。結佩以朝，念服備而能謹；執簡識失，將文勝以無遺。是知教義方者，愛子而常然；惇孝弟者，既冠之所守。位愈尊而事愈重，德彌盛而養彌厚。或通之於前，或相之於後。纖介而必書，周旋於善誘。故得學宫齒胄，責四行而何訧；寢門問安，日三至而奚咎。火哉德茂明兩，材由少成。正萬拜於大卞，隆永世之英聲。彼望苑延賓，以方術而互進。洞簫作頌，資燕樂以娱情。是皆不踐於典彝，蔑聞於警戒。漢道似以未善，世嫡於焉有敗。夫豈若信臣書過，而日新焉。此《易》所謂『憂悔吝者，存乎介』矣。（《永樂大典》卷一萬六千二百一十八）

制誥

种誼等制

勑具官某等：羌虜桀黠，犬羊相聚，倍負恩義，恣肆蜂蠆。爾等董帥精鋭，齊一心慮，内則參預謀畫，外則奮勵筋力，或保護輜重，堅固根本。以是生致酋首，蕩平區落，執訊效級，仍爲戰多。蓋賞不踰月，所以示勸，進爵增秩，國有常典。各膺殊渥，益圖來效。可。（周校本、沈校本《彭城集》卷二十二）

蕃官趙醇忠等制

敕具官某等：邊兵西討，羌酋就禽，皇威宣暢，夷落聳服。爾等誠以屬國，躬預戎行，力不遺餘，事以辦集，宜有懋賞，用勸成績。使聯郡符，差以付與，敬服恩榮，益思勉勵。可。（周校本、沈校本《彭城集》卷二十二）

秦貴等制

敕具官某等：躬帥鋭士，罙入羌部，戎律整齊，夷落震慴。蕩區脱之種族，絶河津之要路。上功數級，粲然可觀，師徒鮮耗，尤足嘉尚。宜推懋典，庸示勸賞。郡符使聯，以差增進，蒙被優渥，益思報稱。可。（周校本、沈校本《彭城集》卷二十二）

蕃官業驢結𢱢制

敕具官某等：邊兵西出，羌虜震疊，蕩覆巢穴，縛致渠領。爾等咸帥部屬，預在行列，以首功計獲，既嘉其有成，而金痍被體，乃卹其盡力，宜推懋賞，以示旌勸。可。

（沈校本《彭城集》卷二十二）

朝奉郎試中書舍人蘇轍可户部侍郎制

敕：國賦之入，邦用之總。察其盈虚，乃可以調度；審其有無，則可以散聚。主計之任，司會之事，在文昌推爲劇曹，故朝廷用爲精選。具官某天材穎茂，儒學純備。敏於事而慎於言，志於道而輔以術。早蹈方聞之舉，藉甚士林之譽。粤自諫垣，進陟詞掖。倜儻正論，啓沃者非一；潤色王猷，灝噩乎吹萬，以游刃之餘地，宜擢材而重任。是用進聯地宫，貳司邦計。夫六府三事，正德爲之本；經賦晐入，中正爲之法。爾無俊常以益上，志近而忘遠，則民生厚而王化隆矣。其慎之哉！可。（《永樂大典》卷七千三百三）

宣義郎吕由誠可衛尉寺主簿制

敕具官某：乃父宣力前朝，抗節自任，搢紳稱之，至今不忘。朝廷重賢者之世，樂育旌擢，故用其長子，使丞卿寺。無禄早夭，朕甚憫之。惟由誠宦爲邑宰，能自立者，

可以承兄之緒，復命以衛尉之屬。使天下信吾厚於直臣，知所勸勉矣。可。（《永樂大典》卷一萬四千六百七）

延州藩落都虞侯俄千男仲政可三班借職制

敕某：壯士戰死，勇於報國。義實可嘉，恩用不遺。由乃父之盡力，俾藐孤之蒙祉。古之道也，爾其勉之。可。（《永樂大典》卷二萬四百七十九）

三班奉職孫軫男忠臣可三班借職制

勑孫軫男忠臣：永樂之戰，爾父没於敵場。狥義忘身，其可嘉也。卹孤置後，吾何憂〔一〕焉。爰疏茂恩，以勸勇士。可。（《永樂大典》卷二萬四百七十九）

【校】

〔一〕憂，《永樂大典》原注：『一作愛。』

漢州助教鍾迪可三班借職制

敕具官某：山澤之利，三三而有連錫。是地不愛寶，以爲邦用。然必因人而發，其勤不可不勸也。賞有定格，汝是膺之。卑〔一〕以新命，是爲殊寵。可。（《永樂大典》卷二萬四百七十九）

【校】

〔一〕卑，當作『畀』。

蕃官惠逋移厥可三班借職制

敕某：其在種落，皆爲酋豪，相率款邊，足明歸義。重譯而明綸綍，解辮而襲簪裳。恩實不訾，圖所爲報。可。（《永樂大典》卷二萬四百七十九）

皇太后殿管勾文字夏崇可三班借職制

敕某：執事長樂，效勤官書。廷宸推恩，厥有前例。始命受服，是謂寵光。罄而犬

馬之誠，以冀涓塵之報。可。（《永樂大典》卷二萬四百七十九）

李佛郎與右班殿直梁仲文李養並與三班借職制

勑某人等：朝廷惟寇盗强圉，暴奪良民，名捕魁首，厚設爵賞。而佛郎等用志協力，罪人斯得。賜金既以差予，懋官亦宜溥及。各疏茂恩，以樹成效。可。（《永樂大典》卷二萬四百七十九）

皇太后殿管勾文字朱宗懿可三班借職制

敕：某執事宫省，効力文墨。歲月之勤，良可省録。粤屬誕辰，厥有前例。錫兹初命，齒於仕版。可。（《永樂大典》卷二萬四百七十九）

一班殿侍衛涓可特授三班奉職制

勑某人：䘏孤録嗣，朝有著令。矧父膺隨龍之遇，宜厥子蒙世禄之榮。粤疏茂恩，俾從新命。可。（《永樂大典》卷二萬四百七十九）

蕃官唛哆可三班奉職制

敕具官某：唛聲親弟哆，朝廷録死事之孤，所以閔忠而勸能也。哆聲果敢有功，没于戰陳，而無子息可被任用。施及同産，使庇族屬。服我優卹，思著來效。可。（《永樂大典》卷二萬四百七十九）

蕃官京呃結京呃脚鐸搒並可三班奉職制

勑某等：其父爲國亢賊，敵堅力寡，格鬬而死，勇壯可嘉。録其孤兒，以示愍卹。可。（《永樂大典》卷二萬四百七十九）

殿前東西班弓箭手劉密可三班借職制

勑：某以挽强射逐，勇力出衆。試之集教，亦能無過。宜可□〔二〕使，以責來效。可。（《永樂大典》卷二萬四百七十九）

【校】

〔一〕□，《永樂大典》原缺。

故御前忠佐步軍副都頭成宗男京可三班奉職制

敕具官某男某：陳力奉上，得親殿陛之嚴；哀死衈孤，宜有帷蓋之報。詳推往績，宜示賞延，粤疏渥恩，用光存殁。可。（《永樂大典》二萬四百七十九）

李貴男遵可三班奉職制

敕具官某男某：乃父殁身行陳，以死效力。雖其微品，志可嘉也。哀死衈孤，朝有常憲。錫爾一命，以勸來者。可。（《永樂大典》卷二萬四百七十九）

朝請郎吴安度等故母廣陵郡太夫人王氏可贈榮國太夫人制

敕〔一〕：邦君之德，具鵲巢騶虞之化；孝子之思，有凱風寒泉之感。哀榮之典兼備，愛敬之治維廣。追崇懿行，奚恡光寵[二]。朝請郎吴安度等故母王氏，輔佐君子，挺幽閑之操；宜其家室，備均一之美。遺芳未泯，積慶方厚。舉[三]集門凡[四]，伯仲幾乎萬石；疏恩郡治，湯沐近於百邑。爰因合宮之祀，申錫漏泉之澤，俾封成國，仍付榮名。褕翟有光，壤户知貴。（《皇朝文鑑》卷三十九、《古今圖書集成》閨媛典卷三十、家集本卷五）

【校】

〔一〕勑，據沈校本補。

〔二〕光寵，沈校本作『寵光』。

〔三〕舉，家集本作『啟』。

〔四〕凡，《古今圖書集成》、家集本作『風』。

奏疏

轉對言養民之要劄子〔一〕

准御史臺告報，臣次當轉對者。臣器識淺庳，知慮短乏，不足以周知先務，裨助教化。然臣年七十，讀書學古，所聞不少，經歷世事，所見非一。愚者之慮，何啻千數；將有一得，上副詔求。臣某頓首死罪，具條畫如左。

臣觀前世之事，見致治之道，莫不始於務民。所以使務民者，在於治民之官。治民之官不同，有善取民者，有善養民者。善取民者，得民財而已。行一切之政，不日而賦入如意，趣了目前，似若可喜。善養民者不然，必糜以歲月，曠日持久，勤於撫字，而後百姓家給人足，其效難於遽見。然善治天下者，知取民不可以久常，而養民之爲貴，故去彼取此。國家承五代之敝，聖化更治，不數十歲而民安富，蓋貴養民之吏而吏得其職爾。何以言之？本朝之法，中外之官莫不以郡縣爲資敘。百官知民事之爲先，賢才不以居外而爲卹，是其所以宣布德澤，周遍幽隱。臣愚以謂此尚有未盡者，宜稍益而廣大之。且郡縣大小不同，事之繁簡相違，當差爲五等，異其品秩，殊其俸禄，自守、令、掾屬、幕職，以爲陞降。能者進而居上，不能者退而就下。即中都顯官須人，輒取其優最者予之。如此，則中外之官，知務養民爲先，莫不競力於民事。則百姓何慮乎不富庶，而王化何憂乎不淳備哉？臣聞前漢議秦人之政曰：『徒文具，無惻隱之實』，是實要之確論也。國家法令詳備，每有所施爲，輒著爲條貫，而未嘗求民之情。夫法令所以助治，而非爲治之本也。今設以無辜之人，文致其罪，案牘完備，在上者雖極聰明，無由別白，則此無辜者終亦已矣。由是觀之，法令雖完，不如吏之良也。既得良吏，亦宜闕略微文，使得申其智慮。如是則聖澤下究，元元蒙惠矣。又伏見朝廷分別諸路，使監司督察州郡。諸路皆數千里之廣，列城至于百十，生齒之衆，官吏之盛，監司爲上耳目而聽視之。若不清廉好義，不足以正身率下；若不智惠敏事，不可以興利除害；若不平心一意，不可以分別臧否；若不勤身權事，不可以周遍幽隱。四者有一，則一路之治無由可舉。國家付其重權，而内無督察之者，中材之人，莫不因循苟免。或肆其喜怒，寵頑用嚚；或顛倒民務，以害爲利；或怠惰自肆，不勤職業；或思避權要，抑絀孤遠，甚無謂也。臣謹按漢事，御史中丞外總州郡，故贊薛宣之材，爲其所稱進黜退，白黑分明。今國家亦宜如漢制，擇御史二人，分察外路監司，聽其風聞言事。即有顯過，露章推劾。如此，則案察之官不敢曠職，朝家耳目萬里無蔽矣。（《歷代名臣奏議》卷一百四十）

【校】

〔一〕轉對言養民之要劄子，題目自擬。《全宋文》校謂『按，此篇原書編于元祐中劉涇奏之後，稱「同知太常禮院劉攽輪對劄子曰」云云。考劉攽同知太常禮院在熙寧初，時年不到五十歲；元祐四年攽卒，時年亦祇六十七。而此奏云「臣年七十」，則此奏似非劉攽所上，否則奏文「七十」二字當有誤。』

乞盗賊罪減死者加以刖刑奏

臣昨因轉對獻議，欲以盗賊罪至極刑而遇恩赦，及以按問自首減死者，加以刖刑。事下有司，不蒙施行。臣竊聽衆論，以謂肉刑慘烈，驚駭人聽，故不可用。臣以謂不然，臣所議刖刑，非施之常民，以禁盗賊爾。又非施於常盗，以馭當死而遇減者。如此，亦何慘刻之有？凡民能爲盗賊，必其强壯凶悍，有過人之資。其犯至死罪者，又必其桀黠無道者也。雖遇恩有寬貸，豈其有自新反善之意？幸創痛完復，則重爲惡，譬蝨蟲之被傷而復完者，其毒人必深。臣故願加之刖刑，纔廢其一足，完全其生，不去鄉里。然雖有暴虐害物之心而材武絶衆，不得復用。於以懲奸絶惡，其益不輕。乞重下有司，詳定指揮。（《歷代名臣奏議》卷三百一十八）

論封太祖子孫行尊者一人奉太祖祀

伏惟陛下尊祖敬宗，遠及無窮，孝思所至，隆於罔極，德音所下，典禮攸關，不推本源，滋失聖意。近者有詔封太祖諸孫行尊者爲主，奉太祖祀。臣竊惟帝王之系，系於傳統，定一尊而無二，本非所後，可得分承，《禮》：『諸侯不得祖天子』，當自奉其國之祖。太祖傳位于太宗，則太宗以後繼體之君，皆太祖子孫，不當別爲天子置後。別爲置後，是以所後者爲親，而承統之天子，若疏視之不爲後矣。故繼祖之祖爲太宗，繼別之祖各爲宗，不可紊也，亦不敢僭，懼失太祖之統，而累太宗之孝也。如德芳、德昭者，所謂別子爲祖，其後則繼別之宗也。百世不替，共尊太宗，則朝廷家族，恩義兩得，先王之禮，所以敬宗而尊祖也。今若崇德芳、德昭之後，世[一]勿降爵，宗廟祭祀，使之在位，則所以褒揚藝祖者，至[二]矣，不必別爲置後，始見追崇有違禮制。伏候裁察。（家集

本卷五）

【校】

〔一〕世，《宋史·劉攽傳》作『世世』。

〔二〕至，《宋史·劉攽傳》作『著』。

論更學校貢舉法

臣伏惟執政以古之取士，俱本於學，請興建學校以復古。其明經諸科，欲行廢罷，取元解明經人數，增進士。詔兩制兩省御史臺三司三館議。臣切謂，本朝選士之法，行之百年，累代將相〔一〕，皆由此出，而以爲未嘗得人，不亦誣哉？天之生才，原以待用，有才者既入其中，而又爲之别立一法，通才固無所不可，而更定之初，素習科舉業者，復改塗易轍，學之未必遽就。且立一法，必有一弊，賢者出其中，不肖者亦出其中。不獨明經，即賢良方正孝廉鄉舉里選，虚聲飾僞。漢魏兩晉，大概可考。尋將再變其法，無以甚異。徒率天下而路，願因旧貫，毋輕議改法。夫士修於家，足以成德，亦何待於學官程課督趣之哉？待程督而后興者，必皆趣利競進之徒，立身行己，明義致用，未之有得。欲如曩時之士，將相輩出，勢有不能。且習大經通大義及兼經義者，未必不通論策竝及詩賦，工詩賦者未必不講論策經義。各由其門而入，因其所長而試之，試中選者皆足任使，不同空疏。當其閉户窮經，克己自勵，必自得之，非令甲之所能及也。一切紛紜，竝宜罷置，天下幸甚。（家集本卷五）

【校】

〔一〕將相，《宋史·劉攽傳》後有『名卿』二字。

論經筵坐講

臣惟臣子之禮，陳善納誨；人君之禮，訪道問德，各有其分。經筵之日，侍臣講論于前，不敢〔一〕安坐，避席立語，乃古今常禮。至君使之坐，所以示人主之尊德樂道也。恩遇異數，非可邀求而徑請自遂。舊制，講讀每見先賜坐，暫起講，復坐。是雖賜坐，而當其進講則猶暫起，講畢然后復坐。臣子之心，不敢安也。顧賜之坐而坐，禮在則然；

若不命而請，則異矣。臣等殊有未安，當奉特恩取進止。（家集本卷五）

【校】

〔一〕敢，《宋史·劉攽傳》作『可』。

啟

爲韓相賀史館相公啓

伏審涓選休辰，顯應典策，伏惟慶慰。恭以某官秉德純固，造道幾深。任重而未嘗去仁，器遠而靡求近效。是謂社稷之鎮，股肱之良。資帝睠之簡衷，實民性之注意。誕告伊始，僉論翕然。九功之德，由是可歌；千齡之期，抑推胥協。某位聯公鍊，居仰階符。甫深匙藻之誠，遽沐函書之賜。佩銘喜忭，交集于兹。（《永樂大典》卷一萬五百四十）

賀江寧相公啓

近審寵分瑞節，出鎮南邦。帝睠憂賢，賜履所以均逸；海隅傒志，於蕃猶之具瞻。惟涓日而布和，固殿邦而多福。吉祥止止，啓處休休。恭以某官業茂勑天，道隆稽古。民懷師保之德，朝倚股肱之良。惟九功之可歌，寔萬世之永賴。申伯于謝，喜浹周邦；姬公在東，歎興信處。行復衮衣之賜，用正泰階之符。勉祈節宣，下副言願。（《永樂大典》卷一萬五百四十）

賀宋相公啓

伏審寵陞左户，改鎮壁田。雖霖雨之期，尚觖時望；在股肱之寄，誠出上心。凡被顧憐，尤深慶抃。恭以某官弼諧帝業，寅亮天工。盛德著乎九歌，仁澤孚于四海。下興濟濟之誦，上有巍巍之名。間者剖麟玉而保釐，資衮衣而信處。四方維則，寔觀商色之先〔一〕；三后協心，允繼姬文之治。惟昆吾之舊宅，大有隗之遺風。復賴殿邦，以資覃化。佇下玉堂之册，還司金鉉之和。某云云。（《永樂大典》卷一萬五百四十）

【校】

〔一〕商色之先，《全宋文》校云：『疑當作「商邑之光」。』

賀呂開封啓

伏審光膺命書，尹正天府，恭惟慶慰。竊以某官清徽肅物，高論端朝。裁經術以自將，聳德華而絶出。方驟歷於鈞衡，復詳試於畿甸。緇衣流詠，益聞鄭伯之功；扶陽啓封，將繼韋成之拜。（《永樂大典》卷一萬五百四十）

賀晏相公啓

一違恩閎，屢更歲律。愀焉挈缾之智，窘若繫匏之姿。逖仰階符，祇摇心旆。兹者伏審光膺帝制，居守别都。成周三后之功，京邑四方之則。允屬元老，用熙兆民。恭惟涓選縠辰，和布美化，神明攸勞，茀禄用康。伏以某官天壽高嚴，人文明焕，務致君於道，以康世爲懷。訏謨廟堂，覃化區宇。孰不被運鈞之賜，有以致勑天之勳。及乎權中軍之嚴，分閫外之寄，戎索脩治，邊夷服從。方將還熙載於本朝，故復資保釐於留鑰。佇頒優策，以快具瞻。（《永樂大典》卷一萬五百四十）

賀劉相公啓

伏審光被制書，寵正鈞席，伏惟慶慰。恭以某官炳靈山嶽，叶德股肱。敦正始之遠猷，脩大中之宏度。越在初試，靡求近功。蓋自許以伊皋，期必致君於堯舜。風之所偃，澤之所沾。上有巍巍之名，下臻濟濟之誦。聲實軼於邴魏，規畫壯於蕭曹。聽之僉俞，陟是良弼。且重熙之會，禮樂盛興；欲治之符，聖賢胥遇。庶乎包六經而攄頌，炳三代而同風。凡在具寮，用此相慶。某早繄鈞鑄，親覯昌逢。莫隨班賀之儀，徒積由衷之喜。瞻望符照，不任踴躍之極。（《永樂大典》卷一萬五百四十）

記

汝州思賢亭記

尚書郎王公治汝之明年，作思賢亭。前此四十二歲，翰林楊文公億以秘書監守汝。翰林清修正直，文章自名於學，無所不通。若夫以天地爲虚假，以生滅爲去來，以古今爲幻化。不遷於性，不累於事，不住於法，不躓語言。寂滅也，而未嘗見獨；無爲也，而未嘗違物。離人古之道術有在於是者，翰林聞其風而悦之。是故其在朝廷貴重顯榮，無與爲二。及其退而爲郡，優游怡愉，無介然於其胷中。至其死生之變，慭然泰定。嗚呼，可謂達人君子矣，孰曰不可思哉？昔康成博學，北海爲之立鄉；羊公仁厚，峴山著其遺愛。古之君子，存焉世表，没爲民思者多矣，翰林之不忘也宜哉。雖然，道不同不相爲謀。或曰：接脓而不相悦，或異世而相慕，由知與不知也。故曰：唯賢知賢。如王公之思賢，其有以知之矣。築室既成，會賓客以落之，而屬某爲之記。時皇祐五年十月也，某官某書。（《國朝二百家名賢文粹》卷一百三十三）

秦工部家御飛白記

仁宗之四十二年春，上宴群臣于群玉殿。自丞相韓琦至諫官御史，總若干人，樂豈飲酒，事恊魚藻之盛；昭回爲章，語兼天漢之美。上於是賦詩，會者必和，既又御書飛白，遍賜群臣。尚書某曹郎中臣秦玠以三司判官與會，詔賜帝字。其後某老歸鄉里，因以壽終。後幾年，其子太廟室長臣誨始以御書刻石。誨之言曰：『吾以侈大仁祖之貺賜，昭顯先臣之逢遇。夫我乃行之，欲以言著吾心而不得焉。《詩》曰：「它人有心，予忖度之。」願夫子之賜之也。』臣某乃言曰：『昔先王之撫群臣，親諸侯，皆有分器，闕鞏大屈，舊茷少帛，其微陋，猶以爲後世寶。未有帝臺文字，發於聖作，其爲粹美也。百執事之臣，或宣力在外，雖有高爵重位，有不預兹宴。而玠以郎官之末，猥獲厚賜，其爲光顯華會，宜其號千一之遇，爲萬世子孫之藏矣。嗟乎，自遺弓墮地，龍髯已遠，耕象成田，穴書莫覿，常侍登床，德音在耳，建陵賜劍，手澤仍存，哀榮感槩，可勝道哉。若夫翰墨掃灑之法，雲霞舒布之勢，存鴻都堊帚之舊，想龍馬畫卦之初，神以妙萬物而爲言聖，固天縱多能矣。蓋明目巧心所不能闚覦，豐辭厚辯所不能講説，然譬夫測二曜

者，占之晷景；望三山者，候於雲氣，蕩蕩乎，可略見其仿佛云。年月日，具官臣劉某記。（《國朝二百家名賢文粹》卷一百四十四）

七門廟記

嘉祐二年，予爲廬州從事，始以事至舒城，觀所謂七門三堰者。問其居人，其溉田幾何，對曰：『凡二萬頃。』考於圖書，實魏揚州刺史劉馥所造。自魏至今，七百有餘歲云。予於是歎美其功。後二年，校書郎包君廓爲縣主簿，嘗與予語及之。包君謂予曰：『馥信有功，然吾問於耆老，而得羹頡侯信焉。初，漢以龍舒之地封信爲列侯，信迺爲民畎澮舒河〔一〕，以廣溉浸。信爲始基，至馥時廢而復修耳。昔先王之典，有功及民則祀之，若信者，抑可謂有功者乎〔二〕！然吾恨史策之有遺，而吾憐舒人之不忘其思也。今我將爲侯廟祀之，而以馥配，子幸爲我記之焉。』予因曰：『諾。』頃之，包君以書告曰：『廟謹畢事。』予曰：『昔高帝之起，宗室昆弟之有材能者，賈以征伐顯，交以出入傳命謹信爲功。此二人者，裂地爲王，連城數十。代王喜以棄國見省，而子濞亦用力戰王吴。獨信區區，僅得封侯，而能勤心於民，以興萬世之利，其愛惠豈與賈、濞相侔哉？夫攻城野戰，滅國屠邑，是二三子之所謂能殺人者也。與夫闢地墾土，使數十萬之民世世無飢餒之患，所謂善養人者。於以相譬，猶天地之懸絶也。然而賈、澕以功自名，信不見録，豈殺人易以快意，養人不見形象哉！周公之書曰：「民功曰庸。」藉使信生當周公之世，其受賞非賈、澕之所敢望矣。雖然，彼賈、澕之死，泯滅無聞久矣，而信至今民猶思而記之。此所謂「得乎丘民」，而〔三〕世之寵禄，「當時則榮，歿則已焉」者乎！夫事有可繼，君子繼之，不必其肇於己而後爲功也。若劉刺史起於三國亂亡之餘，蒸庶掃地，顧獨以農爲先，事功一立，迄今長存，雖曰脩舊，是可謂功矣。』予既嘉包君之能徇於民，使侯信之美不忘，又其建祀合於先王之法，於是書之。（家集本卷五，《皇朝文鑑》卷八十一，《文章正宗》續集卷十六，周校本、沈校本卷三十二）

【校】

〔一〕河，家集本、沈校本作『所』，周校本原作『何』，後校改爲『得』，句讀當在『澮』字後。

〔二〕者乎，家集本作『矣』。

〔三〕而，家集本作『豈』。

論

政論

由周以來，至今數千歲矣。去王者之治如此其久也，無聖人之興如此其疏也。百歲一易治，十年一改法。變而益精，下而彌酷，繼而治者，不亦難乎？後王之所爲善政，前王之所不忍也，何歟？古之導民者敬也，今而慢矣；古之使民者忠者，今而僞矣；古之取民者廉也，今而貪矣；古之養民者儉也，今而奢矣；古之率民者禮也，今而刑矣。風俗日偷，教化日渝，始者一之，繼者十之，傳者百之，來者千之，後者萬之，浸浸乎日遠矣。居百王之末，承萬世之敝，能自剋而至于千之者寡矣，能至于百之者，千五百年未之一有也，故雖有賢達仁厚之君，懷憂民之心，牽於習俗，迷於舊政，盡心力而爲之，中道而止耳，又況中智之君、無臣之主，因陋就寡，欲民之及三代，不亦難乎？故曰：後王之所謂善政，前王之所不忍也。不倍已乎。然則王政殆其不可復乎？曰：何爲其然也？孔子曰：『王者必世而後仁』『善人爲邦百年，可以勝殘去殺矣』，去其泰甚，明其好惡，以身先之，以久持之，日損月變，百姓白之而不知也，化之而不非也。至于易世，至于百年，王者之化、善人之政覩矣。（《國朝二百家名賢文粹》卷二十三）

序

送鬱林楊寺丞序

天下大郡方千里，小郡數百里，太守之重興教化、一風俗，號爲分天子憂，其亦貴已哉。由五嶺以南，自古棄以爲荒服，聲教所不及，於今則冠帶之民，郡縣而治矣。然方之内郡，王化之醇厚，風俗之敦庬，固有間焉。則其可憂，自宜倍之，太守之選，又益重哉！然而士大夫陋而不往何邪？昔仲尼布衣也，欲居九夷，以謂不陋。今太守之尊，朱輪五馬之富，非直布衣也。冠帶之民，方之九夷，又有間矣。雖屈一身以利百姓，以謂賢者樂之，然而陋焉，是非聖人之徒也。治民均也，已得其未淳治者，分憂同也；已得其甚可憂者，將非材士君子之願乎！楊侯之役在鬱林，鬱林古名郡也。上之所以待楊侯者，擢之百千人之中；楊侯之所以報上者，亦有以出乎百千人矣。故受命不以遠爲

辭，不以陋爲解，庶乎遠方之人受賜也。（《國朝二百家名賢文粹》卷一百六十七）

芍藥譜序

天下名花，洛陽牡丹、廣陵芍藥爲相侔埒。《禹貢》記揚州草木夭喬，聖人之言，然未見[一]其夭且喬也。廣陵芍藥，有自他方移來種之者，經歲則盛，至有十倍其初，而勝廣陵所出遠甚。地氣所宜，信其爲夭乎！然則醫書本草所載雖小[二]物，方土所出，山川原野，氣力不同，或相倍蓰十伯如此花矣，不可不察也。然芍藥之盛，環廣陵四五十里之間爲然，外是則薄劣，不及洛陽牡丹。由人力接種，故歲歲變更日新。而芍藥自以種傳，獨得於天然，非翦剔培壅[三]，灌溉以時，亦不能全盛。又有風雨寒暄[四]，氣節不齊，故其名花絶品，有至十四五年得一見者。其間開不能成，或變爲他品，此天地尤物，不與凡品同，特其地利、人力、天時參併其[五]美，然後一出，意其造物亦自珍惜之耳。芍藥始開時，可留七八日。自廣陵至姑蘇，北入射陽，東至通州海上，西至[六]滁、和州數百里，則人人厭觀矣。廣陵至[七]京師千五百里，駿馬疾走，可六七日至也。上不以耳目之玩勤遠人，而富商大賈逐利，纖嗇不顧，又無好事有力者招致之，故芍藥不得至京師，而洛陽牡丹獨擅其名。其移根北方者，本〔八〕年以往，則不及初年，自是歲加劣矣。故北方〔九〕之見芍藥者，皆其下者也。然種芍藥爲生者，猶得厚價重利云〔十〕。熙寧六年，攽罷海陵至廣陵，時正四月花時，會友人傅欽之、孫莘老偕行，相與歷覽人家園圃及佛舍所種，凡三萬餘株，芍藥嫩好及雖好而不至者盡具〔十一〕矣。扶風馬玠〔十二〕，府大尹給事公子也，博物好奇，爲予道芍藥本末，及與〔十三〕廣陵人所第名品示予。予按唐氏藩鎮之盛，揚府號爲第一，萬商千賈，珍貨之所叢集，百氏小説尚多説〔十四〕之，而莫有言芍藥之美者。非天地生物之劣〔十五〕於古而特隆於今也，殆亦〔十六〕時所好尚不齊，而古人未必能知正色耳。自樂天詩言『牡丹取叢大花繁』者爲佳，是〔十七〕最洛中〔十八〕所卑下者，古人之不知芍藥何疑？然當時無記録，故後世莫知其詳。今此後〔十九〕無傳説，使後勝今，猶不足恨；或人情好尚更變，騷騷〔二十〕日久〔二一〕，則名花奇品遂將泯然無傳，來者莫知有此，不亦惜哉？故因次序，爲譜凡〔二二〕三十一種，皆使畫工圖寫，以示未嘗見者使知之，其嘗見者因以吾言爲信矣。彭城劉攽記〔二三〕。（《全芳備祖》前集卷三、《古今合璧事類備要》別集卷二十五、《古今事文類聚》後集卷三〇）

【校】

〔一〕見，《事類備要》《事文類聚》作『有效』。

〔二〕小，《事類備要》《事文類聚》作『蘗』。

〔三〕培壅，據《事類備要》《事文類聚》補。

〔四〕寒暄，《事類備要》作『暄寒』，《事文類聚》作『天寒』。

〔五〕其，《事類備要》《事文類聚》作『具』。

〔六〕至，《事類備要》《事文類聚》作『止』。

〔七〕至，《事類備要》《事文類聚》作『到』。

〔八〕本，《事類備要》《事文類聚》作『二』。

〔九〕方，《事類備要》《事文類聚》作『人』。

〔十〕云，據《事類備要》《事文類聚》補。

〔十一〕具，《事類備要》《事文類聚》作『是』。

〔十二〕玿，《事類備要》《事文類聚》作『玿』。

〔十三〕與，《事類備要》《事文類聚》作『取』。

〔十四〕說，《事類備要》《事文類聚》作『記』。

〔十五〕之劣，《事類備要》《事文類聚》作『無祖』。

〔十六〕亦，《事類備要》《事文類聚》無此字。

〔十七〕是，《事類備要》《事文類聚》作『此』。

〔十八〕中，《事類備要》《事文類聚》作『人』。

〔十九〕後，《事類備要》《事文類聚》作『復』。

〔二十〕駸駸，《事類備要》《事文類聚》作『浸浸』。

〔二一〕久，《事類備要》《事文類聚》作『遠』。

〔二二〕凡，據《事類備要》《事文類聚》補。

〔二三〕彭城劉攽記，據《事類備要》《事文類聚》補。

墓表

徐起墓表

起治處州，州民有兄弟殺其親者，郡惡其名，縱賊使亡，更易其文書，欲使無迹。

而不孝子還，爲閭里患，暴亂不禁。會起至，閱視簿書，急發吏捕賊，案正伏辜。舉郡稱其爲神。（《永樂大典》卷二千九百四十九）

墓誌銘

故朝奉大夫權知陝州軍府事陳君墓誌銘

君諱侗，字成伯，姓陳氏。其先興化軍莆田縣人。曾祖某，贈兵部郎中。祖某，官至工部郎中。父某，贈銀青光禄大夫。君生十三歲而孤，從其母方夫人鞠於外家，居蘇州。危心苦志，能自力學問。方夫人終，養育弟妹，辛苦家事。三十餘，始以進士舉登第，調河南府福昌縣主簿。始至謁府，爲人頎長偉厚，眉目廣秀，衣冠整嚴。府吏驚相告曰：『亦有主簿若是其大也。』留守文太師潞公，一見與語，知其奇，厚待之，自爾遂往來門下。及丞相富公，亦愛重其文藻，稱焉。三年，以令舉，爲商洛縣令。代還，用薦者言，遷著作佐郎，知宣州南陵縣事。潞公薦君宜在館閣，召試學士院。而富公守汝州，求用君爲從事自輔，必欲致君，請官滿而後試。朝廷許之。會富公歸執政柄，君即召還。既試，除館閣校勘、判登聞鼓院，編修宗正司條貫，同知太常禮院，編修樞密院經武要畧，兼删定諸房例策。初置二府屬官，用人甚重。潞公時爲樞密使，薦君充選。改太子中允、檢詳禮房户房文字。頃之，御史有言事不見從者，其在樞府，疑君梗之，作爲非語中君，君不自辯。上亦薄其過，復徙判鼓院。御史後亦知非君意，憶而謝君。改集賢校理，遷太常丞、知禮院，更博士，賜緋衣銀魚，出知湖州。入辭，上問其所欲言。君論：『今祀五嶽四瀆，附於地祇方丘，不與《周禮》同，宜異爲壇位，具禮儀樂章。』上以爲然。始詔禮官討定，如君言。

君至湖數月，徙宣州。君於爲政，愛民爲先，可以濟活人者爲其方畧，雖骪法，行之不疑。湖人因歲饑，以男女質錢，至有終約身爲役者。公爲契券，後雖十倍，其直自贖，不肯付還。父子隔絶悵恨，吏不爲察。有來訴者，君皆許贖之。男女得齒，平民婚娶者甚衆。江南轉運司欲以聚財媚上，然不能有它智畧，徒舉籍逋欠，峻期督索，州縣知指，民不堪其求。君爲分别之，曰：『逋負在元豐三年前者，赦書所當除也。』使者不許。付它吏議之，以謂宜如編勑，償及七分，餘乃可免。君請於朝，竟得蠲除，以及一路云。有二女子，父母死，其兄不能自立。家本富厚，未及朞月，貲用蕩盡。死者不葬，而存者飢餓，泣訴於府。君使按覆其所貨鬻，皆在賤價，而構質甚多。録而賣之，既償其所取，猶羸數十萬錢，爲之葬埋而嫁二女子。吏民感歎，爲君立生祠。

遷朝奉郎，還朝，拜少府少監。官制有館職者，普遷一官以易之，用是改朝散郎，更衛尉少卿。上即位，汎恩遷朝請郎。遼使來弔，君往迎送之。明年，遂使北。磨勘，遷朝奉大夫。是歲，元祐元年也。四月，君弟子雍終于知潭州，君求爲郡以撫存其家，得知陝府。數月，加直秘閣，知梓州。君復申前請，乃復留陝。吏民聞君不去，莫不忻懽相慶者。夏縣令劉霆果健善治縣，民有與庭〔二〕不相中者，此民狡猾喜訟，持吏短長，凌駕州縣。會霆徙官，即上書告霆不法事。霆聞之，求得辯直。章下府吏畏民巧詐番覆，多欲遷徙，回避其情。君爲明辯盡理，霆卒無一事。民坐上書不實，受刑不辭。寡婦訴其子爲贅壻於蜀，三年不歸。其妻家豪富，而婦寒飢寄食。君爲移書呼其子，十反不至。君以義喻其郡守，守寤，乃械而送之。君將正其罪，母復泣告曰：『幸全度子，得以終老。』君憐而舍之。子亦知悔過，更爲孝養云。潼關關出入商旅，吏緣爲姦。商人以神事藏乳香一兩者，吏論以爲犯禁，没其資財且百萬，賤價斥賣之，買以自入。君知其然，窮治其獄，黨與皆流竄。行道莫不欣悅。君在陝且二年，朝廷既除代，會君疾，三年四月某甲子終，享年六十五。

君初娶呼延氏，賢淑有操，與君同隱約，孝事方夫人，育叔妹者也。君在商雒，呼延卒，後以君貴封福昌縣君。今夫人劉氏，封崇德縣君。君四子：長彦方，國〔二〕朝邑縣主簿；次彦恭，是年進士及第，授鄭州司户參軍；次彦稱、彦廉，皆讀書爲文，有成立。女四人：長嫁某官林定，次進士呼延發，次某官梁寬，少爲吾兒懷州司户參軍方山婦。君篤愛宗族而厚於交游，貧窮不能自存者，尤加隱卹，俸錢分割，十去八九。姑女適人而夫死，取而養視之，更配良氏。於人之婚喪不能舉者，畧皆爲辦之。文集十五卷，藏於家。夫人之喪，將葬卜地。或告曰：『南峯之下有吉穴焉，爲浮屠主之，自誓不願其與人也。有以二百萬求一塋者，不得也。』君與子雍往詢之。前夕，浮屠夢有貴客二求地以葬，浮屠異之。旦明設榻以待，而二人至。浮屠視其狀貌，瓌偉人也，先問曰：『將無求葬地乎？』應曰：『然。』浮屠以地與君，不費一錢。既葬，浮屠告衆曰：『吾違誓言，不可復處矣。』拂衣而去。嗚乎，其亦異矣。地實某縣某鄉某里，君葬去之，凡若干里，呼延氏祔，某年某月某甲子襄事。銘曰：

再世以文，而官不達。蟠鬱渟滀，謂將大發。至君兄弟，亦止於斯。華采足以耀世，

利澤爲民之思。是謂不朽，奚以多爲。闕泉作宫，纔石譔詞。銘乎銘乎，信焉弗欺。（《永樂大典》卷三千一百四十五）

【校】

〔一〕庭，按當作『霆』。

〔二〕國，疑衍。

贊

臧文仲贊

魯先大夫，惟臧孫辰，殃而不朽。其言也存，衆人譽之，聖人誅之。其誅何如？乃不一辜。織蒲之微，尚不足説。元龜大蔡，山楶藻棁，靳所無用，寶此虚器。潛上爲尤，恬不知避。六關之廢，戕民暮古。淫祀爰居，莫如咨茹。所謂大臣，義而不從，逆祀誣神，乃躋僖公。展禽之賢，其仁其優，不知則已，人不汝尤。知而弗言，汝爲蔽賢之愬，竊位素飡，爲國幾時，曷民生之微，一穀不熟，告糴于齊，矢魚于棠，郜鼎在廟，納忠時君，迨汝不肖。犯門斬關，據邑求後，要君大僇，蓋有從受。言不可信，我觀其行。非聖人詆之，孰究其病。嗚呼，去聖逾遠，人之誣人不智不仁，而耀己以文世，莫得知則當貴其身。何以證之，維臧孫辰。（《國朝二百家名賢文粹》卷一百八十七）

蘇子瞻畫石贊

子瞻畫石，突兀旁礴，廉稜深重，可以掌摸。公爲予言：我非有師，意與神會，自然得之。或十日不成，或一揮則就。既曰得之，何暇宿留？公誓不畫，與鬼爲約。發興自余，軒鑿擺落。與公神交，軼出區外。鬼如公何，念公無悔。（《國朝二百家名賢文粹》卷一百八十八）

李植山水畫贊

昆侖有名，瑶池非實。在夢塹覯，觀幻旋失。惟是墨妙，半壁蕭瑟。崎巇坎壈，雲舒川疾。是心中象，非筆端物。大士觀化，四海一室。（知不足齋叢書本《默記》卷中）

書序

書漢官儀後

吾幼年時集西漢士大夫遷官故事爲博戲，仲原父爲之序，書遂流行。及後四十五六年，予年六十，爲亳州守，得舊書閱之，惜其少年讀書未能精熟，未盡善也，因復增損之，然後該備。吾年前後相望如此之久而嘻戲不異，前時世言老人與小兒同，豈謂是邪？又佛説形有衰壞而識未嘗改，於此效矣。漢之仕宦異於今，居官者輒累歲，不數數遷徙，故亦變改戲采，令其相似。又皆爲諸采定名，令其雅而不俗可喜云。（宋紹興臨安府刻本《漢官儀》卷末）

附録一

《宋史・劉攽傳》

攽字貢父，與敞同登科，仕州縣二十年，始爲國子監直講。歐陽修、趙槩薦試館職，御史中丞王陶有夙憾，率侍御史蘇寀共排之，攽官已員外郎，纔得館閣校勘。熙寧中，判尚書考功、同知太常禮院。

詔封太祖諸孫行尊者爲王，奉太祖後。攽言：『禮，諸侯不得祖天子，當自奉其國之祖。宜崇德昭、德芳之後，世世勿降爵，宗廟祭祀，使之在位，則所以褒揚藝祖者著矣。』後二王紹封，如攽議。

方更學校貢舉法，攽曰：『本朝選士之制，行之百年，累代將相名卿，皆由此出，而以爲未嘗得人，不亦誣哉。願因舊貫，毋輕議改法。夫士修於家，足以成德，亦何待於學官程課督趣之哉。』

王安石在經筵，乞講者坐。攽曰：『侍臣講論於前，不可安坐，避席立語，乃古今常禮。君使之坐，所以示人主尊德樂道也；若不命而請，則異矣。』禮官皆同其議，至今仍之。考試開封舉人，與同院王介争詈，爲監察御史所劾罷。禮院廷試始用策，初，考官吕惠卿列阿時者在高等，訐直者反居下。攽覆考，悉反之。又嘗詒安石書，論新法不便。安石怒摭前過，斥通判泰州，以集賢校理、判登聞檢院、户部判官知曹州。曹爲盜區，重法不能止。攽曰：『民不畏死，奈何以死懼之。』至，則治尚寬平，盜亦衰息。爲開封府判官，復出爲京東轉運使。部吏罷軟不逮者，務全安之。徙知兗、亳二州。吴居厚代爲轉運使，能奉行法令，致財賦，迺追坐攽廢弛，黜監衡州鹽倉。

哲宗初，起知襄州。入爲秘書少監，以疾求去，加直龍圖閣、知蔡州。於是給事中孫覺、胡宗愈、中書舍人蘇軾、范百禄言：『攽博記能文章，政事侔古循吏，身兼數器，守道不回，宜優賜之告，使留京師。』至蔡數月，召拜中書舍人。請復舊制，建紫微閣於西省。竟以疾不起，年六十七。

攽所著書百卷，尤邃史學。作《東漢刊誤》，爲人所稱。預司馬光修《資治通鑑》，專職漢史。爲人疏儁，不修威儀，喜諧謔，數用以招怨悔，終不能改。

附録二

《欽定四庫全書總目·彭城集提要》

《彭城集》四十卷，宋劉攽撰。攽字貢父，號公非。與兄敞同登慶歷六年進士第，官至中書舍人，事蹟具《宋史》本傳。稱攽未冠通五經，博覽群書。沈作喆《寓簡》亦曰：『國朝六經之學，自賈文元倡之，而原父兄弟爲最高。』司馬光修《資治通鑑》，自辟所屬，極天下之選，而任《史記》、前後《漢書》者，攽也。其知兗、亳二州，以不能奉行新法，黜監衡州鹽倉。哲宗初，起知襄州，入爲秘書少監。錢勰草制，極稱其詞藝。其後以直龍圖閣出知蔡州。孫覺、胡宗愈、蘇軾、范百禄交薦之，言攽博記能文章，政事侔古循吏，身兼數器，守道不回，乃召拜中書舍人。蘇軾草制，稱其能讀典墳丘索之書，習知漢魏晉唐之故。其殁也，曾鞏祭文有曰『強學博敏，超絶一世。肇自載籍，孔墨百氏。太史所録，俚聞野記，延及荒外，陰陽鬼神，細大萬殊，一載以身。下至律令，老吏所疑，故事舊章，盈廷不知，有問于子，歸如得師。直貫傍穿，水決矢飛，一時書林，眾俊並馳。滿堂賢豪，視子麈揮』云云。蓋一時廷評士論，莫不共推。即朱子于元祐諸人，自洛黨以外多所不滿。而《語録》云：『貢父文字，工于摹仿，學《公羊》《儀禮》，亦復稱之。』豈非攷學問博洽，詞章奧雅，有不可遏抑者乎！史載所著諸書有《文集》五十卷、《五代春秋》十五卷、《内傳國語》二十卷、《經史新義》七卷、《東漢刊誤》四卷、《詩話》二卷、《漢官儀》三卷、《芍藥譜》三卷。今所存者，自《詩話》以外，惟《東漢刊誤》散附北監本《後漢書》中，近日始有刻本。《芍藥譜》亦僅而不亡。《文集》則《宋史·藝文志》《文獻通考》俱作六十卷。明《文淵閣書目》有《彭城集》十五册，不列卷數。今所傳《三劉文集》，僅有《公非集》一卷，凡詩四首、文二十三篇。蓋掇拾於散佚之餘，多所闕漏。即《宋文鑑》所選者且不盡載，其他可知。至以劉顏之《輔弼名對序》誤屬之攽，舛謬尤屬顯然，殊不足據。今檢《永樂大典》所載，篇章尚富，蓋即據《彭城集》收入。謹掇拾排比，釐爲四十卷。較之原書，所少不過十之一二。與新編其兄敞《公是集》，鉅制鴻裁，舊觀幾復。在北宋諸家中，可謂超軼二孔，而憑陵兩宋者矣。

附録三

劉攽年譜簡編

按，劉攽作爲宋代著名的史學家，卻并無年譜存世。顔中其編有《劉攽年譜》，見于劉乃和、宋衍申主編《〈資治通鑑〉叢論》（河南人民出版社一九八五年版）。在此稍加删節校證，附録于後，便于讀者了解劉攽生平之梗概。

宋仁宗天圣元年（癸亥）　公元一〇二三年　一歲

劉氏之先，出楚元王，世爲彭城人。西晉末，避兵亂，遷江南，其後又遷廬陵。世次皆不明，不可得而知，然猶以彭城爲望。自廬陵遷新喻者，曰遜。遜生超。超生逵。逵生琠，是爲曾祖，贈大理評事。

祖式，字叔度。以明經舉第一，同時無預選者。由是江南文儒大臣，自張洎、徐鉉皆稱譽之。仕至工部員外郎，贈工部尚書。

父立之，字斯立，爲叔度之中子。祥符初進士及第，授福州連江縣尉，調睦州青溪主簿，改宣州南陵令，權績溪，改大理寺丞知婺州金華縣。乾興元年改太子中舍，自婺州金華縣移梓州中江縣。

母王氏，屯田郎中王礪之女。

取名攽，字貢甫。

宋仁宗景祐三年（丙子）　公元一〇三六年　十四歲

童稚時烈日奔馳，鬥草承蜩，以流汗爲嬉。與張隱直結友。因父仕宦，歷居常州、高郵軍、潤州、福建等地。

卷四《苦熱》：『生長自吴會，北遊逾十朞。……憶我童稚歲，烈日猶奔馳。鬬草出百品，承蜩睨喬枝。赬顔不待濯，流汗始爲嬉。』卷九《哭張隱直》：『結友兒童歲，對門兄弟辭。』劉攽出生後至十五歲前，其父曾通判瀘州，轉殿中丞通判常州，改國子博士知高郵軍，轉虞部員外郎，又轉比部知潤州，除福建路提點刑獄，在福建三年。因隨父仕宦，足迹所至，多在吴越一帶，故有『生長自吴會』之語。

作『彩選格』。

徐度《卻掃編》卷下：『彩選格，起於唐李郃，本朝踵之者有趙明遠、尹師魯。元豐官制行，有宋保國，皆取一時官制爲之。至劉貢父，獨因其法，取西漢官秩升黜次第爲之，又取本傳所以升黜之語，注其下。局終，遂可類次其語爲一傳，博戲中最爲雅馴。初，貢父之爲是書也，年甫十四五，方從其兄原父爲學，怪其數日程課稍稽；視其所爲，則得是書。大喜，因爲序冠之，而以爲己作。貢父晚年，復稍增，而自題其後。今其書盛行於世。』

【主要作品繫年】

卷九《庵嶺漁叟詩》，自注『時年十四』。

宋仁宗康定元年（庚辰）　公元一〇四〇年　十八歲

初至京。

卷十四《燈夕都下》。原注：『十八歲初至都下見燈，到今四十五年。』

宋仁宗慶曆三年（癸未）　公元一〇四三年　二十一歲

父爲湖北轉運按察使。遊吴中。

【主要作品繫年】

卷十《暫之霅上留别一二兄弟》

卷十二《將遊吴中寄原父》

宋仁宗慶曆六年（丙戌）　公元一〇四六年　二十四歲

與兄敞同中科舉，爲賈黯榜進士。兄敞以大理評事通判蔡州，攽爲鳳翔節度推官。

宋仁宗慶曆七年（丁亥）　公元一〇四七年　二十五歲

在鳳翔任。

【主要作品繫年】

卷十《鳳翔官宅園亭》

宋仁宗慶曆八年（戊子）　公元一〇四八年　二十六歲

父改主客郎中益州路轉運使。敓隨侍入蜀。兄敞有《寄貢甫時隨侍入蜀》詩。父病重，是年十二月病逝，年六十四。歐陽修爲作《尚書主客郎中劉君墓志銘》。

【主要作品繫年】

卷八《和楊十七傷蘇子美》。按，是年十二月，蘇舜欽病卒于吴中。

宋仁宗皇祐元年（己丑）　公元一〇四九年　二十七歲

與兄敞奉父之喪至京師，居潁州守喪。

【主要作品繫年】

卷六《潁州始居》

卷六《潁州和永叔》。按，歐陽修皇祐元年始知潁州。

宋仁宗皇祐二年（庚寅）　公元一〇五〇年　二十八歲

居潁州守喪。

【主要作品繫年】

卷三《送歐陽永叔留守南都》。按，七月，歐陽修以龍圖閣直學士改知應天府兼南京留守司事。

宋仁宗皇祐三年（辛卯）　公元一〇五一年　二十九歲

居潁州守喪。二月，除服。

【主要作品繫年】

卷四《獻歐陽永叔》

宋仁宗皇祐四年（壬辰）　公元一〇五二年　三十歲

爲汝州推官。

卷三十二《汝州推官廳記》：『皇祐四年，予爲汝州從事，始事衛尉卿林公。其後資政殿學士吴公，又尚書郎王公，又太常少卿張公。郡小無事，四公皆賢予，固優游竊幸于寘焉。』

【主要作品繫年】

卷五《之官汝州舟中作寄都下》

宋仁宗皇祐五年（癸巳）　公元一〇五三年　三十一歲

在汝州。

宋仁宗至和元年（甲午）　公元一〇五四年　三十二歲

在汝州。九月，兄敞召試，遷右正言、知制誥、同判流内銓。

【主要作品繫年】

卷五《早春懷都下》

宋仁宗至和二年（乙未）　公元一〇五五年　三十三歲

在汝州。調江陰主簿。八月，兄敞奉使契丹。

【主要作品繫年】

卷七《初調江陰主簿》

卷十三《年三十三》

宋仁宗嘉祐元年（丙申）　公元一〇五六年　三十四歲

在江陰。三月，兄敞以知制誥知揚州。

【主要作品繫年】

卷四《除日得王深甫書因寄》

宋仁宗嘉祐二年（丁酉）　公元一〇五七年　三十五歲

爲廬州推官。兄敞遷起居舍人，徙知鄆州，兼京東西路安撫使。

【主要作品繫年】

卷四《之官廬州初至儀真寄原甫》

卷九《將赴官廬州寄張四隱直二首》

宋仁宗嘉祐三年（戊戌）　公元一〇五八年　三十六歲

在廬州。兄敞知鄆州。召回糾察在京刑獄，修玉牒，復爲知制誥。

【主要作品繫年】

卷六《題劉羲叟著作澤州園亭》

宋仁宗嘉祐四年（己亥）　公元一〇五九年　三十七歲

在廬州。兄敞同知貢舉，稱爲得人。

宋仁宗嘉祐五年（庚子）　公元一〇六〇年　三十八歲

在廬州。九月，兄敞以起居舍人、知制誥爲翰林侍讀學士、知永興軍。

【主要作品繫年】

卷三十二《重修廬州蜀山廟記》

宋仁宗嘉祐六年（辛丑）　公元一〇六一年　三十九歲

在汴都。嘗與王安石、馮京、韓維、吴充、沈遘燕集。

王安石《王荆文公詩》卷三十六有《和貢父燕集之作》，注云：『馮京、韓維、吴充、沈遘皆同席。』

歐陽修舉劉攽、吕惠卿充館職。

歐陽修《歐陽文忠公全集》卷一百十三，嘉祐六年有《舉劉攽吕惠卿充館職劄子》，其云：『臣伏見前廬州觀察推官劉攽辭學優贍，履行修謹，記問該博，可以備朝廷詢訪。……並宜置之館閣，以副聖朝養育賢材之選。臣以庸繆，參聞政論，無能報國，敢舉所知。其劉攽、吕惠卿，欲望聖慈俾充館閣之職。如後不如舉狀，臣甘同罪。』

【主要作品繫年】

卷七《送王仲素寺丞歸灊山》。按，詩云：『來年四十髮蒼蒼，始欲求方救憔悴。』

卷八《夜携賈十五過巨源作》。按，詩云：『鄙夫開年便四十，白髮垂頤眼眵瀊。』

宋仁宗嘉祐七年（壬寅）　公元一〇六二年　四十歲

赴秦州清水任。

王安石作詩送行，王安石《王荆文公詩》卷三十六《送劉貢父赴秦州清水》：『劉郎高論坐噓枯，幕府調腼用緒餘。筆下能當萬人敵，腹中嘗記五車書。聞多望士登天禄，知有名臣薦子虛。且復弦歌窮塞上，祇應非晚召相如。』

【主要作品繫年】

卷四《將之官清水李廷老來會探韻得光字》。按，詩云：『四十身無聞，忝官省中郎。』

宋仁宗嘉祐八年（癸卯）　公元一〇六三年　四十一歲

任國子監直講。

《宋史》本傳：『與敞同登科，仕州縣二十年，始爲國子監直講。』

奉詔與錢藻等六人刊正《後漢書》。

《玉海》卷四十九：『劉敞、攽、奉世標注誤失《東漢刊誤》四卷。劉攽嘉祐八年奉詔與錢藻等六人刊正《後漢書》。攽增損其書，凡字點畫偏傍不應古，及其文句缺衍，或引采經傳有謬誤者，率以意刊改。』

與王安石游。

徐度《卻掃編》卷中：『劉貢甫舊與王荆公游，甚款。荆公在從班，貢甫以館職居京師，每相過，必終日。』王安石有《上元戲呈劉貢父》《過劉貢甫》詩。

八月，兄敞以疾聞，召還，判三班院太常寺。

【主要作品繫年】

卷十二《嘉祐大行皇帝挽詩十首》。按，三月，仁宗崩。

卷三十四《後漢書精要序》

宋英宗治平元年（甲辰）　公元一〇六四年　四十二歲

任國子監直講。九月，兄敞以疾告滿百日，求便郡。癸未，命敞知衛州。未行，改汝州。三司言敞再得告，例不當給俸，詔令特給。

宋英宗治平二年（乙巳）　公元一〇六五年　四十三歲

任國子監直講。三月，與范鎮、孫思恭同考定曆法。

李燾《續資治通鑑長編》卷二百四：『三月丁卯，上初即位，命殿中丞判司天監周琮，及司天冬官正王炳、丞王棟、主簿周應祥、周安世、馬傑、靈臺郎楊得言作新曆。三年而成。琮言：「《崇天曆》氣節加時後天半日，五星之行差半次，日食之候差十刻。」既而，中官正舒易簡與監生石道、李遘，更陳家學。于是，詔翰林學士范鎮、諸王府侍講孫思恭、國子監直講劉攽考定是非。』

【主要作品繫年】

卷十三《乙巳早春再遊玉仙觀贈陳道士》

卷二十四《爲家兄謝除汝州狀》

卷三十四《賈公行狀》

宋英宗治平三年（丙午）　公元一〇六六年　四十四歲

任國子監直講。爲開封試官。四月辛丑，命龍圖閣直學士兼侍講司馬光編歷代君臣事迹。光薦劉恕、趙君錫同修。其後君錫以父喪不赴，命攽代之。

李燾《續資治通鑑長編》卷二百：『四月辛丑，命龍圖閣直學士兼侍講司馬光編歷代君臣事迹，于是光奏曰云云。詔從之，而令接所進八卷編集，俟書成，取旨賜名。其後君錫以父喪不赴，命太常博士、國子監直講劉攽代之。』

九月，遭監察御史里行馬默妄彈奏。

李燾《續資治通鑑長編》卷二百八：『（九月）太常博士、監察御史馬默言：「國子監直講劉攽輕薄無行，多結交富貲舉人，不可爲開封試官。」……默除御史時，攽有戲言。默用此怒，故妄彈奏攽。』《邵氏聞見録》：『馬默擊劉貢父玩侮無度，或告貢父，貢父曰：「既稱馬默，何用驢鳴？」立占《馬默驢鳴賦》，有「冀北群空，黔南技止」之警策。』

十月，以宰執薦舉，召試館職，試入優等。

李燾《續資治通鑑長編》卷二百八：『（十月）詔宰臣、參知政事舉才行士可試館職者各五人。……于是，韓琦、曾公亮、歐陽修、趙槩等所舉蔡延慶、夏倚、王汾、葉均、劉攽、章惇、胡宗愈、王存、李常、張公裕、王介、蘇棁、安燾、蒲宗孟、陳侗、陳睦、李清臣、朱初平、黃履、劉摯，凡二十人，上皆令召試。』

兄敞自汝州召還，以疾不能朝。改集賢院學士判南京留司御史臺。

【主要作品繫年】

卷一《葺所居賦》。序云：『治平三年秋，京師大雨，涌水出，民舍多墊壞者，予所居獨完整無恙。及雨止，加葺其垣墻，因爲小賦。』

卷十二《挽蘇明允二首》。按，五月，蘇洵卒。

宋英宗治平四年（丁未）　公元一〇六七年　四十五歲

閏三月，爲館閣校勘。

李燾《續資治通鑑長編》二百九：『（閏三月）丙午，屯田員外郎劉攽……爲館閣校勘。……攽試入優等，故事，當除直館，又，員外郎例不爲校勘，而攽素與王陶有隙，陶及侍御史蘇寀共排之，故纔得館閣校勘。』

宋神宗熙寧元年（戊申）　公元一〇六八年　四十六歲

判尚書考功同知太常禮院。

《宋史》本傳：『熙寧中，判尚書考功同知太常禮院。』

四月庚申，吕公著、王安石等言：『故事，侍講者皆賜坐。自乾興以來，講者始立，而侍者皆坐聽。臣等竊謂侍者可使立，而講者當賜坐。』禮官韓維、刁約、胡宗愈言：『宜如天禧舊制，以彰陛下稽古重道之意。』攽上《侍講不合坐狀》，曰：『侍臣講論於前，不可安坐。避席立語，乃古今常禮。君使之坐，所以示人主尊德樂道也，若不命而請則異矣。』龔鼎臣、蘇頌、周孟陽、王汾、韓忠彦皆同攽議。

四月八日，兄敞卒於南京留司御史臺官舍，年五十。敞與攽友愛尤篤。歐陽修爲敞作《集賢院學士劉公墓志銘》。

九月，詔封太祖諸孫行尊者爲王，奉太祖後。攽言：『《禮》：「諸侯不得祖天子」，當自奉其國之祖。太祖傳天下於太宗，繼體之君，皆太祖子孫，不當别爲置後。若崇德昭、德芳之後，世世勿降爵，宗廟祭祀，使之在位，則所以褒揚藝祖者至矣。』從之。

【主要作品繫年】

卷二十七《與韓持國論侍講不合稱師》

卷二十四《侍講不合坐狀》

補編《論封太祖子孫行尊者一人奉太祖祀》

宋神宗熙寧二年（己酉）　公元一〇六九年　四十七歲

同知太常禮院。

二月，王安石參知政事。五月，王安石以爲古之取士皆本於學，請興建學校以復古，其詩賦、明經諸科悉罷，專以經義、論、策試進士。詔兩制、兩省、御史臺、三司、三館議之。時議者多欲變舊法，直史館、判官告院蘇軾上疏以爲不必變。攽亦作《貢舉議》曰：『本朝選舉之法，行之百有餘歲，累代將相名卿，及今之所謂賢材，與共天下之論議者，皆非以他途進者也，而誣以未嘗得人，臣竊以爲過矣。故臣願朝廷且毋庸輕變選舉之法，不如因舊法，而慎選有司之爲愈也。夫士修於家，足以成德，亦何待於學官程課督趣之哉。』

秋，爲開封府試官。時方以理財爲新政，攽與李公擇、王忠甫皆與丞相論不同，試『節以制度不傷財賦』。

晁説之《嵩山集》卷十九《宋故平恩府君晁君墓誌》：『京師秋賦，而時方以理財爲新政，主文劉貢父、李公擇、王忠甫皆與丞相論不同，試《節以制度不傷財賦》，以選甚高，禮部不奏名。』

與同院王介忿争，介以惡語侵攽，攽不與較，遂皆贖金。中丞吕公著意不樂攽，以爲議罪太輕，遂奪主判，使歸館供職。

《宋史》本傳：『考試開封舉人，與同院王介争詈，爲監察御史所劾罷。』陳鵠《西塘集耆舊續聞》：『劉貢父、王介，同爲考試官，因忿争，介以惡語侵攽，攽不與較，遂皆贖金。中丞吕公著意不樂攽，以爲議罪太輕，遂奪主判。攽《謝表》曰：「彍弩射市，薄命難逃；飄瓦在前，忮心不校。」又曰：「在矢人之術，惟恐不傷；而田主之牛，奪之已甚。」』魏泰《東軒筆録》卷十一：『攽嘗與王介同爲開封府試官，試《節以制度不傷財賦》，舉子多用畜積字，畜本音五六反，《廣韻》又呼玉反，聲近御名。介堅欲黜落，攽争之，遂至諠忿。監試陳襄以聞，二人皆贖金。中丞吕公著又言責太輕，遂皆奪主判。』

十月末，安葬亡兄襄事。歐陽修爲作《集賢院學士劉君敞墓誌銘》。

【主要作品繫年】

卷七《和蘇子瞻韻爲石蒼舒題》

卷二十四《貢舉議》

卷二十七《與青州歐陽尚書别紙》

卷三十四《公是先生集序》

卷三十五《故朝散大夫給事中集賢院學士權判南京留司御史臺劉公行狀》

宋神宗熙寧三年（庚戌）　公元一〇七〇年　四十八歲

正月，散青苗錢。

二月甲戌，神宗欲大用司馬光，訪之王安石，安石曰：『今擢在高位，則是爲異論之人立赤幟也。』安石又指劉攽、劉恕、蘇軾、蘇轍之徒爲司馬光朝夕所與切磋琢磨者。

司馬光力辭樞密副使之命，章凡九上。

三月甲午，司馬光移書王安石，請罷條例司及常平使者。書凡三往反。攽作《與王介甫書》，略曰『見所與曾公立書，論青苗錢大意，不覺悵惋。……介甫爲政，不能使民家給人足毋稱貸之患，而特開設稱貸之法，以爲有益於民，不亦可羞哉，甚非聖人之意也』云云。

三月壬子，任殿試進士覆考官，悉反考官呂惠卿所爲。

《宋史》本傳：『禮院廷試始用策，初，考官呂惠卿列阿時者在高等，訐直者反居下。攽覆考，悉反之。』《續資治通鑑》卷六十七：『壬子，御集英殿，賜進士、明經諸科葉祖洽以下及第、出身、同出身，總八百二十九人。祖洽策言：「祖宗多因循苟簡之政，陛下即位，革而新之。」其意在投合也。考官呂惠卿列阿時者在高等，訐直者居下，劉攽覆考，悉反之。李大臨、蘇軾編排上官均第一，葉祖洽第二，陸佃第五。帝令陳升之面讀均等策，擢祖洽爲第一。』

四月乙酉，詔放外任。

李燾《續資治通鑑長編》卷二百十：『（熙寧三年四月乙酉）詔館閣校勘劉攽與外

任。攽初考試開封，與王介争言，爲臺諫所劾，既贖銅，又罷考功及鼓院，至是求外任，王安石因之並逐攽。』

與劉恕、安燾、范祖禹同校勘《魏書》，攽又校勘《北齊書》。

晁説之《嵩山文集》卷十二《讀魏書》曰：『北齊右僕射魏收《魏書》，記、傳、志百三十卷。嘉祐中詔刊校南北七朝正史，而宋、齊、梁、陳書曾子固序目録上之。《魏書》之成最晚，子固已出館矣。其爲序目者，曰臣攽、臣恕、臣燾、臣祖禹，蓋范醇甫所作，云昔之爲史者尚何恨焉？』

司馬光作《答范夢得書》，指示修《資治通鑑長編》，隋以前者與貢父，梁以後者與道原。

司馬光《通鑑釋例》：『修《長編》，……其起兵以前，禪位以後事，于今來所看書中見者，亦請令書吏別用草紙録出，每一事中間空一行許素紙，隋以前者與貢父，梁以後者與道原，令各修入長編中。』

【主要作品繫年】

卷十五《與宋次道舍人同在殿中覆考進士次道子姪同就御試贈次道二首》

宋神宗熙寧四年（辛亥）　公元一〇七一年　四十九歲

劉攽離京，赴泰州通判任。

《宋史》本傳：『又嘗詒安石書，論新法不便。安石怒摭前過，斥通判泰州。』十一月，蘇軾過鎮江，遊金山寺，與劉攽、孫巨源、劉摯相遇於廣陵，蘇請作詩爲别，攽作《與孫巨源蘇子瞻劉莘老廣陵相遇蘇請賦詩爲别各用其字爲韻每篇十韻》詩，中有『我辭金馬門，君來西掖垣。淮瀕一相見，握手雙淚痕』『吾以狂自名，將老無所嫌。會當從君遊，不計歲月淹』等句。

【主要作品繫年】

卷四《與孫巨源蘇子瞻劉莘老廣陵相遇蘇請賦詩爲别各用其字爲韻每篇十韻》

宋神宗熙寧五年（壬子）　公元一〇七二年　五十歲

在泰州通判任。

在泰州通判任。

宋神宗熙寧六年（癸丑）　公元一〇七三年　五十一歲

在泰州通判任。秋，罷任返京。

攽有《寄杭州通判蘇子瞻海州使君孫巨源》詩，時罷泰州通判。蘇軾自熙寧四年十一月至杭州，于熙寧七年五月離任，故劉攽罷泰州通判當在七年五月左右。

宋神宗熙寧七年（甲寅）　公元一〇七四年　五十二歲

神宗欲以史官召攽，而侍御史蔡確言其不可。執政復擬它官以進。

晁補之《雞肋集》卷六十二《資政殿大學士李公行狀》：『忠獻韓公薨（在熙寧八年），公被旨祭奠，因爲其行狀，神宗謂王珪曰：「李清臣敘韓琦事，甚典麗，良史才也。」遷太常博士，召充國史院編修官。初，劉攽以史官召，而侍御史蔡確言其不可。執政復擬它官以進。上曰：「朕有人矣，李清臣可。」』據此，神宗欲以史官召劉攽，當在其罷泰州通判之後，韓琦去世之前。又，邵博《邵氏聞見録》卷三十：『劉貢父呼蔡確爲倒懸蛤蜊，蓋蛤蜊一名殼菜也。確深銜之。』

【主要作品繫年】

卷十三《京北流人》

宋神宗熙寧八年（乙卯）　公元一〇七五年　五十三歲

以集賢校理、判登聞檢院、户部判官知曹州。

司馬光《涑水紀聞》卷十四：『曾布爲三司使，與呂嘉問争市易事，介甫主嘉問，布坐左遷，詔命使出，朝士多未知之。布字子宣，嘉問字望之，或問劉貢甫，曰：「曾子避席。」又問：「望之何如？」曰：「望之儼然。」介甫聞之不喜，由是出貢父知曹州。』按，《續資治通鑑》卷七十：『（熙寧七年五月）三司使曾布、提舉市易司呂嘉問並罷。』即記曾布，呂嘉問争市易之事，據此可知當時劉攽已罷泰州通判返京。

曹爲盜區，重法不能止。攽曰：『民不畏死，奈何以死懼之。』至，則治尚寬平，盜亦衰息。

陳師道《後山集》卷十二《彭城移獄記》：『劉叔貢父爲曹州，盜賊衰息，犴獄屢空。或問弭盜之術？叔貢父曰：「吾何術焉，不以重地視之而已」』。張耒《張右史文集》卷十一《同毅夫賀無斁教授》謂：『洋洋劉太守，豈弟發素蘊。凶年盜乃減，見謂君子敏。』自注云：『貢父治曹，不用刑而盜衰。』蘇軾《蘇東坡全集》卷十六《再和劉貢父省上》自注：『貢父爲曹州，盜賊皆奔秦境，蓋嘗有詩云：「從來晉盜稍奔秦。」』

【主要作品繫年】

卷十七《寄齊州李學士並呈蘇密州》。按，李公擇時知齊州，蘇軾熙寧八年初到密州任。

卷三十二《曹州修城記》

宋神宗熙寧九年（丙辰）　公元一〇七六年　五十四歲

知曹州。

【主要作品繫年】

卷五《自曹還都舟中奉酬子中見寄》

卷十四《嘉祐中與王丞相吴樞密韓端明王學士會飲騏驥池上去今將二十年王有感事

詩見示次韻》

宋神宗熙寧十年（丁巳）　公元一〇七七年　五十五歲

爲開封府南司判官。

據《開封府南司判官題名記》，劉攽於熙寧十年九月四日爲開封府南司判官。

宋神宗元豐元年（戊午）　公元一〇七八年　五十六歲

爲開封府判官。

【主要作品繫年】

卷二十六《謝許令羅適知濟陰縣表》

卷三十二《開封府南司判官題名記》

宋神宗元豐二年（己未）　公元一〇七九年　五十七歲

爲京東路轉運使。

《宋史》本傳：『復出爲京東轉運使。』作《京東運使謝上表》，曰『臣禀生窳薄，爲器渫卑。志在詩書，本求名于稽古；耳剽律令，亦有意于治民。竊自深思，嘗試勉力。不知足而爲屨，是匪難能；懲于羹而吹虀，乃非適變。顧惟内恕，濟以敢爲，務合人情，儻究吏術』云云。

十二月，因蘇軾『烏臺詩案』而罰銅。

李燾《續資治通鑑長編》卷三百一：『（十二月）祠部員外郎直史館蘇軾，責授檢校水部員外郎黄州團練副使本州安置，不得簽書公事。令御史臺差人轉押前去。……京東轉運使劉攽……罰銅二十斤。』

【主要作品繫年】

卷二十五《京東運使謝上表》

宋神宗元豐三年（庚申）　公元一〇八〇年　五十八歲

在京東轉運使任。

宋神宗元豐四年（辛酉）　公元一〇八一年　五十九歲

知兖州。

攽有詩題作《寄胡完夫時罷河東提刑知蔡州予亦罷京東轉運使知兖州》。作《知兖州謝上表》，曰『臣比自權京東路轉運使，奉敕就差知兖州。上還節傳，退就藩垣，地惟督府之崇，任亦連城之寄。蒙被恩寵，增集戰兢。臣某中謝。臣孤生蕞軀，樸學無術，際逢昌旦，聯寘周行。繆充詞館之華，濫竊使車之選。力小任重，功最無聞』云云。

【主要作品繫年】

卷七《在郡作》

卷四《張君以六十九作詩自道其康寧余時年五十九感而自詠》

卷二十六《知兖州謝上表》

宋神宗元豐五年（壬戌）　公元一〇八二年　六十歲

知亳州。

作《知亳州謝上表》，曰『齒髮衰暮，藩鎮會繁；據非所安，榮以爲懼』云云。

四月，曾鞏擢試中書舍人，舉劉攽自代。

曾鞏《元豐類稿》卷三十五《授中書舍人舉劉攽自代狀》：『蒙恩授前件官，准編敕節文，知雜御史已上授訖，許舉官自代者，右謹具如前。臣伏見朝奉大夫，充集賢校理，知亳州劉攽，廣覽載籍，强記洽聞，求之輩流，罕有倫比。臣竊以謂引拔衆材，彌綸世務，至于博學之士，固宜用在朝廷。況今聖質高明，究極今古，凡在左右，當備顧問之臣，尤須多識前載，然後能稱其職。如攽所長，實允兹選。況攽累歷州郡，治行可稱；至於文辭，亦足觀采；兼此衆美，臣實不如。今舉自代，謹具狀奏聞，伏候敕旨。』

宋神宗元豐六年（癸亥）　公元一〇八三年　六十一歲

知亳州。

九月，吴居厚代爲轉運使，能奉行法令，致財賦，乃追坐攽廢弛，黜監衡州鹽倉。

李燾《續資治通鑑長編》卷三百三十九：九月戊辰詔：『前京東路轉運使朝散大夫

集賢校理知亳州劉攽任内，不能修舉職事，致經用匱乏，屢煩朝廷應副。今吴居厚經畫財賦，得數百萬，不惟本路充足，兼有羨餘應副朝廷。劉攽不職，罪狀甚明，可落集賢校理，降授朝請郎，增差監衡州鹽倉。』按，蘇轍於元豐八年曾上《乞擢任劉攽狀》，追敘劉攽被貶黜之原因，曰：『頃者將漕京東，安靖不擾，偶以前官，財用窘乏，嘗稱貸朝廷。攽繼其後，未能即還，奏乞展限。適會吴居厚以聚斂進擢，攽遂以不才黜退。』

宋神宗元豐七年（甲子）　公元一〇八四年　六十二歲

貶監衡州鹽倉。

王安石作《送劉貢甫謫官衡陽》，自注『元豐七年』，詩曰：『劉郎劉郎莫先起，遇酒當歌且歡喜。船頭朝轉暮千里，眼中之人吾老矣。九疑聯綿皆相似，負雪崔嵬插花里。萬里衡陽雁，尋常到此回，行逢二三月，好與雁同來。雁來人不來，如何不飲令心哀。莫厭瀟湘少人處，謫官罇俎定常開。』

十二月戊辰，《資治通鑑》書成。《資治通鑑》自治平三年開局，司馬光與劉攽、劉恕、范祖禹及子康編集，前后六任。

【主要作品繫年】

卷六《贈黄安期推官》

宋神宗元豐八年（乙丑）　公元一〇八五年　六十三歲

貶監衡州鹽倉。

三月戊戌，神宗崩，年三十八。皇太子趙煦即位。

七月丙辰，起知襄州。

李燾《續資治通鑑長編》卷三百五十八：『（七月丙辰）朝散大夫監衡州鹽倉劉攽知襄州。』

【主要作品繫年】

卷十二《神宗皇帝挽詩四首》

卷二十六《知襄州謝上表》

宋哲宗元祐元年（丙寅）　公元一〇八六年　六十四歲

閏二月丙午，召爲秘書少監。

李燾《續資治通鑑長編》卷三百六十九：『（閏二月丙午）知宣州朝議大夫劉攽爲秘書少監。』錢勰作《劉攽秘書少監》制詞曰：『學者以東觀爲老氏藏室，道家蓬萊山，而國家所以涵養令器，待才用者之宅也。以爾攽詞藝之富，回翔之久，擢貳厥官，益將試用。』

六月，以疾求去，加直龍圖閣、知蔡州。

李燾《續資治通鑑長編》：『六月，劉攽知蔡州。』《宋史》本傳：『入爲秘書少監，以疾求去，加直龍圖閣、知蔡州。』

七月，蘇軾、胡宗愈、孫覺、范百禄等上《乞留劉攽狀》。

蘇軾《乞留劉攽狀》曰：『元祐元年七月二十三日，朝奉郎試中書舍人蘇軾，同胡宗愈、孫覺、范百禄等狀奏，右臣等伏見朝議大夫直龍圖閣劉攽，近自襄陽召還秘省，旋以病，乞出守蔡州。自受命以來，日就痊損，假以數月，必復康強。謹按，攽名聞一時，身兼數器，文章爾雅，博學强記。政事之美，如古循吏，流離困躓，守道不回。此皆朝廷之所知，不待臣等區區誦説。但以人才之難，古今所病。舊臣日已衰老，而新進長育未成，如攽成材，反在外服，此有志之士，所宜爲朝廷惜也。欲望聖慈，留攽京師，更賜數月之告，稍加任使，必有過人。臣等備員侍從，懷不能已，冒昧陳論，伏俟誅譴，謹録奏聞，伏候敕旨。』

七月辛酉，上疏爲劉恕求除一子官。

李燾《續資治通鑑長編》卷三百八十二：『（七月辛酉）秘書少監劉攽等言：「先與故秘書丞劉恕同編修《資治通鑑》，恕于此書，立功最多。及此書成，編修屬官，皆蒙甄録；惟恕身亡，其家獨未霑恩，子孫并無人食禄。請援黄鑑、梅堯臣例，除一子官。」』後詔與恕一子郊社齋郎。

十一月戊寅，除中書舍人。

李燾《續資治通鑑長編》卷三百九十二：『（十一月戊寅）劉攽除中書舍人。岩叟又言：「近除劉攽爲中書舍人，命下之日，無賢不肖，莫不稱爲得人。」』

【主要作品繫年】

卷十八《蔡州路中作五首寄都下》

卷二十四《辭免中書舍人狀》

卷二十四《辭直龍圖閣狀》

卷二十五《謝中書舍人表》

卷二十五《知蔡州謝上表》

宋哲宗元祐二年（丁卯）　公元一〇八七年　六十五歲

正月辛巳，與蘇轍同編次神宗御集。

《宋史·哲宗紀》元祐二年正月辛巳詔命。

十月二十一日，與蘇軾、蘇轍共同上奏，言《參定葉祖洽廷試策狀》。

《东坡奏议》卷四《參定葉祖洽廷試策狀》：『元祐二年十月二十一日翰林學士朝奉郎知制誥兼侍讀蘇軾同蘇轍劉攽狀奏』云云。

宋哲宗元祐三年（戊辰）　公元一〇八八年　六十六歲

爲中書舍人。

上奏乞再建紫微閣。

狀曰：『臣等伏見舊中書舍人院有紫微閣真宗皇帝御篆題榜副本刻石。自重修三省，紫微閣隳折，御篆無所張掛。伏以本朝建築省閣，上法天垣。前聖有作，自難減損。至於宸章天翰，宜永垂後，萬億千歲，瞻仰寅奉。在周之時，天球河圖，兑戈和弓，異代之物，尚皆傳保，伐圖庸器，每祭陳之。……伏乞聖慈，特賜詳酌，復于中書後省建置紫微閣，標掛御篆，於以完本朝之舊制，副前聖之垂憲。事體甚大，實班列之所深願。臣等不勝惓惓之至。』

十二月辛卯，由朝議大夫試中書舍人，爲中大夫守中書舍人。

李燾《續資治通鑑長編》卷四百十八：『（十二月）辛卯，朝議大夫試中書舍人劉攽爲中大夫守中書舍人。』

【主要作品繫年】

卷二十四《舍人院奏乞再建紫微閣狀》

宋哲宗元祐四年（己巳）　公元一〇八九年　六十七歲

爲中書舍人。

三月乙亥，卒。

李燾《續資治通鑑長編》卷四百二十三：『（三月）乙亥，中大夫中書舍人劉攽卒。』《宋史》本傳：『竟以疾不起，年六十七。』陳師道《後山叢談》卷四：『世以癩疾鼻陷爲死證，劉貢父晚有此疾。』王闢之《澠水燕談録》卷十：『貢父晚苦風疾，鬢眉皆落，鼻梁且斷。』

子弟私諡公非先生。

顏中其編撰

逯銘昕删正

附録四

《全宋詩》劉攽詩補正

按，《全宋詩》是由北京大學古文獻研究所編纂、北京大學出版社出版的搜羅宋代詩歌最爲全面的斷代詩歌總集。其中劉攽卷收録了文淵閣《四庫全書》本《彭城集》全文，重編爲卷一至卷十六，又從别集、類書等文獻中輯佚了劉攽的詩作及散句數十則，重編爲卷十七。此次重新整理《彭城集》，在《全宋詩》劉攽詩的基礎上，又增删了一些詩作。《四庫全書》本《彭城集》本身存在誤收與漏收的情況，《全宋詩》的補輯部分也存在一些誤收之處。以上這些在正文中不便説明，故别撰小文附此。

一、《全宋詩》未收詩

（一）全詩皆未收録

《彭城集》存世的版本較少，武英殿本與《四庫全書》本《彭城集》同出一源，總體差異不大。現存的抄本中尚保存有劉攽的佚詩。國家圖書館的玉棟家藏抄本《彭城集》四十卷過録自周永年的抄本，而周永年則是四庫館中《彭城集》的主要輯校者。抄本《彭城集》卷四中有兩首五言古詩爲《全宋詩》所失收，今補録如下：

次韻錢待制

吟蟬咽風思，潛蛩訴宵怨。清雨灑重城，碧兀浩千萬。訟庭一何清，枝本不圖蔓。至有田相移，頗自焚其券。嘉禾毓隴畝，惡獸伏欄圈。塗有相從歌，吏或不敢飰。美君鋭天機，心得非事勸。奏刀無綮肯，蓄德由止健。九韻始登歌，五鼎方薦獻。秋悲亦何爲，烈士有志願。

次韻子瞻兄弟送王侍制

鸞斯但頻頻，蔓蜂亦群屯。自非青雲士，安得長者言。杜陵兩詩伯，辯如九河翻。多聞直諒間，足繼御與奔。爲誰睦者歌，王子守南藩。隱然金石聲，大笑秦人盆。我來坐東軒，對境羅芳樽。懷人閱瑑刻，意往心宜煩。題詩強為繼，搦久筆爲温。不及蔡中郎，倒屣王公孫。

此外，清李恩綬《巢湖志》卷二中收録劉攽《望湖亭》一詩，亦補録如下：

望湖亭

湖勢西來迴，川形百道開。中流環島嶼，傍市有樓臺。入望蒼煙合，凌虚白浪陊，興來思擊楫，慚愧濟川才。

（二）《全宋詩》收録殘句未收全詩

《全宋詩》卷六一六頁七三一四收録《郢州》詩一首，謂出自宋王象之《輿地紀勝》

卷八四《京西南路·郢州》，詩僅録四句，云：『但見蒼山插霄漢，石城古木高崔嵬。城頭層樓又清絶，尚有遺音名白雪。』此詩存全詩，見于明代薛剛所編嘉靖《湖廣圖經志書》卷十。全詩如下：

白雪樓

漢江東流不復回，郢人唱和安在哉。巴詞下曲滿天下，刻商流徵成尘埃。但見蒼山插霄漢，石城古木高崔嵬。城頭層樓又清絶，尚有遺音名白雪。三楚矜誇傳至今，忍令棟梁有摧折。使君好古情不薄，五馬雍容照城郭。指揮能事出餘力，整頓景象疑初鑿。千歲一倏固有期，耆舊幾人能賦詩。曲高和寡又何信，瑰意琦行令人悲。

《全宋詩》卷六一六頁七三二〇收録劉攽詩殘句『更覺在天涯』，謂輯自宋紹嵩《亞愚江浙紀行集句詩》卷三。此一句實際上全詩皆存，見於《錦繡萬花谷》别集卷二十，作劉貢父撰，缺題。《全宋詩》未收，可據此輯補。

缺題

野館攀春柳，江村泊早花。離腸過百結，短鬢欲雙華。楚水連雲直，吴山向少斜。今朝送歸恨，更覺在天涯。

二、《全宋詩》誤收詩

《全宋詩·凡例》謂：『凡舊籍中一詩互見數人信中或名下而難以確定歸屬者，一律重收，各於題下互注又見。』劉攽集中輯録了一部分重收的詩歌，但經過重新翻檢考察，許多詩歌可以確切考訂出作者，因此，這一部分重收的詩歌應當删去。同時，《全宋詩》劉攽詩的補輯部分存在較多誤收的情況。今將《全宋詩》中重收或誤收的詩歌，略作分類，一一辨析，臚列如下：

（一）《全宋詩》收録殘句然全詩已見於劉攽集

1．《全宋詩》册一一卷六一六頁七三三〇：

句

秋高千里月，暮景一帆風。

宋王象之《輿地紀勝》卷八二《淮南東路·廬州》

按，檢《輿地紀勝》，此一聯出處爲『劉攽《合肥送劉四》』。此詩《彭城集》卷十二題《送劉四畋二首》，此句作『高秋千里月，暮景一帆風』。已收入《全宋詩》册一一卷六〇九頁七二二一。故此處當删。

2.《全宋詩》册一一卷六一六頁七三三〇：

句

逍遥此中意。

宋紹嵩《亞愚江浙紀行集句詩》卷三

按，此句爲《彭城集》卷十二《泛舟》第七句，已收入《全宋詩》册一一卷六〇九頁七二二二。此處當删。

3．《全宋詩》册一一卷六一六頁七三三〇：

句

懷人存蔽芾，招隱賦窅窊。

明楊慎《哲匠金桴》卷二

按，此二句爲《彭城集》卷十六《和裴庫部十二韻》首聯，已收入《全宋詩》册一一卷六一三頁七二七四。此處當删。

（二）唐詩誤爲宋詩

《全宋詩》册一一卷六〇二頁七一一九：

引泉詩睦州龍興觀老君院作

上嗣位六載，吾宗刺桐川。余來拜旌戟，詔下之明年。是時春三月，繞郭花蟬聯。嵐盤百萬髻，上插黄金鈿。授以道士館，置榻於東偏。滿院聲碧樹，空堂形老仙。本性樂凝澹，及來更慕玄。焚香禮真像，盥手披靈編。新定山角角，烏龍獨巉然。除非浄晴日，不見蒼崖連。上有犂雲峰，下有噴壑泉。泉分數十派，落處皆琤潺。寒聲入爛醉，聒破西牕眠。支筇起獨尋，秪在牆東邊。呼僮具畚鍤，立鑿莓苔穿。瀼淙一派墮，練帶横斜牽。亂石拋落落，寒流響濺濺。狂奴七里瀨，縮到疎楹前。跳光潑半散，湧沫飛漩圓。勢束三峽拄，瀉危孤磴懸。會聞瑶池溜，亦灌朱草田。皀伯弄翠蘂，鸞雛舞丹煙。凌風捩桂舵，隔霧馳犀船。況當玄元家，嘗著道德篇。上善可比水，斯文參五千。精靈若在此，肯惡微波傳。不擬争滴瀝，還應會淪漣。出門後飛箭，合勢浮青天。必有學真子，鹿冠秋鶴顔。如龍輔余志，日使疏其源。

《彭城集》卷五

按，四庫館臣所纂輯的《彭城集》存在一些詩文誤收的問題，這一點清代的勞格早有論述。他的《讀書雜識》卷十二列舉了三篇誤收的詩文，其中包括《引泉詩睦州龍興觀老君院作》，謂已見於陸龜蒙《笠澤叢書·補遺詩》。此詩又見於《全唐詩》卷六一九，爲唐詩誤收爲宋詩，當删。

（三）劉敞詩誤爲劉攽詩

劉攽之兄劉敞字原父，與攽爲同科進士，學識淵博，爲文敏贍，有《公是集》。後世或有不察，將二人詩文事蹟混淆。《全宋詩》中有數首劉敞詩被誤收入劉攽名下。

1.《全宋詩》册一一卷六一六頁七三一五：

澄心堂紙

當時百金售一幅，澄心堂中千萬軸。後人聞名寧復得，就令得之當不識。

宋胡仔《苕溪漁隱叢話》前集卷三〇引《王直方詩話》

按，此詩已見武英殿本劉敞《公是集》卷十七，題《去年得澄心堂紙甚惜之輒爲一軸邀永叔諸君各賦一篇仍各自書藏以爲翫故先以七言題其首》，收入《全宋詩》册九卷四七七頁五七七四。詩曰：『六朝文物江南多，江南君臣玉樹歌。擘牋弄翰春風裏，斵冰析玉作宫紙。當時百金售一幅，澄心堂中千萬軸。摛辭欲捲東海波，乘興未盡南山竹。樓船夜濟降幡出，龍驤將軍數軍實。舳艫銜尾獻天子，流落人間萬無一。我從故府得百枚。憶昔繁麗今塵埃。秘藏篋笥自矜玩，亦恐歲久空成灰。後人聞名寧復得，就令得之當不識。君能賦此哀江南，寫示千秋永無極。』《王直方詩話》所引乃摘句而已。歐陽修《居士集》卷六有《和劉原父澄心紙》一首，劉原父即劉敞，故此詩爲劉敞作無疑。《全宋詩》此處當删。

2.《全宋詩》册一一卷六一六頁七三一五：

別茶嬌

畫堂銀燭徹宵明，白玉佳人唱渭城。唱盡一杯須起舞，關河風月不勝情。

宋范公偁《過庭録》

按，《過庭録》記此詩本事云：『劉貢父知長安，妓有茶嬌者，以色慧稱。貢父惑之，事傳一時。貢父被召造朝，茶遠送之，貢父爲夜宴痛飲，有別詩云云。』此事又見於宋趙令畤《侯鯖録》卷八，唯『貢父』作『原父』。其云：『劉原父晚守長安，眷官妓蔡嬌所謂添酥者也。其召還，作詩別之曰：「玳筵銀燭徹宵明，白玉佳人唱渭城。更盡一杯須起舞，關河秋月不勝情。」』考劉敞事跡，《續資治通鑑長編》卷一百九十二載：

『（嘉祐五年九月丁亥）知制誥劉敞爲翰林侍讀學士、知永興軍。』《彭城集》卷三十五《劉公行狀》謂：『公（劉敞）治長安三年，治聲四出。是年（嘉祐八年），公以疾自請，八月，召赴闕云云。』劉敞嘉祐五年（一〇六〇）至八年（一〇六三）知永興軍。永興軍路『治長安、萬年二縣』（《元豐九域志》卷三）。而劉攽未嘗知守長安，則《過庭録》所記『貢父』當爲『原父』之誤，此詩當爲劉敞所作。宋陳思《兩宋名賢小集》卷五十二收此詩入劉敞《公是集》。《全宋詩》册九卷四九〇頁五九四一已收此詩，題《贈别長安妓蔡》，輯自《永樂大典》卷一四〇五。故《全宋詩》此處當删。

3.《全宋詩》册一一卷六一六頁七三一九：

黛陀石硯

清曹寅《楝亭十二種·硯箋》

一片蒼山石，遥憐巧匠心。能存辟雍法，宛是馬蹄金。氣奪秋雲濕，光涵墨海深。魚龍隨醉筆，變化出幽涔。

按，此詩見於劉敞《公是集》卷二十，題《黛陀石馬蹄硯》，已收入《全宋詩》册九卷四八〇頁五八一七。此處當删。

4.《全宋詩》册一一卷六一六頁七三一九：

句

霜蟹人人得，春醪盎盎浮。《蟹略》卷二

按，此句全詩見於劉敞《公是集》卷二十一，題《蕭山舍弟將發南都以詩候之》，已收入《全宋詩》册九卷四八一頁五八三一。此句當删。

5.《全宋詩》册一一卷六一六頁七三二〇：

句

蕪城此地遠人寰，盡借江南萬疊山。平山堂

句

水氣横浮飛鳥外，嵐光平墮酒杯間。又

宋王象之《輿地紀勝》卷二七《淮南東路·揚州》

按，檢《輿地紀勝》，此二聯出處爲『劉敞《平山堂》』。此詩已見於劉敞《公是集》卷二十五，題《遊平山堂寄歐陽永叔内翰》，收入《全宋詩》册九卷四八五頁五八八三。此二句當删。

（四）其他人詩誤爲劉攽詩

1.《全宋詩》册一一卷六一六頁七三一四：

畫蟹

後蚓智不足，捕鼠功豈具。一爲丹青録，能使萬目顧。氣淩龜龍蟄，勢經滄海渡。微物亦有動，將非逢學誤。

宋高似孫《蟹略》卷四

按，此詩又見於《分門纂類唐宋時賢千家詩選》卷二十《昆蟲門》，題《食蟹》，題下無作者。按《千家詩選》體例，題下無作者之詩，其作者當同前，即『劉吉』。《全宋詩》從《千家詩選》中輯録的許多題下無作者之詩皆按作者同前處理，故此詩似當歸在『劉吉』名下。清孫之騄《晴川蟹録》卷四引此詩，作者亦題作『劉吉』。

2.《全宋詩》册一一卷六一六頁七三二八：

寄荆公

青苗助役兩妨農，天下嗷嗷怨相公。惟有蝗蟲偏感德，又隨台旆過江東。

明彭大翼《山堂肆考》卷二二六

按，《山堂肆考》卷二二六云：『宋王荆公罷相出鎮金陵，飛蝗自北而南往，江東諸郡百官餞荆公於城外。劉貢父後至，追之不及。因書一絶以寄云云。』宋蔡正孫《詩林廣記》後集卷十也有類似的記載：『《泊宅編》云：荆公罷相出鎮金陵時，飛蝗自北而南，江東諸郡皆有之，百官餞荆公於城外，劉貢父後至，追之不及，見其行榻上有一畫屏，因書一絶以寄之。』宋謝維新《事類備要》前集卷二十、宋祝穆《事文類聚》前集卷五記載皆同，謂出《泊宅編》。今檢十卷本與三卷本《泊宅編》皆無此條目。嶽珂《桯史》卷九亦載此詩，謂不知何人所作，其云：『熙寧七年四月，王荆公罷相鎮金陵。是秋，江左大蝗，有無名子題詩賞心亭，曰「青苗免役兩妨農，天下嗷嗷怨相公。惟有蝗蟲感恩德，又隨鈞旆過江東。」荆公一日餞客至亭上，覽之不悦，命左右物色，竟莫知其爲何人也。』考劉攽事蹟，熙寧六年四月，劉攽『嘗詒安石書，論新法不便。安石怒摭前過，斥通判泰州。』（《宋史》卷三百一十九劉攽本傳、元陳桱《通鑒續編》卷九）次年四月，王荆公罷相時，劉攽尚在泰州任上。故筆記中所記劉貢父『追之不及』云云應爲不根之談。此詩本事，當以《桯史》所記爲是。

3．《全宋詩》册一一卷六一六頁七三一九：

雙橋道中寒堪

裂面霜風快似鐮，重重裘袴晚仍添。梅當官道香撩客，山逼籃輿翠入簾。男子坐爲衣食役，年光當向道途淹。古來共説還家樂，豈獨全軀畏楚□。

影印《詩淵》册三頁二一一二

按，此詩又見於陸遊《劍南詩稿》卷十，題《雙橋道中寒甚》，已收入《全宋詩》册三九卷二一六三頁二四四七六。《詩淵》在編纂的嚴謹性、傳寫的可靠性方面存在不少問題，所收作品在署名上也存在相關嚴重的錯亂。陸遊的詩集流傳有序，最早的宋淳熙十四年嚴州郡齋刻本《劍南詩稿》已收録此詩。故此處當删。

4．《全宋詩》册一一卷六一六頁七三二〇：

句

秋桐不識春風面。

《全芳備祖》後集卷一八

按，《宋詩紀事》卷九十九載全詩，題《贈王綸》，收在『燕華君』名下，謂出劉攽《中山詩話》。《中山詩話》謂：『海陵人王綸女，輒爲神所馮，自稱仙人。字善數品，形制不相犯。《吟雪詩》云：「何事月娥欺不在，亂飄瑞葉落人間。」他詩句詞意飄逸，類非世俗可較。《題金山》云：「濤頭風捲雪，山腳石蟠虬。」常謂綸爲清非孺子，不曉其義。亦有詩贈曰：「君爲秋桐，我爲春風。春風會使秋桐變，秋桐不識春風面。」居數歲，神舍女去，懵然無知。嫁爲廣陵吕氏妻。』《詩話總龜》卷四十七記載本事更爲詳細，其云：『太子中允王綸，祥符中登進士第。有女子年十八歲，一日晝寢中忽魘聲，其父與家人亟往問之，已起，謂父曰：「與汝有洞天之緣，降人間四百年矣。今又會此。」自是謂父曰清非生，自稱曰燕華君。初不識字，忽善三十六體篆，皆世所未識。每與清非生唱和，及百餘篇。有送人詩云：「南去過瀟湘，休問屈氏狂。而今聖天子，不是楚懷王。」又《贈清非生》末句云：「自有燕華無限景，清非何事戀東宫。」又《雪詩》云：「天上端木，開花六出。」與人云：「何事月娥期不在，亂飛端葉落人間。」《贈清非生》云：「君爲秋桐，我爲春風。春風會使秋桐變，秋桐不識春風面。」』此詩當從《宋詩紀事》爲『燕華君』所作，此處當删。

（五）非詩語而入《全宋詩》

1．《全宋詩》册一一卷六一六頁七三一九：

句

寒食年年必上公。

宋阮閱《詩話總龜》前集卷四〇引《詩史》

按，《詩話總龜》前集卷四〇引《詩史》云：『内朝晨入庭内錯立，至駕欲坐，即御史臺知班唱班，欲依班立也。王彦和汾與劉貢父攽同趨朝，王戲劉曰：「内朝日日須呼汝。」劉應聲曰云云。』按，詳王、劉之言，此處實爲對句而非詩語。《全宋詩·凡例》謂『長篇短制，細大不捐，斷章殘句，在所必録』，但對句與詩歌的斷章殘句尚有區别，竊謂依體例似不應收録。

2.《全宋詩》册一一卷六一六頁七三二〇：

句

王師破金陵，兵自水窗入。

宋李壁《王荆文公詩箋注》卷二五《金陵懷古四首》注引

按，李壁注云：『劉貢父集有和公此詩，如稱王師破金陵，兵自水窗入，史所不載。貢父洽聞，必有所據。今附貢父詩於此云云。』以下引劉攽《次韻王介甫金陵懷古四首》，此詩見於今本《彭城集》卷十四。詳李壁之意，『王師破金陵，兵自水窗入』並非詩語。其所謂『兵自水窗入』之事，即指《次韻王介甫金陵懷古四首》其三『蟻潰何堪值水窗』云云。元陸友《研北雜誌》卷上亦有此論：『宋師下江南，金陵城破，兵自城下水窗入，故劉貢父有「蟻潰何堪值水窗」之句。』此二句不當入《全宋詩》。

三、其他

除重出誤收外，《全宋詩》劉攽詩中尚有可斟酌之處，比如：

1.《全宋詩》册一一卷六一六頁七三一五：

荔枝

南州積炎德，嘉樹淩冬緑。薰風海上來，丹荔逾夏熟。煌煌錦繡林，亭亭翡翠屋。鵲頭爛晨霞，天酒瑩寒玉。流聲感中華，採掇如不足。開元百馬死，漢堠五里促。君王玉食間，此薦知不辱。迨今糟粕餘，猶足驚凡目。憶初成上林，四方會奇木。使臣得安榴，天馬來首蓿。拔芽自幽遐，托地幸滲漉。我欲咎真宰，喟兹限荒服。將非名實雄，百果爲羞縮。區區化工意，聊爾存衆族。

錦筵火齊砌金柈，五月甘漿破齒寒。南國已隨朱夏熟，北人猶指畫圖看。煙嵐不續丹櫻獻，玉座空悲羯鼓殘。相見任誇雙蒂美，多情莫唱水晶丸。

宋陳景沂《全芳備祖》後集卷一

按，此二首詩分別見於宋祝穆《事文類聚》後集卷二十五『古詩』與『律詩』部分，後一首七言律詩題作《戲答惠荔子》。故此處當分爲兩首，分别標明詩題以相區别，且出處似改以《事文類聚》爲宜。

2.《全宋詩》册一一卷六一六頁七三一九：

句

瀉湯奪得茶三昧，覓詩還窺詩一斑。

宋吴幵《優古堂詩話》

按，此詩及本事又見宋吴曾《能改齋漫録》卷八。吴幵《優古堂詩話》其人其書均有問題，郭紹虞《宋詩話考》謂或『由書賈牟利，在《能改齋漫録》成書之後，抄録此卷，托於吴幵以欺人者』。故其出處當用吴曾《能改齋漫録》而非《優古堂詩話》。

後記

十幾年前研習中國文學批評史時，便對劉攽的《中山詩話》印象尤爲深刻，其中所記西昆撏扯、達禄須干諸事，讀之不覺啞然失笑。後校注葉夢得《石林詩話》，劉貢父天資滑稽、諧妙善謔的形象與他精當的詩論一起，一直縈繞腦際。兩年前，陳元鋒教授以列入『2011—2020 年國家古籍整理出版規劃』的《彭城集》的整理相托，是我讀遇劉攽的又一機緣。

劉攽博學强記，精於史學。關於他的性格，《宋史》本傳稱他『爲人疏俊，不修威儀，喜諧謔，數用以招怨悔，終不能改』。但劉攽的文章却奥雅典正、整飭得體，與他善於滑稽的一面判然相异。朱熹評價劉攽的文章，説他『工於摹仿，學《公羊》《儀禮》』，揭示了他法度精嚴一面的淵源。而劉攽善於滑稽的一面在宋人的筆記小說中展現得更爲全面，惜乎無暇搜羅整理，深以爲憾。

本書之成，首先要感謝山東師範大學陳元鋒教授的信任與提携，蒙他不棄鄙淺，將此書的點校整理交付於我，使我在古籍整理的實踐中得到了進一步學習與鍛煉。感謝北京大學高路明教授、王嵐教授在審讀本書部分内容時提出的意見與建議。感謝齊魯書社在本書申報國家古籍整理出版專項經費資助時給予的指導與支持。責任編輯張超在本書出版的各個環節都付出了辛勤的勞動，我心懷感激。北京大學出版社王鐵軍編輯、人民文學出版社董岑仕編輯、山東師範大學尹承博士在書稿點校過程中一直給予關心與幫助，在此一并志謝。

逯銘昕

戊戌仲夏於濟南東倉

圖書在版編目(CIP)數據

彭城集:全2册/(宋)劉攽撰;逯銘昕點校.—濟南:齊魯書社,2018.9
ISBN 978-7-5333-4016-2

Ⅰ.①彭… Ⅱ.①劉… ②逯… Ⅲ.①中國文學—古典文學—作品綜合集—北宋 Ⅳ.①I214.412

中國版本圖書館CIP數據核字(2018)第214165號

彭 城 集

PENGCHENG JI

〔宋〕劉 攽 撰

逯銘昕 點校

主管單位	山東出版傳媒股份有限公司
出版發行	齊魯書社
社　　址	濟南市英雄山路189號
郵　　編	250002
網　　址	www.qlss.com.cn
電子郵箱	qilupress@126.com
營銷中心	(0531)82098521 82098519
印　　刷	山東臨沂新華印刷物流集團有限責任公司
開　　本	880mm×1230mm 1/32
印　　張	39.25
插　　頁	8
字　　數	800千
版　　次	2018年9月第1版
印　　次	2018年9月第1次印刷
印　　數	1—1200
標準書號	ISBN 978-7-5333-4016-2
定　　價	**198.00圓(上、下册)**

彭城集

上

〔宋〕劉攽 撰

逯銘昕 點校

齊魯書社

2011—2020年國家古籍整理出版規劃項目

2017年度國家古籍整理出版專項經費資助項目

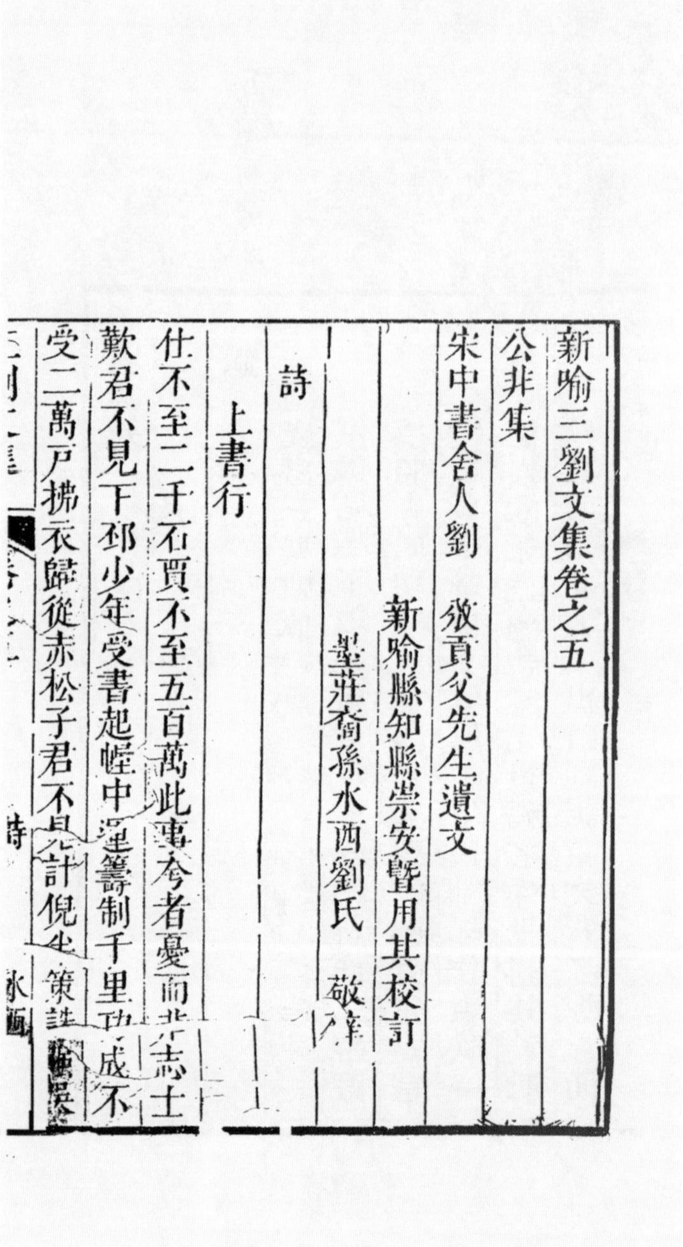
新喻三劉文集卷之五
公非集
宋中書舍人劉　攽貢父先生遺文
新喻縣知縣崇安暨用其校訂
鼇莊裔孫水西劉氏　敬梓
詩
上書行
仕不至二千石賈不至五百萬此曹今者憂而悲志士
歎君不見下邳少年受書起幄中運籌制千里功成不
受二萬戶拂衣歸從赤松子君不見[illegible]計倪坐策誅[illegible]

《新喻三劉文集》卷五《公非集》書影

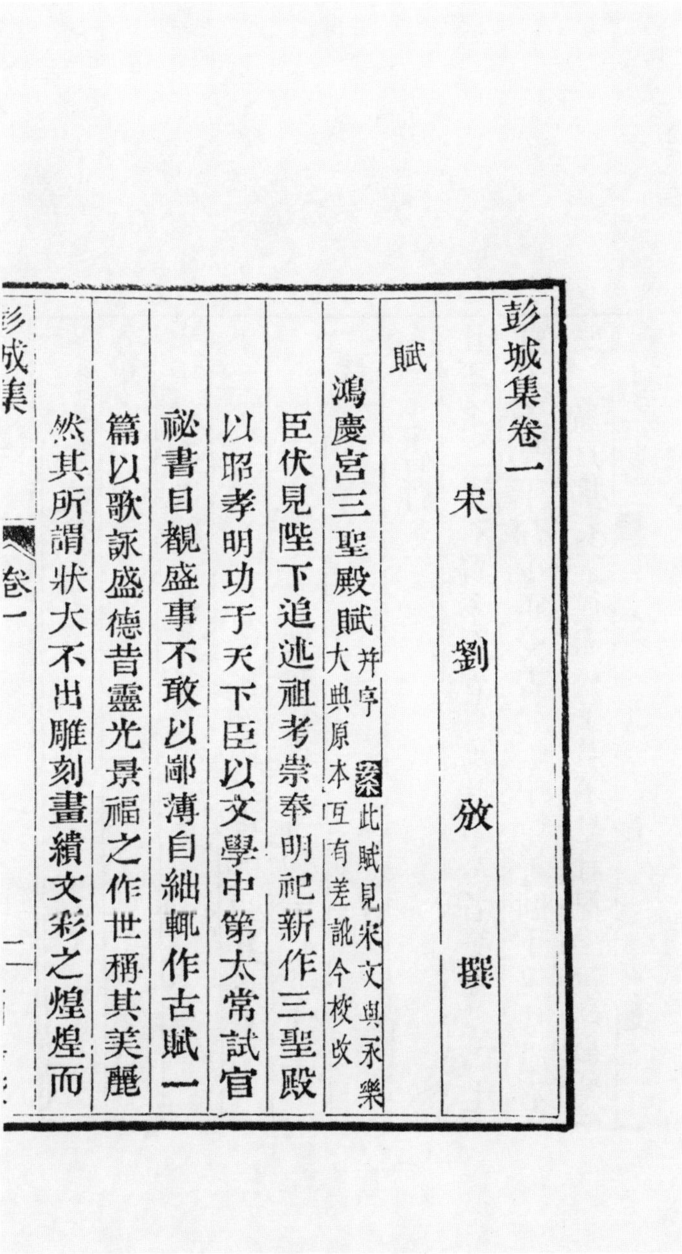
彭城集卷一

宋 劉攽 撰

賦

鴻慶宮三聖殿賦并序案此賦見宋文與永樂大典原本互有差訛今校改

臣伏見陛下追述祖考崇奉明祀新作三聖殿以昭孝明功于天下臣以文學中第太常試官祕書目覩盛事不敢以鄙薄自絀輒作古賦一篇以歌詠盛德昔靈光景福之作世稱其美麗然其所謂狀大不出雕刻畫繢文彩之煌煌而

故宮博物院藏《欽定武英殿聚珍版叢書》本《彭城集》書影

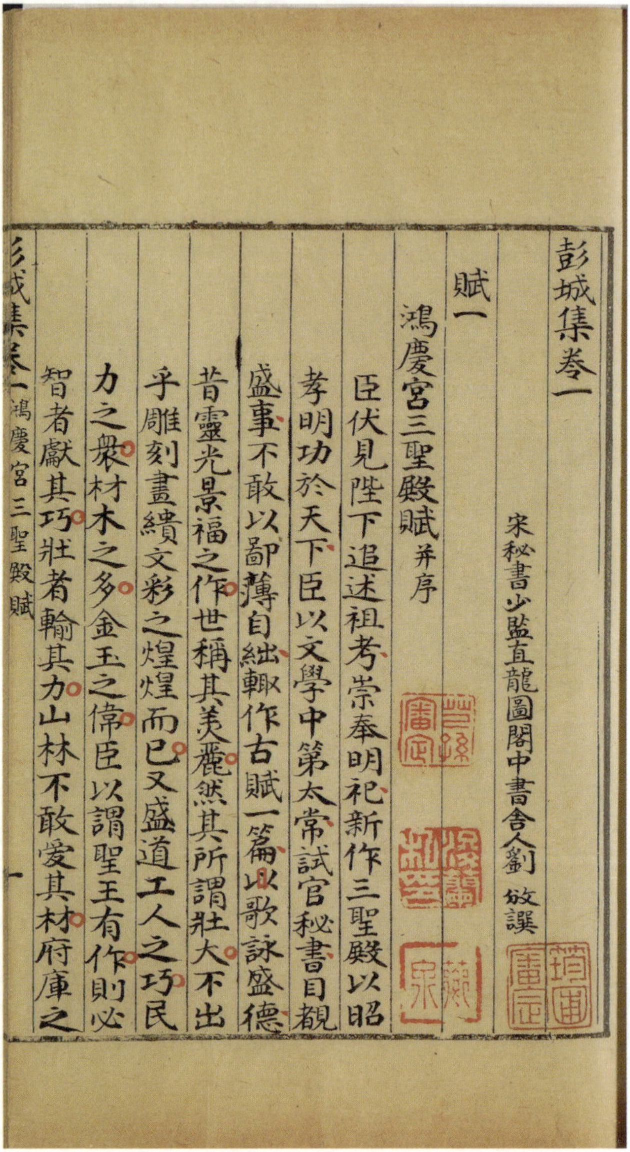

彭城集卷一

宋秘書少監直龍圖閣中書舍人劉　攽譔

賦一

鴻慶宮三聖殿賦并序

臣伏見陛下追述祖考崇奉明祀新作三聖殿以昭孝明功於天下臣以文學中第太常試官秘書目覩盛事不敢以鄙薄自絀輒作古賦一篇以歌詠盛德昔靈光景福之作世稱其美麗然其所謂壯大不出乎雕刻畫繢文彩之煌煌而已又盛道工人之巧民力之衆材木之多金玉之偉臣以謂聖王有作則必智者獻其巧壯者輸其力山林不敢愛其材府庫之

彭城集卷一　鴻慶宮三聖殿賦　一

中國國家圖書館藏周永年批校本《彭城集》書影

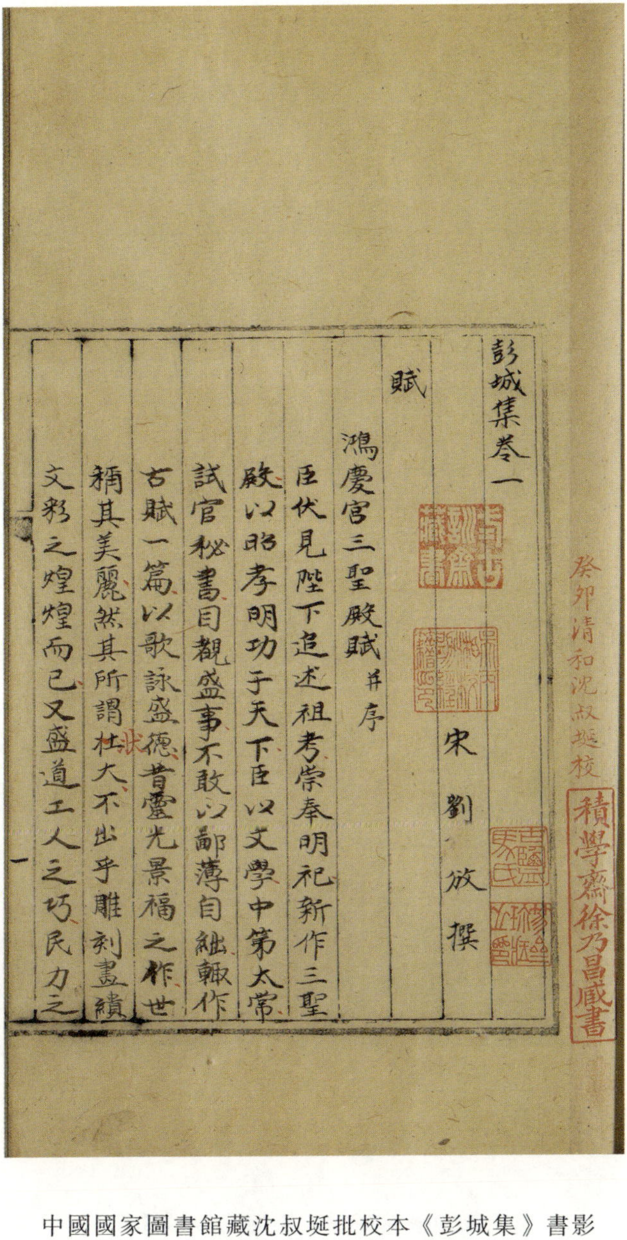
癸卯清和沈叔埏校

積學齋徐乃昌臧書

彭城集卷一

宋　劉攽　撰

賦

鴻慶宮三聖殿賦并序

臣伏見陛下追述祖考崇奉明祀新作三聖殿以昭孝明功于天下臣以文學中第太常試官秘書自覩盛事不敢以鄙薄自絀輙作古賦一篇以歌詠盛德昔靈光景福之作世稱其美麗然其所謂杜大不出乎雕刻畫繢文彩之煌煌而已又盛道工人之巧民力之

中國國家圖書館藏沈叔埏批校本《彭城集》書影

整理説明

《彭城集》是北宋著名史学家劉攽的文集。劉攽（一〇二三—一〇八九），字貢父，號公非，臨江新喻（今江西新餘）人。慶曆六年（一〇四六）登進士第。仕州縣二十年，始爲國子監直講。熙寧中，判尚書考功、同知太常禮院。以論新法不便通判泰州，又遷知曹州。歷開封府判官、京東轉運使，知兗、亳二州，坐事黜監衡州鹽倉。元祐初，起知襄州，入爲秘書少監，以疾求去，加直龍圖閣、知蔡州，復召拜中書舍人。元祐四年卒，年六十七。劉攽辭學優贍，記問該博，嘗與司馬光同修《資治通鑑》。他精於漢史，有《東漢刊誤》《漢宫儀》等史學著作，爲人稱誦。《宋史》卷三百一十九有傳。

劉攽的文集，陳振孫《直齋書録解題》卷十七著録有『《彭城集》六十卷』，但宋代

刊刻的《彭城集》今已不存。至明代，《彭城集》被收入《永樂大典》，到了正統六年（一四四一）編纂《文淵閣書目》時，《彭城集》已著録爲闕失。清乾隆十五年（一七五〇），水西劉氏刊刻《新喻三劉文集》，收録《公非集》一卷，這是《彭城集》的第一個輯本。後四庫館臣自《永樂大典》中裒輯重編，以活字刊行，是爲武英殿聚珍版，又收入《四庫全書》，成爲後世通行之本。

劉攽的文集目前尚無全面的整理本，其詩文分别收入《全宋詩》《全宋文》中。仔細對校發現，這兩種整理本仍有進一步斟酌討論的空間。比如，在底本的選擇上，《全宋詩》以文淵閣《四庫全書》本爲底本，但相比武英殿本，文淵閣《四庫全書》本有幾處較爲明顯的錯版，且誤字相對較多，并不是一個理想的底本。《全宋文》稱以武英殿聚珍版書本爲底本，但經過比對發現，其所謂『武英殿聚珍版』實爲『外聚珍本』而非『内聚珍本』。而『外聚珍本』在校勘與刻印的精細程度上，顯然無法與『内聚珍』同日而語。《彭城集》現存的其他版本也非常重要，中國國家圖書館所藏玉棟家藏鈔本與沈叔埏批校本保留了周永年、沈叔埏等人自《永樂大典》中輯校《彭城集》的最初樣態，水西劉氏家刻《新喻三劉文集》本是武英殿本之前清代唯一的劉攽集輯本，這些版本皆可供

校勘或輯佚，惜乎《全宋詩》與《全宋文》二書皆未加以充分利用。在篇目的編排上，《全宋文》將新輯録的佚文按類補入每卷中，這是《全宋文》編纂的體例，無可厚非，但作爲古籍整理著作而言，保留輯本的原始面貌顯然更爲重要。在校勘上，對於同時又見於總集、類書、方志的一部分文章，《全宋文》在篇末標明了出處，但未將其與原文進行對勘，失去了瞭解早期版本的機會。在校記的撰寫上，《全宋詩》與《全宋文》限於體例，都略於撰寫校勘記，因而不能反映出不同版本的原始面貌，不免稍有缺憾。在佚文的搜輯上，《全宋詩》與《全宋文》雖然做了許多工作，但由於對幾個重要版本的忽視，仍有一些佚文未被收録，并且尚有部分被誤收於劉攽名下的詩文。因此，對《彭城集》的重新整理仍然很有必要。

以下將目前所見各個版本的情況做一簡要説明。

一、《永樂大典》本（以下簡稱大典本）

劉攽的文集未見宋元明刊本傳世，因而收録《彭城集》的《永樂大典》便成爲輯佚與校勘最爲原始的版本，現存《彭城集》各個版本的源頭大多可上溯至《永樂大典》本。

清代編修《四庫全書》時，爲了掌握《永樂大典》的存佚狀況，曾對《大典》進行過徹底的清查。根據統計，《大典》『實存二萬四百七十三卷，共九千八百八十一本，外有目録六十卷』（《辦理四庫全書檔案》，乾隆五十九年十月十七日軍機大臣奏摺）。彼時已闕二千四百餘卷，一千餘本。二百年間，經歷朝代更迭，戰亂不斷，絶大部分已經損毀亡佚。一九八四年，中華書局搜集到七百九十七卷，影印出版，成爲收録《永樂大典》較爲全面的本子。此後，國内外一些出版機構與圖書館陸續出版或在網絡上公布了《永樂大典》的少量殘卷。所有這些，都是我們整理《彭城集》的第一手資料。欒貴明編有《永樂大典索引》（作家出版社一九九七年版），爲查考佚文提供了方便。在現存的《大典》中，尚有一百餘篇佚文。這些佚文題爲『劉攽詩』『劉攽集』『劉攽彭城集』『劉彭城先生集』等，可供對校與輯佚，借此也可發現四庫館臣輯佚時所做的改動。

二、墨莊水西劉氏家刻《新喻三劉文集》本（以下簡稱家集本）

乾隆十五年（一七五〇），墨莊水西劉氏刊行《新喻三劉文集》六卷。卷前有晏斯盛（一六八九—一七五二）序文記述刊印始末。序云：『三劉文集傳流蓋遠，顧吾喻兵燹後

失藏本。往者侍穆堂先生嘗爲亟稱其書，心識之久。適我暨侯奉制府黄公檄蒐羅先賢遺書來訪，因以復之。暨侯亟請於穆堂先生。先生深嘉其意，亟俾録所有，以歸得《公是詩文集》四卷，又於水西劉氏得公非及仲馮兩先生文數十篇，分六卷，都爲一部，正謀付梓，而水西劉氏請領家刻。暨侯曰：「子孫不忘先澤，所謂象賢。」嘉其意，許之訂定，問序於予。爲序其里居之所以屬吾喻，而吾喻之文亦因以光，抑猶然舉思賢之感也。』

是書共六卷首一卷。内封面題『乾隆十五年鐫　水西藏板』，正文半葉十行、行二十一字，小字雙行同，白口，單魚尾，左右雙邊，版心上鐫『三劉文集』，下鐫『水西劉氏』。卷端題『新喻縣知縣崇安暨用其校訂，墨莊裔孫水西劉氏敬梓』。卷首收録公是先生集原序、先儒語録四條、《宋史》列傳三篇及與三劉相關的制文、祭文等。卷一至四爲劉敞《公是集》，卷五爲劉攽《公非集》，卷六爲劉奉世《自省集》。其中劉攽《公非集》卷端題『宋中書舍人劉攽貢父先生遺文』，收録詩四首、制一道、誥六道、表三道、疏三道、序二首、記三首、書一、贊一、頌一、銘三、誄一。詳考這些篇目，其中近四分之一并非劉攽所撰。現臚列其目如下：

文體	篇名	對照出處
詩	上書行	《彭城集》卷八
	曬書	《彭城集》卷九
	前題	《彭城集》卷十八題《新晴》
	館中壁	《彭城集》卷十八題《館中壁》
敕	朝請郎吴安度故母王氏追封成國太夫人	《彭城集》未收
誥	殿中侍御史豐稷可右司諫制	《彭城集》卷二十三
	皇叔祖保信軍節度使宗隱男仲覗等可並太子右内率府副率制	《彭城集》卷二十
	左藏庫副使紀昱可權知廉州制	《彭城集》卷二十一
	皇城使漢州刺史廣南西路兵馬鈐轄張整等降官添差監當	《彭城集》卷二十三
	吏部侍郎胡宗愈可御史中丞制	《彭城集》卷二十
	承議郎充秘閣校理權判登聞鼓院張舜民可通判虢州制	《彭城集》卷二十

（續表）

文體	篇名	對照出處
表	知亳州謝上表	《彭城集》卷二十六
	知襄州謝上表	《彭城集》卷二十六
	謝昭雪表	劉跂撰，誤收
疏	論封太祖子孫行尊者一人奉太祖祀	《彭城集》未收
	論更學校貢舉法	《彭城集》未收
	論經筵坐講	《彭城集》未收
序	送焦千之序	《彭城集》卷三十四
	輔弼名對序	劉顔撰，誤收
記	七門廟記	《彭城集》未收
	泰州玩芳亭記	《彭城集》卷三十二
	臨湘縣閱武亭記	劉摯撰，誤收
書	與王介甫書	《彭城集》卷二十七

（續表）

文體	篇名	對照出處
贊	九馬圖贊	蘇軾撰，誤收
頌	大順頌	晁迥撰，誤收
銘	貸財銘	李瑩撰，誤收
	續座右銘	李至撰，誤收
	蜀舍銘	劉攽撰，誤收
誄	王升之誄	劉攽撰，誤收

從篇目的收録情況來看，家集本在輯佚上存在誤收的問題。經過對校發現，在作品的抄録上，家集本也較爲粗疏。如《與王介甫書》一文，『取財于民，廣肆志意』之後誤抄入范百禄《與門下韓侍郎書》一大段，莫知所由。《四庫全書總目》謂此本『蓋掇拾於散佚之餘，多所闕漏。即《宋文鑑》所選者且不盡載，其他可知。至以劉顔之《輔弼名對序》誤屬之攽，舛謬尤屬顯然，殊不足據』。儘管家集本是一個遠不完備的輯本，但

它也搜羅到了一些稀見的佚文，如《論封太祖子孫行尊者一人奉太祖祀》《論更學校貢舉法》《論經筵坐講》等篇，可以補充四庫館臣的《彭城集》輯本。

三、武英殿聚珍本（以下簡稱殿本）

在《四庫全書》纂修過程中，從《永樂大典》中輯校出來的佚書，『分別應刊、應抄、應删三項，其應刊、應抄各本，均於勘定後即趕繕正本進呈，將應刊者即行次第刊刻』（《辦理四庫全書檔案》，乾隆三十八年三月十一日辦理四庫全書處奏摺）。部分被選定爲『應刊』的書籍被送至武英殿刊刻成書，劉攽的《彭城集》亦在其中。乾隆三十八年（一七七三）四月，首批《永樂大典》輯本雕板刷印告竣。後由於雕板印刷費料費時，改議爲木活字印行。乾隆三十九年（一七七四）四月，乾隆下令將『武英殿現辦《四庫全書》之活字版著名爲武英殿聚珍版』（《辦理四庫全書檔案》，乾隆三十九年四月二十五日諭）。五月，聚珍版各書的刊刻正式開始。至乾隆五十九年（一七九四）基本完工。二十年間，利用聚珍版排印的書籍共有一百三十余種。

武英殿聚珍版刊行後，各地又紛紛加以翻刻，先後有江蘇、浙江、江西、福建、廣

東五省刊本，即所謂的『外聚珍本』。由於原版武英殿聚珍本較難得見，一直以來，校勘各書所用武英殿聚珍本多爲外聚珍本。二〇一二年，故宮出版社將原版《欽定武英殿聚珍版叢書》影印出版，這爲我們的校勘提供了更爲可靠的版本依據。

武英殿聚珍版《彭城集》爲木活字印刷。半葉九行，行二十一字，小字雙行同，白口，單魚尾，四周雙邊。卷前有《御製題武英殿聚珍版十韻有序》，次目録，次提要，落款爲乾隆四十七年十月，結銜題：總纂官内閣學士臣紀昀、光禄寺卿臣陸錫熊，纂修官翰林院編修周永年。版心下鎸校刻者姓名：王朝梧校。

將殿本與大典本對照可以看出，殿本在從《永樂大典》中輯録佚文時做了少許改動。

在文章體式上，武英殿本删去了應用性文體中帶有程式性的内容。比如，大典本制文前多有『勑』『勑具官某』『勑具官某男某』『勑具官某等』等字樣，文末皆有『可』字，而殿本在收録時皆删去。又如祭文部分，大典本文末多有『嗚呼哀哉尚饗』六字，殿本收録時也一并删去。

在文字上，殿本與大典本也有一些微小的差异，這些差异來自纂修者的校改。具體來説，這些校改大概可分爲兩類：一是文字錯訛的校訂。《彭城集》卷一《鴻慶宮三聖

殿賦并序》題下有小注云：『此賦見《宋文》與《永樂大典》，原本互有差訛，今校改。』此賦又收録於《宋文鑑》，纂修者校訂時顯然將二者做過對勘。又如，卷四十《祭亡弟縣丞文》，『招延净寺，廣作佛事』，『寺』字，《永樂大典》卷一萬四千五十二作『似』字。卷十九《皇叔右監門衛大將軍滁州團練使仲歜可遥郡防禦使皇叔右監門率仲琛可右千牛衛將軍制》『因從加秩』，《大典》卷一萬三千四百九十八『因』字作『並』字。卷四十《祭亡妻潁陽縣君韓氏文》『祔筵以哭』，《大典》卷一萬四千五十三『祔筵』作『拊足』。以上這些似據其他版本做過校改。二是違礙字句的删改。一些具有民族貶斥意義的詞語如狄、夷、胡、虜等，刊刻時被替换或删除。比如，《彭城集》卷三十五《故朝散大夫給事中集賢院學士權判南京留司御史臺劉公行狀》『長無羌人之虞』，『人』字，《三朝名臣言行録》、玉楝家藏鈔本、沈叔埏批校本皆作『胡』字，殿本做了替改。

武英殿聚珍本是劉攽《彭城集》第一個較爲完整的輯本，但這一輯本也存在一些問題，其中最主要的是重出與誤收。重出者今見一處，武英殿本《彭城集》卷十九《左司諫朱光庭可左司員外郎右司諫王覿可右司員外郎制》一篇又見於卷二十三，唯卷末『復使効才』『才』字作『材』。誤收之處則較多。關於殿本《彭城集》（也包括後來的四庫

本）的誤收問題，清代的勞格早有論述，其《讀書雜識》卷十二中列出了三篇誤收而當删的文章：《大理少卿李鳴復除大理卿制》見《平齋文集》卷十六，《王安石三司户部副使張熹可兵部郎中制》見《臨川先生文集》卷十五，《引泉詩（睦州龍興觀老君院作）》見陸龜蒙《笠澤叢書·補遺詩》。勞氏所言皆是。《大理少卿李鳴復除大理卿制》見於《彭城集》卷十九，又見於洪咨夔《平齋文集》卷十七（《四部叢刊續編》景宋鈔本），《平齋文集》此篇文前有『勑具官某』四字，文後有『可』字，保留了制文的原始面貌。《王安石三司户部副使張熹可兵部郎中制》一篇，《彭城集》卷二十題作《王安石可三司户部副使張熹可兵部郎中制》，多一『可』字則文義因變，故誤收。王安石《臨川先生文集》卷五十（宋紹興二十一年兩浙西路轉運司王珏刻元明遞修本）此篇文前有『勑某』二字，文末有『可』字。《引泉詩（睦州龍興觀老君院作）》見於《彭城集》卷五，又見於《笠澤叢書·補遺詩》，收録於《全唐詩》卷六百十九。除勞格所提及的這三篇，《彭城集》誤收的還有以下一篇。卷三十《與孫覿文啟》又見於强至《祠部集》卷二十五（武英殿聚珍本），題作《代與孫覿文啟》，似爲强至代劉攽作，《皇朝文鑑》卷一百二十二、《文章辨體彙選》卷二百七十皆題强至撰，故《彭城集》中當删。

四、玉楝家藏周永年校本（以下簡稱周校本）

中國國家圖書館藏有玉楝家藏鈔本《彭城集》四十卷。玉楝（？—一七九〇），字子隆，號筠圃，乾隆三十五年（一七七〇）舉人，官山東臨沂知縣、河南信陽知州。玉楝作爲藏書家，其插架甚富，建有藏書樓曰『讀易樓』。

此鈔本半葉十一行，行二十四字，白口，左右雙邊。卷前有乾隆五十九年（一七九四）九月王芑孫識語，次『東都事略本傳』，傳末有玉楝乾隆五十九年（一七九四）七月識語，次『彭城集總目』，次卷一目録，次正文。卷端題『彭城集卷一　宋秘書少監直龍圖閣中書舍人劉攽撰』。卷中鈐有『讀易樓藏書記』『玉楝之印』『玉楝私印』『子隆』『筠圃審定』『玉楝字子隆號筠圃一號雲浦』『長白姚氏讀易樓珍藏男榮譽得月簃世寶』『惕甫』『芑孫審定』『薌泉』『高安蕭俊蘭印』『俊蘭私印』『臣俊蘭印』諸印記。

卷前玉楝的識語記述了這一鈔本的來源，其云：『《彭城集》四十卷，抄自周編修書昌林汲山房。原書亦抄本，而潦草脱誤特甚，間有硃筆點勘，或芟補一二字句者，皆書昌手跡。書昌時官京師，晨夕過讀易樓，相勉以讀書學古。一日者攜此集示予，予因借

抄。未幾，謝病還濟南，亟持去。予適多故，未暇檢校，一任書手爲之，於是潦草脱誤又有甚於原書者矣。書昌在同輩中號稱淵雅，顧其讀書也博而不精。其讀是書也，尤鹵莽而自詡心得。是書也，一經原抄之脱誤，復值書昌之點勘，而予又一任書手之爲之也，謂非書之厄也，可乎？雨窓尠事，發篋讀之二十日，始竟爲釐正，其脱誤之瞭然者、其不可知者仍之，益以見予之寡陋不學，負良友爲不淺也。甲寅七月既望筠圃書於清綺堂。』

識語中所説的周編修即周永年，周永年（一七三〇—一七九一），字書昌，山東歷城人。乾隆三十六年（一七七一）進士，後入館編纂《四庫全書》，負責《永樂大典》的輯校工作。數年之間『無間風雨寒暑，目盡九千鉅册，計卷一萬八千有餘，丹鉛標識，摘抉編摩，於是永新劉氏兄弟《公是》《公非》諸集以下，又得十有餘家，皆前人所未見者，咸著於録』（章學誠《章氏遺書》卷十八《周書昌别傳》）。周永年是《彭城集》的主要輯校者，因此，玉棟家藏的這一鈔本雖經書手抄寫之脱誤，但由於源自林汲山房，保留了周永年輯録《彭城集》過程中的一些印迹，因此值得重視。儘管其抄寫時間略晚，但在内容與編排上與殿本差异較大，與另一鈔本相比，是《永樂大典》輯校過程中較早

的本子。爲方便行文，先述於此。

經過對勘發現，這一鈔本有以下幾個特點：

第一，保留了《永樂大典》所收文章的原貌。殿本《彭城集》刊刻時對文章中帶有文體特徵的套語做了删改，而周校本則保留了原貌。比如，周校本制誥文前有『勑』『勑具官某』『勑某官某伯某母某』等字，後有『可』字。『表』體文前皆有『臣某言』，文後有『臣無任』。祭文後多有『嗚呼哀哉，尚饗』一句。『書』體前後皆有書儀格套，如卷二十七《爲伯父上集賢文相公書》，周校本文前有『月日具官劉某謹再拜上書集賢相公執事』，文後有『干黷台嚴，無任兢汗，惶悚待罪之至』數字。『議』體文末保留了奏章的格式，如卷二十四《貢舉議》文末爲『臣愚不足以知遠略，惟陛下裁幸』。『記』體文後或有年月，如卷三十二《寄老庵記》，周校本後有『元豐五年八月彭城劉某記』。『狀』體文後保留的内容較多，如卷二十四《辭免中書舍人狀》，周校本文末有『臣緣已交割州事，不敢久留舊任，邐迤前去次云云』數字，同卷《太學申監狀》，周校本文末有『伏聽裁旨』四字，卷三十四《爲楊殿丞作五世祖系事狀》，周校本文末有『慶歷七年十二月日具官楊璵狀』。所有這些，皆爲殿本所删，而周校本保存文獻的意義正在於此。

第二，周校本的卷次篇目與殿本差异較大。

首先，二者在篇目上互有未收的情況。以『文』的部分爲例，周校本較殿本缺以下數篇：卷三十《回參政某諫議啓》《回留守某諫議啓》，卷三十一《回知府侍讀某給事啟》《兗州賀雍王除本州節度使啟》《回長官某員外啟》《回某知縣啟》《回臨濮某知縣啓》《回知郡某太保啓》《與都巡某太保啓》《回致政成承奉啓》《謝運使某太丞啟》《回單州蘇駕部啟》《回泗州李駕部啟》《回沂州知郡某駕部啓》《回富相謝官啟》，卷三十九《聶夫人墓誌銘》。與此同時，周校本也有數篇不見於殿本。有卷二十二《种誼等制》《蕃官趙醇忠等制》《秦貴等制》和卷三十二《七門廟記》四篇。僅從這兩個版本的目録來看，周校本較殿本所缺的内容似乎更多，實際上周校本的内容與目録并非一一對應。周校本的目録保留了《彭城集》在輯校過程中某一階段的樣態，較有參考價值，謹録以備考。

卷數	周校本	殿本
卷一	賦十首	賦十首
卷二	賦五首	賦五首
卷三	五言古詩四十一首	五言古詩六十五首
卷四	五言古詩六十三首	五言古詩七十五首
卷五	五言古詩五十五首	五言古詩六十首
卷六	五言古詩四十五首	五言古詩四十七首
卷七	七言古詩五十四首	七言古詩五十五首
卷八	七言古詩五十首	七言古詩五十首
卷九	五言律詩六十一首	五言律詩八十八首
卷十	五言律詩七十三首	五言律詩八十六首
卷十一	五言律詩七十五首	五言律詩九十二首
卷十二	五言律詩七十四首	五言律詩一百七首
卷十三	七言律詩七十六首	五言律詩八十一首

（續表）

卷數	周校本	殿本
卷十四	七言律詩六十八首	七言律詩八十一首
卷十五	七言律詩八十一首	七言律詩九十二首
卷十六	五言長律五十八首	五言長律五十九首
卷十七	七言長律九首 五言絶句二十一首　回文二首	七言長律十首 五言絶句三十四首
卷十八	七言絶句九十五首	七言絶句一百三十六首
卷十九	制誥五十六首	制誥五十六首
卷二十	制誥五十九首	制誥五十九首
卷二十一	制誥六十九首	制誥六十九首
卷二十二	制誥六十六首	制誥六十三首
卷二十三	制誥五十八首	制誥六十首
卷二十四	奏疏十七首	奏疏十七首

（續表）

卷數	周校本	殿本
卷二十五	表二十一首	表二十一首
卷二十六	表十九首	表二十首
卷二十七	表十一首	書十一首
卷二十八	啟二十五首	啟二十五首
卷二十九	啟二十八首	啟二十八首
卷三十	啟二十二首	啟二十九首
卷三十一	啟二十四首	啟三十三首
卷三十二	記十三首	記十二首
卷三十三	序五首　行狀二首	論七首　説一首
卷三十四	行狀一首	序五首　行狀二首
卷三十五	論七首　説一首	行狀一首
卷三十六	雜著三十二首	神道碑一首　墓表二首

（續表）

卷數	周校本	殿本
卷三十七	神道碑一首 墓表二首	墓志銘六首
卷三十八	墓志銘六首	墓志銘六首
卷三十九	墓志銘六首	墓志銘八首
卷四十	墓志銘七首	雜著二十七首

其次，部分卷次的順序也不盡一致，這主要集中在最後八卷。對照二者内容，殿本對周校本的卷次順序也進行了調整。具體對應情況如下表所示：

周校本	殿本
卷三十五	卷三十三
卷三十三	卷三十四
卷三十四	卷三十五
卷三十七	卷三十六
卷三十八	卷三十七
卷三十九	卷三十八
卷四十	卷三十九
卷三十六	卷四十

再次，同一卷中文章的排列次序，周校本與殿本也有不同。比如殿本卷二十二《通議大夫致仕李及之故父贈特進邁可特贈開府儀同三司故母華原郡太君張氏可特贈榮國太夫人大中大夫致仕程珦故父贈吏部尚書遹可特贈特進故母孝感縣太君張氏可特贈廣平郡太夫人制》一篇，周校本在《左藏庫副使致仕王慈龍圖閣直學士朝議大夫工部侍郎克臣父可贈左金吾衛上將軍母可贈普寧郡太夫人制》之後。殿本卷三十一《與王承旨啓》三篇，周校本在《回孔朝議啓》後。殿本卷四十《書李廣傳後》《連珠一首》《進士策問》三篇，周校本在内容與之相對應的卷三十六《爲三省密院祭中書相公長男新婦文》之後。

第三，周校本在文字上與《彭城集》文章的早期版本多相同。這樣的例子不一而足，比如殿本卷二十四《貢舉議》『亦何用靳靳吝惜』，周校本『吝』字作『遴』，與《歷代名臣奏議》同。殿本卷二十六《知襄州謝上表》『略取析豪之上策』，周校本『策』字作『第』，與《宋文鑑》同。卷二十七《與韓持國論侍講不合稱師》『今講論逾時予』，周校本作『今過而使講官』，與《國朝二百家名賢文粹》同。卷三十五《故朝散大夫給事中集賢院學士權判南京留司御史臺劉公行狀》『長無羌人之虞』，周校本『人』字作『胡』，與《三朝名臣言行録》同。

第四，周校本的文字層次包括書手所抄的正文、玉棟所做的『釐正』與王芑孫的批點三層。其中玉棟『釐正』的部分多與殿本、四庫本或者《宋文鑑》等早期的版本相合，比如周校本卷二十三《開封府推官羅適可府界提刑前河東提刑范子諒可開封府推官制》『詳獄岸之臣細』，『臣』字，玉棟校改爲『巨』，與殿本、四庫本同。卷二十五《京東運使謝上表》『商功利之輕重』，『輕重』二字校改爲『重輕』，與殿本、四庫本同。周校本卷二十六《知襄州謝上表》『紹定之初』，『定』字校改爲『庭』，與《宋文鑑》同。類似這樣的批校占了所有批校總數的八成以上。此外，也有少部分校改未見於其他版本，這一部分的校改也有一定的價值。比如卷二十三《尚書右丞劉摯可尚書左丞進封開國伯加食邑實封制》『惟國夙夜』，諸本及周校本『國』字，玉棟校改爲『爾』。卷二十八《與揚州知府某侍郎啟》『壯猶經遠』，諸本及周校本『猶』字，玉棟校改爲『猷』。卷三十八《故朝散大夫尚書虞部郎中致仕上騎都尉皇甫君墓誌銘》『慮士役者』，『士』字，諸本作『土』，玉棟校改爲『工』。玉棟所做的這些校改，其依據雖已不可考，但從文字上顯然更爲通順，可供參詳。

五、沈叔埏校本（以下簡稱沈校本）

中國國家圖書館藏有沈叔埏批校本《彭城集》四十卷。沈叔埏（一七三六—一八〇三），字埴爲，號帶湖，浙江秀水人。乾隆丁未（一七八七）進士，官至吏部主事，有《頤彩堂集》。

此鈔本半葉十行，行二十一字，白口，單魚尾，四周雙邊。卷前有《彭城集》提要，次《宋史》劉攽本傳、《東都事略》劉攽傳，次爲『《彭城集》附録』，録《石林詩話》劉攽事迹二則。卷端題『彭城集卷一　宋劉攽撰』。

是書内封面有題識云：『此集爲秀水沈劍舟太史手校，每卷皆有題字，其題第三十九卷後云「乾隆癸卯嘉平中澣之二日」，則距今已九十年矣。《彭城集》傳本甚少，復得劍舟先生手定，益足寶貴。後之人其善藏之。同治十一年仲夏上元孫氏復校並題。』卷中鈐有『笏齋珍藏之印』『古鹽馬氏』『馬玉堂印』『笏齋』『漢唐齋』『吴丙湘校勘經籍印』『式古訓齋藏書』『積學齋徐乃昌藏書』『南陵徐乃昌校勘經籍記』『積餘秘笈識者寶之』『徐乃昌讀』諸印記。知是書經馬玉堂（一八〇五—一八八〇）、吴丙湘（一八五

○——一八九六）、徐乃昌（一八六九——一九四三）遞藏。

這一鈔本的批校時間，集中在乾隆癸卯（四十八年，一七八三）、甲辰（四十九年，一七八四）二年。書中部分卷首有沈叔埏題識，題作癸卯年者皆以朱筆，如卷一、卷十一題作『癸卯清和沈叔埏校』，卷二十七題『癸卯暢月叔埏校』，卷三十二題『癸卯嘉平沈叔埏校』，卷三十九末端題『乾隆癸卯嘉平中澣之二日秀水劍舟居士校讀一過』。題作甲辰年者皆以墨筆，如卷十八、卷三十題作『甲辰閏三月叔埏又校』，卷二十、卷二十五題『甲辰閏三月叔埏覆校』。癸卯、甲辰二年，正是沈叔埏在京城擔任《四庫全書》武英殿分校官的時間。據阮元《敕授承德郎吏部稽勳司主事沈君墓志銘》（《頤彩堂文集》卷十六）：『值純皇帝南巡，召試一等，賜舉人，授内閣中書，充方略館、《一統志》、《通鑑輯覽》分校，及《歷代職官表》協修官，又充《四庫全書》武英殿分校，凡八年。』沈叔埏在《先王母龐安人墓記》（《頤彩堂文集》卷五）中也提到：『叔埏以召試入中書，爲乾隆四十五年庚子。……又七年丁未，予成進士，官南曹，乞歸終養。』阮元所謂『凡八年』，即指乾隆四十五年（一七八○）至五十二年（一七八七）這段時間。沈氏在書中的批校，正是在館履職這一時期完成的。

依照時間順序，沈校本的文本可以分作幾個層次。

第一層是書手抄寫的部分。是書抄於何時已不可確考。沈叔埏性好藏書，且勤於抄書。據錢儀吉《頤彩堂詩鈔序》所記：『檢討嘗自言所得，亦曰：「予中年好鈔書，通籍以後，集史館所儲，京師學士大夫所藏弆，必借録之。」』（錢儀吉《衎石齋記事續稿》卷五）此書當是沈氏倩人鈔録的《永樂大典》輯本。

從分卷情況、篇目順序與文字异同來看，沈校本與周校本可歸爲同一系統，但兩者也稍有不同。在所收篇目上，沈校本較周校本多出《蕃官業驢結拶制》（卷二十二）一篇，此篇亦不見於其他諸本。缺卷十七《許真君祠》《雨後回文》《旅舍不寐作回文四句》、卷二十三《資政殿學士知鄆州蒲宗孟可知河中府制》《資政殿學士知鄭州張璪可知河南府制》五篇。而周校本較殿本所缺的數篇文章，如卷三十《回參政某諫議啓》、《回留守某諫議啓》、卷三十一《回知府侍讀某給事啟》《兖州賀雍王除本州節度使啟》等，沈校本皆不缺。在篇目順序上也有不同，如沈校本卷二十二《承議郎充秘閣校理權判登聞鼓院張舜民可通判虢州制》一篇在《承議郎通判鎮戎軍韓宗哲可通判大名府制》後，周校本則在卷二十末。每卷卷端的題名，也由周校本的『宋秘書少監直龍圖閣中書舍人

劉攽撰』簡省爲『宋劉攽撰』。總體來看，對比這些不同之處，沈校本在形式上與殿本更爲接近。

第二個層次是乾隆癸卯年（一七八三）沈叔埏以朱筆所做的批校。這些批校包括以下幾個方面的内容：

1．校勘文字

沈校本在文字上的校改之處遠遠多於周校本，皆以朱筆於文字上徑做删改。可以略做歸納的有：①文字上的規範。沈校本對鈔本中一些抄寫不規范的簡化字、异體字統一做了校改，如卷一《鴻慶宫三聖殿賦并序》『臣窃大之』，『窃』改爲『竊』。卷三《古意二首》『秉心若松栢』，『栢』字改作『柏』。卷五《汴渠掛帆》『掛』字改爲『挂』。卷六《送謝大城南還遊集禧觀寄謝大得箕字》『幽鷺起豊草』，『豊』改爲『豐』。卷七《市朝》『蟯虫飽足尸鬼健』，『虫』改作『蟲』。卷十五《腊月十九日雨後》，『腊』改作『臘』。②文體上的規範。沈校本對不同文體的標題也做了統一。如將詩題中的『詩』删去，卷三《效白公詩》《效韋蘇州古調詩》《南窻詩》、卷五《和原甫鄆州樂郊詩》《林都官種花詩》等處皆删去『詩』字。又如將題目中無『制』字的制文補以『制』字，卷十

九《皇伯右監門衛大將軍祁州團練使仲真可遥郡防禦使皇伯右監門衛大將軍榮州團練使仲某可叙復遥郡團練使》《朝請大夫直龍圖閣葉均可太府卿》《宣政使嘉州刺史内侍省右班副都知劉有方可遥郡團練使》等皆在題目中補以『制』字。再比如，挽詩、挽詞一類的題目也校改爲統一的格式。如卷十一《挽胡太傅二首》改爲《胡太傅挽詞》，《挽西京左藏使石太保二首》改爲《西京左藏使石太保挽詩》，《挽宋司空丞相二首》改爲《宋司空丞相挽詩》等。③校改避諱字。沈校本絶大部分的『丘』字被校改爲『邱』，『玄』字改作『元』字。

2．注釋

沈校本中有多處眉批與題下雙行小字注文，對文章内容進行注釋。爲與原來的小字注文相區别，沈校本在原有小字注文前皆冠以『原注』二字。沈校本所做的注釋包括：①注詩題脱誤。如卷十一《將赴官廬州寄張四隱直》詩題下小字雙行注文云：『案：放監衡州鹽倉不應赴官廬州，詩題疑有脱誤。』卷十三《奉詔再任諸掾曹有詩因次其韻》眉批云：『埏案：「再任」下疑有脱字。』②注文字出典。如卷八《熙州行》『少從進熟來無極』，眉批云：『埏案：「少從進熟」出《漢書·張騫傳》。』『割棄造陽損斗僻』，眉

批云：『埏案：「雖開河南之野，建朔方之郡，亦棄造陽之北九百餘里。」出荀悦《前漢孝武紀》。』卷十五《次韻和秘書省林舍人校書寓興五首》之三『朱愚那復問南榮』，眉批云：『埏案：朱愚問南榮事見《莊子》内篇《庚桑楚》。』③注詩歌本事。如卷七《在郡作》眉批云：『案：《本傳》攽曾爲京東轉運使，又徙知兖州。此詩云「今時督府雄漢魏，魯國太山四千石」，當係此時所作。又末云「乃不及舞文巧詆爲詐忠」，豈受吴居厚之譖，將去時作耶？』卷十四《送宋次道知絳州》詩末雙行小字注文云：『埏案：前後《漢書》志多後人所補，次道必預修《唐書》，故詩云然。』卷十八《蔡州路中作五首寄都下》第一首末雙行小字注文云：『埏案：攽以疾求知蔡州，故詩中有「病餘清骨鬢成霜」之句。』④注詩體與詩律。卷七《市朝》詩題下小注云：『埏案：此係六句律詩入七律。』《方仕致仕》詩題下小注云：『埏案：此係七律拗體。』

3．卷目與篇章次序的調整

沈校本對鈔本最後八卷的次序進行了調整。卷三十五改爲卷三十三、卷三十三改爲卷三十四、卷三十四改爲卷三十五，卷三十七改爲卷三十六、卷三十八改爲卷三十七、卷三十九改爲卷三十八、卷四十改爲卷三十九、卷三十六改爲卷四十，并按調整後的順

序重新裝訂了書頁。

沈校本的眉批與雙行小注中還有一部分内容涉及篇章順序的調整。調整的原因也各有不同。由於文體不符而做出調整的，比如沈校本卷九《庵嶺漁叟詩有序》題下有小字注文云：『埏案：此詩應移在五律。』卷十三《遊章運判園亭》批云：『埏案：此係二絶句，應歸卷十八。』卷十八末有眉批：『應增入卷十三《遊章運判園亭》二絶句。』更多調整之處，考度其意，似遵循以類相從之例。比如沈校本卷九《洞庭寄張四》題下有批云：『埏案：此詩應移在前文《寄隱直》詩後。』卷十《雪中憶隱直》批云：『埏案：此詩應移在卷九《哭張隱直》詩前。』卷十一《將赴官廬州寄張四隱直》批云：『埏案：此詩應移在前卷九《洞庭寄張四》一首後。』《送隱直歸扶離》批云：『埏案：此詩移在卷九《洞庭贈張四》後。』卷十二《賀隱直》批云：『埏案：此詩移在卷九《洞庭贈張四》詩後。』調整之後，寄贈張隱直的五首詩歌便集中於一處。又如沈校本卷十七《再和宋職方》一首原在《送王相公》之後，眉批云：『埏案：此詩應移置後《次韻宋職方新修廳事》一首後。』這樣，有關宋職方的三首詩歌便集於一處。又如，沈校本卷十六《合加字韻兩篇二十四字成一章更互次之詠曹之土風并敘出處寄呈司年職方》

一首上有眉批云：『埏案：此下二詩應移置前《既和宋君佳篇因取加字韻中所未用者别爲十二韻》一首後。』這一調整的目的也是將宋職方的詩歌聚合於一處。此外，還有一些篇章的調整尚不能確考其原因，比如卷十五《年三十三》題下小字注云：『埏案：此詩應移在前卷十三第三首後。』卷四十《設常侍郎對》眉批云：『此篇移至卷首。』

沈校本的第三個層次是乾隆甲辰年（一七八四）沈叔埏以墨筆所做的批校。此次批校包括：①少量的文字上的校勘。如卷十二《始涼》『交態臥尤知』，眉批云：『埏案：「臥」字恐是「晚」字之譌。』《樹陰》『秋草半青珠』，眉批云：『埏案：「青珠」恐訛。』卷三十五《故朝散大夫給事中集賢院學士權判南京留司御史臺劉公行狀》『條達理遂』，眉批云：『埏案：「理遂」恐是「理邃」之譌。』②注人名。如卷十三《次韻韓康公》詩題下小注云：『埏案：康公名絳字子華。』《王仲至使北》詩題下小注云：『仲至名欽臣，宋城人，洙子。』卷三十七《故將仕郎郡守太子中允致仕賜緋魚袋蔡君墓誌銘》眉批：『子難名詵，觀後次子曰詵可知。』③一部分增加附録的建議。如卷四《次韻和蘇子瞻贈王仲素寺丞》眉批云：『埏案：此後應附東坡一首。』《與孫巨源蘇子瞻劉莘老廣陵相遇蘇請賦詩爲别各用其字爲韻每篇十韻》眉批：『埏案：此詩應録東坡作附

後，見坡集。』卷十五《重次新字韻寄子瞻公擇》眉批云：『埏案：東坡集可附。』④最爲重要的是與水西劉氏所刻《新喻三劉文集》做了對校，補入了《彭城集》未收的内容。比如卷二十四首頁上方有沈校本眉批云：『埏案：水西家集奏疏内有《論封太祖子孫行尊者一人奉太祖祀》一篇，應抄列卷内《論封太祖後狀》之後。』《貢舉議》，沈校本下有小字注文云：『埏案：水西家集尚有《論更學校貢舉法》一篇，應抄附此篇之後。』在部分卷次之末，沈校本抄録了家集本的相關篇目。卷二十三末補入《朝請郎吳安度母王氏追封成國太夫人制》《論更學校貢舉法》《論經筵坐講》三篇，卷二十四末補入《論封太祖子孫行尊者一人奉太祖祀狀》一篇，卷二十五末補入《謝昭雪表》一篇，卷三十二末補入《七門廟記》《臨湘縣閱武亭記》二篇，卷四十中補入《九馬圖贊》《大順頌》《貨財銘》《續座右銘》《蜀舍銘》《王升之誄》六篇，卷四十末補入《輔弼名對序》一篇。但是，除最末一篇添加案語辨析非劉攽所作，其他篇目皆未做辨析，因而誤收了不少文章。

以上是沈校本的大致情況。沈校本與武英殿本之間的關係也很有趣。從時間上看，殿本卷前提要的落款爲乾隆四十七年十月，而沈叔埏批校此本則在乾隆癸卯嘉平中浣，

即乾隆四十八年十二月。按照這一時間，武英殿本的成書在沈校本之前，但從整體情況來看，沈校本更像是武英殿本的底本之一種。

首先，從文字校勘上看，沈校本中有斟酌不定、反復校改的情況，但最終皆改爲與武英殿本相同。比如卷十三沈校本《和前韻》『宿雲晨霧款璇霄』，『款』字先改作『敞』又改作『凝』，而武英殿本正作『凝』。卷十四《和賈舍人春祠太一壇二首》『樓觀參差起雲寒』，『雲』字先改作『露』又改作『廣』，而殿本正作『廣』。卷二十二《西京左藏庫使高道禮可安肅軍莊宅使文州刺史朱衍知全州制》『夷狄左衽』一句，沈校本初改作『屬在要荒』，復改作『屬在邊隅』，與殿本同。

其次，武英殿本冠以『案』字的小字注文，絕大多數見於沈校本《彭城集》，比如卷十三《奉詔再任諸掾曹有詩因次其韻》眉批云：『埏案：「再任」下疑有脱字。』卷十五《次韻酬韓三相公見寄》『譙渦開府袛千秋』眉批云：『埏案：渦水在譙縣西四十八里。』在武英殿本中，這些小字注文中的『埏案』皆改作『案』。

再次，沈校本眉批『埏案』中所論及的篇章順序調整，在武英殿本中大多有體現。這不禁讓人産生沈校本是武英殿本底本的聯想——武英殿本是依照沈氏的批校做了調整

刪改。但從兩個本子的先後順序來看，是武英殿本在前，如此一來，沈校本應該是對照武英殿本或武英殿本的某個底本做過校勘。沈校本不僅照録了這個本子的内容，而且增添了新的批注。

這些較武英殿本多出的批注包括：①文字上的校勘。比如卷七《次韻子瞻贈橋道人》『橋』字，沈校本改作『高』。卷十六《又和魏秀才》『遷鸎殊自喜』，『鸎』字改作『鶯』。卷二十《軍器少監郭茂恂除工部郎中制》『萃于各鄉』，『鄉』字改作『卿』。②注釋。上文提到的注釋人名地名、文字出典等絕大部分皆不見於武英殿本。③篇章順序調整。比如沈校本卷十五《種竹重寄子瞻》詩題下小字注文云：『此詩應移在十二頁《西省種竹》詩後。』卷二十四《爲家兄謝除汝州狀》詩題下小字注文云：『埏案：此篇應入表類。』這些調整皆爲武英殿本所無。④乾隆甲辰年沈叔埏批校的增加附録與補入水西劉氏家集的内容。

無論沈校本與武英殿本的關係如何，它都是一個重要的版本。沈叔埏對《彭城集》細緻的校勘與注釋爲後來的整理者提供了十分有益的參照。

六、文津閣《四庫全書》本（以下簡稱文津閣本）

在内廷四閣《四庫全書》中，文津閣本并不是成書最早的一部，但在抄寫質量上，較之文淵閣本更爲優長，從《彭城集》的校勘來看，也是如此。文津閣本卷前提要落款爲乾隆四十九年八月，早於文淵閣本的乾隆四十九年十月，故先述文津閣本。

文津閣本内封面有諸檢校官姓名：詳校官中書臣劉源溥、臣紀昀覆勘，總校官舉人臣章維桓、校對官庶吉士臣王朝梧、謄録監生臣查機。其中，王朝梧也是武英殿本《彭城集》的校對。

與其他版本相比，文津閣本有以下幾個特徵：

第一，缺文且篇目順序不同。文津閣本卷二十五缺《爲宰相賀擒鬼章表》一篇。卷二十二《通議大夫致仕李及之故父贈特進邁可特贈開府儀同三司故母華原郡太君張氏可特贈榮國太夫人大中大夫致仕程珦故父贈吏部尚書遹可特贈特進故母孝感縣太君張氏可特贈廣平郡太夫人制》與《母燕國太夫人李氏可特封周國太夫人制》《左藏庫副使致仕王慈龍圖閣直學士朝議大夫工部侍郎克臣父可贈左金吾衛上將軍母可贈普寧郡太夫人制》

兩篇，與其他版本前後順序相反。

第二，文津閣本也保留了《永樂大典》所收文章的原貌，比如制誥文的『勑』『勑具官某』『勑某官某伯某母某』等字、文後的『可』字。『表』體文前的『臣某言』，文後的『臣無任』。祭文最末的『嗚呼哀哉，尚饗』，等等。又如，文津閣本依《永樂大典》體例，在包含多首詩歌的詩題後補以詩歌數目『二首』『三首』等。比如卷九《泛舟西湖》，《永樂大典》卷二千二百六十四作『泛舟西湖二首』，文津閣本同。卷十八《寧陵陂》，《永樂大典》卷二千七百五十五作『寧陵陂二首』，文津閣本同。

第三，文中雙行小注與其他版本有差异。武英殿本文中標示『原注』的小字注文，文津閣本皆無『原注』二字，這一點與周校本、沈校本相同。而武英殿本中標示『案』的小字注文，文津閣本皆無。

第四，文津閣本中的許多异文獨與兩個鈔本相同，透露出與鈔本的密切關係。正文相同的比如武英殿本卷十九《前河北提刑王端可將作少監新差通判瀛州李敦頤可軍器監丞制》『非有程不可以稽其勤惰』，『惰』字，文津閣本作『墮』，與《永樂大典》及二鈔本相同。武英殿本卷二十六《謝官表》『悃愊惟誠』，『惟』字，文津閣本作『之』，與二

鈔本同。注文相同的如卷十六《次韻和石曼卿泰山》『陰陽殊雨霽，朝夕異涼温』，文津閣本每句下分别有雙行小注『山南山北』『山東山西』，與二鈔本同。《郊祀慶成詩》『珍符屬孝孫』，『屬』字下殿本有小字注文『原注：音燭』，文津閣本小注作『之欲切』，與二鈔本同。此外，文津閣本卷二十五、卷二十六中表文每篇末皆有『云云』二字，且二字左右錯開，此一格式與沈校本的校改相同。

總體來看，文津閣本抄校的質量較高，保存了《彭城集》較爲原始的面貌，誤字也遠少於文淵閣本，在利用價值上要高於文淵閣本。

七、文淵閣《四庫全書》本（以下簡稱文淵閣本）

文淵閣本與文津閣本雖同爲四庫鈔本，但二者差异較大。

文淵閣本内封面有諸檢校官姓名：詳校官庶吉士臣馬履泰、檢討臣何思鈞覆勘，總校官進士臣程嘉謨、校對官編修臣朱紱、謄録監生臣。卷前有《彭城集》提要，末尾落款爲乾隆四十九年十月。

對比殿本與鈔本，文淵閣本的特徵更爲明顯。

第一，錯版。文淵閣本自卷二十二第二頁右起第四行『潁州萬縣令』至第三頁右起第五行『非我舊德曷』中間數段文字實爲錯版，這些文字應與自卷二十三第二頁右起第四行『允劉安世可』至第三頁右起第五行『將遣戍常』中間數段文字調换位置。事實上，這些文字在殿本裏分别是卷二第二頁與卷三第二頁一整版的内容，紙張排序時的差錯，導致鈔本隨之而誤。這也説明，文淵閣所根據的底本與殿本行款完全相同，二者關係也應較爲密切。

第二，篇目排序不同。文淵閣本與其他版本在篇目的順序上也有一些不同。比如，卷二十五《爲馮内翰讓官表》一篇，其他版本在《京東運使謝上表》之後，文淵閣本排在卷末。卷二十五《賀公主生日表》一篇，其他版本在《謝授官表》之後，文淵閣本此文在《京東運使謝上表》之後。卷三十一《回教授某主簿啟》，其他版本爲此卷最末一篇，文淵閣本則在《謝制置發運某待制啓》之後。

第三，缺文。二者對比發現，文淵閣本較殿本有三篇缺文，爲卷三十一《與張待制啟》《謝運使某太丞啟》《回單州蘇駕部啟》。檢視其位置，并非在版面的起始處。文淵閣本缺文或另有緣由。

第四，异文。文淵閣本與其他版本的异文有兩種情況。一是文淵閣本抄寫時的手民之誤，大多數异文可歸於此類。比如卷二《皋陶戒舜在知人賦》『執兩端而用其中』，文淵閣本『端』作『竭』，卷十九《皇伯右金吾衛大將軍舒州防禦使仲革皇伯右金吾衛大將軍開州防禦使仲洽可並正任防禦使制》『貴而能隆』，文淵閣本『隆』作『降』，卷二十《朝散郎致仕劉宗傑可落致仕比部郎中制》『是用還之司士』，文淵閣本『士』作『土』，等等，這些文字因形近而誤，較爲明顯，并且查考其他版本，這些文字皆不誤。二是難以查考來源的异文。比如，卷二十一《朝奉郎韓宗古可知曹州制》『蓋二漢之制』，文淵閣本『制』作『典』。卷三十三《桓公不用伊尹論》『譬夫醫巫百工之人』，文淵閣本無『之人』二字；『以智相師』，文淵閣本無『以』字；『以巧相視』，文淵閣本無『以』字；『則以謂人人可齊一其要妙哉』，文淵閣本無此句；『學于仲尼者三千子也』，文淵閣本作『故學于仲尼者甚眾』；『其得聖人之道顔氏而已』，文淵閣本作『其得道惟顔氏而已』。在以上這些例子中，文淵閣本與其他版本文字皆不同，很有可能是與其他版本做過校勘，但已難詳考。

八、其他校本

此次整理，利用了宋代總集、類書、方志等著作的早期版本，比如《皇朝文鑑》《國朝二百家名賢文粹》《國朝諸臣奏議》《三朝名臣言行録》《歷代名臣奏議》等。清康熙年間開始編纂的《古今圖書集成》也收録了劉攽的一些詩文。這些書的早期版本雖然有些刊刻質量不高、誤字較多，但它們保留了文章的早期面貌或較有價值的异文。比如，卷一《不寐賦》『嗟以心爲形役』，《皇朝文鑑》『嗟』字原作『羌』。卷三十五《故朝散大夫給事中集賢院學士權判南京留司御史臺劉公行狀》『長無羌人之虞』，《三朝名臣言行録》『人』作『胡』；『使其有以窺中國』一句，《三朝名臣言行録》之前有『於夷狄』三字。由此可見四庫館臣對原文的删改。又如，卷三十三《重黎絶地天通論》：『祭祀以其時，兆位以其常，尊卑以其等，如此則神治矣。業有常守，事有常法，教有常俗，如此則民治矣。春祠夏禴，秋嘗冬烝……祭也。……常也。……等也。』《國朝二百家名賢文粹》『祭』作『時』，按文義當以『時』字爲是。卷三十四《公是先生集序》『諸議論、辯説、傳記、書序、古賦、四言、文詞、箴贊、碑刻、誌、行狀皆歸之内集』，《國

朝二百家名賢文粹》『誌』字前有『銘』字，從文法來看，顯然以《國朝二百家名賢文粹》爲是。這些來自其他校本的信息，對劉攽集的整理助益良多。

現將文中校勘與輯佚所用到的古書的版本簡要臚列如下：

《皇朝文鑑》，宋嘉泰四年新安郡齋刻本；

《國朝二百家名賢文粹》，宋慶元三年書隱齋刻本；

《國朝諸臣奏議》，宋淳祐十年史季温福州刻元明遞修本；

《三朝名臣言行録》，宋淳熙刻本；

《歷代名臣奏議》，明永樂十四年内府刻本；

《古今圖書集成》，清内府銅活字本。

此次對《彭城集》的整理立足於前賢的校勘成果，以故宫博物院藏武英殿聚珍版叢書本也就是俗稱的『内聚珍本』爲底本，校以現存《永樂大典》本、文津閣本與文淵閣本《四庫全書》、玉棟家藏鈔本，沈叔埏批校本以及宋代總集、類書、方志等著作的早期版本，并從中輯得佚文若干，以期得到一部較爲完備的劉攽文集。

武英殿本是《彭城集》第一個較爲完整的輯本，故在整理時注意保留其基本面貌。

在體例上分爲正編與補編。正編即原武英殿聚珍本《彭城集》的全部内容，補編是從各書中輯録的詩文，按照正編文體的順序編排。正編四十卷，補編一卷。

由於《彭城集》的版本多爲鈔本，且鈔本本身的校改也不在少數，本書總體的校勘理念是儘可能保存更多的异文，以揭示《彭城集》各個版本的豐富性。因此，本書在校勘上遵循以下幾項原則：凡底本的訛、脱、衍、乙及兩通的异文，一律出校；底本不誤而他本有誤者，不出校；校本中异體字不出校，通假字出校；由於周校本、沈校本皆經過再次校改，爲保存這兩個鈔本的面貌，在校記中分别以『周校本作』『周校本改作』『沈校本作』『沈校本改作』加以區别。文中避諱字徑改，古代版刻中不加區别的字形，如己、已、巳等，皆據文義加以區分，不出校。一些不規範的字形也按古籍整理的通例做了規範，不另出校。沈校本有部分涉及校勘與注釋的眉批、夾批及雙行小注，一并移録校記中。

在補編部分的輯佚中，一方面彙集了前賢近年來的研究成果，另一方面利用宋代總集、類書、方志等著作輯得數篇新的佚文。在篇目上，本次整理删去了底本重出文章一篇，即卷二十三《左司諫朱光庭可左司員外郎右司諫王覿可右司員外郎制》，已見於卷十

九。同時也刪去了底本中誤收於劉攽名下的文章，共三篇，分別爲卷十九《大理少卿李鳴復除大理卿制》、卷二十《王安石可三司户部副使張燾可兵部郎中制》、卷三十《與孫觀文啟》。《全宋文》《全宋詩》中誤收於劉攽名下的佚文，本書不再收録。

由於個人學識水平有限，點校中的錯誤和疏漏在所難免，敬祈讀者指正。

目録

整理説明……一

彭城集卷一

賦

鴻慶宫三聖殿賦并序……一
葺所居賦并序……六
寫憂賦……七
不寐賦……八
鬪蟻賦……九
秋懷賦……一〇
射豹賦……一一
崆峒山賦并序……一一
棊賦……一三
詆風穴賦……一五

彭城集卷二

賦

皋陶戒舜在知人賦……一七
五星同色賦……一八
不愧屋漏賦以『君子慎微，心無所媿』爲韻……二〇
雕蟲小技壯夫不爲賦……二一
敵弓賦……二二

彭城集卷三

五言古詩

擬古六首……二四
讀黄寺丞十月十三日寄原甫詩因同作……二六
續董子温詠陶潛詩八首……二六
偶作……二八
效白公詩二首……二八
效韋蘇州古調詩……二九
古意二首……二九
雜詩……三〇
雜興……三三
讀李某詩……三三
王四十處見舅氏所録外祖與日本國僧詩并此僧詩書作五言……三四
偶題……三四
喜雨和任判官奉呈太守……三五
贈周員外鼎……三五
次韻和王平甫贈張舍人……三六
閔雨……三七
君子行……三七
雨中……三七

游景靈宮……三八
惠州豐湖……三八
柘湖……三九
東關山水……三九
坐嘯亭納涼……四〇
東谿……四〇
題常寧黄令灑然堂……四〇
十月一日……四一
吹臺……四二
送歐陽永叔留守南都……四二
竹牀……四三
南窻詩……四三
登慈佛寺……四四
築室種樹……四四
和王絢道贈高七植竹……四五
涉伊水宿寶應寺……四五
彈烏……四六
雪中退朝與諸同舍登秘閣……四六
清漣閣……四六
歲寒谷……四七
過開元寺……四八
久旱……四八

彭城集卷四

五言古詩

寄題漢中三亭……四九
養生……五〇
崑山……五〇
正月四日燕飲江氏……五〇
五行王相詩……五一

自蔡河至陳州……五一
除日得王深甫書因寄……五一
之官廬州初至儀真寄原甫……五二
將之官清水李廷老來會探韻得光字……五二
江南曲……五三
題歐陽永叔新鑿幽谷泉……五三
張六至……五四
題園樹……五四
先泊龜山夜聞後來者……五四
次韻和蘇子瞻贈王仲素寺丞……五四
次韻和原甫登禪智寺上方院二首……五五
次韻和張屯田新年六十九……五六
人日同弟姪會賈夷叔遊射東園和仲馮
以退之弄字韻次用……五六
從劉園至澄心寺……五七
獻歐陽永叔……五七
初冬晨起作四聲詩……五八
舟次淮陰寄張郎……五九
記夢……五九
夢楊十七……五九
張君以六十九作詩自道其康寧
余時年五十九感而自詠……六〇
送汾西高長官……六〇
送陳同年遊固陵……六一
汴上二首……六一
望九華山……六二
晚春登樓……六二
和謝師厚鴒詩……六二
郲園水閣煎茶……六三
登瓜步魏武廟……六三

華山隱者圖……六三
詠史……六四
晚歸望月……六五
六月七日大熱及曉微雨……六五
苦熱登樓……六五
秋熱……六六
夏夜月中……六六
苦熱……六六
酷熱……六七
秋熱……六七
次韻以道月中作……六八
和孫少述雪……六八
別黃子温……六八
別王深甫……六九
與孫巨源蘇子瞻劉莘老廣陵相遇蘇請賦詩爲別各用其字爲韻每篇十韻……六九
季孫肥……七一
約謝師直出獵師直小疾不行作詩戲之……七一
觀獵……七二
雜詠四首……七二
廣陵蔣生死十四年尸猶温有妻子存嘗有書自遠與其家……七三
曹司封詩……七四
驟雨……七四
馳道……七五
樹下……七五
過薦福寺……七五
分題李花得香字……七六
夏雨……七六
馬死答劉先之……七六

顧亭林……七七
齊魯……七七

彭城集卷五

五言古詩

淮上……七八
次韻蘇子瞻……七九
次韻孫少述二首……七九
喜王大自固陵歸……八〇
畏途……八〇
椿下獨坐……八〇
結廬……八一
後浦望水……八一
奉和寬叔新橋之什……八一
晚泊長蘆贈南來鄰船……八二
苦寒……八二
賞心亭……八二
汴渠挂帆……八三
寄韓持國……八三
寄王深甫兄弟……八四
寄王子直……八五
寄王深甫……八六
寄王子直……八七
寄原甫……八七
寄王掾……八八
寄王深甫……八八
尋王深甫值其不在歸寄此詩……八九
寄王深甫……八九
之官汝州舟中作寄都下……九〇
早春懷都下……九一

瓜步……九一
寄老菴……九二
潼關……九三
汜水關……九三
春日凉榭寄戴大臨……九四
晚步寄徐從道……九四
秋園……九五
寄王固子堅時在固陵治田……九五
陸瑁養魚池……九五
自舒城南至九井並舒河行水竹甚有佳致馬上成五首……九六
自曹還都舟中奉酬子中見寄……九七
奉酬孫少述……九七
還家……九八
雪中檢故書見王深甫書因寄……九八
送張七和州判官……九九
三女岡……九九
澄心寺後閣彈琴……九九
首春學省同舍十一人集王彦祖爲主人人賦十韻得河字……一〇〇
養魚……一〇〇
小雨……一〇一
檢覆郟城旱田示同官及寄河南諸賢……一〇一
退朝……一〇二
和原甫鄆州樂郊詩……一〇二
劉太尉廟……一〇三
欲雨寄張壁……一〇三
雨中寄子直……一〇四
林都官種花……一〇四
送邵興宗之丹陽……一〇五

彭城集卷六

五言古詩

作假山……一〇六
暑行……一〇六
傷胡二……一〇七
傷逝二首……一〇七
巢父井……一〇八
題李白祠……一〇八
宿蔡口……一〇九
立春……一〇九
次韻和楊叔恬贈鄭秘丞……一〇九
寄劉道原秘丞……一一〇
送楊秘丞……一一二
題孫昌齡歸來亭……一一二
江南田家……一一三
寄題蕭山歲寒堂直己亭……一一三
與亭……一一四
次韻穆父送仲至使北……一一四
西都大内作……一一五
慈孝寺送顧待制次韻和孔舍人……一一六
新作西池呈王守……一一六
泛舟……一一七
和黄節推陪王守泛舟……一一七
舟行……一一七
題卞大夫西湖所居……一一八
重用前韻贈卞大夫……一一八
江行……一一九
題劉羲叟著作澤州園亭……一一九
次韻……一一九
賀吴九……一二〇

盆池……一二〇
贈黃安期推官……一二〇
同韓持國遊五嶽觀時原甫暨諸公
先在因寄江鄰幾梅聖俞……一二一
夏夜露坐……一二二
雨後……一二二
送福州范文學兼寄張宜……一二三
送孫巨源……一二三
登城望山……一二四
同謝二兄弟遊城南王氏園坐竹中水上
……一二四
潁州始居……一二五
春葺所居……一二五
寄傅推官堯俞……一二五
和原甫同諸公飲郇公園……一二六
潁州和永叔……一二七
送謝大城南還遊集禧觀寄謝大得箕字
……一二七
書懷……一二七
剥棗……一二九

彭城集卷七

七言古詩

赤甲競渡……一三〇
酴醾軒雨中……一三〇
在郡作……一三一
楊之美彈棊局歌……一三二
過王氏弟兄……一三三
和陸子履魚膠亦名阿膠可以羽箭
又宜婦人貼花鈿……一三三

昭君怨戲贈……一三四
春日……一三四
幽州圖……一三五
送王仲素寺丞歸灊山……一三五
汲潁水……一三六
次韻范内翰西圻老人詩……一三六
和蘇子瞻韻爲石蒼舒題……一三七
傅堯俞草堂歌……一三八
虎子……一三八
和李公擇題相國寺壞壁山水歌……一三九
空同……一三九
畫龍……一四〇
冬……一四〇
蘇子瞻家畫松圖歌……一四〇
赤甲祈雨是日獲之……一四一
市朝……一四一
貧交行……一四二
古信陵行……一四二
方仕致仕……一四二
北門行……一四三
衰老……一四三
次韻孔常父……一四四
太液池……一四四
送原甫帥永興……一四五
晚起……一四六
漁翁……一四六
和羅著作漁翁……一四六
大風……一四七
初調江陰主簿……一四七
送直史館孫兵部知陝府……一四七

湘中阻風……一四八
欲雨寄張壁……一四八
寄楊十七……一四九
春寒……一四九
戲謝師直買伊陽田……一五〇
陽翟賈人歌……一五〇
和王平甫韓幹畫馬行……一五一
次韻蘇子瞻韓幹馬贈李伯時……一五二
送程少卿……一五二
懷信驛亭晚望題其楹……一五三
戲題西湖中魚……一五三
盆山……一五四
出門無馬行……一五四
次韻子瞻贈喬道人……一五五
俠少行戲王子直……一五五
王家酒樓……一五六
和章都官洞庭詩……一五七
新灘行……一五八

彭城集卷八

七言古詩

和楊十七傷蘇子美……一五九
城東觀魚……一六〇
觀魚……一六〇
送張太保知冀州……一六一
送裴如晦知潤州……一六一
送章學士知湖州……一六二
陳和叔賀蘭溪所居近有信來
言水竹事戲贈……一六二
柿紅……一六三

寄題岳陽酒務水樓……一六三
關西行……一六三
移舟城東……一六四
游濟堤傅家園亭……一六四
和楊彦文嵩山詩……一六五
送徐君章……一六六
送楊康公知安豐縣……一六六
天馬行……一六七
和梅聖俞食鱠歌……一六七
兖州古檜……一六八
早行……一六八
夜携賈十五過巨源作……一六八
次韻裴庫部二月二日游傅園……一六九
桃源……一七〇
黄金……一七〇
瑞荷……一七〇
鑿井……一七一
次韻和羅著作風琴詩送畢長官……一七一
保州亂……一七二
耳病……一七二
竹間亭作……一七三
城南行……一七三
鄧聖求往爲武昌令刻石元次山窪尊及蘇子瞻謫官黄州遊武昌見前刻後同在翰林因有詩示余余爲次韻和之……一七四
蔡河漁叟……一七五
高樓……一七五
古詩詠歐陽永叔家白兔……一七六
始凉夜坐……一七七

劉五草蟲扇子……一七七
題歐公廳前兩鶴……一七八
苦熱……一七八
和永叔春雪……一七九
次韻和裴庫部喜雪歌……一七九
地震戲王深父……一八〇
戲作賣雪人歌……一八一
刁景純得假還丹陽……一八一
櫻桃……一八二
上書行……一八二
題合肥縣效裕堂詩并序……一八三
傷孫曼叔尚書……一八四
茂陵徐生歌……一八五
幽谷泉……一八五
熙州行……一八六

彭城集卷九

五言律詩

庵嶺漁叟詩有序……一八七
道人申演……一八八
幽居……一八八
小雨三首……一八九
立春……一九〇
挽故相國尚書令忠獻公三首……一九〇
曾魯公挽詩三首……一九一
齊國公主挽詩……一九二
秋園晚步二首……一九二
晚步……一九三
城西晚歸南山馬上口占……一九三
便風掛帆欣然有作……一九四
巢湖……一九四

晨至後園……一九五
寄范佑之……一九五
寄和父……一九五
寄楊十七……一九六
寄梅聖俞……一九六
寄王深甫……一九六
寄隱直……一九七
洞庭寄張四……一九七
滑州罷爲白馬縣舍弟司法省歸寄此詩……一九七
送韓太祝罷官歸許昌省覲……一九八
自江南將歸先寄和甫二首……一九八
風雨寄張野人……一九九
寄張六……一九九
寄張宜……一九九
寄張六……二〇〇
省中寄王平甫……二〇〇
重寄蘇子瞻……二〇〇
寄仲馮……二〇一
夏木聞禽……二〇一
挽盧通議二首……二〇一
唐參政挽詩二首……二〇二
挽馮當世母朱太君二首……二〇三
挽王正仲母永壽太君二首……二〇三
濮王任夫人挽詞……二〇四
挽韓侍郎夫人范郡君二首……二〇四
西戎……二〇五
晚過西湖……二〇五
泛舟西湖二首……二〇六
鄭侍郎挽詞二首……二〇六

送張六入浙東……二〇七
上清宮花木自夏及秋相續……二〇七
將去上清宮題梧桐……二〇八
九日……二〇八
九日寄江北兄弟……二〇八
張比部景真挽詩二首……二〇九
蘇度支挽詩二首……二〇九
建公挽詩……二一〇
題魯氏老檜堂……二一〇
柏悦堂二首……二一一
夜凉……二一一
自蔡河之陳州……二一二
重傷胡二……二一二
五龍井禱雨……二一二
苦寒……二一三
秋過薦福院竹亭二首……二一三
濟川亭二首……二一四
曬書……二一四
夜過曾孚先……二一五
將赴官廬州寄張四隱直二首……二一五
賀隱直……二一六
送隱直歸扶離……二一六
雪中憶隱直……二一七
哭張隱直二首……二一七

彭城集卷十

五言律詩

占晴二首……二一九
雪晴……二二〇
還郡寄洛中諸賢……二二〇

送江淑寺丞棄官歸江州……二三〇
霍丘謝令寺丞……二三一
送王肅侍禁新安監酒……二三一
山寺……二三一
畫雪扇子……二三二
曉起東園……二三二
古檜亭二首……二三二
上懐亭……二三三
登樓……二三三
雨中過汜水關入鞏縣……二三四
次韻謝三利涉寺見寄……二三四
題利涉寺……二三四
哭王子直二首……二三五
荷花……二三五
黄州臨皋亭……二三六
野竹亭……二三六
聞西戎乞降……二三六
冬夜賞月……二三七
雪夜月中……二三七
玩芳亭……二三七
留別諸兄弟……二三八
暫之霅上留別一二兄弟……二三八
春日登樓二首……二三八
緑野亭偶題二首……二三九
日晚步過孫監丞……二四〇
望華山……二四〇
鳳翔官宅園亭……二四〇
馬當山……二四一
送畢長官……二四一
送鄭推官……二四一

詠雪……二三三
書堂對雪……二三三
和裴庫部諸家雪……二三三
雪後……二三四
陸子履有詩贈行次韻留别……二三四
留别傅欽之……二三五
苦熱……二三五
畫鶴……二三六
得楊十七書見報所居近種花木詩……二三六
眼昏……二三六
登浴室院閣二首……二三七
中夜見月……二三八
新月……二三八
次韻和黄朝議二首……二三八
傷丁元珍學士……二三九
喜雨……二三九
漫成……二四〇
次韻和司法掾陳郛……二四〇
送慧思歸吴……二四〇
奠昭禪師……二四一
送僧子南……二四一
宋門城下新居……二四一
新居……二四二
雪後行小園……二四二
過丁晉公舊園……二四二
雪夜酌酒……二四三
送雍元直使浙右……二四三
引泉……二四三
金鳳花……二四四
景潮亭……二四四

退朝觀御溝上雜花贈陸四……二四四
上三山磯……二四五
過龍眼磯……二四五
送鄭五下第西歸……二四五
送人之官嶺南……二四六
和孫少述中秋二首……二四六
春日野次……二四七
南原……二四七

彭城集卷十一

五言律詩

遠信……二四八
金沙花……二四八
贈鄰翁……二四九
初晴贈某翁……二四九
晨起……二四九
挽胡元夫母壽安縣太君二首……二五〇
孟冬……二五〇
午睡……二五一
古槐二首……二五一
復和前韻二首……二五一
秋暑呈馮守……二五二
宿荊門……二五二
西湖水決……二五三
素屏……二五三
燒殘樹……二五三
避風……二五四
同原甫詠秘閣詔藏古器圖……二五四
王廣淵郎中挽詩……二五五
劉彝學士挽詩……二五五

重過觀音精舍舊讀書房……二五五
過雍熙院興師房……二五六
夜雨……二五六
江上夜雨……二五六
慶壽挽詩二首……二五七
營冬二首……二五七
思歸……二五八
楊花……二五八
移居觀音寺……二五八
題陝西圖三首……二五九
五月二首……二五九
江上雨中……二六〇
和王待制湘東王故苑……二六〇
冬暖……二六〇
忝官……二六一
雨中……二六一
雨後……二六一
欲雨……二六二
北牕聞雨……二六二
雨……二六二
酴醾軒雨中二首……二六三
巢湖阻風二首……二六三
安河阻風……二六四
凝翠堂……二六四
留張十二宿……二六四
王太傅河北閱馬……二六五
庶幾堂……二六五
歲除立春乾祐縣獻梅……二六五
挽胡太傅二首……二六六
挽西京左藏使石太保二首……二六六

挽宋司空丞相二首……二六七
月夜吹簫……二六八
秦國公主挽詩……二六八
宿峴山寺二首……二六八
觀虎翼士戍宜州……二六九
再見士卒戍桂陽……二六九
悼楊公緼二首……二六九
秋懷二首……二七〇
夕霧……二七一
簽判承議攜官酒並具殽炙晚飲檜下二首……二七一
送儀父清溪縣丞……二七一
次韻和周承議登仙源宮樓……二七二
送從兄思甫尉富陽……二七二
送劉誼先輩尉涇縣……二七二

周節推移曹州……二七三
送張益宣州法曹……二七三
韓康公挽詞三首……二七三
傷王都官正卿……二七四
傷胥平叔都官……二七四
傷楊元明都官……二七五
歸鴈……二七五
雪中聞鴈……二七五
新雁……二七六
觀南戍士……二七六

彭城集卷十二

五言律詩

平山堂……二七七
伯父挽詩二首……二七七

挽刁景純二首……二七八
挽孔經父二首……二七九
挽丁元珍……二七九
挽蘇明允二首……二七九
聞雷……二八〇
和孫宣德中秋不見月……二八〇
和中秋對月……二八一
十月四日離都歸陳州……二八一
去陳二首……二八一
端午……二八二
嘉祐大行皇帝挽詩十首……二八二
次韻和麻直講題楊直講所種三檉樹……二八四
神宗皇帝挽詩四首……二八五
大行挽詩二首……二八六
又二首……二八七
日晚……二八八
挽杜祁公太師二首……二八八
秋雨四首……二八九
有懷北歸……二九〇
秘閣梅花……二九〇
雨中晚涼……二九〇
始涼……二九一
送張直温主簿赴南陽……二九一
黄知録園池……二九一
游李氏園池二首……二九二
春陰……二九二
秋雨……二九三
樹陰二首……二九三
夜坐……二九四
飲酒城南門贈高子中……二九四

酬晁單州二首……二九四
送吕國博知常州……二九五
李公擇自滑州移知鄂州……二九五
朝回……二九六
同宋次道飲王史館園……二九六
同韓持國飲城東俞氏園……二九六
泛舟城南二首……二九七
早行……二九七
晚行……二九七
次韻酬錢少卿……二九八
送楚南……二九八
送袁生……二九八
送劉四畋二首……二九九
山陽送王中甫……二九九
送某……二九九
送王同年殿丞知鄞縣……三〇〇
江亭後池……三〇〇
送胡因甫知湘鄉縣……三〇〇
季夏雨過小有秋氣……三〇一
觀雲……三〇一
山行……三〇一
泛舟……三〇二
初夜……三〇二
夜三首……三〇二
寄題康州陳氏連理木詩……三〇三
哭吴道粹學士……三〇三
次韻酬盛秘丞黑桃二首……三〇四
雨夜三首……三〇四
季夏雨夜……三〇五
靈壁張氏園亭二首……三〇五

重到謝氏園亭寄裴博士俊叔王主簿宗傑時裴往淮南王出京師 …… 三〇六
八月十五日秋分是日又社 …… 三〇六
送裴太博 …… 三〇六
夕陽 …… 三〇七
馬氏中隱庵 …… 三〇七
望荆山 …… 三〇七
送李太博知梓州郪縣 …… 三〇八
送邵中允知華亭縣 …… 三〇八
晦日自薦福汎舟泊女郎臺下又汎東湖 …… 三〇八
晨興 …… 三〇九
將遊吳中寄原父 …… 三〇九

彭城集卷十三

七言律詩

次韻和梁郎中詠太一碑 …… 三一〇
次韻和郭固太保留別長句 …… 三一一
年三十三 …… 三一一
晨起汴上口占寄韓玉汝 …… 三一一
謝霍丘静樂亭 …… 三一二
海陵 …… 三一二
寄陳和叔内翰 …… 三一二
寄楊元素内翰 …… 三一三
同諸公晚遊開寶寺福聖院 …… 三一三
奉詔再任諸掾曹有詩因次其韻 …… 三一三
感事 …… 三一四
建業華藏院此君亭 …… 三一四
答張屯田朝退過閤下諸公 …… 三一五
衰羸 …… 三一五
途次馬上晨起寄章運判 …… 三一五

傷梅聖俞直講都官……三一六
送劉長官桂府掌機宜……三一六
雨後向景亭……三一六
酬送吴潛朝奉……三一七
酬送羅朝奉……三一七
冬至登樓……三一八
送高士敦成都鈐轄……三一八
留別蘇安上……三一八
與顧子惇同爲秘書少監今年余以病求守汝南子惇亦除河東漕作詩紀事亦用送別……三一九
郡樓望雪……三一九
和通判裴庫部城樓雪後……三一九
復雪……三二〇
次韻宋職方雪……三二〇
次韻裴庫部雪二首……三二〇
太一宫奉安後得雪……三二一
雪中呈通判庫部宋職方……三二一
錢穆甫楊康功使高麗還爲中書舍人書此爲寄……三二一
酬狄奉議……三二二
酬張伯常朝議……三二二
酬黄朝議……三二二
酬魏朝議……三二三
贈黄朝議……三二三
次韻和孔朝議……三二四
和張給事喜雨……三二四
次韻韓康公……三二四
次韻韓康公二首……三二五
王史館園……三二六

過柏林院僧吉長老有古殿吳道子
畫維摩居士又有斷碑是竇歷年
中記義岑禪師住院事……三二六
館宿有懷平甫……三二七
曲阜宣聖廟夫子手植檜二首……三二七
城濠泛舟同畢長官……三二七
次韻酬姚都官時會堂見寄……三二八
遊船……三二八
和晁金部感秋……三二八
雙檜……三二九
題王金吾園亭……三二九
負暄……三二九
陳通議園亭……三三〇
杜介供奉園亭……三三〇
酬黃安期推官見寄……三三〇
酬黃推官……三三一
予所居本章丞相舊第他日友人楊彥文
爲余道丞相時事因作一篇予楊丞相
以郎官始卜此宅不出都門二十餘年
遂至台衮故末句及之……三三一
與成太博九同年會飲成四韻……三三一
游玉仙觀寄王四十……三三二
京北流人……三三二
觀灌園偶書……三三二
和宋次道三館曬書……三三三
送張器判官……三三三
次韻和張舍人北使歸……三三三
兩府新第……三三四
乙巳早春再遊玉仙觀贈陳道士……三三四
新廣柏悅堂後軒作七言……三三四

立春謝賜幡勝口號呈子瞻冲元
　內翰子開器資舍人……………………三三五
和前韻…………………………………三三五
王正仲林子中聯舟西上過睢陽
　寄書率爾成詩爲報…………………三三五
吕舍人北使……………………………三三六
仲馮北使………………………………三三六
王仲至使北……………………………三三七
早春郊外………………………………三三七
贈楊次公秘丞…………………………三三七
酬潘及雨同年秘丞……………………三三八

彭城集卷十四

七言律詩

省宿……………………………………三三九
次韻和陳學士八月十六日省宿………三三九
次韻和登州張使君……………………三四〇
和陳五祠九宮致齋……………………三四〇
題所種梧楸……………………………三四〇
還家……………………………………三四一
城上新亭………………………………三四一
次韻王介甫金陵懷古四首……………三四一
送馮當世移金陵………………………三四二
李公擇自滑州移知鄂州………………三四二
得江同州和詩後却寄…………………三四三
次韻和裴潤州見寄……………………三四三
陸子履知潁州…………………………三四三
寄韓慶州………………………………三四四
送謝師厚知唐州………………………三四四
送王廣淵郎中知潁州…………………三四五

送光禄吕卿知懷州……三四五
送龔鼎臣修撰知兗州……三四五
送吕郎中知解州……三四六
送宋次道知絳州……三四六
送韓文饒知均州……三四六
寄孫秦州……三四七
次韻和王泰州……三四七
送喬左藏自太常博士除知施州……三四八
送王汝州……三四八
九月十日趙令園餞送王汝州汝州留詩二篇次韻……三四八
送韓七文饒郎中再知解州……三四九
送裴郎中知房州……三四九
寄王濟州……三四九
酬王濟州……三五〇
送滿龍圖知襄州……三五〇
次韻晁單州詩六首……三五〇
雜諷……三五二
送虞太熙著作知番禺縣……三五二
送曹輔奉議福建轉運判官……三五三
劉九經……三五三
送隱直……三五四
送張遂州……三五四
次韻和張宣德合江亭……三五四
秋日寄楊十七……三五五
嶽雲亭二首……三五五
薄后廟……三五六
送鄭秘丞知卭州蒲江縣……三五六
李尚書除少保致仕……三五六
吴國博未五十致仕歸蘄州……三五七

與諸公會趙氏園主人加送酒饌既而求詩書五十六字……三五七
苦寒早朝……三五七
次韻和王舍人酬王工部早朝……三五八
雨後早朝……三五八
春雪早朝和沈編校……三五八
和牟公野館宿早朝……三五九
嘉祐中與王丞相吴樞密韓端明王學士會飲騏驥池上去今將二十年王有感事詩見示次韻……三五九
汾州鄭閎中學士寄蒲萄……三五九
與倪秀才酒……三六〇
和賈舍人春祠太一壇二首……三六〇
次韻和顧直講……三六〇
晚歸……三六一
燈夕都下……三六一
詠旗……三六一
送張器著作……三六二
又次韻酬著作見寄……三六二
次韻王平甫直舍未開梅花……三六二
初夏喜涼……三六三
上巳……三六三
南宫鏁宿戲題……三六三
題禪寺……三六四
五月望日赴紫宸謁待旦假寐……三六四
凝翠堂二首……三六五

彭城集卷十五

七言律詩

送李士寧山人……三六六

寄彥猷移鎮錢塘……三六七
平山堂……三六七
次韻和秘書省林舍人校書寓興五首……三六七
黄朝議賜紫……三六九
回致仕董中允……三六九
次韻酬濮倅李郎中見寄……三六九
答仲馮宿興慶池作……三七〇
遊凝祥池飲……三七〇
同都官遊左山晚歸泛舟城濠呈座客……三七一
初春後園……三七一
寄人……三七一
重次新字韻寄子瞻公擇……三七二
晁美叔前寄知字韻詩別求予詩既已和前篇因復用前韻作一篇寄晁……三七二
寄熊伯通……三七二
原父兄近別入都寄此詩……三七三
寄王宗傑……三七三
寄張四……三七三
嘉祐末予始爲學官同舍六人後二年間錢醇老爲秘閣校理楊之美出判潁州劉隱之姜至之麻仙夫李景真相次爲王宮教授曩遊無復留者初秋夜直偶書寄楊之美……三七四
寄仲馮……三七四
寄館中僚舊……三七四
寄刁景純……三七五
寄胡完夫……三七五
寄韓持國……三七五
次韻錢虞部九日樂郊有感……三七六
寄王安國時復官大理寺丞監江寧糧料

……三七六
酬王定國……三七七
酬晁美叔……三七七
酬章質夫……三七七
次韻酬韓三相公見寄……三七八
酬王平甫……三七八
次韻酬孫少述見寄……三七九
次韻酬顧子敦見寄……三七九
次韻酬曹極司法……三七九
次韻酬孫少述……三八〇
酬韓相公……三八〇
酬劉宜甫……三八〇
酬王定國五首……三八一
承天寺翠景亭二首……三八二
遺懷……三八三
種竹重寄子瞻……三八三
周橦兄弟得解寄王教授察推……三八三
濟陰縣新成官廨贈知縣著作……三八四
送學正李秀才歸蜀……三八四
清門……三八五
西省種竹偶書呈同省諸公並寄
鄧蘇二翰林……三八五
長安城南……三八六
送陳成伯出牧陝府……三八六
次韻蘇子瞻觀范景仁新樂……三八六
觀范公樂有感……三八七
贈黃知録……三八七
題朱陵閣……三八七
步瀛閣……三八八
水閣雨中……三八八

中秋望月……三八八
同諸公登秘閣……三八九
東園新種雜樹……三八九
題深甫新種樹……三八九
長城逢周鼎……三九〇
臘月十九日雨後……三九〇
冬至偶作……三九〇
國子監御書閣觀雨同張主簿……三九一
重題間字韻……三九一
雲水……三九一
和王仲至錢塘……三九二
賀王丞相賜玉帶……三九二
鳳凰臺……三九三
郡齋即事……三九三
與宋次道舍人同在殿中覆考進士次道子姪同就御試贈次道二首……三九三
燕子來馬上作……三九四
酬章朝散……三九四
出汜水關……三九五
齊州史君學士有遊山詩學官諸生咸和史君又有詩二章贈之以刻石摹本示予因次韻……三九五
還王平甫秀才詩稿……三九六
見蘇子瞻所作小詩因寄……三九六
得奉世寄詩……三九六
偶題……三九七
次韻和通判庫部會碁……三九七
叔父寄李氏庶子泉銘……三九七

彭城集卷十六

五言長律

章武殿……三九八
溪上……三九九
和裴庫部十二韻……三九九
南征二首……四〇〇
寄橙與獻臣……四〇〇
酬臨濮劉推官……四〇一
送賈士彦延平知光化縣……四〇一
送高麗使……四〇二
次韻和宋職方北樓……四〇二
復次前韻……四〇三
既和宋君佳篇因取加字韻中所未用者別爲十二韻……四〇三
合加字韻兩篇二十四字成一章更互次之詠曹之土風并敘出處寄呈司年職方……四〇四
又十二韻……四〇五
酬范判官喜雨……四〇五
赴官京東同舍諸公觀音院見餞有贈并簡不至者……四〇六
景德寺河沙院餞蘇安上知泰州劉元忠河北都運分題得無字……四〇六
過太康縣此路入亳州云是先帝昔東幸時馳道也馬上口占行二十里成三十韻……四〇七
次韻和石曼卿泰山……四〇八
將至洛中先寄宋次道諸幕府……四〇八
錢子高舉賢良中科寄賀子飛……四〇九
送裴二知蘇州……四〇九

和原父同江鄰幾過浄土院觀古殿
吴道子畫楊惠之塑像及顯僧傳
當世貴人形骨仁僧鼓琴作……四一〇
同徐監簿作水始冰……四一〇
送韓子華奉使安撫江南……四一〇
送張益宣州法曹……四一一
郊祀慶成詩……四一一
次韻和王正仲熙寧郊祀二十韻……四一二
聞蜀中大水寄閬中諸弟……四一三
馮當世生日二首……四一三
送子惇出使河北……四一五
卜居書懷……四一五
渭水……四一六
致齋中太一宫見屏風有唐賢和
常舍人詩因次韻寄子瞻内翰
子由侍郎子開舍人穆父待制
數公皆嘗祠太一也……四一六
羽林通孝經……四一七
寄杭州通判蘇子瞻海州使君孫巨源……四一七
寄梅聖俞江鄰幾韓持國……四一八
寄王子直謝師宰……四一九
遊東寺……四一九
江漢……四二〇
温湯和王法曹……四二〇
蔡州城枕汝水寒日水涸清淺可愛
原父與郡守汎舟川上甚有佳境
以書垂報緬想勝遊因形短什……四二一
登東山小魯……四二一
賀玉汝殿中御史……四二二
佚老堂爲馬給事題……四二二

灞涘望長安……四二三
集英殿觀先帝御容……四二三
王四十監鴻慶宮……四二三
代魏秀才和……四二四
又和魏秀才……四二四
答吴侍郎寄陜府……四二五
次韻和韓持國雪二十韻……四二六
詠雪……四二六
賀幸開寶寺福聖院新閣……四二七
原父舍人爰自春坊遷職史氏未更晦望旋有新命增秩諫省躋榮綸閣斐然成篇以伸歡賀……四二八
和秘閣趙光禄學士臘月夜閣宿見寄……四二八
分題河決東郡……四二九
陪馬守蜀山禱雨……四二九

彭城集卷十七

七言長律

送王相公……四三〇
和楊褒早春二首……四三一
寄齊州李學士並呈蘇密州……四三二
送王兗州……四三二
次韻宋職方新修廳事……四三三
再和宋職方……四三三
次韻酬李推官……四三四
答鄭秘丞見寄長韻……四三四
雨後小園……四三五

五言絶句

終南山……四三五
火浣壇……四三五
許真君祠……四三六

酒舫……四三六
竹岡……四三六
寒食後聞雁……四三六
丹井……四三七
初夜……四三七
郡樓晚坐同陳掾……四三七
人日立春……四三七
送韓玉汝司封奉使兩浙聞諸公先
分題用池塘生春草園柳變鳴
禽字合爲十章章四句……四三八
花嶼……四三九
池上……四四〇
嘯臺……四四〇
鼎池……四四〇
故人謝師厚刻唐賢淳于先生墓詩于善
謔驛係語其後刻石後二年師厚去世
明年余過善謔驛讀詩悲之因作淳于
墓詩又題二韻追悼師厚平生忘形善
謔莫逆惟師厚爲然也……四四〇
與持國約遊環溪大風不果往又過
曾氏值主人之病……四四一
蓮池……四四一
東樓……四四一
長門曲……四四一
書堂對雪……四四二
雨後回文……四四二
旅舍不寐作回文四句……四四二

彭城集卷十八

七言絶句

勤道堂……四四三
初暑馬上……四四三
貝州亂二首……四四四
遊章運判園亭二首……四四四
旅館……四四五
九藥芙蓉……四四五
九月吉日澗上望芙蓉因尋菊今歲
特晚青藥未作憮然有懷……四四六
寄闕西兄弟……四四六
闤闠臺……四四六
納涼明教臺……四四七
梅雨……四四七
隱語三首呈通判庫部……四四七
新開湖上待潛珠不出偶書戲
孫莘老二首……四四八
入汜水寄仲馮……四四八
新燕……四四八
出都……四四九
致齋太常寺以杖畫地成二首……四四九
寧陵陂二首……四四九
長春花……四五〇
次子由韻三首……四五〇
泊淮上……四五一
久旱作問詩……四五一
遣悶二首……四五一
感懷……四五二
題館壁……四五二
末伏……四五二
題湛上人院畫松……四五三
儒生……四五三

題荆林館……四五三
西湖獨行……四五三
種梧桐……四五四
種花……四五四
湖口阻風……四五四
長蘆阻風……四五四
阻風……四五五
寄張十二……四五五
寄閤下諸同舍……四五五
寄丁元珍……四五五
蔡州路中作五首寄都下……四五六
寄孫巨源……四五七
九宫祭畢寄陳五……四五七
寄金山朝陽巖僧……四五八
寄胡完夫時罷河東提刑知蔡州予亦罷京東轉運使知兖州……四五八
次韻和望嶽亭詩……四五八
雪後行小園……四五八
水仙花……四五九
題餞送亭……四五九
竹雞……四五九
致齋雨中寄王彦祖……四五九
曉晴入薦福院……四六〇
雪中羣僚聚飲……四六〇
次韻酬傅欽之……四六〇
新雁……四六〇
出長蘆口……四六一
秋雪過相國寺……四六一
女貞花……四六一
小雨……四六一

野次……四六二
聞王深甫下第……四六二
送刁節推歸江南此君辟孫并州
幕府府罷遂棄官……四六二
馮當世湖西口占還舟中却寄……四六二
次韻錢四……四六三
嶽雲亭……四六三
許州西湖觀音像……四六三
遊俞氏園亭……四六三
晝眠……四六四
嘲晝眠……四六四
芙蓉池……四六四
湖口……四六四
送傅推官……四六五
和丘直講除字韻……四六五
斵冰詞……四六五
雨後池上……四六五
過周修撰池……四六六
貂裘……四六六
夜坐……四六六
新晴……四六六
次韻和陳五詠張侍郎小車……四六七
桂花……四六七
遊環溪……四六八
向景亭……四六八
雨後東園……四六八
鑾請降三首……四六八
自古……四六九
龍山……四六九
果園巷訪楊寺丞……四七〇

考試畢登銓樓 …… 四七〇
登樓 …… 四七〇
陳州雜詠 …… 四七〇
黄橙寄黄翁 …… 四七一
將過孔處士莊聞處士往許昌不果往 …… 四七一
和原甫謁武信殿 …… 四七一
望廬山 …… 四七二
次韻和王待制絶句 …… 四七二
寄韓玉汝待制 …… 四七二
秋盡野次 …… 四七三

彭城集卷十九

制誥

皇叔祖右監門衛大將軍彭州刺史克艱可遥郡團練使制 …… 四七四
皇伯右監門衛大將軍祁州團練使仲真可遥郡防禦使皇伯右監門衛大將軍榮州團練使仲某可叙復遥郡團練使制 …… 四七五
皇兄右武衛大將軍普州刺史士匔可遥郡團練使制 …… 四七六
皇兄右武衛大將軍常州刺史令琮可依前右武衛大將軍遥郡團練使制 …… 四七六
朝散郎集賢校理崔公度可兵部郎官制 …… 四七七
户部員外郎劉昱可户部郎官制 …… 四七八
皇伯右武衛大將軍深州團練使叔兼防禦使制 …… 四七八
皇伯右金吾衛大將軍舒州防禦使仲革皇伯右金吾衛大將軍開州防禦使仲洽可並正任防禦使制 …… 四七九

皇伯右金吾衛大將軍坊州防禦使世程可
正任防禦使制……四八〇
皇叔右武衛大將軍和州防禦使仲汾霸州
防禦使仲爰並可正任防禦使制……四八一
皇叔右監門衛大將軍舒州團練使
仲郵可右武衛大將軍遥郡
防禦使制……四八一
皇兄故右監門衛大將軍令駰可
贈博州防禦使制……四八二
皇叔右武衛大將軍環州刺史叔滕
可遥郡團練使皇叔右千牛衛
將軍仲鬻可授大將軍制……四八三
皇叔右監門衛大將軍滁州團練使
仲歜可遥郡防禦使皇叔右監門
率府率仲琮可右千牛衛將軍制……四八四
皇叔右監門衛大將軍仲的可右武衛
大將軍遥郡刺史皇叔太子右監門
率府率仲葳可小將軍制……四八五
皇叔右武衛大將軍袁州刺史仲遠可
遥郡團練使皇叔右監門衛大將軍
叔羅可遥郡刺史制……四八六
右監門衛大將軍士出士蒲令括捐之
士編可並遥郡刺史右千牛衛將軍
仲譔可右監門衛大將軍制……四八七
承議郎殿中侍御史上官均可兵部
員外郎兵部郎中葉祖洽可禮部
郎中制……四八七
金部郎中范鍔可京東轉運副使
京東轉運副使侯利建可金部
郎中制……四八八

兵部郎中杜常可光禄少卿祠部郎中
向宗旦可兵部郎中太常丞賈易可
祠部郎中制……四八九
水部郎中王諤可知濟州都水監
丞錢曜可水部郎中制……四九〇
朝散郎守兵部郎中程博文可太府少卿
承議郎陳次升可兵部郎中制……四九一
朝散大夫權知曹州王彦韶可衛尉少卿
朝奉大夫駕部郎中張修可鴻臚少卿
朝散郎蘇注可司封郎中承議郎太常丞
周秩可駕部員外郎制……四九二
前河北提刑王端可將作少監新差通判
瀛州李敦頤可軍器監丞制……四九三
承議郎光禄寺丞王悆可太常博士宣德郎
吕由庚可光禄寺丞承奉
郎王斿可太常寺太祝制……四九三
朝議大夫充集賢院校理諸王府
翊善王汾可中散大夫直秘閣
差遣依舊制……四九四
左司諫朱光庭可左司員外郎
右司諫王覿可右司員外郎制……四九五
新差京東轉運判官張景先可權發遣河北
轉運判官京東西路提刑胡宗回可京東
轉運副使制……四九六
朝請郎權發遣宣州周之純可廣東
提刑朝奉郎新差福建運副張修可
知宣州朝請郎權江西運判王祖道
可福建運判朝請郎淮南西路提刑
蘇解可江南東路轉運副使朝請
大夫江東轉運副使李莘可江南

西路轉運副使制……四九七
朝請郎行太常博士辛癰可太常寺丞奉議郎權判登聞鼓院劉唐老可太常博士制……四九八
太常博士充集賢校理孔平仲可秘書丞姚勔可太常博士制……四九八
兩浙運判葉仲可權發遣轉運副使朝散郎鞠承之可權發遣兩浙運判官制……四九九
新差知越州張詢可福建轉運副使新除開封府推官田子諒可河北西路提刑廣東轉運判官毛漸可湖北轉運判官制……五〇〇
太府少卿王子淵可權京西轉運使知北外都水丞公事張景先可京

東轉運判官制……五〇〇
宣德郎范鉞可知太康縣制……五〇一
朝奉郎吴沛可知開封府考城縣制……五〇二
通直郎孫述可知開封府長垣縣制……五〇三
承議郎張亞之可知開封府祥符縣制……五〇三
奉議郎新差簽書鎮海軍節度判官廳公事章顯可知開封府尉氏縣制……五〇四
河北運副唐義問可河東運副兵部郎中程博文可河北提刑制……五〇四
權提點兩浙刑獄公事朝請大夫張安上可湖北轉運副使權知潤州朝散郎楊傑可兩浙提刑制……五〇五
翰林醫官殿中省尚藥奉御李永昌可権場使西綾錦副使兼翰林醫官副使殿中省尚藥奉御卓順之

可軍器庫使翰林醫官殿中省尚
藥御醫史晉中可直翰林醫官局
翰林醫官班漢卿可尚藥奉御制……五〇六
朝散郎右司郎中杜紘可大理卿制……五〇七
權涇原路兵馬鈐轄皇城使萬州團練使
張之諫可轉兩資西上閤門使制……五〇七
朝散大夫韓宗師可衛尉少卿制……五〇八
前江西提刑宋彭年可司農少卿制……五〇九
朝請大夫直龍圖閣葉均可太府卿制……五〇九
京東轉運副使李杲可太府少卿制……五一〇
奉議郎管勾機宜文字魏璋可
團練使制……五一一
蕃官皇城使簡州刺史若沮没移可
遥郡團練使制……五一一
宣政使嘉州刺史内侍省右班副都知
劉有方可遥郡團練使制……五一二
皇叔武衛大將軍磁州刺史叔儺等
並可遥郡團練使制……五一三
試太學正葉濤可瀛州防禦推官監
蘇州羅納倉彭汝霖可並太學博士
太學録李格非可太學正真定府
真定縣主簿盧訢可太學録制……五一三
太史局直長許孝恭可太史局丞制……五一四
皇叔祖保信軍節度使宗隱男仲覞等
可並太子右内率府副率制……五一五

彭城集卷二十

制誥

吏部尚書蘇頌等可並兼侍讀制……五一六
宣德郎劉槩可祕書省正字制……五一七

皇叔祖故昭信軍節度使開府儀同三
司宗瑗可贈太師追封崇王制……五一八
皇兄故右金吾衛大將軍單州防禦使
令儇可贈安化軍節度觀察留後追
封高密郡王制……五一九
故醴泉觀使武泰軍節度使贈開府儀同
三司朱伯材特追封恩平郡王制……五一九
大理少卿杜純可侍御史制……五二〇
右司員外郎王覿可侍御史制……五二一
祕書監張問除給事中制……五二二
監察御史韓川上官均可殿中侍御史制
……五二二
祠部員外郎翟思可殿中侍御史制……五二三
秘書省校書郎盛次仲可集賢校理依舊制
……五二四
朝請郎王彭年可監察御史制……五二四
御史臺檢法官楊康國可監察御史制……五二五
朝奉郎充集賢校理趙挺之等可
監察御史制……五二六
皇叔右監門衛大將軍叔過故所生母
董氏可縣太君制……五二六
右監門衛大將軍士香故父所生母
和氏可安吉縣太君制……五二七
鄆州東阿縣尉孫彥卿母宋氏封
壽縣太君制……五二八
給事中顧臨可刑部侍郎制……五二八
龍圖閣直學士蔡延慶除工部侍郎制……五二九
皇叔故成德荊南等軍節度使守
太尉開府儀同三司真定尹兼
江陵尹荊王頵可贈太師尚書

令荊州徐州牧改封魏王制……五三〇
贈魏郡太君制……五三一
皇叔恩州防禦使仲隗所生母崇德縣太君李氏可安康郡太君皇兄惠州防禦使令鐸母金城縣君張氏可普寧郡太君制……五三一
皇伯右武衛大將軍渭州防禦使仲鸞等十人故新婦可並贈縣君制……五三二
故朝議大夫充寶文閣待制王臨妻天興縣君盛氏可封仁壽縣君制……五三三
西作坊使杜諫左班殿直王賀三班差使王戩各轉一資制……五三三
蕃官内殿崇班浪啰轉兩資制……五三四
新差湖北轉運副使張安上可倉部郎中制……五三四
文某可兵部郎中制……五三五
朝奉郎兵部員外葉祖洽可兵部郎中制……五三六
朝散郎致仕劉宗傑可落致仕比部郎中制……五三六
軍器少監郭茂恂除工部郎中制……五三七
侍御史杜純陞左司郎中制……五三八
朝請郎陳維孫故母仁壽太君高氏可贈廣陵郡太夫人制……五三八
尚書右丞胡宗愈妻福昌縣君丁氏封同安郡夫人制……五三九
楚州防禦使楚國公世恩可贈奉國軍節度使依舊楚國公制……五四〇
皇伯故台州防禦使仲縉可贈武康軍節度使追封崇國公制……五四〇

皇伯祖故保平軍節度觀察留後克思
可贈開府儀同三司追封昌國公制……五四一
皇伯故真州防禦使叔封可贈崇信軍
節度使追封遂國公制……五四二
承議郎直集賢院知齊州王巖叟
可起居舍人制……五四二
侍御史王巖叟可起居舍人制……五四三
西京左藏庫副使高遵固可閤門
通事舍人制……五四四
朝奉郎王復故父任刑部侍郎充天章閣待制
贈開府儀同三司沿可贈司空制……五四四
阿里骨大首領抹征兼錢並可特授銀青
光禄大夫檢校國子祭酒兼監察御史
武騎尉充本族副軍主制……五四五
皇太妃乳母趙氏可封掌賛夫人制……五四六
贈故尉北海郡王宗勝妻平昌郡夫人
李氏可進封小國夫人制……五四六
皇叔祖昭信軍節度使開府儀同三司
漢東郡王宗瑗故新婦嘉興縣君彭氏
可贈英國夫人皇叔祖保静軍節度使
開府儀同三司建安郡王宗綽故新婦
平昌郡君鄭氏可贈榮國夫人制……五四七
朝散大夫致仕魏續弟朝請郎紳弟
朝散郎絪弟承議郎綸弟承議郎紹
弟奉議郎綽故母渤海縣太君刁氏
可崇國太夫人故母新安郡君刁氏
可榮國太夫人制……五四八
皇伯彰化軍節度使開府儀同三司
高密郡王宗晟等故母康國太夫人
孫氏可贈越國太夫人制……五四九

朝散郎監在京進奏院王伯虎復秘書
省校書郎制……五五〇
秘書省校書郎李德芻可集賢校理依
舊充校書郎制……五五一
朝奉郎試禮部侍郎陸佃可朝散郎制……五五一
朝奉郎充龍圖閣待制王震可朝散郎制
……五五二
朝散郎權發遣建昌軍張升卿
可叙朝散郎制……五五三
朝散郎王年可朝請郎朝奉郎宋湜
祝康可並朝散郎奉議郎王叔憲可
朝奉郎宣德郎李世南可通直郎承
務郎大理評事錢蓋可承奉郎餘並
如故制……五五三
承事郎王仲煜可宣教郎承務郎孫樸可
承奉郎制……五五四
賜同進士出身右班殿直子湜可換承務郎
左班殿直令䤵可換承奉郎制……五五五
承議郎充秘閣校理權判登聞鼓院
張舜民可通判虢州制……五五五
吏部侍郎胡宗愈可御史中丞制……五五六

彭城集卷二十一

内制誥

御史中丞孫覺可龍圖閣直學士
提舉醴泉觀依舊兼侍讀制……五五七
中散大夫天章閣待制知鄧州陳安石
可龍圖閣直學士差遣如故制……五五八
故鎮江軍節度使檢校太尉守司空
開府儀同三司致仕康國公韓絳可

特贈太傅餘如故制……五五九
皇城使昭州刺史郭忠紹可差知岷州制……五六〇
朝請大夫新差知邠州蹇周輔可差知廬州朝散大夫知廬州史宗範可差知邠州制……五六〇
知滑州劉珵可知湖州知唐州王得臣可知邠州制……五六一
朝請郎試大理卿杜紘可直秘閣知齊州制……五六二
寶文閣直學士正議大夫謝景温可知鄆州制……五六二
朝散郎孫賁可知邵州制……五六三
新知河中府葉康直可知秦州制……五六四
侍御史杜純可知相州制……五六四

西京作坊使知岢嵐軍王景仁可知原州制……五六五
温州刺史提舉萬壽觀公事向宗回可知蔡州制……五六六
龍圖閣待制知河中府王震可知鄭州制……五六六
中散大夫燕介可知棣州制……五六七
知宿州吕温卿可知湖州承議郎王鞏可權知宿州制……五六八
知汝州邢恕可知襄州制……五六八
西上閤門使重种古可知鄜州制……五六九
朝議大夫馬淵可知沂州制……五七〇
朝奉郎守鴻臚少卿黄隱可權知泗州朝奉大夫宋彭年可權知邢州制……五七〇
朝請大夫韓晉卿可光禄少卿朝

奉郎知相州杜純可知徐州制……五七一
知潤州朱服可知福州制……五七二
朝奉郎邢平可知衡州制……五七二
右騏驥副使王良可權知黔州制……五七三
皇城副使王鑒知莫州制……五七四
中散大夫裴士林可知同州制……五七四
權發遣廣德軍邵才可權知滁州制……五七五
朝散郎熊皐可知泰州制……五七六
朝奉郎賈種民可知濮州制……五七六
供備庫使侍其瓘可知祁州制……五七七
朝奉郎張徹可知沂州制……五七八
殿中侍御史孫升可權知濟州制……五七八
知京帥張祐可知隴州制……五七九
皇城使郭祥可知龍州制……五八〇
司農少卿韓正彥可知滄州制……五八〇
知濟州王廷禧可知登州制……五八一
商州盧某可知台州制……五八二
朝散大夫天章閣待制楊繪可知杭州制
……五八二
供備庫副使魏公旦可知嵐州制……五八三
新差知單州鄭佾可知懷州朝散郎
安宗奭可知單州制……五八四
權兩浙轉運副使韓晉卿可知徐州制……五八四
通判滄州趙澤可權知商州制……五八五
朝散郎李閎可知華州制……五八六
新差知越州熊本可知杭州制……五八六
新除吏部郎中章楶可知越州制……五八七
知亳州李閎可知明州中散大夫
呂希道可知亳州制……五八八
朝奉大夫曹振可權知恩州制……五八八

朝奉郎李察可知濟州制……五八九
觀文殿學士知河南府孫固可知鄭州制……五九〇
光祿少卿杜常可集賢校理知梓州制……五九〇
皇城使孫昭諫可差知隴州制……五九一
龍圖閣直學士王克臣可知鄭州制……五九二
朝奉郎韓宗古可知曹州制……五九三
泰寧軍節度使觀察留後李珣可知相州制……五九三
左藏庫副使紀昱可權知廉州制……五九四
提舉西京嵩山崇福宮范子奇可知晉州知婺州王彭可知濟州制……五九五
知晉州郭茂恂可知密州制……五九五
朝奉大夫通判定州胡及可權知吉州制……五九六
朝議大夫充集賢殿修撰提舉崇福宮范子奇可知鄭州制……五九七
兩浙提刑張詢可知越州知濠州林顏可知虔州唐坰可知舒州制……五九八
少府少監鍾離景伯可知壽州中散大夫李棻可知耀州制……五九八
龍圖閣直學士知鄆州滕元發可知瀛州制……五九九
資政殿學士知杭州蒲宗孟可知鄆州制……六〇〇
新差權發遣泉州朱服可知婺州朝散郎胡宗師可權發遣泉州制……六〇一
河東運副井亮采可知滑州朝奉大夫張璹可知唐州制……六〇一
右諫議大夫梁燾可集賢殿修撰知潞州制

……………………………… 六〇二
承議郎侍御史王巖叟可直集賢院
知齊州制 ……………… 六〇三
新差知濟州王彭可改差知撫州制 ……… 六〇四
知明州李萃可江東運副制……… 六〇四

彭城集卷二十二

制誥

賜翰林學士蘇軾詔 ……… 六〇六
朝散郎太常博士丁隲可右正言制 ……… 六〇七
朝散郎右正言丁隲可左正言宣德郎秘書
省正字劉安世可右正言制……… 六〇八
承議郎盧訥可通判德順軍制……… 六〇八
承議郎通判鎮戎軍韓宗哲可通判
大名府制 ……………… 六〇九
奉議郎楊紹可通判蘭州制……………… 六一〇
朝散郎勾當左廂店宅務李敦頤可
權通判瀛州制 ……………… 六一〇
朝奉郎孫載可通判陜州制……………… 六一一
奉議郎余景可通判莫州制……………… 六一二
通判隴州曾阜可通判邠州潘行可
通判隴州制 ……………… 六一二
廣東轉運判官張升卿降一官小郡
通判制……………………… 六一三
前知華州王子文可差通判大名府制 ……… 六一四
宣德郎知京兆府長安縣王鑒可權
通判岷州制 ……………… 六一四
奉議郎監粳米第八界黄思可通判
大名府制……………………… 六一五
宣義郎向宗傑可權通判安肅軍制 ……… 六一六

新差通判滄州劉撝可通判定州制……六一六
朝奉大夫保信軍簽判蹇序辰可差
權通判滁州制……六一七
承議郎充秘閣校理梅灝可通判
杭州制……六一八
承議郎余景可通判信安軍制……六一八
趙濟可降一官差唐州酒稅制……六一九
龍圖閣直學士朝奉大夫提舉南京鴻慶宮
盧秉可落龍圖閣直學士依前朝奉大夫
充寶文閣待制差遣依舊制……六二〇
知制誥吳某可加勳封食邑制……六二一
知制誥石某可加階封食邑制……六二一
四蕃大首領鬼章可陪戎校尉制……六二二
右屯衛大將軍知潞州郭逵可觀察使
知河中府制……六二三

皇伯均州防禦使世雄可觀察使制……六二四
朝散大夫致仕趙宗誨故父任給
事中贈司空賀可贈司徒制……六二四
故母永嘉縣君姚氏可贈榮國太夫人制
……六二五
禮部員外郎安詩弟司農少卿安持
故父任觀文殿大學士吏部尚書贈太
師開府儀同三司追封舒國公充可追
封魯國公餘如故制……六二六
通議大夫致仕李及之故父贈特進邁可特
贈開府儀同三司故母華原郡太君張氏可
特贈榮國太夫人大中大夫致仕程珦故父
贈吏部尚書遹可特贈特進故母孝感縣太
君張氏可特贈廣平郡太夫人制……六二七
母燕國太夫人李氏可特封周國

太夫人制……六二八
左藏庫副使致仕王慈龍圖閣直學士
朝議大夫工部侍郎克臣父可贈左金
吾衛上將軍母可贈普寧郡太夫人制
……六二九
國子祭酒集賢校理鄭穆可直
集賢院充諸王府侍講制……六二九
職方員外郎黃景可楊王府侍講制……六三〇
承議郎張獻可太學博士制……六三一
試太學正吴師仁可試太學博士制……六三一
監察御史楊康國可開封府推官制……六三二
朝請郎工部員外郎石麟之可
開封府推官制……六三三
開封府推官制……六三三
才人馮氏父贈駕部郎中紹可特
贈朝議大夫母崇德縣君李氏可
特贈仙居縣太君制……六三四
蕃官内藏庫使騎都尉李阿埋
可特授皇城使封清河縣開國
男食邑三百户制……六三五
觀文殿學士知鄭州孫固可兼侍
讀提舉中太一宫制……六三五
知慶州范純粹可寶文閣待制再任制……六三六
太皇太后殿楊氏等夫人進職制……六三七
太皇太后殿張氏等四人進職制……六三八
龍左氏等十一人進職制……六三八
大理正燕若古可國子監丞大理寺丞
李舉之可都水監主簿制……六三九
宗正寺主簿王柄可太僕寺丞朝散郎
張向可光禄寺主簿制……六三九

朝散大夫衛尉少卿韓宗師可直祕閣
提舉鳳翔府太平宮制 …………… 六四〇
朝議大夫知密州王説可知涇州朝奉郎
集賢校理鮮于師中可知鳳翔府制 …… 六四一
西京左藏庫使高道禮可知安肅軍莊
宅使文州刺史朱衍可知全州制 ……… 六四一
知南京王震可知荆南知湖州林希
可知南京制 …………………… 六四二
知趙州杜紳可知濱州太僕寺丞朱勃
可權發遣虢州知濱州張奕可知趙州
知虢州張仲容可知建昌軍制 ……… 六四三
向萬聰男思遷承襲制 …………… 六四四
向思越姪載舞承襲制 …………… 六四四
故嵠峒都巡檢向思景男載舜承
襲代父名目制 ………………… 六四五
銀青光禄大夫檢校國子祭酒充溪洞恭
順知州兼監察御史武騎尉田洪獎長男
思世承襲制 …………………… 六四六
宣德郎太常博士楊國寶可成都路轉
運判官制 ……………………… 六四六
奉議郎安惇可夔州路轉運判官制 …… 六四七
朝散郎虞策可荆湖西路轉運判官制 … 六四八
朝奉郎江東運判劉極可淮南轉運判官制
…………………………………… 六四八
新利州路運判温益可湖南轉運判官制
…………………………………… 六四九
朝奉大夫新權知撫州鄒軻可江南東路
轉運判官制 …………………… 六五〇

彭城集卷二十三

制誥

朝散郎大理卿杜紘可朝請郎奉議郎試侍御史王覿可承議郎餘並如故制……六五一
奉議郎陳向能可承議郎制……六五二
宣德郎曹旼可通直郎制……六五三
潁州萬壽縣令充後省刪定官葉唐稽可宣德郎差遣如故制……六五三
尚書右丞劉摯可尚書左丞進封開國伯加食邑實封制……六五四
同知樞密院事安燾守本官知樞密院事加食邑實封制……六五五
通直郎太僕寺丞高士英可工部員外郎制……六五六
朝散郎陳知新可知華州承議郎張景温可通判荆南府制……六五六
開封府推官羅適可府界提刑前河東提刑范子諒可開封府推官制……六五七
宣義郎徐壽可宣德郎添差福建路轉運使勾當公事制……六五八
故捧日左廂都指揮使張元孫彦訪可二班奉職制……六五八
借職秦威弟戍可三班借職制……六五九
趙子諒等三人可右班殿直王楹等十四人可三班奉職制……六五九
皇叔故皇城使榮州團練使仲轘可贈密州觀察使追封高密侯制……六六〇
皇叔故右武衛大將軍惠州團練使叔鮑可贈鄆州觀察使

追封東平侯制……………………六六一
皇伯濮州防禦使叔果所生母仙源縣太君
張氏可贈永嘉郡太君皇城副使孫懷用母
仙居縣太君王氏可贈崇國太夫人制
……………………………………六六一
承奉郎趙令䨓可南京簽判制…………六六二
通直郎新差通判興國軍沈季長
可差充揚州簽判制……………………六六三
神宗皇帝御侍五人等守永裕陵
迴内王氏與掌闈夫人劉氏與掌
賓夫人李氏與掌飾夫人制……………六六三
故尚宫吴氏可贈安定郡夫人制………六六四
入内東頭供奉官梁和米遘可
並供備庫副使轉出制…………………六六四
通直郎孫進可國子監主簿制…………六六五
皇城使漢州刺史廣南西路兵馬鈐轄同
提舉本路巡檢溪洞公事張整降三官添
差充江州監税内殿承制閤門祇應知融
州温暠降二官添差充歙州監茶鹽酒税
左侍禁管勾融州臨溪堡事兼地方同巡
檢杜震右侍禁權邵州臨口寨鍾仲仁各
降兩官制………………………………六六六
太府寺主簿韓宗本可大理寺主簿
馬傳慶可太府寺主簿制………………六六七
殿中侍御史韓琦可左司諫制…………六六七
殿中侍御史豐稷可右司諫制…………六六八
殿中侍御史吕陶可左司諫兵部
員外郎賈易可右司諫制………………六六九
宣德郎濠州簽判包綬可少府
監丞制…………………………………六七〇

朝奉郎行都水監主簿陳安民可都水監丞制……六七〇
刑部侍郎龍圖閣直學士吕公孺可權知開封府制……六七一
寶文閣直學士知蔡州謝景温可知潁昌府制……六七二
陝西轉運副使葉康直可直龍圖閣知河中府制……六七二
新知秦州孫覽可知河中府制……六七三
資政殿學士知鄆州蒲宗孟可知河中府制……六七四
資政殿學士知鄭州張璪可知河南府制……六七四
龍圖閣直學士朝奉大夫盧秉可知荆南府制……六七五
寶文閣直學士知揚州謝景温可權刑部尚書制……六七六
朝請郎王子琦可衛尉丞制……六七六
朝請郎温俊乂可大理寺丞制……六七七
張番龍番進奉使將軍制……六七八
左司諫韓川可太常少卿制……六七八
朝散大夫左司郎中范純禮可太常少卿制……六七九
太僕寺丞高士英可府界提點制……六八〇
天武右第一軍都指揮使通判刺史聶達可左屯衛將軍致仕制……六八〇
虎翼軍都指揮使寧州刺史張明右領軍衛將軍致仕制……六八一
新授常州司理參軍孟三英父真可承務郎致仕制……六八一

承務郎致仕張彀可承奉郎致仕制……六八二
承務郎致仕魏中庸可承奉郎致仕制……六八三
通直郎李周可奉議郎致仕制……六八三
宣德郎致仕吕昌符可通直郎致仕制……六八四
儂應卿可三班借職充歸州巡檢制……六八五
承議郎翟思可祠部員外郎制……六八五
行門崔琪等七名授官制……六八六
又……六八六
又……六八七
朝請郎解補之故父任尚書刑部侍郎致仕贈金紫光禄大夫賔王可贈特進奉議郎王詔弟奉議郎護故父任給事中天章閣待制贈銀青光禄大夫舉元可贈特進制……六八八
朝散大夫宋惠國弟朝奉郎輔國弟朝奉郎奉國弟朝奉郎服國故母豫章郡太君劉氏可贈榮國太夫人制……六八九
大中大夫致仕程珦妻壽安縣君侯氏可特贈上谷郡君通直郎吕元淳弟奉議郎元忠父吏部郎中充天章閣待制景初可特贈通議大夫元淳母仙源縣君陳氏可特贈潁川郡太君元忠母永康縣君魏氏可封安福縣太君制……六九〇
朝散大夫司農少卿同宗旦故伯父任尚書虞部郎中繹可贈朝請大夫故伯母長安縣君杜氏可贈昭德縣君制……六九一

彭城集卷二十四

奏疏

貢舉議……六九二
覆宗室遂寧郡王承範謚僖温議……六九六
攷功覆吴尚書謚文肅議……六九七
太常寺論封爵狀……六九八
舍人院奏乞再建紫微閣狀……六九九
辭免中書舍人狀……七〇〇
兩制議秦王襲封狀……七〇一
論汝州合建節狀……七〇二
論封太祖後狀……七〇三
太學申監狀……七〇五
侍講不合坐狀……七〇六
薦王覿狀……七〇八
辭直龍圖閣狀……七〇八
申中書坤成節合罷齋筵狀……七〇九
爲家兄謝除汝州狀……七一〇
亳州奏太清宫再生槐狀……七一一
爲馮翰林入院謝對衣鞍轡馬狀……七一一

彭城集卷二十五

表

謝神宗御集表……七一三
兗州謝皇弟授泰州節度使表……七一四
爲馮參政久旱待罪表……七一五
又……七一六
謝中書舍人表……七一七
謝太皇太后表……七一八
賀克復交趾表……七二〇
京東運使謝上表……七二一

爲馮内翰讓官表……七二二
爲唐參政讓加恩表……七二三
謝郊祀加恩表……七二四
爲韓侍郎讓加恩表……七二五
謝封彭城縣開國男食邑表……七二六
封開國男謝太皇太后表……七二七
賀平西南夷表……七二八
謝授官表……七二九
賀公主生日表……七三〇
賀破滅儂智高表……七三一
賀擒儂智高母表……七三二
爲宰相賀擒鬼章表……七三三
知蔡州謝上表……七三五

彭城集卷二十六

表

知襄州謝上表……七三七
知亳州謝上表……七三九
知兗州謝上表……七四〇
爲韓七南雄州謝上表……七四二
爲王駕部汝州謝上表……七四三
爲韓龍圖汝州謝上表……七四四
爲大卿某廬州謝表……七四五
爲馮當世辭并州表……七四七
第二表……七四八
爲韓侍郎辭參知政事表……七四九
謝參知政事表……七五一
謝許令羅適知濟陰縣表……七五二
爲韓丞相謝生日禮物表……七五三

又……七五四
爲趙參政謝生日禮物表……七五五
爲韓端明河陽謝上表……七五六
爲趙尚書謝官表……七五七
謝官表……七五八
爲韓端明謝除河陽表……七六〇
爲韓持國謝知制誥表……七六一

彭城集卷二十七

書

與王深甫論史書……七六三
與韓持國論侍講不合稱師……七六五
與王介甫書……七六八
與青州歐陽尚書別紙……七七〇
爲伯父上集賢文相公書……七七二
爲人上宰相書……七七四
爲王郎中論事於宰相書……七七六
爲趙賓客上執政書……七七八
爲人以文章與知己書……七七九
答西京解元李秀才書……七八〇
衆學官移兩判監書……七八一

彭城集卷二十八

啟

賀參政某侍郎啟……七八四
賀資政吳侍郎啟……七八五
又……七八六
與揚州知府某侍郎啟……七八七
回留臺吳侍郎啟……七八七
謝留臺吳侍郎啟……七八八

賀知府某給事啟……七八九
賀知府某諫議啓……七八九
賀知府某侍讀啓……七九〇
與杭州知府某資政啓……七九一
謝太師杜相公啟……七九二
謝西京宋相公啓……七九三
爲韓汝州謝諸執政啓……七九三
爲司馬中丞謝翰林啓……七九四
爲趙秘監謝官啟……七九五
爲某郡守謝罷任啓……七九六
爲傅學士謝除直昭文館啟……七九六
爲王郎中謝晏相公啟……七九七
賀鄆州某安撫啟……七九八
爲王郎中謝官啟……七九九
回鄆州賈諫議啓……八〇〇
爲王駕部汝州謝二府啟……八〇〇
爲司馬中丞謝參知政事與二府啓……八〇一
爲韓相回前兩府啓……八〇二
爲韓端明知河陽謝二府啓……八〇二

彭城集卷二十九

啟

賀省副某郎中啟……八〇三
回賀蘇學士詔啟……八〇四
賀判府宋相公啓……八〇五
賀宋相公判許州啓……八〇五
與西京通判某太博啟……八〇六
回齊州通判某啟……八〇七
回王尚書啟……八〇七
賀致政某宫師啟……八〇八

賀三司某待制啓……八〇九
賀制置發運某待制啓……八〇九
賀張丞相除帥啟……八一〇
與轉運使某啓……八一二
賀運使某啟……八一三
賀運使某郎中啓……八一三
賀運使某郎中啟……八一四
賀運使某度支啟……八一五
與運使某度支啟……八一五
賀鄆州安撫某修撰啓……八一六
回濟州知州某啟……八一七
賀孫杭州啟……八一七
回知府某大卿啓……八一八
賀宰相某啓……八一九
回知郡某都官啟……八一九
回知郡某官啟……八二〇
賀知郡某郎中啓……八二〇
回知郡某官啓……八二一
賀省主某龍圖啓……八二一
謝除直講啟……八二三

彭城集卷三十

啟

回致政王侍郎啓……八二四
與運使某郎中啓……八二五
又……八二六
謝中書舍人啟……八二六
賀某相公冬啟……八二八
又……八二八
賀宋相公冬啓……八二九

賀賈侍中冬啓……八二九
慰李端明侍郎啓……八三〇
回省元劉槩啓……八三〇
回劉齋郎啓……八三一
回謝曹相公啓……八三二
回宗相公啓……八三二
回新館職某啟……八三三
回章某啓……八三四
回鄭先輩啓……八三四
回謝諸先輩啟……八三五
回趙通直啓……八三六
回潁王啓……八三六
回東陽郡王啓……八三七
與宋相公啓……八三八
與富蔡州啟……八三八
回呂内翰啟……八三九
賀葉内翰啟……八三九
謝樞密某諫議啓……八四〇
回孔朝議啓……八四〇
回參政某諫議啓……八四一
回留守某諫議啓……八四一

彭城集卷三十一

啟

與王承旨啓……八四三
又……八四四
又……八四四
回知府侍讀某給事啟……八四五
爲韓相公回文侍中啟……八四六
賀文侍中啟……八四七

回判府文侍中啟……八四七
賀太師司空文侍中啟……八四八
謝留守文侍中啟……八四九
兖州賀雍王除本州節度使啟……八五〇
賀東陽郡王啟……八五〇
賀潁王啟……八五〇
回通判某郎中啟……八五一
回長官某員外啟……八五一
謝宋相公送酒啟……八五二
回某知縣啟……八五三
回臨濮某知縣啓……八五三
回知郡某太保啓……八五四
又……八五四
與都巡某太保啓……八五五
與蘇州知府某太卿啓……八五五
回致政成承奉啓……八五六
謝制置發運某待制啓……八五七
與張待制啟……八五八
謝運使某太丞啟……八五八
回單州蘇駕部啟……八五九
回泗州李駕部啟……八五九
謝王駕部啓……八六〇
回沂州知郡某駕部啓……八六一
回新知州王駕部啓……八六一
賀某省副啟……八六二
回富相謝官啟……八六三
回教授某主簿啟……八六三

彭城集卷三十二

記

直講題名記……八六四
羣牧司題名記代韓龍圖作……八六七
開封府南司判官題名記……八六八
曹州修城記……八六九
河南府密縣新作縣學記……八七一
汝州推官廳記……八七二
泰州玩芳亭記……八七四
兖州美章園記……八七五
象山縣西谷記……八七六
寄老庵記……八七八
太原府資聖禪院記……八八〇
重修廬州蜀山廟記……八八二

彭城集卷三十三

論

重黎絶地天通論……八八四
好善優於天下論……八八六
論出母繼母嫁服與王介甫……八八八
處士論上……八九〇
處士論下……八九一
桓公不用伊尹論……八九二
明莊論……八九五

説

王天下説……八九六

彭城集卷三十四

序

後漢書精要序……八九九

公是先生集序……九〇一
贈醫潘況秀才序……九〇三
送胡因甫宰湘鄉序……九〇五
送焦千之序……九〇六
行狀
爲楊殿丞作五世祖系事狀……九〇八
賈公行狀……九一〇

彭城集卷三十五

行狀
故朝散大夫給事中集賢院學士權判
南京留司御史臺劉公行狀……九一七

彭城集卷三十六

神道碑
宋故中大夫守光禄卿分司西京上柱國
河東郡開國侯食邑一千三百户賜
紫金魚袋薛公神道碑……九四三
墓表
尚書駕部員外郎曹君墓表……九四七
林氏母黃氏夫人墓表……九五〇

彭城集卷三十七

墓誌銘
吳公墓誌銘……九五三
贈兵部侍郎王公墓誌銘……九五九
故將仕郎郡守太子中允致仕
賜緋魚袋蔡君墓誌銘……九六二

右侍禁江君墓誌銘……九六五
内殿崇班康君墓誌銘……九六六
故宣德郎守大理寺丞知隴州汧陽縣事王府君墓誌銘……九六八

彭城集卷三十八

墓誌銘

翰林侍讀學士給事中唐公墓誌銘……九七一
故朝散大夫尚書虞部郎中致仕上騎都尉皇甫君墓誌銘……九七四
著作佐郎周君墓誌銘……九七九
處士龍泉何君墓誌銘……九八一
季弟青溪縣丞墓誌銘……九八二
兄子定國墓誌銘……九八三

彭城集卷三十九

墓誌銘

金華縣君范氏墓誌銘……九八五
樂安郡君范氏墓誌銘……九八六
德清縣君周夫人墓誌銘……九八九
孫氏母莊夫人墓碣并銘……九九〇
舅氏華夫人墓誌銘……九九二
韓刑部妻程氏墓誌銘……九九三
永安縣君張氏墓誌銘……九九五
聶夫人墓誌銘……九九六

彭城集卷四十

雜著

設常侍郎對……九九八
書李廣傳後……九九九

連珠一首……一〇〇〇
進士策問……一〇〇〇
旱禱文……一〇〇一
太清宮旱禱文……一〇〇二
中嶽禱雪文……一〇〇二
謝雪文……一〇〇三
吴山禱晴文……一〇〇三
禱晴文……一〇〇四
王深甫哀辭……一〇〇五
祭陳相公母某夫人文……一〇〇六
祭亡弟縣丞文……一〇〇六
祭亡妻潁陽縣君韓氏文……一〇〇七
祭王景彝文……一〇〇八
爲人祭唐給事文……一〇〇九
祭張龍圖文……一〇〇九
爲衆人祭王十八學士文……一〇一〇
祭邵龍圖文……一〇一二
祭賈中丞文……一〇一二
祭吴中散辯叔同年兄文……一〇一三
爲三省密院祭中書相公長男新婦文
……一〇一四
汝州判司等致詞……一〇一五
國子監補監生牒詞……一〇一六
曉示州學榜……一〇一六
濟寧總管府敦請武子先生主善
本路學校疏……一〇一七
修暨陽學宮疏……一〇一八

彭城集補編

詩

南湖詩……一〇一九
潁水作寄陳州諸故人……一〇二〇
佚老堂爲馬給事題……一〇二〇
詠列子……一〇二〇
大安病酒留半日王守復來招不往
送酒解醒因小飲江月館……一〇二一
還館詩……一〇二一
次韻和王四館宿……一〇二二
初秋館中呈諸公……一〇二二
題平山馬鋪……一〇二三
燈夕……一〇二三
次韻和王舍人燈夕見寄……一〇二四
燈夕陳大夫來會張承議以病不出
有詩贈陳次韻和之……一〇二四
燈夕寄呈張學士……一〇二四
次韻錢待制……一〇二五
次韻子瞻兄弟送王待制……一〇二五
寄獻淮西大哥給事……一〇二六
題古畫山水障子時年六歲……一〇二六
山水屏……一〇二七
于秘校示郊園棠木連理圖偶題長句
……一〇二八
壁畫古槎歌……一〇二八
和江鄰幾梅聖俞同蔡學士觀宋家書畫
……一〇二八
楊寺丞書畫……一〇二九
禁煙遊園……一〇二九
許州寒食……一〇三〇

白雪樓……一〇三〇
望湖亭……一〇三一
闕題……一〇三一
闕題……一〇三一
闕題……一〇三二
荔枝……一〇三二
戲答惠荔子……一〇三三
題招提院静照堂……一〇三三
橄欖……一〇三三
三峽橋……一〇三四
詠長蘆寺……一〇三五
闕題……一〇三五
舟中夜飲憶和弟聯句……一〇三五
送潤守……一〇三六
句……一〇三六
句……一〇三六
句……一〇三六
句……一〇三七
句……一〇三七
句……一〇三七

賦

冠有記過之史賦……一〇三八

制誥

种誼等制……一〇三九
蕃官趙醇忠等制……一〇四〇
秦貴等制……一〇四〇
蕃官業驢結搒制……一〇四〇
朝奉郎試中書舍人蘇轍可户部侍郎制……一〇四一
宣義郎吕由誠可衛尉寺主簿制……一〇四一

延州藩落都虞侯俄千男仲政可
三班借職制……一〇四二
三班奉職孫軫男忠臣可三班
借職制……一〇四二
漢州助教鍾迪可三班借職制……一〇四三
蕃官惠逋移厥可三班借職制……一〇四三
皇太后殿管勾文字夏崇可三班
借職制……一〇四三
李佛郎與右班殿直梁仲文李養
並與三班借職制……一〇四四
皇太后殿管勾文字朱宗懿可三班
借職制……一〇四四
一班殿侍衛涓可特授三班奉職制……一〇四四
蕃官唛哆可三班奉職制……一〇四五
蕃官京吪結京吪脚鐸摎並可三班
奉職制……一〇四五
殿前東西班弓箭手劉密可三班
借職制……一〇四五
故御前忠佐步軍副都頭成宗男
京可三班奉職制……一〇四六
李貴男遵可三班奉職制……一〇四六
朝請郎吴安度等故母廣陵郡太夫人
王氏可贈榮國太夫人制……一〇四六

奏疏

轉對言養民之要劄子……一〇四八
乞盜賊罪減死者加以刖刑奏……一〇五〇
論封太祖子孫行尊者一人奉
太祖祀……一〇五一
論更學校貢舉法……一〇五二
論經筵坐講……一〇五三

啟

爲韓相賀史館相公啓……一〇五四
賀江寧相公啓……一〇五五
賀宋相公啓……一〇五五
賀呂開封啓……一〇五六
賀晏相公啓……一〇五六
賀劉相公啓……一〇五七

記

汝州思賢亭記……一〇五八
秦工部家御飛白記……一〇五九
七門廟記……一〇六〇

論

政論……一〇六二

序

送鬱林楊寺丞序……一〇六三
芍藥譜序……一〇六四

墓表

徐起墓表……一〇六七

墓誌銘

故朝奉大夫權知陝州軍府事陳君
墓誌銘……一〇六八

贊

臧文仲贊……一〇七二
蘇子瞻畫石贊……一〇七三
李植山水畫贊……一〇七三

書序

書漢官儀後……一〇七四
附録一　《宋史·劉攽傳》……一〇七五
附録二　《欽定四庫全書總目·

彭城集提要》……一〇七八
附録三　劉攽年譜簡編……一〇八〇
附録四　《全宋詩》劉攽詩補正……一一一六
後記……一一三七

彭城集卷一

賦

鴻慶宫三聖殿賦并序

【案】此賦見《宋文》與《永樂大典》，原本互有差訛，今校改。

臣伏見陛下追述祖考，崇奉明祀，新作三聖殿，以昭孝明功于天下。臣以文學中第，太常試官祕書，目覩盛事，不敢以鄙薄自絀，輒作古賦一篇，以歌詠盛德。昔《靈光》《景福》之作，世稱其美麗，然其所謂狀〔一〕大，不出雕刻畫繢、文彩之煌煌而已。又盛道工人之巧，民力之衆，材木之多，金玉之偉。臣以謂王者有作，則必智者獻其巧，壯者輸其力，山林不敢愛其材，府庫

之聚，皆所供億也。是物理之常，不足以夸大，臣愚竊陋之。若大天命廢興之際，聖王授受之符，
非敏智通達，未有能究知其始終者，固難爲寡見淺聞者道也，臣竊大之。是以略所陋而張所大，
不敢仰希風人雅頌之列，庶幾有其志云爾。

蓋上帝之所以選建明聖，命以天位者，乃所以享德而報功焉。未有德盛于前，功播
于後，而其子孫寂寥，千載無聲者也。賢哲所談，六籍之云，德莫著于有虞，功莫隆于
五臣。禹平水土，夏姒以家，司徒后稷，是教是食，肇商興周，歷載數〔二〕百，臯陶大理，
五刑以明，于其苗裔，乃興于唐。若夫董淳〔三〕耀以攸司，奏庶民之鮮食，焚山烈澤，害
伏〔四〕妖息，鳥獸咸若，草木允殖，固伯益之力焉。天報以位，俾秦周繼〔五〕。于其子孫，
誣祖不紹，去火即水，叛禮尚刑，法以慘急，然猶兼六國，一天下，而不知變于初，二
世以斃。非天不相朕虞之後，乃其否德得罪于祖而斷棄也。惟伯益之功未報，是以大命
復集于趙氏焉。五代喪德，九土分裂，海水横流，民用墊溺，鳥獸昌熾，黔首失職，滔
滔惑惑，蓋若洪流之未闢。於是太祖乘火而帝，繼益之功，天胙吉土，曰惟商丘。是爲
星火大辰之居，亦曰明堂布政之由。出潛離隱，或躍在淵，以有九有，百度正焉。削禍

戡亂，出民塗炭，風揮日舒，天地正觀。荊燕吳蜀，楚越粱〔六〕冀，懾威懷仁，奔走失氣。崛强者執服，柔從者加賜。太宗承之，真宗成之，登封降禪，矢直砥平。巍巍乎邈三五而儔儷，彼漢魏之瑣瑣，曾何比京？夫伯益始掌火而底績茂〔七〕，宋以火帝，興于火墟，天之報施，豈不昭昭可推而類也哉？且夫積功以凝命而創業，因物以胙土，由土以建號，樂以反初，禮不忘其本。是故作于原廟，建之別都，三聖鼎列，大厦以居，以答景貺，以昭成功。俾子孫知厥所由，億兆仰德而不窮也。厥後烈風雲雨，雹雷震曜，儆戒于下，濫炎流燒。天子怵于大異，反己正德，伏念七年，乃其有得。曰：『天以德訓予，而以威震予，依類託諭，予敢不信？夫政不變不足以日新，禮不修不足以化民。天之示人，若曰政禮之敝，雖祖宗之爲，猶當勿憚乎改更。』於是詔三事，飭九卿，和布揆于舊政〔八〕，載損載益，以承〔九〕天誡，以舉聖職。

夫既天行而日白矣，乃復閎宮，奬夫神衷，三后在天，對越上穹。經之營之，不日成之，閎偉奇麗，所以使宮寢之勿踰也。清閒窅密，又鬼神之所都也。絜百圍而置楹兮，度千仞以架棟。擇一木于萬章兮，顧餘羨者猶衆。般倕夔人之儔，獻巧而林立兮，莫不心競而賈用。亘長廊其如城兮，闢重門其似洞。欒栱〔十〕粲其如星兮，侏儒屹其承重。如

翬斯飛、如鳥斯革兮，誠可慄〔十一〕其將動。闔陰房之密静兮，雖六月其必寒；闢陽榮之敞麗兮，蓋中夜而已旦。涉廣除而徑上兮，每百盡而一級。歷青珉之瑩滑兮，曾不得而側立。顧風雨之在下兮，足以避夫燥濕。良非人力之所爲兮，宜鬼神之攸集。於是使夫設色之工、後素之巧，想象形容，圖寫必效。夫其龍顔日角、天質之顒昂兮，臣乃今知真人之異表。於是駕鑾輅，登玉虯，千乘萬騎，雲動而景附兮，想平生之豫游。旂常繽紛以絶翕兮，鐘鼓軒轟，簫管發而啁啾。雜魚龍之奇技兮，蜿蜒曼延於道周。百神紛而並迎兮，出閶闔而御夫龍舟。爾乃川后静波，屏翳息風，舳艫相銜〔十二〕，若複道之延屬兮，亘千里而相通。百工備官而夙設兮，棹夫讙呼而奏功。惟吉行之五十兮，餘日力而靡窮。既届既止，威儀若初，以幸夫壽宫。乃即前楹，以修祀事。威神如在，望之可畏。殫金玉以備用，罄飛潛以薦味。帷帳莞簟之安肆，几杖筆研之儲偫。靡一物之蓋闕兮，所以廣孝思而盡心志也。守臣侍祠，罔不肹飾，既事而旋，闕而莫覿。列仙之儒，偓佺之倫，迎神頌祇於其側。若夫祝融、重黎，相土、閼伯，固已喜動乎魄，情見乎色，護清蹕而晞盛德也。巍巍大哉，不可得而記已。且夫天命之不忘，人主之大寶也。祖宗之有繼，子孫之勿替也。兹聖王所以正〔十三〕統垂業，超商邁周，卹嗣錫羡，貽厥孫謀，使

萬有千歲，得以晞風而承流也。遂作頌曰：

崇崇商丘，大火主兮。曰宋之興，道是配兮。建邦設都，以有九土兮。有皇上帝，明德輔兮。伯益之功，邈不可忘兮。三聖承承，有烈光兮。奕奕寢廟，神翱翔兮。胥千〔十四〕萬年，尚無疆兮。（又見《皇朝文鑑》卷四、《古今圖書集成·考工典》卷四十八）

【校】

〔一〕壯，《皇朝文鑑》、《古今圖書集成》、文淵閣本、周校本、沈校本作『壯』。

〔二〕數，《皇朝文鑑》《古今圖書集成》作『累』。

〔三〕淳，《古今圖書集成》、周校本改作『鶉』。

〔四〕伏，《皇朝文鑑》、《古今圖書集成》、文津閣本、文淵閣本、周校本、沈校本作『服』。

〔五〕周繼，《古今圖書集成》、周校本、沈校本改作『繼周』。

〔六〕梁，《皇朝文鑑》《古今圖書集成》作『并』。

〔七〕茂，《皇朝文鑑》、《古今圖書集成》、周校本改作『而』。

〔八〕和布揆于舊政，《皇朝文鑑》、《古今圖書集成》、周校本、沈校本作『和布于舊』。

〔九〕承，《皇朝文鑑》《古今圖書集成》作『荅』。

〔十〕栱，《皇朝文鑑》、周校本作『拱』。

〔十一〕慄，《皇朝文鑑》、周校本作『慓』。

〔十二〕銜，《皇朝文鑑》、周校本、沈校本作『御』。

〔十三〕正，《皇朝文鑑》、《古今圖書集成》作『繼』。

〔十四〕千，《皇朝文鑑》、《古今圖書集成》作『于』。

葺所居賦并序

治平三年秋，京師大雨，涌水出，民舍多墊壞者，予所居獨完整無恙。及雨止，加葺其垣墻，因爲小賦。

賾至理之茫昧兮，同寓形于一區。任所遇之則然兮，夫孰賢而孰愚？彼每正而或禍兮，亦用拙而自如。雖背阪而向隍兮，將愈乎廣厦之宴居。歲荒落之淫雨兮，涌雖出而爲災。汩波流之罔極兮，浩潺湲而無涯。棟梁圮而弗支兮，堂壇蕩而爲溪。何昔日之高明兮，今直委而汙泥！彼攜持之與抱負兮，或耄耋之與孩嬰。念獨不保其闔廬兮，亦有朱户之亡其閈閎。將鬼瞰之使然兮，固天理平其不平也。愧予居之僻陋兮，豈擇處而淹

留。四鄰聳而逋逃兮，恨衆人之我尤。福莫大於無過兮，顧舍此其何求？葺垣墻而圬墁兮，其託喻以監予。曰全生之近道兮，念無厭其所居云耳。

寫憂賦

悲四序之驟失兮，哀逝者之不復。春與秋其幾何兮，霜與露其相續。稚呱呱而既食兮，墓積草而已宿。追音聲而在耳兮，悼容色而記目。願一見而無期兮，情可殺而逾毒。徵圖書於疑似兮，索夢魂於因想。雖可得其髣髴兮，嗟暫覯而復往。眄黃鵠之怨別兮，余猶侘其單飛。雉朝雊而泄泄兮，牧犢子感而陳詩。心鬱悒而怊悵兮，何使予懷之不夷。昔聞道於賢者兮，雖忘而未信。謂生爲勞役兮，謂死爲歸人。今吾百憂之叢中兮，既積月而累辰。何重負之如是兮，願脱去而奚因？彼冥然而無知兮，獨甘寢於巨室。天地覆墜之不聞兮，諒絶世而愉逸。伊聖言之可徵兮，悼吾學之不競。不窒隙於未兆兮，顧飲藥而加病。遂迷塗而不反兮，非智士之能竟。排多慮而去妄兮，引至理而自鏡。雖既往之不追兮，庶來今之能定。

不寐賦

忳鬱悒其馮中兮，何鑒寐其弗夷。方永夜之未艾兮，廓靜處而長思。悼既往之弗及兮，慨來今之曷知。緒將絶而復續兮，精發越而淫移。倏四海其再撫兮，泯萬期乎須臾。武勝殷而歸周兮，天保定其千億。叔旦兼乎三王兮，仰勤思而有獲。孔潛精於好學兮，致憤懣於無益。樂好善而用魯兮，孟見喜乎顔色。仁弗遇於衛頃兮，願奮飛而不得。緊視〔一〕氛〔二〕而見祥兮，獻肇謀乎虞虢。彼遠慮之與近思兮，智與愚皆從其職。良民生之多艱兮，嗟〔三〕以心爲形役。君子有不安其命兮，小民有不度其力。非蚊虻之噆膚兮，曾內懷於大棘。惟昔夢之蘧蘧兮，既悵然而獨寤。亮伐柯之不遠兮，何內矱而冞固。睎聖人之大覺兮，緜萬世而不遇。幸曲肱而自怡兮，度無迷於初度。（又見《皇朝文鑑》卷五）

【校】

〔一〕緊視，《皇朝文鑑》作『翟相』。

〔二〕氛，周校本改作『氣』。

〔三〕嗟，《皇朝文鑑》作『羌』。

鬬蟻賦

邈乾覆而坤載兮，固悠遠而無極。叢萬族於厥中兮，既生生而息息。雖至大之可倪兮，猶至精之可識。諒擅己而自用兮，羌是非之增積。嗟子駒兮何爲諡公字小兮，紛紛而離離。好惡利害之發兮，誰其尸之？憑怒積怨兮，交戰而在斯。何矜很之若是兮，怙勢凌弱之不移。欲一究其端而不得兮，聊索數而推之。夫其列壤分國，穴垤重襲。碩鼠之所不容兮，蜉蝣不可以徑入。豈天壤之偪隘兮，曾分土之汲汲。化飯以爲子兮，祝腐以爲民。其生孔易兮，其衆實殷。夫其子孫千億兮，固鮮愛而靡親。又豈有珠玉皮幣兮，肇乎禍亂之因。若是則鬬其可已，羣嬉散游，足以已矣。奪微簒寡，何足美矣？豈樹之君而患亂甫起，抑天之有時兮，故將雨而不能自止也。嗟子兮汝獨何誅，觀世之有鬬兮，曾何足以爾殊？饕他人之有兮，慊己之無。妄刦於無用兮，矜多於有餘。一己之不保兮，顧有志於九區。夫豈無大人之旁觀兮，謚之陋而名之愚也。嗚呼！

秋懷賦

世量力以爲智兮，孰不自師其成心？不强短以被修兮，亦各濟其所任。蓋周任之明清兮，予嘗服於德音。性[一]專直其似愚兮，遂底滯而廢沈。惟古人有不遇兮，亦奚慨於斯今！昔既冠而從仕兮，冀陳力而帥職。何日月之不淹兮，亹亹至乎不惑。世與我豈其異衷兮，增余懷之默默。數廢日而倍參兮，願自竭而安得？將奔而及事兮，愧初心而變色。譬游者之無術兮，念愈躁而愈没。荷衆賢之并容兮，曾介善之不遺。辱興廉之末舉兮，遂以造夫攸司。君之門不可以徑入兮，既待詔而歷時。唯褊心之狷狹兮，樂繩墨其自持。誠詭遇其猶[二]獲兮，雖得獸而恥之。信天命之有在兮，非智勇其孰勿疑。時既秋而凉風兮，草木落而變衰。日[三]月麗於西廂兮，蟋蟀迅而鳴悲。閲四序之代謝兮，既逝者之如斯。悼我心之弗獲兮，起惆悵而稱詩。（又見《皇朝文鑑》卷四）

【校】

〔一〕性，《皇朝文鑑》作『羌』。

〔二〕猶，《皇朝文鑑》、周校本改作『有』。

〔三〕日，《皇朝文鑑》作『皎』。

射豹賦

悲抗獨之難立兮，何有用之必害！不信乎於弗爭兮，雖忘懷其獲罪。齒恒足以自保兮，而隕奪於多輩。彼南山之珍獸，喻變化於君子。或隱霧而不食，亦胥疏而視履。猛毅資於天成，文彩蔚乎自己。伊麋鹿之强圉，與麏麚之儗儗。雖騰趠其不羈，固指掌之所昧。何衆吠之狺狺兮，羌朋很而曹戾。競張目而涎吻兮，衆遮道而覰伺。諒勇怯之不敵兮，非乃心之攸畏。忽機辟之潛發兮，遂解脰而喪精。爪牙曾不得而少用兮，貽獫猲之成名。吾固知夫皮毛之爲患兮，而黨與之足懲。嗟物類之相召兮，必機數之潛用。非明哲之周萬兮，未有不隳於衆。故曰刳心去智，萬人不謀，和光同塵，乃與道俱。彼形諜而成光，與飾慧以矜愚。材愈大而增累，雖微末而可圖。

崆峒山賦并序

臨汝西有崆峒山，其下即廣成澤。按《莊子》，黃帝聞廣成子居于崆峒之上，故往見之。《莊

子》雖多寓言無實，然此崆峒、廣成，適皆同處，意其真有所謂廣成子者也。又大隗居具茨之山，黄帝至襄城之野而迷，皆與崆峒相近，事未必皆虚也。予因作《崆峒山賦》。

馳平原之曠曠兮，登隱弅之高丘。林蓁蓁而雲茂兮，樹參天以相繆。烏哀矜而思侶兮，獸銜草而羣遊。即崆峒之舊址兮，訪成子之所留。烏乎，服天下之爲至美兮，夫豈知聖人之緒餘。獨修身爲妙本兮，窈静默以玄虚。何軒轅之徇齊兮，而猶特室白茅，三月而閒居。順下風而稽首兮，曾南首〔一〕而晏如。彼非至人不能以下人兮，信崇高之叵娱。謂莊生之寓言兮，羌林麓其未改。瞻具茨之髣髴兮，知大隗之所在。嘗迷道於襄野兮，七聖偕而無悔。得要道於牧馬兮，稱天師而〔二〕再拜。悲世俗之狹隘兮，疑至言於否靆。航污瀆之淺狹兮，僭瀛海之浮匯。守突奥之熒燭兮，昧白日之輝曬。追古人之不可及兮，獨臨風而悲慨。彼六相之輔治兮，曷四海而弗寧。名百物而垂衣裳兮，雲門用而告成。尚紆思於荒澤兮，勉聞道於長生。豈在野之不可蔽兮，固前修之所營。眇抽思而成章兮，庶來今而作程？

【校】

〔一〕首，文淵閣本作『面』。

〔二〕而，文淵閣本作『於』。

棊賦

惟夫太樸之未判兮，圓方渾而無際。倏物生而有象兮，迺置同而立異。迨數起而滋滋〔二〕兮，紛萬彙而多事。此奕棊之始置器也。於是乎經緯縱横，封畛遠邇。包穹昊之度數兮，極厚地之疆理。局有上於方罫兮，信宇宙之異此。念巧歷所不能究兮，茲古今所以甘心而不已也。咨白黑之相反兮，譬寒暑之進退。寧我盈而彼虛兮，況生殺之與成敗。智詐殽然而並用兮，莫不矜多而務大。有一言可以行之者兮，惟見幾而得先。衆蚩蚩而我隨兮，乃收功於萬全。伊昧者之弗察兮，雖服膺而拳拳。暨應變而赴敵兮，常操末而寘顛。或敗形已兆，力鬬未悟，忽焉顛仆兮，乃悔其辨之晚暮。與覆車以同軌兮，孰若易轍而遵路。或狃快小利，死生契闊，雖得雋於錙銖兮，而外勢其已奪。或決機兩陣，

間不容思，彼多算其泰然兮，既先據於便地。謂戡敵而致果兮，顧自戕而隕斃。論茲藝之微眇兮，奄衆技而首出。語之有道兮，用之有術。誠巧拙其天予兮，莫可得而齊一。貴不能得之於賤兮，又況老耆而不屈。太上貴德，服不以力。審布置以陰陽兮，謹裁度於繩墨。故攖之者無抗，詐之者必北。其次狙詐詭爲，奮其祕算。或見易而守難兮，或取近而先遠。雖僥倖而全勝兮，亦蹉跌而事反。靡精心而極意兮，每隨手而應疾。貪彼虛之可乘兮，忘己力之未實。竊冀幸於弗覿兮，故雖獲而逾失。何度量之相越兮，乃倍蓰而十百。甘受責而無辭兮，雖三五而不敵。或騰口而攜詐兮，或匿智而叵測；或同行而習熟兮，或旁觀而少得；或乘勢而亟捷兮，或銜利而加惑。故每譬於用兵兮，擅廟略於籌畫。必知己而知彼兮，保常勝而有獲。

【校】

〔一〕滋，文淵閣本作『生』。

詆風穴賦

背崧右洛兮，維汝泱泱。左界韓鄭兮，前闞魯陽。陵丘曼延兮，土膏脉良。生植遂茂兮，厥夭且長。咨飄風兮，胡很〔一〕而狂。乘冬肆威兮，怒號以常。通晝亘夕兮，日月奪光。宇宙昏惑兮，顛倒玄黄。折枝排根兮，松桂毁傷。衝空動楗兮，披户登堂。獸亡其曹兮，鴻鵠失翔。問誰尸之兮，底此不祥。

曰兹穴之詭異兮，竊神之機。幽嶮窮奇兮，狹中不夷。鼓舞蜚廉兮，招摇南箕。平居無事兮，淫樂而爾爲。歷九州而遐觀兮，孰樂土其若此。獨蠻夷之僻陋兮，乃自古記之矣。邈炎州〔二〕之荒忽兮，汩大海其千里。上霧下潦兮，墊隘瘴癘。魑魅羣遊兮，樂人之死。蓄爲颶風兮，瘠毒疵癘。扶濤駕山兮，舟航糜毁。歷日旋時兮，然後得已。西極曠蕩兮，陰磧無垠。流沙不波兮，瀚海無泉。五穀不生兮，蓬棘蓁蓁。熱風之來兮，天地翳昏。觸肥爲瘠兮，四肢若燔。亦幸有老駞之先知兮，嗚呼而告言歸。命野獸兮，厘焉得存。彼鬼方之幽昧兮，固宜以然。慨中土之與鄰兮，不僻不偏。胡穴神之忍兮，固蔽以頑。用夏變夷兮，至於髦蠻。外百里而不同兮，兹邑獨爲匪民。帝之高居兮，臨照

在下。虎豹服仁兮，九閽莫阻。巫咸上愬兮，帝命斯許。巨靈夸娥兮，幹其絶膂。拔山投石兮，北海之渚。大野夷爽兮，八風攸叙。號令專一兮，莫予或侮。蒙常聖時兮，維民所取。穴神雖悔兮，夫孰閔汝！（又見《古今圖書集成·神異典》卷二十）

【校】

〔一〕很，《古今圖書集成》作『狠』。

〔二〕州，《古今圖書集成》作『洲』。

彭城集卷二

賦

【案】攽序《公是集》，以律賦列之外集，今略倣其意，故以律賦列第二卷。

皐陶戒舜在知人賦

惟舜德所以大，聖非自爲，其與人而同者，蓋擇善而從之。執兩端而用其中，志存樂取。見一行而莫之禦，衆豈遐遺。緬思古人，實惟虞氏。審萬物之備我，體至人之無己。蓋夫慮善以動，則自用者小焉；與人同功，而任事者貴矣。察言好問，但見其聞斯行之；明目達聰，孰有夫怨乎不以。若乃耕稼以力，陶漁是親，試諸難而興事，納于麓以明民，然後謳歌之所屬，歷數之暨身。曷注措之天若，奚持循之日新。夫何爲哉，徒

正面而恭己；弗可及已，常稽衆以從人。且夫羣於人者，物莫能離；同於善者，德有常主。故我總萬彙以兼載，人自一言而汎取。克協于帝，是以謂之重華；尚論其人，斯弗忘於稽古。譬夫山嶽之高也，其積以細；江海之大也，其受以虚。蓋與其足己而弗及，夫孰若忘懷而有餘。求福不回，顧明德之若此；樂告以道，靡寸長之失於。然則一心之所謀，其智也淺；一力之所濟，其功也鮮。故道莫貴於因衆以寧，德莫大乎與人爲善。不然者，安得側微在下，九男順而服從；登庸受終，五臣與而丕顯？大矣哉！不震不盈，不伐不矜，肆昊天之眷命，實億姓之與能。是以媯氏承風，聞昌言而亟拜；子淵希德，聆介善而服膺。世之人行己也專，改過而吝。以出衆兮爲可任，以遜志兮爲必信，然後知善與人同，巍巍乎其斯以爲舜。

五星同色賦

德配淳古，祥開上天。五星之色同矣，四海之民晏然。驗以璣衡，察齊輝於七政；偃夫金革，啟昌運於千年。眇覿乾文，俯稽皇國，伊天事之常象，何聖人之合德，時也。懷柔乎窮髮之北，服叛乎流沙之域。人迹所及，萬寓於焉太寧；和氣致祥，五緯由之齊

色。觀夫寥寥太清，垂文降精，靈臺考象而有舊，保章啟占而可明。遠而望焉，若連珠之並彩；陳其數也，告緜區之偃兵。且夫仁義修則金木爲之興祥，禮智用則水火由之凝祜。羞五事者莫若信，載四象者莫如土。倬彼天〔一〕明，粲然物覩。候其色兮若一，問其名兮有五。克明克類，喻王道之無偏；不縮不盈，狀君德之周普。是以海内蒙福，羣生大同，鞬櫜之令丕顯，稼穡之事從隆。豈特候於建星，當太初之定曆；聚于東井，告漢祖之成功。非皇求於列星，惟星依于帝者；非星私於我皇，惟皇化於天下。赫赫垂象，巍巍純嘏。察其軌道，黎民仰首以觀乎；眩彼交光，疇人推策而知也。甚矣哉！天之鑒人也明於視，德之逆祥也捷於馨。何精祲之晳晳，顧神化之冥冥。彼候以非烟，紀輪囷於雲瑞；占於半月，驗光華於景星。語象則幽微，推數則踈遠。豈若考五精之同色，知七兵之盡偃。方將升中而告成功，視大道之來反。

【校】

〔一〕天，文淵閣本作『如』。

不愧屋漏賦以『君子慎微，心無所媿』爲韻

噫，治身莫若慎獨，求仁在乎表微。故屋漏之不媿，則君子其庶幾。誠而明之，雖户白之甚邇；禮無違者，豈顔厚以蒙譏！考垂訓於前經，達嘉猷於戴記，謂夫仁也非顛沛之可捨，道也非須臾之能離。故中庸之爲善，欲内外之同致。然而十目所視，惟愚夫知其不欺；一室之間，獨至人可以無媿。斯蓋擇善圖遠，閑邪慮深，非曰鬼神之處，儼如師保之臨。仰瞻西北之隅，曾微物覩；内省光明之德，罔憾余心。且夫資之深者處之安，爲之難者行之慎。故不爲顯晦以殊節，出處而易信。達黄中之理，常祗若以存誠；念陽厭之方，豈儳焉而終吝？衆謂之微，以其弗見；世謂之隱，以其弗聞。蹈先覺而秉哲，無慙德而集勳。邇之足以治下，遠焉可以事君。謹爾燕居，自獲申申之樂；仰夫匪隱，罔貽負負之文。向若識謝鄰幾，仁亡由己，昧知非乎伯玉，違好學於顔子，則雖志深媚奥，寧足逭於多慙；名或升堂，亦深虞於可恥。是知觀大者莫若小，責有者始於無。則善惡不能以理奪，賢愚不可以智誣。美子思之著書，誠爲治本；稽衛后之興刺，彼實迷途。異哉闃奥之間，尋墨之所，猶内深乎戒惕，而外齊其居處，則夫朝廷鄉

黨之中，復何虞乎失步！

雕蟲小技壯夫不爲賦

古人之賦，詞約而旨暢；今人之賦，理弱而文壯。原屈、宋而瀰漫，下卿、雲而流宕。豈所謂言勝則道微，華盛而實喪者哉！觀夫緯白經緑，叩商命宫，以富艷而爲主，以瀏亮而爲工。家自以爲游二南之域，人自以爲得三代之風。差之毫釐，譬無異於畫虎；得其糟粕，殆有甚於雕蟲。亦猶樂府之有鄭衛，女工之有紈綺，悦目順意，蕩心駭耳。里人詠嘆其繁聲，婦女咨嗟其絶技，亦何足薦之宗廟，獻之君子哉？若乃託興禽鳥，致情芻蕘，上則恢張乎宫室，下則吟詠其笙簫。且《子虚》《大人》之文，無益於諷諫；《靈光》《景福》之作，不出乎斲雕。故白玉不毁，珪璋安取？六義不散，體物何有？夫殘樸爲器者，匠氏之罪；判詩爲賦者，詞人之咎，亦奚足以計得失、辯能否也？是以子雲以無益而自悔，枚臯以類得而詆諆，故曰：『童子之功，壯夫不爲。』且使孔氏用賦，仲尼删《詩》，則賈誼升堂而不讓，相如入室而不辭，然無益於王道，終見譴於聖師。豈非君子務其廣大，世人競乎微小。故爲學者衆，好真者少，非龍變乎詩書

之林，曷蟬蜕乎塵埃之表。必若明敦厚之術，閑淫麗之塗，言必合乎雅頌，道必通乎典謨，亦可謂登高能賦，宜爲天子大夫。

敵〔一〕弓賦

昔桃弧棘矢，成周所以服荆楚；楛箭石砮，明王所以來東夷。伊敵〔二〕弓之在御，亦厥貢之同歸。想夫極北窮髮，千里無草，殺氣之門回復，植物於焉凋槁；風霜凜乎無期，冰霰積而皓皓。非剛强不能以自存，故有生而必老。粤有喬枚，是惟陽幹。託巖谷而挺本，擢雲霓而上冠。理堅厚而密緻，根槃〔三〕深而交貫。鷹隼晨擊於其傍，羆虎暮嘯於其畔。伊猛毅之攸司，雖採擇而可憚。爾乃落以斤斧，附其膠漆。弭切象以潔白，簫飾樺而柄鬱。錯良金於拊中，續鹿斯之殊質。豈既弛而不張，諒有直而必屈。乏繭絲之爲絚，乃裂革而加衰。雖樸質而可喜，得漢巧之十一。矧大俗本射獵，士習縱送，騁良驥而夸勇，腰菔矢而備用。馳突乎荆棘之林，藺轢乎貔兕之衆。擇肉而後發，先得而命中。皮毛爲之寢處，滋味得以衆共。莫不興利而除害，便己而自奉也。豈比夫繁弱之爲分器，大屈之爲宴好。顔高之堅，和氏之寶，載厥美於史册，歷千古而擅巧。亮萬俗之

異便，吾安得較美而定客好。有系而稱曰：懷柔以禮，羈縻以德，遠人是以來賓，大〔四〕弓爲其貢職。向使威武不競乎金革，文告不行乎邦域，是弓也足資乎凶器，彼人也孰匪其敵國。

【校】

〔一〕敵，周校本改作『胡』。

〔二〕敵，周校本改作『胡』。

〔三〕槃，文淵閣本、周校本作『盤』。

〔四〕大，周校本改作『胡』。

彭城集卷三

五言古詩

擬古六首

南轅適郢都，日與冥山背。重生與徇名，夙昔不相待。藜羹采薇蕨，芰製蘭爲佩。遊樂天地間，安知一身外。麒麟鬬大荒，日食星見沫。夷齊餓西山，咨嗟爾胡罪。

澤陂生芙蕖，映此蒲與荷。彼美不可逢，憂心涕滂沲。行樂在及時，株林起酣歌。歡宴未渠央，國門擁干戈。巫臣視不悟，室家嬰禍羅。謀已既不忠，孰能爲君多。

趙王飛龍駕，翺翔狃天關。塵土暫反顧，金玉高如山。自喻固適志，超遥亡愧顔。安知馬服子，軍破不得還。前亡四十萬，後復圍邯鄲。虚盈固天理，循環乃無端。覺寐已不殊，何況百歲間。嗟嗟道傍子，萬金非所安。

秦昭登西山，慕與火帝游。頹林刊喬木，詔世爲博籌。富貴良未厭，夸謾豈知尤。投軀訴蒼蒼，楚靈輕九州。塗窮乾谿旁，衆散不可留。徘徊餓山澤，覺失涓人疇。新王固有命，玉衣被纍囚。

嵯峩三神山，浩蕩仙聖游。金臺冠絶景，玉果垂千秋。龍伯日已侵，巨鼇幸無憂。波濤各一隅，但見雲氣浮。跂予望可及，隱約清淺流。大帆交問津，長風輒回舟。不怨道路邅，所悲到無由。世主自甘心，仙者非有求。

老萊隱窮楚，因與時世隔。暮歸怪車轍，夜起避山澤。若人不可見，況肯低顔色。安知叢臺下，一旦三千客。西邊竟不還，嗟哉少良晝。

讀黃寺丞十月十三日寄原甫詩因同作

寒日流短明，涼風起秋色。嗷嗷鴈晨翔，悄悄蛩夜織。節物悲旅人，天地亦行客。心事已如翁，但知頭未白。黃公青雲氣〔一〕，疇昔振六翮。成紀獨不侯，長沙嘗遠謫。賣瓜青門外，種豆南山側。浩歌寫窮愁，我預聞損益。外事來無涯，開口笑不得。惟當林下遊，相存度阡陌〔二〕。

【校】

〔一〕氣，周校本改作『器』。

〔二〕相存度阡陌，周校本、沈校本下有雙行小注：『古詩云：「越陌度阡，枉用相存。」』

續董子温詠陶潛詩八首

佳魚樂潛深，智鳥不遠飛。達人避形役，逝與風波辭。逍遥彭澤下，聊然三逕資。

好酒豈愜情，讀書不求解。天真任自我，淳白忘機械。鼎鼎世上名，百年竟何賴。
嘉樹每交蔭，時鳥初變聲。欣然環堵居，自覺軒冕輕。予亦葛天民，千歲同此情。
馬隊待賢士，久知喧且卑。周生自晚悟，徂謝仍嚮隨。豈若田畝間，尊酒時賦詩。
時命昔大繆，賢傑同隱淪。陶公晉卿族，晚節恥屈身。躬耕抱羸疾，嗟哉畎畝勤。
道術既分裂，人人得其偏。丹青照千載，始覺真檢全。爾時揚仁風，到今猶慄然。
貴生未必全，徇名良自賊。區中共兹患，形影相與惑。神釋乃超然，道真於此得。
籃輿適山野，葛巾傲賓客。既無軒冕拘，詎可形骸索。富貴能畏人，千秋但慚色。

偶作

時命有通塞，百齡皆謂然。流行自非我，底滯亦在天。人知信百齡，陰定不可遷。苟云有所繫，朝旦猶億年。天地無窮期，百齡未爲繇。朝旦不可期，人事皆具前。所以賢達人，放心無所縣。萬塗以一究，會理寧復偏。六月淮水深，南風阻歸船。客行厭滯淫，親朋限長川。至言莫與聞，達理誰爲詮。無以謝羈愁，聊作言命篇。

效白公詩二首〔一〕

不得起厭心，厭便住不得。不得作戀想，戀卽去不適。厭生憎疾業，對面爲怨賊。戀結貪著因，轉脚落沈惑。上士體自然，知慧金剛力。中人勤埽除，補闕塞瑕隙。行莫到門返，飢莫看人食。欲驗齊死生，且覷居官職。

默坐念逝者，身存至頭白。起行觀病者，身健有餘力。出門視勞者，身閒免事役。入鄉閲貧者，身足飽衣食。寓形天地間，幸已不失職。奈何不自休，汲汲復戚戚。大鵬彌九

區，轉動恐偪窄。鷦鷯巢一枝，隨意翻羽翼。馳光無停留，駟馬方過隙。君看北邙山，貴賤一真宅。

【校】

〔一〕二首，據周校本補。

效韋蘇州古調詩

於人無舊新，相見常爲歡。本不作崖岸，中亦非斷刓。賓僚自了事，縣邑無曠官。豈惟競勉力，退亦絶間言。觀者以爲稀，不自知其然。吾聞西方説，夙世常有緣。將此會中人，厚德無讎怨。文人諱異術，且以儒事論。孔聖不可及，孟氏固所尊。輌云創業易，成功則在天。乃知古今士，無有能與賢。達人同衆人，不肯妄自專。

古　意二首〔一〕

牛刀割雛雞，未足爲深恥。奈何狐父戈，資以斸牛矢。魯人稱家丘，會計當而已。郢匠

不揮斤，其質久已死。

秉心若松柏，潔志如雪霜。松柏摧爲薪，雪霜晞春陽。乃知丈夫勇，萬物無以方。賜兮不受命，棖也安得剛。

【校】

〔一〕二首，據周校本補。

雜詩

重生世所同，徇利良獨愚。嗟彼緯蕭子，安事千金珠。沈身九重淵，脱死驪龍胡。得失覺寐間，危哉悲矣夫。九方焉知祥，梱也終奚如。雖同國君倉，乃在渠公衢。餒也命使然，顔原亦多娱。

荆山有奇璞，貴乃和氏儔。連城詎云多，一視以爲優。攜挈向都市，光彩傾天球。雖無

指瑕累，顧得千金售。驚詫遽自反，閉匿成千秋。豈忘待時意，欲往仍遲留。凡目陋至寶，後生異前修。蒼蠅矧多變，珉石仍先收。萬一人我欺，永爲神物羞。

樊遲請學稼，尼父已深愠。安知連城守，榷酤殿最問。周公無彝酒，用是垂大訓。願得烹弘羊，耕織始安分。

龍伯釣鼇時，連六方自快。事緣貪餌起，上帝獨何罪。土疆日侵削，形軀仍眚殺。纔餘數十丈，尚足令人駭。寄言諍畢人，努力事機械。何當大荒野，與爾競行邁。

齊有梁丘據，晉有樂王鮒。據能愛晏嬰，鮒欲殘叔譽。二臣嬖兩朝，事君爲悦豫。景有尚賢志，據逆以爲助。平失宥善心，鮒乃速其去。毋以據爲賢，易地則同趣。丈夫處世間，必有遇不遇。豈無覺者乎，正色君亦悟。區區嬖幸徒，何忍就朋附。

伯夷餓首陽，太公封營丘。同時海濱人，將老歸西周。世故莽難量，後王異前修。徒讓

千乘邦，不如畜陰謀。良知命分然，何怨復何尤。塵埃采薇詩，益使夸者羞。自茲姦雄人，日日希公侯。

虚舟適誰迕，飄瓦殊暫然。忮心自無怨，豈必絶世賢。握火欲提人，唾空不至天。一心抱區區，萬事長可憐。

佚女處瑶臺，豐肌豔皎皎。端令鴆爲媒，告我以不好。猶豫令人悲，自悔辯不早。如何問雄鳩，佻巧豈可道。

野人構茅茨，櫟柱樗作棟。不意豫章材，一時同見送。拓手百尺長，連軫萬鈞重。斤斧欲安施，棄置因無用。本是絶世姿，胡爲與衆共。

臧孫被惡名，魯侯失其位。軒冕非不尊，家富馬千駟。不用子家羈，而棄柳下惠。末儀諒何爲，矧論仁與智。竊位良足羞，乃復爲君諡。

雜興

阿嫫年八十，睢盱事粧飾。仍夸少年日，自謂美無敵。與子不同時，寥落復異域。人事雖萬殊，近者猶可測。頹顔與白頭，何日好顔色。

讀李某詩

【案】題爲『讀李某詩』，而詩止叙李某之事，疑有脱誤。

李某〔一〕崆峒人，生長西北蕃。赤鬢如蝟毛，僅能爲漢言。筋力勇自負，馬上帶兩鞬。作賊十數年，身有百刃痕。泳河不用舟，羊革隨輕軒。危厄輒自脱，天幸尚得存。過壯忽自悔，翻然歸漢恩。徙家汾水陽，百口蒙輕温。拜官隨立功，蛾列上閤門。封侯未可量，專城誰復論。已見狄將軍，堂堂樞府尊。由來功名際，鷴鶚勝皇鵷。富貴百惡除，詎問鉗黥髡。豈與詩書士，履繩不敢奔。終身蹈薄冰，衆口猶喧喧。

【校】

〔一〕某，周校本改作『胡』。

王四十處見舅氏所録外祖與日本國僧詩并此僧詩書作五言

滄波浩無涯，泱漭際朝日。安知鮫魚淵，而有邑居室。便風送來颿，夙昔多人物。始信天地間，見聞豈云悉。惆悵蓬萊説，胡爲浪自黜。夷倭與侏離，九譯迷彷彿。書問顧已同，紙墨存落筆。俛仰六十年，舉指不任屈。好事見君家，聞詩初未失。杜鄴富小學，平通知祖述。鄙老獨何能，執書幾涕出。

偶題

旦出輒暮歸，終年長役役。自顧若有營，誰言了無益。少小不如人，老大轉衰僻。昏忘復相仍，十事不一憶。勞心非所長，但覺安坐食。使我忍媿羞，不如學勞力。勞力當自耕，自耕還自織。百畝爲已憂，雖憂乃易釋。

喜雨和任判官奉呈太守

【原注】先是司天臺，上四月朔日食，及是大雨不見。

愆陽歷冬序，入春日光赤。原野爲之焦，無復青青麥。明廷卹農功，詔旨懷愍惻。誰能共此憂，惟良二千石。禱祠遍羣望，百神潛率職。迅雷出深淵，密雲會將夕。應龍不無神，女妭罪所極。滂沲浹宇宙，變化纔瞬息。矧茲顯穹意，豈獨垂沛澤。嘗聽君平言，以茲消薄蝕。周宣成陽事，往往在簡籍。不聞二美具，介福逾萬億。三農耒耜出，自此豐黍稷。使君憑熊軒，勸耕駐阡陌。上客歌吉祥，清文綴環璧。我豈擊壤翁，不能知帝力。斐然遂成章，聊用同悦懌。

贈周員外鼎

束髮去鄉里，白首還舊丘。曾無高蓋車，顧爲夸者羞。歲晏東皐田，躬耕方薄收。知君近有道，足以無外求。

次韻和王平甫贈張舍人

【原注】王時在城東佛舍讀書，將應舉，張與吕推官過之。

通物[一]樂自任，濟時常後安。戢翼思迅風，騰鱗慕驚瀾。天書進廉良，大罟綱目寬。頃來中林士，繼踵青雲端。王侯經緯氣，錦繡羅肺肝。念當五鼎食，肯甘一瓢簞。著書成揣摩，脱劒横鏌干。孟明已焚舟，廉頗方據鞌。閉門謝塵軌，釜魚朝未飡[二]。竟完稽古力，已使同學歎。鳳池響鳴珮，芸閣峩高冠。忘年義已深，踵門情更歡。縱談劇流轢，處晝逾轉丸。廣廷來風清，落日微雨殘。涼泉爲濯溉，佳樹聊盤桓。長歌斕篇軸，大盟粲珠盤。寧爲端木子，矜此道旁觀。

【校】

〔一〕物，周校本作『務』。

〔二〕飡，文津閣本、周校本、沈校本作『湌』。

閔雨

山上田萬頃，江中水千里。東流自瀰漫，旱苗日焦死。惜哉不能救，地勢正如此。雲雷未興潛，蛟龍困泥滓。昭回雖在天，歎息真已矣。

君子行

君子貴自然，不爲時俗觀。升車不廣欬，卽席不變顔。疾驅不騋轡，高張不急彈。塵埃視流俗，中立何可干。顔生處陋巷，求仁得所安。簞食一瓢飲，孔聖推其賢。

雨中

丹桂更束薪，白璧償斗粟。況兹風雨朝，泥潦壞牆屋。敗竈方生魚，并日能薄粥。始知簞瓢人，陋巷本自足。寧見子桑詩，若歌復若哭。

游景靈宫

漢家祈年宫，玉宇黄金堦。回廊起層城，高閣横蒼崖。觚稜拂星斗，廣除霽塵霾。清渠寒泉交，盛夏涼風湝。火雲赤宇宙，道途若燔柴。幸兹清涼遊，復此朋友偕。前殿朝衆靈，瑄玉兹禋柴。顧予塵土姿，進拜增慄齋。掃庭有餘潔，酌水欣素懷。並坐俯堅珉，長吟翳高槐。丹青四壁畫，權輿自軒媧。千年羽化人，志怪非齊諧。始知慕神仙，自顧輕形骸。聖賢幾吹呋，寒暑一病痎。學道賴遠復，養生知有涯。悟真覺理勝，適志忘事乖。伯陽推谷神，莊叟稱安排。英風摩蓋壤，遺躅欣吾儕。飛雲肆冥鴻，拘井嗤沈蛙。虚心自兹得，歸去顔色佳。

惠州豐湖

昔在葛稚川，求爲勾漏令。丹砂頗易得，羅浮聚仙聖。窮荒非人情，適己自無競。千歲若須臾，斯人已遼敻。忽聞惠州守，修舊有佳政。漲泉作豐湖，百頃湛明鏡。芰荷争秀發，魚鳥恣潛泳。新疇日已多，耕者樂其盛。高齋面空闊，寫影窮緑浄。長嘯來清風，

炎蒸亦無病。勤憂本劭農，爽豁頼怡性。寧須學神仙，豈必謝朝請。明珠還合浦，夙昔人相慶。君有近郭田，足繼甘棠詠。

柘湖

南海浮柘山，嘗試問水濱。桑海變未久，婉孌兹爲神。昔聞仇池穴，上有牛女津。物理寧可窮，空驚舟檝人。

東關山水

青靄望不極，連峰如置關。不知清溪水，漾漾出其間。孟夏江水深，溪流正西還。崕根亂石多，散激聲潺潺。雜樹色相映，密竹不可刪。造幽覽〔一〕衆妙，撫事清心顔。泂洑自多魚，網罟羅前灣。幽人閉上方，繚逕纔可攀。疇昔新安江，寤寐龍門山。目擊暫有遇，絶勝猶班班。客程非趨時，淹泊寧所艱。少留盡餘興，更伴浮雲閒。

【校】

〔一〕覽，周校本改作『攬』。

坐嘯亭納凉

長嘯振林木，半空鸞鶴聲。清風蘋末來，孤月海上生。坐久物色改，如有神仙迎。

束芻

束芻食騏驥，斗水活蛟龍。轅下雖可哀，泥蟠未必窮。解驥就衢路，借龍起雷風。寥寥四海廣，去矣君安從。

題常寧黄令灑然堂

叔度萬頃陂，清濁誰能料。割雞用牛刀，吾亦寄一笑。示我林下詩，筆力勇奔峭。故知才者心，玩好必同調。岑岑青玉竿，千百壯非少。清風掃埃塵，日影金色照。環墀發寒

泉，霜劍初脱鞘。枕流不枕石，俯仰窮聽眺。上堂梵唄聲，空寂總衆妙。兹亦忘言徒，領理會其要。翔禽竟來集，孤猿遠相嘯。不作問鵩翁，刻意湘纍弔。

十月一日

十月西北風，肅肅天雨霜。節物感人多，客子心内傷。心傷鬢髮變，引領望故鄉。故鄉多喬木，丘壟生白楊。柏葉自宜翠，草根今已黄。旦思歸陽陂，暮憶栖後岡。况此佳辰朝，都邑事有常。平明重城開，車馬如飛翔。貴賤同一丘，蒿艾連石羊。慟哭朔風悲，一豁沉痛腸。奈何守微禄，局促限一方。隳官固〔一〕非孝，捧檄固已狂。黽俛聊自抑，涕流浩沾裳。

【校】

〔一〕固，周校本改作『既』。

吹臺

梁王遊賞地，喬木空白雲。無復歌吹響，況乃麋鹿羣。梵刹擬化出，山河如綺分。北望十二衢，佳氣正絪緼。賢者而後樂，固如孟軻云。感此多遠懷，因之濯塵紛。聞君已先我，攜手皆能文。置酒臨滄流，披憁遡南薰。由來登此臺，寂寞誰獨聞。慷慨作歌詩，悵然哀古人。千載豈不遼，忽如波沄沄。適意正在飲，無爲惜酣醺。

送歐陽永叔留守南都

白水帝舊里，大火天明堂。王都異豐鎬，原廟崇高光。畢命繼三后，商邑正四方。保釐自古貴，僉曰朝論昌。前旌鳥隼旟，左佩麒麟章。阨途亂鐃吹，先路交壺漿。風物盛山東，令人憶游梁。緬然嚴鄒徒，賦筆嘗慨慷。廢池掃清冷，舊苑開荒涼。終留相如坐，一伴梟鴈翔。

竹牀

炎光裂厚地，江漢如焫湯。閉户樂甘寢，婉孌在一牀。問我何獨爾，愛此編竹光。側身照琬琰，熱手循雪霜。有時萬里夢，倏往浮湖湘。遂令傲軒冕，彌日慵下堂。昔聞負暄老，意欲夸天王。我亦悲世人，觸熱趨道傍。

南窻詩

習静覺自逸，養恬遂忘儉。始知一席安，不比千乘忝。微風觸喬木，清氣襲珍簟。心空物莫喧，神超夢無檢。簞瓢敢望回，絃歌欣與點。彼哉晉楚富，吾道安用慊。

抱書南窻下，日午天光亮。陰陰夏木長，翽翽巢禽毣。因之省疎慢，亦喜就閒曠。散帙寄忘懷，曲肱從所尚。臨文眩今古，撫事雜懽悵。勞形竟何爲，有心得非妄。釋卷忽自娱，收視已神放。遠從華胥遊，却立鈞天上。萬緣倏皆空，至樂了無狀。悲哉俗學徒，頭白迷歸向。

登慈佛寺

【原注】宋大師造，號宋芒兒者。

清溪淺褰裳，嘉樹大盈抱。古寺向百年，地幽景尜好。連峰拱蒼翠，秋雨洗穹昊。客至登高樓，西風動衰草。雄豪昔未遇，飦粥殆將老。豈知風雲期，草昧及天造。杖箠城下邑，傾困載金寶。良知積困約，固不慰枯槁。銘勳久猶存，餘烈漫浩浩。空餘祇樹園，常此伊蒲禱。階除稍蕪没，梁棟乍傾倒。顧覽爲徘徊，物化那能道。

築室種樹

築室非我鄉，種樹非我廬。未嘗三年淹，勞力豈不虚。遠嘉叔孫子，去故情若初。此意人不知，嗟哉賢大夫。

和王絢道贈高七植竹

人言植物中，唯竹類有德。虛心道所存，外勁禮自飾。風霜不改陰，一何金玉色。丘澤無變根，還如古人直。繁花豈無實，所待鵷鸞食。卑枝亦可栖，不許鴟鳶息。爲君裁管籥，於此諧金石。爲君度短長，於此齊尋尺。原注：《律歷志》：『十丈爲引，用竹爲之。』濟川倚巨檝，扶老杖輕策。大廈莞簟安，射侯弓矢力。乃知天材美，固待君子識。飽聞崑崙秀，盛説瀟湘碧。豈曰生不遷，念當厚封植。惟君傲聲利，心遠地更僻。擇交獨此君，開逕如三益。清風共忘言，明月爲莫逆。還當掃塵榻，會待遺名客。

涉伊水宿寶應寺

日夕車馬煩，路絶臨清伊。雲光與水色，極望相逶迤。飲馬清泠泉，涼風吹人衣。白石可歷數，游魚仍俯窺。淺瀨乍褰裳，榜舟亦遲遲。古木號亂蟬，白鳥時獨飛。上方兩高閣，向水雙朱扉。迢迢際煙霞，安得青雲梯。暝投中峰宿，四山凝夕霏。鐘鳴衆禽寂，孤燈明翠微。

彈烏

夷羿射赤日，霍然落天衢。獨成萬世名，皆曰摧九烏。傴仄慨時俗，臂射妨四禺。誰能鷯鶩間，計校死與枯。孰謂黨頻頻，莫黑相爲徒。何用知雌雄，攫肉争讙呼。控弦非百鈞，投丸匪明珠。棄捐不俟時，詎比墉隼誅。矯翼似知機，回空如改圖。但使庭户清，何必殘爾軀。念無網羅禍，寧當怨除驅。吾廬正深沈，嘉木多桐梧。萋萋映朝陽，會待鸑鷟鶵。

雪中退朝與諸同舍登秘閣

密雪晦空曲，天作白玉京。都城百萬家，漠漠浮雲生。束帶聽鳴雞，謁帝開承明。脱身塵埃外，自覺肌骨輕。歸從諸仙子，笑語來蓬瀛。仰望策府高，天禄鬱峥嶸。步登雲蜺表，俯視朝日晴。寒門杳無涯，珠宫聯五城。珍木皆後凋，冥鴻亦同聲。還因閶闔風，共此夷曠情。

清漣閣

平湖侵危臺，天水相近〔一〕入。縈迴古嶼間，空闊衆境集。大邦屏東南，開府記百十。勝

遊雖日來，面勢忍遺葺。能聲紹豈弟，敏政常暇給。喜聞棟梁新，甫見規模立。横空眩藻麗，構迴愁嶪岌。居然心意會，似匪人謀及。草樹亦增華，神明非舊習。青凝夕霏翠，冷激迴風濕。去鳥指暝飛，潛鱗視幽蟄。達生貴夷曠，外物辭妄執。臯壤正欣然，蒼波仍可挹。雖云吏隱最，世復登賢急。徒使棠樹詩，千秋意相襲。

【校】

〔一〕近，文淵閣本作『競』。

歲寒谷

高松含悲風，緑竹帶凝雪。碧落翻怒濤，深崖墮寒月。蕭條非人境，合沓隱城闕。爽氣露草木，精神立毛髪。初無隱居迹，似爲吾人發。世事誰得捐，相從理營窟。

長松過千尺，好餘萬丈材。上有積雪翻，下有清風來。四時景常好，六月凍不開。何事吹燕律，獨令陽氣迴。

過開元寺

晨霜聳喬木，初日明廣庭。俯巢鳥鵲馴，步逕莓苔青。卽心百慮擾，造境衆獨醒。安禪到無悶，看畫匝已經。梵音騰潮波，幡影垂流星。天花雨貝葉，帝樂飄鳴鈴。勝緣此邂逅，法界俱清泠。世喧暫回首，但覺塵冥冥。

久旱

山城帶嵩高，常候嵩高雲。雲興似焚柴，雨注如翻盆。田萊數百里，下澤猶平原。雖有耕鑿勤，不如霡霂恩。哀此民生微，所賴芻狗仁。乃知丘陵外，獨有五岳尊。今春苦淫霖，宿麥纔僅存。過夏乃不雨，窮秋氣如燔。象龍杳無蓺，巫鼓空屢奔。豆苗落爲萁，藜莠乘冬温。黔首困粒食，或有茹草根。賣牛供租賦，不忍聞此言。此事亦神羞，誰能叫其閽。登高望連峰，正見朝煙昏。

彭城集卷四

五言古詩

寄題漢中三亭

【原注】時伯父守漢中。

梁山屏西南，漢水相縈帶。古惟千騎居，今亦一都會。守邦多偉人，按節森大旆。治聲我家貧，能事斯亭最。蒼峰上盤雲，清川近瀉瀨。隅分地俱勝，鼎搆勢争大。扶危新棟梁，增舊加粉繪。功成人不勞，事得文無害。長塗擁行輈，高宴羅羽蓋。開筵攬錦繡，勸客喧竽籟。陪遊慙望回，請賦嗟自鄶。安得凌風翰，徑厲褒斜外。

養生

世自不乏我，我亦安慕時。形骸與軒冕，冉冉相背馳。守約道可學，戰勝心自知。雖無一朝樂，亦免終身悲。

崑山

玆山本無玉，而有崑丘名。若人東南秀，遂馳終古聲。藍田亦若初，荆山高不傾。嗟嗟九原骨，千年不重生。

正月四日燕飲江氏

獻歲發春陽，青煒焕城邑。羣公三朝暇，冠蓋如雲集。主人高陽老原注：江氏，北人，饌客素豐給。開門陳壺觴，從使來者入。春盤具柔蔬，香稻進玉粒。高談劇傾波，縱飲甚啜汁。戰碁效軍實，度曲儷風什。歡窮礨不空，顧惜馳景急。東風卷初雨，泱漭天地濕。震雷動龍蛇，稍復離幽蟄。而我獨何爲，無聞既三十。人生行樂爾，身外非所及。

五行王相詩

長生不我欺，幼學每自堅。沐浴蕙蘭芳，呼吸朝霞鮮。冠帶謁紫皇，左右賓列仙。臨官太清上，拜賜玉案前。帝王固陳迹，聖智不足甄。衰容了成稚，白髮倏更玄。病笑留侯晚，妙許成子賢。死者不復作，塵埃殊可憐。墓隧侵人居，海水爲桑田。絶跡自此遠，飄飄周九天。胎化兩珍禽，羽翼爲我先。養志幸有成，眷言慙自然。

自蔡河至陳州

舟行過林樾，密樹相排擠。仰視青冥天，飛鳥猶不移。臨流方浩歎，照水分鬢眉。三十有二毛，中腸默興悲。

除日得王深甫書因寄

除日令休吏，官曹停簿按。深居念馳光，忽忽自興歎。七十稱壽翁，我今已過半。時命豈不知，胡爲此羈宦。況兹山野性，放蕩破崖岸。應接人事間，何時無謗訕。屢誦小雅

章，懼爲朋友怨。忽傳故人書，遠道情不間。上言久别離，下有加飡飯。贈我新詩謡，金碧光凌亂。鵷鸞不鎩翮，龍虎謝羈絆。乃知韝上鷹，不及蒿下鷃。往事那復追，來今猶可諫。終當潁水濱，躬耕爲爾伴。

之官廬州初至儀真寄原甫

家居非不歡，禄仕亦豈急。愧身無所勞，而兹養生給。方剛幸未艾，黽勉冀有立。謭智無遠圖，挈缾庶云及。聖教非一方，吾愚寧妄執。所慙鷦蝘微，不過枝與粒。悠悠我之思，去去異鄉邑。大江浩東流，客悲莽交集。登船眺洲渚，暝色際日入。鬢變誰昔然，悵焉寄兹什。

將之官清水李廷老來會探韻得光字

四十身無聞，忝官省中郎。未嘗學治民，繆假銅墨章。置我所讀書，低心課農桑。況此戎馬間，屬國皆軍羌。隴山一何高，緹羣正相望。聚糧三月過，始厭西路長。故人矜我勞，置酒客滿堂。固知後會艱，慨慷俱畢觴。天弧射狼星，旄頭爛垂光。分我一漢節，

繫取穹廬王。

江南曲

江南多芙蓉，水緑看最好。輕舟浮江來，白露秋意早。露白秋已晞，游子行未歸。采香欲誰贈，但見羣鷗飛。鷗飛不避人，思我平生親。當親而返疎，悵望空水濱。

題歐陽永叔新鑿幽谷泉

江南多名山，少有瑯琊比。瑯琊盛泉石，晚得幽谷美。將非造物者，留以待君子。乃知智且仁，必好山與水。公有高世材，此山共森峙。公有濟物心，此泉共清泚。泉始居地中，隱塞未如此。今爲萬丈流，近自一勺始。東浮滄溟廣，下益松檜喜。奈何公之惠，及更局千里。安得從公居，曲肱偃吾几。安得從公遊，枕石洗吾耳。是非付天壤，塵事如脱屣。當爲谷中叟，肯爲軒冕起。

張六至

君居衆人裏，有如珠玉然。世疑假渾沌，我識真神仙。獨抱瀟洒意，不爲勢利牽。少留衡門下，談笑忘吾年。

題園樹

看花前日雨，吹葉昨來風。羈旅淹留際，年光瞬息中。今朝雪消後，重見樹梢紅。

先泊龜山夜聞後來者

秋鴈去極浦，寒星落遠山。太虛混茫外，羣動有無間。中夜數聲櫓，孤舟何處還。

次韻和蘇子瞻贈王仲素寺丞〔一〕

龍虎不受羈，鸞鳳不啄泥。仙人雲濤觀，俗子閭巷迷。念昔喜讀書，五車號輕齎。東瞻識津涯，西顧分町畦。博物辨鼮鼠，誦賦嗤雌蜺。軒冕不克求，舌在徒問妻。世事莫相

告，慕虛但攀稽。賴有逍遥篇，爾來頗思齊。道真本微眇，至言乃筌蹄。壹氣中夜存，大方刓角圭。勉從赤松子，定有青雲梯。非若朝市門，強力相排擠。晚友王子喬，如得照水犀。因之喻蘇耽，衰暮母噬臍。緬思灊天柱，雲白風凄凄。築居留四鄰，與子參杖藜。

【校】

〔一〕沈校本後有小字注文『景純』二字。沈校本眉批：『埏案：此後應附東坡一首。』

次韻和原甫登禪智寺上方院二首

訪舊起廢境，賞心如此回。平川似曲沼，崇岡象層臺。前騶經林藪，飛蓋凌崔嵬。漏遲日向永，景照春已來。即事有餘勝，懷古常興哀。寥落江都宫，壯麗安在哉。方昔盛歡娛，寧知名已頹。一詠宜春賦，悵然爲停盃。

夫子信與點，賜也敢望回。遥知成春服，復此登春臺。一水近清淺，衆峰遠崔嵬。林端

白雲暝，竹下清風來。谷深鶯徐囀，川迥鴈仍哀。賓至賦樂胥，觴行詠康哉。詞鋒與醉墨，餘響若底頽。何以喻珍奇，繁露將玉杯。

次韻和張屯田新年六十九

春風數盡九，節物都非舊。幕府省文書，堦除減奔走。慵憐啼鳥喚，老藉高花誘。前林通杖屨，小榭勤箕帚。喜逢張公子，七十健少有。解吟長韻詩，不避盈樽酒。囷倉年穀實，鄰里均石斗。樊圃畦隴成，餘力到花柳。長爲子孫主，擊壤歡百口。

人日同弟姪會賈夷叔遊射東園和仲馮以退之弄字韻次用

宦情本羈旅，節物猶戲弄。欻見林下風，初開水濱凍。登高舉遺俗，剪綵隨衆用。暄和暢四體，杖履率羣從。觴酒從我來，林塘復君共。捷弈判死生，勁弓嚴縱送。新荑綴高柳，潛穎發枯葑。天空鴈相喜，泉潔魚始縱。馳光若漫漫，來事常偬偬。君看飛雲陰，既去不可重。

從劉園至澄心寺

春泥稍已熟，鸛鳴天氣新。野竹自有徑，空林不値人。悔將車馬來，鷗鳥未可親。

獻歐陽永叔

毛生重九鼎，劇孟雄敵國。布衣未易輕，壯士多感激。遍讀近古書，仰求當時人。膠絃非工聲，直鈞良苦辛。舉世無與游，行且三十春。豈乏富貴士，相視猶埃塵。屈指東諸侯，側聞廷中臣。霜毛九皐鶴，絶足大野麟。往者移太常，正氣横蒼旻。連翩少垂翼，浩蕩俄縱鱗。天衢自兹亨，要路實有津。諫疏必焚草，王言粲如綸。雲霄入顧眄，方牧寧逡巡。豈惟國憂賢，固是材致身。南金一銷鑠，荆玉成磷磷。少留股肱郡，不廢廊廟珍。道悠任逾重，文雄聲益振。指掌五代論，藻鑑盈門賓。信陵虚左乘，程子傾蓋親。意氣已然諾，許與忘舊新。孤劍雖蒯緱，丈夫不羞貧。願言敝緼袍，試託狐貉鄰。往無鮑叔知，那識夷吾仁。毋令箕山客，洗耳兹水瀕。

初冬晨起作四聲詩

霜風吹簾櫳，天高明星晞。鄰雞三號呼，林烏皆驚飛。嚴城開重門，危冠馳輕肥。疎慵徒安眠，隆冬方無依。

右平聲

營居依蓬茅，在我頗顯敞。陽暉餘朝温，野景有遠想。年華無淹停，俛首已古往。全生誰爲賢，偃仰與鞅掌。

右上聲

山林何時歸，陋巷似好遯。通衢皆高軒，竟歲謝訊問。行歌聊逍遥，衣敝信命分。殊勝蒙塵埃，勢利強自困。

右去聲

開門誰頻來，設榻得逸客。明窻容棊枰，日昃熟藿食。叢蘭香襟裙，雪色覆轍迹。忘形非無緣，拙直獨莫逆。

右入聲

舟次淮陰寄張郎

風波不可測，夷險繫所遇。泊舟淮南岸，始知散千慮。高秋氣蕭爽，日夕稍寒霧。漠漠煙水深，翩翩飛白鷺。值景信所貪，有懷勞反顧。何時見歸艎，嘯吟成一助。

記　夢

光彩曜白日，笑語凌高風。冥漠分永訣，夢想如暫同。當寐詎知覺，視色旋成空。達性悔不早，百憂坐相攻。

夢楊十七

昔游梁宋都，偶與夫子並。爾來各分飛，豈獨歲月永。往事若有亡，魂交幸俄頃。如從杏山宴，坐弄南湖景。置酒腸已開，論詩心爲領。君言此會難，驚悟卧南郢。人生日月内，覺寐誰能省。適心故爲歡，好夢亦所幸。自吾客遐方，塵事久幽屏。乃知逃空虛，終日思咳謦。

張君以六十九作詩自道其康寧余時年五十九感而自詠

新年五十九，處事覺陳舊。敲石火難停，下坡日如走。詩書本拙畫，孔老徒善誘。誰爲萬乘器，謬享千金帚。爾來專城居，遲暮亦何有。此邦白髮人，夫子稱祭酒。貧居玩一瓢，健飲輕五斗。愧君十年長，顧己甚蒲柳。方將外形骸，餘事勿掛口。

送汾西高長官

堯風遠以深，千載殊未央。寥寥蟋蟀詩，在晉謂之唐。今君試宰邑，正復汾一方。民社非不榮，腰有銅墨章。安得六七十，而非諸侯邦。翳翳桑麻區，雞犬音相望。因俗固易治，學古子所長。勿嗤儉以勤，葛屨從履霜。朞年會有成，坐見鳴鳳翔。吾知尹翁歸，治迹由平陽。遠道悵分手，游子懷故鄉。離羣以索居，愧慚參與商。原注：參、商，曾子、子夏名也，二子皆居西河，故云。

送陳同年遊固陵

送君固陵遊，勿憶炎漢初。天地不中裂，雄傑争錙銖。追兵下陽夏，百萬風雨俱。鴻溝不可恃，平分知厚誣。叱咤梁齊君，王業成斯須。鬭智不若諼，小信良區區。爾來數千歲，英氣存信書。山川未改舊，壁壘皆丘墟。寄心阮嗣宗，撫掌當踟躕。

汴　上二首

渾黄下湍流，地勢東南瀉。潛石激陰怒，烈風鎮相假。客行何艱哉，極力無可者。永路未遽央，扁舟安得捨。端思九衢塵，快意堅車馬。

客從江湖來，風水畏難測。行行汳渠上，牽挽意不適。驚湍卷前灣，怒浪潛亂石。至柔動必剛，況使相推激。隨波歎異心，枉道復退尺。顧思掛高帆，勇往逾箭射。行險何足憂，萬事亦天力。

望九華山

初行江南道，山水皆可愛。忽見九華峰，瑰奇又堪怪。去之百餘里，青翠若無類。羣山特微茫，屹起視其背。初疑楚人劔，真能倚天外。快意入浮雲，恥令白日晦。又如羣游龍，垂胡飲江瀨。俯仰令人驚，頃刻千萬態。未知灊與霍，何能配嵩岱。得無失其真，吾爲古人悔。山中多良田，泉源得灌溉。頗思藏其間，將家事耕耒。塵氛未決往，暫若觀畫繪。日暮飛鳥還，臨風久佁儗。

晚春登樓

川原自不改，春事已疇昔。衆芳生晚緑，遠樹森重碧。流鸎歇復歌，乳燕飛暫息。對酒獨慷慨，惜無同心客。

和謝師厚鴶詩

君爲田鴶吟，哀彼田鴶艱。無舌以自鳴，銜恨安所宣。我徵古人詩，得之唐國篇。苞栩

何足哀，悲在不得言。君看鶗鴂鳴，衆芳爲不蕃。黔雷詎有知，奮此亦已偏。萬生詎可窮，孰能厭多聞。頗識鳥獸名，從子求諸田。

邾園水閣煎茶

溪梅已爛漫，溪水方緑浄。惜春聊插花，愧花還照影。淹留待烹茶，初覺晝日永。

登瓜步魏武廟

陰崖不見日，側逕劣容步。鬼神宅冡奥，與物隨繪塑。惟惜飲馬初，想見投鞌處。木落山勢高，潮平洲渚露。

華山隱者圖

六王昔崩蕩，秦帝按劒興。虎争四十年，方隅爲之平。豪氣竟未已，用民如不勝。因河既爲池，起洮復堅城。嘉〔一〕哉諸老翁，攜手西山行。避世往不返，逍遥塵外情。明星備灑掃，巨靈爲友朋。飢食玉井蓮，手攜三秀英。世事一朝變，龍蛇復縱横。石火咸陽焚，

蟻聚成阜争。致身青雲外，顧視不爲驚。萬朞乃須臾，安知谷爲陵。爾來見圖畫，真氣猶冥冥。世人但蓬蒿，安知鴻鵠征。桃源迷去路，蓬萊浪知名。異時三峰遊，會當慰平生。

【校】

〔一〕嘉，周校本作『喜』。

詠史

原嘗四公子，養徒各三千。金玉棄如沙，快意當目前。好士要盡心，安知悉英賢。雖非霸王資，豪氣故翩翩。生爲戰國雄，死亦名千年。晉重未反國，曹鄭方接連。靳惜糞土間，不能捐一錢。宗社幾不食，惡名高屬天。山樞刺昭公，死矣悲宛然。如何萬乘邦，徒爲人所憐。

秦兵謀大梁，決河灌夷門。百萬皆爲魚，閭里無一存。不用無忌謀，人人皆有言。天方

縱秦毒，蕩滌乾與坤。雖得阿衡佐，誰能救崩奔。政先趣嬴禍，指鹿遂亡秦。翟義爲漢謀，攝省因卽真。爲忠豈不難，殺身亦已仁。天道良悠悠，成敗難重陳。不見商山翁，采芝樂全真。羽翼安儲皇，天子不得臣。

晚歸望月

落日隱城頭，深林已微暝。相攜步明月，詰曲穿繚徑。稍稍歸鳥栖，回風亂鐘磬。

六月七日大熱及曉微雨

宿雲晦城闕，曉雨生微涼。綠縟草木潤，清虛塵土香。宇宙暫掃除，胷襟豁軒昂。忽如沉痾去，飄若凌風翔。適物能須幾，執熱每相望。永愧江上翁，終歲浮滄浪。

苦熱登樓

高樓亦炎蒸，况乃樓之下。念彼生民微，纍纍盡蝸舍。上天無清風，何以逃永夏。顧余更緼蠖，眇然用悲吒。火流暑當反，日暝天欲夜。我躬且自閲，於此猶閒暇。

秋熱

蒸暑淹南國，季秋如長夏。炎涼亂平分，天地錯常化。短日迴朱光，六龍頓其駕。暵似山澤焚，憚我如不暇。反思歲聿暮，郤顧旦輒夜。寧忍窺昆蟲，干時事矜詫。

夏夜月中

静夜收衆響，南軒卧虚寂。繁星粲文具，初月懸星壁。流螢急自照，露華重已滴。鬼神頗虚無，觸事生慘戚。兒童戲相驚，庭有玄冠客。夜久待不來，微風動松柏。

苦熱

生長自吴會，北遊逾十朞。來還遂衰老，衰老何用知。六月江湖間，煩炎若蒸炊。疇昔不憚暑，今者殊畏之。纖絺置如仇，羽扇常自隨。對案不得飡，膾炙成蒺藜。憶我童稚歲，烈日猶奔馳。鬬草出百品，承蜩睨喬枝。赬顔不待濯，流汗始爲嬉。自憐筋力便，豈謂天序移。往聞終南間，盛夏含冰澌。將家就高寒，長與卑濕辭。

酷熱

堅冰念陽和，廣莫思柔風。天事有馴致，星火俄復中。飛烏炎千里，羲叔頓六龍。焚林墮翺翔，沸鼎愁噞喁。路傍在〔一〕家田，傴僂頭白翁。惡木不得息，百畝爲己功。如何富貴人，方借明光宮。

【校】

〔一〕在，周校本改作『誰』。

秋熱

百里異風土，我行豈蠻越。中星正常象，未與京洛别。肅霜乃温風，授衣甫絺葛。林蜩沸如羹，芳草香未歇。天令不可推，有時倒生殺。九土皆若然，蒸灼何由豁。憶昔過秦隴，連山看秋雪。陰風鴻鴈號，積凍松檜折。驅車渡河洛，反顧尚明滅。大笑咫尺途，居然異寒熱。

次韻以道月中作

月從海底出，素景天外來。解道千里共，斯人安在哉。洞庭木葉脱，未央簾幕開。顥氣徹霄漢，炯炯不受埃。羣居笑李白，獨與影裴回。願言常相親，無使手停盃。

和孫少述雪

同雲晦天地，浩然自生明。蕭條喬木風，斷續過鴈聲。袁公卧深巷，意得神亦清。豈知長沙客，漂泊萬里行。餓隱賤禄仕，乃見終古情。

別黄子温

田園不遇歲，羈旅常苦心。問君長沙客，幾年東武吟。白髮映青春，天涯一相尋。傷弓雙折羽，遲暮多哀音。平原客如市，珠履玳瑁簪。擔簦義何勇，歸袖羸黄金。世事不足道，丈夫多陸沈。何以慰別離，春酒方獻斟。

別王深甫

四海不易遇，各自東西人。那知汝潁間，三歲爲比鄰。愛君故清真，有以敦薄鄙。亦作酒客難，調笑鴟夷子。一句輒攜手，曷日不寄聲。相期此胸中，無若平生情。士貧非農商，敢憚抱關役。經術又不如，空愧上書客。飛鴻羈旅懷，流水離別心。長因東南風，一冀子徽音。

與孫巨源蘇子瞻劉莘老廣陵相遇蘇請賦詩爲別各用其字爲韻每篇十韻〔一〕

都城每過從，車馬動逾衆。分飛無此歡，會合杳如夢。薄霜作微寒，淺水未成凍。秋花正爛斑，幽鳥雜清哢。此邦人事稠，南北屢迎送。以茲信宿間，得與數君共。遂將結吾廬，念有用餘俸。稍營負郭田，畢力輸賦貢。百齡欲過半，來日頗自縱。冀君數相存，詩酒尚足用。

本爲東方生，避世不避喧。仍慕管夷吾，畏事復畏言。外物不可期，高風難重論。我辭

金馬門，君來西掖垣。淮瀕一相見，握手雙淚痕。矜我鬢雪多，歲月何崩奔。默然念既往，所遇皆籠樊。恨不值羽人，拂衣入桃源。腰間銀青綬，車上朱兩轓。專城自不惡，相思徒種萱。

因言浙江潮，憶上吴山尖。八月天地空，千里澄圓蟾。海水爲羣飛，迅雷發幽潛。壯士懷惴栗，怯夫竊窺瞻。春風潮水平，青玉開鏡奩。輕舟載花女，翠髪腰纖纖。勝事冠東南，君行獨能兼。吾以狂自名，將老無所嫌。會當從君遊，不計歲月淹。鱠魚必令鮮，釀酒勿使甜。

嗷嗷南飛鴻，羽翼何莘莘。哀鳴衡山陽，落影湘水濱。歲晏道路長，雪霜多苦辛。豈無稻粱謀，畢弋如魚鱗。此鴈欲誰比，正若羈旅人。古來瘴癘地，常有忠直臣。扁舟慎自將，勿重蛟鼉嗔。鵩鳥惡似鴞，端能伺承塵。東風發衆芳，宿莽煦陽春。鴈歸君未歸，悵望汀洲蘋。

【校】

〔一〕沈校本眉批：『埏案：此詩應録東坡作附後，見坡集。』

季孫肥

季孫事顓臾，禍起蕭牆内。秦皇築長城，滅國乃胡亥。蒙公不正諫，地脉豈其罪。戰國尚權謀，阿諛彼何怪。親爲聖人徒，鄙陋曾莫解。鼉玉毁櫝中，危顛竟誰賴。鳴鼓詎可攻，菹醢死無悔。

約謝師直出獵師直小疾不行作詩戲之

雪後原野空，風高弓矢勁。歲時有陰殺，自古順天令。躍馬徑豐草，呼鷹下空夐。烈火生鼻端，割鮮剡餘興。此亦壯夫樂，不與兒女並。苦無枚叔辨，試起夫子病。

觀獵

立冬殺氣凝，清霜會晨朝。滌滌原野空，烈烈荆棘燒。鷹飢肯爲用，馬寒意逾驕。旌旗帶林莽，笳吹含風飈。突圍狡獸怒，得雋壯士嚻。老狐屈變詐，文雉輸英翹。討伐順天時，未許窮姦妖。翩翩馬上兒，弓箭各在腰。意矜百戰雄，巧鬬更相招。控弦落明月，飛鏑來九霄。雖虐終無傷，爲樂固已饒。晚臨清汝濱，寒水如落潮。揮壺酌美酒，醉歸遺皁貂。

雜詠四首

衆樹日改色，凉風下蕭森。喬柯無定枝，存葉非舊陰。白露變凝霜，百芳從此侵。代謝不暫稽，盛衰理相尋。懸蟲自包藏，棄巢絶來禽。徘徊蒼台地，萬籟成哀音。

短日不能永，月華代揚輝。暝暗來四隅，稍復清影隨。迢迢河漢章，天畢前南箕。簸揚蹇無成，掩兔今亦時。

蒼蒼城隅草，地勢元有在。涼風西北來，摇扤色已壞。天運正消殺，高明彼先罪。安見中國葵，淺智亦足賴。

疾風吼籬端，嘯呼隨叱吸。翻翻走地葉，衮衮强相及。重門忽開扉，窸窣如有入。飛蓬自無根，邂逅暫相集。萬生共馮寓，智愚因妄執。區區古今士，陳迹更綴緝。是非竟何常，得一已漏十。歲晏莽無成，白頭抱書泣。

廣陵蔣生死十四年尸猶温有妻子存嘗有書自遠與其家

【案】《公是集》亦有此題。

三徑積荒草，玉棺不上天。初疑青竹杖，有值吴門仙。妻子同脱屣，衣冠如蜕蟬。何年獨鶴歸，悲歌城市遷。

曹司封詩

自我勝冠帶，日聞鄉黨議。意嫌風俗衰，長老俱喻利。緬懷千歲士，未謂今昔替。果哉曹大夫，高度跨一世。人皆競錐刀，趨走候形勢。強能弋公侯，弱或丐奴婢。而公獨長往，亦豈惡富貴。顧當拯頽波，且以伸吾義。昔在天聖中，太后猶稱制。桓桓諫議公，正色風憲地。王室依老臣，蕭牆屏姦計。一麾竟謫守，褒贈身後事。至今誦遺烈，每雪義士涕。天倫見霜標，粲粲真難弟。大雅貴老成，春秋有凡例。吾將編野史，著述二公志。直清先伯夷，退静後季次。願爲得者規，不使達者愧。

驟雨

山川近淮秀，風雨向秋急。初爲空曠游，頓喜清凉集。鳴蟬斷復續，沙鳥飛還立。平生耽勝事，未暮俱可及。

馳道

秦皇侈心極，登眺窮阻修。言從峽中度，復欲滄海遊。車轍去不反，馳道缺每留。君看鼎湖人，尚畏軒轅丘。

樹下

百芳與春違，嘉樹成密葉。上枝下相副，朝影暮還接。徐風氣清凉，重露香浥裛。關關變鳴禽，杳杳飛孤蝶。神仙彼何有，静境我心愜。萬期猶視蔭，寸景疑度劫。何用窺蟠桃，滄溟憚舟楫。

過薦福寺

下馬喬樹陰，雪霜寒未晞。重門開相當，廣殿晴日暉。問僧亦何事，荷鋤殊未歸。勞生每多役，嚮此情依依。

分題李花得香字

尋幽興不淺，佳木稍已芳。積雪春未融，明玉仍自香。赤日照未好，會待清月光。念無瓊玖報，聊復進離觴。

夏雨

邑居苦囂塵，洒掃長不給。蕭條一雨餘，草木遍青濕。静無浮埃生，清有涼風入。媿慙天地功，人力那能及。

馬死答劉先之

馬惡憂敗羣，馬死遂徒步。始知惡有用，但愧非善御。未能棄山野，不得事藍轝。猶當謀欵段，尚取州里譽。

顧亭林

逝者如去水，賢達無復居。竭來顧亭下，但見林木疎。魚鳥樂深淵，風煙迷舊墟。徒幸百世名，歷歷存緒餘。

齊魯

齊魯大儒師，專門盛章句。應物非己長，何以責成務。乃其忠孝心，足以事君父。不如商利徒，反道趨詭遇。剥床以及膚，泉貨山嶽聚。賜金稱百斤，封邑成千户。若無天事變，豈不厚且固。商鞅既誅夷，桑羊亦刀鋸。寄言逢掖人，施施幸安步。

彭城集卷五

五言古詩

淮上

旦起風頗凉，暑薄意彌愜。長淮波浪高，咫尺不得涉。艤舟望連山，青靄亂雲葉。鷗鳥去杳然，空迴明曄曄〔一〕。臥吟新詩句，閒理舊書帖。呼兒飼芰芡，看婦治箱篋。爲非急時者，無事用輕檝。淹留既無悶，何必歌長鋏。

【校】

〔一〕明曄曄，文津閣本作『明霞接』，文淵閣本作『晨光接』。

次韻蘇子瞻

顧侯磊落人，稱是腰腹偉。不甘封侯相，蔡父誇小史。功名保唾掌，懷寶豈能已。鞅掌人所難，見之心獨喜。鄴中貴史公，秦諺推樗里。一蕢障九州，亦自其名美。金城上方略，萬里可寸紙。頂踵禹墨間，掛冠復遺履。蘇公相知心，乃在湯湯水。抑揚磕然笑，吾心嘲里耳。

次韻孫少述二首

蓺苗欲其實，種椒欲其繁。我本正禮家，世人稱二難。學射庾公斯，取友念必端。相與今白首，交通可以完。羨君脱塵垢，顧已羞素飡。聊爲鵬鷃飛，各自天宇寬。一月三寄詩，一詩千百觀。悦若從君遊，君知我心歡。

爲貧始願仕，逢辰叨典州。樸直守故學，遲暮悲舊遊。此邦詩書林，處士原憲儔。怪我何所爲，千騎居上頭。君恩重泰山，未有毫髪酬。遠慙遂初賦，清節第一流。桑榆不相

遺，歡笑脱覊愁。

喜王大自固陵歸

日月疾過隙，生者猶行客。念君於此中，復久事遠役。歲暮山林閉，天寒雪霜積。歸來道路勤，稍見車馬色。田事未宜緩，春冰行解釋。相從今其時，迨此役車息。

畏途

畏途十殺一，昧者已知戒。奔航失維檝，將恐亦同敗。凝冰難長清，甘醴復先壞。桔槔獨知道，俯仰非有罪。

椿下獨坐

凱風長羣物，赤日流正陽。幽居似〔一〕囂煩，嘉樹亦陰涼。偶坐方丈間，吾非厭華堂。愛此真不材，保彼千載長。仰視龍蛇形，屈蟠正蒼蒼。忽疑翠羽葆，何以居我傍。吾聞高蓋人，專寵來百殃。我獨安隱幽，入鳥不亂行。

【校】

〔一〕似，周校本改作『絶』。

結廬

結廬東城下，適當車馬路。開門閲過客，擾擾不知數。客或爲我歡，客或不我顧。歡我我不驚，去我我不慕。俛仰各異懷，音容暫逢迕。照影清水中，默然不相語。魂交夕夢間，昔昔已復寤。薄厚何從生，善惡非有素。寄語朝市人，知余養生趣。

後浦望水

春塘見游魚，芳草宜白鷺。溪流定幾曲，花發應深處。重來畏已迷，堅坐不能去。

奉和寬叔新橋之什

昔賢常奪鬲，彼聖猶伐樹。物情喜崎傾，直道每齟齬。況茲渾渾川，翻覆不可據。風波

一生憂，忠信多逢怒。陰虹架層雲，雨氣生寒冱。操舟雖云神，失勢嗟已屢。早師漆園學，一悟南華趣。理會定無悶，神全諒何懼？吾道乘桴浮，斯文以筏喻。仰止金玉章，煥然謝煩慮。

晚泊長蘆贈南來鄰船

沿遡同一川，風波情豈別。維舟暫相從，銷憂自怡悅。明發南北飛，離懷更秦越。

苦寒

不敢怨雲霧，不敢悲雪霜。此是上帝令，所以誅愆陽。不見李與桃，前日胡爲芳？不見蚊與鷃，往日胡爲翔？反時固爲妖，儌幸真不祥。但令冷氣除，豈敢虞凍僵。吾道不終窮，君看松與篁。

賞心亭

【原注】時馮當世置酒會，吕翰林、張舍人、章學士皆在坐，因以詩贈馮。

高堂面虛無，水色照羣有。不知歸流永，但見來帆久。蒼翠前後山，起伏龍蛇走。荒蕪六朝舊，獨此存不朽。涼風西北至，蕭颯驚户牖。秋意倏已高，玄蟬嘒衰柳。主人厚賓客，嘉贈隨所取。爽豁破縈紆，高涼謝塵垢。開筵窮日影，玉斗湛清酒。長歌激梁塵，爛醉頗無負。羈遊屢飄蕩，攀援每遲後。數公傾蓋歡，夙昔故未偶。夜闌天正黑，出户攬星斗。明發復殊方，行行但回首。

汴渠挂帆

翩翩河中舟，一一西上水。彼船力有餘，我船力無幾。力薄日一舍，力壯日百里。遲速詎幾何，推分故爾耳。今晨東南風，帆席頻輕駛。舳艫密相銜，前後畧相似。如將平不平，頗復令人喜。因之念時事，冥寞付天理。

寄韓持國

帝都冠蓋區，百吏鮮閒暇。學省獨優遊，儒冠足休假。臘前辱飛書，雨後果迂駕。遠道

靡告勞，心期莫予許。三年坐窮山，物色多可訝。鶴林失昭師，演門吊兩謝。素交悵傾蓋，陳迹空怛化。孤吟不逢人，默坐常逢夜。朱丹親簿領，蟲旱視禾稼。全人猶礱盎，薄賦兼偡㾪。君來慰何多，高論聽雖乍。雄風快披襟，佳境逾啖蔗。從容外形骸，約畧陳酒炙。尋芳問名園，臨溪陟累榭。數稱灃陽叟，謂實龎公亞。昔聞固已多，今得逾可詑。龍門走清洛，伊水共東下。舊都富形勢，時卉芬蘭麝。雲峯會深入，芳草正可藉。乘興寧有窮，歸馬何當跨。小官畏繩墨，跼蹐甚轠靶。苟無咫尺書，限此十數舍。舉頭怨鴻鵠，羽翼不我借。終更行有期，屈指計秋夏。

寄王深甫兄弟

曹子三敗辱，卞和再刖悲。自古鮮其然，今子何似之。歷塊悮一蹶，千里差毫釐。白璧固有瑕，黄金豈無疵。識君向十年，每歎時爾遺。天命兹可信，古學滋可疑。上書欲薦君，身賤不得爲。寄君北門詩，相望空所思。

寄王子直

三見登賢書，每有千人進。少年盛名聲，高士離幽遁。吾憐王子秀，屢黜曾不近。棲遲困家食，屈首仕州郡。始疑造物意，實於才者吝。寧與朝廷分，不使山野盡。間令特達士，竭力事推引。知音與彙征，千歲名雙振。憶君盛文華，遇事尤精敏。雷雹騰火車，波濤駕蛟蜃。譬之逢羿射，所發無不準。固窮當益堅，達生尚無悶。府公樞軸老，治道常坐論。屢聞下榻迎，豈惟虛己問。人生貴意氣，感激多發憤。想見吐胷中，江河出方寸。便當薦書上，累鶩推孤隼。咫尺青冥天，勵翼見翔奮。年華不吾與，一毛倐生鬢。禄仕久益貧，拙謀老仍鈍。干時〔二〕尚有違，得名諒無分。行當鴻鵠舉，判與麋鹿渾。江魚事鈎罩，吴稻收囷囤。君時據亨衢，寄聲勿招隱。決意千里游，極當何日歸。終朝仍閉關，室邇人竟違。北風吹長空，弱羽相分飛。我呼君應聞，何意音問希。介者當鮮合，俗士所見非。會知相憶深，不爲輕與肥。

【校】

〔一〕干時，周校本、沈校本作『説將』。

寄王深甫

昔居沈丘門，相過不盈里。蓬蒿敞三徑，杖屨通彼此。去潁已數年，居常夢湖水。陋巷君所安，所居未宜徙。憶昨春風時，君手種桃李。二年常著花，今秋應結子。同生記五人，次卿今禄仕。餘人皆及冠，誰最飽書史？娟娟懷中兒，長女久生齒。侁侁乳下秀，相繼今有幾？固陵好田園，往歲未疆理。葘畬無廢功，計程萬億秭。曩時豫君謀，家事最綱紀。欲令囊有錢，更使囷餘米。伏臘足自了，衣食常好美。自兹謝俗徒，閉門唯隱几。豈論陶朱公，未慕子貢氏。有志懼難合，到今可誰比。將無尚瓢簞，幸不乏甘旨。南風素輕浮，衆口巧排詆。往聞里中兒，責望多苛禮。君從段干迫，詎免叔孫毁。又聞澤宫射，吾子時見罷。有言厭塵勞，自誓不再起。窮通非異門，出處皆一體。達生知順天，偏智乃私己。怪君未坦然，尚爾交憂喜。昨來赦書下，拔滯先賢士。寧令有道卷，

近自吾人始。丈夫龍蛇變，蓋棺事乃已。探穴必得虎，叱梟會勝雉。何能守一方，寂寥事行葦。吾爲諸侯客，正得戎曼鄙。簿書每陳前，弦誦不到耳。時方尚鴻鵠，自愧雜螻螘。匠石悲運斤，郢人怨流徵。非君美無度，孰與裁狂斐。思心〔一〕若煩酲，澒涊不可洗。彎弓輒墮鴈，投竿常獲鯉。寄書非無緣，勿愛繒與紙。

【校】

〔一〕心，文淵閣本作『身』。

寄王子直

王孫意氣壯，文武兩自適。著書輕古人，時論有馬癖。塵埃問何闊，陋巷稀軼迹。西郊秋欲分，風露朝暮積。豈惟弓矢勁，況乃鷹隼擊。何當共馳騁，一見萬夫敵。

寄原甫

雞鳴行問津，日昃未得休。高山有懸車，深水時汎舟。二殽避風雨，太華行清秋。旅遊

月魄毁，始覺岐路修。緬然望西南，落日荒維陬。應知念行役，天中時倚樓。

寄王掾

壯齒行九州，智當任百憂。常慕馬將軍，又憐定遠侯。汩汩州郡役，奔走無停留。朝與簿書期，暮從農夫遊。盡力蒿艾間，令人愧前籌。會計與牛羊，古來悲孔丘。王卿與我同，歲晏方田疇。烏攫道傍肉，貂餘身上裘。西風木葉零，清雨天地秋。歸來共尊酒，歡言役車休。

寄王深甫

昔有揚子雲，著書恬勢利。家貧官不達，賓客罕肯至。時復好事〔一〕者，相從問經義。千載故寥寥，吾人一何似。天凉風雨餘，草樹有秋意。蟬吟燕辭歸，窮士易失志。陋巷可相期，簞瓢固多味。

【校】

〔一〕事，文淵閣本作『書』。

尋王深甫值其不在歸寄此詩

幾日欲出門，適此天和柔。邦人皆異情，我憶從君游。僻居正窮巷，冰水相交流。旁舍代應問，簷鳥聲啁啾。士貧難自高，柴水勞深謀。昂藏塵世間，何異川上鷗。我能乘興來，不能興盡留。清談無由接，竟夕心悠悠。

寄王深甫

【原注】時爲亳州衛真主簿。

公綽志不欲，滕薛非所居。黄香脱枳棲，仍集東觀書。艅艎不挹漿，鷹隼非捕魚。狐裘匪負薪，鼎鬲寧柱車。物生各有宜，得志皆自如。違方易故常，操末繆續初。古賢貴相

知，末俗隨毀譽。懷君乏羽翰，臨風一躊躇。

之官汝州舟中作寄都下

淺智憚遠謀，弱力量所任。進途遠朝廷，退迹違山林。代耕抱微願，儋石安素心。小官慕既往，有道諗在今。問津自南郭，治舟遡清潯。鼎鼎去鄉悲，泠泠遊子吟。凌風卷晴緑，喬木庇高陰。黃鳥相喧呼，嘉魚一浮沈。晨昏偶素月，信宿在青岑。所遇多可歡，離念頗用侵。嵯峩天門高，浩蕩瀛海深。髦士相提衡，精義窮幽尋。顧余傾蓋交，問我瑶華音。戒車辱祖道，贈策悵分襟。簡書甫祇畏，僻陋方滯淫。摇〔一〕懷日三秋，寄情望歸禽。

【校】

〔一〕摇，周校本改作『遥』。

早春懷都下

沈滯幕府官，三見春華换。早聞知命言，豈敢竊自歎。樗老謝雕刻，鈆鈍繆錘鍛。幸兹省文書，聊以騎欵段。鄉閭越南北，弟侄稍婚冠。藹藹西掖垣，哲兄秉天翰。悠悠思者懷，歷歷念可看。仰視歸飛鴻，何當爲我伴？

瓜步〔一〕

蒼蒼林表山，下惟瓜步水。憶昔魏皇帝，百萬嘗駐此。飲馬江水渾，揚旌朔風起。經營竟無成，歎咤有遺耻。去去常畏人，閔默垂五紀。大江限南北，天意固偶爾。奈何奸雄才，割據争虎視。不有神武功，疇能混書軌。吾聞清流戰，王業實基始。樓舡蔽空來，天塹才一葦。此時東流波，不足投馬箠。煌煌軒臺威，凜凜向千祀。

【校】

〔一〕瓜步，周校本作『瓜步詩』。

寄老菴〔一〕

兹山韞奇勝，四野窮眺覽。近峰擢矛劍，遠巘矗蓮萏。雲霞發光彩，氣候變舒慘。啼禽不能名，秀芳多可攬。招提就丘壑，初地首鈆槧。精廬爛金碧，净供歡藜糝。佛香晝繇繇，法鼓晨紞紞。林風忽飄摇，天樂隨簸撼。靈泉初發蒙，温液遂盈坎。異源判炎涼，及物萬塵黕。西南江路永，水墨畫色淡。漚鳥破青冥，帆檣出葭菼。吾人事探討，絶境更平澹。悟真心自知，得雋首獨頷。剪茅地夷爽，築基土強塹。長松啓門扃，怪石列窋窅。遂初本逍遥，知畧貴剛敢原注：孫會宗智畧士。頹齡惜鬢髮，壯節露肝膽。由來抱軒昂，豈復甘黯黮。辭滿異多秩，摻袪嗟不窆。高風故難繼，弱質因自感。赬肩疲負任，勿藥羞是[疒替]。願言爾爲鄰，甯使我餘憾。即今桑榆景，光翳將就晻。

【校】

〔一〕沈校本有小字注云：『埏案：黄山谷集有《寄老菴賦》，注爲孫莘老作。』

潼關

上有蒼蒼山，下有渾渾流。兩崖類築甬，中道纔容輈。關門密相望，設險非一秋。借問前代人，屈指嬴與劉。乃知伯王功，天險參人謀。百二制六國，一面當諸侯。東塹洛陽薄，北視朝歌羞。時平郡國通，官守輕戈矛。旅程兹出關，悵然爲淹留。

汜水關

四山環若屏，土色類堅石。青冥積靄間，古逕漏天隙。虎牢一何險，飛鳥不可歷。狹處乃容車，天形正修白。山行十里盡，路與洪河直。驚波走狂沙，澒洞踏虛壁。寒光著面目，噤痒避劍戟。殷然出地雷，下與千仞隔。壯哉造化功，置此限南北。乃知巢居民，老死皆異域。帝鴻始舟車，夏禹勤底績。輪蹄日相尋，隘路遂開坼。因緣楚漢交，英雄因智力。殺人何其悲，貽患實自昔。西風卷零雨，昏霧白日匿。泥塗未遽央，客子怨行役。

春日涼榭寄戴大臨

老去苦無悰，春還暫真賞。念無俗慮侵，得以山林往。尋幽喜人遠，習静憎禽響。東風日暄和，觸事全勝尚。

晚步寄徐從道

日夕興頗適，逍遥步城隅。連峰蒼翠間，決溝見平湖。鳥去一何逸，白雲與之俱。太虚自無礙，真意寧有拘。春華白藹藹，欣欣動羣枯。園畦亦成趣，嫩緑〔一〕縈寒蔬。思君昨相語，水木西山居。况此天氣新，田野多歡娱。注想已自爾，念歸定何如。

【校】

〔一〕緑，文淵閣本作『柳』。

秋園

夕陽下西山，反照林杪赤。初驚秋事早，遠見霜葉色。山林得吾心，消散理輕策。翠香襲晚秀，柔紫拾新坼。涼蟬時一聲，棲鳥相斂翼。還歸臥南簷，初月照虚碧。

寄王固子堅時在固陵治田

蘇秦六國相，晚被讒慝名。使有東郊田，安得留此聲。古今事可知，達人盡躬耕。多君家事治，竭力從老農。白水負郭田，百頃畝一鐘。耕亦勿鹵莽，耘亦無滅裂。秋成霜滿畦，玉粒勝白雪。我懷沮溺心，早晚從君遊。且當學林類，行歌復披裘。

陸瑁養魚池

何兹水鄉士，尚復穿池居。寧知湖上龍，不是淵中魚？漪瀾杳無際，緑净望有餘。寂寞垂竿叟，嘯歌方歲除。

自舒城南至九井並舒河行水竹甚有佳致馬上成五首

升曦上南山，千峰雲碧明。晨風激寒水，琴瑟環佩聲。蠶老桑柘空，麥熟黃鸝鳴。浩然田野興，遂爾忘都城。

高高嘉樹陰，下下修竹林。水光摇日影，人語亂鳥吟。興適盡佳境，有逢皆會心。安知道路傍，前更登嶔岑。

一溪分百泉，一泉流十家。惡竹莽連雲，古樹横帶沙。魚子戲稻秧，鳬雛唼荇花。信美非故鄉，無由寄生涯。

溪水轉山曲，杳如天際流。淺瀨不解衣，浮查曰爲舟。惜無同心子，此地聊淹留。但愛溪上兒，蓬頭坐垂鈎。

南山近仙居，太古餘積雪。陰雲五月寒，松檜爲之折。如何車馬客，塵土倦炎熱。揮手謝世人，吾將與君絶。

自曹還都舟中奉酬子中見寄

結束遡都門，歡言瞻上東。宿春不成裝，徒御殊怱怱。傾城千萬人，髫稚隨老翁。攬袪強我留，路隘馬不通。志微術無多，舉動非材雄。畦隧不知拙，雕朽寧謂工。尚憐畎畝民，欲使衣食充。吏課才第六，名品出下中。豈期此邦人，念我如豳風。竟慙不赫赫，用底書成功。人事非有常，物變何必終？移是趣日新，應諧猶不窮。恥爲堅白辯，判別僻與衷。由是知命來，但覺心源空。思君天材異，汗血流驃驄。定交既非晚，接武昆瀛蓬。歲月使人驚，冠帶昔兒童。别離過三秋，會合今復同。新詩思何深，清月醒困蒙。相哀蹇無成，爲客謝諸公。

奉酬孫少述

意合非有求，道遠義彌敦。詩書獲我心，將老遂不諼。頹齡若馳波，哀逝稍不存。念君

稅羿羈，飲水棲衡門。正容悟失道，已矣將何言。

還家

久客常念歸，還家自深願。雖非湖海遊，早已時節變。果蠃施於宇，蠨蛸巧相衒。牆根思哀蛩，危楝辭歸燕。貧加鄉閭慕，病益兒女戀。棲遲免路旁，未厭茅屋賤。衡門過涼雨，秋草盈芳甸。耕耘儻及時，筋力自此勸。

雪中檢故書見王深甫書因寄

積雪閟窮巷，天寒四岑寂。常時能來人，今茲亦絶迹。探囊理文書，卷軸浩堆積。歲序往不留，其人或成昔。忽如二三子，共此笑言適。我遊皆可人，回也實莫逆。詩句何軒軒，有若風中翼。使我多聞知，令我手不釋。聞君不作官，作官固無益。由來全生士，不以時世激。請問紫芝翁，寧知五鼎食。開門望四野，天地漫無隙。老鷹凍不飛，何由寄消息。

送張七和州判官

从仕如博奕，百万繫一擲。君看大司馬，二十好顏色。與子昔獻賦，共登東堂籍。留滯向十年，尚爲諸侯客。我愚數亦奇，連蹇不自惜。念君復何爲，無乃玄尚白。時平棄奇節，幕府鮮籌畫。譬如塒㙈間，安用鸞鵠翼。高秋江湖深，莽莽煙水碧。輕舟犯蛟鼉，勉子慎行役。

三女岡

吴女飛若煙，兹地留爾名。上有愁雲陰，下有蔓草生。如此粲者何，遺恨若未平。寧無東平樹，靡靡嚮孤城。

澄心寺後閣彈琴

高風動長松，蕭瑟清我心。亦有琴上絃，盡得天外音。試復嚮城市，餘響終難尋。

首春學省同舍十一人集王彦祖爲主人人〔一〕賦十韻得河字

意遠智無涯，樂少憂常多。浮生共茲理，達士默謂何。歲月如奔車，冰霜變陽和。廢書獨長歎，倚席仍浩歌。王子家千金，世勳誓山河。勅厨具豐羞，載酒信所過。重簾篩勁風，暖日蘇庭柯。左手持蟹螯，一釂朱顔酡。衰老愧投分，愛賢心匪他。相矜不及門，聊欲陳四科。（又見《永樂大典》卷三〇〇六）

【校】

〔一〕人，文津閣本無此字，文淵閣本作『分』。

養　魚

知此升斗狹，鱣鱏非所容。安知庖所捐，後不成蛟龍。爲爾釋囚拘，置之清泠中。不有網罟憂，安見拯濟功。掉尾一何歡，餘困猶噞喁。孰云我非魚，正見所樂同。

小雨

十日無油雲，一春無奔雷。天事不可知，號令於此頹。疾風生梁棟，宇宙如沈灰。驚霆萬車走，激裂山石開。此聲昔未有，曩意非所猜。況聞波濤音，洶洶千里來。雖無爲霖實，猶得驅黄埃。終憂稻粱枯，所濟蒿與萊。蛟龍樂盤嬉，既往寧復回。茫然怨雲漢，赤日方徘徊。

檢覆郯城旱田示同官及寄河南諸賢

昔歲歉無年，今夏〔一〕仍薦饑。罷民去南畎，賤價捐東菑。籍籍道路間，餓者何纍纍。藜藿不充腸，苶然旄與倪。嗟我禄代耕，每食爲不怡。徒懷仲由志，身賤那得施。屬城上民訟，比牒皆苦詞。奉詔實有無，百聞謝一窺。星言説桑田，行與父老期。觸熱不敢休，重趼寧告疲。郊原赤如赭，秉穗無孑遺。墾藝不可分，四旁生蒺藜。流行誠代有，愚弱豈易欺。附上亦有刑，殘下罪攸司。鄙夫不忍此，告吏咸赦之。庶兹咻噢恩，足以蘇惸嫠。大農急經費，言利析毫釐。二吾猶不足，一切寧謂宜。國僑敏争承，鄭邑用不危。

馮煖焚券書，田氏人若歸。區區二小邦，兩士能若斯。當官在必行，匪石安可移。諸公悉吾友，此志良弗非。當令徇路人，一聽狂者詩。（又見《古今圖書集成·食貨典》卷三十八）

【校】

〔一〕夏，《古今圖書集成》作『麥』。

退朝

慮澹事從簡，興發謀豈豫。退朝建禮門，走馬長楸路。陰風脱林槁，朝日破寒霧。簡書亦優遊，賓友慰遲暮。神仙未嘗學，臯壤欣所慕。靜境出自然，勝遊非浪聚。杯觴謀須臾，肴蔌訊無慮。賞音愧聞絃，和歌容執御。

和原甫鄆州樂郊詩

人事有背嚮，勝遊不長絶。聞公樂郊行，慷慨矜歲月。東山翠屏秀，盧水寒玉直。尚有昔來人，借問寧異昔。淩蕖亂幽芳，梧竹凝茂陰。始知秋意高，詎厭徂歲深。因宜付衆

妨一作妙，大巧常不爲。魚鳥皆自歡，賢者能勿違。華堂庇深沉，臯壤極虚曠。清池湛明輝，寒郊無近響。公來會旌旆，公晏盛笳鼓。魯酒若醍醐，齊謳艷巴楚。采芹自胥樂，食葚懷好音。因成池上篇，爲想思歸吟。

劉太尉廟

【原注】燕人劉審交。

世亂爭鬭繁，廢興不可載。磨滅幾何人，獨兹有餘愛。空同氣雄武，燕薊風慷慨。曾是鞍馬間，而爲治民最。桐鄉舊墟好，峴首遺碑在。歲久梁棟傾，地荒松栝大。古今猶過隙，俛仰成百代。咨嗟畎畝勤，勲業非永賴。

欲雨寄張壁

秋事亦已中，江南故炎溽。北風三日雨，正〔一〕氣還淒肅。身老慮深簡，官閒睡常足。庭陰墮長梧，園芳亂新菊。借書喜未見，釀酒欣初熟。優遊諒卒歲，何用恨幽獨。

【校】

〔一〕正，周校本改作『旦』。

雨中寄子直

繁陰不時解，雨氣如深秋。朝衣始絺葛，暮服乃重裘。天事亟變易，得爲有常不？如何世上士，欲以全自求。行身繩墨間，蹜蹜空白頭。唯君可語此，意豪力且遒。通衢雖泥塗，未至乘扁舟。興發騎馬來，墊巾故風流。

林都官種花

休跡異從告，退居乃靡祿。勞心不治人，寓興此嘉木。客來啟荆扉，側砌紛衆綠。名存洛陽品，秀出海南族。理會意必歡，誰能傷局促。時當載酒過，三徑成幽熟。

送邵興宗之丹陽

赤日裂石土，萬家如烘爐。君行何事役？似爲貧所驅。埃塵稍去眼，雲景日蕭疎。扁舟乘長風，倏忽徧三吴。六年羈旅倦，一旦誰掃除。慎忽忘囘首，浩蕩江山娱。

彭城集卷六

五言古詩

作假山

幽意難具陳，静境可因就。遠求澗側石，置彼窻中岫。前爲嵩華高，側構衡霍秀。巖崿倏天成，風煙若神授。他時看圖畫，應接頗意究。氣色形似間，人人輕宇宙。嘗聞山林士，既往又不復。此語我知之，衡茅非所陋。

暑行

憇馬道傍舍，解衣仍佇立。四簷庇陰凉，蕭蕭風氣入。雖云茅茨陋，枕簟亦自給。已勝

鞍馬間，筋力苦倦急。田野歸去來，餘年猶可及。

赤日成畏途，相與逃熱行。中宵寢不安，兩舍雞初鳴。據鞍寢夢間，墮策忽自驚。官身跨官馬，倦紉奈有程。愧負田野翁，安穩眠到明。

傷胡二

古人雖千歲，我見如接迹。今人雖比肩，我視猶異域。乃知相知情，心識非貌識。所以識胡君，不得同硯席。今朝滿衣淚，哭君寢門側。

傷逝二首

去水不可還，逝者日已疎。悲憂若沈痾，百藥無能除。英英韶華子，夭夭昔同車。令德其芬芬，佩玉聯瓊琚。舟移悼藏壑，天祝嗟愁予。蕙蘭秀不實，徒見荆棘墟。含悽撫眾稚，吊影還室廬。高天杳茫茫，日月空居諸。

我昔曾遠遊，歲晏不得返。又嘗懼而夢，百怪紛亂眼。迨今疑若人，虚實未敢辨。促駕逝將歸，驚呼寤何晚。百年非淹期，愚智俱不滿。彭聃與顔殤，究竟同是短。愁憂浪無端，衷腸若湯涫。

巢父井

訪古慕高遠，回首笑流俗。千世得巢父，蕭然慨遺躅。古來知生民，滿腹所願足。何爲讓天下，牛口信爲辱。高風渺不嗣，世態日局促。至今西山翁，恥甘首陽粟。愛此盈尺泉，百尋瑩寒玉。遷陵復改邑，缺甃常湛緑。君懷浮雲志，塵埃兹可浴。君有冰炭憂，清泠相爲沃。長塗接周楚，軒蓋密相續。能令貪夫廉，更使賢士勗。豈如漢陰叟，抱甕傷窘束。我遊阻勝槩，長謡慰心曲。

題李白祠

舊聞謫仙人，多以我爲似。三生去來今，惟獨變名字。泊舟姑熟溪，風月不如意。舉頭望青山，酌酒聊一醉。漢宫三十六，當時各自貴。昭陽與華清，究竟誰爲愧。奴輩不自

省，脱靴更誰避。而令棄賢材，孤負青雲器。

宿蔡口

竟日鑑寒水，泊舟復新月。浮光鏡上下，空寂照毫髮。華星湧波際，人語自天末。潛魚躍相聞，去鳥飛漸没。明生思慮盡，清入心源豁。洗耳事誠非，濯纓情愈闊。

立春

歲陰已暗去，春色復潛動。嘉樹欲芳華，歸鴻雜清哢。乾坤自長久，節物厭迎送。濁酒歡我愁，浩歌爲誰縱。古人盡流水，世事皆宵夢。白日少借留，青春亦公共。舉眼向高天，吾謀不能用。

次韻和楊叔恬贈鄭秘丞

緯蕭棄明珠，龜手安絣漂。浮生每殊塗，吹萬亦異竅。傳劍不成顯，談舌無與掉。圜冠豈誤身，儒術真寡要。歲時不我與，壯年更稚少。白髮緑鬢多，班班已盈照。安排慕無

悶，推命獨孤笑。趨愚甘就迂，遺累稍夷峭。嵯峨天門開，事業寄周召。登賢如弗及，得士故頗料。乃知古猶今，孰有賀隨弔。寸善曾不遺，有功輒先調。驊騮自西極，翠羽出丹徼。黄鐘陋巴歈，文鼎嗤畚篠。況聞丘園秀，得以虚名釣。唯憂有道卷，莫敢後時誚。食苹鹿相呼，在鶴雞羣呌。飯牛歌何哀，築巖貌惟肖。顧予乃迷方，黥劓誰與療。章甫期適越，風帆欲踰嶠。敦敦樂瓢簞，耿耿甚熒燿。聊讙黿曳塗，猶畏犧入廟。同聲邈難期，僻陋常耳剽。逢君獨欣然，夙昔共明詔。屢聞諸侯辟，復見尚書召。奈何竟棲棲，塵土翳光曜。西山悲采薇，鼎食歸灑削。飛將不得封，重侯付嫖姚。新篇一何工，大巧全眾妙。上言道路勤，山海窮聽眺。次述疇昔遊，弁髦迨冠醮。下云厭屢空，藜藿甘咀嚼。英賢困奇蹇，爲善誰復劭。譬如飲洪鐘，偉量乃能釂。鄭公亦全材，大厦方窊竂。瑁瑤謝尺璧，絲管讓清歗。同當鵠翻雲，肯爲魚在竂。千里由咫尺，西城始春燒。吾聞天祐賢，柞棫民所燎。胡爲沮溺儔，躬耕老蓬藋。

寄劉道原秘丞

君家廬山南，雲水當户庭。丈人懸安車，鯢齒頭髮青。吏隱粟三釜，繙書十二經。胡然

辭羇旅，大江急揚舲。太史司馬公，老成兼典刑。周南歎留滯，武庫森長扃。叩關起九州，授簡歡真詅。自兹訪都邑，乘興及郊坰。清洛湛寒玉，嵩高環翠屏。宫觀想舊躅，叢祠記遺銘。俗物不掛眼，俚言誰載聽。畢事黄鵠舉，翩然問長亭。念昔始相從，子少予壯齡。定交自傾蓋，結好深鶺鴒。放懷脱羈靮，高論窮杳冥。縱博恣叱梟，極飲常虚缾。後會十五年，見子雲龍廷。官書職讎校，舊簡同編硎。瓠落無所容，柘彈緣蜻蜓。河梁一分手，南北如漂萍。歲月不肯留，瞬息無暫停。跳丸指飛鳥，急雪看凋蓂。壯懷益漫漫，衰鬢成星星。勞生百年間，所恃七尺形。從衰得老病，詎足稱最靈。而君復何爲？疲苶非康寧。目視亂白黑，奇瘡出瘤丁。飲腸日以狹，永夜甘獨醒。南方多奇藥，芝術餘芳馨。引年亦多術，何必非豨苓。往昔志讀書，苦心過聚螢。期以怪幻聞，豈秪辨文綎。斑白乃自悟，有爲皆濁腥。古來豪傑士，蒲廬祝螟蛉。埋骨蒿艾間，鬼火猶青熒。孰知出宇宙，浩蕩浮滄溟。翳昏照白日，幽蟄驚迅霆。道心不可傳，法語容親聆。懷君意無涯，永望幾涕零。寄書南飛鴻，矯矯雙翅翎。

送楊秘丞

結髮仕明世，四十列朝籍。漢庭殊多賢，向子每歎息。羈旅間何闊，相逢頭已白。車馬故匆匆，復爲北州客。蕭條大河渚，疲瘵空城域。思得愛人長，而君著吏迹。去思常藹然，所居不赫赫。推此化百里，坐當致繁殖。常服子路言，有志千乘國。饑饉師旅餘，可使義且力。由來騁騏驥，歷險始盡識。尚恨此中小，頗復拘繩墨。太平進取難，子雲嘗執戟。金張許史間，無所用奇策。不如課農桑，絃歌樹風績。無由之武城，贈詩慰相憶。

題孫昌齡歸來亭

丈人髮如漆，筋力不知老。七十置〔二〕官歸，時人以爲早。多公逍遥志，所向豁懷抱。雖云容膝安，不減專城好。忘機睨雲水，寓興植芳草。世故不經聽，塵軌從卻掃。壯子官瀛洲，濟美擅詞藻。親歡適爲主，家事意承考。古云陶淵明，避俗非達道。息交以絶遊，自處何枯槁！公爲鄉先生，里邑每傾倒。一言可鎮浮，不啻千金寶。宦遊失門户，駑蹇

悲棧阜。祝身得如公，每食心再禱。

【校】

〔一〕置，周校本改作『罷』。

江南田家

種田江南岸，六月纔樹秧。借問一何晏，再爲霖雨傷。官家不愛農，農貧彌自忙。盡力泥水間，膚甲皆疻瘡。未知秋成期，尚足輸太倉。不如逐商賈，游閒事車航。朝廷雖多賢，正許貲爲郎。

寄題蕭山歲寒堂直己亭

我兄昔高第，時論推捷敏。由也政事科，五人實親近。古者邦諸侯，今之縣令尹。試材非不難，善政知所蘊。投虚刃若新，利劃鐘已泯。遂馳能者聲，肯作俗士窘。高堂久頽挫，往者嘗隱忍。即事新棟梁，開軒凌隱嶙。後凋拔天材，破的見標準。山川濯襟塵，

藥餌紆客軫。嗚呼九州間，勝事豈有盡。向觀松檜姿，稍欲死蒿堇。始知巖穴士，自古須汲引。願賦嘉樹詩，爲公廣招隱。

與亭

搆亭彼爲誰？高士自相與。與遊皆可人，與言是真語。與醉不獨醒，與歌從和汝。與忘形骸迹，與偕同出處。實與不待求，久與非強許。世塗異冰炭，咫尺或齟齬。開此與者風，寧當轉棄予。

次韻穆父送仲至使北

結束大使車，張旜理輕策。八荒已信孚，萬里無直責。由來昆弟歡，庸非一日積。冠帶引弓民，長城限疆埸。邊人安晝眠，老不逢鬬格。將帥剽甲兵，褒衣垂韍綖〔一〕。金繒出王府，百萬載書籍。候館如魚鱗，相望交國客。外門名家駒，長大儼且碩。誦詩三百篇，豈減崔亭伯。斯焉思無邪，羣書剟探賾。指掌幽冀州，左右皆阡陌。皇華一何遠，區脱爲我役。前驅弩在韊，郊候抹紅額。天聲暢無外，不必關塞斥。但看書同文，依然具點

畫。夷羞珍湩酪，胡舞喧匏革。獵圍得狐兔，割鮮亦奚擇。儒生自古貴，忠信行蠻貊。雖令博望侯，何敢輕逢掖。

【校】

〔一〕沈校本葉角批云：『埏案：「皼縱」出《漢書·翟方進傳》，綬也。《集韻》作「紼」。』

西都大内作

太紫異垂象，河洛殊出符。卜食綿往祀，宅中雄別都。旋宫千萬門，層城十二衢。佳麗帝王州，爽塏神明區。過位思自飭，簷闕在必趨。瑠璃映瓦翼，玱琅耀金鋪。白日互蔽虧，涼風倏來蘇。仰視制作雄，疑有神物扶。始知壯麗功，不使來世踰。擇材自千章，衒巧非一圖。儻無日新美，何以除規模。西賓尚餘諭，望幸猶踟躕。何當樹翠華，萬玉趨赤塗。

慈孝寺送顧待制次韻和孔舍人

丈夫老益壯，鬢毛豈知秋。多君志慷慨，不避千里遊。躍馬過黄河，北視三四州。要官在東序，河圖問天球。古來功名人，未就不肯休。譬如鑿空使，尚致安石榴。況今南畝民，往往東西流。還定安輯之，千倉仍萬輈。

新作西池呈王守

清源注長波，縈回十里内。泓澄鑒羣物，雜細分毛介。旱歲未嘗減，隆冬方可愛。傳云五龍舊，疑有神物在。惜此去人近，久隨荊棘廢。賞心一朝同，版築四面會。鑿池兩漢集，抗榭羣山對。種花漸成蹊，栽竹俄自倍。荷芰入四鄰，鷗鳥盈千輩。魚游明鏡中，人語紅塵外。眷兹仁智樂，況乃登臨最。滄浪歎濯纓，藥餌勸飛蓋。訟閒固材勝，神逸自形泰。願言載筆間，屢得從公邁。

泛舟

出郭已清思，浮舟暫長嘯。水雲兩涵泳，青翠相照耀。賞心隨值遇，物色相顧召。逍遥忘迴期，頃刻攬眾妙。白鷗亦知機，潛魚不可釣。飛沉信樂然，迴首寄一笑。

和黄節推陪王守泛舟

清池堪百畝，珍木多十園。灌泉昔未盈，移樹今更肥。境豁自心匠，宴游及韶輝。居然坐高齋，不減臨郊扉。青旗貰凍酒，春服成單衣。遊人半童叟，好鳥偕鳴飛。彤襜照銀章，賓從相因依。置觴面高軒，密坐羅芳菲。清笳急鳴鼓，紅妝耀遲暉。澄潭止可鑒，畫檝相與揮。曳裾載筆簡，自顧才也微。之子傾蓋賢，賞心諒云稀。長歌善必賡，舊令繁勿違。徒令夕陽暝，不醉終無歸。

舟行

川形直如線，川水疾如箭。扁舟急鳴櫓，頃刻異州縣。晤語不及聞，注視目已眩。川后

巵予橈，黄鵠莫我先。客行自超越，快意令人羡。寄語幽并兒，勿誇鞍馬便。

題卞大夫西湖所居

獻玉晚見售，刺虎有餘勇。宦遊四十年，老髪成種種。乘軒非不榮，半刻未爲冗。而有田園歸，末路益光寵。平湖澹空闊，古木俱秀聳。樵斧間漁舟，稻畦連麥隴。田舍易所求，達生厚自奉。晏眠勝飲冰，一笑異將恐。予亦濩落人，不知物外重。賣書問東家，此計行接踵。

重用前韻贈卞大夫

辭滿苦不早，獨往始爲勇。聞君湖上田，二頃容五種。力農有休期，雜費寧謂冗。歲事副夙心，素封彌假寵。若人壽者相，眉豪耳秀聳。陶公請息交，林類歌面隴。諸侯非得友，明詔期不奉。叢茂鳥所安，淵深魚勿恐。由來浮雲志，九鼎未加重。胡爲突不黔，憔悴摩頂踵。

江行

移舟次北渚，風水亦有説。隱几見羣山，昂頭看新月。田舍煙微茫，江舡火明滅。夕陽歸鳥盡，入夜人語絶。勞生間憂虞，各自有怡悦。趣取一時歡，誰能問蠻越。

題劉羲叟著作澤州園亭

王屋連太行，重關束其左。自古悲摧輪，多君識高臥。鑿泉深百尺，養竹成萬个。詩書滿高屋，談笑驚四座。人常求贏餘，世每擨名貨。看君逍遥風，陶阮不遠過。

次韻

落泉無時休，泄雲常自還。居然萬峯秀，共此亭户間。擘華力何壯，鑿隴巧已艱。造幽非近規，會心寧愧顔。朝扉面蒼蒼，夜枕聽潺潺。蒔以松桂藂，葱翠皆可攀。長歌發真賞，錦繡光斕斑。座客齊起予，清玉聯玦環。夙齡慕遠遊，未能遍人寰。學仙理茫昧，遁俗事間關。風波天一隅，不到三神山。終當振衣往，對境聊自閒。

賀吴九

儒術喜迂濶，學官每留滯。君侯誠百一，才智兩自異。新書三十章，慷慨天下事。每聞一篇奏，左右稱萬歲。峨峩蓬萊山，册府上帝祕。紬書必英才，念子方歷試。前此三數公，致身自容易。心知青雲路，已識翰飛地。豈獨鉛槧閒，是正瓊瑤字。顧念傾蓋交，寂寞彈冠意。

盆池

覆杯坳堂上，兒戲種蓮芰。自憐守甒石，及物功已細。蟲魚共涵泳，蘋萍生自恣。清澄照毛髮，列宿鎮三四。炎風久無雨，淮海日騰沸。豈不潛蛟龍，莫肯救憔悴。惜哉萬里波，貽此升斗愧。人當問能否，何必嫌小器。

贈黄安期推官

【案】攽本傳從知兖、亳二州，吴居厚代爲轉運使，奉行法令、致財賦，乃追坐攽廢弛，黜

監衡州鹽倉。詩内言『我來衡山陽』，當即監鹽倉時也。

退之謫陽山，始得區生喜。其後遷揭陽，頗復稱趙子。窮荒非人境，瘴海絶涯涘。親識久去眼，此言不到耳。所歡誠易爲，未必盡洵美。諭如逃虚空，聞人足音爾。我來衡山陽，情況本異此。一意等萬殊，何嘗分遠邇。四海皆兄弟，蠻貊固州里。而於擇友間，頗戒不如己。乃得黄夫子，風韻淡如水。爲學本之性，言文貫於理。遺我累幅書，磊落字盈紙。不詭亦不矯，不華仍不俚。胡爲連城珍，韞藏匱與匭。賞心一何快，區趙非所擬。昔我在朝廷，嘗得二三士。聲名未振發，自任以爲恥。於今復何能？有志而已矣。譬將助飛遷，身方在泥滓。作詩寫吾心，詞殫意未已。

同韓持國遊五嶽觀時原甫暨諸公先在因寄江鄰幾梅〔一〕聖俞

簡服車馬輕，出郭塵埃遠。況兹偶同好，慵惰重推挽。壽宫如屯雲，重門謹關鍵。五城十二樓，瑶池芙蓉苑。境深日遲永，天近春纖婉〔二〕。異花秀爗爗，弱柳垂宛宛。初從鈞天遊，列帝皆龍衮。俗骨已屢驚，淩虚翻自忖。却逢桃源客，笑語何繾綣。尚留樵叟棊，

競勸胡麻飯。金醴泛餘杯，芝英餌豐本。平生此遊勝，餘恨相知晚。重來恐已迷，盡興仍忘返。羣公謫神仙，吏隱亦肥遯。尚平夙昔志，讀易明益損。寧知五嶽期，不待越崖巘。何當謝羈束？相與同息偃。

【校】

〔一〕梅，原作『悔』，據周校本、沈校本改。

〔二〕孅婉，周校本作『婉娩』，沈校本改作『畹晚』，文津閣本作『畹晚』。

夏夜露坐

林卧霄露清，仰觀衆星暉。上天垂光彩，樓觀何參差。閣道絶銀漢，華蓋臨紫微。凝神雲霓表，忽與汗漫期。整衣閶闔門，濯足牛女磯。酌酒援北斗，鼓箠招南箕。極意謝囂煩，塵世良喧卑。

雨後

雨後炎氛減，空堂起清凉。蕭蕭野風聲，淡淡孤月光。晚睡夢亦短，常苦秋夜長。停燈

覽羣書，坐以待未央。雞犬互争栖，鄰里舂黄粱。中夜寂無喧，蟋蟀鳴我傍。

送福州范文學兼寄張宜

山林忍長飢，君門不易入。今時行路難，自古志士泣。范生岷峩秀，學古名字立。流沙萬里駒，未恨晚羈縶。一命吏甌越，扁舟去鄉邑。文學亦備員，海禺更卑濕。揚帆下三峽，南斗安可挹。問津頗浩蕩，蹈險實蹇澁。吾聞養賢俊，不但糠籺給。乃知黄金臺，始隗衆士集。送行勿惆悵，人壽期七十。古來功名士，白髮亦可及。因君謝張老，青紫未易拾。且當黄鵠舉，不爾玄蛇蟄。

送孫巨源

衰老不擇交，傾懷未嘗悔。非吾相知心，亦有中獲罪。誰能若楸柏，雪霜不變改。自念孤劒心，炯然鎮長在。識君始恨晚，及此將十載。相與忘形骸，依然見樂愷。翔鳳刷羽儀，天真輝文彩。清泉濬長源，濫觴已自倍。乘間輒相過，慰我胷傀礧。使我意軒昂，脱我中心痗。今君官南州，揚帆盡淮海。腰綬盤青綸，兒衣間繒綵。蘭羞當及時，倚門

方有待。一值歸飛鴻，寄聲尚無怠。

登城望山

城隅見連山，蒼翠横座中。白雲卷霄漢，千疊張屏風。此地有佳致，望望情不窮。忽如出塵寰，相對前後峯。古墻有石色，草樹仍蒙籠。樵隱事不一，養痾方易容。

同謝二兄弟遊城南王氏園坐竹中水上

昧旦從吏役，中昃既休閒。慨然田野興，策馬從近闗。謝公雖朝裾，雅意存東山。相期物外游，待我季孟間。晴陽煦煙郊，藹藹春氣還。南溪已浮氷，亂石聲潺潺。意得境彌好，形勞心詎艱。名園得暫息，奇樹多可攀。去水貫林竹，脩篁夾澄灣。波光龍蛇行，微風鳴佩環。窄徑偶深入，交柯存勿删。並流一長嘯，照影清心顔。勝事豈有盡，向此同蒯菅。發興自我輩，忽如遠塵寰。嚴城迫歸鞅，夕陽稍朱殷。後遊期不忘，秀卉春斕斑。

潁州始居

伐樹聖不憂，奪鬲賢不羞。士生志四海，外物非預謀。乘流既孤逝，擇廕方暫休。俱非田園歸，而媿鄉黨投。卜室遠人境，開門面良疇。車馬寂不喧，水火仍易求。主人邦之良，高義逾九秋。傾蓋仍舊交，食薇亦願留。如何干旄詩，千載令更酬。

春葺所居

貧賤智不遠，終年謀一身。北堂甫成冬，西軒已送春。開窻納清風，掃地祛凝塵。今是覺昨非，會意成日新。一悟蓬蓽興，寄言當世人。時事亦寒暑，無爲迷舊津。

寄傅推官堯俞〔一〕

三川帝王宅，二周官〔二〕蓋都。上公釐德化，多士盛中區。是年詔有司，使獻賢能書。傳納事匪易，吾與夫子俱。率馬仰騏驥，治玉慙碔砆。同舟共艱難，傾蓋聊歡娛。浮雲儼高冠，白雪紛長裾。馳辭若波濤，掌握皆明珠。詆訶詎敢然，倚辦實有須。從子驂之靳，

相與步騶趨。棘圍似南宫，大暑臨通衢。不遺老成人，頗多君子儒。丞相顧而歎，里閭共稱譽。狂士或妄談，衆人皆揶揄。至今頗自矜，快意勝過屠。不言世所無，請問誰弗如。微官苦繩墨，離别天一隅。向風願相從，不及單飛鳧。雲中多賓鴻，河中多鯉魚。契闊誠未忘，寄聲當勿疎。

【校】

〔一〕堯俞，周校本作小字。

〔二〕官，周校本、沈校本、文津閣本作『冠』。

和原甫同諸公飲郇公園

車馬何籍籍，相從城南陌。大第鑠名園，朱閎間素壁。即事覽勝槩，撫舊歎陳跡。零落歸山丘，慨吒西州客。春風幾時還，顧眄生顔色。雜英綴初紅，宿荑吐新碧。故池無還波，喬樹實自昔。賞心及兹辰，緬想締構力。十千置尊酒，玉斗雪霜白。飲醉半歡哀，浩歌懷感激。天地亦旅人，川谷故變易。歡娱瞥過目，百年猶暫覿。即令西馳暉，稍復

向禺昃。我輩不盡興，將爲後時惜。

潁州和永叔

羈鳥能擇木，游魚知赴淵。飛沈豈異志，行止私自憐。玩世本無術，辟人庸得賢。卜居幸樂國，負郭依良田。心與地俱遠，我徒共熙然，生涯亦何有？聊以忘吾年。

送謝大城南還遊集禧觀寄謝大得箕字

驟雨墮河漢，烈風振南箕。秋陰變蕭爽，重此田野期。森木蔽叢籞，交流會清池。幽鷺起豐草，鳴蟬嘒喬枝。客車忽已遠，樽酒難重持。誰令語言適，罙作別後思。夕霽歸馬輕，叩户仙真祠。羽人披衣笑，宮殿涼參差。黃鵠自飛來，青竹方可騎。相從豈無術，望君隔前陂。

書懷

幼學慕高遠，讀書不求解。志爲逍遥遊，恥以聲名賣。寧從子桑簡，不願伯夷隘。未常

憂瓠落，豈復顧機械。遯時良無悶，涉俗適得怪。但使心休休，那論行夬夬。世塗劇坎穽，人理甚蜂蠆。低顔費將迎，非意成睚眦。鐵冠喜彈畫，法吏樂罥絓。洗濯出瘢痍，丹青恣描畫。抗言畏不傷，奉職謂匪懈。指摘本無瑕，銷鑠緣鼓韛。羣嬉更嘯呼，鬭巧逾狡獪。抵巇加捷翻，取必期稱快。上恩初優假，一眚猶縱解。雖蒙三面寬，未免六翮鎩。全生愧液樠，有道羡瘖聵。失馬未必悲，墮甑何足喟！后皇物羣生，大塊爲之噫。在盈或時虧，有支那可壞。行葦無踐履，甘棠勿翦拜。猶將采葑菲，詎有棄菅蒯。寧當置韶濩，始欲薦任韎。厭飫椒與蘭，玩惜饐而餲。宿名守枯槁，知命遺芥蔕。狷狂蹈大方，屈服嗌若喝。腰舟雖云慎，吹虀亦已憊。既往誠無追，有來當自戒。蕭蕭鬢毛改，杳杳歲月邁。愚謀向千失，晚悟猶一灑。龜手世絣絖。支離保鍼繲，鬻渡學操舟，閉肆從問卦。念皆賢者爲，亟聞古人話。有田倚江湖，往歲成畎〔一〕澮。還歸豈無圖，緒業頗未敗。采菰仍得魚，種榆因及薤。小屋蔽蓬茅，大囷輸精稗。逢迎具壺漿，稱貸償私債。暑從泉流濯，寒有簷日曬。何苦事明經，區區矜地芥。

【校】

〔一〕畒，周校本作『畂』。

剥　棗

棗下人不行，四旁生蒺藜。秋來見成實，粲粲青紅垂。敲樹落碧瓦，濺石投赤磯。紛紛競口實，聊混兒女爲。樹上已空枝，樹下亦有蹊。人事但如此，桃李真自欺。

彭城集卷七

七言古詩

赤甲競渡

古潭蒼蒼照毛髮，龍藏水心波色活。風雷如在石壁下，有時雲雨何倉卒。今年天旱百昌死，神物亦恐俱埋没。南人厭龍抱珠睡，騈舟伐鼓探龍窟。皆言龍驚當上天，九河翻雨石湧泉。君不見朝來積水上，魚鼈死盡龍安眠。

酴醿軒雨中〔一〕

積雪猶殘雨復新，正朝日晦祇逡巡。浮雲未省見白日，細草何事知青春。杖藜苦恨泥汚

客，解衣生憎寒著人。遷鸎來燕勢未可，天意靳靳畱芳辰。

【校】

〔一〕沈校本下有小字注文：『埏案：此詩應入七律拗體。』

在郡作

【案】本傳攽曾爲京東轉運使，又徙知兖州。此詩云『今時督府雄漢魏，魯國太山四千石』，當係此時所作。末句云『乃不及舞文巧詆爲詐忠』，豈受吴居厚之譖，將去時作耶？

朱門深沈十二戟，高槐蔽庭有佳色。今時督府雄漢魏，魯國太山四千石。讀書作文五十年，齒牙脱落頭半白。平生心事竟何許？哀哀簿書爲報國。吾衰不復夢周公，聞道家丘居在東。垂老纔爲少司寇，殺一正卯那爲功？詩書誤身既可信，却憶扛鼎之重瞳。宰割山河一何壯，指麾天地如回風。背關懷楚更齷齪，沐猴而冠塗遂窮。區區諸老爲城守，頭顱曉入旌旗紅。魯人之皐乃自昔，猶復弦歌一畝宫。聖賢萬事盡有命，世人何用誇材

雄？府丞久吏掾史健，時雨霑足年穀豐。深居閉閤不復出，曲肱甘寢日正中。昔聞汲黯淮陽亦如此，乃不及舞文巧詆爲詐忠！

楊之美彈棊局歌

漢皇初厭蹵鞠勞，侍臣始作彈棊戲。東方諸公盛得名，魏文以來〔一〕稱絶技。後宮妝奩乃可爲，客著葛巾尤更奇。誰令朱墨〔二〕異貴賤，百世紛紛無已時。君從何處得此局？石理温華瑩寒玉。山形四隤澗谷深，別將望秦森在目。少年博戲日益新，古事不復傳今人。君能興此亦先覺，辟雍老儒悲絶學。（又見《永樂大典》卷一萬九千七百八十二、《古今圖書集成·藝術典》卷八百一）

【校】

〔一〕以來，《永樂大典》《古今圖書集成》作「爾朱」。

〔二〕墨，《永樂大典》作「黑」。

過王氏弟兄

出城問窮僻，負郭正瀟灑。主人著書長閉關，嘉樹當門宜繫馬。下馬上堂還讀書，新詩古琴雙起予。昏鴉棲雞欲斂翼，興盡將去猶須臾。徒見城中軒冕客，不如吾人一逢掖。安得茅茨同里居，子在東阡我南陌。

和陸子履魚膠亦名阿膠可以羽箭又宜婦人貼花鈿

漢家金繒撫絶域，遠夷畏威亦懷德。南琛北珍不自惜，譯官賈人多未識。此膠出從遼水魚，居人釣魚取專車。秋風時節候可折，白羽鋪綴隨呵嘘。赤車使者來穹廬，繡鞶玉玦通函書。黄河之清那可竢，美人紅袖應時須。丈夫辛勤萬里外，少婦深閨苦凝待。京兆眉憮傳長安，翠鈿彩飾令人愛。鳳凰得髓麟取角，將來續弦弦不覺。更嗟珍物空傳名，欲倩張騫問方朔。

昭君怨戲贈

武皇聽歌長太息，傾城不難難絶色。連娟脩嫮果自得，三十六宫寵無敵。君不見孝宣既没王業衰，優遊時事牽文辭。延壽丹青最叵信，無鹽侍側捐毛施。此時昭君去宫掖，邊風侵肌雪滿磧。穹廬旃牆燒熇蠢〔一〕，琵琶怨思胡笳悲。猶憐敵情不消歇，子孫累世稱閼氏。傳聞漢宫翻可愁，紈扇緑衣長信秋。燕啄皇孫兩悽惻，當時無事成深仇。覆杯反水難再收，深淵瞬息爲高丘。塵沙蕭條猛虎塞，邊民〔二〕獨記和親侯。

【校】

〔一〕燒熇蠢，沈校本有眉批云：『埏案：揚雄《長楊賦》「燒熇蠢」注：張晏曰：熇蠢，乾酪也。以爲酪母燒之，壞其養生之具也。』

〔二〕邊民，周校本改作『胡人』。

春日

春波淫淫泉脉清，揵畚作擔芳草生。女桑柔弱欲動色，落枝投斧聲敲鏗。山前一雨杏花

白，布縠來往相和鳴。鞦韆繫樹徑路熟，童稚翁嫗歡逢迎。田家此樂世豈知？人生所急食與衣。計謀雖拙日有效，筋力無餘身得爲。

幽州圖

鄙夫平居常歎息，薊門幽都皆絶域。安得猛士守北方，力排敵人復禹績。田生手攜朔漠圖，丹書萬里之強胡。掛圖高堂素壁上，壯哉陰山來坐隅。長城迢迢屬滄海，古塞歷歷生黃榆。縱横指顧皆舊物，撫事忼慨時驚呼。太平壯士多虚死，念君避胡來萬里。九關深沉虎豹惡，布衣何由説天子？卷圖還君意黯然，咄嗟世事非余恥。

送王仲素寺丞歸灊山

【原注】名景純。

灊山隱居七十四，紺瞳緑髮初謝事。腹中靈液變丹砂，江山〔一〕幽居連福地。彭城爲我駐三日，明月滿船同一醉。丹青細字口傳訣，顧我沉迷真棄耳。來年四十髮蒼蒼，始欲求

方救憔悴。他年若訪灊山居，慎勿逃人改名字。

【校】

〔一〕山，周校本改作『上』。

汲潁水

城中鑿井非不深，苦泉欲飲先煩心。天生潁水似碧玉，盛夏一酌逾千金。野童絜壺不盈斗，清能照眉甘適口。未曾一餉過閭里，猶以空缾累川后。

次韻〔一〕范内翰西圻老人詩

大行宫車千乘強，翠華晚駕煙蒼蒼。龍髯墮地長秋草，白雲悠悠飛帝鄉。先驅軼出塞〔二〕門外，天宇寥廓初無傍。凄風疾雨灑道路，萬靈奔走誰非常？漢家德澤徧四海，戎夷執紼虚邊疆。翾飛喙息願效死，以彼壤穴皆容光。詞臣宗功筆力壯，感激顧遇思揄揚。周宣中興在雲漢，武皇最著惟宣防。道旁老翁話舊事，面目黧黑情摧傷。賜縑如雪身獨得，

無衣自幸方同裳。桑田變海不可測，慟哭白日悲風長。君不見封禪之君皆不死，豈以衣冠之埜疑軒皇？（又見《永樂大典》卷三千四）

【校】

〔一〕次韻，《永樂大典》、周校本下有『和』字。

〔二〕塞，《永樂大典》、周校本作『寒』。

和蘇子瞻韻爲石蒼舒題

長安材豪雄五都，五陵意氣誰能除？作人不入遊俠窟，寓興聊從草隸書。崩崖壞山出衆寶，石刻鼎鑄周秦餘。江東諸家擅逸氣，宜官鍾蔡幾不如。騰龍翥鳳動光彩，淥池滉漾華芙蕖。石生臨書得微妙，神凝意會下筆初。濃纖巧緻若出一，老庖利刃投空虛。人間流傳不得辨，錦囊玉軸争貯儲。以兹得名號醉墨，聊取勝事題精廬。豈與西山少年輩，射獵狐兔誇里閭。杜陵詩仙有祖風，筆灑雲霧揮瓊琚。我今才薄厭數語，勉力和歌慙起予。

傳堯俞草堂歌

漢朝名臣有傳伯，諫諍由來犯顔色。蘭臺下筆不自休，義陽封侯勇無敵。石渠昨者承明直，虎符今爲二千石。邀我請賦草堂詩，草堂欲歸那可得。太行之上無高山，濟水之外無清源。聞君築居山水際，清高正爲君家言。上有無心之雲出幽谷，下有勁節之竹森寒玉。四鄰空地猶幾許，容我東西一茅屋。

虎子

秦山十月朔風起，寒巖蕭蕭虎攜子。樵蘇繞山不敢採，赤豹黄羆相向死。關西少年勇似飛，白羽利鏃黄金機。解罥陷脰心應手，功名一決何辭危。坐皮食肉已自快，況復猛毅充提攜。雄姿英氣實少並，不堪籠檻長羈縻。至今求食每摇尾，摧剛遠害誠其宜。君勿愛澤麋山鹿大如馬，牙角雖具無能爲！阨窮隱約豈足諱，會見白額跳踉時。

和李公擇題相國寺壞壁山水歌

蒼山本自千萬丈，怪爾斷落盈尺中。枯松掛崖正矯矯，白雲出谷方溶溶。憶昨高秋十日雨，百川湧溢騰蛟龍。丹青壞刼不可駐，金碧拂地俱成空。人間流落萬餘一，掇拾補綴幾無從。當時畫手合衆妙，得此誠是第一工。松陰行人何草草，禿幘小蓋馬色驄。長塗未竟不得息，嘯歌正爾來悲風。巨靈擘華疏黄河，夸娥移山開漢東。海波芥子互出没，大雄遊戲神與通。我今與君未嘗覺，指視壁畫將無同。新詩飄飄脱俗格，得閒會復來從容。

空同

汝山不高鮮喬木，汝水不深無巨舟。荒草連天荆棘壯，土脉疎緩多廢疇。三年力耕食不飽，一時不雨人相憂。負薪代炭集市井，耳聾眼瞑垂白頭。土風薄陋趨向狹，一金之子稱良謀。百年人物可料數，里閭未見興公侯。君不見廣成昔從空同居，猗玗亦云隱商餘。千年兩士炯若日，希世之才安可誣。

畫龍

南人謁雨爭圖龍，畫師放筆爲老雄。煙雲滿壁奪畫色，雷電應手生狂風。觀者皆驚牙爪動，攫拏意似翻長空。吾疑奮迅出户牖，何事經時留此中？共言葉公初好畫，當時亦有神龍下。天意爲霖非爾能，世俗慕真聊事假。

冬

蜂房割蜜留度年，中林置罝長擊鮮。朔風吹空塞北户，束薪明暖初無煙。缺籬補疎已乍密，敗屋翦茅元自堅。官租事空不復出，積雪塞徑長晝眠。田家此樂不知老，兒孫滿前俱壽考。世俗榮名多變更，不似田翁一生好。

蘇子瞻家畫松圖歌

君家圖畫皆所見，近得此松尤可羨。根蟠平石蹙蛟螭，幹出青冥起雷電。樛枝横斜復幾尺，緑葉茸茸鋪繡綫。空堂深沈白日寒，謖謖〔一〕似有風吹面。此圖翦裂人不知，塵外分

張數流轉。能令神物還相從，非君苦心誰與辨。更惜良工名不傳，可憐世俗多誇衒。爲君作歌君志之，後千百年無復賤。

【校】

〔一〕謖謖，周校本、沈校本原作『肅肅』。

赤甲祈雨是日獲之

君不見赤甲之淵色如墨，中有神物不可測。潛雖伏矣心念國，翕忽變化誰能識。五月亢陽裂金石，婦女悲號望膏澤。簫鼓甘香樂靈德，須臾晦冥天正黑。風雷砌轟震穹碧，霧雨霶沱掃炎赫。生物欣欣動顏色，樵童牧豎亦歎息，千秋萬歲無終極。

市朝〔一〕

市朝老去無希慕，枕簟秋來覺静便。何事連宵夢顛倒，猶應三世業攀緣。蟯蟲飽足尸鬼健，尚寐翻令愛不眠。

【校】

〔一〕沈校本下有小字注文：『埏案：此係六句律詩入七律。』

貧交行

貧交多相憐，富交多相捐。貧富尚不保，死生安可道！人能無以聲利爲，貧交富交皆不欺。君不見蕭朱隙末張陳死，惟有管鮑真相知！

古信陵行

薛公藏賣漿，毛公藏博徒。侯嬴抱關叟，朱亥市井徒。我思信陵君，下此四丈夫。富貴胡爲棄貧士？能令君存爲君死！

方仕致仕〔一〕

在家出家古有此，方仕致仕吾自嗤。晏眠足當几杖賜，散髮每從田野期。息交便爾賓客

絶，省事何説課最爲。山濤非隱亦非吏，仲元不惠仍不夷。

【校】

〔一〕沈校本下有小字注文：『埏案：此係七律拗體。』

北門行

慕道逍遥遊，不作枯槁語。二年客都城，卒歲厭貧窶。乃知北門詩，聖人亦有取。自於萬事捷若機，今日已晤前日非。五月披裘不取金，放歌會採商山芝。

衰老

蒼耳嬰末疾，浴蘭殊未解。臬〔二〕耳傳愈風，及秋始堪采。惟昔沙塞陰，偶從羊負來。葡萄安石榴，安可同語哉？雞雍與狶苓，適用卽爲貴。何必黄金盤，磊落薦滋味？老人學道破諸妄，猶有塵緣爲疾恙。安得澡身並澡心，使我有意煙霞上！

【校】

〔一〕臬，周校本、沈校本原作『菓』。

次韻孔常父

老翁衰遲爲日久，自知不是文章手。紫微熒煌十二星，青閣彤庭掖垣右。誰令孤翼此飛棲？正似枯槎犯牛斗。諸公可親復可望，黄鐘渾宏秋水光。但論四海矧故鄉，清詩翻翻鴻鵠翔，願言與子同升堂。

太液池

建章宫中太液池，水象星漢波漣漪。鳧雛鴈子相羣嬉，黄鵠來翔〔一〕金爲衣。主人勿惜稻粱恩，主人勿矜羅網繁，暫來可見不可親，乘風一舉超崑崙。

【校】

〔一〕翔，周校本、沈校本原作『號』。

送原甫帥永興

讀書當爲王者師，論兵要作萬人將。古來志士希兩遂，白首儒生彼無望。騏驎一出凡馬空，豫章蟠根歲逾壯。金華事業爛然新，徂西謀謨誰與讓？旌旗蔽日紅半天，笳鼓隘塗車萬兩。中軍令出聽無嘩，秦山渭水皆東向。荒夷憺威霜雪明，屬城陽〔一〕和春日亮。趙張成事不足論，方虎遺詩猶可尚。龍文金鉉待調飪，璿樞斡中付羣當。西人歡歌公肯留，公車雙鹿畫轓上。（又見《永樂大典》卷一萬五千一百三十八）

【校】

〔一〕陽，《永樂大典》、周校本作『煬』。

晚起

黄昏就枕日午眠，入春夜短常獨然。不嫌時世欲無覺，每爲身謀私自憐。夢爲嘉魚潛九淵，夢爲飛鳥翔高天。喜來寢覺了不辨，安知此興非神仙。

漁翁

老翁年侵耕作苦，官田税多不敢住。身攜兒孫事漁釣，編竹爲家寄江浦。朝尋菱芡逗煙水，暮飦魚蝦宿風雨。人生如此亦自由，何用車馬稱公侯。

和羅著作漁翁

漁翁結網求魚子，得魚滿船心始喜。豈知陂池水不深，但有鯤鰤少魴鯉。漁翁結網安得疎，漁翁用力常有餘。心疑他人得厚味，滿眼看來池無魚。古來任公不如此，期年得魚雄淛水。龍伯國人連六鰲，二山漂流不能止。由來萬事不同調，説似漁翁翁必笑。

大風

朝風吹沙天宇窄，暮風吹沙地載薄。視天昏冥畏其壓，視地震蕩憂其坼。一春三月風不息，跼天蹐地勞筋力。波濤翻空礔礰怒，行路之難行不得。安得重雲十日雨，洗眼去眯分白黑。

初調江陰主簿

小來讀書非爲名，約身不肯遊公卿。秖憐狂簡真吾黨，謾有文章慙老成。漢廷好武臣尚少，郎官十年不見調。青衫黄綬赤詔除，落拓敢辭流俗笑。

送直史館孫兵部知陜府〔一〕

侍臣數厭承明廬，太守何妨太史書。十里九坂二〔二〕殽道，駟馬高蓋朱輪車。分陜已信召南貴，補郡詎比平原疎。諫垣風彩東觀筆，不待上計看回輿。（又見《永樂大典》卷一萬九百九十九）

【校】

〔一〕沈校本下有小字注文：『埏案：七律拗體。』

〔二〕二，《永樂大典》、周校本、沈校本皆作『三』。

湘中阻風

十月北風不肯回，湘中白浪高成堆。小如飛鷗大奔馬，一輩纔去羣復來。一旬陰雲色死灰，劃劙掀簸初全開。晨陽照空幸澄澈，蜚廉暴怒猶喧豗。繫舟沙渚依曲隈，歲晏永路真悠哉。棹夫卷縮亦何恨，時乎寧有材不材。

欲雨寄張壁

北山雲起南山雨，返照却見南山樹。逆風燕子能疾飛，隔葉黄鸝猶獨語。憶君池上波悠悠，憶君翠竹聲颼颼，興來冒雨故相視，薄暮雷電歸何憂。

寄楊十七

楊侯論詩銷我憂，昔歲相逢偕旅游。梁多長者不虛語，傾蓋結交子所求。三年契闊意不展，歎彼棲棲爲藪幽。窮愁著書亦自足，有策肯説東諸侯。長安富貴易反掌，末路功名猶捶鉤。天公於予豈愛惜？由來萬事非人謀。陰風朔雪五湖凍，歲窮高臥思同裘。

春寒

越羅裁衫春服新，寒爐委灰無復温。夭桃著花紅滿檻，弱柳吹線青映門。豈知天事有反覆，假借專物矜餘恩。平明雪片白似玉，敗裘死灰仍紛紛。女桑吐葉蠶欲生，東郊草緑方趣耕。玄冥欺人人弗信，百蟲奮蟄雷已驚。沈陰驅除坐可待，白日隱隱浮雲外。

清明東風零雨頻，曉來料峭寒著人。人言天事不可測，欲回暮春成早春。花紅柳緑皆自若，一氣變化宜有神。漆園老人惜光景，求術却老無聲影。忽聞春有再韶時，亦覺身當還壯境。花前一酌心熏然，敢道朱顔非少年。

戲謝師直買伊陽田〔一〕

雒陽東周蘇子賢，兄弟馳説雄當年。一身曾兼六國印，舉世皆羞二頃田。君才十倍鬼谷子，朞年已出揣摩篇。公侯將相可自致，何竟高蹈伊陽川。

【校】

〔一〕沈校本下有小字注文：『埏案：此亦七律拗體。』

陽翟賈人歌

潁川陽翟趙邯鄲，大衢如砥車班班〔一〕。重裝富貴名遊閒，輕紈寶玉高若山。關西王孫龍虎驅，此中奇貨奇可居。千金入秦藉短策，立談須臾分玉〔二〕符。華陽松柏成高丘，壽陵蔓草令人愁。沈沈相府士如市，山東共事河南侯。（又見《永樂大典》卷三三二五）

【校】

〔一〕班班，沈校本改作『斑斑』。

〔二〕玉，《永樂大典》、周校本、文津閣本作『王』。

和王平甫韓幹畫馬行

韓幹畫馬出曹霸，得名不在陳栩〔一〕下。詔令師栩〔二〕辭不可，苑中萬馬師在我。王侯讀書愛此言，由來能事須天然。看圖作詩寄慷慨，錦文織字珠聯聯。乘黃騕褭久埋没，安西大宛路超忽。丹青能令千萬年，不比燕人空市骨。霜蹄踣鐵精權奇，。耳截筒竹梢垂絲。超然抉後三十尺，一日千里御者誰？舐筆和鉛人所同，爾今獨成第一工。神凝意會不可料，天駟降精來此中。少陵作詩譏畫肉，惋惜驊騮氣凋縮。未知良工嘗苦心，空使時人争賤目。九皋相馬觀天機，神雋〔三〕不辨黄與驪。君知畫手貴自我，何若相法非有師。拙工俗子紛紛是，畏避權豪如畏死。生棟濕塗多覆屋，巧書掣肘真難使。吾知公詩正如此，丈夫特立嗟已矣。

【校】

〔一〕〔二〕栩，周校本作『翃』。

〔三〕雋，周校本改作『儁』。

次韻蘇子瞻韓幹馬贈李伯時

韓幹畫馬名獨垂，冰紈數幅横素絲。諸公賦詩邀我和，我如鈍椎逢利錐。區中纔容三萬里，正可騕褭一日馳。朝燕暮吴亦其亞，幸得夷路無縶羈。此間三馬皆國馬，瑰資逸態成崛奇。有如秋空見霜鶻，下睨衆禽俱伏雌。良工苦心爲遠到，天機要眇潛得之。區區駑駘浪自負，豈可醜骨包妍皮。李侯灑筆定超詣，尚有天驥君未知。宛王母寡今授首，汗血不敢藏貳師。

送程少卿〔一〕

【原注】江西轉運使。

使君舡舸如浮宫，蕩蕩帆影垂白虹。苦無三江五湖水，安見一日千里風？長蛟巨魚遠避去，水府泉室深玲瓏。使君按俗不異此，意氣自覺凌虚空。滕王閣前流水白，西山落日

銜微紅。城頭臺榭眺望極，玉壺置酒光融融。勝遊重臨不隔歲，塗歌巷祝歡南公。作官得此亦是少，況復章綬彌尊崇。南金折鈎富九鼎，荆揚塗泥多歲豐。會令利術析毫末，萬古江流常向東。故鄉秀水三百里，送遠遊子情無窮。遥知躡履待高士，安得羽翼隨飛鴻？

【校】

〔一〕送程少卿，周校本、沈校本作『送程少卿江西轉運使』。

懷信驛亭晚望題其楹

吴檣乘風曉來入，楚客齊橈暮去急。行人西，行人東，逢迎送歸景不同，夕日春煙一望中。

戲題西湖中魚

重明水深波洗空，嘉魚萬族連西東。鯤鮞細碎長者惜，赤鯉成就隨飛龍。南風吹雨中宵

雷，衆鱗不去真常才。魴魚如玉鱠第一，安得大網相隨來。

盆山

青泉盈池底白石，中有高山高不極。連峰絶壑知幾許，朝霏暝煙無定色。山下清波清淺流，魚龍浩蕩芥爲舟。今君欲渡何由得？縱有神仙君不識。

出門無馬行

市兒暮歸錢滿把，田翁秋收禾滿野。人生勤苦必有獲，天事豈常遺拙者！鄙夫能言知讀書，十五著論驚羣儒。文章不作少壯用，白髮垂領皮肉癯。作官不如閒日多，得禄無若飢寒何？百年陳人誰比數，滿眼貴士難經過。欲爲揣摩心智短，欲學造請顔色赧。黄金難成丹砂貴，紫芝將秀白日晚。退居長安百不爲，出門無馬還步歸。高天報施固有待，可得不如翁與兒。

次韻子瞻贈喬〔一〕道人

昔有仙公項曼都，去家十年若斯須。還歸壯語驚妻孥，月邊朝拜雖劣軀。流霞一杯真味腴，世人但怪醫多盧。不知列仙山澤臞，陰陽變化隨指呼。日新無窮非故吾，喬公築居近濰都。交遊洞賓儕爾朱，又言其師奇丈夫。璞玉粹美名不沽，郎官仕晉更五胡。我今老病須人扶，衰顏白鬢日已渝。捐書絶學休守儒，去不爲少猶雙鳧，公能濟我良藥無？

【校】

〔一〕喬，周校本、沈校本、文津閣本作『橋』。

俠少行戲王子直

長安少年俠自任，一生意氣過人甚。許身直以豪取名，快意那知武犯禁。寶刀強弓千里馬，風馳電射無敵者。有時獨醉倡樓春，一身歌舞兼百人。休來著書吐胷臆，脱落章句嗤丘墳。王侯願交不可得，貴者雖貴猶埃塵。君不見漢家雲臺畫良將，高冠長劍森相嚮。

由來落拓塵土中，不妨論議巖廊上。乃知功名爲世賢，安得輕欺惡少年。

王家酒樓

【案】此詩自『夷門城東門』以下，詞意與前不相屬，疑有誤。

君不見天漢橋下東流河，渾渾瀚瀚無停波。遊人閱水看白日，駭浪瞥遠紅影蹉。感歎世事亦如此，振頓兩足行吟哦。提錢買酒聊取醉，道傍高樓正嵯峩。白銀角盆大如㪷，臛雞煮蟹隨紛羅。黄花滿把〔一〕照眼麗，紅裙女兒前豔歌。樂酣興極事反覆，舊歡脱落新愁多。夷門城東門〔二〕，南對屠兒墓，信陵今安在？賓客散如霧。竊符事可鄙，袖椎復何慕？猶令主人成大功，千歲英名若可遇。笑殺平原君，恥從毛薛遊。選士十九人，毛遂晚見收。丈夫一身貴特達，因人成事良足羞。

【校】

〔一〕黄花滿把，周校本原作『黄紅滿把』，後改作『青黄滿地』。

〔二〕沈校本眉批：『埏案：「夷門城東門」一首疑是《夷門行》。』

和章都官洞庭詩

閱水須閱秋水時，洞庭八月爲最宜。百川湧溢注平曠，倒卷溟海翻天池。瀟湘沅澧紺碧色，千里一片清瑠璃。蜀江亦濁遠不雜，正若黄組縈鑒匜。長風簸軒一何壯，雪浪成山相蹙移。奔霆擊電恣轟磕，素車白馬交横馳。朱垠騁望更無地，翼軫落影光參差。南極老人坐磐石，赤足皤鬢濯項頤。修鱗巨鬣出萬族，窟穴鱣鮪泥蛟螭。身軀長大竟無益，機械利器潛相隨。但令漁師賈餘勇，冒突死地常安之。巴虵斷骨不自免，此曹么麽何能辭？秦皇屬車八十一，赭衣伐山豪不羈。九疑不到二妃泣，聖賢失勢令人悲。憶登洛陽值揺落，暮霞新月含風漪。古今光景共一瞬，獨遶四壁觀題詩。神官威嚴鬢似戟，樓船持節森畫旗。湘靈奔走伺顔色，鼓瑟獻巧招馮夷。新篇秀句遠爲寄，清風白芷叢餘思。呼兒疊紙作報語，衰老撫事情孳孳。

新灘行

巴江之水西南來，峽束川壅聲若雷。瞿唐五月不敢下，灩澦中流大如馬。風波雖惡石不去，太古以來怨行者。君不見前日巴山復摧裂，萬仞臬兀江中絶。孟冬水涸石角見，上流下流盡精鐵。當時長年皆有語，後來艱危從此數。上天設險知爲誰？但恐妨人如灩澦。

彭城集卷八

七言古詩

和楊十七傷蘇子美

蘇君在朝素機警，氣排青雲力扛鼎。鵷鴻遇風鄙巢栖，騏驥得塗嗤坎井。千金置酒宴長夜，錦繡照爛絲篁静。明珠盈車謗隨起，白巾還家酒未醒。翟公署門賓客改，魏牟去闕江湖永。濯纓漁父唱滄浪，結廬陶令依人境。時浮扁舟就什一，出從數騎非造請。窮途詩語尤慨慷，暮年筆法加豪逞。霜凋蘭蕙不待老，一世驩悲竟俄頃。遺書猶缺茂陵求，卜宅乍許要離並。生平相望不相接，凜凜氣概吾能省。川流既逝安可回，駿骨雖買何由騁。知君金石嘗定交，末路人琴俱不幸。大招無復修門期，懷舊邈與山陽等。

城東觀魚

東城水深色如黛，居人來過不知愛。我浮扁舟轉城曲，蒼煙古樹寒相對。忽如身在松江游，況有漁子前操舟。霜天黯黯始下鴈，雪浪杳杳頻驚鷗。萬魚掛網同時急，赤鯉長大猶人立。舊疑古潭有神物，倏見金鱗卻騰入。檝師獻功喜相顧，岸傍驩聲仍坌集。主人置酒樂未央，艇子行炰輕相及。吳酸縷鱠白玉盤，四座相喻同加飡。人生萬事豈有難，我能爲公成此歡。興極意移令我歎，落日藹藹沈雲端，岸草露白天風寒。

觀魚

清濠環城四十里，蒹葭蒼蒼天接水。使君褰帷乘大舸，觀魚今從北關起。開門漁師百舟入，大罟密罾雲霧集。小魚一舉以千數，赤鯉强梁猶百十。濁醪賞功傾瓦壺，公言錫爵爭讙呼。餘人不及色沮喪，數奇天幸相賢愚。濃雲吹雨寒蕭散，置酒移船泊前岸。暴殄天物古所矜，誰道於今爲壯觀。

送張太保知冀州

【原注】自羣牧副使除。

使君使敵前歲中，手爲單于畫吉凶。敵人破膽不敢迕，即日歸報明光宮。漢家牧師三十六，水甘草豐馬數足。問誰虎臣司苑門，極望離宮皆苜蓿。長河東來横冀州，雄雄大府森戈矛。紅旗照天軍令肅，紫髯昂藏居上頭。將軍威名動殊俗，天子今無北顧憂。舊傳冀土多良馬，歲看北客輸旃裘。廟謀將新赤岸澤，强鄰猶知博望侯。使君家聲仍世傳，慷慨功名方壯年。黄金如斗組丈二，富貴光華真謂賢。

送裴如晦知潤州

柳陰深碧黄鸝語，川水平堤鷗鳥舞。送君臨流眼暫明，愛此虚涼少塵土。何況連檣一月行，吴山楚水相逢迎。稻花吹雨香不絶，蘆葉摇風聲正清。北固樓臺似圖畫，廣陵欲渡聞潮生。縹壺盈前京口酒，紅旆相隨北府兵。少年投栗常爲樂，晚歲甘棠空涕零。望君

鴻飛不可攀，白頭方出玉門關。獨向天涯共明月，猶應夢裏借千山。

送章學士知湖州

昔賢爲親屈小官，使君專城情更歡。連山大湖水凝碧，高蓋駟馬車塗丹。綵衣兒戲養顔色，箬酒賔宴羅杯盤。吴興釣碣亦可羡，悵望從事空南冠。

陳和叔賀蘭溪所居近有信來言水竹事戲贈〔一〕

北山移文那爾爲，淮陽招隱殊未歸。流泉漲溪可厲渡，修竹飽雨添舊圍。鳴禽作巢皆有託，白雲抱石初無機。主人已知戰勝樂，溪童未老情庶幾。原注：小謝詩云：『方同戰勝者，去翦北山萊。』

【校】

〔一〕沈校本眉批：『埏案：此係拗律。』

柿紅

柿紅梨紫漫山熟，冷雨蕭蕭落喬木。東田收穀畝數斛，築場斂積高如屋。柴車斑斑黄犢健，丁男肩赬兒指秃。烹豬漉酒樂社神，急鼓悲笳斷仍續。田家此樂何所憂，閭里至老還相收。道傍滯穗如山丘，何處老翁寧有求。

寄題岳陽酒務水樓

洞庭蒼蒼水拍天，巴陵居人無斗泉。天生地勢正如此，抱甕臂飲真堪憐。架樓窾木出百尺，剖竹接筒如筆直。驚雷發地山鬼憂，白波統霤湘君惜。吾侯智與神鬼侔，古來能事皆悠悠。會令太湖變春酒，更使騷客忘離憂。

關西行

關西居人多閉屋，屋底老翁相向哭。縣官禁錢錢益輕，百姓無錢食不足。平時斗粟錢百數，今者千錢人不顧。大家蕭條無十金，小家流離半逵路。憶初鑄錢爲強國，盜賊無端

皆得職。邇來救弊因寬民，盜賊自苦民逾貧。安得萬物皆爲銅，陰陽熾炭造化工。鑄錢萬萬大似尺，官定足用民家豐。

移舟城東

厭聞九衢車馬喧，汎舟初出城東門。陰虹吐雨水勢怒，河聲浩浩如雷奔。棹工讙呼事拳捷，童稚變色愁驚魂。濟危經險正當爾，安得拱默爲希言？雖無清泠可漱滌，喜見黄濁來原原。便風催櫓兩快意，千里萬里何足論！

游濟堤傅家園亭

濟水與河俱至海，陶丘之北川原改。由來天事不可料，黄濁長存清晦在。猶餘平堤十里長，逶迤東注如高岡。水泉味甘土脉膩，固知餘潤宜羣芳。君家園籞臨濟堤，荆扉茅屋隨高低。當軒古木密如蓋，無數雜花行有蹊。谷虚遥〔一〕聞樵斧應，晝静便有幽禽啼。穿栽卜築事未已，上爲層臺深鑿溪。東鄰可買莫惜費，臈月課原注：平聲種當令齊。柳緑正如陶令宅，桃紅應似晉人迷。城中老守厭窘束，行樂得至城東西。此家園亭可屢往，薄

酒自足充提携。

【校】

〔一〕遥，沈校本改作『猶』。

和楊彦文嵩山詩

楊侯作邑山水中，縣南百里維青嵩。官閒身老詩筆健，樂與丘壑研豪雄。是時新涼背炎夏，草木秀麗全天功。重青疊碧百萬狀，有如耋老攜兒童。懸泉落崖瀉萬丈，震雷發地聲隆隆。陰風巖洞忽悽愴，寒生六月如凝冬。祠官祀典有常秩，掃除給復何其恭。孕靈産異遠不極，面周負鄭人殊風。生雲觸石始膚寸，倏忽澍雨成冥濛。羣山相望不足算，禮若小國來朝宗。幽人羽客此獨往，深處時與神仙通。念君吏職有章綬，池鴻籠鶴思長空。暫留靈境寄心賞，仰止萬古希遐蹤。梯高逕側目力短，涉歷庳下非穹崇。山中居人亦富逸，翠竹寒松名素封。願言攜家事卜築，採薇飲水欣長終。巖田種芝地高下，茅屋遡水溪西東。君能掛冠共此約，何必綺季東園公？

送徐君章

每秋送客常羡人，今秋送君尤惜别。白髮相知無幾何，明日扁舟成楚越。忘形誰復到爾汝，末路轉憂欺老拙。西風落葉密如雨，信宿長淮見清月。紫蟹出斷加二螯，白魚掛網色勝雪。人生功名何由致？適意勿羞徒餔啜。何時亦得東南征，赤脚吴溪嘲釣碣。

送楊康公知安豐縣

楊郎作文殊勇爲，辯如濤波捷刺蜚。相逢喜吾故人子，門風宛存令我悲。艾蘭驅車最先入，百箭穿楊誰可及？擢第勝人十改官，作官不辭萬家邑。勸耕課桑力有餘，吏事不受祟空虚。後生才資動出衆，何至苦心城旦書。清泉百里環芍陂，楚人千年長不饑。叔敖子孫負薪苦，念爲廉吏何可爲？忽憶雲臺故侯司空公，五郡士馬河西東。功名亦有際會數，退讓自是雄雋風。誰謂鄙夫老昏忘？屈指古事猶初終。作詩寫此豈有意？正若指點山水書魚蟲。

天馬行

漢家天馬來宛西，天子愛之藏貳師。甘泉貴人寵第一，昆弟封侯真謂宜。軍書揷羽廟選將，一朝百萬皆熊羆。大射盧山亦快意，死人亂麻非所悲。論功廟堂誰與敵？外廐皆是麒麟兒。白茅金印結紫綬，老將流落多瑕疵。天生富貴實有命，寧復憶君貧賤時！勢高累愚計慮遠，大志落落嗟徒爲。渭橋祖道一語泄，身釁邊鼓家流離。

和梅聖俞食鱠歌

黄河赤鯉非龍材，欲化不化煩風雷。隨波浮沉偷自得，網羅失身成暴腮。火鬐錦鬣鱗雪霜，紅眼照耀珠夜光。若無鯤鮞與蝦蚪，安見品格非尋常？主人愛客不計錢，少婦縷鱠情可憐。蜀薑吴橘正相益，炊菰絮羹還慊然。燕人寸腴不足貴，專諸全炙非珍味。屬饜默懷一飦報，欲令主人千萬歲。白玉换米桂作薪，主人家居長不貧。賣魚一值任公子，厭鱠與遍長安人。

兗州古檜

兗州宅西有古檜，十尋度高百圍大。生理成全不增長，半枯半榮常常在。游人相與疑汝年，檜不能言聊意宣。百番桃李香撲地，一輩蒲柳長參天。束薪尋斧不旋踵，種子著花還比肩。老身寂寞無顏色，猶有黃鵠來枝側。

早行

東方未明天紫色，凉風吹空聲惻惻。船人起語鳥奮翼，蒹葭茫茫江水白。石潭轉旋蛟龍窟，巖壁冥蒙虎豹迹。生存古木數十圍，老死懸藤百餘尺。民生有爲俱事役，豈獨羈人不遑息。商歌濁酒聊慰懷，君不見仲尼旅人常接淅！

夜携賈十五過巨源作

鄙夫開年便四十，白髮垂頤眼眵澁。不甘老態日見侵，自計多憂諸病集。待詔侏儒飽欲死，囊空有時都絶粒。丈夫立氣須激昂，豈能中夜牛衣泣。朱門貴人那易見？後生美仕

尤難挹。敝裘敗屨欲安往，蹭蹬通衢還獨立。賈侯遊從久不厭，孫君風誼今相入。由來大瓠矜濩落，尚喜靈珀勤收拾。暮通水火並鄰居，巷無牛羊時屢及。汎愛已許金石堅，覺我衰遲情汲汲。清霜著屋萬瓦明，白月當空北風急。排門上堂童孺讙，青燈照書簡編緝。縱談自爾外形骸，虛舟不值呼張翕。赤桐燒酒傾玉杯，念君屢空此遄給。葡萄紫熟梨甘津，寒菹盈盤更啜汁。酒腸雖狹底能足，邂逅歡娛論串習。百牢九鼎亦盡空，金帶玉符誰等級。三更還家燈火斷，浩氣凝虛縈都邑。斗杓落北草木死，層冰結〔一〕水魚龍蟄。何時春雷起霖雨，宿雲温媚天衢濕。

【校】

〔一〕結，文淵閣本作『凝』。

次韻裴庫部二月二日游傅園

二月二日春意動，東風生物來無垠。苦憐清濟不如古，却愛小園方及辰。谷鳥出聲已脱俗，林花一枝疑占新。銀壺擔酒馬馱妓，莫辜乘興寧〔一〕傷頻。

【校】

〔一〕寧，周校本、沈校本下有小注『去』字，文津閣本下有小注『去聲』。

桃源

武陵溪深山合沓，巖谷掩映秦人家。仙俗迷塗不可到，春風流水空桃花。山中道人多百歲，翠髮蕭條神骨異。漁舟往往傍林麓，相逢亦問人間世。

黄金

黄金能成不願鑄，封侯可得差有求。小來一意今白首，世事萬變都無謀。詩書已廢徒博奕，交友益落空沈浮。江湖漁釣足自給，拂衣歸去營扁舟。

瑞荷

西濠本連金水河，天潢之下分餘波。波深水静生物秀，十步百步皆圓荷。五月浮舟人不

見，瑞荷亭亭尤可羡。連二雖成白玉盤，合歡裁作青油扇。浣紗女子紅蓮房，背面照鏡匀鮮妝。斜陽弄影並高蓋，下有戢翼雙鴛鴦。人情貴少瑞云美，亦自天和獨鍾此。周王嘉禾獻同穎，漢皇奇木誇連理。君不見今年大田所收十萬倉，上客爲子歌吉祥。

鑿井

旱天雨少官鑿井，鑿深源長水泉泠。塗人無復觸熱憂，居人況有操瓢幸。前王扇暍力已勞，後王舞雩功不省。此功一成千萬年，却願炎日長當天。

次韻和羅著作風琴詩送畢長官

君不見長風翏翏起山林，大木怒呺喧萬竅，是爲天籟來無方，中有知〔二〕音全衆妙。洛陽琴工誇死桐，齊魯諸儒頌清廟。刻商變羽不得騁，擊手高張空改調。豈如風琴得自然，但令雖虎長清嘯。鏗鏘闌緩連晝夜，已斷復續誰能料？不論九奏金石諧，那辨五弦宮徵少。世間俚耳何足聽？幸有楊苓嗑然笑。高堂置酒月如霜，金盤照筵紅爛燒。淵明子賤皆有琴，兩君叵惜清樽醮。

【校】

〔一〕知，周校本改作『至』。

保州亂

緣邊戍兵精絶倫，腹飽官粟思食人。健兒睚眦殺刺史，可憐百口同埃塵。燕雲蒼蒼日色紫，帳前血流守尉死。亂兵相讙肯畏天，保州去邊〔一〕無百里。

【校】

〔一〕邊，周校本改作『胡』。

耳病〔一〕

風林幾處颼颼葉，石磵無時浩浩泉。正欲登山驚雨過，未經烹鼎怪湯煎。病身老態何由避？耳疾行當耳順年。

【校】

〔一〕沈校本下有小字注文：『此係六句律詩。』

竹間亭作

溪東雜花亂如谷，溪西老樹交篁竹。橫槎波水纔一葦，繚逕出林凡幾曲。半句霖雨泉脉動，四岸春風柳芽綠。眼前景物向人好，心事幽憂傷局促。

城南行

八月江湖秋水高，大堤夜坼聲嘈嘈。前村農家失幾户，近郭扁舟屯百艘。蛟龍蜿蜒水禽白，渡頭老翁須雇直。城南百姓多爲魚，買魚欲烹輒悽惻。

鄧聖求往爲武昌令刻石元次山窪尊及蘇子瞻謫官黄州遊武昌見前刻後同在翰林因有詩示余余爲次韻和之

側江小屋香酒醅，出林繚逕藆花栽。溪風暫過響修竹，嶺雪未盡兼寒梅。往遊武昌值佳境，白雲漫漫縈崔嵬。孫家舊事頗可見，樊山杳靄臨釣臺。赤壁樓船不餘燼，屬車豹尾空塵埃。埋名腐骨彼誰子？正見丘墟黄土堆。三分割據亦徒話，今〔一〕人尚爲羞缾罍。謝公伏令首佳句，遊衍相與期江隈。次山孟宰繼有作，窪尊取飲摩蒼苔。兩公雄才又超拔，明珠照人眸瞼開。騰龍始知爪牙壯，掣鷹無復毛羽摧。腰金佩魚見官秩，不似遷客談象雷。朝廷一入不得出，丘壑何事煩公來。南人歌聲易慷慨，公詩感激成歎哀。（又見《永樂大典》卷三千五百八十四）

【校】

〔一〕今，《永樂大典》、周校本、沈校本作『令』。

蔡河漁叟

河冰始消春沮洳，老翁求魚日來去。川流容船網罟繁，上流下流密如霧。跳蝦潛鬥不自惜，時復鯤鰤聊可識。吁嗟勞心能幾何？信道相看猶羨他〔一〕。

【校】

〔一〕他，周校本作『色』。

高樓

青樓高高危九衢，朱欄畫栱相傾扶。佳人當軒玉不如，紅簾翠幕深沉居。危弦促柱鳴笙竽，哀音感耳心意舒。浮雲不行飛鳥徐，游人駐車馬踟躕。嘉肴桂酒白玉壺，浩唱爛醉何所居？樂極哀多盈必虛，世故萬變誰能圖？飛鳶墮鼠殘諸虞〔二〕，里閭豪傑何時無？茂陵老儒空歎息，曲突徙新〔二〕纔賜帛〔三〕。

【校】

〔一〕沈校本眉批：『「殘諸虞」須考。』

〔二〕新，周校本、沈校本、文津閣本、文淵閣本作『薪』。

〔三〕沈校本下有雙行小字注文：『埏案：此詩重叶二居字。』

古詩詠歐陽永叔家白兔

飛若白鷺眾不足珍，走若白馬近而易馴。古來希世絶遠始爲寶，白玉之白無緇磷，乃知白兔與玉比。道與之貌天與神，瑩然月魄照霜雪。紅眼顧眄珠璘瑞〔一〕，山農提攜越千里。主人得之誇眾賓，網羅脱死鷹犬避。一以潔素能超羣，清江愴，神黿大野傷麒麟。刳腸折足不免患，智若三穴方全身。主人好奇意不倦，有來往往蒙金銀。老翁守株更有待，勿使珍物遺今晨。

【校】

〔一〕璘瑞，周校本改作『瑞璘』。

始涼夜坐

八月秋色高，涼風動天地。漸疑晝短少閒暇，況復宵長減眠睡。空林露下物色清，閒堂明燈門不扃。四隅寂寞羣動息，我與蟋蟀皆宵征。

劉五草蟲扇子

吾宗白團扇，畫作草蟲樣。天時變炎涼，棄置幾惆悵。網蟲蒼蒼顔色晦，畫工筆法依然在。剪裁帖綴復生光，白月團團仍可愛。蒼蠅輕巧蝴蝶狂，怒螳斮斧誰能當？老蠶作繭意自了，露蟬孤嘒殊清涼。其餘百品隨變化，天機所動俱閒暇。座人咨嗟用筆精，不知猶是今人畫。畫工侯生今白頭，有時看畫還淚流。壯年名聲却自惜，老去心神無處求。始知能事須當年，盛時一過殊可憐。卽今拙工各自喜，豈知此家先日前，落筆輒得千萬錢。

題歐公廳前兩鶴〔一〕

明公真愛鶴，相鶴選仙骨。遂令千金〔二〕姿，爲君軒墀物。啄腥豈復辭雞羣，鎩翼欲比凫鷖馴。聆音發舞似矜客，避寒孤警將依人。吾聞芝田逸翮不如此，世上悠悠誰識真？（又見《古今事文類聚》後集卷四十二、《古今圖書集成·禽蟲典》卷八）

【校】

〔一〕鶴，《古今事文類聚》《古今圖書集成》作『白鶴』。

〔二〕金，《古今事文類聚》《古今圖書集成》作『里』。

苦　熱

南方炎德非尋常，六月高下俱探湯。羲和未息不可避，寒門安在徒相望。苦憐萬物暍且死，反顧一身困在牀。願呼快雨洗六合，徑馭微風周八荒。

和永叔春雪

陬〔一〕筒吹灰變冥朔，生氣萌泉天不覺。凝陰忽升氣橫厲，重雲大同勢綿邈。通衢漫漫走流沙，近甸稍稍堆喬岳。焚爐姹女姿飛揚，匝野神姦誰雕琢？刀圭不惜透牆隙，捷業俄然垂屋角。户斜尺劒未及收，窓缺連環如可握。鮮粧宫女喜深印，紅手庠童闘堅搦。暝雞誤曉屢咿咿，飢雀銜人猶啄啄。雖憐林篁有摧折，却喜隴苗就優渥。貧廬敗褐憎破牖，富屋珍裘轉深幄。使君高義仍汎愛，潁士多文方力學。獵師得雋鮮棄甕，廚釀薦甘清間濁。氣隨陽春破凝烈，巧奪鈞工畏名貌。吾知郢人不復歌，古聲比今爲拙朴。

【校】

〔一〕陬，周校本改作『鄒』。

次韻和裴庫部喜雪歌

四時平分氣升降，當冬宜藏反宣暢。玄冥贏孱失其職，驟弛威權避威仰。由來萬事可盡

料，一夕同雲迷下上。始疑羣靈久猜阻，忽爾覺悟驩相訪。周宣商湯號明主，圭璧垂盡虚卣鬯。豈如聖神備參兩，精意潛發天垂貺。朔風蕭條嚴臭犯，四野皜白光彌望。乾施無方意必均，陰殺誇多力尤壯。松篁得意忍枯槁，鷹隼乘時戾寬曠。層樓眺遠復褰簾，密室就暖仍施幃。舞投牆隙到中堂，響拂紙疏喧北向。樵林無聲自斤斧，野渡争趨急船舫。富觴屢舉極囉呼，貧屨踐行赧嘲讓。誰令小邑盡華屋，不覺南山失青嶂。月臨静夜絶氛埃，濤起風江氷蕩漾。豫期晴和當勸耕，徑入園林稍挾杖。宿酲未解雞三號，照梁輝焕晨光亮。裴侯清通思豪絶，郢曲不比巴人唱。老均茵憑遊益歡，閒藉杯酒神俱王。明年三農飽牟麥，病民〔一〕自可逃無狀。

【校】

〔一〕民，周校本作『夫』。

地震戲王深父

【原注】俗云地震鼇魚動。

員方肇開拆，積塊成坤輿。漂浮大波不自止，幸有萬里之鼇魚。抃首戴炎州尾直，崑崙墟億載不墜。始知力有餘，揚鬐播四岳，鼓鬣摇五湖。豈知古今士，竟以地震書。自是世俗聞見拘，潢汙蛙黽相隨居。我從龍伯借鈎餌，釣鼇惟子知非誣。

戲作賣雪人歌

北風沍寒紅日短，火爐燃薪不知暖。南山闌干雪塞滿，連玉疊瓊何足算？時移事異不可言，眼看星火垂南天。道傍暍死常比肩，市兒相與贏金錢。徹功有時難久全，物生豈有金石堅。煎湯沸騰在眼前，可得意氣長矜權。

刁〔一〕景純得假還丹陽

晨霜落川水，行子自相趣。帝城桂爲薪，斗米勝白玉。丈人乘老猶愛書，十年厭直承明廬。漢廷三最得予告，此行亦是思鱸魚。沙頭打鼓朝發船，捩柂已見江湖天。落帆京口望北固，此溪此山如宛然。壯年封侯豈不好？金朱秖令誇者道。聞公東岡長萬杉，采芝何似商山老。

【校】

〔一〕刁，周校本無此字。

櫻桃

中庭兩櫻桃，枝葉密相對。蟠根不十年，不能開花如繡蓋。前人費力後人賞，曩日春風今日在。世間萬事或如此，富貴功名豈無待？共知韶光過眼疾，霞紅雪白不足賴。繁華及時數快飲，鳥散蜂飛無所悔。

上書行〔一〕

仕不至二千石，賈不至五百萬，此事夸者憂，而非志士〔二〕歎。君不見下邳少年授〔三〕書起，幄中運籌制千里。功成不受二〔四〕萬户，拂衣歸從赤松子。君不見計倪半策誅強吴，鴟夷扁舟浮五湖。三致千金不自擅，至今籍籍宗〔五〕陶朱。大賢富貴不爲己，心事邈與常人殊。逢時致身如反手〔六〕，雲蒸龍變無時無。君勿愛〔七〕上書獻賦稱賢豪，刺繡倚市相矜

高。丈夫昔曾笑徒勞，商賈日日争錐刀。（又見《古今圖書集成·選舉典》卷五十九、家集本卷五）

【校】

〔一〕沈校本下有小字注文：『埏案：此詩見墨莊裔孫水西劉氏所刊家集。』

〔二〕士，文淵閣本作『者』。

〔三〕授，《古今圖書集成》、家集本、沈校本作『受』。

〔四〕二，《古今圖書集成》作『三』。

〔五〕宗，家集本、沈校本作『稱』。

〔六〕手，《古今圖書集成》作『掌』。

〔七〕愛，家集本、沈校本作『羨』。

題合肥縣效裕堂詩并序

江侯既成縣堂，以詩及序遺予而請名焉。予曰：『夫十人之聚，其曲直不可勝聽也。數口之家，生生之具蓋益廣且備矣。況以大縣百里，占籍數萬，民之所以望於上，吏之所以求於下，不太多事哉。又況風俗之好訟，賦役之無常乎？及至乎事修而身佚，此固能吏之成效也。《周書》

曰：「乃其裕民。」《孟子》曰：「綽綽有餘裕。」吾故名江侯之堂曰「效裕」，言侯之才既能以裕民，又身獲其餘裕，而效於此堂也。』肥之人皆以爲知言，予因復爲七言，以報江侯。

九月霜降公堂成，江侯寄詩求所名。定名揣稱事不易，以予樸直言必誠。百詞號呶片語決，十役漫汗一教行。令乎於此有餘裕，堂以效實非無形。庭羅芳草寒轉碧，池有魚鳥閒不驚。左經右律給嘯咏，雨軒風檻含秋聲。今我不樂歲云暮，蟋蟀在堂鴻鴈鳴。主人愛客豈有極，助爾美酒長河傾。

傷孫曼叔尚書〔一〕

金聲擲賦惟興公，西河智略稱會宗。曳裾置醴初奮發，聽履題劒方從容。上倚壺遂以爲相，衆恨王駿不得封。韞吾良臣九京地，此意自昔悲重重。

【校】

〔一〕沈校本下有小字注文：『埏案：此係拗七律。』

茂陵徐生歌

茂陵徐生老且迂，一心區區長信書。拜章北闕三待報，意欲霍氏安無虞。那知世主心不同，積惡未極難爲功。徙薪曲突事不爾，壯侯幾人能受封。高岸爲谷丘淵移，魯酒之薄邯鄲爲。人生决已各以時，舊意望君君不思。

幽谷泉

幼卿初鑿琅琊溪，憶當大曆六年時。歐陽今疏幽谷泉，復在慶曆之六年。兩公相望幾百載，中間游客常比肩。山神愛惜第一境，邂逅知者方流傳。乃知勝事未有盡，可憐歲月猶依然。穿雲斸苔色澄澈，寶鏡霜刃光蜎蜒。巖前濫觴如可鑒，山下積石還成川。如公好事誠難得，推公此心人莫識。且如泉源在汚泥，誰道汲引非人力？作詩刻石歌泉池，欲問何似陽冰題。

熙州行

自敵請盟供貢職，關西二紀剽兵革。敵人歲來受金帛，地雖國本常不惜。帝家將軍勇無敵，謀如轉圜心匪席。精神動天天不隔，鑿空借籌皆碩畫。賈生屬國試五餌，買臣朔方發十策。偏師倏然畫西海，一月三捷猶餘力。百蠻解辮慕冠帶，五郡掃地開城壁。葱嶺陂陁蒲類深，回笑秦并與禹績。尚書論功易等差，御史行封自明白。武功貤爵十萬金，徹侯印組丈二尺。奮行過望理自爾，少從進熟來無極〔一〕。憶昔漢武開西域，天下騷然苦征役。哀痛輪臺置肥美，割棄造陽損斗僻〔二〕。豈知洮河宜種稻，此去涼州皆白麥。女桑被野水泉甘，吴兒力耕秦婦織。行子雖爲萬里程，居人坐盈九年食。熙州歡娱軍事息，天王聖明丞相直。

【校】

〔一〕沈校本眉批：『埏案：少從進熟出《漢書·張騫傳》。』

〔二〕沈校本眉批：『埏案：「雖開河南之野，建朔方之郡，亦棄造陽之北九百餘里。」出荀悦《前漢·孝武紀》。』

彭城集卷九

五言律詩

庵嶺漁叟詩有序

【原注】時年十四。

庵嶺高數十百仞，其下有溪纔深五六尺，左右多樹木，自高望之謂非人居。有叟乘短艄，鈎罩於其中，予甚嘉焉，贈以此詩。

溪叟厭塵綱，移家臨水居。開扉對山色，堰水活嘉魚。蓬棹自相得，笑歌還自如。猶嫌

子陵傲，老更就蒲車。

道人申演〔一〕

先生隱君子，暮齒寄山林。蒼鶴齊筋力，清泉漱語音。衣冠猶似俗，心事獨非今。歸去峩嵋路，千峯何處尋？

【校】

〔一〕周校本、沈校本後有『得今字』。

幽居

住處必松竹，經年長自閒。青苔仍有徑，亂石更成山。飲水却餘樂，荷鋤誰愧顏。悠然謝車馬，聽客到門還。

小　雨三首〔一〕

微雲興縹緲，疎雨過森陰。潤積衣裳膩，涼生户牖深。塵埃聊洗眼，宇宙快開襟。寂寞城闉暮，歸飛見水禽。

好風隨細雨，蕭颯過吾廬。野興鋤瓜後，衡門隱几初。積陰生緑縟，清氣襲空虚。耳目遺塵土，還當讀我書。

宿雲留暝色，細雨逼殘春。芳樹看紅濕，垂楊亦翠顰。高風吹燕翼，定水漲魚鱗。漸恐年華改，桃源憶晉人。

【校】

〔一〕三首：據文津閣本補。

立春

得新矜白鬢，數九喜〔一〕和風。菜甲成春事，郊園付野翁。天開池水碧，雪盡樹梢紅。頗復尋樵隱，柴門步武通。

【校】

〔一〕周校本、沈校本『喜』字下有小注『去』字，文津閣本作小字『去聲』。

挽故相國尚書令忠獻公三首〔一〕

四轉更注意，兩朝公受遺。大明開日月，全德冠皐夔。已悟騎箕事，猶餘罷市悲。太常難紀績，天語詔豐碑。

意氣萬夫望，衣冠八尺身。有爲悲鳳鳥，不作畫麒麟。餘烈周宗近，英威漢相真。召棠終勿翦，晝錦仰鄉人。

殄瘁虚人望，哀榮備寵章。疇功蕭相國，異數郭汾陽。鼎實胥無味，階星晝隕光。惟應文考廟，萬歲共烝嘗。

【校】

〔一〕三首：據文津閣本補。

曾魯公挽詩三首〔一〕

扶陽詩禮樂，丞相始安車。世祚公之魯，門風行在書。三朝推帝賚，九敍見民餘。古有騎箕事，今知定不虚。

雲臺存畫像，畢陌想遺風。文彩階符在，儀型嶽鎮空。考終方備福，言念始爲忠。今日緇衣美，能明善善功。

南公工説讖，故老筆通靈。本自符千運，宜然享百齡。嵩高雄作鎮，河潤溢爲榮。考卜

佳城處，無須石槨銘。

【校】

〔一〕三首：據文津閣本補。

齊國公主挽詩

湯沐侯家貴，山林主第開。天孫烏鵲水，蕭史鳳凰臺。遇事悲風燭，新阡愴劫灰。清秋降北渚，不奈楚聲哀。

秋園晚步二首〔一〕

慘慘高秋興，蕭蕭欲暮天。地荒逢敗葉，日下聽殘蟬。感物偏無賴，悲秋私自憐。如今已如此，何待二毛年？

摇落西風早，蒼茫晚日斜。木蘭休紫豔，籬菊委黄花。興似陶潛賦，愁如庾信家。向來

吟思苦，直恐鬢霜華。

【校】

〔一〕二首：據文津閣本補。

晚步

日没〔一〕城陰合，人歸草露涼。淺池宜短艇，高樹倚胡床。清嘯激秋氣，孤吟留月光。敢言吾獨善，魚鳥正相忘。

【校】

〔一〕没，周校本作『暮』。

城西晚歸南山馬上口占

塵土辜雙眼，驅馳損〔一〕壯顔。夕陽銜遠樹，馬首看南山。應接都忘倦，神明自覺還。無

心非自強，最識白雲閒。

【校】

〔一〕損，周校本作『哂』。

便風掛帆欣然有作

泛梗江流疾，轉蓬風力強。天時周必復，吾道不終藏。白鶴先余路，飛烏送客檣。掛帆資隱几，北走萬山蒼。

巢湖

天與水相通，舟行去不窮。無人能縮地，何術可分風？宿霧凝深黑，朝曦浴嫩紅。四山千里遠，晴晦已難同。

晨至後園

白露晨已重，晚花秋正繁。城陰到少息，林下寂無喧。圃老能呼鶴，樵奴競戲猿。山林何異此？機事復誰存。

寄范佑之

徽宗隨武後，相與亦通家。望氣如豐劍，聞名省渥洼。將門嚴棨戟，王略盡流沙。好取封侯印，誰能讀五車。

寄和父

【原注】時自宋之任越州。

行李資章甫，秋期看海濤。埃塵乍振袂，淮泗幸容舠。颶舄雙梟健，飛烏五兩高。須君菊花酒，慰此寸心勞。

寄楊十七

【原注】楊有詩道和父蕭山政善，作此報之，楊詩所稱説三事，故首句及之。

宰邑成三異，吾兄復妙年。長愁越聲短，不似古詩傳。高唱今獨步，知音深謂然。還疑剡溪上，紙貴幾多錢。

寄梅聖俞

獨騎駑馬出，強逐衆人行。貧始怨寡與，老仍畏後生。吾子忘年友，新詩獨步名。秋風夢無限，時過許昌城。

寄王深甫

箕潁多奇士，他年洗耳翁。古人皆直道，吾子嗣高風。解榻迎徐孺，名鄉禮鄭公。正憐賢太守，心賞與人同。

寄隱直

遠身嗟道敝，築室笑勞生。應接知儕俗，浮沈得避名。陳家星不昧，灌氏水長清。往事今閭里，悠悠旅客情。

洞庭寄張四

壤俗三苗舊，湖波八月寒。天形漸水近，秋氣逼楓丹。漠漠萍號雨，瀟瀟澧有蘭。東流無限水，一洗故人冠。原注：時聞隱直欲仕。

滑州罷爲白馬縣舍弟司法省歸寄此詩

散軍收棨戟，改邑壯三畿。太守朝行在，諸曹自免歸。大河終北注，旅鴈獨南飛。遲爾寛相憶，他時信息稀。

送韓太祝罷官歸許昌省〔一〕覲

吏課三年最，歸裝五日糧。朋情惜分散，子舍想輝光。泉潔湖波白，春融柳帶黄。因君老萊戲，遥奉使君觴。

【校】

〔一〕省，據周校本補。

自江南將歸先寄和甫二首〔一〕

五湖休作客，八月去乘槎。天地凝秋日，山川照落霞。寄聲西道主，好在嗣宗家。盛醖重陽酒，登高飲菊花。

狂直非儕俗，文章念及門。無成似馮衍，矢路比虞翻。抱甕機先息，書空事不言。江南香草地，一一賦荃蓀。

【校】

〔一〕二首：據文津閣本補。

風雨寄張野人

宿雨萍號苦，淒風虎嘯頻。喜開蟲豸蟄，悵阻物華春。雞呌思君子，鶯遷憶故人。泥塗塞車轍，相過獨無因。

寄張六

十里一反顧，去君垂五千。遠身卑濕地，歸意泬寥天。南極多來鴈，秋陰減跕鳶。寄書江漢水，好送北歸船。

寄張宜

屈指張生老，無人事隱淪。鯨魚空自飽，章甫向誰親。丹荔充庭實，明珠逐賈人。如何

滄海上，甑石一生貧。

寄張六

君爲棄官去，豪氣故風流。無復池中物，真能方外遊。浮生都物變，衰俗使人愁。聞有桃源路，歸來試力求。

省中寄王平甫

簿領禿千兔，禺中強一飡。未爲勤事吏，空負寫書官。奇獸名天禄，層樓近井幹。林花今正盛，夢想月邊寒。

重寄蘇子瞻

空胷迷舊學，華髪悵頹齡。江海容孤翼，雲霄寄客星。未堪循吏傳，默守太玄經。正恐聲聞酒，令人醉不醒。

寄仲馮

府掾西曹貴，星華使節雄。我行千里鎬，即敘百餘戎。原注：《匈奴傳》有百餘戎。王畧持籌內，邊山聚米中。因成率然勢，不陳取奇功。

夏木聞禽

愛此南軒木，親聞好鳥聲。夏陰雙綠縟，幽韻獨淒清。帶霧知天曉，因風覺晚晴。忘機是幽客，相見不相驚。

挽盧通議二首〔一〕

射策蘭成歲，歸全韋相年。聰明百齡事，冠帶五朝賢。賜几元知止，臨雍尚缺然。秋風正摇落，哀挽向新阡。

山東推望族，泉室閟歸真。善政餘談舌，清風在縉紳。薤晞無復露，草弱漫棲塵。賴有

傳家慶，光華列世臣。

【校】

〔一〕二首：據文津閣本補。

唐參政挽詩二首〔一〕

天奪悲楊綰，人亡愴魏公。終疑仁者壽，尚想直臣風。聽履餘榮在，牽裾舊事空。惟應司隸姓，更使世知忠。

倜儻先言路，經綸重鼎司。武文兼二允，愛直見雙遺。無復靈臺論，空傷薤露詩。邢山向鄭國，千古意同悲。

【校】

〔一〕二首：據文津閣本補。

挽馮當世母朱太君二首〔一〕

郡封家邑盛，羹遺主恩頻。所以令勤貴，由來得孟鄰。文軒空舊事，弔鶴怪來嬪。摇落千山暮，陔蘭不復春。

躬績維公父，平反在不疑。榮兼綵衣養，孝著白華詩。黄髮全天壽，遺風盛女師。畫輀丹旐遠，寧記鹿車時？

【校】

〔一〕二首：據文津閣本補。

挽王正仲母永壽太君二首〔一〕

天錫期頤壽，恩疏石窌封。母儀兼事事，子貴亦重重。歸旐滄江水，新阡翠嶺松。曾參無所係，不待禄千鍾。

平日南陔養，諸公爲美談。兒啼因戲綵，羹遺復調甘。盛事一知十，修齡百與三。青烏傳吉卜，喬木藹相參。

【校】

〔一〕二首：據文津閣本補。

濮王任夫人挽詞

思齊疏慶族，聖善積慈恩。子貴哀榮在，舟移謦欬存。紼謳悲薤露，象服照魚軒。惟有秦原望，東西見寢園。

挽韓侍郎夫人范郡君二首〔一〕

名卿俱令族，慶善集清門。珮玉師柔訓，稱詩得婦言。已嗟封馬鬣，不待歸魚軒。從此公侯事，凄涼屬采蘩。

夫尊因受郡，子貴亦通朝。象服違偕老，幽宫不復朝。長川空滚滚，落葉自飄飄。哀挽青郊道，悲風送大招。

【校】

〔一〕二首：據文津閣本補。

西戎

【原注】時元昊始死。

旄頭占虜候，鳴鏑射單于。哀死知明主，和親愧腐儒。邊鋒少南牧，天馬自東趨。看撤山西戍，無勞議遠圖。

晚過西湖

落日微雨好，浮雲近水多。空濛亂林樹，涵泳著星河。賞極興不盡，跡歸心更過。猶須

明月夜，濯足弄金波。（又見《永樂大典》卷二千二百六十四）

泛舟西湖二首〔一〕

靡亹蘋萍合，夤緣島嶼深。操舟非有術，鑒水會清心。老樹成重蓋，初荷散萬簪。名園皆有主，費日試幽尋。

懶意適自強，舊遊疑觸新。如從剡溪客，忽晤武陵人。鐘磬高低寺〔二〕，漁樵來去津。涼風水雲合，天半是魚鱗。（又見《永樂大典》卷二千二百六十四）

【校】

〔一〕二首，據《永樂大典》、文津閣本補。

〔二〕鐘磬高低寺，《永樂大典》、周校本、沈校本作『鐘鳴高下寺』。

鄭侍郎挽詞二首〔一〕

置驛無留客，名卿擬上公。應惟泣遺愛，競欲頌寬中。賜履靈臺隔，開阡夢澤空。秋音

送歸旐，依約認樵風。

治獄餘陰德，哀矜出片言。千金無重比，駟馬見高門。星落林烏暝，愁悲薤露喧。江風傷遠目，楚些一招魂。

【校】

〔一〕二首，據文津閣本補。

送張六入浙東

君侯曾一仕，已作棄官歸。又欲過吴市，還愁脱賜衣。春風解冰雪，澤國盡芳菲。相望不可及，孤雲天外飛。

上清宫花木自夏及秋相續

信此神仙地，經時玩物華。殘紅未零落，暗紫續矜夸。掃石分文繡，開林碎晚霞。秋風

蘭菊茂，此去有黃花。

將去上清宫題梧桐

舊日見春華，圓陰羽蓋斜。野軒何必掃，小徑故從遮。秋氣先摧葉，春風别有花。野夫心好静，異日到山家。

九日

九日秋蕭瑟，登高亦少歡。黄花宜澹泊，碧樹早凋殘。醉舞烏紗落，彈歌短劍寒。可憐西北望，白日遠長安。

九日寄江北兄弟

登高雖有興，羈旅亦消魂。插鬢茱萸細，題詩蟋蟀喧。黄花一樽酒，斜日最高原。回首江天迥，翩翩塞鴈翻。

張比部景真挽詩二首〔一〕

埋輪負壯志，持節向炎墟。反户驚殊俗，彤襜豈定居。跕鳶愁瘴霧，斷鴈哭來書。天理真冥漠，誰能問太虛。

五嶺瘴癘地，宦遊前事存。求爲勾漏令，臥念少游言。夫子獨不返，壯心誰復論？凄涼大招賦，不見入修門。

【校】

〔一〕二首，據文津閣本補。

蘇度支挽詩二首〔一〕

翰墨兼能事，功名自壯圖。雲霄曾幾許？意氣即通衢。埋玉情何已，修文理不誣。敢忘徐穉禮，絮酒望江湖。

前年伯鸞死，卜葬近要離。今日延陵墓，仍書季子碑。人琴俱已矣，林壑助悽其。心許千金劒，終當掛樹枝。

【校】

〔一〕二首，據文津閣本補。

建公挽詩

燕祺歡受福，陽禄痛離災。胙土乘初載，賓天遽不回。弄璋迷夢幻，壯髮變塵埃。唯有華封祝，能寬上聖哀。

題魯氏老檜堂

當日山林客，移根近小軒。樹陰今百尺，人世亦曾孫。堅節寒逾甚，清風老更存。猶餘雙白鶴，終戀主人恩。

柏悦堂二首〔一〕

往説齊侯寢，此堂申甫餘。千齡長秀聳，衆木既消除。杖履每多興，冰霜罙自如。涼風破蒸暑，真賞復誰須。

華堂柏兩株，清景喜多餘。密影隨步武，涼風自掃除。蒼顔師尚父，勁節藺相如。寄謝繁華子，榮枯可立須。

【校】

〔一〕二首，據文津閣本補。

夜　涼

稀星映斜漢，孤月静前軒。意喜涼風過，遥看碧樹翻。勞生共裘葛，辭秩愧田園。高枕息羣動，吟蛬依草根。

自蔡河之陳州

扁舟去梟鴈，川路正龍蛇。日色暝如午，風烏端復斜。漸漸過隴麥，短短被堤花。涕淚元無極，那堪視物華。

重傷胡二

逝水竟不復，死生嗟可憐。所思今已矣，歸使一悽然。尚想飛梟舄，終辜憶戴船。神交如有驗，會付廣陵絃。

五龍井禱雨

湯年不過此，丘禱亦何頻。石井無多水，泥蟠詎有神。舞雩聲寂寞，剪爪事酸辛。萬古爲霖意，長嗟傅野人。

苦　寒

苦寒殊不意，衰老若爲謀。賜隔青綾被，貧餘白罽裘。蟄龍才自脱，過鴈可深憂。靳靳西頽日，牆陰肯爲留。

秋過薦福院竹亭二首〔一〕

入秋纔一到，風物已凄涼。舊篠全侵席，新梢亂出牆。蕭蕭吹葉雨，稍稍墜枝霜。爲有留人意，嘉遊不可忘。

開門金瑣碎，繞逕碧檀欒。鐘唄風餘韻，房櫳日暮寒。老僧長入定，好鳥故相看。何事扁舟客，殷勤覓釣竿。

【校】

〔一〕二首，據文津閣本補。

濟川亭二首〔一〕

誰謂此池小，遠將天漢通。分明涵列宿，迢遞引來風。松竹凌虛碧，軒窻倒影紅。高明推李杜，不負傅巖功。

自倚杖九節，時攜書一通。石橋照影水，竹檻納涼風。高柳參天碧，新蓮映日紅。由來帝何力，況數濟川功。

【校】

〔一〕二首，據文津閣本補。

曬書〔一〕

幽事隨〔二〕時有，移書曬日華。囊開魚蠹字〔三〕，眼暈石榴花。病忘多三篋〔四〕，勞心〔五〕愧五車。賜書仍有品，前輩羨吾家。（又見家集本卷五）

【校】

〔一〕沈校本下有小字注文：『此詩亦見家集。』

〔二〕隨，家集本作『時』。

〔三〕字，家集本作『子』。

〔四〕病忘多三篋，家集本作『志病多三字』。

〔五〕勞心，家集本作『心勞』。

夜過曾孚先

索我形骸内，從君里巷居。度阡仍越陌，酌醴更焚魚。殘雪春泥熟，青燈缺月初。誰能憚乘輿，歎息歲將除。

將赴官廬州寄張四隱直二首

【案】攽監衡州鹽倉不應赴官廬州，詩題疑有誤脱。

一爲彈冠仕，遂廢東皐田。不至二千石，行登四十年。羈遊無定許，鬢髮欲蒼然。萬里南江路，春風棹客船。

江路西南永，風波歲月淹。賴君同此役，久客復誰嫌。榜叟誇忠信，津童識孝廉。雲山仍在眼，詩興力能兼。

賀隱直

舉國皆儒服，吾人智有餘。焚舟濟河後，埋劒發硎初。天路騫黄鵠，雲濤縱巨魚。殷勤故人意，青眼看鄉書。

送隱直歸扶離

【原注】隱直近學南宗法，故末句及之。

羈旅自無友，非因七不堪。逃空見人喜，失學向君慙。貧病意不展，滯留情未甘。相從

欲有問，空法本傳南。

雪中憶隱直

北風吹朔雪，遥想度關西。覆閣眼初熟，登樓望獨迷。巧粧梅意密，偏壓柳條低。竟日思君飲，空憐駿馬蹄。

哭張隱直二首〔一〕

結友兒童歲，對門兄弟辭。存亡殊不意，晚暮可勝悲。宰木歸吴遠，輀車出劒遲。善人鮮百福，神理儻吾欺。

二星占使者，九折見忠臣。白髮猶强力，青雲早致身。勞生真夢寐，過事悉埃塵。已矣寢門淚，石交兼懿親。

【校】

〔一〕二首，據文津閣本補。

彭城集卷十

五言律詩

占晴二首〔一〕

南國無全臈，江天可喜晴。山林開雪色，鳧鴈與風聲。春物催羣動，年華強旅情。無人同此酒，歎息滯蠻荊。

蒸濕何由解，暄和自不禁。片雲常蔽日，小雨不成霖。蚊蟆晴明地，蛟龍老病心。雄風不易得，無處可披襟。

【校】

〔一〕二首：據文津閣本補。

雪晴

山雪喜初霽，意行因肆觀。巖光花半散，峯勢玉新攢。鳥去樹冰落，水來溪舍寒。還愁向融散，立到夕陽看。

還郡寄洛中諸賢

雖勤車馬役，而與故人同。濯熱宜清洛，忘饑爲碧松。御風思禦寇，縮地憶壺公。待我成仙術，相過豈有窮。

送江淑寺丞棄官歸江州

時事不可願，還家方自由。看山一長嘯，飲水亦消憂。林竹通鄰里，陔蘭潔膳羞。還將

計然策，江上倚扁舟。

霍丘謝令寺丞

明府雙飛舄，南歸鴻鵠俱。東風解冰雪，春水渡江湖。光禄詩爲樂，淵明酒自娱。公田皆種秫，三徑更何須。

送王肅侍禁新安監酒

丹穴鳳皆好，藍田玉自温。流傳洛生詠，歎賞貴公孫。好事欲成癖，著書經閉門。看君桂枝擢，禄仕復誰論。

山寺

疊嶂横秋水，招提隱半峯。白雲迷到路，曉日自鳴鐘。法會樵漁熟，齋時鳥雀慵。試尋方外士，繫馬就長松。

畫雪扇子

灑落瑶花薄，蒼茫殺氣深。因風驚拂面，濯熱幸開襟。夜色非關月，朝雲不待陰。秋風來應起，好在郢中吟。

曉起東園

禽鳴知欲曙，野客自晨興。春草生三徑，朝光下九層。園林問圃老，筍蕨待巖僧。即此甘幽屏，趨時要未能。

古檜亭二首〔一〕

散櫟厭爲社，枯梧非有神。一身具松柏，千歲作秋春。風影日亭午，露香宵向晨。唯應仙鹿跡，不悔白頭新。

昔聞上昇檜，傳作亳宫神。念此亦千載，玩之經一春。凉蟬號永晝，獨鶴起清晨。誰與

畫屏幛，長令水墨新。

【校】

〔一〕二首：據文津閣本補。

上櫰亭

人世南柯夢，看君葺舊居。小庭長汎掃，暇日省文書。黑葉生煙外，黄花過雨餘。那知山谷興，不向市朝疎。

登樓

溪谷含冰雪，川原見草芽。春生三峽水，日照萬人家。時節長如此，風光會有涯。唯應多美酒，厭看海棠花。

雨中過汜水關入鞏縣

泥塗出關惡，風雨過雲寒。懸水餘百仞，層峯知幾盤。攀躋頭目眩，揭厲衣裳單。稍出萬山外，始知人世寬。

次韻謝三利涉寺見寄

眾水會蒼山，僧房積翠間。夕陰留到客，清暑獨開關。月出亂峯白，天明遊子還。他時望君意，餘恨不同攀。

題利涉寺

【原注】寺有唐利涉禪師葬塔、故吕宫師相公讀書龕。

雲水上方居，迢迢百尺餘。水光摇几席，嵐翠徹牕疏。鶴樹追前佛，隆中問結廬。已知禪寂意，仍得揣摩書。

哭王子直二首〔一〕

積水忽變濁，聚星無復光。風流都滅盡，天理竟冥茫。過事皆陳跡，餘哀祇淚行。遥憐轉麈柄，顧影夜燈旁。

衰老惜〔二〕年歲〔三〕，羈孤慕友生。一哀誰爲慟，百志爾無成。弓劍輕前敵，詩書足自名。人皆期不朽，持此傲公卿。

【校】

〔一〕二首：據文津閣本補。

〔二〕惜，周校本、沈校本原作『矜』。

〔三〕歲，周校本原作『華』，後改作『輩』。

荷花

白水滿方塘，荷花五月芳。弄珠圓不定，濯錦冷逾光。香憶風醒酒，聲宜雨送涼。扁舟

學騷客，葺室近滄浪。

黄州臨臯亭

遠國江千里，荒城水一涯。居人愁避虎，過客競乘槎。秋雨吹天暮，寒濤浸日車。從來遷謫地，卑濕是長沙。

野竹亭

勁節四時好，此君常眼青。影搖金破碎，聲動玉瓏玲。方丈塵埃絶，高齋醉夢醒。由來謀野意，不異在林坰。

聞西戎乞降

玉關依斥堠，荒服祀春秋。干羽由來事，桑榆尚可收。發書迎寶馬，錫貢入貂裘。高枕興王世，吾生免外憂。

冬夜賞月

暈逐陰風起，光隨凜氣多。霜應摧桂樹，冰恐徹天河。池鏡初容鑑，窻櫺亦戲磨。關山千里雪，此夕共金波。

雪夜月中

雪霽流雲盡，天虛片月升。氣清羣玉府，光徹滿壺冰。過鴈明可數，啼烏寒不勝。山陰自此去，野興豈難乘。

玩芳亭

誰與玩芳草，慨然思古人。東風千里目，紅蘂一城春。賀燕自高下，浮雲無舊新。南山際滄海，更覺爾爲鄰。

留别諸兄弟

羇遊路萬里，物色共悽然。霖雨傷秋意，西南接漏天。壺公縮地遠，列子御風旋。信有神仙術，諸公一見憐。

暫之雩上留别一二兄弟

回首嗟行役，吟詩愴物華。西風凋木葉，客子去天涯。日暮看邊鴈，江秋見海槎。重陽誰對酒，野菊自開花。

春日登樓二首〔一〕

水國春歸晚，晴樓旅望賒。青絲垂地柳，白朵出牆花。聽鳥參人語，看雲任帽斜。滄浪殊不極，春色故無涯。

野性躭章句，春容看旅愁。眼前都俗物，天外倚高樓。芳草茫茫緑，清淮澾澾流。片雲

還欲雨，悵望恐花休。

【校】

〔一〕二首：據文津閣本補。

緑野亭偶題二首〔一〕

記得春晚句，緣情因謝公。名賢共標準，清境定無窮。樂矣登臨際，悠然坐嘯中。壺觴聊發興，隨儉亦隨豐。

倚郭徧禾黍，安知私與公。爲農亦可樂，遇歲不終窮。累榭白雲外，壤歌明月中。誰言魯酒薄，自覺勝新豐。

【校】

〔一〕二首：據文津閣本補。

日晚步過孫監丞

夕陽喧鳥雀，幽逕入蓬蒿。於此興不淺，行吟殊未勞。市朝移俗態，麋鹿共吾曹。稍稍鐘聲暝，林梢白月高。

望華山

【原注】荆華相連也。

荆山連太華，青翠望難分。嶺首明新旭，山腰暝白雲。玉攢光自照，波蕩勢成文。應接寧知倦，清輝遠送君。

鳳翔官宅園亭

退食自閒暇，空堂仍集虛。秋林長費掃，寒草不敎鋤。移石改迂逕，拂牆看舊書。枝棲亦云穩，何用憶吾廬。

馬當山

雲壑斷無土，江流橫倒山。蛟涎晴出没，鳥羽倦飛還。神禹遺疏鑿，天機借險艱。長風且破浪，帆席慰愁顔。

送畢長官

銅墨非君志，仙鳬爲我來。三年話傾蓋，十日算銜盃。許與羞垂白，飛騰指上台。倚門方有待，未覺厭京埃。

送鄭〔一〕推官

此邦人事少，離恨不關心。頓與吾子别，如何旅思深。暖風隨躍馬，永路變鳴禽。蓬鬢添衰白，知予厭滯淫。

【校】

〔一〕送鄭，據周校本、沈校本、文淵閣本、文津閣本補。

詠雪

北風吹朔雪，楚塞亦凝寒。天地浮雲滿，江湖行路難。醉宜乘馬出，高愛倚樓看。會是豐年候，居人意似寬。

書堂對雪

天寒不成寐，看雪坐清晨。默怪人聲絶，都迷物態真。璇宫寒爍目，琪樹静無塵。信有崑崙圃，神游屬此身。

和裴庫部諸家雪

侯家

裘馬寒逾壯，歌鐘暝未閒。排雲朝象闕，踏凍獵黄山。上客珠裝履，妖姬玉綴鬟。園林通夜賞，洞户不須關。

山家

雲暗峯疑斷，林長路稍迷。庭隅時臥鹿，旁舍遠聽雞。隱几添樵火，應門倚杖藜。兒童別村至，薄酒自提攜。

酒家

繚徑集缾罌，江樓倚上層。青帘吹淡墨，翠幕映飄燈。勸客寒威壯，歌時歲事登。十千賒可得，不恨價仍增。

獵家

寒事輕盃酒，晨裝急製衣。狐麋尋去迹，鷹隼競横飛。沙路濃隨馬，風毛盛合圍。興酣生鼻火，狂發會忘歸。

樵家

山木瓊瑶合，溪風虎豹哀。舊林迷處所，破斧獨歸來。世路深泥滓，生涯半死灰。誰憐廊廟語，正復此遺材。

船家

雲白連沙渚，風高雜浪花。解帆依下鴈，沽酒看棲鴉。篷響投珠亂，門欹墮劒斜。山陰

路不遠，去問戴逵家。

雪後

高城催戍鼓，病枕聽哀鴻。灑竹蕭蕭雪，開門峭峭風。消憂罇酒緑，久雨燭花紅。旅夢還知路，孤舟向剡中。

朔雪凍乾坤，黄雲晝景昏。宿酲猶戀酒，静卧亦〔一〕開門。烏鵲時時語，松篁處處翻。問知淮水凍，不復渡頭喧。

【校】

〔一〕亦，周校本作『未』。

陸子履有詩贈行次韻留别

尚白不自悟，愧君稱絶倫。高秋獨去國，下水不留人。菊秀鴻初過，魚肥稻已新。淮山

見明月，千里最情親。

留别傅欽之

驅車長值險，投足正臨深。白首抱壹意，故人知此心。巢禽驩避弋，轍鮒偶爲霖。去矣江湖興，凄然東武吟。

苦　熱

炎暉不可避，鬱鬱度朝晡。飛鳥有時墮，高林無事枯。形骸等外物。槖籥任洪爐。正有捐塵濁，東浮萬里桴。

炎暉共兹世，南紀獨何偏。天地大爐耳，江湖沸鼎然。魚龍危失所，黍稷恐無年。浩蕩思雷雨，長吟雲漢篇。

畫　鶴

置此憐神駿，三年故不飛。軒車寧假寵，野客會忘機。燕雀那相笑，鳧鷺直自肥。蓬萊千萬里，正想玉爲衣。

得楊十七書見報所居近種花木詩

堪憂雖陋巷，寓興即名園。似得壺公樂，如吹黍谷暄。艷花争獻笑，芳草共忘言。近種南軒竹，春來亦有孫。

眼　昏〔一〕

因循衰便至，邂逅眼成昏。稍與詩書隔，初慙長老言。原注：陶淵明詩云：『昔聞長老言，掩耳每不喜。』談空迷起滅，蠅翼競飛翻。懶臥稱〔二〕長策，深居欲杜門。（又見《永樂大典》卷一萬九千六百三十七）

【校】

〔一〕《永樂大典》失題。

〔二〕稱，《永樂大典》、周校本、沈校本作『彌』，沈校本改作『稱』。

登浴室院閣二首〔一〕

秋霽登臨好，危欄百尺梯。層城斜照裏，雙闕五雲西。雜樹黃映緑，生煙高復低。章臺少年子，走馬錦障泥。

稍出紅塵外，方知萬象虛。林端辨遠水，樓角怪行車。燈續黃金像，香餘貝葉書。誰能損世事，即地亦山居。

【校】

〔一〕二首：據文津閣本補。

中夜見月

月午四鄰静，高齋人寂然。虚空時有警，影響善驚眠。宿羽移深樹，商胡慣夜船。無雲更可恨，珍重此嬋娟。

新月

稍見桑榆上，還沈河漢西。氣涼知露白，天闊見星低。静色餘簾額，回光射鳥棲。城烏偏可恨，到曉不休啼。

次韻和黄朝議二首〔一〕

下武新周烈，謳歌屬禹謨。恭聞始元詔，遠紹帝軒圖。山海無加賦，戎胡遂息徒。英風逾草偃，俯仰逮樵蘇。

已作華顛老，欣聞紫詔新。經綸兼事事，哀痛及人人。願輟須臾死，求觀富壽民。短歌

隨擊壤，感動不無神。

【校】

〔一〕二首：據文津閣本補。

傷丁元珍學士

休沐非連騎，投沙迫去身。似鵩憂鵩鳥，化鶴望鄉人。夢與江湖隔，情存翰墨新。定交相得晚，撫事亦酸辛。

喜　雨

山雨來何暮，高天始震雷。江聲翻灩湏，水氣逼昭回。灑落年芳晚，空涼醉眼開。蛟龍定神宅，蝸角更誰猜。

漫成

經旬柳已緑，過雨草齊生。無事觀兒戲，閒遊識鳥情。看花低帽立，弄水棹舟行。宦學都如夢，浮生底自名。

次韻和司法掾陳郛

晚得詩人賦，長謡長者言。坐曹涼雨過，歸舍暮禽喧。交態傷貧富，時情任輊軒。懷歸空有夢，郢路屬營魂。

送慧思歸吴

塵埃十年夢，江海一身歸。境與夙心會，事容前日非。連山横遠勢，定水湛明輝。别後相望處，雲孤鴈自飛。

奠昭禪師

昭公不住世，岑寂白蓮宫。衺水終還冷，浮雲本自空。諸天方丈室，萬事百年翁。俯仰成今昔，蕭蕭鶴樹風。

送僧子南

脱身遊萬里，空手出長安。猶以抱琴樂，不知行路難。春歸吴國遠，水滿紫溪寒。越俗今章甫，疑師不著冠。

宋門城下新居

頗習田野事，偶居朝市間。前塵應妄想，舊觀輒來還。甘井如汲澗，高城疑望山。更憐車馬絶，日在掩柴關。

新居

舉世同逆旅，此身那拙謀。趣營容膝地，適似種瓜侯。藥餌扶多病，躬耕强隱憂。彈冠仍應客，車馬肯淹留。

雪後行小園

晚照開霽色，閉園幽事增。樹摇風落雪，池漲水浮冰。鵲亂聲已變，鳶飛誰爲矜？風光看滿眼，取醉此吾能。

過丁晉公舊園

寧知陵谷變，遂見曲池平。喬木秖益老，儲胥空復情。廢墀盈疊蘚，頹榭迹微行。桑霍爲厚戒，千秋餘歎聲。

雪夜酌酒

雨雪寒休市，春泥早閉門。嚴城深窈窕，孤月静黄昏。棲翼此中樹，高春何處村？物容煩應接，乘興即開樽。

送雍元直使浙右

詔給四封傳，自乘千里船。雲山深發興，秋物正蕭然。零雨隨持節，驚濤避執鞭。鱸肥稻米白，勝事奈君偏。

引泉

春池凍已消，泉落白魚跳。石淺喧鳴玉，沙虛没暗潮。晚寒妨濯足，竟日欲平橋。最愛臨波柳，東風萬萬條。

金鳳花

妖嬈如自媚，紅白競爲娛。共笑翔千仞，猶疑將九雛。軒墀蒙晒睞，風雨易泥塗。静掃蒼苔地，還令近酒壺。

景潮亭

澤國水遥遠，歸舟亭短長。他方向夕景，此地正朝陽。物色桑榆上，風波梟鴈行。臨流問漁父，好在濯滄浪。

退朝觀御溝上雜花贈陸四

溝水去無窮，宫花映日紅。惜陰猶宿露，照影獨衰翁。燕語晴明外，風香錦繡中。爲非温室問，心賞幸君同。

上三山磯

江湍趨絶壁，山木映雲濤。野路青冥近，孤舟應接勞。魚龍防碎首，鳥獸幾亡曹。生事垂堂戒，愁心欲二毛。

過龍眼磯

洪波浮一葉，弱髮引千鈞。虎豹公横道，蛟龍喜得人。强顔猶失色，乘險屢傷神。回首雙鳧翼，隨波愧此身。

送鄭五下第西歸

萬里河西路，憐君徒步歸。遊人並塞少，落葉待霜飛。相得不恨晚，知音深謂稀。壯心須慷慨，勿學淚沾衣。

送人之官嶺南

過嶺幾千里，孤城近海涯。地温饒瘴毒，民惡半蠻家。並日初開市，非春亦有花。知君望星斗，西北認京華。

和孫少述中秋二首〔一〕

月出東山表，遥思澤國秋。緣雲孤鏡上，透水大珠浮。重露梧桐落，微寒蟋蟀愁。我時携客飲，浮白最高樓。

竟夕雲四斂，始知天意偏。西風不勝冷，亭午更添圓。老髮緣詩苦，秋懷得酒便。君居江浦上，望我想依然。

【校】

〔一〕二首：據文津閣本補。

春日野次

溪雲晴漠漠，野日晝陰陰。燕翼飛高下，花房亂淺深。和風快吹面，浄水喜清心。極目傷千里，曾無楓樹林。

南　原

南原殊可望，桑柘百家村。紫赤春晴氣，青葱舊燒痕。遠川飛鴈鶩，平壤牧雞豚。更待花如織，臨高置一樽。

彭城集卷十一

五言律詩

遠信

清秋萬里夢，久客一封書。長日看鴻鴈，呼兒問鯉魚。涼風郢路遠，落葉洞庭初。無限歸鳧翼，南飛最跂予。

金沙花

苒弱金沙樹，花奇名字珍。移從今日晚，恨失去年春。嫩緑藤垂架，深紅棘刺人。東風會入手，照眼萬枝新。

贈鄰翁

與彼茅茨接，看渠卜築初。丈人真耄矣，孺子復何如？翁且勤杯酒，兒教讀道書。衡門來往近，時爲過吾廬。

初晴贈某翁

雲隨夜色改，日與曙光升。已變前除雪，猶餘北户冰。鴻飛知適意，鶴語若矜能。天事寬羇旅，幽人亦有朋。

晨起

斷角續鳴鐘，惜時春已空。曉星猶伴月，早雨不禁風。眠食須頤老，衣冠强自公。庭陰全緑色，無復見殘紅。

挽胡元夫母壽安縣太君二首〔一〕

應嫗金琛社，桓鼇邑致膰。母儀真盛德，禄養現興門。尚想君羹遺，那悲口澤存。蒼山松梓暮，弔鶴去翩翻。

清德畏人知，傳家賴母慈。何時丹桂擢，相戒白華詩。戲綵歡無極，藏舟事密移。千鍾已不暨，後日可勝悲。

【校】

〔一〕周校本、沈校本作『胡元夫母壽安縣太君挽詞』。

孟冬

十月江南暑，居人尚葛衣。秋花看不絶，沙鳥聽忘歸。氣鬱愁成瘴，霜輕歎失威。異方羇旅思，歲事每多違。

午睡

浮雲蔽白日，風雨近秋天。車馬欲安適，户庭方閴然。世塗高枕外，身事曲肱前。似覺松生腹，迢遥不記年。

古槐二首

地有藏丹井，人傳不死鄉。南柯經臘李，黑葉勝枯楊。甲錯龍鱗斷，花明鼠耳黄。離宫緣望幸，仙檜儼相望。

仙人鍊形骨，枯槁不知年。秀色倏還觀，陽和仍宛然。今古山川異，乾坤雨露偏。東陽無歇息，生意會緜綿。

復和前韻二首

遺履事悠遠，白雲飛帝鄉。潛真社寄櫟，觀化肘生楊。秀葉髮垂緑，雜英牙變黄。犧尊

與溝斷，俗骨爾何望。

父老見枯朽，皆從童稚年。孫枝復秀色，仙事故依然。巢鶴千齡異，源泉一溉偏。頗笑海椶陋，崎嶇留在緜。

秋暑呈馮守

秋律何時效？炎雲莫肯陰。烈風長鼓鞴，去水亦流金。藿食無求飽，單絺不自任。開懷幸寬政，事省得清心。

宿荆門

山行厭曲折，小邑正讙嘩。流水纔一帶，居人聚〔一〕兩涯。池偏饒草木，山晚聚雲霞。郢路定未遠，夢魂還到家。

【校】

〔一〕聚，周校本、沈校本原作『家』。

西湖水決

平原出大水，蟻壤潰長汀。舟檝疑藏壑，波濤駭建瓴。蛟龍隨過雨，魚鼈問滄溟。聞道蓬萊水，桑田亦屢經。

素屏

陋室避塵雜，深居惟此屏。虚空自生白，樸素擬忘形。畫手山林迹，先生几杖銘。長來師絶學，未肯事丹青。

燒殘樹

異時龍起蟄，一夕鳥焚巢。摧落殘孤榦，荒涼委近郊。莓苔深蟻穴，風雨詫神交。尚想

知音遇，空心或遠庖。

避風

南風多疊浪，逆水暫回船。畫[一]鷁秋相對，沙鷗静獨眠。微明見雲樹，孤絶問人煙。吾道常如此，聽歌枉渚邅。

【校】

〔一〕畫，周校本、沈校本原作『青』。

同原甫詠秘閣詔藏古器圖

昔占金寶氣，天瑞告成功。繪事今時絶，書文自古同。剖鈎記巫錦，按刻異桓公。塵世無由覩，崑山策府中。

王廣淵郎中挽詩

家本秦川貴，舊傳淮水占。省郎時望在，公族主恩兼。轉燭風何急，棲塵草正纖。襄陽今罷市，涕淚萬人霑。

劉彝學士挽詩

傳聞四君子，同是五經師。獨以功名誤，空思俎豆爲。不成宣室召，長負鴈門期。賴有銘泉室，千秋無愧詞。

重過觀音精舍舊讀書房

往作關東客，來攜一束書。旅人覩所主，野性樂立虛。過事都如夢，精廬宛若初。空憐兩蓬鬢，蕭颯十年餘。

過雍熙院興師房

習靜未離解，悟空猶著禪。齋居性所近，古寺境蕭然。缾水寒生凍，爐香暝裊煙。老僧眉雪白，晏坐已忘年。

夜雨

天暝龍蛇化，風高鳥獸呼。塵囂一洒盡，暑病暫時蘇。電火將焚野，雷車若隘塗。坐疑陵谷變，明發蹈江湖。

江上夜雨

江黑暮潮生，雲深驟雨傾。風波兩舟語，燈火一川明。短夜苦難曙，羇懷方未平。空憐夢中路，依約盡歸程。

慶壽挽詩二首〔一〕

史占書五鹿，世德活千人。孝養東朝盛，徽音赤管新。濯龍虛望幸，繭館不知春。歷數姜任事，寧如復辟辰。

鹵簿嚴仙仗，笳簫去掖門。晝閒長樂衛，春寂灞陵園。壹德詒謀地，羣生顧復恩。神遊餘仿像，日入際崑崙。

【校】

〔一〕周校本、沈校本作『挽慶壽詩』。

營　冬二首

羇旅殊多事，崩騰欲老身。連年俱異邑，幾地愧鄰人。板屋秦詩舊，衡門泌水新。何時仲長子，卜築離風塵。

蕹草元留徑，開窗祗近簷。成冬須少有，爲客未嘗淹。朋舊看都絶，詩書牘欲嫌。自知踈懶劇，決意老幽潛。

思歸

扁舟到北郭，屣履向東門。不改蓬蒿陋，猶憐松菊存。因秋動歸興，值物愴離魂。早晚城頭月，呼兒坐小軒。

楊花

不分春色晚，楊花意氣驕。吹嘘輕一羽，容易點層霄。細細穿簷隙，姍姍學舞腰。暫來幽僻地，還復去人遥。

移居觀音寺

棲息避城市，塵埃將浼人。虚空見佛性，簡傲得吾真。霜過草木改，齋餘鳥雀馴。席門常晝閉，誰與駐車輪。

題陝西圖三首

干戈今日事，關塞此圖看。白日長安近，蒼山壠坂寒。由來名百二，自古有艱難。指以安西道，凝情意據鞍。

萬里靈州地，他年漢朔方。山河從割棄，關輔急隄防。轉益豺狼窟，堪嗟禮義鄉。拔胡須壯士，看畫意蒼茫。

河源來積石，天馬涉流沙。耳目成千古，丹青在一涯。荒涼都護府，斷絶使臣槎。安得山河將，收功似漢家。

五　月二首

五月黄梅熟，江邊晝雨初。鏽痕侵匣劍，潤氣蠹囊書。亂恐翻銀漢，喧愁洩尾閭。時時雙水鳥，往往上吾廬。

榻移隨樹影，杯側見山岑。白鳥渴求水，玄蟬清噪林。道書無近語，天籟有遺音。向北新開逕，行苔過竹陰。

江上雨中

江雲似無信，山雨易翻盆。鵬起天形黑，龍驤水面渾。大舟纔弱纜，孤樹小前村。濯熱吾知慰，風波勿重論。

和王待制湘東王故苑

故園悲帝子，高興復清秋。密竹娟娟静，通波細細流。干戈餘魯殿，池沼似滄洲。魚鳥應無恨，山公肯醉遊。

冬暖

南瘴無消息，玄冥爲失威。水深鴻鴈宿，霜薄鷓鴣飛。處處憐喬木，人人慣袷衣。生涯

卑濕地，日飲自知機。

忝官

忝官東北藩，老拙復何言。曹事輒付外，客車稀到門。臨池看魚樂，倚杖聽禽喧。莫恨三年最，從今長子孫。

雨中

沈陰連日雨，六月似高秋。涼冷宵眠穩，泥塗晝事休。塵昏舊銅鏡，朽蠹敝貂裘。賴有盈樽酒，能爲懶病謀。

雨後

積雨黄梅後，多風夕景天。少陰回玉燭，秋氣變薰弦。孤鳥爰居外，殘雲螮蝀邊。羽陵書蠹盡，數恠絶韋編。

欲雨

久晴驚礎潤，信宿候風回。仰月光如瓦，燒雲色變灰。譁鼉疑自得，青鵲競飛來。正想江南地，清涼接過梅。

北牕聞雨

庭梧不隱響，秋入意蕭條。過雨喧天籟，高風會海潮。寒侵知酒近，氣豁想雲遥。歲晚看摇落，無衣耻敝貂。

雨

繁陰晝漠漠，日雨暝紛紛。鬬蟻仍移市，乖龍亦過雲。泥塗休不出，鐘鼓遣相聞。願得辭昏墊，長風破宿氛。

酴醾軒雨中二首

小雨疎陰響，高風緑幕斜。冷吹能却暑，細滴不妨花。輕濕苔痕滑，連陰草色加。路長車馬少，暫喜息飛沙。

病身常自力，杖屨及比鄰。繼日傷霖雨，深居若避人。陰苔無數緑，秋草一番新。入夜添涼冷，書燈頓可親。

巢湖阻風二首

重雲迷日月，異縣失西東。苦畏連天水，何須竟夕風。微明分白鳥，摇落望青楓。久客嗟留滯，吾生事事同。

四月風猶北，湖邊氣似秋。天時如反置，吾道信淹留。望遠還吹帽，憎寒更擁裘。無由開白日，晦暝使人愁。

安河阻風

隨湖寄漁浦，村戍起孤煙。水色連天黑，沙禽亦晝眠。柘田春種麥，客渡晚争船。盡日無他事，尋村聽野泉。

凝翠堂

聳聳排修竹，蕭蕭拂蠹簷。秋聲送凉雨，晚影碎寒蟾。居處貧非病，生涯智養恬。著書聊自守，非欲效幽潛。

留張十二宿

静外塵土息，故人從我遊。襟懷已瀟洒，杯酒聊勸酬。大笑呼五白，浩歌遣四愁。勞生如此少，歎息爲君留。

王太傅河北閱馬

豐草河壖地，平沙冀北區。離宫連苜蓿，舊苑半騊駼。夫子深詩者，無邪頌使乎。寧令漢馬少，不議擊匈奴。

庶幾堂

碧草衡門裏，涼天過雨初。驚秋數甲子，隱几讀殘書。近郭多鳴鶴，坳堂可釣魚。異方無到客，非是故人疎。

歲除立春乾祐縣獻梅

除日應無歲，新春不待年。風光生意裏，梅信客情邊。冷艷來冰谷，疎風暎雪天。不逢江上使，相與競芳妍。

挽胡太傅二首〔一〕

州來推博物，伯始貴中庸。論道宜黄髮，銘功遍景鐘。龍門餘舊客，馬鬣悵新封。後世瞻遺德，南山萬丈峯。

路車中伯去，白馬庾公歸。殄瘁人相弔，哀歌露易晞。石麟森立木，密印鑠泉扉。絮酒慙徐孺，回看旅鴈飛。

【校】

〔一〕周校本、沈校本作『胡太傅挽詞』。

挽西京左藏使石太保二首〔一〕

勇擲諸生筆，終乘使者車。家聲唯孝謹，將略亦詩書。鶴髮遺榮始，瀧岡卜兆初。謬承公叔薦，曾未撇衣裾。

青綬股肱守，毳衣方伯監。威名真落落，碩望自巖巖。道遠年如待，才長志尚緘。家多二千石，會見集門凡。

【校】

〔一〕周校本、沈校本作『西京左藏使石太保挽詩』。

挽宋司空丞相二首〔一〕

斗樞齊七政，鼎鉉象三公。文武兼人際，安危注意同。規隨餘故事，止足暢高風。他日雲臺畫，依然想竇融。

蜜印加泉室，哀簫去國門。降龍嚴冕服，畫鹿並車轓。山甫中興業，臧孫既歿言。定應天壤内，長與日星存。

【校】

〔一〕周校本、沈校本作『宋司空丞相挽詩』。

月夜吹簫

長路見秋月，空江連夜明。吹簫不能寐，舉酒遞相傾。賈客或垂淚，羈人多失聲。湘絃苦沉絶，曲盡一含情。

秦國公主挽詩

渭陽追舅氏，婺女嫁天孫。平日諸姑問，當時赤綬尊。煙波空北渚，荻竹自長門。後夜秦樓月，哀簫閟九原。

宿峴山寺二首

睠予倦羈旅，坎壈林壑間。落日投古寺，秋蟲吟亂山。月明露已白，風定雲方還。王事殊未暇，悵兹清夜閒。

蒼山若無路，落日聽鳴鐘。旁舍適眠虎，古潭微見龍。空窓向雲月，高枕聽風松。幽境

昔未遘，仙游如可逢。

觀虎翼士戍宜州

虎賁王爪士，銅柱國南門。魑魅非人境，蠻夷盡鳥言。瘴煙旗纛黑，霧雨劒鎧昏。即路皆無色，何時見北轅？

再見士卒戍桂陽

驛書頻揷羽，漢士遠征蠻。四月天將暑，三苗舊阻艱。悲笳背城邑，苦霧濕關山。後夜東南望，妖氛翼軫間。

悼楊公緼二首

得君雖恨晚，白髮幸前期。分手遂陳迹，晤言成獨悲。隙駒得未久，風燭不勝危。詎有修文選，高天可易知。

寄書曾未報，題墨宛如新。長路歸丹旐，孤兒泣畫輴。江湖餘氣槩，星月聚精神。冥漠九原上，空將萬鬼鄰。

秋懷二首

摇落看秋色，淹留倦郢城。登臨想自昔，非〔一〕土最含情。白露黄橙熟，清風緑桂生。異鄉隨衆醉，須爾析朝醒。

蒹葭晚已變，天宇向來高。風露一瀟灑，江湖久鬱陶。鱸魚越人膾，白露廣陵濤。歸興憑三鳥，悲秋嘆二毛。

【校】

〔一〕非，文淵閣本作『風』。

夕霧

日落山氣改，汀洲寒霧生。深沈轉墟落，迢遰失重城。樹裏迷人語，沙頭見火明。商帆宿何處？髣髴棹歌聲。

簽判承議攜官酒並具殽炙晚飲檜下二首

煩攜光禄酒，愧舉使君觴。伏盡轉秋熱，月明纔夜涼。暗蛩聲蕊蕊，古檜影蒼蒼。衰老淡薄味，殺蔬猶徧嘗。

風月近秋好，君來蒙十觴。塵勞我休息，炎暑此清涼。玉露衣襟爽，金波鬢髮蒼。知心一爲足，何必似原嘗。

送儀父清溪縣丞

雖方六七十，皆有萬千家。贊府亦製錦，到官殊及瓜。山苗甘筍蕨，溪飦飽魚蝦。爲爾

傳清白，遺黎每歎嗟。

次韻和周承議登仙源宮樓

屏星駐真境，喬木盡蕭森。野曠日偏永，山寒雲更深。九皇容盡信，萬事盛來今。回首靈光殿，飛鴉起暮林。

送從兄思甫尉富陽

南州吏數千，尉事獨神仙。平日稀桴鼓，端居數醉眠。潮聲雷出海，山色劍横天。會盡登臨興，淹留肯計年。

送劉誼先輩尉涇縣

【原注】先輩補監生，予定爲第三人。

詔除芸閣吏，名屬太常書。高第餘無愧，同宗誰不如。鄉情歡賜服，壽酒慶安輿。正復

秋風起，滄江厭膾魚。

周節推移曹州

【原注】此君凡换五幕府。

珠履幕中客，行行亦倦游。勞歌一長鋏，歷聘五諸侯。捧檄爲親喜，問程輕族愁。遥憐在陳士，無友重悲秋。

送張益宣州法曹

謝守宣城句，偏矜吕法曹。郡齋應似舊，廷掾不徒勞。東北歸流駛，空虚去棹高。木瓜因贈客，并擇兔千毫。

韓康公挽詞三首

初還丞相印，併授上公封。門戟交行馬，衣章雜繡龍。策書休命畢，拜老未臨雍。遺愛

無時息，淒凉在輟舂。

八龍歸濟美，四輔號無官。魯衛聯三壽，韋平屬二難。大勳流竹帛，盛事絶衣冠。今日哀榮禮，賢豪共永歎。

乘輿錫臨弔，朝士盛班辭。笳鼓千人仗，轀輬數仞旗。壞梁蕭畫在，藏壑説舟移。無復龍淵劍，空傳禹甸詩。

傷王都官正卿

巍然積德門，識此貴公孫。譬彼芝蘭秀，行看鴻鵠軒。誰令武子死，無復孟嘗言。寂寞繐帷暝，流塵空酒樽。

傷胥平叔都官

欲爲大招賦，期子入修門。昔爾南宗學，慙予莊叟言。清樽湛凝緑，丹旐杳飛翻。晨夕

高堂念，此情難重論。

傷楊元明都官

【原注】知國子書學判、吏部南曹，晏相外甥。

傳家推德祖，似舅識劉牢。刻意鴻都學，精心常侍曹。萬金酬六體，一字禿千豪。詎有修文事，蒼蒼空自高。

歸　鴈

楚水幾時緑？歸鴻前後聞。江湖久漂泊，南北忍辛勤。意氣融融日，聲音漠漠雲。青冥易淩厲，況復未離羣。

雪中聞鴈

四海困横絶，經年長往來。雪霜空盡力，道路有餘哀。水宿稻粱薄，雲深羅網猜。北方

有殺氣，緩緩及春迴。

新雁

南飛洞庭鴈，稍復過衡陽。宇宙同爲客，春秋各異方。邊塵猶處處，殺氣苦蒼蒼。恐有傷弓翮，哀鳴少稻粱。

觀南戍士

膂力三軍士，由來百戰經。舞旗翻鳥隼，疊鼓會風霆。殺氣過銅柱，驩聲塞洞庭。九州防盜賊，儒服媿青萍。

彭城集卷十二

五言律詩

平山堂

吴山不過楚，江水限中間。此地一回首，衆峯如可攀。俯看孤鳥没，平視白雲還。行子厭長路，秋風聊解顔。

伯父挽詩二首

遂有終焉志，纔成智者居。户庭連水竹，几杖接舟輿。愛客樽中酒，傳家篋裏書。疏公知足計，不益舊田廬。

民思常在去，令德久猶存。慟哭新阡樹，遲疑舊里門。大招聲斷絶，丹旐影翩翻。後日談隨會，人知歎九原。

挽刁景純二首〔一〕

承明通佚老，仁智遠歸居。門下無留客，燈前不廢書。舞筵交履舄，倚杖及田廬。以此爲家事，忘年八十餘。

延陵君子墓，南極老人星。自古稱遺愛，斯文重典刑。一生隆許與，五福最康寧。逝矣俱陳迹，臨風祇涕零。

【校】

〔一〕周校本、沈校本原作『刁景純挽詩』。

挽孔經父二首

鄉里東南秀，衣冠伯仲賢。先鳴俱中雋，競爽故無前。朔雪凋華蕚，炎風急逝川。斗間占紫氣，應復在龍淵。

往昔方聞策，中間五諫書。直繩無廢墨，利刃必投虚。任重生何薄，年長恨有餘。悲君雖視草，不及馬相如。

挽丁元珍

顔駟縻三省，君山困六安。宦遊俱邂逅，行路正艱難。去水争還壑，凝霜苦敗蘭。唯餘青簡在，時爲拂塵看。

挽蘇明允二首

季子才無敵，桓公義有餘。空悲武儋石，猶得茂陵書。郢路營魂遠，江源氣象虚。康成

宜有後，正使大門閭。

漢儀綿蕝盛，周謚竹書存。益以春秋法，因知皇帝尊。百年當絶筆，諸子謝微言。詩禮終誰及，賢良萃一門。原注：蘇增謚法，又修纂禮書，成而卒。

聞雷

過臘山微雨，開正兩震雷。漸南風土異，傷早歲時催。放逐漁翁問，淹留漂母哀。餘寒附煙火，尚有復燃灰。

和孫宣德中秋不見月

便有倚天劍，决雲殊細微。清光自無蔽，絶境轉知稀。露重蟬時落，風高鴈已飛。嫦娥苦幽獨，會載客槎歸。

和中秋對月

星稀如有避，雲卷不辭勞。露已深秋白，天應爲月高。幽懷向誰盡，詩興更何逃？勿負盈樽酒，須營千兔毫。

十月四日離都歸陳州

南浦三篙水，歸人五日糧。寒沙晨起鴈，古樹夜經霜。久客復去國，有情知望鄉。鬢毛渾欲變，鳴笛不須長。

去　陳二首

近闕蘧舍衞，接淅孔違齊。今日思狂簡，儒生自滑稽。歸歟那愠見，去矣約輕齎。潁水清如鏡，風波定弗迷。

禮賢齊相國原注：平仲，愛客鄭尚書原注：崇。徐孺曾懸榻，馮公預食魚。甘棠勿剪伐，客

館遂丘墟。長鋏還相語，冥鴻幸起予。

端午

萬里荆州俗，今晨採藥翁。浴蘭從忌潔，服艾已同風。泛酒菖蒲細，含砂蝘蜓紅。沉湘猶可問，角飦畏蛟龍。

嘉祐大行皇帝挽詩十首〔一〕

七月期先遠，三泉異卜征。悲憂同軌事，遏密兆人情。晚出蒼龍駕。真遊白玉京。稱天騰茂實，厚德始能名。

北發聲名遠，西城劒戟銷。萬靈潛受記，百獸樂聞韶。昧谷迷升日，璇霄失建杓。仙遊那可問，賦諷已飄飄。

盛德終無逸，元功孰間然。啟疆神禹績，著記帝虞年。桑變旋觀海，弓遺杳望天。霸陵

無石槨，不改故山川。

盡禮三神事，齋居五日朝。綈衣仍澣濯，禁籞亦芻蕘。汾水遊何往，華胥夢轉遥。羹藜與環堵，無日不思堯。

屬車全鹵簿，寶玉焕渠眉。萬國瞻龍翣，三辰會素旗。雪迷帝鄉望，風動海隅悲。今日西巡守，仍非八月期。

清光非可望，天道亦難聞。策府開羣玉，賡歌續慶雲。一經皆賜復，九譯尚同文。會盡南山竹，成書紀帝墳。

陵闕儼因山，明中恍下天。燃魚常照夜，耕象自成田。鴻洞深投玉，莓苔密瘞錢。涕流昭德舞，無復柏梁篇。

帝車旋北斗，馳道繞青松。銀海浮雙闕，虞淵頓六龍。深思傾杞國，遺恨泣華封。述作無憂事，靈臺與辟雍。

車書共文軌，律度出聲身。明白垂中典，優容禮直臣。熊羆渭川叟，風雨越裳人。更想攀髯士，猶知不犯鱗。

哀挽千人唱，崇岡萬歲居。呼闟想傳警，羨道法周廬。晚日塗車静，深山灌柏初。谷神知有術，猶欲信前書。

【校】

〔一〕周校本、沈校本原作『挽嘉祐大行皇帝』。

次韻和麻直講題楊直講所種三檉樹

誰能知散木，封植亦無心。歲月如視蔭，棲遲還息陰。宦情移柳在，詩興愛棠深。定有

歸飛翼，懷音似泮林。

神宗皇帝挽詩四首〔一〕

制作夸三正，規模壯百王。自然推大畧，誰得望清光。東樂來蟠木，南琛過越裳。白雲那可測，應復向汾陽。

綿宇正歡心，虞韶驟遏音。戴天憂杞國，就日悵崦岑。貫朽三泉府，方輸九牧金。斯民已仁壽，至理更難忱。

四塞聯初郡，千官僅代工。舟車逾漢跡，臺省變唐風。賢傑程能際，戎夷率服中。軒威百年在，何必畫周公。

晚駕嚴仙御，西巡即舊都。天寒餘鶴語，弓墮脱龍鬚。白髮孤臣淚，清湘萬里途。無由宣室問，回首叫蒼梧。

【校】

〔一〕周校本、沈校本原作『挽神宗皇帝』。

大行挽詩二首〔一〕

【原注】劉熙説『大行』云，『大行受大名』。

受名從大行，復土自因山。秋草龍髯墮，宮煙淚竹斑。不知汲水遠，猶與化人還。寂寞崦嵫日，空瞻咫尺顔。

謳歌前授啟，桑穀遂興商。恭己朝無事，優賢禮亦莊。那驚同軌至，方奏萬年觴。西望歸雲白，悠悠指帝鄉。

【校】

〔一〕周校本、沈校本原作『挽大行詩』。

又二首〔一〕

萬國依無外，三登頌太平。樵夫亦談道，耆舊莫知兵。雲去仙鄉遠，龍來寶鼎成。西風動閶闔，哀涕不勝情。

供張連三輔，梯航會九圍。屬車疑晚駕，清蹕望來歸。草露凄金闕，松風颺玉衣。舊傳當脱躧，遥見五雲飛。

【校】

〔一〕周校本、沈校本原作『又挽大行詩』。

日晚

清秋來早晚，落日正蕭然。稍見林外水，獨聽風際蟬。牛羊暝知道，墟落遠生烟。歲事看禾黍，方知沮溺賢。

挽杜祁公太師二首〔一〕

孤童追耆老，仕郡至三公。任重仍長道，材全信永終。時推子房智，人識伯夷風。存殁哀榮禮，千秋誰與同。

赤舄三師貴，諸公百里封。舊勳兼注意，餘事寄明農。哀動襄陽市，悲殘鄭國舂。空餘靈壽賜，無復見臨雍。

【校】

〔一〕周校本、沈校本原作『杜祁公太師挽詞』。

秋雨四首

泠雨黄昏暮，秋聲衆葉喧。濯煩天宇闊，流惡楚江渾。鼃黽煩當道，魚龍稍在門。一樽聊自勸，還欲笑臧孫。

漠漠清秋雨，蕭蕭萬宇寒。蛟龍移窟宅，江漢急波瀾。瘴霧深蠻洞，旌旗濕漢官。南征愁失道，后土若爲乾。原注：時方誅湖南蠻賊。

海風吹暮雨，淮上始秋聲。點滴潛滋潤，陰沈未放晴。林塘雲似密，水鑑鏡來清。無事看魚鳥，飛沈體亦輕。

炎天常畏酒，秋興憶開觴。海面孤雲黑，林端一葉黄。島夷歌似楚，村笛語如羌。更覺非吾土，登臨思舊鄉。

有懷北歸

江漢不宜秋，羇人北望愁。帝鄉從此去，楚水正東流。竟日悲鶗鴂，長歌倚蒯緱。天邊兩黄鵠，那肯爲人留。

秘閣梅花

始知丹禁密，獨見早梅新。天上應常雪，人間未有春。亂香交砌草，疎影媚庭筠。浪作瀛洲客，催成白髮人。

雨中晚涼

落日浮雲暝，滄江雨氣來。風燈殊未定，洞户故頻開。秋意梧桐急，宵征蟋蟀哀。客心聊洒濯，天地久塵埃。

始涼

秋風來幾時，客病不相宜。摇落令心苦，虚涼益氣衰。生涯貧更拙，交態臥〔一〕尤知。安得千金贈，鴟夷與爾期。

【校】

〔一〕臥，沈校本眉批：『娗案：「臥」字恐是「晚」字之譌。』

送張直温主簿赴南陽

張君年少予，冠歲聚公車。留落成強仕，聲名就子虚。穰橙千户富，潭菊萬家居。吏隱何爲樂，優遊不廢書。

黄知録園池

劫火無遺者，靈光獨巋然。寒池清照日，古木碧參天。細雨來幽鷺，涼風急亂蟬。頗知

魚樂意，仍得離鈎筌。（又見《永樂大典》卷一千五十六）

游李氏園池二首

從人問喬木，繫馬得名園。柳帶晴先〔一〕緑，禽聲暖更喧。臨池照清水，拂石置芳樽。不畏歸侵夜，嚴城未掩門。

樹密渾成塢，花深更有蹊。來游春尚淺，重到客應迷。已近無人境，深憐快馬蹄。風光不負約，樽酒會長攜。

【校】

〔一〕先，周校本、沈校本原作『已』，周校本改作『逾』，沈校本改作『先』。

春陰

峽雲春易雨，水國暮多風。原草萋萋緑，林花淡淡紅。清江晚寒外，落景半晴空。物色

憐新燕，歸懷目去鴻。

秋　雨

南國秋常暑，涼風起自今。洩雲無白日，度夕亦層陰。摇落梧楸意，蕭條蟋蟀音。窮愁抵衰病，坐作老翁心。

樹　陰二首

清陰方丈得，暑氣乍來無。麈榻從箕踞，前賢亦鍛爐。晚蟲多黑羽，秋草半青珠〔一〕。安得遺方客，玄談似給孤。

避世長梧子，居貧五柳生。清秋葛衣薄，晚日濁醪傾。雨蝶輕原注：去聲猶舞，風蟬涼不鳴。淮南摇落早，倚樹不無情。

【校】

〔一〕青珠：沈校本眉批云：『埏案：「青珠」恐訛。』

夜坐

積雨凝涼氣，疎林滴露華。流星占使者，斜漢挹浮槎。喜近天流火，回看斗轉車，秋風下閶闔，消散萬人家。

飲酒城南門贈高子中

蒼山際碧霄，緑樹及山腰。青靄照殘日，白雲縈麗譙。偶然成勝賞，長嘯隔塵囂。少駐飛舄舄，吾無獨酌謠。

酬晁單州二首

九載一相逢，侵尋頭已童。喜君真傲吏，老我未成翁。簡易文書省，悲歡酒盞空。平生

懷舊意，盡見醉醒中。

彈琴君子邑，賢守智逾多。不作長沙賦，仍傳白雪歌。解酲應用酒，成佛却須魔。正買千金骨，何憂驥跛跎。

送吕國博知常州

訏然餘半策，賈子就新書。屈意銀青綬，之官鳥隼旟。丹楓千里遠，秋興二毛初。最可羞晨膳，蓴絲雜膾魚。

李公擇自滑州移知鄂州

黄河魴與鯉，不及武昌魚。好去連城守，翩然雙隼旟。諫官仍重外，天禄不成書。可待三年最，歸來侍赤除。

朝回

朝回還閉户，講徹復觀書。重禄争消得，微軀且自如。俗情矜不及，生理付無餘。寂嘿懷張摯，淹留苦魏渠。

同宋次道飲王史館園

珍館掃塵埃，賓堦餘緑苔。涼風知廣廈，清唱急行杯。修竹端藏日，交流静殷雷。歡窮有餘恨，不及壯年來。

同韓持國飲城東俞氏園

貧家常汲汲，一飲自難營。不笑烹雞黍，因之同耦耕。林花含秀色，谷鳥變新聲。歸馬無庸疾，郊扉最近城。

泛舟城南二首

清溪亦多曲，窄地頗宜花。出水游魚樂，驚人白鷺斜。孤城舊郢樹，三户楚人家。歸興仍風雨，蕭然睠物華。

風逆湍聲急，雲酣雨氣豪。川蜺垂飲近，江鶴去飛高。洗藕還餘味，操舟未覺勞。蒹葭彌極望，秋意晚騷騷。

早　行

山鳥相呼曙，檣烏自指南。健看帆席滿，坐數舳艫銜。水闊蛟龍舞，魚肥鸛鶴貪。陣雲濃似墨，送雨向湘潭。

晚　行

天闊西曛久，風多客語聞。九江秋落水，三峽暮歸雲。飲啄鷗相並，歸飛鶴不羣。湘潭

早搖落，稍稍悵平分。

次韻酬錢少卿

簿書非力學，何事不窺園。乘興緣心賞，忘懷到酒罇。露蟬涼寂寞，風葉静翩翻。少駐東方騎，前盟豈可温。

送楚南

心寄江湖上，樂聞遊子歸。送君從此去，脱葉正秋飛。雲水聊破浪，風塵今振衣。山僧不善飲，定負蟹螯肥。

送袁生

巴蜀窮天險，驚君便向西。長年勞賈勇，懸度約輕齎。行止千金子，艱危萬丈梯。自憐傾蓋舊，即事復睽携。

送劉四畋二首

四海皆兄弟，吾宗加老成。好書如子政，飲酒勝公榮。今日鱸魚膾，羨君乘興行。秋風峽中度，快意聽潮聲。

肥水不能遠，秪今行子東。高秋千里月，暮景一帆風。時節迎黃菊，汀洲下早鴻。江天多勝事，無術與君同。

山陽送王中甫

弱扇避風瀾，卑飛歲復單。君行反閶闔，人望接鵷鸞。齋日容臺峻，書籤策府寒。誰言今昔異，王貢本彈冠。

送某

詞曹大府掾，誰謂詔恩輕。遺愛念諸父，司存從汝兄。男兒貴壯志，子弟習家聲。努力

自勉勵，吾衰觀爾成。

送王同年殿丞知鄞縣

結愛愧同年，君先予著鞭。稍遷鈎盾省，歷試武城弦。越嶺霞明日，南溟水浸天。微官等不遂，欲治子猷船。

江亭後池

清江長望極，餘興曲池深。俯視游魚族，仰嬉喬木陰。通津厭離會，勝地有登臨。暮雨寒潮急，歸飛聞水禽。

送胡因甫知湘鄉縣

雲水長沙國，銅章邑大夫。俗傳鵩似鵬，仙化舄爲鳧。卑濕加飧飰，絃歌豈壯圖。洞庭見歸客，書信不宜無。

季夏雨過小有秋氣

雨過猶長夏，秋深從洞庭。江涵郭門白，山到戍樓青。天意憐卑濕，吾謀有醉醒。柴門夜不掩，高枕看流星。

觀　雲

江上秋多雨，山中晝出雲。太虚終日曀，疊嶂不時分。半覺蛟龍氣，皆成虎豹羣。微風動閶闔，暫喜見西曛。

山　行

危塗煩側足，積水向吹襟。雲樹參天直，風湍殷地深。翠香秋後草，巧語霽來禽。信美非人境，無爲久滯淫。

泛舟

野境尋不盡，幽歡良自如。猶疑夢爲鳥，誰謂子非魚？岸樹緑已合，渚蒲長且疎。逍遥此中意，何減漆園書。

初夜

海氣三陰早，秋宵一刻長。凉風吹樹動，疎雨過雲忙。寂寂庭槐落，微微逕竹香。蛩聲畏人寢，故故近眠床。

夜三首

積水浮南極，流沙聚客亭。暝聞漁父曲，秋揖老人星。初月霜華薄，孤山石黛青。天高多影響，髣髴見湘靈。

凉風吹素月，深夜欲眠時。露自入秋白，漏從前日遲。河光如劍直，螢影似星移。多少

流年感，聞蛩輒易悲。

流雲卷殘雨，初月凈中宵。秋色河漢白，涼風星斗摇。暗螢猶弈弈，高樹獨蕭蕭。客鬢非松柏，何時得後凋。

寄題康州陳氏連理木詩

陳家聚德星，累世若同生。天事知常象，林珍獨應誠。相傳殖嘉樹，不復羡名卿。坐使炎荒化，何如谷口耕？

哭吴道粹學士

結束并州騎，雍容使者車。乃心長象闕，稱旨得金魚。熊鳥空遺術，龍蛇有讖書。平生一笑樂，回首涕盈裾。

次韻酬盛秘丞黑桃二首

度索方殊域，崑崙起素封。幾人曾白眼，吾子幸先容。晦跡煤炱暗，含滋沆瀣濃。上林求異木，詔使會尋蹤。

春華各自媚，秋實頓能殊。悴貌從黎黑，丹心固碩膚。榴花隨使者，荔子賜匈奴。寄語玄都客，相疑失味腴。

雨　夜三首

急雨吹喬木，孤燈瞑小軒。神傷徒隱几，夢極不招魂。老淚悲朝雉，摧腸怯夜猿。舊惟眸子亮，一月遂全昏。

孟夏樹木長，夜涼風雨時。明燈掃塵榻，散帙坐書帷。曠野波濤合，中宵虎豹悲。形骸吾喪我，隱几向爲誰？

雲闇黄昏雨，風凄九月秋。老便安坐久，用即置書休。知命應無念，虚心自不愁。三年同此興，中夜一燈留。

季夏雨夜

烈暑殊未艾，更籌初少添。電光金作屋，雨氣瀑吹簾。巢燕密誶語，闇蛩争出潛。何由掃氛翳，試使祝蜚廉。

靈壁張氏園亭二首

落帆楊柳渚〔一〕，步屧松竹園。叢石千巖秀，凉風萬葉翻。主人昔傲吏，燕翼此衡門。略看題詩客，空令悲九原。

密竹换啼鳥，清池添放魚。懸藤林下坐，響石洞中居。興趣自無盡，傳聞那得虚？如何仲長子，刻意但成書。

【校】

〔一〕渚，周校本、沈校本原作『津』。

重到謝氏園亭寄裴博士俊叔王主簿宗傑時裴往淮南王出京師

徘徊遠林下，幽草爲誰芳。前日同遊客，今朝俱異鄉。東風雖淡蕩，陳迹似凄凉。何用江千里，春心故易傷。

八月十五日秋分是日又社

秋分當月半，望魄復宵中。難得良辰並，仍將吉戊同。高樓連卜夜，濁酒任治聾。注想乘槎客，何如擊壤翁？

送裴太博

萊子頭垂白，斑衣歡過人。官知爲親屈，禄足代家貧。歸鴈江南遠，芳蘭雪後新。仙舟

興不淺，致意越鄉春。

夕陽

驟雨無多潤，殘陽不復遲。陰涼庭樹老，點綴石苔滋。鬭雀輕投地，懸蟲賸倚絲。林櫻供口實，美味及童兒。

馬氏中隱庵

千歲知名士，文淵與少游。平生款段馬，晚歲伏波侯。鄉里足稱善，功名仍可收。聞君事中隱，歎息此孫謀。

望荆山

宿雲收疊嶺，初日上危岑。黤黮千重黛，光芒一線金。秋高怨摇落，野曠快登臨。誰怪欣然樂，山林慰此心。

送李太博知梓州郪縣

亦有飛梟舄，那知蜀道難？峽山從劍盡，江水向涪寬。近邑輸鹽井，連城接錦官。清風足富俗，唯寄七弦彈。

送邵中允知華亭縣

一登文石陛，立拜紫泥書。省户方通籍，絃歌想下車。飛梟來不遠，唳鶴聽何如？莫作陶彭澤，田園與世疎。

晦日自薦福汎舟泊女郎臺下又汎東湖

雪解寒生水，平湖照眼新。扁舟徐送客，絶境漸無人。逕草芳菲淺，沙禽羽翼馴。佳辰數攜酒，晦日已疑春。

晨興

宿露寒猶重，升曦旦尚昏。高秋凋衆木，百里見平原。水涸看魚族，田收長稻孫。冥山不可望，那復更南轅。（又見《永樂大典》卷七千九百六十二）

將遊吴中寄原父

久宦減仲産，行歌非五噫。歸來問長鋏，習水看吴兒。弱喪殊可恨，儻來今自知。江山不我厭，有意卜居之。

彭城集卷十三

七言律詩

次韻和梁郎中詠太一碑

【原注】御篆額，吕舍人撰文，孫密學書。

翠琰盤螭近玉題，芝書光彩賁雄辭。方從薄忌真如在，事絕鴻都豈易窺。幼婦色絲輝錦組，銀鈎金錯照琉璃。暮年無望青藜燭，時就祠官效祝釐〔一〕。

【校】

〔一〕祝鼇，周校本、沈校本原作「祀禧」。

次韻和郭固太保留别長句

關西兵馬盛車鄰，君向吴門望緹羣。聚米山川都掌内，折膠天氣及秋分。大將軍令窮青海，三受降城起拂雲。壯士不甘文學老，應須一劍取功勳。

年三十三

年光過眼日復日，世事無成三十三。尚子幾時當畢嫁，倉公殊恨不生男。老知尚白書無益，貧作歸田計不堪。傳劔由來笑逢掖，簿書何必減清談。

晨起汴上口占寄韓玉汝

戍鼓鄰雞催啟關，繁星未墜重愁顔。雲含雪意朝寒外，河帶冰光曙色間。去遠不堪登灞

涘，言歸時復念東山。梁臺客在文章盛，修竹何當復共攀。

謝霍丘静樂亭

河陽種花春已滋，彭澤釀酒醉無期。宣城家聲故未泯，單父絃歌方爾爲。會知丘壑潛高興，新作池塘出夢思。多慙嵇吕相思意，空寄羊何共和詩。

海　陵

楚江葭葦帶青楓，小市魚鹽一水通。度日冥茫吹凍雨，欲晴撩亂起凉風。秋花舞蝶蒼煙裏，古木啼鴉返照中。扶杖堦除搔白首，可憐卑濕負衰翁。

寄陳和叔内翰

六十衰遲秖自寬，讀書無味細書難。一麾已愧腰銀印，百選何由及治官。潮過石城如雪白，山從鐘嶺似虬蟠。元龍豪氣踰〔一〕堅壯，投牽能同客醉歡。

【校】

〔一〕踰，周校本、沈校本原作『愈』，改作『逾』。

寄楊元素内翰

四世清名悉上公，看君羽翮勢陵空。戲成爐鼎誇方士，妙奪蓍龜執鬼中。家有秦聲居自樂，書非尚白智無窮。華光講罷承明直，墨客無煩賦射熊。

同諸公晚遊開寶寺福聖院

微雨吹涼晚更清，老人牽強逐君行。縱談灰燼疑燒刦，指顧樓臺似化城。盤屈庭槐爲狖獊，扶持山薜喜縱横。偷閒光景易侵夜，十二街頭坊鼓鳴。

奉詔再任諸掾曹有詩因次其韻

【案】題『再任』下，疑有脱字。

天下英雄將相才，自銘重石畫雲臺。老夫不薄淮陽守，明詔幸緣黄霸來。豈有豹文容霧隱，更慙鵬翼待風培。諸卿相與望此府，詩筆縱横武庫開。

感事

誤以雄名薦九重，天書待詔未央宫。白衣不召崔亭伯，賦筆猶殘亡是公。魂驚晚出芙蓉輦，淚墮春生楊柳風。衰鬢邇來元自白，可堪回首望遺弓。

建業華藏院此君亭

【原注】王介甫先有此君亭詩，予因繼後。

何可幽棲無此君，層軒高下絶囂塵。金聲玉色三千士，雪戟虵矛丈六身。定有霜飈驚長夏，兼疑寒谷近比鄰。阿戎風味真難得，好事由來我輩人。

答張屯田朝退過閤下諸公

紫宸歸路接銀臺，複閣重門相望開。浮俗共譏惟寂寞，高賢獨肯少裴回。照人珠玉驚塵骨，落筆塤篪寫逸才。白日自嫌天上樂，不應滄海隔蓬萊。

衰羸

衰羸因底病相和，留滯俄然去日多。却是天憐令壽考，任從人會作風波。寬心總與歡欣受，述意無妨慷慨歌。更有南華書數紙，鵬聲蝸角奈渠何。

途次馬上晨起寄章運判

去年候客燕趙魏，今歲述職青兗徐。無窮道路不相捨，將老光陰仍暗除。官燭鄰雞常曉色，林花巢燕總春餘。未知前古才士意，爲底願乘萬乘車。

傷梅聖俞直講都官

論兵自負縱横畧，獻賦端從遲暮年。筐篋成書莫知數，田園生計獨無錢。郎官列宿爲時貴，博士三科不待遷。已向九原悲蔓草，尚疑吴市有神仙。

送劉長官桂府掌機宜

桂林風物舊宜人，雪片梅花五嶺春。心喜大江流瘴霧，眼看南極異星辰。軍中羽檄時無警，徼外明珠日獻珍。酒量問君能幾許？越猿蠻鳥易傷神。

雨後向景亭

春泥軟熟步成黏，水外風光一頓添。境爲偶來生喜色。情緣久住失憎嫌。黄鸝慣習沙鷗野，古木巃疎徑草纖。更向樽中得真趣，天然柔旨不因甜。

酬送吴潛朝奉

衰翁同歲喜相收，同病同心同白頭。委吏除官俱逆旅，瘴煙香草等荒州。六千里外抛機畧，二十年來謹校讎。工拙是非無會處，下陂紅日若爲留。

酬送羅朝奉

二年流竄逐卑棲，歸集〔一〕蓬丘顔向低。病到鈞天都是夢，老如瀠汜已平西。兩轓更忝魚符寵，雙鬢誰憐鶴髪齊。相愧清詩無以報，回將燕石塞縣黎。

老去光陰若電驚，此身已復愧扶行。歸田悔不如元亮，畢娶猶能似尚平。曩歲薦賢終未效，太音從古竟希聲。最憐閭里人相語，北部威名動帝城。

【校】

〔一〕集，文淵閣本作『奉』。

冬至登樓

澤國風光早早催，陽生已復似春回。不妨野史書雲物，會伴南公進壽杯。塵世光陰俱短日，客心冥漠過灊灰。此心未厭隆中臥，亦任東風起蟄雷。

送高士敦成都鈴轄

使君出守腰銅虎，東第歸來上濯龍。四姓禮容均馬鄧，三刀形勝夢巴賨。軍中樂事隨談笑，徼外威聲待指縱。壯歲勲名當自致，舅家恩澤不成封。

留別蘇安上

高閣横霄梧十尋，回廊曲檻晝陰陰。期年不就長楊賦，晚歲空爲梁甫吟。童稚相親俱白髮，風波失所更情深。滄溟極目雲濤壯，相見胸中快病襟。

與顧子惇同爲秘書少監今年余以病求守汝南子惇亦除河東漕作詩紀事亦用送別

蓬萊閣下枕書眠，一日除官不後先。并土山河多馬地，汝南秔稻濯龍淵。壯心自喜談兵策，暮齒長慙守乘田。别後天中相望處，參旗横注太行邊。

郡樓望雪

遶郭蒼山高復重，東風朔雪曙雲濃。層樓已出紅塵境，到客寧知羣玉峰。萬樹羽儀翔白鷺，四原鱗甲動真龍。玉尊清酒留終夕，更看山明霽後松。

和通判裴庫部城樓雪後

數刻又移半日閒，倚樓朝雪正怡顔。委蛇原色蒼龍甲，宛轉城陰玉帶環。曾是茵憑偕出處，聊於木鴈得中間。傷春一振曹風陋，不羡淮南大小山。

復雪

九江舊瘴冬無雪，三峽悲風近有冰。山岳出雲寒處處，樓臺倚玉照層層。不憂鴻鴈飛無力，直畏蛟龍病莫興。凍酒一杯還自勸，夜窗飄灑讀書燈。

次韻宋職方雪

梵天銀界談非想，仙府瑶臺恨隔塵。何事同雲移絶境，不知高讌即良因。林芳散漫裝珠蘂，粉面光輝照玉人。别舉一樽邀老伴，迎春送臘秖三旬。

次韻裴庫部雪二首

小雨駐雲風借威，回眸千里玉山輝。塗人竟比麻衣色，野老時驚白鴈飛。梁苑正應延上客，齊宮遥想闢重闈。誰云自鄶無譏者，一曲陽春可見微。

似薄凝霜不振威，端凌愛日奪光輝。變成鹽浦風沙亂，卷起濤江海上飛。西望屯雲瞻魏

闕，正思鳴佩賀端闈。孤城牢落無來客，坐待山明見翠微。

太一宫奉安後得雪

八通除道接層霄，五日同雲映泬寥。靈貺那從天馬下，積陰疑有海神朝。潤生壥陌無窮遠，甘入原田不待消。陋巷苦寒方晝臥，静無人跡到瓊瑶。

雪中呈通判庫部宋職方

冬雪并今早兩回，無風韻膩白皚皚。麥根得潤萌芽緑，瘴氣逢寒霧露開。官爲勸農知我喜，心緣愛客望君來。城頭甚有登臨境，羣玉排峯銀作臺。

錢穆甫楊康功使高麗還爲中書舍人書此爲寄

天子邊人二使星，滄波一笑已揚舲。大明照海陽烏近，黑霧迎潮水怪腥。北貊左肩輸策略，西垣右掖付儀刑。授詩三百成專對，更看黄麻似六經。

酬狄奉議

病卧湘濱面嶽山，每聽鳴鶴憶蘇仙。三苗地闊横千里，五嶺泉分會一川。門有雀羅甘棄置，人今舞袖足迴旋〔一〕。梁公孫子丹青似，傾蓋歡然秀句傳。

【校】

〔一〕周校本、沈校本原作『回還』。

酬張伯常朝議

郢人蘭雪有餘風，盡在君家七字中。白髮塵纓深念我，青郊藜杖不如公。鄉心正想千年鶴，老計終須一畝宫。不諱求田并問舍，景山何必晚爲通。

酬黄朝議

自無籌略預材難，非有文華聚筆端。涉歷羊腸迷坦坦，穿聯魚目愧珊珊。嶽猿聽久堪頭

白，林實嘗來厭齒酸。葵藿傾心由物性，日邊依約見長安。

蘧公四十九年非，萬事當須向老知。材者不如愚者樂，前人多作後人資。羡君黄髮初傾蓋，矜我迷津數贈詩。聽話朱陵仙府事，慨然清嘯一伸眉。

酬魏朝議

鸎谷相從列俊英，四朝容許濫虚名。忍將百老言存没，乍喜三人詠合并。春入芳菲皆意思，酒隨衰朽即心情。新詩不怪煩先唱，猶向君前畏後生。

贈黄朝議

黄公八十健精神，遠近推爲五福身。樽酒不曾輕賤士，爐丹時復遇幽人。晚夸鄉里拖金紫，早見兒孫列搢紳。一事世儒難學處，弟兄歸老樂相親。

次韻和孔朝議

自愧專城無到客，今晨錫晏喜君同。詩言泮水始可與，酒勝邯鄲長不空。但有葵心傾日下，待看雲瑞起封中。高車清興底易盡，怪似林間東緼翁。

和張給事喜雨

匆驚四野連宵雨，盡是諸山觸石雲。雷響透空如欲墜，電光劃暗總成紋。祝官陳信無虛語，梵宇凝香不斷薰。帝力由來人莫識，始知延譽屬夫君。

次韻韓康公〔一〕

行馬門闌與古同，客車連軫響隆隆。定知醉飽能容士，常信康寧盡屬公。剽得新聲夸耳性，傳將佳句愈頭風。文人桃李多無數，珠玉旁邊愧此翁。

【校】

〔一〕沈校本後有小字注文：『埏案：康公名絳字子華。』

次韻韓康公二首〔一〕

疊石疏篁淺藥苗，淡雲清雨意寥寥。鄭侯僻〔二〕地規摹別，荀令西濠步武遥。繞砌芝蘭歡內集，滿蹊桃李慰佳招。原情獨恨飛鴻遠，悵望三秋詠采蕭。

清汝泱泱紫邏深，緑車紅旆付重臨。聖朝不逆原鴒意，達士俱存塞馬心。日赤報衙容晏枕，夜闌留宴縱清斟。鳳池何必全勝此，薄暮歸休客萬簪。

【校】

〔一〕沈校本眉批：『埏案：坡集有次韻詩題作《韓康公憶持國二首》，應附後。』

〔二〕僻，沈校本眉批：『「辟」同「僻」，見《漢書·蕭何傳》。』

王史館園

鳴泉傍舍水翻車，修竹連雲曲逕斜。謝傅東山非獨往，鄭侯避地此傳家。丹椒紅桂隨時實，緑芰緋薇〔一〕觸處花。到客可能忘外事，斷午相與玩芳華。

【校】

〔一〕緋薇，周校本作『青蓮』。

過柏林院僧吉長老有古殿吴道子畫維摩居士又有斷碑是寶歷年中記義岑禪師住院事

靈光歲久獨巋然，峴首遺碑亦未遷。會向三生記前佛，暫從方丈識諸天。篆香徐刻黄金印，梵宇時開貝葉篇。門外霜風正摇落，庭前翠柏自安禪。

館宿有懷平甫

銅壺上水掖門扃，岑寂回廊起獨行。日下屋山三面赤，月臨天井四方明。校經燈火初無禁，汗簡文書不計程。坐憶故人清夜語，淡雲飛去隔層城。

曲阜宣聖廟夫子手植檜二首

秀色拏空四十圍，問年今已倍千斯。移根信假杓關力，息蔭寧無暖席時。文字魯恭經改觀，履綦鍾意想攀枝。季孫亦自譽佳樹，漫負甘棠蔽芾詩。

伐樹商丘去被圍，似於庭檜特勤斯。禹腰堯顙應遺魄，柏葉松身異曩時。恭梓二三千學士，愛棠四十六孫枝原注：孔氏今爲四十六世。攝衣下馬低回久，更就清風一誦詩。

城濠泛舟同畢長官

緑水環城十二里，茅茨帶郭百餘家。侵雲柳影不見日，過雨荷香全勝花。幽事圍棊翻局

勢，清歡煮雪試茶芽。眼前景物自蕭散，何必青溪向若邪？

次韻酬姚都官時會堂見寄

百里峴岡半草萊，畫梁危棟一朝開。清川去水縈回渚，喬木濃陰映緑苔。子獻人琴俱不幸，武侯營壘信奇才。斷鴻牢落情愁絶，聞笛那堪賦七哀。

遊　船

太液滄波北下流，依然清淺可勝舟。浴凫鳴鶴輝輝日，折葦衰荷澹澹秋。勝境陳前終不厭，機心去盡了無愁。宋生善賦登臨興，華髪相從免獨遊。

和晁金部感秋

秋來無悶亦無悲，世味年華老徧知。黄葉暮蟬攜杖處，斷霞鳴鴈倚樓時。淮陽汲守容多病，水部何郎最解詩。咫尺音書那度歲，春風已復柳垂絲。

雙檜

雙檜森森高出簷，憶昨卜鄰逢吉占。清風似主我爲客，冠蓋相向何凝嚴。愛棠不能如召伯，種柳自覺勝陶潛。春暉漸永羣芳麗，翠影看從〔一〕一寸添。

【校】

〔一〕從，文淵閣本作『花』。

題王金吾園亭

烏衣里巷接城隅，東第名園冠上都。家事從前貴公子，宦遊當世執金吾。舊蹊桃李春相續，滿地芝蘭德不孤。故有鼎彝傳盛烈，況聞圖史自爲娱。

負暄

聞道帝師仍負暄，遥知愛景滿維垣。鷹揚肯顧踆烏逝，龍衮尤憐夸父奔。赤舄正宜隨步

武，白駒那敢離庭軒。野人皆欲獻天子，他日期公助一言。

陳通議園亭

聚星休沐事依然，社臘安車不計年。五福何妨兼第宅，一壺元自有神仙。種來珍木如人立，移取名花奪地偏。聞道都城曾問卜，始知機石不虚傳。

杜介供奉園亭

側逕羣芳經荷鋤，小窓明日喜觀書。下床便得山居樂，深巷仍多長者車。省事即知長脱灑，養生元不待贏餘。客來一醉聊相向，莫問經年甔石儲。

酬黄安期推官見寄

郴江清澈照毫毛，吹笛平陽舍有蒿。鄉信不嫌無過鴈，宦遊正復長兒曹。青楓雨後如人立，南極秋來出地高。齊難楚稱何日就，釣竿元自欲連鼇。

酬黄推官

既將魚目换驪珠，富潤囊箱足賈餘。顧我能知天下馬，呼兒藏作篋中書。老羞流輩爲千諾，狂守初心付兩如。相助飛鳴竟何力，秖宜空手講玄虚。

予所居本章丞相舊第他日友人楊彦文爲余道丞相時事因作一篇予楊丞相以郎官始卜此宅不出都門二十餘年遂至台衮故末句及之

鬻侯常以儉爲師，僻地依然草滿蹊。却指舊池曾浴鳳，更攀喬樹憶棲雞。清泉惡石皆吾有，樽酒囊書得自擕。誰道爲郎多白首，已看霖雨出蟠泥。

與成太博九同年會飲成四韻

【原注】博士成鼒、李之純、崔度，秘書丞戴莊，著作佐郎張于，光禄寺丞高士綸，觀察推官侯利建，司理王該、高陵，主簿張公岳。

江海分龍不計年，異方傾蓋意歡然。壯夫白首驚相問，濁水清塵默自憐。萬事過前都是夢，一杯相屬獨非天。得朋正復同心士，賦詠能忘垂隴篇。

游玉仙觀寄王四十

紫府仙真冰雪顔，丹梯岑寂試來攀。翠鬟濯玉交團扇，濃霧噴香闇博山。不信異人能到此，正憐春意已歸還。吹笙化舄知君事，猶恨來遊先後間。

京北流人

嗟爾流人亦可悲，白頭老叟抱中兒。不羞遠作投荒客，自恨生遲外户時。魚失江湖相煦沫，鳥囚籠檻苦啼饑。鄉原日日生荆棘，説似旁人猶涕垂。（又見《永樂大典》卷三千六）

觀灌園偶書

一叟汲泉摇轆轤，老妻分水亦攜鋤。青青宿草知春入，浥浥蒼苔過雨初。勞力不應嗟強勉，養生何必待贏餘。白頭當作於陵子，身教兒孫種樹書。

和宋次道三館曬書

天禄圖書一歲開，五雲遲日近蓬萊。後生得見靈蘭策，貴客都傾内外臺。不似羽陵殘蠹簡，正如金谷聚英材。論詩老去無情思，況是陽春未易陪。

送張器判官

平吴舊族仕中朝，湯樂徐馮已寂寥。吾子白頭趨幕府，同年黄綬亦雲霄。着鞭跨馬須争道，奮臂呼盧更叱梟。顏駟馮唐俱晚遇，不妨青紫老垂腰。

次韻和張舍人北使歸

飲冰重見古人心，絶幕仍當暮雪深。朝出穹廬隨拜日，夜鳴刁斗候横參。胡兒射鴈争娱客，羌女聽笳却走林。聞説虜情親博望，一言珍重萬黄金。

兩府新第

【原注】張横侍郎先作，用『開』字韻，戲次之。是時缺昭文，不除。

聖世諸公起草萊，君恩東第一時開。排門畫戟交行馬，轉肘沙堤接上臺。衛國名亭緣伐叛，平津虚館爲翹材。猶分長史待天下，衰老詎能忘儻來。

乙巳早春再遊玉仙觀贈陳道士

十里平郊不值人，解鞍依約記前春。問年已復驚身老，遇境猶能發興新。泉漲池氷舒鴈爪，霜團庭檜疊龍鱗。種桃道士長無恙，自愧劉郎病滯身。

新廣柏悦堂後軒作七言

南榮曝日足娱客，北牖來風亦在予。聊以維摩開丈室，便知陶令愛吾廬。神龜大蔡昂頭際，澤雉名翬矯翼初。戲問庭前雙古柏，閲人無算我誰如？

立春謝賜幡勝口號呈子瞻冲元内翰子開器資舍人〔一〕

立春幡勝紫宸朝，正以金璫插右貂。便覺陽和生暖律，俱承慶澤下層霄。奇零雪片依樓角，容易風威轉柳條。七十無能不歸去，强將衰白向顔韶。

【校】

〔一〕沈校本眉批：『埏案：坡集有和詩，應附後。』

和前韻

雪寒常怯月邊朝，乍起東風拂敝貂。銀勝綵幡分節物，宿雲晨霧凝璇霄。君爲特達千金璧，我是衰遲百尺條。叩缶烏烏聊快耳，寧知報響得鹹韶。

王正仲林子中聯舟西上過睢陽寄書率爾成詩爲報

大帆如翼畫江來，鼕鼓聲乾虺虺雷。洛水登仙惟李郭，兔園延客得鄒枚。寄書上有加飧

飯，傾蓋何時數舉杯。想到石渠尋舊境，秋花著子遍庭槐。

吕舍人北使

漢德舟車萬里通，赤心持節復平戎。空同氣色連窮髮，當户君臣聚引弓。馬酒禦寒朝伴凍，貂裘衝雪晝禁風。清蒲固有安邊畫，可待甘陳傅鄭功。

仲馮北使〔一〕

極北空同戴斗星，越疆猶有短長亭。漢朝正朔原無外，邊地山河不見經。雪擁旃裘綿欲拆，冰生湩酪酒初醒。我家四世俱持節，送爾皇華却涕零。

【校】

〔一〕沈校本下有小字注文：『仲馮名奉世。』

王仲至使北〔一〕

朔雪如沙萬里程，幽陰戴斗正嚴凝。終軍何必功横草，沈尹無煩夕飲冰。茗粥邇來誇湩酪，氈裘仍自愧綿繒。歲寒拜日穹廬外，想見東南瑞氣升。

【校】

〔一〕沈校本下有小字注文：『仲至名欽臣，宋城人，洙子。』

早春郊外

滿城塵土無窮極，出郭風煙頓掃除。春淺暗泉流脈脈，日長歸鴈影踈踈。強將拙計仍謀野，等復勞生愧荷鋤。安得面山臨水地，種花移竹一茅廬。

贈楊次公秘丞

莫將陽九歸時數，自爲乾封致吉祥。必若中興待雲漢，枉教流議及桑羊。相望冠蓋交馳

傳，躬作犧牲屬奉常。膚寸崇朝看變化，吾農從此萬斯箱。

酬潘及甫同年秘丞

困學那知三代英，定交良愧十年兄。斷鴻陳迹悲朝露，喬木孤飛念友生。樽酒相逢開口笑，風波遠別使人驚。海邊春色青青柳，淚落陽關最後聲。

彭城集卷十四

七言律詩

省宿

開旦文書整日勞，漏傳門掩謝諸曹。小庭待月久不下，喬木降風空自高。舊學荒蕪多夢寐，微官補益抵分毫。秋來鬢髪看成雪，不似潘生始二毛。

次韻和陳學士八月十六日省宿

疎簾珍簟倚通中，落燼飄香墮玉蟲。信宿依然十分月，黄昏正爾一番風。流螢暗逐星過水，驚鵲時翻葉墮空。詩興不禁頭已白，醉鄉祗有面微紅。

次韻和登州張使君

層城表海勢嵯峩，車騎雍容樂事多。八月潮平占候火，三更日上看濤波。閒留方士談迂怪，醉聽齊謳起艷歌。莫以高材厭留滯，功名從古喻裘蓑。

和陳五祠九宫致齋

帝家三正付惟清，岑寂容臺最古廳。長日齋居空旦旦，幾年華髮欲星星。霜風洒葉都成赤，籬菊疏花雜間青。多少舊溪招隱興，暫因鳌事繞林坰。

題所種梧楸

曲檻層簷與樹宜，三年初見緑陰垂。聲隨白雨凉生疾，影奪朱炎暑到遲。傍倚轆轤看汲井，下留閒客坐圍棊。會須百尺參天直，白髪空嗟拱把詩。

還家

草逕茅廬不遠城，歸來松竹已秋聲。鄙人倦客方招隱，弱女非男亦慰情。薄願自甘隨老圃，短才無用至名卿。閭里相見成幽熟，他日禽魚尚不驚。

城上新亭

野芳喬木共回環，步到西城五里間。值有叢祠休足力，就爲幽境慰心顔。鷗聲遠水連晴日，刹影高臺似淺山。勝事本來容易集，可憐人自不能閒。

次韻王介甫金陵懷古四首

虎踞羣山帶繞江，爲誰爲國爲誰降。高臺麋鹿看無數，廢沼鳧鷖去自雙。萬里朝雲隨逝水，百年西月過虛窻。白門酒美東風快，笑數英雄盡一缸。

樓船西下勢橫江，元帥旌旗就約降。旋報前師覆張悌，亟傳單騎馘王雙。燕焚正自當煙

突，蟻潰何堪值水窻。回首三軍歡奏凱，萬牛行炙酒千缸。

楚貢來遲詭問江，漢收羣策士心降。一言已重黄金百，再見仍蒙白璧雙。漂客脱身甘馬革，老儒投筆謝書窻。豈知三閣酣詩酒，浩唱庭花倒玉缸。

頽垣落水半平江，喬木風呼不易降。耕出珠璣時得一，道逢麟鳳不成雙。潮聲半夜來寒渚，月色深秋照舊窻。唯有魚鹽城下市，檣烏想望集缾缸。

送馮當世移金陵

滿城攜酒駐高軒，楚老沾衣共一言。何幸期年無吏事，方從歉歲識君恩。潮迎綵鷁來瓜步，山映朱旗轉白門。早晚使星還北極，溥看霖雨濟乾坤。

李公擇自滑州移知鄂州

黄鶴仙人去不留，武昌官柳傍層樓。前山欲近滄浪水，芳草遥分鸚鵡洲。漁父嘯歌聊自

樂，禰衡詞賦若爲謀。朱輪皂葢一身貴，談笑豈知千古愁。

得江同州和詩後却寄

左輔關河二十城，使車全勝直承明。白頭樽酒諳風味，乘興篇章得性情。苜蓿空肥天驥老，風霜有意早雕横。驚沙急雪迷秦樹，不似山陰一日程。

次韻和裴潤州見寄

江城山翠若連環，城下波濤暗楚關。去計秪應勞侍從，歸心願復賜清閒。百年舊法軒丘外，千里傷懷嬴博間。過事惱君堪白首，添歡惟有綵衣斑。

陸子履知潁州

稻白魚肥潁水清，重湖光彩動層城。經爲遊客歡閭里，特羡朱軒擁旆旌。整棹鳬鷖横筆勢，倚樓風雨壯歌聲。聚星賢士兼存殁，配社名鄉見遠情。原注：郡人王回、常秩近有詔拜官，而深甫殁逝，聞常君讓爵不至，故詩及之。

寄韓慶州

萬騎將軍西護羌，邊塵無復近麾幢。烽傳列障來遮敵，雪擁層城接受降。日暮悲笳還自疊，天寒羈鴈少成雙。檄書不得從軍樂，鬫弩空令候小邦。

送謝師厚知唐州

【原注】先是知唐州，以興水田受賞，師厚家在鄧州。

腰虎憑熊近越鄉，方城南望色蒼蒼。社人隨處祠桐柏，傳馬來時認肅爽〔一〕。兩國風煙通置吏，百年荆棘勸鋤荒。王成勞徠先蒙賞，史起猶應問濁漳。

【校】

〔一〕爽，周校本改作『霜』。

送王廣淵郎中知潁州

二月潁河春水生，檣烏相望使君行。東風不起驚濤勢，遲日何妨短驛程。坐有圖書歡傲吏，静看魚鳥忘專城。漢庭良守誰先賞，會見膠東舉相成。

送光禄吕卿知懷州

卿秩西來郡組新，東京故事本憂民。太行形勝連天黨，積石波濤會孟津。千里雄風隨坐嘯，百城膏雨待行春。期年定有周堪詔，父老無勞借寇恂。

送龔鼎臣修撰知兗州

楚國清名世豈知？郡章新得泰山歸。静思雕鶚霜天勢，却看蓬瀛客旆飛。去國鬢毛休變色，還家傳瑞已生輝。翠華早晚東巡守，馳道離宫接帝畿。

送吕郎中知解州

南風吹雪暑飛霜，瞬息高車起重裝。胡馬邇來充牧苑，漢兵無處不餘糧。部丞亟上司農奏，腰組仍誇太守章。正賴研桑密心計，晚從王謝識諸郎。

送宋次道知絳州

【案】前後《漢書》志多後人所補，次道必預修《唐書》，故詩云然。

銅鞮宮觀久塵埃，樊守園池亦壯哉。屬縣老人書亥字，臨汾神祀問臺駘。土風頗記堯遺俗，府吏猶疑楚有材。漢史待君成十志，傳車長望北風來。

送韓文饒知均州

【原注】自南劍州。

嶺梅陰下駐旌旟，五月歸更竹使符。漢上川原連夢澤，郢人風俗話於菟。奮髯曹吏知無事，坐嘯雲山得自娱。建禮會朝兼夜直，羨君韉弩盛前驅。

寄孫秦州

十年幕府領旌麾，事半前人此復稀。元帥詩書真用武，小戎車甲豈無衣。胡〔一〕兵候月麒麟鬭，漢馬乘秋苜蓿肥。敵〔二〕失陰山常慟哭，更聞消息向金微。

【校】

〔一〕胡，文淵閣本作『敵』。

〔二〕敵，文淵閣本作『自』，周校本、沈校本作『虜』。

次韻和王泰州

粒食由來不願餘，雲飛自愧羽翰孤。已同白首滯三署，却羨青郊授一夫。出守故人猶虎竹，相忘吾道亦江湖。秋來臥閣知何事，鈴索生塵獄有蕪。

送喬左藏自太常博士除知施州

志士變衣非變性，丈夫能勇亦能言。東郊不顧田二頃，愛子歡然弓兩韃。黔水犀牛羣解鴆，峽山猱子躁欺猿。蠻溪未足紆長策，會使天驕祭北門。

送王汝州

讀易絶編經獲麟，廷臣推汝老成人。宦遊獨怪烏衣晚，吏隱何妨青綬新。風穴不應長嘯虎，湯泉寧復爲煎薪。高齋有勝宣城處，三十六峰爲近鄰。

九月十日趙令園餞送王汝州汝州留詩二篇次韻

華髪悲秋復送行，茂林修竹若爲情。菊花節去香猶在，桑落寒來色更清。趙魏優賢常不欲，春秋知我亦空名。别離何必皆千里，分手如今越與荆。

五馬來時照路傍，名園秋物自裳裳。吹花酒面蟹螯壯，下豉蓴絲魚膾長。問事不休推景

伯，讀書未見屬黄香。窮愁解摘唯須酒，身外浮雲天際翔。

送韓七文饒郎中再知解州

傳瑞生光廐馬閑，使君冠蓋隔年還。莫嫌屈産齒加長，少有甘棠身再攀。白徑嶺前開驛路，哀烏星裏望朝班。鹽車過往繁如織，驥耳能忘一顧間。

送裴郎中知房州

好去臺郎應列星，異於遷客向房陵。且看銀印懸青綬，可在金輿與玉乘。柏塢麝臍香不雜，竹崖牛角價無朋。清通便是循良術，三最從君數吏能。

寄王濟州

【原注】濟州書言修潔，西湖泉石之美。

獄市並空俗已和，使君高興足婆娑。畫成林色重裝洗，鑑作湖光更潔磨。歷下軍聲從古

盛，濟南名士邇來多。小寒漸有北歸鴈，話與飛翰同一過。

酬王濟州

【原注】濟州詩言予閒暇望鄒岱諸山。

郡印拘人祇看山，簿書無盡且偷閒。不羞暮景桑榆上，聊寄高情宇宙間。頗葺池臺增舊觀，旋栽桃李待堪攀。老公此意君知否？未有菟裘未得還。

送滿龍圖知襄州

鳳林關下七連城，獵獵霜風卷旆旌。漢陰抱甕防機械，峴首沈碑認智名。季孟中間欲誰與，英賢餘事亦難平。習池倒載時一往，却是古今真實情。

次韻晁單州詩六首

五字酬君詩百篇，知音免負伯牙絃。淹留子賤彈琴地，悵望蘭成射策年。術到仙真皆羽

化，師無前敵在中權。古今風雅人多少，名下聲華不浪傳。

材傑知心似合符，不違顔氏亦如愚。文章偏我不得力，懷抱與君非有殊。龜手但知能澼絖，緯蕭何意得驪珠。自擕如意樽前舞，曲盡歌長缺酒壺。

性僻材疎酷嗜詩，頭童齒缺雪垂頤。五十〔一〕已過無聞爾，三百雖多奚以爲？每向後生知所畏，獨於名士喜同時。李陵蘇武俱塵土，豪傑由來自得師。

多愛不忍緣愛奇，記人毫髮防瑕疵。垂老此心免愧己，起予它日亟言詩。衣冠爲子最青眼，兄弟數君仍白眉。瓠葉豈以菲廢禮，鮮首燔炮爲宛脾。

側逕蜂飛忙蔽日，緑陰鶯語静移時。自疑寂寞揚雄宅，最愛清和謝監詩。詞客篇章寫桐葉，飲流籌筯折花枝。相望十舍不相就，兩地風光鎮所思。

貴公門地多陰德，慶事今君大樂生。愛子桂枝新上第，弄孫蘭茁始書名。撥弓試復穿楊葉，負鼎何妨待鵠羹，不似淮陽多病守，十年臥閤見交情。

【校】

〔一〕五十，沈校本眉批：『埏案：「五十」二字平聲讀。』

雜諷

陽武舊恩惟丙吉，中興同學有嚴遵。封侯會自酬陰德，物色終應訪故人。可在介推懷怨望，深疑咎犯亦逡巡。剛腸獨有屠羊説，稱義孤高無與鄰。

送虞太熙著作知番禺縣

遠師猶覺丹青似，大邑知無盤錯憂。梅嶺山長因海盡，夜郎江闊傍城流。鯨魚浪作傖人鱠，槎客常隨賈舶舟。莫爲風帆徑清淺，秘書仍自有蓬丘。

送曹輔奉議福建轉運判官

馳傳典州名字高，溪山更不厭勤勞。吏逢照膽新磨鏡，事似屠牛已善刀。頗説團茶如湩酪，欲將丹荔比葡萄。使君詩思過泉湧，爲賦佳篇悟此曹。

陳植文華斗石高，景宗詩句復稱豪。數奇不得封龍頷，禄仕無妨似馬曹。蠹簡傳將蝌蚪字，銛鋒瑩出鸊鵜膏。南州山水能爲助，更看英詞勝廣騷。

劉九經

【原注】年十八及第。

白首儒先困一經，此君年少獨聲名。早知劉氏無耑者，深信宣尼畏後生。賈誼尚爲門下掾，終軍仍許出關行。限年選舉今留滯，躍馬贏糧見子情。

送隱直

齊楚分飛歲月遷，微官拓落竟依然。青雲可願已三仕，白首幾何頻十年。自昔彈冠深有意，到今同病秖相憐。陰風朔雪河梁别，乘興仍思訪戴船。

送張遂州

【原注】自開封府判官除。

九折無艱蜀道通，使君車騎最雍容。尚書不復拘三輔，御史仍開給五封。接境去思棠樹密，退公歡燕綵衣重。治民固有張京兆，坐看巴人益劭農。

次韻和張宣德合江亭

此水此山今昔遊，蒼煙古木又窮秋。起隨佳士初乘興，忽話離人始欲愁。南極早知無到鴈，北天那可際歸舟。老身學得灰心也，不是灰心淚已流。

秋日寄楊十七

簷日輝輝過午天，榱風㭊㭊未霜前。不甘翠葉無時落，已分黄花特地鮮。富貴應須三寸舌，文章不及一囊錢。詩翁白髮經秋甚，爲問窮愁有幾篇。

嶽雲亭二首〔一〕

山外浮雲横翠微，海邊初日上朝暉。我無小魯悠悠志，那欲乘風去去飛。上客高吟揮玉麈，佳人半醉舞羅衣。昏鴟獨鶴何勞問，合暝投林各有依。

檻外連山如合圍，尤憐昏旦變清暉。雲行驟雨非無事，鳥伴歸鴻即倦飛。厭見市朝車馬迹，喜看巖谷薜蘿衣。尚平畢娶何蕭散，千載高風自可依。

【校】

〔一〕二首，據沈校本、文津閣本補。

薄后廟

駟家冠虎久騰聲，龍躍中都漢道興。人事能無輸織室，母儀終見葬南陵。蒼苔複閣連荒草，喬木參雲掛老藤。欲學靈均紀天問，古堂丹碧正嚴凝。

送鄭秘丞知邛州蒲江縣

明府之官固有程，巴江繚繞趣君行。孤帆去遠滄浪色，百丈牽遲灩澦聲。火井煮鹽收倍利，山田種芋勸深耕。舊來邛竹通西域，邊吏〔一〕還知健令名。

【校】

〔一〕邊吏，周校本、沈校本原作『胡虜』。

李尚書除少保致仕

疏公黄髮欲遺名，詔秩青宫二品榮。自昔爲家皆僻地，更聞題劔得佳城。賜金給館君恩

重，倚杖看山世累輕。試問門風過萬石，白頭賢子已名卿。

吴國博未五十致仕歸蘄州

名宦於身甚纆徽，白頭青紫莫言歸。曼容自以微官去，蘧瑗應知過事非。笛竹滿山經夏冷，江魚如玉向秋肥。避喧不厭塵紛遠，何況孤城人迹稀。

與諸公會趙氏園主人加送酒饌既而求詩書五十六字

落木稀疎存葉丹，别筵秋興雜悲歡。主人愛客願少駐，老子爲君加一餐。蕭相河山餘帶礪，謝公子弟悉芝蘭。會因休沐觀歌舞，正賴微官謁禁寬。案：一本作：『會因休沐還乘興，翠竹喬林雪後看。』

苦寒早朝

漏絶星沈十二門，烈風吹耳萬車奔。疾驅不敢行馳道，辨色纔能認掖垣。病眼無堪頻唾沫，瘁肌時復強噓温。尚衣仍在青冥外，薄願何當獻負暄。

次韻和王舍人酬王工部早朝

【原注】王時監仙源觀。

天門金碧照晨光，躍馬鳴珂曉正當。人到蓬萊知不夜，地從閶闔敻無傍。風移宮漏穿花遠，雲覆爐煙繞禁香。望斷雙鳧候飛舄，空傳詩句首東皇。

雨後早朝

雨闋涼生樓閣虚，緑槐花落影蕭疎。端門立仗交符後，禁漏傳呼上水初。伏閣預聞明詔語，退朝潛誦直臣書。愚忠空覺身無補，放去江湖待詔除。

春雪早朝和沈編校

曉寒初怪客衣重，隱約鐘聲長樂宫。出户萬家横雪裏，止車雙闕秀雲中。退朝禁柳迎人緑，寓直庭花向日紅。縱使著書嘲尚白，會應華髮兆非熊。原注：漢宫有止車門。

和牟公野館宿早朝

夢回仙府豁中扃，未斷塵緣復戰兢。交態出門逢楚越，俗情開口判淄澠。夜長鴉鵲偏留月，歲盡天河亦有冰。閶闔晨開車馬集，五雲深處望朝升。

嘉祐中與王丞相吴樞密韓端明王學士會飲騏驥池上去今將二十年王有感事詩見示次韻

水色林光照舉觴，陂塘六月起秋涼。壯年過事難重得，末路貧交故未忘。注眼階星元近極，叱梟盰采不成王。嚴徐未抵馮唐老，猶詠君詩意自卬。

汾州鄭閎中學士寄蒲萄

漢使于闐伐大宛，蒲萄天馬遍長安。絶塵無復千金骨，結實常迎八月寒。遠愧故人勤置驛，每逢樽酒爲加餐。自身不得涼州牧，何以報君雙玉盤。

與倪秀才酒

學子青青佩與衿，湘中攜手一傷心。君爲壯者我白首，家在秦川書萬金。失馬頗能如北叟，似鴞那復怪南禽。相憐羈旅方無友，齎贈醇醪稍獻斟。

和賈舍人春祠太一壇二首

使節春祠太一壇，漢庭儒雅貴兒寬。星河回轉開閶闔，樓觀參差起廣寒。月射金盤霜更白，風來宫樹雪猶殘。清詩不減高唐頌，萬玉鏘鳴雜珮珊。

五城金碧盡樓居，西望屯雲藹太虚。瑞氣長存春不覺，美光相屬夜如初。歸承宣室雍容問，密受神君策畫書。力士傳車空杳邈，真遊本自接儲胥。

次韻和顧直講

故人相語笑家丘，華髮盈簪此滯留。無限風光輕過眼，邇來春色試回頭。名園秀木蘩幽

境，紫府真仙熟舊遊。自是山林懷勝賞，非關適野濟吾謀。

晚歸

古木號蟬鴉亂棲，涼風稍稍襲人衣。高樓鼓角悲秋意，小市漁樵競夕暉。雖有簿書容暇豫，強從賓旅復來歸。閉門躍馬俱人事，吾道何能問是非。

燈夕都下

【原注】十八歲初至都下見燈，到今四十五年。

元夕燈光歲益新，羈遊四十五年春。垂髫已識東西事，回首宛如前後身。繡轂雕鞍驅不顧，丹臺絳闕到無因。清霜著屋風吹面，素月滿庭吾故人。

詠旗

玉關歸馬候全師，虎落無塵指列旗。壯士驩聲歌杕杜，降人破膽望槍纍。禹功遠近逾千

歲，漢德並容過二儀。青海遠通青塚地，白羊斜界白狼夷。

送張器著作

長裾欲敝二毛侵，他日聞君東武吟。騏驥老成方得路，梧桐焦尾始知音。蓬萊著作芸香馥，楚澤絃歌笛竹深。七十封侯殊未晚，相看感激壯夫心。

又次韻酬著作見寄

粗了文書過目前，公餘賓宴即歡然。臈醅趂熟先春味，官燭供燒合夜煙。惡土一番生好木，涸池三面秀紅蓮。不知尚有思人否，吟詠來詩幾絶編。

次韻王平甫直舍未開梅花

複閣深沈人到稀，官梅孤秀及花期。地寒竹柏應爲伴，春近冰霜信有時。不恨未開煩久待，正憐將落賴偏遲。催人頭白何由奈，可在江南寄一枝。

初夏喜涼

季月南州雨過春，雨餘炎氣即經旬。北風一變如秋色，小屋三間喜病身。出户燕兒矜羽化，堆盤梅子薦時新。融峯盛夏含冰雪，安得清涼頗借人。

上巳

風光亹亹逼人來，過去清明更不回。巳日家人還祓禊，蜀江清水快流盃。關關啼鳥如相和，冉冉殘花欲盡開。自笑野心安淡泊，亦能隨衆上春臺。

南宫鏁宿戲題

複閣深沈横九衢，京塵斷絶閉門居。士人應怪跳壺術，漢使曾無繫鴈書。瞑數月華將復缺，春和庭卉已非初。東風雷雨知何在，快意青冥看化魚。

題禪寺

錦帆牙檣四百年，曲池歌榭兩淒然。又從刧火悲前佛，猶有靈光閲逝川。何處鳴禽新出谷，幾株喬木上參天。春遊不負題詩興，神助仍因夢阿連。

五月望日赴紫宸謁待旦假寐

半夜北風凜凜〔一〕寒，倒衣驚問紫衣班。雲容不辨陰晴際，月色猶迷爽晦間。偏〔二〕喜鳴雞識鐘漏，正憐殘夢失江山。濯纓簪筆初無補，空愧紛紛數往還。

【校】

〔一〕凜凜，周校本改作『仌仌』。

〔二〕偏，周校本、沈校作原作『猶』，周校本改作『且』。

凝翠堂二首〔一〕

簷前老竹生無數，座〔二〕上清風處處來。俗客不知看好鳥，紅塵無復污蒼苔。兒童戲掃黃金影，茗飲時傾碧玉盃。會待秋霜堅草木，簡書羌管倩人裁。

緑竹參差平拂簷，疎陰掩〔三〕映似重簾。留徑人誰識蔣詡，開窗吾擬學陶潛。古牆莓苔有石色，長夏江山如火炎。避地真宜近幽僻，悠悠笑謝歲華淹。

【校】

〔一〕二首，據文津閣本補。

〔二〕座，周校本、沈校本作『坐』。

〔三〕掩，周校本、沈校本作『隱』。

彭城集卷十五

七言律詩

送李士寧山人

帝城車馬日喧喧，物外相從意爽然。自有藥壺容到客，獨摩金狄嘆流年。高秋天幕收零雨，清露風林〔一〕噤暮蟬。曾愧丹砂爲狡獪，更談滄海變桑田。原注：予妻常病，山人自其家取藥見遺，山人妻能采〔二〕藥也。山人又嘗談南海神事甚異。（又見《永樂大典》卷三千四）

【校】

〔一〕風林，《永樂大典》、周校本、沈校本作『林風』。

〔二〕采，《永樂大典》、周校本、沈校本作「出」。

寄彦猷移鎮錢塘

紫垣清切擁鉤陳，閣道分明絶漢津。未怪靈槎滯吴會，祇堪藏劍動星辰。懷金紆組臨鄉社，釃酒椎牛宴里人。行樂從來多壯觀，秋風莫使鬢華新。

平山堂

危棟層軒不易攀，萬峰猶在户庭間。長空未省浮雲礙，積翠如遮去鳥還。寡和陽春隨白雪，知音流水與高山。吴中辯士嗤枚叟，漫説觀濤可慰顔。

次韻和秘書省林舍人校書寓興五首

客塵作業通三世，儒墨分流至九家。投閣何妨惟寂寞，起予仍自悦紛華。夢緣酒食逢芻狗，兆應錢財屬火花。安見高人捐外累，獨超無有躡雲霞。

百緣不信皆前定，千古相矜盡小才。夢月豫占沙麓襲，建章如待柏梁災。朱英強欲希無妄，萇叔空勞射不來。聞道蓬萊更清淺，便應滄海起塵埃。

勇夫常作三軍獲，辯士多從五鼎烹。到了是非皆妄想，不緣僥倖亦無名。小山叢桂容招隱，負郭良田任耦耕。倚伏會應齊北叟，朱愚那復問南榮〔一〕。

事緣難易始相成，楹直寧當企棟横。坐論巖廊從自貴，退棲林壑未爲輕。俗情熠燿陰中火，世路撐捕馬外坑。要使襟懷似雲月，太虚無處不偕行。

縮手旁觀哂汗顔，未知才與不才間。勞生精衛填東海，多事愚公移北山。語道此身甘髮白，息機他日賴心閒。良金百煉纔成器，躍冶無如鐵石頑。

【校】

〔一〕沈校本眉批：『埏案：「朱愚問南榮」事見《莊子》内篇《庚桑楚》。』

黄朝議賜紫

長年金紫最相宜，晚達非干入手遲。白髮閔勞官職事，赤松元作帝王師。魚銜印鈕丹鱗舞，鶻勘袍花爛椹垂。少似主恩崇舊德，掛車無異立朝時。

回致仕董中允

富貴致身良獨難，寄書空復走長安。誰能東郭雙穿履，徑出都門一掛冠。家事田廬隨几杖，君恩班序接鵷〔一〕鸞。顏生尚少時無用，長鋏因公慨屢彈。

【校】

〔一〕鵷，周校本作『鴛』。

次韻酬濮倅李郎中見寄

相見無期得寄聲，更憐詩語獨丁寧。驅之老馬尚知道，行矣泥龜甘不靈。半百光陰頭總

白，二三朋舊眼偏青。芳春樽酒何由共？悵望東郊長短亭。

答仲馮宿興慶池作〔一〕

車馬還城君肯留，通宵歡語破離愁。水風楊柳猛消暑，沙雨芰荷潛造秋。驚月禽棲時落樹，避燈魚鬣暗衝舟。天明紅日驪山道，陳跡依稀似夢遊。

【校】

〔一〕沈校本下有小字注文：『仲馮名奉世。』

遊凝祥池飲

柳緑蒲新小曲江，洞門岑寂閉僊幢。波心殿影遥相況，花底禽聲各自雙。薄俸猶能償酒券，老年無事守書窻。街頭月色緩歸去，調笑相隨白玉缸。

同都官遊左山晚歸泛舟城濠呈座客

憶過西湖上虎丘，雪霜乘興偶來遊。蒼崖古木見僧刹，落日微波迎畫舟。從道前塵都妄想，亦逢清境爲淹留。座中同是東南客，試説風煙似彼不。

初春後園

雜樹無行小徑開，新陽留客去頻回。梅花著蘂南枝暖，柳帶牽絲春事催。池面水光如照鏡，城頭山色勝登臺。長年慵懶遺詩句，無奈風煙引興來。

寄人

子雲投閣爲奇字，君山殺身非讖書。埋獄誰能知匣劒，焚城何意禍池魚。賜玦應知謝冠佩，杖藜自爾就田廬。丈夫蓋棺事乃已，白髮勿羞樵與漁。

重次新字韻寄子瞻公擇〔一〕

古來蘇李有三人，今復齊名事亦新。秀出文華喧右蜀，指揮能政接東秦。定交笑我將迎拙，垂老於君意氣親。似向荆山逢珏玉，如從渥水就駢驎。

【校】

〔一〕沈校本眉批：『挺案：東坡集可附。』

晁美叔前寄知字韻詩別求予詩既已和前篇因復用前韻作一篇寄晁

促軫危弦音最悲，傷心那得世人知。由來入室升堂者，意在高山流水時。與子徑爲竹林宴，到今長記角弓詩。文昌近極官清貴，不負羔羊及素絲。

寄熊伯通

竄逐衡湘一病翁，望鄉愁對祝融峯。不同桂管爲元帥，聞道蒼髯益壯容。嶺水分流清注

北，雪花成片更宜冬。丈夫生死論交地，書劄寧當向我慵。

原父兄近别入都寄此詩

水鄉春盡事何如，緑樹陰成榖雨初。杯裏尚餘寒食酒，城中已賣鱠殘魚。近來慵懶非常甚，别後嬉遊益便疎。省事祇圖千日醉，勞心不讀五車書。

寄王宗傑

謀拙材疎嬾是真，豈堪爲吏走風塵。已知富貴非吾望，欲以詩書老此身。爲問折腰從斗米，何如白眼看時人。聞君高臥辭冠冕，多幸佯狂亦有鄰。

寄張四

天下風塵日可歎，豈惟西域與南蠻。舉世相争蝸角裏，此身無事馬蹄間。力耕可以得飽食，從仕於今真厚顔。相勸休官勿待漏，卜居終近虎丘山。

嘉祐末予始爲學官同舍六人後二年間錢醇老爲秘閣校理楊之美出判潁州劉隱之姜至之麻仙夫李景真相次爲王宮教授曩遊無復留者初秋夜直偶書寄楊之美

夷路驅車勢易奔，青冥縱翼自孤騫。求爲散木甘無用，正似靈光幸獨存。汗簡老生躋璧府，曳裾賢傅遍王門。子雲寂寞經同病，會待庭枝看有孫。

寄仲馮

終南秋雨色如新，舊國登臨易思人。廢塞池臺餘氣象，埋藏金玉見精神。三公七相空丘壠，萬户千門盡棘薪。安得身隨飛鳥翼，相從談笑折西賓。

寄館中僚舊

落帆江浦念睽攜，遠跡勾吴不自知。鼠穴衹緣銜窶藪，鸞車空羡載鴟夷。黄雲海色迷仙境，丹葉秋風感鬢絲。爲誦延年五君詠，敢論平子四愁詩。

寄刁景純

使君歸老意逍遥，黑發蒼眉見後凋。自力登山不扶杖，等閒留客亦通宵。萬松喬木參雲日，百頃春苗浸海潮。徑欲從公十日飲，艷歌清絶舞妖嬈。

寄胡完夫

去國那無鬢髮華，白沙猶覺勝長沙。晴雲亂眼江楓色，宿雨銷魂野菊花。過客誰能問名姓，加餐自不厭魚蝦。海陵倉粟年豐熟，吾亦慙爲飽煖家。

寄韓持國

承明不許曳朝衫，流落江湖默避讒。海氣無時成霧雨，魚租終歲雜腥鹹。喜逢晴日聽鳴鶴，却倚津亭數去帆。可是絳侯輕賈誼，自無張禹託蕭咸〔一〕。

【校】

〔一〕沈校本眉批：『埏案：「張禹託蕭咸」見《漢書·禹傳》。』

次韻錢虞部九日樂郊有感

前日吟君九日詩，名園興盡復傷離。浮雲色變曾千古，黄菊花開又一時。鍾子絶弦誰與聽，羊公墮淚不堪悲。孤生長抱吹塤感，何況池塘昔夢思。

寄王安國時復官大理寺丞監江寧糧料

招隱長吟叢桂詩，賜環歡奉璽書歸。東郊瘦馬驊騮在，南海明珠薏苡非。賓客重尋廷尉寺，官曹不遠故山薇。須還長孺銀青綬原注：韓安國起徒中爲梁二千石〔一〕，二千石銀印青綬，聊看翁思博士衣原注：昌邑太守王生，字翁思。

【校】

〔一〕沈校本眉批：『埏案：「起徒中爲梁二千石」見《漢書·韓安國傳》。』

酬王定國

臥讀羣言起欲行，壯夫爲不負平生。上書略數三千牘，掉鞅何煩七十城。築室曾同老農計，寄詩猶見故人情。病軀嬾厭金門步，長愧彤廷午漏聲。

酬晁美叔

此身敢與世峥嶸，禿髪衰顔太醜生。長愧使君心匪石，每因佳句贈連城。病來筋力惟求臥，老去文章不近名。酒量消除百無一，未嘗酣暢若爲酲。

酬章質夫

晚悟頭陀塵不侵，何妨居士著朝簪。故人自是相忘者，秀句依然莫逆心。翠柏高松存茂悦，潛鱗羈羽任飛沈。萬緣起滅空花喻，可向空花擬重尋。

次韻酬韓三相公見寄〔一〕

自昔羊公峴首遊，譙渦開府祇千秋案：渦水在譙縣西四十八里。韋平繼相聞詩禮，魯衛提衡絶輩流。功與榮名逾響捷，福隨陽報似言酬。孤生承乏曾何數，玉鉉龍文顧瓦甌原注：丞相初登第，先太師方鎮亳州。公與弟兄歸覲，題名在壁。今丞相既登鈞軸，而介弟玉汝太中復在樞府。

【校】

〔一〕周校本、沈校本原作『酬韓三相公見寄次韻』。

酬王平甫

黯澹流雲索莫風，曉瞻雙闕望蒼龍。秋還鷹隼非無意，涼入楓槐不變容。寓直鬢毛悲騎省，讎書編簡待陳農。黄花黄葉催時節，倩問誰家酒最醲。

次韻酬孫少述見寄

退尺無緣復枉尋，信書那免不通今。争評玉價應輸厚，能爲魚謀豈厭深。待得散人如散木，敢論機械有機心。子荆詩筆輿公賦，萬事慚君早息陰。

次韻酬顧子敦見寄

丹砂未化不成仙，白髮衰容五十年。已自灰心當世事，更能回首大夫賢。對棊可待矜無敵，讀易聊須記絶編。寄語山陰顧元歎，人今同病始相憐。

次韻酬曹極司法

越紙題詩寄我來，君家八斗定多才。冰清玉潤高風舊，白雪陽春病眼開。長見夔龍參濬哲，不聞徐樂避雄猜。自緣衰老無能解，戰勝方當去剪萊。

次韻酬孫少述

使節皆窮濁水源，降羌係踵慕稱藩。强顔假守真無補，取笑高人不憚煩。豈有天池容斥鷃，莫將溝斷比犧樽。南山若許堪歸老，二頃平田十畝園。

酬韓相公

病臥湘山念所親，惟公長記可憐人。寄書不啻從容語，問舍仍慙消息真。半死孤松函徵羽，戀軒瘦馬强精神。祁奚鮑叔寧欺我，三人今看總四鄰。

酬劉宜甫

萬價睢盱倚市平，百工紛糺待宫成。神仙亦有丹臺籍，壯士當爲猛虎行。畢娶幸能同尚子，敝衣終不效唐生。洞天欲到先能説，十二樓前列五城。

酬王定國五首

放逐朝恩本自優，衡山猶是古荆州。百年生計羞蝸角，九品人情看馬頭。炎瘴還歸君不恙，風波别去我離憂。柔姬一唱陽關曲，獨任剛腸亦淚流。

豈有多方書五車，爾來留意就丹砂。誰將飽食倉中鼠，换取紅蓮火裏花。三顧祇能矜彼善，萬鍾多不悟堪嗟。蟠桃結實何難俟，況值安期棗似瓜。

貴公孫子族關西，失路青冥翅羽垂。當世朋遊皆父行，古人方略足肩隨。薄材老去歡傾蓋，直氣交新喜盡規。滿目江山屢回首，白雲流水付心期。

江岸青楓連白蘋，片帆如箭射千鈞。風煙何處喧墟市，簫鼓誰家賽水神。鴈鶩陂湖争就暖，杉松廬舍不知貧。滯淫何必多離恨，譬似生爲澤國人。

願賜支離不肖身，幅巾田野任天真。我行三逕一廛地，君即東阡南陌人。晏臥自輕車結駟，食薇從使甑生塵。漳濱卓犖桓公健，盛德由來必有鄰。

承天寺翠景亭二首〔一〕

一山篁竹間松杉，伏虎猶存居士庵。鐘磬有時聞絶壁，漁樵將晚會平潭。薄雲未解成春雨，返照偏能破夕嵐。我所思人桂林外，憑高惆悵贈雙南。

松有喬林桂有叢，石梯苔壁興無窮。快心疊嶂雲如掃，會意澄波日正中。修竹緣崖高竦竦，早梅飄雪細瓏瓏。狂吟大叫青冥外，驚看漁郎下釣筒。

【校】

〔一〕二首，據文津閣本補。

遣懷

六年長病每愁予，未疾風淫豈易除。彳亍何曾暫忘屨，拮据空恨不能書。苦遭白髮無他術，常得中醫亦自如。欲向明廷乞骸骨，角巾藜杖整柴車。

種竹重寄子瞻〔一〕

官曹何獨異吾廬，修竹成林手種初。未必七賢皆縱逸，因從三昧得無餘。風聲似水還成韻，日影填金尚覺疎。舊事喜君能記憶，興來當復埽牆書。

【校】

〔一〕沈校本下有小字注文：『此詩應移在十二頁《西省種竹》詩後。』眉批：『埏案：坡詩及諸公作應附。』

周橦兄弟得解寄王教授察推

今秋鄉里薦賢書，年少周郎智有餘。全得鳳毛增意氣，正聯鴻翼上空虛。汝南月旦評無

愧，諸老先生謝不如。衰白慙居丈人行，長風猶欲助吹噓。

濟陰縣新成官廨贈知縣著作

鼠牙雀角穿垣屋，墨綬銅章愧吏民。製錦可無容膝地，戴星親作執柯人。奮飛翬雉簷雙翼，積疊魚龍瓦萬鱗。若比治〔一〕蒲增四善，種花仍欲笑安仁。

【校】

〔一〕治，周校本作『過』，沈校本原作『通』。

送學正李秀才歸蜀

金馬書來信不違，相如獨授七經歸。郡迎徐孺知懸榻，家望蘇秦想下機。峽底奔雷江亂湧，嶺頭如雨石交飛。丙魚郫酒歡閭里，悔殺京塵化素衣。

清門

清門早日素風傳，正在圖書翰墨間。惠子應輸五車富，相如才授七經還。朱欄碧瓦森華屋，喬木浮雲滿舊山。渥水丹丘遠千里，鳳雛神驥落人寰。

蜀山漠漠水溶溶，高閣經營得我公。萬軸鉛黄無脱簡，千尋清白有遺風。地留神苑逍遥外，天占仙壺縹緲中。公是蓬萊真學士，故應乘此問鴻蒙。

西省種竹偶書呈同省諸公並寄鄧蘇二翰林〔一〕

五月十三竹迷〔二〕日，今年仍自晏陰初。分將池籞千竿翠，就得楓槐一雨餘。紅葉蒼苔相映帶，南榮北户頓蕭疎。欲爲林下諸君詠，便是濤戎亦盡書。

【校】

〔一〕沈校本眉批：『埏案：東坡集有詩應録附，諸公詩俱可附。』

〔二〕迷，周校本改作『醉』。

長安城南

三百離宫何處尋，秦山相向晝陰陰。城南地去天尺五，杜曲田皆畝一金。源發清泉隨種稻，穭生脩竹自成林。老年欲爲五陵客，射獵往來長縱心。

送陳成伯出牧陜府

陳公六十丐朱輪，豪氣誰憐亦爲貧。原上鶺鴒深涕淚，櫪間騏驥發精神。山違折坂皆夷路，河透釃渠即要津。千歲海棠死鐵色，因君光彩會如新。

次韻蘇子瞻觀范景仁新樂

大儒高論本升堂，物外光陰更不忙。樂預請觀同季子，書雖未見屬黄香。正聲仍許三人和，古尺應無一黍長。鶴舞鳳儀時莫識，勾陳武帳省中央。

觀范公樂有感

蜀公精思古人爲，論樂成書八十時。那有伯牙爲聽者，空令一足尚傳疑。羊山鉅黍知無用，牛鐸遺音自不欺。便欲祠君從樂祖，出門陳跡奈深悲。

贈黄知録

此身覊宦閉門居，里巷蕭條到客疎。道舊瀟湘與誰可，無雙江夏即君歟。塢中吹笛無留事，悵望何人得異書。翠羽明珠生海澨，更知名下不應虚。

題朱陵閣

蒼煙漠漠石粼粼，坐倚山顛瞰水濱。開闔波濤專閲世，春秋風月不愁人。未知孤鳥歸飛意，聊問長松老大身。信有朱陵仙府在，玉樓珠殿闕爲銀。

步瀛閣

方塘十畝水幽幽，魚自潛深鳥自浮。爲有風光陶永日，故題亭榭擬滄洲。旋移修竹看停雪，未落垂楊正奈秋。客到便留同一醉，山公不問習池遊。

水閣雨中

雨濯苔衣水鏡明，風摇荷扇露珠傾。空堂送暑蕭蕭意，高樹吟秋惻惻聲。笑以稻粱邀鶴舞，莫將鐘鼓使魚驚。煙雲岑寂埃塵絶，頗愛孤舟盡日横。

中秋望月

中秋自昔賞金波，爽氣初凝暑頓過。風雨定時看有數，樓臺高處得偏多。正憐白髮宜相照，不爲衰顔惜暫酡。願假長繩留玉兔，望舒能與倩夸娥。

同諸公登秘閣

複閣横雲不易登，宫煙漠漠柳層層。始知奇獸名天禄，偏見羣書蠧羽陵。此去杳冥無幾許，向來遊集類多能。秋風撩亂吹蓬鬢，老愧諸公話得朋。

東園新種雜樹

青苔翠竹吾人好，穿徑誅茅野老家。豈爲素封增橘樹，還知避世種桃花。會因叢桂留騷客，却憶安榴逐漢槎。已有風光催物色，定甘羈旅待年華。

題深甫新種樹

壽張樹梓待成器，方朔種桃因著花。古人既信十年計，野老今知五柳家。幽鳥鳴春能信宿，翠陰向暑會交加。甘棠不忘角弓賦，與子相好情無涯。

長城逢周鼎

田家秋收朝不歸，客子到門休馬蹄。偶倩樵兒遠相問，倏乗黄犢仍有攜。白頭蕭颯映紗帽，薄酒清泠將臛雞。幽興每於山野盡，爲君一醉判如泥。

臘月十九日雨後

常年過臘雪猶繁，澤國春光已可憐。初怪醉魂迷甲子，稍知客路斷山川。柳條著雨看成緑，花蘂融冰乍欲燃。避地早辭車馬跡，杖藜猶有里中賢。

冬至偶作

郡南百里即羣舒，留滯頻驚歲月除。閒過著慵思運甓，老來多忘却抄書。水鄉鳴鴈寒無數，山路幽芳冷〔二〕自如。晝坐偏知日南極，十分紅影在吾廬。

【校】

〔一〕冷，周校本原作『仍』，後改作『炯』。

國子監御書閣觀雨同張主簿

閣外涼風得憑欄，陰晴相望一城間。過雲快雨噴濃墨，收水長虹墮缺環。斜直樓臺經灑濯，空無燕雀自飛還。聖朝百吏都勤事原注：漢詔有勤事吏，優借儒官到老閒。

重題間字韻

棟宇雲生覆畫欄，御風身在杳冥間。露頭不覺吹烏帽，熱手猶須握冷環。欲斷嘶蟬仍自續，倦飛孤鳥亦知還。君看老驥驚秋意，日暮涼生十二閑。

雲　水

雲水東南萬里來，宦情羈思兩悠哉。舊交備禮矜垂老，晚輩多端謗不材。匠石頗知幾死

木，火爐容有復然灰。過梅收潦秋風起，待得鴻飛燕子回。

和王仲至錢塘

胥山樓閣半空虛，春雨秋風興有餘。溪女載花浮水艦，潮兒戴火棹雷車。君尋故〔一〕事應如夢，我得新詩欲信書。正是霜天向摇落，拂衣猶自及鱸魚。

【校】

〔一〕故，周校本、沈校本原作『過』。

賀王丞相賜玉帶

捷書吉語報安西，辨色彤廷喜氣齊。蕭相論功非汗馬，晉公成事有通犀。尚方製作皆金玉，委佩光華想虹蜺。欲問九環加賜衮，何如判白授封圭。

鳳凰臺

江水中分白鷺飛，鍾山秀出衆山微。鳳凰去後高臺在，麋鹿遊來舊國非。萬里孤帆長在目，夕陽遊子憺忘歸。六朝人物都荒草，但有寒潮信不違。

郡齋即事

鶴髮霜髯新復新，爲郎補吏兩因循。争先不及三千客，顧後猶容五十人。絶學捐書從佚老，曲肱飲水會忘貧。江湖極目連天白，照影知無纓上塵。

與宋次道舍人同在殿中覆考進士次道子姪同就御試贈次道二首

池上君今得鳳毛，階庭蘭玉見兒曹。横參氣象開衡石，丹桂芬香近赭袍。冀北羣空經相馬，海濵人去復連鼇。西亳里第烏衣巷，賀客無辭應接勞。

不恨郎潛有二毛，喜從仙禁接官曹。重吟紫殿森珠網，縱觀諸郎奪錦袍。汗血來時皆驥

子，神仙不動倚靈鼉。明堂梁棟掄材盡，世上那知伐斲勞。

燕子來馬上作

馬上春寒透客衣，半晴天氣燕飛飛。不知社日明朝是，轉憶吾廬共爾歸。風外輕輕雙翼疾，沙邊款款數聲微。畏人自習人間世，何事江鷗浪見機。

酬章朝散

本無材畫備驅馳，豈有文章結主知。廟鼎陳前羞瓠落，井泉方潔懼缾羸。晚交賢傑真難得，辱在泥塗祇自嗤。澧有芳蘭沅有茝，夢魂無日不相思。原注：《楚辭》云：『沅有茝兮澧有蘭，思公子兮未敢言。』

事無機變即無疑，此意唯當靜者知。末路風波成失所，歲寒霜雪正同時。勞生毫髮差千里，醉眼須臾已萬期。江上鯉魚天上鴈，寄書嫌少不嫌遲。

出汜水關

洛河嚴鼓夜方中，上馬西郊滿面風。照野月華鋪水白，轉山銀燭列星紅。視祠太一觀爟火，從獵長楊賦射熊。壯觀已隨陵谷變，龍旌摇颺倚秋空。

齊州史君學士有遊山詩學官諸生咸和史君又有詩二章贈之以刻石摹本示予因次韻

辨如流輠解連環，稷下諸生大小山。幕府名聲收藉甚，雲泉氣味屬偷閒。茂林深壑逢迎際，細草穠花次序間。值有羽人招隱士，想君乘興不知還。

終日塵勞駷轡還，乍臨清濟看羣山。飛來獨鶴應知倦，過去長雲本自閒。開國東西誇十二，待賢季孟哂中間。吟君詩句心蕭散，舊觀神明覺頓還。

還王平甫秀才詩稿

王子能詩古不如，壯心豪氣未應除。百年總付人間世，一腹都容天下書。白雪關山來騕褭，緑萍池沼秀芙渠。窮愁已作無聞老，相愧臨濠一問漁。

見蘇子瞻所作小詩因寄

千里相思無見期，喜聞樂府短長詩。靈均此秘未曾覩，郢客探高空自欺。不怪少年爲狡獪，定應師法授微辭。吴娃齊女聲如玉，遥想明眸嚬黛時。

得奉世寄詩〔一〕

江城花柳復殘春，每上高樓望所親。身滯蠻舒誰與語，書來子弟爾成人。老侵須鬢莖莖白，情在篇章字字新。幸有竹林堪縱傲，罷官真作自由身。

【校】

〔一〕沈校本下有小字注文：『珽案：奉世字仲馮，原父子。』

偶題

人間變化亦何常，不在他生與彼方。病後公羊哀作虎，顧時司馬懿爲狼。龍眠頓長參天木，黿老猶揞病叟床。又有此曹惟奈久，非干天地日偏長。

次韻和通判庫部會基

三百縱横事不平，古今仙俗判昏明。已居勝勢誰前敵，獨暗機先誤必争。寥落寒星天欲曉，稀疎過雁雨初晴。南陽畫諾庭無訟，正賴君詩得此聲。

叔父寄李氏庶子泉銘

翠壁清泉庶子銘，文工境絶兩知名。埋藏雲外山神護，流落人間俗眼驚。恨不陪遊如阮籍，遠憐模寫到蠻荆。古書豈獨記名姓，自恐疎慵學不成。

彭城集卷十六

五言長律

章武殿

歷數歸真主，乾坤仗義兵。南夷長後服，下國怨西征。麋鹿荒吴苑，梯航聚易京。春蠢那恃力，朝菌欲長生。雷雨隨金鼓，鷹鸇起旆旌。靈旗概牛斗，白羽射欃槍。散地人誰保，連甍火徹明。晨門迎短箠，死骨斷長鯨。父老前流涕，農夫未釋耕。將軍薦牛酒，行宫愷樂會韶韺。虢滅虞何恃？崇亡紂亦傾。一戎終薄伐，再駕就升平。舊邑更脩武，行宫即顧成。奎芒垂篆刻，天質望氛清。羽衛嚴丹極，潮音接化城。欲回江海水，都作頌歌聲。

溪上

窄地穿茨拙，高城晚日斜。竹籬侵水面，溪女浣汀沙。老樹垂朱實，懸藤結白花。緑萍浮碎點，芳杜上新芽。一邑過千室，十金無數家。魚蝦與菰米，惆悵此生涯。

和裴庫部十二韻

懷人存蔽芾，招隱賦窅〔一〕窊。賢傑多能事，音徽自不瑕。偶然新樸斵，一笑爲讙呀。夏屋已隆棟，清池非漚麻。望賒隨朔鴈，坐久至昏鴉。好事逢諸彦，佳聲播四遐。燕遊安以樂，詩語正而葩。霜應豐山石，灰飛河内葭。涼秋將落帽，斜漢挹浮槎。老木圍岑寂，蒼苔積鬖上聲〔二〕髿。瑶光天不遠，圭影日無差。莫怪長吟苦，良金出汰沙。

【校】

〔一〕沈校本眉批：『埏案：窅，音咬，平聲。』

〔二〕上聲，周校本小注作『所軒反』，沈校本改作『所軒切』。

南征二首

漢皇開五嶺，虞帝事三苗。定有南征問，遥知用武朝。前籌皆廟略，選士乣風飈。潦水江湖大，雲山故國遥。天陰凝殺氣，師老聽哀謡。猿鶴愁君子，黿鼉憶架橋。繡衣方責戰，虎節竟乘軺。白骨不歸葬，寃魂誰爲招。猶傳發閭左，願得聽簫韶。旅泊時流動，何由問九霄。

楊越舊秦兵，苗頑尚禹征。初驚一使任，那用萬人行。反户凝昏祲，滄波觸駭鯨。越裳無信息，銅柱定將傾。服嶺東南尉，戈舩萬里程。江通夜郎道，秋入伏波營。插羽頻封檄，馳軺屢請纓。介鱗悲物色，猿鶴悵民生。幾日封京觀，歸師卷旆旌。休聞七科戍，無用五陽兵。海國犀牛遠，南琛紫貝輕。平生一長劍，歲暮望欃槍。

寄橙與獻臣

清霜夜漠漠，佳實曉纍纍。鵠縠攢修榦，金華耀夙曦。狂酲香處析，痟渴味餘衰。採摘

悲凡口，漂零恐後時。頌聲騷客誤原注：屈原有《橘頌》，錫貢禹書遺。惆悵生南國，煩君品藻詞。

酬臨濮劉推官

治民非己長，那得士心降。爲問來鳴鳳，何如止吠厖？壺餐慙鼎食，鉛割謝矛鏦。辯士更持節，佳兵正上瀧。薄田桑十畝，小市釀千缸。自喜庭無訟，寧論智少雙。陪京開左輔，振鐸服中邦。禁欒分留印，天枝涖建幢。孤生老將至，壹意信猶矼。賴倚弦歌化，餘風勉政厖。

送賈士彦延平知光化縣

名家千里駒，富學五車書。柱後〔一〕文無害，弦歌智有餘。素風存翰墨，陰德在門閭。江漢子男邑，穀城桑柘墟。曾爲都尉治，今亦萬家居。安穩飛梟舄，新鮮縮項魚。繡衣誇里父，壽酒薦親輿。不作期年别，看君就詔除。

【校】

〔一〕後，文淵閣本作『史』。

送高麗使

絶域求通使，皇華益藉才。男兒萬里志，笑語片帆開。積鹵生陰火，奔濤起晝雷。曝鱗成島嶼，吐氣誤樓臺。城邑東迎日，居人學用杯。詩書自天性，冠帶及家陪。歲月如勤止，登臨亦壯哉。威聲逾肅慎，仙事指蓬萊。鵬向南溟近，槎常八月來。言瞻析津次，遥見二星回。

次韻和宋職方北樓

勝事略就手，兹樓無復加。棟樑宏可愛，丹碧麗非華。風月登臨最，川原眺望賒。斗城知日近，瀛海自雲遮。杖屨歡乘興，文移謹報衙。晝閒禽語静，歲熟市聲嘩。柳影重重幕，蓮香處處霞。舳艫隨渚遠，睥睨向人斜。話聽遊童樂，詩煩上客誇。國風麟趾應，

賔宴鹿鳴嘉。雕鶚無餘力，騏驎不待撾。衰遲竟何補？襆被念還家。

復次前韻

仙遊欺緬邈，古事厭增加。自我新形勝，因之翫物華。不勞工子勸，無價境天賒。雲構森如畫，翬飛勢莫遮。静看梁燕賀，閒聽野蜂衙。曹事初無壅，軍聲信不嘩。倚欄歌白雪，爲客進流霞。快意涼風起，餘歡素月斜。吴趨應有始，齊難詎爲誇。夏日思王粲，名流得孟嘉。優遊琴八疊，悲壯鼓三撾。遍看題詩語，飄然自一家。

既和宋君佳篇因取加字韻中所未用者别爲十二韻

板築廢已久，樓居仍可嗟。敢辭才不逮，何説智無涯。史例同新作，民謡異剌奢。棟梁虹夭矯，軒檻獸盤拏。萬室瞻華宇，千兵擁建牙。浮雲生柱礎，杲日透窗紗。明滅穿林水，稠重覆塹花。長空指去鷺，過雨亂鳴蛙。屢獲詩人賦，時紆長者車。薦觴凝縹白，諧語繆壺齟〔一〕。隱吏容攀桂，終更遽及瓜。多慙雙鬢雪，蕭颯對文緺。

【校】

〔一〕沈校本眉批：『埏案：「壺齟」出《漢書·東方朔傳》。』

合加字韻兩篇二十四字成一章更互次之詠曹之土風并敘出處寄呈司年職方

漢郡王封寵，周宗伯命加。犬牙基自若，麟趾歎于嗟。陵谷隨人世，春秋積歲華。洩雲餘薈蔚，浮濟變津涯。端木倦遊學，朱公精貸賒。於今富而麗，遺俗儉寧奢。使轍常交錯，京藩倚扞遮。鋤鉤非盜用，簫勺換兵拏。樸直叨三組，工夫盡兩衙。戎容剖符虎，士氣肅旗牙。圜土幾無訟，虛庭不禁譁。對棊銷白晝，清嘯岸烏紗。池館澄潮水，樓譙冠暝霞。緑梢簷外柳，紅朶砌前花。徙倚危欄峻，行來繚徑斜。巢林安短翼，擅壑愧跳蛙。夙昔未更事，遊談多自誇。奏盈方朔牘，書過惠施車。臧室初麐跡，連城晚拜嘉。華顛看欲落，病齒不勝齟。珠琲輕魚目，桐絲陋馬撾。敢論雞似鳳，願食棗如瓜。臺妙前辭滿，安輿久臥家。最容高尚志，那肯待青緺。

又十二韻

絶境可遺老，清心仍去邪。樓頭喧燕雀，川面動龍蛇。碧瓦浮煙素，朱甍麗日赮。倚風時坐嘯，乗月更吹笳。庭樾交傾蓋，池房雜舞髿。涼秋乗爽塏，吉歲驗汙邪。廚釀全欺魯，兒歌習陋巴。林珍餉桃李，溪飯列魚蝦。勝賞須神會，浮名祇盜誇。誰能貪課最，本自學禪迦。羈旅枝棲鵲，田園舍負蝸。蕭條看白鬢，早晚得丹砂。

酬范判官喜雨

一旬天再雨，惠澤〔一〕夜來深。震發雷霆事，榮華卉〔二〕木心。問年如隔併，閱日屢辛壬。安水江千里，良田畝一金。劭農非有術，望歲忽爲霖。雊雉依青隴，跳魚出廢涔。夢成池上作，喜見洛生吟。破敵聯飛鏃，高張信雅琴。緒風開晝色，遲日媚花陰。更有資清興，連峯映碧潯。

【校】

〔一〕澤，周校本、沈校本作『氣』。

〔二〕周校本、沈校本後有雙行小注『去聲』二字。

赴官京東同舍諸公觀音院見餞有贈并簡不至者

今日承人乏，東州假傳車。勞生復去國，垂老欲捐書。斗酒相爲樂，諸家食有魚。華燈續光景，鳴笛問吹噓。即事已陳跡，懷人方跂予。要官多謁禁，數子莫情疎。啼鳥春猶淺，高花日勝初。朝回應見念，會語殿中廬。

景德寺河沙院餞蘇安上知泰州劉元忠河北都運分題得無字

今朝一樽酒，聊與故人俱。非復少年日，深驚别意殊。燕雲低朔漠，楚水向江湖。報國不一事，出門成異塗。騰鱗安浩蕩，雋翼就虛無。應笑白頭老，閉關方據梧。

過太康縣此路入亳州云是先帝昔東幸時馳道也馬上口占行二十里成三十韻

維昔東巡狩，天王景宅朝。金椎隱馳道，象載下招摇。吕應青雲近，闕迎紫氣遥。旄頭前詔羿，陪乘後征僑。奉引三司肅，中堅萬馬調。旂常亂辰象，劍佩雜瓊瑶。多士和相讓，諸侯貴不驕。海神來積雪，仙馭會祥飈。象帝初觀妙，猶龍此見譙。强名大樸著，將隱德音昭。上善泉仍潔，知常檜後凋。虚心明左契，聞道首參寥。絳節賔閒館，璇宫盛綺寮。洞天留白日，書法祕青霄。瑄玉嚴禋祀，歌童采夜謡。衆神如向座，佳氣鬱通宵。隴麥聞重秀，房芝搴紫苗。醴泉甘愈疾，舞鳳樂儀韶。舉翼王喬舄，排雲子晉簫。頌鼇知簡簡，奏賦欲飄飄。麗澤驚雷雨，鴻恩霈蓼蕭。百年皆就見，比屋幸寛徭。牧馬猶如隗，封人預祝堯。歡聲喧望幸，舊里不崇朝。萬域車書混，重明祲沴消。鼎成因脱屣，桑變忽觀潮。雲霧常疑祀，衣冠祇葬橋。藏書思柱史，問遠謬祈招。躍馬遵遺轍，談王就采樵。生遲千一旦，無所效芻蕘。

次韻和石曼卿泰山

步至東山表，纔知嶽鎮尊。百川趨渤碣，一柱際乾坤。托始無懷氏，談更洛誦孫。後王崇檢玉，方士説天門。巖石居凝命，羣峯遠駿奔。陰陽殊雨霽〔一〕，朝夕異凉温〔二〕。學者譏秦事，功臣誓漢恩。氣連滄海碧，影變濁河渾。候日來丁夜，捫星待合昏。仙真疑史闕，宫殿謹司存。落水雷穿谷，危松珀擁根。更尋宣父志，雅意屬崦崐。

【校】

〔一〕周校本、沈校本、文津閣本後有雙行小注『山南山北』。

〔二〕周校本、沈校本、文津閣本後有雙行小注『山東山西』。

將至洛中先寄宋次道諸幕府

頻年洛陽道，秋月照征車。闕口朝煙上，伊川曉日初。艤船看飲馬，投策數游魚。蟬嘒隨林静，鐘鳴應谷虚。夙齡懷勝尚，吏役久愁予。及此娱山水，翻知喜簡書。名都士淵

藪，盛德世璠璵。羇旅如傾蓋，詹言興有餘。

錢子高舉賢良中科寄賀子飛

當世英雄彀，連年伯仲賢。友于聲競爽，敵萬智無前。讜議天人際，馳辭日月邊。會驚文得鳳，真謂筆如椽。萬乘親前席，諸生敢比肩。晚成無近器，妙選悉青錢。濟美高陽舊，傳經韋氏專。公侯將必復，廊廟定誰先。步武青雲接，官曹畫省聯。軼羣看赤驥，洵直想朱弦。德賞今誰擬，才難古亦然。從容照棣蕚，聞望已陶甄。夏屋方隆棟，雲檣穩濟川。那令得賢頌，祗貴漢王淵。

送裴二知蘇州

著書玄尚白，送客鬼揶揄。積水望江海，秋風吹軸轤。貴人千騎長，紫綬左魚符。遺愛留南國，歡聲接舊吴。曉霜繁橘柚，過雨熟菰蒲。安得如王子，從君飛隻鳧。

和原父同江鄰幾過浄土院觀古殿吴道子畫楊惠之塑像及顯僧傳當世貴人形骨仁僧鼓琴作

真賞非俗嗜，雅遊知勝緣。百身化前佛，方丈納諸天。工以智自表，名由高益傳。吴生擅粉繪，楊氏妙鈞埏。能事古未盡，希聲今亦然。伻圖觀肖像，撫矸置鳴弦。理會均聞見，神交遺後先。衣冠若對面，山水欲忘年。子墨臺中妙，仙翁柱下賢。新詩俱絶唱，塵土更餘妍。

同徐監簿作水始冰

霜落歲將晏，風生水始冰。猶殘夏蟲怪，初比玉壺凝。氣襲璇源潔，光摇寶鑑澄。涵虚同凜凜，履薄乍兢兢。魚鱉悲潛伏，江湖息沸騰。凌陰如獻納，會是却炎蒸。

送韓子華奉使安撫江南

漢庭重八使，同日出東都。仗節年仍少，埋輪氣不孤。詔書敦直指，懸弩肅前驅。宣佈

君恩被，周爰楚澤紆。秋風捲旌旆，桂楫上江湖。遊子故鄉在，相思天一隅。

送張益宣州法曹

掾曹仁恕用，郎選孝廉爲。之子文無害，居廷敢決疑。一王除制作，三尺著毫釐。過眼皆成誦，讎書自所宜。原注：王君編前後制敕爲一書，最精。察廉時爾貴，治道吏爲師。去去弦歌化，當如別後思。

郊祀慶成詩

聖瑞歸文子，珍符屬原注：音燭〔一〕孝孫。儲精凝景命，端拱輯羣臣。禮樂成中典，人神定一尊。亮章新物覩，咸秩備司存。盛德兼明察，彌文付討論。積高參斗極，因吉際乾坤。候景迎長日，萌芽發舊根。律風乘廣莫，卦氣起昆侖。閶闔開黄道，星辰拱紫垣。奉瑄嚴太一，推策本軒轅。八廟森重構，諸侯盛駿奔。薦馨光裸玉，告嘏逮歸膰。旄纛羅千乘，旗旛徑九門。龍蛇影摇動，鵷鶴勢飛翻。士勇歡梟藻，天晅候晏温。幔城横象魏，玉果會春園。嚴警連宵鼜，周廬次屬韃。望雲舒錦石，揖月上金盆。廣樂讙來格，升煙

續載燔。頌釐如響答，終事寂無喧。輦路祥飆轉，端門旭日暾。天雞還自舞，仙鶴爲孤騫。河漢驚垂象，雷霆浹厚恩。晝衣期不犯，胏石更何寃。長樂尊無貳，椒房慶已蕃。睿心先廣愛，大策重臨軒。瑞典兼河洛，歡心極鎮藩。名山已望幸，天意肯周爰。願上公車奏，來趨白獸樽。心知搢紳義，展采詎難言。

【校】

〔一〕周校本、沈校本、文津閣本小注作『之欲切』。

次韻和王正仲熙寧郊祀二十韻

駿命膺長發，鴻圖本慎徽。八方星拱極，四海日升暉。舊典增咸秩，彌文示表微。聖時均玉燭，天統正璿璣。南極迎陽復，陰泉候氣歸。積高常眷顧，昭孝每毋違。羽衛來雙闕，和鑾並六飛。風霆齊命令，龍虎會旗旂。帳殿層城暮，金波列宿稀。嚴更虛夜鼜，雕輦下彤闈。廣樂千人唱，升煙萬目晞。衆神知受記，象物競來依。陟降兼明察，圓方比範圍。送音仍躍躍，畀福想霏霏。霈澤蘇羣動，春陽暢墐〔一〕扉。慶深周揭厲，感極至

歔欷。多士參鳴玉，微生厠皁衣。肅雍瞻帝武，奉引近天威。儒館鵷鸞舊，長謡錦繡輝。因知子雲賦，何足頌巍巍。

【校】

〔一〕墐，原作『瑾』，據周校本、沈校本、文淵閣本、文津閣本改。

聞蜀中大水寄閬中諸弟

蜀嶺參天近，巴江向海迂。百城同暗谷，獨鳥視前途。六月蒸雲甚，長風驟雨俱。漏天疇得補，深峽不時輸。回首虵蛟鬬，傷心虎豹呼。劒關愁斷棧，天漢逼乘桴。臂飲通殊俗，巢居自一隅。遺黎待螺蚌，小邑斷樵蘇。絶域飛黄鵠，仙人用隻鳧。清秋已收潦，問爾麗泥塗。

馮當世生日二首〔一〕

中甫維崧嶽，東方本歲星。舊書容盡信，成事況親聆。南紀浮江漢，青煒變頊冥。氣和

方毓粹，地勝已儲靈。德宇何寥廓，斯文實典刑。龍駒來汗血，霜刃脱青萍。智略聯三捷，規模壯六經。羽翰驚海運，辰象屬天扃。回首煙霄近，横雲漢閣青。河圖開秘奥，龍節付儀形。萬里風聲肅，三年楚俗寧。里甿羞蝃蝀，鄉校謹螟蛉。聖主思霖雨，羣生望大庭。指期調鼎實，洗眼頌椿齡。授易嘗占晉，論詩竊次駉。莫言狂簡士，足記景鐘銘。

陽月方開旦，商行接素秋。聲華臨盛際，勳業動前修。舊物詩兼禮，公望礪與舟。諫行扶廟算，威克弊邦讎。翻欲危晁氏，皆能苦絳侯。孤城雖莫可，具美亦誰侔。北闕虚前事，南冠記昔遊。客惟論藥餌，書不號窮愁。迥有閒中趣，高於物外求。賓朋依白傅，潤澤借裴休。跂也身方族，時哉歲欲遒。愁無縮地術，賴有置書郵。理楫王猷拙，稱觴小陸優。傾心日夜急，滚滚大江流。

【校】

〔一〕二首，據周校本補。

送子惇出使河北

禹績基壺口，堯仁被冀方。官迎赤車使，詔選瑣闈郎。力學推元稹，高才屬長康。壯懷來慷慨，得志自軒昂。愛直容知黙，中和異吐剛。一臺傳駮議，二府見分章。前效平原淺，嚴威夏日長。居常祗逢掖，試躍即干將。雲漢昭回地，鵷鸞八九行。穹廬休夕拜，完膚韉弩備晨裝。洚水成滔陸，流庸頗異鄉。掛冠勞畚鍤，佩犢問耕桑。哺乳增飦粥，完膚滌疥瘡。朴忠將漕最，惇厚訓兵强。冀馬羅馳傳，河魚飽食魴。細書誇睇視，淳酎沃煩腸。肯作田園計，寧嫌鬢髮蒼。能令老者奮，直與大鵬翔。處世當何語，懷君豈易忘。哂由終所畏，與點自知狂。

卜居書懷

漆雕未能信，陽甫免歸居。理以逍遥得，材由濩落踈。狹才輕勢利，小隱幸林廬。藿食由來事，茅茨不願餘。南簷容曝日，側徑喜攜鋤。筋力吾如此，功名世有諸。憶初千萬乘，徒步謁公車。投射東堂策，歸來北闕書。先鳴煩指日，弱羽愧吹嘘。雲雨非人力，

泥塗亦詔除。江湖輕乘鴈，鐘鼓陋鶢鶋。有道翻羞卷，迷津幸遂初。幽棲謝車馬，至樂狎樵漁。述作稱狂簡，誰能問起予。

渭　水

鳥鼠流清渭，岍岐導衆山。懸車循暗谷，斷棧出重關。長路去未已，連峯深更艱。秋高木落外，天夐鳥飛閒。日出看羣動，煙收認百蠻。別腸逾九絶，愁淚獨長潸。立志薄軒冕，隱居宜草菅。自甘家食薄，還愛綵衣斑。從吏負夙願，辭親何厚顔。簡書今可畏，幕府尚餘閒。猨呌無勞思，鴻冥不易攀。歸來城闕望，但見白雲還。

致齋中太一宫見屏風有唐賢和常舍人詩因次韻寄子瞻内翰子由侍郎子開舍人穆父待制數公皆嘗祠太一也

禁掖下祠宫，青槐輦道通。薄雲收霽雨，初夏接薰風。將旦羣陰伏，齋居百慮空。夢遊如有遇，反聽更能聰。祕祝寧神外，多儀拜貺中。佐靈猶五帝，執事本三宫〔一〕。象海鼇山峻，翻堦藥秀紅。守儒嚴講幄，起草麗談叢。夙昔嬉遊並，神仙步武同。吹藜驚爝火，

抱法想江楓。已老仍書癖，懷賢愧易東。君王問無擇，留意屬谿工。

【校】

〔一〕宫，周校本、沈校本作『公』。

羽林通孝經

聖治周方域，儒風暨羽林。一經嚴授業，五孝得潛心。騎獵宸遊簡，嚴廬禁掖〔一〕深。披文知行在，即事亦官箴。訓勇寧蹔晉，專門詎屬參。從兹六郡俗，不羡滿籯金。

【校】

〔一〕掖，周校本、沈校本作『直』。

寄杭州通判蘇子瞻海州使君孫巨源

【原注】時罷泰州通判。

澌水三江外，朐山百郡東。專城須聞望，半刺亦才雄。浪海元無際，吴潮近峽中。茵憑那獨異，翰墨自兼工。追昔賢良舉，殊時步武同。百篇傳冠古，半策已全功。咫尺騰霄使，回旋著籍通。龍媒流汗血，鳳羽雜鳧翁。烈士猶難進，清朝各願忠。伏蒲寧曲學，鳴鼓尚深攻。物理安圓鑿，人倫陋發蒙。俟河愁敝箄，破膽忤豐隆。力擠膠西相，廉欺第五公。絶弦迷促軫，折翼創虚弓。臥閣寧多病，治中有舊風。從容付丞史，咻噢及兒童。使者誅求急，王人禮數崇。湯年偏一溉，稷御不終窮。高宴延仙伯，閒遊歷梵宫。怒濤翻練白，浴日上霞紅。沙鮚能藏蟹，江鳧不慕鴻。五雲瞻碣石，七澤望青楓。瓜戍留麇⿰日耎原注：音軟，《漢書》作畯，誤，茅心憶桂叢。賜環聊衮衮，遺楪漫忡忡。困學今將落，生涯祇屢空。頭風吹過雨，鬢雪亂飛蓬。黿死寧遺策，鸞棲豈願籠。勞生俱夢寐，有道或瘖聾。絶唱常難和，幽光更待融。知音懷感慨，不獨寄絲桐。

寄梅聖俞江鄰幾韓持國

直諒多聞友，衣冠領袖賢。平生三逕樂，少別四時遷。典策春山祕，弦歌璧水圜。吴〔二〕門真養性，委吏故依然。杖屨兼閭里，詩文孰後先。風雲多變態，鞭弭屢周旋。清汝流

無極，維嵩地少偏。微官非擇取，勝事偶陳前。遲日消棊局，殘春賴醉眠。時從謝客詠，不廢遠公禪。吏課輕涓露，官箴恨纆牽。裹糧嗟不遂，回首鎮幽捐。

【校】

〔一〕吴，周校本作『衡』。

寄王子直謝師宰

自昔東南美，由來王謝郎。提衡俱射策，繼踵事專場。凡馬驚騏驥，羣蜚下鳳凰。同時冠後進，舉國誦成章。賈子諸王服，蕭生〔二〕舊友光。青冥看咫尺，雲路更翱翔。

【校】

〔二〕生，周校本改作『儒』。

遊東寺

籃輿出乘興，佳客不相遺。水色鳴騶外，林光倚蓋時。寒餘草初變，風煦柳先知。複閣

披襟久，迴廊步屧遲。招提應不厭，幽熟重前期。會待花如霰，壺觴約自隨。

江漢

江漢緊常武，苗民傒舞階。百蠻時暴桀，終古事威懷。壤穴深潛蟻，山林盛鬭豺。墮鳶愁瘴霧，吹蠱厭昏霾。淫毒皆沙蜮，跳梁自井蛙。幾成分服嶺，垂欲罷朱崖。元帥全軍出，天王太室齋。鑿門資感奮，負羽必誰差。壯氣隨霆擊，先聲甚雨偕。遊魂蚩爾輩，賈勇洎吾儕。略野窮飛鳥，圍城盡析骸。饑啼兒宛轉，怨哭鬼歐哇。破竹餘銛刃，焚原祗亂稭。鯨掀才足膾，狸猾可須埋。王略過銅柱，天威暢槀街。斗牛光更潤，溟海静無涯。賈舶盈珠琲，宫娥賤玳釵。拜侯金篆斗，犒士酒如淮。神武千齡協，歡娱萬國諧。告成方歷吉，名嶽望禋柴。

温湯和王法曹

火井傳夷徼，炎洲記海隅。仙遊空詣絶，方志每多誣。汎濫浮清沼，淵源自奥區。洪鈞從鼓槖，一氣審爲爐。烈焰方焚澤，騰波盛濺珠。沃焦難與並，執熱諒誰須。鼇抃終當

釣，鯨掀會學屠。此中勝鼎鼐，不復待樵蘇。池館他年貴，衣冠萬乘俱。廢興仍在目，惆悵指平蕪。

蔡州城枕汝水寒日水涸清淺可愛原父與郡守汎舟川上甚有佳境以書垂報緬想勝遊因形短什

積水寒收潦，深淵浄見沙。冷光憐玉潔，清鑒絶毫差。鷗鳥居相樂，漁樵近有家。濟川新剡木，載石去乘槎。樹影魚鱗密，城陰瓠子斜。夤緣忘向背，頃刻變煙霞。練白翻雲葉，金鎔蕩日華。照心同不隱，滌慮愛無邪。客醉風吹酒，歸迷斗轉車。林宗昔無暇，范蠡去空賖。鳧鴈晴餘喜，波瀾雪後佳。謝塘芳草夢，依約向無涯。

登東山小魯

惟昔宣尼氏，登山俯大東。隘然輕魯國，不復夢周公。洙泗秋毫外，龜蒙聚米中。浮埃殊擾擾，鬭蟻竟匆匆。遊觀情應類，臨河事不同。豈將千乘富，一换舞雩風。

賀玉汝殿中御史

世許忠臣子，仍爲憲府官。自宜棠棣萼，復正觸邪冠。霜肅臺中柏，香餘省署蘭。鷹鸇與秋勁，冰玉瑩心寒。去路鄰霄漢，無人怨鏌干。流傳廟廊語，聳激壯夫肝。

佚老堂爲馬給事題

膂力期方壯，功名付衆才。朝廷不能出，軒冕儻時來。賢者皆知此，勞生亦念哉。暮年均暇逸，末路忍低回。延閣通雲漢，東垣接上台。老成宜鶴髮，絶足信龍媒。脱落經綸際，從容里地〔一〕開。圖書收舊素，池籞就穿栽。松竹依陶令，兒童戲老萊。尚知南郡富，肯使少遊哀。詎有東家問，端思齒杖陪。會爲三徑客，幽屏謝塵埃。（又見《永樂大典》卷七千二百三十八）

【校】

〔一〕地，周校本改作『第』。

灞涘望長安

去國一回首，憑高因肆觀。清川會灞涘，白日麗長安。魏闕中天直，南山並海寒。樓居雲縹緲，城象斗闌干。即事感能賦，有情知永嘆。不勞歌倚瑟，悽愴指邯鄲。

集英殿觀先帝御容

墮淚不能禁，彤庭北望深。壽觴疑在眼，宮漏獨驚心。繪事應神助，天光想下臨。秋毫分萬一，玉色辨侵尋。未悟攀髯遠，如聞棄屣音。當時萬年木，風動亦蕭森。

王四十監鴻慶宮

沛邑祠原廟，明年啟壽宮。真遊追柱史，吏隱即冥鴻。苑路連修竹，兒歌習大風。海覺隨步武，笙鶴下虛空。司馬官園令，千秋擢寢中。書成大人賦，夢識白頭翁。北闕縻徐樂，丹砂愧葛洪。帝鄉那可問，相望五雲東。

代魏秀才和〔一〕

明府敏爲政，經綸功已深。無欺禮神意，不擾愛民心。直道容多梗，良時避孔壬。未成宣室召，空賜潁川金。兹日量天聽，方春報雨霖。望蜺舒黯黯，笑電趣涔涔。耒耜讙南畝，歌謡變越吟。和應光爇户，潤足倈薰琴。久客羞王粲，忘饑〔二〕學漢陰。鹿門那忍去，留釣此江潯。

【校】

〔一〕沈校本下有小字注文：『埏案：二詩應移在前《酬范判官喜雨詩》後。』

〔二〕饑，周校本、沈校本、文津閣本作『機』。

又和魏秀才

川原惟漢廣，雷雨向春深。望望三農事，悠悠一歲心。月離初候畢，龍見亦推壬。向夕風翻海，中天電爍金。農占不騎晦，史例足書霖。至治無饑穰，元和蔑旱涔。遷鸎〔二〕殊

自喜，倦客獨悲吟。未必魚生釜，聊因酒貫琴。奮身從嫖姚，走馬過雕陰。辜負封侯骨，棲遲沔水潯。

【校】

〔一〕鸝，沈校本改作『鶯』。

答吴侍郎寄陝府

天王相有三，分陝按殽函。列國依明德，西人盛美談。甘〔一〕棠元聽訟，綵服自調甘。餘力斯文貴，珍詞萬象含。氣清融渤澥，材絶聳楩枏。請誦詩三百，先知學召南。（又見《永樂大典》卷一萬九百九十九）

【校】

〔一〕甘，《永樂大典》、周校本、沈校本作『小』。

次韻和韓持國雪二十韻

層雲升蒼莽，密雪亂高低。巧緻欺工倕，繁多感計倪。因高宜嶽鎮，善下及塗泥。海變方朝若，天通憶命黎。懸簷垂齟齬，投隙置刀圭。冥項豪無賴，娥舒弱易迷。清心還自照，正色故思齊。報曙端成誤，驚春妄問奚。林珍翔鷺鴇，玉氣墮虹蜺。獵野甘燔兔，登川快膗鷴。風回飄柳絮，日暝亂醯雞。蟲篆初難辨，庖羔久未刲。冥鴻愁徑度，饑雀愴單棲。律驗知陽復，天旋測氣躋。浮生共羈旅，外境本筌蹄。置酒容高會，論文慰解攜。詩從載塗唱，賦爲騁妍題。數聽波濤辨，滔滔百仞溪。

詠雪

朔雪三冬暮，同雲萬里間。昊天還質素，長路失幽艱。舞急低仍舉，吹多去復還。增高元稍稍，投隙故閒閒。積鹵輸鹽浦，飄沙聚玉關。怒濤狂振海，疊巘坐移山。喜厚猶多積，憎繁詎得删。旗旛高捲野，塵埃密通闤。點綴林芳亂，裝褫石蘚斑。户斜遺尺劍，窓缺置連環。圭璧衣裳會，閭閻米粟頒。折篁終不屈，喬樹頓堪攀。紈潔裁歌扇，珈明

聳髻鬟。運籌思巧歷，語異叱神奸。凍筆無由捉，强弓不易彎。鴈號隨雀瞀，龍蟄並魚鰥。坎辟威權厲，陽芽勢力孱。晦冥愁運促，温燠愴時慳。畛域通三壤，塗泥洎百蠻。暝雞矜喔喔，宵犬事猵猵。踠足傷騏驥，迷羣失鷺鷳。制書思籀頡，議巧謝倕般。蚊翼騰空曲，芝英擢野菅。藩籬容月魄，軒陛絶人寰。感物徒酸鼻，明心肯汗顔。露肌寒得胗，直指凍成瘃。簷鏄風號勁，爐灰火逗殷。獵狂懷塞漠，漁樂記江灣。飲乏枯瓢棄，磨稀古鐵頑。莫欺東郭屨，不愧半通綸。

賀幸開寶寺福聖院新閣

帝圖天不極，覺苑日融輝。減原注：音陷刼寧無待，直乘必應機。化城非樸斲，檀施自依歸。香象開馳道，珠瓔接尚衣。梵音潮海會，阿閣鳳凰飛。清蹕通長樂，齋居護郤非。雨花交霰雪，燎桂雜煙霏。默冀南山壽，賢公已見幾原注：《易》云：『幾者，吉之先見。』

原父舍人爰自春坊遷職史氏未更晦望旋有新命增秩諫省躋榮綸閣斐然成篇以伸歡賀

近署銅龍貴，仙山策府遥。由來稱國士，自致必雲霄。太史題凡例，彤庭奉日朝。除書新翰墨，受賜接晨朝。池水通翔鳳，星垣直建杓。汎槎輕濟海，逸御捷凌飆。獻納當宸扆，絲綸聳具寮。直詞明黼黻，大册粲瓊瑶。拜舞腰金重，歸來廐馬調。泥書開鵲板，法駕從雞翹。高興吟紅藥，珍辭賦洞簫。宫花香永晝，禁漏静通宵。枝鵲聲何喜，原鴒意自饒。寄言江漢客，無事老漁樵。

和秘閣趙光禄學士臘月夜閣宿見寄

秘宇聳嚴凝，名卿壽作朋。臘殘琪樹雪，夜寂瑣窗燈。交意嘗投漆，高談亟引繩。正憐湖海别，況復歲華增。詩勇堅無敵，材全問不能。龍淵方出匣，持以喻韓棱。

分題河決東郡

漢郡金堤北，黄河落日東。波濤凝沴氣，翻浪蹩長空。鉅野鮫人室，魚山水伯宫。坐嗟山海變，心恐地天通。未就宣防築，深懷夏禹功。何當開嶺首，西注出湖中。

陪馬守蜀山禱雨

丘禱亦以久，齋居先笓從。鳴騶趁殘夜，觸石會前峰。簫鼓終椒奠，風霆起蟄龍。化工輕瞬息，幽覎振春容。灑濯埃塵絶，虚凉灝氣逢。小人思學稼，即事喜年豐。

彭城集卷十七

七言長律

送王相公

白麻詔出鳳凰池，金節銅符副錫珪。故事周公不之魯，是行山甫亦徂齊。百年禮樂更檮杌，萬國車書載狄鞮。開闔乾坤容海運，斡回樞極寄杓攜。故都形勝餘龍虎，開府文章盛璧奎。列坐諸生親絳帳，縱談禪伯得金篦。四山嵐氣連松梓，二水波濤亂鼓鼙。里老傍車看畫鹿，江靈低首避燃犀。鴻河帶地長餘潤，蟠木開花亦有蹊。躍冶空慙折鉤喙，在鈞仍似落巢泥。苦心刻鵠纔成鶩，卑意函牛祗洎雞〔一〕。早晚重開丞相閣，爲公羸馬踏沙隄。

【校】

〔一〕沈校本眉批：『埏案：傳曰：函牛之鼎烹以雞，多汁則淡而不可食，少汁則熬而不可熟。此言大器之於小用。固有所宜也。出《後漢書》。又《左傳》：「公膳日雙雞，饔人竊更之以鶩，御者知之，則去其肉而以其洎饋。」』

和楊褒早春二首

雪色留寒風弄和，新陽淺淺故陰多。池冰漸盡泉初潔，徑草猶微菊未莎。歸鴈聲音矜久客，晴雲意態似妖娥。杖藜窮巷貧非憊，隱几衡門嘯也歌。身外閒愁從撥棄，眼前詩景得遮羅。亦知白髮非春事，老伴相尋奈我何。

少年意氣屬時和，春入青門樂事多。試著青〔一〕衫迎暖日，閒騎駿馬踏青〔二〕莎。御風直欲從仙子，奔月猶能及素娥。鴈鶩陂前來膾鯉，芙蓉園裏去聽歌。舞狂相屬揮如意，醉起馳歸擲叵羅。寄語子雲天祿閣，新書尚白竟如何。

【校】

〔一〕青，周校本改作『輕』。

〔二〕青，周校本改作『香』。

寄齊州李學士並呈蘇密州

濟水由來徹海清，兩州偕得水南名。遺人頗記睢陽曲原注：濟陰本分梁國，說士猶談歷下兵。碧落羽翰俱失路，白頭章綬偶專城。東秦表海知君重，左輔陪京莫我輕。賓客此邦多長者原注：漢語云梁多長者，詩書前古聚諸生。不知高密何如彼，試仗西風問子卿。

送王兗州

臥閣偏州獨老夫，三年化盡白髭鬚。故人始得班荊語，督府相觀剖竹符。舊學翰林君子澤，雄文策府列仙儒。蛟龍莫作池中物，老驥幾爲轅下駒。腰底印章馳傳乘，道傍冠蓋棄關繻。黃金上冢家相樂，文弩迎官吏疾驅。甲子可憐同步武，光陰稍覺近桑榆。掛車

正爾思前路，畢娶由來異壯圖。笑謔會須矜此酒，分飛何必待長塗。側身東望艱梁甫，猶冀君家有隻鳧。

次韻宋職方新修廳事

事從梁棟拯隤頹，民有餘工庫有財。不待公輸洎王繭，肯論新甫與徂徠。經營結構無遺巧，壯麗宏深要必該。廣砌水平鋪淡碧，應門風過絶纖埃。雲山噴墨文屏合，金獸銜環洞户開。勢似名翬飛夭矯，喜知巢燕到裴徊。陳平社宰非無意，薛惠郵亭信不才。會道曹風如魯衛，輔州元作帝京陪。

再和宋職方

萬緣冥數有興頹，不爲勞民與費財。常怪丘淵猶改舊，足令蓍蔡可知來。黄圖左輔今仍重，甲令名藩此正該。過去英賢聯踵武，幾多能事悉塵埃。僝工匠石三農隙，唾手公堂一旦開。妙選棟樑虹宛轉，觸新廊廡雁徘徊。落成幸有羔羊酒，能賦欣逢錦繪才。衰老專城無異術，祇將勤拙任家陪。

次韻酬李推官

少無風力致雲霄，老寄東藩愧節旄。涉境已憐清濟涸，開門猶喜岱山高。智微黑蟻穿珠竅，術異游魚出鼎膏。思古循良深自歎，視身屍素欲何逃。流光去去車馳轂，過事新新海駕濤。屈指家聲歡上客，愜心風什幸詩豪。青春小圃饒佳卉，遲日芳樽付濁醪。傾蓋强君留一醉，相看前路釣連鼇。

答鄭秘丞見寄長韻

鄭公真率故難攀，夙昔相期季孟間。晝錦鄉閭嗤拓落，藉糟官局歷清閒。飲腸縱逸卮無當，詩句清新玉作環。屢舞自矜能舉袖，少歌誰復顧酡顏。南金不足償綦進，魯酒頻聞輸罰鍰。豪忤里儒連束矢，狂侵醉尉欲翹關。婢勤織衽幾無欲，男飽詩書僅有鰥。疲馬踏泥如得絆，弱弓支肘不成彎。權材未恨原中秘，領邑那知寄百蠻。説將正憐胡越異，問津空復鬢毛斑。江連楚蜀無窮水，路繞巴渝不盡山。青嶂叫猿寒寂寂，亂泉衝石瞑潺潺。有生誰得辭羈旅，良苦遥知冒險艱。高興由來向人盡，尺書仍喜不吾慳。

雨後小園

雨多三逕似荒郊，處處秋陰紫翠交。照水白蓮霜雪朶，倚天喬木夕陽梢。池光俯見游魚窟，樓角遥臨宿羽巢。倚杖移時看蟻鬬，操舟繚岸試杯膠。牆陰静色憐甘菊，垣上懸藤識苦匏。老圃不須譏抱罋，野人無事伴誅茅。

五言絶句

終南山

終南際滄海，千里張屏風。落月沈山西，朝陽生嶺東。

火浣壇

天遊神不虚，火解形復見。明明學道心，不與刦火變。

許真君祠

舊怪神仙事，燕齊得浪傳。丹青此堂上，想像爲依然。

酒舫

美酒留人飲，乘風縱客槎。秋潭夜深月，春嶼雨餘花。

竹岡

篔簹映層阜，蒼翠復春苔。君知愛霜雪，若個是龍材。

寒食後聞雁

後雁來何暮，春風萬里情。江南多燕子，無處覓同聲。

丹井

古井玄泉色，仙人玉鏡寒。照來知骨相，作意就金丹。

初夜

棲雞已登屋，宿羽復歸林。不語聽鐘坐，默默千里心。

郡樓晚坐同陳掾

雲來湖外雨，樓倚樹梢風。不惜清涼意，持將與子同。

人日立春

花勝已宜春，剪綵更爲人。風光今日好，顔貌一時新。

送韓玉汝司封奉使兩浙聞諸公先分題用池塘生春草園柳變鳴禽字合爲十章章四句

赤驥脱羇羈，軒然視瑶池。公持漢使節，不減豸冠時。

三江亘東南，波浪浮日光。峽中起奔濤，積錢僅成塘。

吴帆若飛鴻，千里長風生。組練白玉粒，一月來上京。

利術析秋毫，心計遊無垠。亦有甘棠蔭，蔽芾如舊春。

忽爲嚴霜誅，慘戚動秋草。狐狸不足問，豺狼詎横道。

諸公惜分手，置酒倚名園。長廊蔽修景，晝無車馬喧。

露光洗高花，風力曳垂柳。上客請賦詩，主人起爲壽。
春濃芳菲雜，日夕境氣變。望望檣上烏，去去令人羡。
壯年吴會遊，常有懷遠情。想見瓜步南，草長鸎亂鳴。
驛騎傳梅花，書帖〔一〕封來禽。何以慰别愁，遲此瑶華音。

【校】

〔一〕帖，文淵閣本作『牒』。

花嶼

孤絶池心嶼，高低水面花。若無舟楫到，應似隔仙家。

池上

罷客基仍在，留書卷未終。荷喧知過雨，萍聚見來風。

嘯臺

高臺見百里，長嘯海風生。爲問塵埃耳，能聞鸞鶴聲。

鼎池

仙去遺金鼎，年深認刼灰。懷人何限意，時向鼎池來。

故人謝師厚刻唐賢淳于先生墓詩于善謔驛係語其後刻石後二年師厚去世明年余過善謔驛讀詩悲之因作淳于墓詩又題二韻追悼師厚平生忘形善謔莫逆惟師厚爲然也

故人墳宿草，翰墨想遺風。善謔知君意，何傷睿武公。

與持國約遊環溪大風不果往又過曾氏值主人之病

人事不如意，出門安可期。終須賞春物，那問主人爲。

蓮池

蓮花水底紅，荷葉岸邊風。五月蟬鳴後，君應愛此中。

東樓

樓前淮水上，遠樹似魚鱗。來帆與去櫂，腸斷倚欄人。

長門曲

凝笳來鳳輦，玉宇開深殿。君恩春風廻，那向秋時怨。

君心似明月，月缺應再圓。但令黃河水，到海還上天。

書堂對雪

幽居遠人境，竹柏映吾廬。滿目山林意，今晨霰雪初。積風寒玉折，驚鳥落花餘。定有麕麚跡，環林未掃除。

雨後回文

緑水池光冷，青苔砌色寒。竹幽啼鳥亂，庭暗落花殘。

旅舍不寐作回文四句

定雲浮黑月，驚風觸巢鳥。瞑燈客單寢，短夢恨遲曉。

彭城集卷十八

七言絶句

勤道堂

西秦公子㮯名里，南楚真仙漆種園。誰顧世人多大笑，偶題勤道志忘言。

初暑馬上

負弩前呼地起塵，炎風烈日正隨人。暫投茅舍支拳坐，卻是從前倦客身。

荆扉茅屋水平流，竹簟棊盤局未收。無用詢他名與姓，忙閒有分不相投。

臧孫御叔悉名卿，飲酒何妨傲雨行。未似驅車日當午，敢嫌高士笑勞生。

貝州亂二首

軍書羽騎曉紛紛，兵起清河一日聞。多少衣冠盡塗地，憑高依約見妖氛。

金印他時恩澤侯，專城意氣凜生秋。軍中成敗如翻水，空使明堂旰食憂。

遊章運判園亭二首〔一〕

自有林亭不種花，總將春色寄鄰家。桃紅梅白須尋得，暮去朝來不筭賒。

客〔二〕舍栽花欲爲主，出門騎馬即天涯。何時置得尋常地，管領春風〔三〕屬自家。

【校】

〔一〕二首，據文津閣本補。

〔二〕客，周校本、沈校本原作『官』。

〔三〕風，周校本、沈校本原作『花』。

旅館

滿月還成破鏡飛，流螢清露夜依依。弄兒看織無窮樂，咫尺嵩雲不得歸。原注：鮑昭詩云：『弄兒戲床頭，看婦機中織。』

九蘂芙蓉

托根不近芙蓉苑，移植猶依瘴癘鄉。並蘂連心九相似，看來還使九回腸。（又見《永樂大典》卷五百四十）

九月吉日澗上望芙蓉因尋菊今歲特晚青蘂未作憮然有懷

百芳不奈秋風急，唯有芙蓉特拒霜。本以〔一〕南州積炎德，一爲名悮客殊方。（又見《永樂大典》卷五百四十）

【校】

〔一〕以，《永樂大典》、周校本作『爲』。

寄關西兄弟

曉風吹盡淮南雪，昨夜汀洲白芷生。遥想春光西北去，倩傳相憶向秦城。

閶闔臺

【原注】予所居在宋門城下，城脅有平地，可方丈餘，去地一丈以上。每登之以眺遠近，兒童因戲曰『閶闔臺』。

看雪望春何處好？城腰山腹暫來登。人知容足無餘願，便是章華與九層。

紅日鬖鬖還暗夜，輕車去去祇微塵。老夫獨立聊觀化，驚怪往來無限人。

納涼明教臺

臺上井泉氷冷滑，城隅川色劒光芒。多慙簿領相寬假，全得南風一日涼。

梅　雨

梅實初黄暮雨深，寶刀生鏥鏡昏沈。年年卑濕身無病，自覺能勝百錬金。

隱語三首呈通判庫部

梧上生枝復隔年，白頭傾蓋兩懽然。滿城童子垂髫髪，竹馬羊車戲路邊。

邯鄲度曲盡新聲，稚萼韶華稍向榮。珠箔曲鉤遮密坐，瑶臺静室伴深行。

宫柳飛花暗度春，斛愁容貯奈傷神。曼聲試作雞鳴曲，何必陽關無故人。

新開湖上待潛珠不出偶書戲孫莘老二首

貝闕藏珠安在哉，九淵深絶若爲媒。風波可畏且歸去，漫道扁舟湖上來。

合浦因人去不還，隋侯未值報恩年。欲憑泉客傳微信，夜久凉風月滿川。

入汜水寄仲馮

沙起河津迷積霧，雲遮晚日怯層山。客行正似摴蒱局，疊馬來過第二關。

新　燕

主人恩厚與相依，畫棟危簷晝啟扉。豈是有心希鵠鴈，衆雛成就即歸飛。

出都

王孫蓮勺鹵中困，文叔蕪蔞亭卜寒。塵俗豈知湖海士，敝裘羸馬出長安。

致齋太常寺以杖畫地成二首

少有閒人訪寂寥，薄雲淡日早春朝。庭花弄蘂萱生笋，時見東風趁柳條。

杖藤爲筆沙爲紙，閒立庭前試草書。無奈春風猶掣肘，等閒撩亂入衣裾。

寧陵陂二首〔一〕

十里菰蒲百頃陂，秋風嫋嫋蕩漣漪。旅遊已信江湖遠，水國猶將晝夢疑。

屈鉤結網老農妻，鼓檝鳴榔舊牧兒。世事誰令桑〔二〕海變，可憐機械亦相隨。（又見《永樂大典》卷二千七百五十五）

【校】

〔一〕二首，據《永樂大典》補。

〔二〕桑，文淵閣本作『山』。

長春花

雪霜雨露平分盡，舊紫新紅次第開。自是餘花芳意薄，那知春去不重來。

次子由韻三首

流霞飲過已忘寒，和筆螭坳墨色乾。温室前頭問名木，此身知不悞儒冠。

四朝傳説直臣言，萬事多君與輊軒。重到彤墀揮翰處，想知雲夢一時吞。

華光勸講想天臨，白髮儒先遇主心。仍寄史臣揮直筆，聖謨文思與幾深。

泊淮上

風波繚繞半天下，鬢髮蒼筤一丈夫。惆悵江湖向時月，又來淮浦照檣烏。

久旱作問詩

問雲何意復歸山，應恃無心欲占閒。我爲閒多忙折我，勸雲爲雨莫空還。

問風何意掃雲開，本爲虞琴唤汝來。桑麥青乾天不雨，更將何物阜民財。

問山何意及郊農，天欲爲霖不見容。少閉土囊誅嘯虎，也教雲氣得從龍。

遣悶二首

好飲本來身少事，徒歌非是曲彌高。若能全療詩書癖，用底聊均筆硯勞。

草荒三徑尋常緑，樹掩雙扉丈尺高。燕語不如鶯語静，蜂飛猶勝蝶飛勞。

感懷

澤雉呼雌日出飛，林鴉失子夜深啼。勞生未盡無生理，外境移心不得齊。

題館壁〔一〕

璧門金闕倚天開，五見宫花落古槐。明日扁舟江海去，卻從雲氣望蓬萊。（又見《古今圖書集成·官常典》卷二百七十八、家集本卷五）

【校】

〔一〕沈校本下有小字注文：『埏案：此詩亦見家集，題作《館中壁》。』

末伏

火流漸近桑榆上，秋氣新從閶闔來。每歲長安猶暑熱，内官相屬賜冰回。（又見《永樂大典》卷一萬九千七百八十三）

題湛上人院畫松

水墨乍成巖下樹，摧殘半隱洞中雲。猷公曾住天台寺，陰雨猨聲何處聞。

儒生

爲儒自分多迂闊，已老那能更改張。青史異時傳信事，不爲民賊坐投荒。

題荆林館

深山雨過氣清潤，四月居人猶裌衣。獨坐空庭看喬木，黄鸝語歇繞枝飛。

西湖獨行

畫橋朱閣水東西，柳帶花梢聳復低。欲上扁舟還借問，此中時有晉人迷。（又見《永樂大典》卷二千二百六十四）

種梧桐

鳳鳥非梧不息陰，梧桐非鳳亦無禽。種桐階戺有深意，欲伴幽人介獨心。

種花

種花栽藥一番新，閒繞芳叢到日曛。莫笑人情不開豁，事曾經手自殷勤。

湖口阻風

風波迂直路何限，雲水凄涼秋向高。百里淹留還信宿，可堪殘日看驚濤。

長蘆阻風

萬頃寒濤浸日車，迅風重疊浪成花。雲深不辨江靈事，時見奔駒走岸沙。

阻風

愁思橫江不易堪，惡風終日自西南。逐臣那有回天力，請謝蜚廉亦未甘。

寒江常歲起條風，今日檣烏悉向東。定有江神欺放逐，更添留滯作途窮。

寄張十二

先進多於貧賤隔，故交時有死生分。數疑吾子更名字，將謂平生又失君。

寄閣下諸同舍

春風過盡欲無餘，天祿花英玉不如。閉户清臺誰累汝，正應歸舍悉焚書。

寄丁元珍

南海飛鴻北海鳬，青冥相望羽翰孤。虛弓衹是弦聲急，不向雲霄墮九烏。

蔡州路中作五首寄都下

【案】攽以疾求知蔡州，故詩中有『病餘清骨鬢成霜』之句。

病餘清骨鬢成霜，慚負腰間郡組長。等是君恩容臥治，淮西何必減淮陽。

雨濕城南輦路沙，歸牽蹀躞喜還家。病軀復作南州守，空使離憂兩鬢華。

南城十里短長亭，三月煩君復送行。道上垂楊猶可折，秋風蕭索不須驚。

病指拘攣不自如，平居晝諾亦躊躇。雙魚欲寄諸親故，安得陳遵憑几書。

朱輪駟馬錦障泥，郡守官儀足品題。自是老身無宿分，臥乘籃舁一雞棲。

寄孫巨源〔一〕

裊裊柔芳淺淺春，早梅花白柳條新。歸艎去後無來客，占得風光不共人。

居鄰渤澥接江湖，閒數春風鴈與鳧。乘鴈來歸隻鳧起，未應言有復言無。

東門城壁踐朐山，此去蓬萊一望間。潛有真仙自來往，秦人何用不開關。

【校】

〔一〕沈校本下有小字注文：『洙』。

九宫祭畢寄陳五

三百六旬齋復齋，東城騎馬獨歸來。秋風黄葉驚人面，徑向君家就酒杯。

寄金山朝陽巖僧

松篁倚石夜露滴，樓閣緣巖風鐸高。山僧入定晝不起，頂上潮音翻海濤。

寄胡完夫時罷河東提刑知蔡州予亦罷京東轉運使知兗州

懸車東馬太行道，取魯并齊七十城。今日朝恩俱臥閣，故人應得老人情。

次韻和望嶽亭詩

連逢七十二重山，芝术潛通小有天。自笑何須僊者笑，未忘軒冕顧金錢。

望嶽亭前一憑欄，秋雲蕭索水光寒。北人解道衡山遠，此地衡山已背看。

雪後行小園

一尺春泥頻側足，半池天水欲清神。柳黄梅白貪迴首，驚起啼鵶雪灑人。

水仙花

早於桃李晚於梅，冰雪肌膚姑射來。明月寒霜中夜静，素娥青女共徘徊。（又見《古今圖書集成·草木典》卷一百二十一）

題餞送亭

還有柳枝能送客，而無桂樹解留人。離腸苒苒隨征旆，愁絶江南日暮春。

竹雞

慣聽巴山杜鵑哭，飽聞湘岸鷓鴣啼。濃雲細雨黄昏暮，竹外傳呼滑滑泥。

致齋雨中寄王彦祖

倚城喬木半參天，雨過交流百道泉。始覺太常齋不惡，秋風静裏雨蕭然。

細草幽花七月天，曲溝蘩石亂鳴泉。齋居三日遺塵事，夢寂神凝亦自然。

曉晴入薦福院

日照庭除上下光，雪殘喬木碧蒼蒼。空無鳥雀隨人語，散漫風煙駐佛香。

雪中羣僚聚飲

衰老歡娱總強爲，興闌蕭索不無悲。任教年少相縱樂，聽説勝於主席時。

次韻酬傅欽之

風力清和日景遲，看花未醉莫言歸。殊方長恨故人少，白髮那論春事非。

新雁

水生巴峽春始秀，葉下洞庭秋已高。去鴈來鴻多少日，羇人搔首看江濤。

出長蘆口

濤翻鷺羽連天白，山疊屏風到海青。客路浮生兩如寄，萬重波裏一浮萍。

秋雪過相國寺

六花飛舞滿長安，古寺樓臺白玉攢。長眉老僧見客語，兩年秋雪就中寒。（又見《永樂大典》卷一萬三千八百二十二）

女貞花

巴婦能專丹穴利，始皇稱作女懷清。此花即是秦臺種，赤玉燒枝擅美名。

小雨

烈風呼洶震山林，小雨霏微駐薄陰。南畝旱苗焦欲死，擬將如許號爲霖。

野次

麥苗出隴漸漸緑，花樹迎風淺淺紅。欲就白楊傾一酌，竟無人可暫相同。

聞王深甫下第

驊騮歷塊誤顛蹶，卞子抱璞空歸來。天下何曾識琬琰，市人空復尚駑駘。

送刁節推歸江南此君辟孫并州幕府府罷遂棄官

長平幕府可張羅，誰見當時賓客多。還有任安如砥柱，故山歸臥恣頹波。

中軍高韻拂雲霓，世路能將寵辱齊。君去可無離合恨，不應流涕悵睽攜。

馮當世湖西口占還舟中却寄

落日回船煙水明，殘霞黯黯共離情。南飛多少江鳧翼，好倩檣烏徧寄聲。

次韻錢四

衰老常嫌帶減圍，那堪髀肉厭征騑。東山仍有周公夢，也恐三年始得歸。

嶽雲亭

四更捧日輪囷勢，千里爲霖靉靆功。但道無心是真意，任辭幽石起封中。

許州西湖觀音像

孤絶佗山碧海濱，天花水月静無塵。客槎不載支機石，爲見閒遊得度身。

遊俞氏園亭

花外鞦韆柳下門，東城近處辟疆園。樓頭明月終歸去，更爲殘陽盡酒尊。

晝眠

薰風四月樹陰合，無事高眠晝漏長。覺後已疑人世改，起看林影上東牆。

嘲晝眠

利名苦厭兹多口，朝市那能盡信書。一枕涼風雲滿目，民謡民訟不關渠。

芙蓉池

風摇羽扇露盈盤，捲捲翻翻欲定難。醉眼波心歡有遇，水仙傾蓋正相看。

湖口

三日湖雲不肯晴，四山冥晦與川平。繫船汀樹無人語，卧聽波濤澒洞聲。

清溪物色亦消憂，風雨何辭有滯留。定似湖邊釣魚客，一生家事托孤舟。

本自悠悠物外人，每逢山水爲情親。慙愧湖波淹客棹，到官不畏上官嗔。

送傅推官

武仲高材筆不休，相逢傾蓋復離憂。黄河赤鯉強三尺，他日無煩數置郵。

和丘直講除字韻

横經童子一趨隅，擁篲門人爲掃除。遲暮不知稽古力，正憐桑户欲捐書。

斵冰詞

楚客斵冰行苦難，清音愁絶逼人寒。憑君與製水仙操，傳入湘靈寶瑟彈。

雨後池上

一雨池塘水面平，瀲磨明鏡照簷楹。東風忽起垂楊舞，更作荷心萬點聲。

過周修撰池

絶景淹留欲斷年，曉來冰雪漲池泉。盡拈書籍無多子，來問東家亦漫然。

貂裘

季子高談萬乘前，黄金白璧等虚捐。貂裘敝盡風霜苦，卻憶周南二頃田。

夜坐

獨坐吟詩到四更，牆根蟋蟀近床鳴。涼風閃閃吹燈滅，默坐無言直到明。

新晴〔一〕

青苔滿地初晴後，緑樹無人晝夢餘。唯有南風舊相熟，逕開門户又翻〔二〕書。（又見家集本卷五）

朝陽升空天氣新，荒郊落葉寒紛紛。溪源流潦不可渡，知是蜀山前日雲。

【校】

〔一〕沈校本下有小字注文：『埏案：此詩亦見家集，題作《曬書》。』

〔二〕翻，家集本作『吹』。

次韻和陳五詠張侍郎小車

富貴於人疑疾顛，名儒華髮獨蕭然。小車何必丘園事，不記千秋始姓田。

履及階除杖及園，犢車閒暇過前村。老農未喻疏公意，應怪虛高駟馬門。

桂花

月中丹桂昔誰栽，經歲光華十二回。正似此花多意思，一番紅過一番開。

遊環溪

赤日紅塵幾悔來，垂楊渌水眼先開。踏花酌酒到佳處，把釣臨流始此回。

向景亭

漾漾溪流碧照天，荇絲荷葉小如錢。容易白魚時掛網，揷生幽鷺肯回船。

四野川原多秀色，非因向著不能知。置亭高爽時來望，自此風光更屬誰。

雨後東園

雨後重來春更深，梅花似雪柳如金。青天白日鶯雀語，杳杳歸鴻風外音。

蠻請降三首

漢軍誅蠻蠻遁走，漢使約降蠻稽首。天威若日照四海，殺人得賊亦何有。

官軍萬人宿山下，百姓避兵多曠野。秋來雨足荊棘生，鄰里無復歸耕者。

縣官斬敵予金帛，健兒見賞不見賊。聞道殺人多老農，至今過客猶淒惻。

自　古

自古邊功緣底事，多因嬖幸欲封侯。不如直與黄金印，惜取沙場萬髑髏。

漢約無功不得侯，奸雄惡少善爲謀。却令驕主輕人命，奴僕行師海北頭。

龍　山

西城門外龍山路，乘興來遊不厭頻。後日重陽須一醉，青松繫馬菊留人。

果園巷訪楊寺丞

【原注】果園本高氏遊宴所。

馬出城門小徑斜，廢園故國總堪嗟。曲池平盡喬木老，舊地分張百姓家。

考試畢登銓樓

春雲濃淡日微光，雙闕重門聳建章。不上樓來知幾日，滿城無算柳梢黄。

登　樓

城外園林非一主，春風總總爲開花。遊蜂語燕隨人眼，過盡南家與北家。

陳州雜詠

歷説諸侯七十餘，絶糧桑落尚歡娛。不容而後知君子，方笑南冠駕乘駒。

鄭莊推士古無倫，置驛諸郊日日新。去病魏公俱改節，一生惆悵杜陵人。

固安功次異蕭陳，深怪材官亦致身。高臥閉箝天下口，不憂聖主責愚臣。

黄橙寄黄翁

江南碧樹映霜秋，丹實清香破客愁。常恨忌辛消俗口，爲評躅憒詫齊州。

將過孔處士莊聞處士往許昌不果往

鹿門隱士肯浪出，荷蓧丈人行不逢。朝陽晝雨霽復暝，香山無路雲重重。（又見《永樂大典》卷一萬三千四百五十）

和原甫謁武信殿

紫氣東迎太一峯，翠華飛御獵回中。玄女授符開上策，河宗獻寶告成功。

願借前籌敢決疑，斡回天地聳當時。舊傳太尉條侯策，今見宣王六月詩。

望廬山

蒼山去郭三十里，日暮雲收獨立時。應是塵埃能眯眼，幾人曾有望山詩。

次韻和王待制絶句

病軀何處識君恩，臥治無令四體勤。客誦舍人詩句好，幾將筆硯一時焚。

無年何日蘇凋瘵，死市空嗟費杖笞。舊尹告新應有意，若爲閒暇得遊嬉。

蔡邕倒屣貴公子，阮籍清談林下游。人事差池不如古，祇將朱墨繼爲州。

寄韓玉汝待制〔一〕

南雲不到飛狐口，朔雪來從累鴈門。仗節仍煩鑿空使，乘槎徑取濁河源。

嫖姚不復顧家爲，誰謂東山久未歸。卷耳幸容攜婉孌，皇華何啻有光輝。

【校】

〔一〕沈校本下有小字注文：『埏案：玉汝名縝。』

秋盡野次

丹椒結子菊花黃，山路秋高草木香。日出雞鳴下喬樹，人來犬吠透疎篁。

湖水彌天未覺秋，暫辭鞍馬寄扁舟。菰蒲無禁魚無稅，誰似溪翁得自由。

彭城集卷十九

制　誥〔一〕

皇叔祖右監門衛大將軍彭州刺史克覲可遥郡團練使制

勑具官某〔二〕：考課之法，周之外朝，公族支屬，以親授禄，非取勤民之效，而被陟明之典。我朝惇叙之恩，是其爲大矣。某進列環衛，兼領郡符，積其歲月之勞，加以團練之號。宜思自修，以稱成命。可〔三〕。

【校】

〔一〕制誥，周校本、沈校本作『制誥一』。

〔二〕勅具官某，據文津閣本、周校本、沈校本補。
〔三〕可，據文津閣本、周校本、沈校本補。

皇伯右監門衛大將軍祁州團練使仲真可遥郡防禦使皇伯右監門衛大將軍榮州團練使仲某可叙復遥郡團練使制

勅具官某等〔一〕：江夏王宗室之英，地近屬尊，兹而遺言，後嗣爲念。朝廷方以惇叙興治，哀榮並施。爾等率承〔二〕嚴訓，皆習謙冲，遥遷寵榮，以示優渥。仲真進秩一等，團原注：一作周禦大郡。仲某其思罔愆，復益勉勵，毋墜休命。可〔三〕。

【校】

〔一〕勅具官某等，據文津閣本、周校本、沈校本補。
〔二〕承，文淵閣本作『循』。
〔三〕可，據文津閣本、周校本、沈校本補。

皇兄右武衛大將軍普州刺史士鞫可遥郡團練使制

敕〔一〕：朝廷隆親親之愛，戚踈莫不受位；緣賢賢之義，勤奮咸使進秩。惇叙之典，有自來矣。具官某地聯具邇，屬居則友。身修足以無過，家治是以爲政。内參環衛，外領州團。十稔于兹，三秩維叙。俾假使麾之重，進居團練之雄。幕府如初，符章加峻。益思恪慎，以若寵光。可〔二〕。

【校】

〔一〕敕，據文津閣本、周校本、沈校本補。

〔二〕可，據文津閣本、周校本、沈校本補。

皇兄右武衛大將軍常州刺史令琮可依前右武衛大將軍遥郡團練使制

敕具官某〔一〕：環尹大將軍之幕府，郡將二千石之符節，是爲榮寵，實待材用。國家崇惇叙之典，隆甚邇之愛，不恡高爵，而畀公族。至于歲久，仍以課選。是其親親源源

之美，異于前古矣。惟令琮謹身無曠，有足稱者，因宿衛之舊守，增團練之峻秩。秖服休命，毋忘恭恪。可〔二〕。

【校】

〔一〕勑具官某，據文津閣本、周校本、沈校本補。

〔二〕可，據文津閣本、周校本、沈校本補。

朝散郎集賢校理崔公度可兵部郎官制

勑具官某〔一〕：憑熊分虎，外則連城之寵；含香握蘭，内則建禮之直。皆以材選，是爲美仕。某文行自將，勞伐夙著。出守千里，既有成最；入司五兵，實副遴柬。秖服休寵，益勵恪居。可〔二〕。

【校】

〔一〕勑具官某，據文津閣本、周校本、沈校本補。

〔二〕可，據文津閣本、周校本、沈校本補。

户部員外郎劉昱可户部郎官制

敕具官某〔一〕：臺郎之選，朝所慎柬，雖甚清望，猶以州郡爲其資叙，所以均内外之任，而示以民事爲先也。爾以材敏課最，聯職省部，有司第其閥閲，當爲牧守。正爾郎秩，以示漸進，位著禄餼，悉加于舊。祇服光寵，益崇職業。可〔二〕。

【校】

〔一〕敕具官某，據文津閣本、周校本、沈校本補。

〔二〕可，據文津閣本、周校本、沈校本補。

皇伯右武衛大將軍深州團練使叔兼防禦使制

敕具官某〔一〕：公族之恩，殊於外朝。高爵重禄，不待兵戎之績；陟明進秩，仍以歲月之務。我朝惇叙之美，邁于前古。爾持身無過，久次當遷，進加禦侮之右，不移環

衛之重。膺是休渥，毋忘恪修。可〔二〕。

【校】

〔一〕敕具官某，據文津閣本、周校本、沈校本補。

〔二〕可，據文津閣本、周校本、沈校本補。

皇伯右金吾衛大將軍舒州防禦使仲革皇伯右金吾衛大將軍開州防禦使仲洽可並正任防禦使制

敕具官某〔一〕：國家繇祖廟之慶，廣公族之恩，雖不治民，隆其爵秩，至于積日，兼爲閥閱。爾等皆以近屬，齒于顯位，備執金環尹之列，領剖符外禦之寄，謹身無曠，馴行有聞。宜豫陟明，用疇結課，因其舊治，遂爾爲真。惟此寵光，奚以報効？貴而能隆〔二〕，滿焉不溢。勿渝素心，對越休命。可〔三〕。

【校】

〔一〕敕具官某，據文津閣本、周校本、沈校本補。

〔二〕隆，文淵閣本、周校本、沈校本作『降』。
〔三〕可，據文津閣本、周校本、沈校本補。

皇伯右金吾衛大將軍坊〔一〕州防禦使世程可正任防禦使制

敕具官某〔二〕：執金環衛之列，防禦守帥之貴，崇是品秩，以待材用。汝磐石之宗，葛藟攸庇，粵膺寵數，允協惇叙，仍以年勞，復從吏課。公族之恩，軼邁前世，然非修身慎行，遠於咎戾，何以保兹禄位，而進豫陟明？連城之廣，正任爲重，恩稱殊渥，益自勉勵。可〔三〕。

【校】

〔一〕坊，文淵閣本作『和』。
〔二〕敕具官某，據文津閣本、周校本、沈校本補。
〔三〕可，據文津閣本、周校本、沈校本補。

皇叔右武衛大將軍和州防禦使仲汾霸州防禦使仲爰並可正任防禦使制

敕具官某等〔一〕：朝廷推親親之愛，厚於公族，故不恡高爵重禄，雖無殊功成效，猶使之躡等循級而進也。然非馴行惇謹，素守堅正，亦何以綿歷歲月，無所玷缺，考績之際，姑有以藉口矣。爾等皆以近屬，驟膺寵數，環衛大將軍之班，列郡防禦使之號，既兼之矣，復以年勞，進爲正任。國恩隆厚，屬籍光顯，宜思恪慎，以永終譽。可〔二〕。

【校】

〔一〕敕具官某等，據文津閣本、周校本、沈校本補。

〔二〕可，據文津閣本、周校本、沈校本補。

皇叔右監門衛大將軍舒州團練使仲郵可右武衛大將軍遥郡防禦使制

敕〔一〕：内參環衛，外領使符，名實兼副，寵禄輝赫。朝廷所以待材用之宅，而公族緣親親而處之。仍以汎恩，得與外朝比例，此其博惇叙廣愛之至也。具官某地居近屬，

身有嘉〔二〕稱，聯門衛之幕府，總羣舒之團結。縁飛龍之在御，當進爵以均慶。遽罹親憂，弗俟恩錫，既終達禮，宜申前令。更右武之貴秩，增禦侮之重權，懋服光華，益思恪慎。可〔三〕。

【校】

〔一〕勅，據文津閣本、周校本、沈校本補。
〔二〕嘉，周校本、沈校本作『佳』，下有雙行小字『一作嘉』。
〔三〕可，據文津閣本、周校本、沈校本補。

皇兄故右監門衛大將軍令騆可贈博州防禦使制

勅〔一〕：《傳》云：『親親以睦。』治族之道，生則致其愛，没則同其哀。豐禄重爵，厚其生者也；愍册禭服，飾其終者也。朝廷之恩備矣，有司之事舉矣。皇兄某地居近屬，身有馴行，奄至不淑，良用傷悼。假使麾之美號，爲壤户之餘榮。魂其有知，歆此殊寵。可〔二〕。

【校】

〔一〕勑，據文津閣本、周校本、沈校本補。

〔二〕可，據文津閣本、周校本、沈校本補。

皇叔右武衛大將軍環州刺史叔滕可遥郡團練使皇叔右千牛衛將軍仲馨可授大將軍制

勑〔一〕：百官奉事，由功實以爲資級；公族論恩，在久次則當遷叙。此朝廷治内外之法，本忠厚之意也。具官叔滕天潢之别，漸漬德潤，麟趾之世，信厚有取。備官環衛，兼刺名郡，既積年勞，宜加爵秩。假雄稱於團結，資威望於使領。勉服光寵，益勵名節。仲馨備官環衛，貴視命卿，既積年勞，宜加爵秩，不移幕府之號，姑假元帥之寵。勉服休命，益勵名節。可〔二〕。（又見《永樂大典》卷一萬三千四百九十八）

【校】

〔一〕勑，據《永樂大典》、文津閣本、周校本、沈校本補。

〔二〕可，據《永樂大典》、文津閣本、周校本、沈校本補。

皇叔右監門衛大將軍滁州團練使仲歇可遥郡防禦使皇叔右監門率府率仲瑹可右千牛衛將軍制

敕具官某等〔一〕：公族之恩，戚疎有叙，存著賞延之典，没隆卹後之儀〔二〕。以乃父遺顧而有言，矜諸子藐露而爲請，因〔三〕從加秩，以慰泉下。奔駒過隙，既就外除，維柞疏榮，肇推新命。咸思恪慎，以報義方。可〔四〕。（又見《永樂大典》卷一萬三千四百九十八）

【校】

〔一〕敕具官某等，據《永樂大典》、文津閣本、周校本、沈校本補。
〔二〕儀，《永樂大典》、周校本、沈校本作『義』。
〔三〕因，《永樂大典》作『並』，周校本、沈校本作『應』。
〔四〕可，據《永樂大典》、文津閣本、周校本、沈校本補。

皇叔右監門衛大將軍仲的可右武衛大將軍遥郡刺史皇叔太子右監門率府率仲葴可小將軍制

勑具官某等[一]：朕纘嗣昌業，覃慶列位，小大之臣，莫不受賜，矧其屬在公族，可使後於庶姓？而爾等皆以親雯，弗俟成命，既給達禮，宜申前寵。或進躋武衛，而領郡符；或升[二]列環尹，而[三]備幕府。敬服異數，益修善行。可[四]。（又見《永樂大典》卷一萬三千四百九十八）

【校】

〔一〕勑具官某等，據《永樂大典》、文津閣本、周校本、沈校本補。

〔二〕升，文淵閣本作『身』。

〔三〕而，《永樂大典》、周校本、沈校本作『初』。

〔四〕可，據《永樂大典》、文津閣本、周校本、沈校本補。

皇叔右武衛大將軍袁州刺史仲遠可遥郡團練使皇叔右監門衛大將軍叔羅可遥郡刺史制

勑具官某等[一]：吾以材能賦爵，而宗室以戚屬處位；吾以功事課吏，而公族以年勞計最。治親之禮，異於外朝，所以崇惇叙之典，厚而勿薄。雖然，宗子之能，畏慎無過，其亦有信厚之風，蒙被寵數，不爲濫矣。仲遠備位環尹，外領州符，稍加團結之名，以示遷擢之次。叔羅備位環尹，既開幕府，稍假左符之重，以示專城之貴。祗服休命，毋怠恪居。可[二]。（又見《永樂大典》卷一萬三千四百九十八）

【校】

〔一〕勑具官某等，據《永樂大典》、文津閣本、周校本、沈校本補。

〔二〕可，據《永樂大典》、文津閣本、周校本、沈校本補。

右監門衛大將軍士出士蒲令括捐之士編可並遥郡刺史右千牛衛將軍仲諲可右監門衛大將軍制

敕具官某等〔一〕：《詩》云：『振振公族。』夫能學問以知古，文采以見志，則可謂有信厚之風，習爲善之樂矣。爾等咸以經術，待試有司，銓能程藝，率有可取。嘉其忘膏粱之佚，安儒素之業，宜有甄賞，以示旌别。進秩加等，是謂休寵。益勵操守，毋怠初心。可〔二〕。（又見《永樂大典》卷一萬三千四百九十八）

【校】

〔一〕敕具官某等，據《永樂大典》、文津閣本、周校本、沈校本補。

〔二〕可，據《永樂大典》、文津閣本、周校本、沈校本補。

承議郎殿中侍御史上官均可兵部員外郎兵部郎中葉祖洽可禮部郎中制

敕具官某等〔一〕：六曹屬郎，朝之精選，號曰頭司，尤爲重任。春官之掌邦禮，祈父

之主戎事，決非美材，曷當遴柬？以均、祖洽器識宏茂，文彩贍麗，或恪職風憲，或收譽臺妙，宜有峻遷，以副衆望。論其初試，始被握〔二〕蘭之寵；銓此久次，益見應星之貴。勉脩職業，毋負渥恩。可〔三〕。（又見《永樂大典》卷一萬三千四百九十八）

【校】

〔一〕勑具官某等，據《永樂大典》、文津閣本、周校本、沈校本補。

〔二〕握，《永樂大典》、周校本、沈校本作『幄』。

〔三〕可，據《永樂大典》、文津閣本、周校本、沈校本補。

金部郎中范鍔可京東轉運副使京東轉運副使侯利建可金部郎中制

勑具官某等〔一〕：朝廷經費調度，金穀爲重。内則文昌地官之屬，外則漕臺使者之任，非其深思敏智，不足以當吾慎選。以某久更吏職，綽著能譽。惟此司存，雖有中外之別；至其職業，非復劇易之判。易地而處，陳力就列。益圖善最，以副民望。可〔二〕。（又見《永樂大典》卷一萬三千四百九十八）

【校】

〔一〕敕具官某等，據《永樂大典》、文津閣本、周校本、沈校本補。

〔二〕可，據《永樂大典》、文津閣本、周校本、沈校本補。

兵部郎中杜常可光禄少卿祠部郎中向宗旦可兵部郎中太常丞賈易可祠部郎中制

敕具官某等〔一〕：六曹九寺，所以挈提綱目，釐舉庶務，朝廷資以爲治者也。屬郎卿貳，是爲妙選，有以久次增叙，或繇良材初試，吾所簡閱，未嘗輕付。常風格幹濟，陳力維舊。宗旦樞機周密，應務敏達。易儒學脩明，士論稱述。此其在官皆有休譽，進而用之，吾何愛焉？武部掌兵伍之符籍，祠曹主中外之祀事。光禄之任，尤爲繁夥，非若漢代謹門户之禁而已。其惟恪恭勤勩，可以稱職，汝其勉之。可〔二〕。（又見《永樂大典》卷一萬二千四百九十八）

【校】

〔一〕敕具官某等，據《永樂大典》、文津閣本、周校本、沈校本補。

〔二〕可，據《永樂大典》、文津閣本、周校本、沈校本補。

水部郎中王諤可知濟州都水監丞錢曜可水部郎中〔一〕制

敕具官某等〔二〕：臺郎重選，郡守優寄，朝廷待材用之宅，兼仕宦〔三〕之美，是皆雍容内外之望，用爲更互出入之地。以諤效官文昌，既歷歲月，俾分符竹，往臨鉅野。以曜領護都水丞事修舉，進升省闥，仍莅起曹。勉副茂恩，力圖來效。可〔四〕。（又見《永樂大典》卷一萬三千四百九十八）

【校】

〔一〕中，周校本原作『中』，後校改爲『官』，沈校本原作『官』。

〔二〕敕具官某等，據《永樂大典》、文津閣本、周校本、沈校本補。

〔三〕宦，《永樂大典》作『官』。

〔四〕可，據《永樂大典》、文津閣本、周校本、沈校本補。

朝散郎守兵部郎中程博文可太府少卿〔一〕承議郎陳次升可兵部郎中〔二〕制

敕具官某等〔三〕：太府主貨賄之藏，司其出納；夏官主五兵之要，謹其符籍。貳卿副郎，皆精選也。以博文緜歷省闥，綽著士望；以次升臨按淮甸，克宣使指。並用登進，以攄材略。夫其厠惟月之班，聯應星之象，爲寵多矣，爾其勉之。可〔四〕。（又見《永樂大典》卷一萬三千四百九十八）

【校】

〔一〕卿，原作「鄉」，據《永樂大典》、文津閣本、文淵閣本、周校本、沈校本改。

〔二〕中，周校本、沈校本作「官」。

〔三〕敕具官某等，據《永樂大典》、文津閣本、周校本、沈校本補。

〔四〕可，據《永樂大典》、文津閣本、周校本、沈校本補。

朝散大夫權知曹州王彦韶可衛尉少卿朝奉大夫駕部郎中張修可鴻臚少卿朝散郎蘇注可司封郎中承議郎太常丞周秩可駕部員外郎制

勑具官某等〔一〕：中都列官，皆有分職，地崇望高者，卿寺郎曹也。非其美材，未嘗輕授。以某等，持身端直，臨事詳敏，外典州郡，内更臺閣，久次成效，皆有可紀。是用遞加寵進，以極智略。或佽貳惟月，或上應列星，至于副郎，並爲茂選。敬副寵光，敦懋職業。可〔二〕。（又見《永樂大典》卷一萬三千四百九十八）

【校】

〔一〕勑具官某等，據《永樂大典》、文津閣本、周校本、沈校本補。

〔二〕可，據《永樂大典》、文津閣本、周校本、沈校本補。

前河北提刑王端可將作少監新差通判瀛州李敦頤可軍器監丞制

敕具官某等〔一〕：百工之事，萃於二監。將作謹於樸斲，軍器嚴於補繕。非有程不可以稽其勤惰〔二〕，非精心不可以見其功鹽。命官之重，從可知矣。以某刺舉時當，以某會計明審，推其有餘，允宜繁使。或丞或貳，寔皆寵命。勉力自强，以副推擇。可〔三〕。（文見《永樂大典》卷一萬三千四百九十八）

【校】

〔一〕敕具官某等，據《永樂大典》、文津閣本、周校本、沈校本補。
〔二〕惰，《永樂大典》、文津閣本、周校本、沈校本作「墮」。
〔三〕可，據《永樂大典》、文津閣本、周校本、沈校本補。

承議郎光禄寺丞王悆可太常博士宣德郎吕由庚可光禄寺丞承奉郎王斿可太常寺太祝制

敕具官某等〔一〕：九卿之屬，効職輦轂，皆朝廷之精選，而養材待用之地也。以悆學

術通敏，究知古今，使爲博士，可以綜練禮文。以由庚持身謹飭，紹其家世，使丞光禄，可以佽助卿事。以斿幼壯好學，傳其父書，使爲祝官，可以陳信正辭。並承休命，所思圖報。可〔二〕。（又見《永樂大典》卷一萬三千四百九十九）

【校】

〔一〕勅具官某等，據《永樂大典》、文津閣本、周校本、沈校本補。

〔二〕可，據《永樂大典》、文津閣本、周校本、沈校本補。

朝議大夫充集賢院校理諸王府翊善王汾可中散大夫直秘閣差遣依舊制

勅具官某等〔一〕：大夫以上，皆高爵也。至于中散，品秩益崇，禄賜益厚。吾所以待材庸〔二〕之士，其能自致此者鮮焉。以汾敏學多聞，内行兢兢，緜歷詞館，久次王府，有以自守，事常裕如，考課當遷，俾從明陟。昔子雲、叔夜，偕在此官。貼延閣通直之選，仍藩邸置醴之舊。祇服休寵，益思恪居。可〔三〕。（又見《永樂大典》卷一萬三千四百九十九）

【校】

〔一〕勑具官某等，據《永樂大典》、文津閣本、周校本、沈校本補。

〔二〕庸，文淵閣本作『用』。

〔三〕可，據《永樂大典》、文津閣本、周校本、沈校本補。

左司諫朱光庭可左司員外郎右司諫王覿可右司員外郎制

勑具官某〔一〕：朝廷開直言之路，延諫争之臣，其能愛君主於信厚，論事識其大體，不爲苛察以取聲譽，而補益之效，粲然可見。宜有褒崇，以顯尤異。惟覿學問端邃，臨事屢斷；惟光庭氣宇惇重，見義不回。並列二省，有光七列。文昌之爲政本，都司之有屬郎，尤思得人，以齊衆務。俾從遷秩，復使効才。可〔二〕。

【校】

〔一〕勑具官某，據文津閣本、周校本、沈校本補。

〔二〕可，據文津閣本、周校本、沈校本補。

新差京東轉運判官張景先可權發遣河北轉運判官京東西路提刑胡宗回可京東轉運副使制

勑具官某等〔一〕：朝廷之任官，必于其事，乃可求其稱職。爲其達民情之薄厚，審吏材之高下，而其舉措時當，績用有叙也。以宗回詳按庶獄，表率一路，既有成效，益宜重任。俾持餫輸之權，用謹金穀之賦。今河流未復，隄繇方興，商度功利，實賴智略。惟景先前在都水，陳力有謀，復付北道，仍貳漕事，慎簡之意，夫豈易哉！各務悉心，以副休寵。可〔二〕。

【校】

〔一〕勑具官某等，據文津閣本、周校本、沈校本補。

〔二〕可，據文津閣本、周校本、沈校本補。

朝請郎權發遣宣州周之純可廣東提刑朝奉郎新差福建運副張修可知宣州朝請郎權江西運判王祖道可福建運判朝請郎淮南西路提刑蘇解可江南東路轉運副使朝請大夫江東轉運副使李莘可江南西路轉運副使制

勅具官某等〔一〕：商度金穀之盈虛，詳按獄岸之中失，使者之任，朝廷慎選，蓋所謂將王命而明邦國若否者矣。爾等咸以幹力，屢更繁使，付之百城之富，一道之寄，或以初試鋭精來效，或以易地習慣成事。悉堅乃心，廣集善譽。惟修擢自省郎，出總甌越，疾病自上，黽勉勿任。假其左符，足資臥治。江南諸郡，宣城爲大，敬服休命，知其厚恩。可〔二〕。

【校】

〔一〕勅具官某等，據文津閣本、周校本、沈校本補。

〔二〕可，據文津閣本、周校本、沈校本補。

朝請郎行太常博士辛纍可太常寺丞奉議郎權判登聞鼓院劉唐老可太常博士制

勑具官某等〔一〕：太常禮樂之司，博士議論所自。參訂今古，折衷内外，非宿儒成學，不足以居。以纍洎唐老文采質性，見稱搢紳，和而不流，毅而不固，是用擢箠秩宗之列，專主曲臺之業。勉服休寵，益圖善最。可〔二〕。

【校】

〔一〕勑具官某等，據文津閣本、周校本、沈校本補。

〔二〕可，據文津閣本、周校本、沈校本補。

太常博士充集賢校理孔平仲可秘書丞姚勔可太常博士制

勑具官某等〔一〕：秘書圖籍之府，奉常禮樂之司，國家以待碩儒之士而養育其材。非夫博辨通識，温恭守義，未嘗得而居之。爾等咸以德藝見稱搢紳，銓能授官，實宜其任。

易地而處，亦爲允稱。勉自崇勵，以副光寵。可〔二〕。

【校】

〔一〕勑具官某等，據文津閣本、周校本、沈校本補。

〔二〕可，據文津閣本、周校本、沈校本補。

兩浙運判葉伸可權發遣轉運副使朝散郎鞠承之可權發遣兩浙運判官制

勑具官某等〔一〕：總率一道，澄察百吏，金穀之繁夥、獄訟之紛雜，非精心不能盡物，非强力不能輯事。惟伸奉使二浙，綽著能效，不有旌擢，曷以示勸？稍正官號，以重權委。惟承之幹力强濟，心術開敏，可以佐伸，究其智略。同寅協恭，夙夜職業。無隳前功，益收來效。可〔二〕。

【校】

〔一〕勑具官某等，據文津閣本、周校本、沈校本補。

〔二〕可，據文津閣本、周校本、沈校本補。

新差知越州張詢可福建轉運副使新除開封府推官田子諒可河北西路提刑廣東轉運判官毛漸可湖北轉運判官制

勑具官某等〔一〕：宣力四方，爲上耳目，使者之任也。金穀功名之會繁，獄岸鞫讞之大小，非有敏智，孰堪劇治？以某等既更歷試，皆有稱譽，並假節傳，往明若否。夙夜匪懈，以酬寵數。可〔二〕。

【校】

〔一〕勑具官某等，據文津閣本、周校本、沈校本補。

〔二〕可，據文津閣本、周校本、沈校本補。

太府少卿王子淵可權京西轉運使知北外都水丞公事張景先可京東轉運判官制

勑具官某等〔一〕：陪京之地，東西二道，連城百十〔二〕，生齒鉅萬，而民俗有齊魯楚

鄭之别，物産兼桑麻魚稻之殊，賦税之入，多寡不類。有司總其經費，均其移用，儉無蹇乏，富或羨餘，則不孤委寄而稱良使者矣。爾等皆以幹力久更，器使是用，並假傳車，各當一路。其亦悉心徇公，以集課最。夫東人經水潦饑饉之害，必厚其粒食；西方有萑苻追捕之餘，宜絶其枘鑿。欽哉惟時，毋忝休命。可〔三〕。

【校】

〔一〕勅具官某等，據文津閣本、周校本、沈校本補。

〔二〕十，文淵閣本作『千』。

〔三〕可，據文津閣本、周校本、沈校本補。

宣德郎范鉞可知太康縣制

勅具官某〔一〕：宰字之職，風化所從，在漢則三輔異選，於唐則兩畿爲重。今之甸服，亦當慎簡。以爾智術有餘，足任治劇，付兹民社，密邇輦轂。承流所以宣布，有善易於上聞。其勉之哉，毋舍勤恪。可〔二〕。

【校】

〔一〕勑具官某，據文津閣本、周校本、沈校本補。

〔二〕可，據文津閣本、周校本、沈校本補。

朝奉郎吴沛可知開封府考城縣制

勑具官某〔一〕：邦畿千里，郡國之首；縣令一同，子男之政。然王澤所布莫近於京畿，所向莫親於宰字。是以銅墨之寄，詔除惟重。爾以幹譽，粤膺妙選，其克精心慎事，平獄察訟，夙夜無怠，以集課最。可〔二〕。

【校】

〔一〕勑具官某，據文津閣本、周校本、沈校本補。

〔二〕可，據文津閣本、周校本、沈校本補。

通直郎孫述可知開封府長垣縣制

敕具官某〔一〕：王畿千里，縣邑棊布，北道之出，長垣居首。冠蓋走集，使客踵繫，銅墨之寄，擇材匪輕。用汝充選，思所稱職，毋怠毋亟，以協民譽。可〔二〕。

【校】

〔一〕敕具官某，據文津閣本、周校本、沈校本補。

〔二〕可，據文津閣本、周校本、沈校本補。

承議郎張亞之可知開封府祥符縣制

敕具官某〔一〕：東畿屬縣十餘，二赤居其首，所以扶助尹正，敦厚風化，令事重矣，今以付某。昔陸雲在浚儀，民爲立生祠。雲，文士也，而惠及此，汝將勉之乎！可〔二〕。

【校】

〔一〕敕具官某，據文津閣本、周校本、沈校本補。

〔二〕可，據文津閣本、周校本、沈校本補。

奉議郎新差簽書鎮海軍節度判官廳公事章顯可知開封府尉氏縣制

勑具官某〔一〕：畿内諸縣，古稱三輔之劇也。兵屯所在，尤號難治。以某久更宰字，習知民務，擢而用之，宜有顯效。思自奮勵，以副推擇。可〔二〕。

【校】

〔一〕勑具官某，據文津閣本、周校本、沈校本補。

〔二〕可，據文津閣本、周校本、沈校本補。

河北運副唐義問可河東運副兵部郎中程博文可河北提刑制

勑具官某等〔一〕：瀕河之壤，晉魏爲大，使者之任，耳目攸繫。九賦所充，于以給邦用；五刑所蔽，在乎折民情。故將漕之寄，察獄之官，朝所慎選，人匪輕授。以義問屢宣使指，居積民譽；以博文内佐浩穰，夙効材敏。是宜並假四封之傳，往治百城之富。

足食足兵，下無愁歎，庶獄庶慎，法如畫一，乃爲稱職。汝敬之哉！可〔二〕。

【校】

〔一〕勅具官某等，據文津閣本、周校本、沈校本補。

〔二〕可，據文津閣本、周校本、沈校本補。

權提點兩浙刑獄公事朝請大夫張安上可湖北轉運副使權知潤州朝散郎楊傑可兩浙提刑制

勅具官某等〔一〕：朝廷疆宇濶遠，所以存恤幽隱，耳目之寄，付之使者。惟興利除害于民務，决平申枉于岸訟，吾甚重之，未嘗輕授。以安上幹力强固，智慮開敏，荆楚之區，襟帶蠻徼，足食足兵，漕事實嚴。以傑儒學自修，心術愈壯，三江之濱，民俗輕揚，庶獄庶慎，中興具存。並付傳車之寵，以當外臺之選。思其恪居，副此任遇。可〔二〕。

【校】

〔一〕勅具官某等，據文津閣本、周校本、沈校本補。

〔二〕可，據文津閣本、周校本、沈校本補。

翰林醫官殿中省尚藥奉御李永昌可榷場〔一〕使西綾錦副使兼翰林醫官副使殿中省尚藥奉御卓順之可軍器庫使翰林醫官殿中省尚藥御醫史晉中可直翰林醫官局翰林醫官班漢卿可尚藥奉御制

勑具官某等〔二〕：執技事上，莫貴于醫。惟其精心慎慮，以輔其術，則可以動無不察，期于十全矣。爾等尚勞殿省，陳力既久，功效顯著，由是道也，宜加遷叙，以示褒進。祇服休寵，無怠素志。可〔三〕。

【校】

〔一〕塲，文津閣本、文淵閣本、周校本、沈校本作『易』。

〔二〕勑具官某等，據文津閣本、周校本、沈校本補。

〔三〕可，據文津閣本、周校本、沈校本補。

朝散郎右司郎中杜紘可大理卿制

勅〔一〕：哀矜庶獄，明清單辭，所以一萬民之情，蓋不出三尺之律，必得忠信之長、明辨之士，使之亭疑決平，可以弼教輔治矣。具官某禀性通敏，用心精詳，能傳家學，頗得法意，閥閲所載，鞫讞爲多。宜付棘寺之治，且正月卿之秩。服我光寵，思所報効，不犯于有司。雖非爾力之所及，自以爲不冤，庶乎古賢之可學耳。可〔二〕。

【校】

〔一〕勅，據文津閣本、周校本、沈校本補，沈校本後改作『勅具官某』。

〔二〕可，據文津閣本、周校本、沈校本補。

權涇原路兵馬鈐轄皇城使萬州團練使張之諫可轉兩資西上閤門使制

勅〔一〕：料敵制勝，憺威伐謀。行陣之功，雖貴其訊馘；鎮守之重，實資其籌略。懋賞所及，美秩奚悋？具官某勇鷙絶人，寬裕得士，躬履戎行，分守私壘。近者羌人犯

順，邊馬㚒入，統帥部伍，猛鋭齊奮，完固城壁，安堵無懾。深得治戎之要，宜膺禦侮之賞。上閤之峻，使聯維重，祗服休寵，益自勉勵。可〔二〕。

【校】

〔一〕勑，據文津閣本、周校本、沈校本補，沈校本後改作『勑具官某』。

〔二〕可，據文津閣本、周校本、沈校本補。

朝散大夫韓宗師可衛尉少卿制

勑具官某〔一〕：九寺輔治，長貳維貴，地崇望重，朝有定秩，雖事務差簡，而材者是處。以爾率身謹信〔二〕，臨事鋭敏，門庭之養，稱於士夫，治可移官，于何不濟，以是命汝貳於衛尉。祗服訓詞，亟成職業。可〔三〕。

【校】

〔一〕勑具官某，據文津閣本、周校本、沈校本補。

〔二〕信，文淵閣本作『行』。

〔三〕可，據文津閣本、周校本、沈校本補。

前江西提刑宋彭年可司農少卿制

勅具官某〔一〕：朝廷試吏於邦外，用材於都内，以其效智於彼者已信，則其宣力於此無忝。爾往者詳刑奉使，既結成課，稍進卿列，俾貳大農，督視倉庾，謹察會計。惟其勤恪無怠，小大必周，則爲稱職而知報矣。爾慎之哉！可〔二〕。

【校】

〔一〕勅具官某，據文津閣本、周校本、沈校本補。

〔二〕可，據文津閣本、周校本、沈校本補。

朝請大夫直龍圖閣葉均可太府卿制

勅〔一〕：《傳》稱：『六官之長，皆民譽也。』區區小邦，用人若是，况吾九寺之重

乎！具官某心術通敏，儒學兼劭，早列詞館，出試政事。持節剖符，緜歷斯久，率有可紀，是謂老成。宜進惟月之班，以觀竭節之效。勉務彊力，不孤寵遇。可〔二〕。

【校】

〔一〕勑，據文津閣本、周校本、沈校本補。

〔二〕可，據文津閣本、周校本、沈校本補。

京東轉運副使李杲可太府少卿制

勑具官某〔一〕：表率一道，副貳九列，皆朝廷之精選，亦搢紳之美仕。授賞之際，曷嘗輕哉？爾素以吏幹見稱士論，將漕之久，終吏宜代。惟太府之繁會，實中都之要劇。進聯惟月，益佇來效。可〔二〕。

【校】

〔一〕勑具官某，據文津閣本、周校本、沈校本補。

〔二〕可，據文津閣本、周校本、沈校本補。

奉議郎管勾機宜文字魏璋可團練使制

勅具官某〔一〕：師旅之行，將帥以其精鋭，陳力于外；幕府以其文墨，論議于内。至于成功，皆當懋賞。今西師告捷，爾豫有勞，俾進秩叙，以示旌勸。祗服休命，益思來效。可〔二〕。

【校】

〔一〕勅具官某，據文津閣本、周校本、沈校本補。

〔二〕可，據文津閣本、周校本、沈校本補。

蕃官皇城使簡州刺史若沮没移可遥郡團練使制

勅蕃官某〔一〕：軍旅西出，將帥盡力，罙入深阻，蕩覆部落，焚燒橋梁，斷絶要路。爾預〔二〕當隊伍，克奮精鋭，上功計獲，足爲戰多，宜加懋賞，以示勸獎。增團結之寵名，

仍使聯之美號。祗服光寵，思所報効。可〔三〕。

【校】

〔一〕勅蕃官某，據文津閣本、周校本、沈校本補。

〔二〕預，文淵閣本作『豫』。

〔三〕可，據文津閣本、周校本、沈校本補。

宣政使嘉州刺史内侍省右班副都知劉有方可遥郡團練使制

勅具官某〔一〕：出入禁闥，宣布内令，樞機周密，是其職業。夙夜匪懈，見其智慮，歲月之久，始終如一，第其優最，宜有遷寵。增團練之美名，壯使聯之重望。膺服優渥，益思報効。可〔二〕。

【校】

〔一〕勅具官某，據文津閣本、周校本、沈校本補。

〔二〕可，據文津閣本、周校本、沈校本補。

皇叔武衛大將軍磁州刺史叔儺等並可遥郡團練使制

敕具官某〔一〕：環尹之貴，拱衛天居，開大將軍之幕府，可謂盛矣。而又外領州符，兼總使節。徒以公族惇叙之愛，得用歲月之久而授之。國恩隆厚，思所報稱。可〔二〕。

【校】

〔一〕敕具官某，據文津閣本、周校本、沈校本補。

〔二〕可，據文津閣本、周校本、沈校本補。

試太學正葉濤可瀛州防禦推官監蘇州糴納倉彭汝霖可並太學博士 太學録李格非可太學正真定府真定縣主簿盧訢可太學録制

敕具官某等〔一〕：太學賢士之關，博士正録，皆師表之任也。非其經術修明，内行峻潔，不足以當是選。爾等籍甚士林，或已試庠序，並從遷擢，以究職業。可〔二〕。

【校】

〔一〕敕具官某，據文津閣本、周校本、沈校本補。

〔二〕可，據文津閣本、周校本、沈校本補。

太史局直長許孝恭可太史局丞制

敕具官某〔一〕：陰陽之説，拘而多忌。拘則災祥之辨，不可不究；忌則時日之異，不可不避。爾執技從事，自信其術。魏王之葬，指言其失，不墮師法，能屈衆論。嘉其守官，俾從增秩。可〔二〕。

【校】

〔一〕敕具官某，據文津閣本、周校本、沈校本補。

〔二〕可，據文津閣本、周校本、沈校本補。

皇叔祖保信軍節度使宗隱男仲硯等可並太子右内率府副率制

敕〔一〕：公族之子，屬近愛至，未及有知，膺受光寵，非以祖廟之隆慶，朝家之惇叙耶？副率之貴，是惟通籍。勤身戒事，以就長立。可〔二〕。（又見家集本卷五）

【校】

〔一〕敕：據文津閣本補。

〔二〕可，據文津閣本、沈校本補。

彭城集卷二十

制誥[一]

吏部尚書蘇頌等可並兼侍讀制

勑[二]：朕惟聖王之要道、天下之義理，著於竹帛之編，傳於師儒之論，所以正身安人，其術廣矣。誠得直亮正固匪躬之士，敷繹誦説，日陳於前，其爲益者，豈小補哉！以某幼壯好學，耆老成德；以某天機深邃，心術博通，皆文足以輔治，辨足以周物，宜備金華之選，以詔虎門之職。咸務勤盡，用副虛佇。可[三]。

【校】

〔一〕制誥，周校本、沈校本作『制誥二』。

〔二〕勅，據文津閣本、周校本、沈校本補。

〔三〕可，據文津閣本、周校本、沈校本補。

宣德郎劉槩可祕書省正字制

勅具官某〔一〕：學問修於身而朋友稱之，士之美致也。爾効智太學，師帥國子，而近臣交口譽之，其必有以信於士大夫矣。蘭臺屬官，吾以養育賢士，兹爲清選，今以畀汝。毋怠初心，以永終譽。可〔二〕。

【校】

〔一〕勅具官某，據文津閣本、周校本、沈校本補。

〔二〕可，據文津閣本、周校本、沈校本補。

皇叔祖故昭信軍節度使開府儀同三司宗瑗可贈太師追封崇王制

勅〔一〕：惇叙之恩，蓋本於公族；尚德之選，亦通於外朝。哀榮並施，隆殺有等，地尊而屬近，禮備而位顯矣。具官某體麟趾之德厚，居磐石之宗强。好禮而身修，雖曰未學，必謂之學；用嚴而家治，施於有政，是亦爲政。固已表儀宗室，光顯本朝。奚修塗之未央，而朝露之遽及。惻焉傷悼，何恫如之！稱情以文，崇賁卹典。龍衮襚服，維師是以絶班；金路啟封，非劉未嘗胙土。併疏異數，以光窀穸。冀其有知，歆此休命。可〔二〕。

【校】

〔一〕勅，據文津閣本、周校本、沈校本補。

〔二〕可，據文津閣本、周校本、沈校本補。

皇兄故右金吾衛大將軍單州防禦使令儇可贈安化軍節度觀察留後追封高密郡王制

勅〔一〕：睦族之道，莫不欲其貴富；追遠之義，又當均其存歿。眷予近屬，宜有加等。具官某賦性惇篤，治身謹卓，協麟趾振振之美，茈葛藟綿綿之盛。内列環衛，外領使符。無禄早世，吾甚悼之。俾崇卹典，以示惇叙。戎幕廉車之留後，連城大郡之封王，是謂豐恩，足光逝魄。可〔二〕。

【校】

〔一〕勅，據文津閣本、周校本、沈校本補。

〔二〕可，據文津閣本、周校本、沈校本補。

故醴泉觀使武泰軍節度使贈開府儀同三司朱伯材特追封恩平郡王制

勅〔一〕：保姓受氏，享有死生哀榮之隆；節惠壹名，相其春秋窀穸之事。匪我近戚，

則維勳勞。具官某生於高明，輔以禮樂，小心而畏義，强志而婉容。用能維有歷年，不失舊物。朕眷言先后，追正儷極之尊。永念繼文，嘉乃有子，推原厥初，聿圖王封，適契朕志。是用受茲青社，壯威命於元戎；賜爾公主，享鎮撫之彝器。哀此異數，光於九原。匪予爾私，其服朕命。可〔二〕。

【校】

〔一〕勑，據文津閣本、周校本、沈校本補。

〔二〕可，據文津閣本、周校本、沈校本補。

大理少卿杜純可侍御史制

勑〔一〕：風憲之任，總於中司；中司之貳，聯於御史。是其繩愆糾謬，舉直措〔二〕枉，惟不吐剛、不茹柔者，乃充其選焉。具官某賦性端直，臨義專固，論法得簡稽之要，祥刑協哀矜之中，使之當白筆之任，居正色之地，必去邪不疑，惟力是視。推擇詳慎，報稱實艱。益務恪修，以副虚佇。可〔三〕。

【校】

〔一〕勑，據文津閣本、周校本、沈校本補。

〔二〕措，原作『錯』。據文津閣本、文淵閣本、周校本、沈校本改。

〔三〕可，據文津閣本、周校本、沈校本補。

右司員外郎王覿可侍御史制

勑〔一〕：朝廷風憲，付之臺率，而侍御史爲之佐焉。吾欲得直清而信道，忠厚而知體，耳目元首，繩墨衆材。當是選者，吾甚慎之。具官某學敏才優，忠勁有立。前在諫省，屢進讜言，亟易都司，仍有令譽。是宜授豸冠之重，居霜臺之貳。夫繩違糾繆，剗上率下，貴以義動而不求苟勝，務於心競而勿爲朋進。戒之慎之，以副虛佇。可〔二〕。

【校】

〔一〕勑，據文津閣本、周校本、沈校本補。

〔二〕可，據文津閣本、周校本、沈校本補。

祕書監張問除給事中制

勑〔一〕：左右侍從之臣，率皆讜直輔上者也，而給事中復以駁正違失爲職。夫識非通達，則觀物無節；器非宏厚，則守善不固。居是選者，其亦艱矣。具官某學術淵通，幹力强濟，歷職中外，敏懋不怠。其譽已試，所至可紀，白首壹節，誠心無貳。宜其備顧問於青瑣，謹獻納於東臺，庶幾羔羊素絲之美，直諒多聞之益，副吾旁求。爾其慎哉！可〔二〕。

【校】

〔一〕勑，據文津閣本、周校本、沈校本補。

〔二〕可，據文津閣本、周校本、沈校本補。

監察御史韓川上官均可殿中侍御史制

勑具官某等〔一〕：執法憲府，繩督在位，言屢上而忠一無二，氣逾勁而温厚不劌，可

謂有司直之風，靖恭爾位者矣。遷秩殿中，實崇位望，益堅素守，罙著來效。可〔二〕。

【校】

〔一〕勑具官某等，據文津閣本、周校本、沈校本補。

〔二〕可，據文津閣本、周校本、沈校本補。

祠部員外郎翟思可殿中侍御史制

勑具官某〔一〕：御史之職，皆耳目之寄，至於殿中，地益顯近。今吾詔有司，以資歷用人，爲其已試則臨時不苟，老成則責義有準，庶乎繩愆糾繆，出於中正耳。以爾前在憲府，既有嘉聞，比歷他任，亦克永譽。而近臣之言，尚其勁直。復正中臺之秩，以當白筆之任。勉力周務，毋怠而志。可〔二〕。

【校】

〔一〕勑具官某，據文津閣本、周校本、沈校本補。

〔二〕可，據文津閣本、周校本、沈校本補。

秘書省校書郎盛次仲可集賢校理依舊制

勑具官某〔一〕：圖書所藏，聚於中秘，校讎之官，既爲精選，仍以歲月課最，陞於麗正。儒林之榮，莫與爲比，惟敏智敦學可以稱之。以某效官治己，士友所稱，擢兹寵命，益思勤恪。可〔二〕。

【校】

〔一〕勑具官某，據文津閣本、周校本、沈校本補。

〔二〕可，據文津閣本、周校本、沈校本補。

朝請郎王彭年可監察御史制

勑具官某〔一〕：百官皆以職事奉上，而御史以執法爲稱。法者，貴於當義而果，平而不回。膺是選者，其亦難矣。吾詔臺率舉其屬憲〔二〕，臣覺等以爾來上，吾樂得材良而試

之，又以觀近臣之能。慎守職業，毋孤任遇。可〔三〕。

【校】

〔一〕勑具官某，據文津閣本、周校本、沈校本補。

〔二〕憲，文淵閣本作『官』。

〔三〕可，據文津閣本、周校本、沈校本補。

御史臺檢法官楊康國可監察御史制

勑具官某〔一〕：風憲之任，寄于中司，使之升薦御史，是爲故事。《傳》曰：『舉爾所知。』其素在僚屬，朝夕從事，視其所以，察其所安，夫何廋哉，用之不疑。惟繩直之地，白黑所判，公則生明，强則無撓。勉思恪居，以蘄休譽。可〔二〕。

【校】

〔一〕勑具官某，據文津閣本、周校本、沈校本補。

〔二〕可，據文津閣本、周校本、沈校本補。

朝奉郎充集賢校理趙挺之等可監察御史制

勑具官某等〔一〕：憲度者，朝廷所以爲治也，犯之則爲壞法，御史得而糾之，法正則主尊。節義者，人臣所以事上也，失之則爲悖德，御史得而察之，德修則俗厚。耳目之官，紀綱之最，慎選所屬，莫如御史。爾等以力學自立，藏器待用，士友歸其美譽，有司推爲舉首。風憲之任，我其試哉。《詩》云：『柔亦不茹，剛亦不吐。』《書》云：『無虐惸獨，而畏高明。』本忠厚而輔義，毋刻覈而取譽，是爲稱職。其戒之哉！可〔二〕。

【校】

〔一〕勑具官某等，據文津閣本、周校本、沈校本補。

〔二〕可，據文津閣本、周校本、沈校本補。

皇叔右監門衛大將軍叔過故所生母董氏可縣太君制

勑具官某故所生母董氏〔一〕：宗祀之慶，推顯以及幽，廣惠也；貴其子以及所生，

厚本也。矧公族近屬，職在環衛，慰其反哺之心，錫以漏泉之澤。名城大邑，疏爲湯沐，黄壤有知，歆此殊渥。可〔二〕。

【校】

〔一〕敕具官某故所生母董氏，據文津閣本、周校本、沈校本補。

〔二〕可，據文津閣本、周校本、沈校本補。

右監門衛大將軍士香故父所生母和氏可安吉縣太君制

敕具官某母某氏〔一〕：公族内宗，咸有爵秩，而士香念及父之所生，求得追賁，願以妻之賜邑，移爲湯沐。察其用心，有足嘉者，特疏縣封，以光泉壤。可〔二〕。

【校】

〔一〕敕具官某母某氏，據文津閣本、周校本、沈校本補。

〔二〕可，據文津閣本、周校本、沈校本補。

鄆州東阿縣尉孫彦卿母宋氏封壽縣太君制

勅具官某母〔一〕：黄髮兒齒，壽考之隆，天之所以福壽德善也。吾聞聖人後天而奉天時，故吾於耋老率加禮焉。至於九十者，加以爵號，恩之全也。爾年齡應格而子方小官，今疏大邑，取其令名，以昭逢辰之慶，亦廣錫類之祉。服我休寵，益修母訓。可〔二〕。

【校】

〔一〕勅具官某母，據文津閣本、周校本、沈校本補。

〔二〕可，據文津閣本、周校本、沈校本補。

給事中顧臨可刑部侍郎制

勅〔一〕：明辨惟良，所以折獄也；哀矜勿喜，所以察情也。合是二者，乃弼邦教。非夫忠信之長，曷能稱其職、濟吾事乎？具官某志慮開爽，學術通敏，見義勇於有爲，立身果于自信，試吏非一，成效已著。是宜付秋官貳卿之選，當尚書政本之重。其克盡

心廣裕，用究刑成之美，無或便文俯仰，而致枉撓之咎。祇服寵命，以底休譽。可〔二〕。

【校】

〔一〕勅，據文津閣本、周校本、沈校本補。

〔二〕可，據文津閣本、周校本、沈校本補。

龍圖閣直學士蔡延慶除工部侍郎制

勅〔一〕：朕以尚書總譽天下之務，而六曹之副，地峻望崇，自非材略優裕，事業已試者，未嘗輕授也。具官某質性通敏，智術宏贍，頃自先帝，驟膺器使，賛書出命，洊〔二〕歷外内。董戎分閫，率在西北，文武兼允，聲問逾劭。使之當一官之貳，居四命之峻，其有餘裕，疇曰弗宜。因龍馬之舊秩，進冬卿之近列。勉服光寵，終譽夙夜。可〔三〕。

【校】

〔一〕勅，據文津閣本、周校本、沈校本補。

〔二〕洊，文津閣本、文淵閣本、周校本、沈校本作『薦』，通。

〔三〕可，據文津閣本、周校本、沈校本補。

皇叔故成德荆南等軍節度使守太尉開府儀同三司真定尹兼江陵尹荆王頵可贈太師尚書令荆州徐州牧改封魏王制

勅〔一〕：《春秋》之義，惟母弟得以屬通；《詩》《書》所稱，蓋叔父著其殊禮。國朝並建同姓，惇叙懿親，生榮没哀，厥有前訓，備物典策，以寓永懷。皇叔具官某稟秀淵沖，毓材粹茂，閲天下之義理，爲宗室之儀表。富而好禮，貴則忘勢。推惻隱之心，每隆於濟物；廣孝敬之志，用足以臨下。河間之實事求是，東平之爲善最樂，是宜永爲藩輔，光賛本朝。淑命不融，中道摧殞，震悼傷怛，何痛如之！崇斂衮之舊典，追賜履之介寵，進陟師垣，兼官大録。九命作牧，包南西於二楚；千乘啟封，雄魏大於三晉。於以循曲阜之前躅，繼睢陽之故事，匪王盛德，曷膺異數。尚惟幽穸，歆于顯休。可〔二〕。

【校】

〔一〕勅，據文津閣本、周校本、沈校本補。

〔二〕可，據文津閣本、周校本、沈校本補。

贈魏郡太君制

勅〔一〕：《春秋》之義，母以子貴。子由宗祀之均福，母以追遠而永寵，貴在其中矣，孝莫重於此焉。具官某母氏積善在躬，鍾福覃後，克有令子，進居法從。既啓湯沐之封，足慰凱風之念。粤因慶賚，更授雄藩，資其魏大之名，協乃繁衍之祉。尚惟幽穸，歆此殊休。可〔二〕。

【校】

〔一〕勅，據文津閣本、周校本、沈校本補。

〔二〕可，據文津閣本、周校本、沈校本補。

皇叔恩州防禦使仲隗所生母崇德縣太君李氏可安康郡太君皇兄惠州防禦使令鐸母金城縣君張氏可普寧郡太君制

勅〔一〕：朝廷緣子貴而廣愛，每崇錫慶；眷母慈而示報，無間所生。粤因誕辰，俾

申懋典。具官某母氏禀操端静，臨事肅恭，柔訓有加，色養無爽。湯沐脂田之賜，既祚邑封；雄藩大郡之名，益隆寵數。祇膺優渥，毋怠欽承。可〔二〕。

【校】

〔一〕勅，據文津閣本、周校本、沈校本補。

〔二〕可，據文津閣本、周校本、沈校本補。

皇伯右武衛大將軍渭州防禦使仲鸞等十人故新婦可並贈縣君制

勅某氏〔一〕：嬪于公族，稱爲良婦，不壽而夭，爲可愍〔二〕惻。宜因夫貴，錫之寵數。名城大邑，以爲湯沐。尚其有知，歆此豐澤。可〔三〕。

【校】

〔一〕勅某氏，據文津閣本、周校本、沈校本補。

〔二〕愍，文淵閣本作『憫』，通。

〔三〕可，據文津閣本、周校本、沈校本補。

故朝議大夫充寶文閣待制王臨妻天興縣君盛氏可封仁壽縣君制

敕具官某妻某氏〔一〕：稟性〔二〕幽閒，挺操端粹，承夫則家事嚴整，訓子而母道慈篤。既疏大縣，以啓湯邑，宜因大賚，更易名城，取其佳稱，以協光寵。可〔三〕。

【校】

〔一〕敕具官某妻某氏，據文津閣本、周校本、沈校本補。

〔二〕性，周校本、沈校本、文淵閣本、文津閣本作『粹』。

〔三〕可，據文津閣本、周校本、沈校本補。

西作坊使杜諫左班殿直王賀三班差使王戟各轉一資制

敕具官某等〔一〕：蠻賊，蠆蜂也。辛螫中人，不可不除。而爾等力鬬重傷，有足嘉者，進官一等，以合軍賞。可〔二〕。

【校】

〔一〕勑具官某等，據文津閣本、周校本、沈校本補。

〔二〕可，據文津閣本、周校本、沈校本補。

蕃官内殿崇班浪哆轉兩資制

勑某人〔一〕：捕鹵蕃寇，身被金夷，亟上首功，勇加部族。宜疏顯秩，增寵使聯。秖服茂恩，益圖來效。可〔二〕。

【校】

〔一〕勑某人，據文津閣本、周校本、沈校本補。

〔二〕可，據文津閣本、周校本、沈校本補。

新差湖北轉運副使張安上可倉部郎中制

勑具官某〔一〕：地官之屬，皆爲劇曹，非智能出倫，不能勝任。以某幹力强立，内外

賤更，推擇付之，任遇非淺，其思盡瘁，以復恩寵。可〔二〕。

【校】

〔一〕勑具官某，據文津閣本、周校本、沈校本補。

〔二〕可，據文津閣本、周校本、沈校本補。

文某〔一〕可兵部郎中制

勑具官某〔二〕：道著嘉猷，德符清望，必其幹力足以濟務，智識可用爲儀。居是選者，其亦艱哉。某吏最籍聞，家聲休顯，由京兆之浩穰，聯夏官之繁會。已試之效，既已可傳；前將之績，亦云停侯。姑務彊乂，毋怠欽承。可〔三〕。

【校】

〔一〕某，周校本、沈校本無此字。

〔二〕勑具官某，據文津閣本、周校本、沈校本補。

〔三〕可，據文津閣本、周校本、沈校本補。

朝奉郎兵部員外葉祖洽可兵部郎中制

勑具官某〔一〕：文昌郎位，號爲上應列星，惟六品可以當之。朞歲之後，得以任子，朝廷待之厚矣，豈特出宰百里之比乎？爾以文學政術，得膺臺選，歲月之久，資格宜進。不移司馬之聯，俾正依烏之秩。欽承我命，益思自修。可〔二〕。

【校】

〔一〕勑具官某，據文津閣本、周校本、沈校本補。

〔二〕可，據文津閣本、周校本、沈校本補。

朝散郎致仕劉宗傑可落致仕比部郎中制

勑具官某〔一〕：朝廷資材能以爲治，在幽隱者必取，況於久吏舊齒，義所不遺。以某課最已效，時譽亦著，而謝事退處，便己而已，不佐公宗之務，吾甚惜之。是用還之司士之籍，寵以文昌之秩。主計劇曹，應星妙選，思自勤勵，副此恩渥。可〔二〕。

【校】

〔一〕勅具官某，據文津閣本、周校本、沈校本補。

〔二〕可，據文津閣本、周校本、沈校本補。

軍器少監郭茂恂除工部郎中制

勅具官某〔一〕：百工之事，萃于各鄉〔二〕，屬郎之選，豈當輕授？以某用心精詳，見事敏速，歷試内外，皆有可紀，淹留歲月，未嘗曠事。宜輟大匠之副，進職起部之聯。毋墜前勞，益勉後效。可〔三〕。

【校】

〔一〕勅具官某，據文津閣本、周校本、沈校本補。

〔二〕鄉，沈校本改作『卿』。

〔三〕可，據文津閣本、周校本、沈校本補。

侍御史杜純陞左司郎中制

勅具官某〔一〕：都司憲府屬僚，悉朝廷之劇選也。是以統正百官，整齊六曹，是皆耳目之寄。易地而處，豈有重輕之別乎？以某往在先朝，嘗付詔獄，信己不撓，見稱士論。是用寘委都司之任，佽助綱轄之事。勉力夙夜，以副慎擇。可〔二〕。

【校】

〔一〕勅具官某，據文津閣本、周校本、沈校本補。

〔二〕可，據文津閣本、周校本、沈校本補。

朝請郎陳維孫故母仁壽太君高氏可贈廣陵郡太夫人制

勅〔一〕：父繇子恩，以崇贈品；妻藉夫貴，仍進爵封。寵章不間於幽潛，孝治用形於溥率。具官某故母某氏母訓端淑，家事整修，懿德没而不忘，後嗣蒙其餘慶。宛在寘行之列，慨如陟屺之懷。屬宗祀之告成，迨下泉而均澤。宜賜小君之號，亟疏大郡之榮。

壤户有知，象服加寵。可〔二〕。

【校】

〔一〕勑，據文津閣本、周校本、沈校本補。

〔二〕可，據文津閣本、周校本、沈校本補。

尚書右丞胡宗愈妻福昌縣君丁氏封同安郡夫人制

勑〔一〕：朕選建材傑，以爲弼輔；服章位著，皆竣其寵。所以優禮賢者，體貌大臣。而况其室家之閫，輔佐内治，夫榮於朝，妻貴於室，義所當予，有自來矣。具官某妻某氏毓秀名族，作嬪君子，躬璜珮自修之美，有夙夜相成之道。婉教端淑，休風專静，可謂具鵲巢之德，是以賜魚軒之榮。亟擇名城，粤疏要郡，備湯沐之百邑，稱翬翟之七命。用疇懿實，勉膺異數。可〔二〕。

【校】

〔一〕勑，據文津閣本、周校本、沈校本補。

〔二〕可，據文津閣本、周校本、沈校本補。

楚州防禦使楚國公世恩可贈奉國軍節度使依舊楚國公制

敕〔一〕：朝廷親親之愛，隆於九族，生有惇叙之典，歿兼哀榮之數，高爵重位，以稱情理。具官某地居近屬，材實宗英，樂爲善而自修，過纖介而無有。奄至淪謝，良用震驚。沛以隆恩，錫之愍册，啟軍牙以分鉞，仍茅土而啟封。尚維幽穸，歆此成命。可〔二〕。

【校】

〔一〕敕，據文津閣本、周校本、沈校本補。

〔二〕可，據文津閣本、周校本、沈校本補。

皇伯故台州防禦使仲縮可贈武康軍節度使追封崇國公制

敕〔一〕：生有惇叙之典，殁存追賁之寵，公族之恩，於是乎愛至而禮備矣。具官某地近屬尊，材高志美，膏粱不能佚其性，冰淵有以見其操。雖躋膴仕，未及修齡，奄至淪

亡，特深傷悼。併賜寵光，以輝泉壤。可〔二〕。

【校】

〔一〕勑，據文津閣本、周校本、沈校本補。

〔二〕可，據文津閣本、周校本、沈校本補。

皇伯祖故保平軍節度觀察留後克思可贈開府儀同三司追封昌國公制

勑〔一〕：生榮歿哀，所以厚公族之愛；宜賵與贈，是以著有司之事。然非令德，曷膺異數？具官某地近屬尊，志修行備，能集信厚之善，靡聞纖介之失。資其表儀，豐于禄秩。軍牙廉車之留務，有以致之；逝川朝露之莫返，何嗟及矣！宜崇愍册，以稱悼懷。開府視相印之重，建國用公圭之禮。告于陰泉，歆此殊寵。可〔二〕。

【校】

〔一〕勑，據文津閣本、周校本、沈校本補。

〔二〕可，據文津閣本、周校本、沈校本補。

皇伯故真州防禦使叔封可贈崇信軍節度使追封遂國公制

勑〔一〕：朝廷之於宗室，愛至而恩厚，故生則有兼官之寵，没則有加等之贈。具官某資性端直，治家堅正，朝會賓贊之禮，未嘗有闕；脤膰助祭之事，靡或不共。以是付之連城，示其禦侮，奄至不淑，兹用惻傷。漢東大鎮，建牙秉鉞，左屬名邦，分茅胙土，並爲顯命，併光幽壤。尚其有知，歆此異數。可〔二〕。

【校】

〔一〕勑，據文津閣本、周校本、沈校本補。

〔二〕可，據文津閣本、周校本、沈校本補。

承議郎直集賢院知齊州王巖叟可起居舍人制

勑〔一〕：載筆記言之任，史官之别也。必居心正直，可以無私於淑慝；惟文采藻贍，

可以專意於纂録。朝廷以是慎其登選，而異其進用矣。具官某識遠而氣勁，學博而言立。前在御史，得謇諤之譽；出爲劇郡，成豈弟之政。是宜參右垣之列，當螭頭之直。服兹光寵，思所報稱。可[二]。

【校】

[一] 勑，據文津閣本、周校本、沈校本補。

[二] 可，據文津閣本、周校本、沈校本補。

侍御史王巖叟可起居舍人制

勑[一]：朝廷求信厚之士，進讜直之言，取其盡忠竭誠，救失補闕，爲益之重，其可量哉！報其成效，示勸來者。具官某天機粹美，器宇渾厚，好是正直，輔以儒學。自頃擢居中臺，職司邦憲，智慮所及，知無不爲，準紀所加，挺而無撓。是宜疇其美志，峻於任遇。右史納言之職，法從選掄之最。粤疏茂恩，以示殊寵。可[二]。

【校】

〔一〕敕，據文津閣本、周校本、沈校本補。

〔二〕可，據文津閣本、周校本、沈校本補。

西京左藏庫副使高遵固可閤門通事舍人制

敕具官某〔一〕：上閤之職，親近旒扆，朝會賓贊，謹於爲容。然非有功閥，不膺是選。以某幹敏恪慎，歷官有稱，録其成效，寘兹顯列。祗服光寵，思所報稱。可〔二〕。

【校】

〔一〕敕具官某，據文津閣本、周校本、沈校本補。

〔二〕可，據文津閣本、周校本、沈校本補。

朝奉郎王復故父任刑部侍郎充天章閣待制贈開府儀同三司沿可贈司空制

敕〔一〕：合宫毖祀，溥率蒙慶，惠澤所加，無間幽顯。然非韞德在前，鍾福于後，亦

何能霑此優渥，無愧泉壤也。具官某故父某歷仕前朝，稱爲令德，高風不泯，休譽藹然，克有幹蠱，顯登閨籍。褒贈之典，實慰孝思。已崇開府之儀，更陟上公之貴。尚惟冥漠，濳被光寵。可〔二〕。

【校】

〔一〕勅，據文津閣本、周校本、沈校本補。

〔二〕可，據文津閣本、周校本、沈校本補。

阿里骨大首領抹征兼錢並可特授銀青光祿大夫檢校國子祭酒兼監察御史武騎尉充本族副軍主制

勅某等〔一〕：奉其國珍，入修貢職，歸義向化，忠孝兼効。宜有寵授，以示懷遠。擢武爵之美號，因部族之主領。體兹茂恩，益思所報。可〔二〕。

【校】

〔一〕勅某等，據文津閣本、周校本、沈校本補。

〔二〕可，據文津閣本、周校本、沈校本補。

皇太妃乳母趙氏可封掌贊夫人制

勑皇太妃乳母趙氏〔一〕：懷慈良之質，躬燥濕之勤，肇自文褓之初，逮及椒風之盛。恩之所被，德無不讎。寵以婦官，實隆邦教。可〔二〕。

【校】

〔一〕勑皇太妃乳母趙氏，據文津閣本、周校本、沈校本補。

〔二〕可，據文津閣本、周校本、沈校本補。

贈故尉北海郡王宗勝妻平昌郡夫人李氏可進封小國夫人制

勑〔一〕：《麟趾》之詩，恩厚公族；《鵲巢》之化，善屬邦君。列國名臣，魚軒象服。用疇淑德，不忝寵光。故具官某妻某氏毓粹幽閒，秉心直信。勤女工之事，不怠組紃；佐君子之爲，每嚴璜珮。啟湯沐之賜邑，以極夫榮；緣閨閫之休風，更形治命。

求疏建國，以報宜家。俾增褕翟之華，中錫山河之富。既以彰内助之美，并用慰重泉之心。惠澤有加，衹服唯謹。可〔二〕。

【校】

〔一〕勑，據文津閣本、周校本、沈校本補。

〔二〕可，據文津閣本、周校本、沈校本補。

皇叔祖昭信軍節度使開府儀同三司漢東郡王宗瑗故新婦嘉興縣君彭氏可贈英國夫人皇叔祖保静軍節度使開府儀同三司建安郡王宗綽故新婦平昌郡君鄭氏可贈榮國夫人制

勑〔一〕：宗祀覃慶，溥及幽顯。地近屬尊，莫如公族；位崇禄重，矧兼將相。永惟敵體之義，宜有漏泉之澤。具官某故妻某氏作嬪君子，著德閨門，窈窕可稱，奄忽莫待。俾進魚軒之號，仍疏大國之封。尚惟陰泉，歆此光寵。可〔二〕。

【校】

〔一〕勑，據文津閣本、周校本、沈校本補。
〔二〕可，據文津閣本、周校本、沈校本補。

朝散大夫致仕魏縯弟朝請郎紳弟朝散郎絪弟承議郎綸弟承議郎紹弟奉議郎綽故母渤海縣太君刁氏可崇國太夫人故母新安郡君刁氏可榮國太夫人制

勑〔一〕：夫榮於朝，妻貴於室，古之制也。今使幽顯同之。宗祀之慶，其爲恩惠，可勝道哉？具官某等母某氏婦道柔順，母儀慈淑。諸子之在仕版者，朱紫紛然，舉集門庭，足爲鍾慶。乃父既以追賁進居公衮，褕翟之贈，宜及其配。仍擇令名，以啟國封。泉壤有知，歆此殊寵。可〔二〕。

【校】

〔一〕勅，據文津閣本、周校本、沈校本補。

〔二〕可，據文津閣本、周校本、沈校本補。

皇伯彰化軍節度使開府儀同三司高密郡王宗晟等故母康國太夫人孫氏可贈越國太夫人制

勅〔一〕：朝廷廣愛以崇孝，故追遠者常厚；多士念母而思報，則推恩而不遺。矧其《麟趾》周宗，《鵲巢》懿德，不吝崇錫，以示光寵。具官某等母某氏婦道端淑，母儀聖善，訓誨詒世而可紀，慶祉鍾後而兼茂。將相之榮，萃於子舍；山河之祚，大啓郡封。而凱風寒泉之思，未充孺慕；象服翟車之賜，宜有加等。俾即會稽之奥，以爲湯沐之華。壤户有知，歆此峻禮。可〔二〕。

【校】

〔一〕勅，據文津閣本、周校本、沈校本補。

〔二〕可，據文津閣本、周校本、沈校本補。

朝散郎監在京進奏院王伯虎復秘書省校書郎制〔一〕

勅具官某〔二〕：爲政之方，未嘗不以振滯淹爲事，知大良材難得，而善人弗忍也。爾前以小疵，失職累歲，芥蔕疑似，衆以爲惜。拔拭登叙，以收來效。還讎書之舊秩，加中秘之新命。益自敦勵，毋負優渥。可〔三〕。

【校】

〔一〕趙琦美《趙氏鐵網珊瑚》卷二題作『勅朝散郎監在京進奏院上輕車都尉賜緋魚袋王伯虎』，卞永譽《式古堂書畫彙考》卷九題作『勅王伯虎行祕書省校書郎』。

〔二〕勅具官某，據文津閣本、周校本、沈校本補。

〔三〕可，據文津閣本、周校本、沈校本補。《趙氏鐵網珊瑚》卷二、《式古堂書畫彙考》卷九文末皆有『特依前朝散郎行祕書省校書郎勳賜如故，元祐二年十一月四日』。

秘書省校書郎李德芻可集賢校理依舊充校書郎制

敕具官某〔一〕：秘書外府，麗正内殿，圖籍之所聚集，儒藝之所游處。有志之士，不以留滯爲恨；宿宫之人，必用課最而進。由外至内，實爲峻遷。爾夙聯校讎，緜兹歲月，惟才與久，皆當甄録。貼以職名，未離舊守，其以進用爲榮，而無留滯之念。可〔二〕。

【校】

〔一〕敕具官某，據文津閣本、周校本、沈校本補。

〔二〕可，據文津閣本、周校本、沈校本補。

朝奉郎試禮部侍郎陸佃可朝散郎制

敕〔一〕：以德詔爵，以庸制禄，朝廷所以登進材良，次叙中外，未嘗遺於疎賤，而況於廷臣乎？具官某文藻華絢，器宇夷曠。直哉惟清，是以典朕三禮；婉而成章，是以付之史筆。逮于考績，綽著善最。宜因寓禄之資，叙進陟明之寵。敬服休命，以永終譽。可〔二〕。

【校】

〔一〕勅，據文津閣本、周校本、沈校本補。

〔二〕可，據文津閣本、周校本、沈校本補。

朝奉郎充龍圖閣待制王震可朝散郎制

勅〔一〕：考績之法，所以磨礪〔二〕多士，乃自唐堯行之矣。具官某文博志修，材優氣贍，内參法從，外領州寄，民譽咸服，吏課處最。有司舉歲月之效，易以藉口；本朝崇明陟之典，亟其詔禄。俾從進秩，用稱恪居。可〔三〕。

【校】

〔一〕勅，據文津閣本、周校本、沈校本補。

〔二〕礪，文淵閣本作『勵』。

〔三〕可，據文津閣本、周校本、沈校本補。

朝散郎權發遣建昌軍張升卿可叙朝散郎制

勑具官某〔一〕：向者奉使嶺表，鎮撫蠻服，盜賊之發，不能檢察，奪官貶秩，退守私壘。歲期當叙，宜從牽復。爾前以湔洗夙負，既遷陞逾舊，朝之予奪，纖介不欺。今此新恩，實謂加等，既被優渥，思所報効。可〔二〕。

【校】

〔一〕勑具官某，據文津閣本、周校本、沈校本補。

〔二〕可，據文津閣本、周校本、沈校本補。

朝散郎王年可朝請郎朝奉郎宋湜祝康可並朝散郎奉議郎王叔憲可朝奉郎宣德郎李世南可通直郎承務郎大理評事錢蓋可承奉郎餘並如故制

勑具官某等〔一〕：朕惟法令者，所以爲天下共也。而繁文苛請，日至月增，不憚刊

改，以求其中。爾等俱以美材而應慎選，則筆則削，用成新書。疇其恪居，推以懋賞，進階一等，是爲渥恩。可〔二〕。

【校】

〔一〕勑具官某等，據文津閣本、周校本、沈校本補。
〔二〕可，據文津閣本、周校本、沈校本補。

承事郎王仲熤可宣教郎承務郎孫樸可承奉郎制

勑具官某等〔一〕：恩令之下，溥及在位，如雷雨之於百穀草木，無不甲坼者，豈以其微小而遺之哉！爾等預列纓裳，齒于元士，膺兹慶澤，例進秩叙。勉崇立志，用對休命。可〔二〕。

【校】

〔一〕勑具官某等，據文津閣本、周校本、沈校本補。
〔二〕可，據文津閣本、周校本、沈校本補。